넙치 2

Der Butt

세계문학전집 64

넙치 2

Der Butt

귄터 그라스

김재혁 옮김

민음사

일러두기
1 본문의 각주는 모두 옮긴이주이다.

차례

다섯째 달

감자 가루는 어디에 효험이 있나

여성 법정은 2월 초순에 농장 요리사 아만다 보이케의 사안을 심리하기 시작했다. 그러자 넙치도 즉시 (지금까지와 마찬가지로 진술서들을 토대로 하여) 기근과 군대 이동과 전염병 사이의 상호 연관성에 대해 일장 연설을 했다. 넙치는 이와 관련된 참고 문헌들——런던과 베니스의 페스트를 다룬 문헌들——을 인용하면서, 『데카메론』과 거기에 쓰인 정교한 틀 소설 형식이 탄생하게 된 것은 바로 피렌체를 휩쓸었던 흑사병 때문이었다는 점을 지적했다. 이때 넙치는 처음으로 법정 선임 변호사 폰 카르노 여사가 자신을 위해 변론해도 좋다고 허락했다. 그녀는 어느 자료를 인용하여 다음과 같이 말했다. "……애당초 흑사병은 남자와 여자 모두 사타구니나 겨드랑이 밑에 종양이 생기는 증상으로 시작되었습니다. 종양의 수는를 해 주었고 그에게 호감을 느꼈다.

그 시인이 1639년 페스트에 걸리자 나도 그와 함께 죽었다. 아그네스는 뒤도 돌아보지 않고 떠났다. 마치 알레고리의 화가인 이 뮐러가 지루하기 짝이 없는 눈물의 골짜기의 시인 오피츠와 함께 페스트의 구덩이 속으로 던져지기라도 한 듯이 말이다. 그때 나는 이미 노쇠해 있었다. 나는 그때까지도 폭음을 즐기긴 했지만, 내 목숨은 이미 오래전에 다해 있었다. 나를 죽음으로 몬 것이 페스트가 아니었음은 분명했다.

그 여자들은 모두 면역이 되어 있었다. 도로테아나 뚱보 그레트, 아그네스, 여자 요리사들 중에 어느 누구도 신이나 지옥에 사는 신의 협력자에 의해 종양에 걸리거나, 검은 반점 증세를 일으키거나 신종 전염병에 걸리지 않았다. 그리고 2차 폴란드 분할이 있은 뒤 프로이센의 감자를 일약 유명하게 만든 아만다 보이케는 멀리 여행을 떠난 편지 친구 럼포드 백작에게 감자 가루야말로 콜레라에 걸리지 않게 해 주는 예방약이라고 적어 보냈다. 7년 전쟁이 끝난 후 계속된 흉년으로 하층 서민들은 굶주리기를 밥 먹듯 했고, 쥐고기가 비상용 식량으로 시장에서 매매되면서부터 콜레라가 (다른 전염병들과 함께) 곳곳에 들끓게 되었다.

프로이센 왕국의 국유지 농장인 추카우에서는 하인들이나 하녀들뿐만 아니라 날품팔이꾼, 농업 노동자, 소작농, 국유지 관리인들까지도 아만다의 처방에 따라 콜레라를 예방하기 위해 감자 가루를 온몸에 잔뜩 발랐다. 전염병이 기승을 부리고 있는 동안에는 시체 운반 수레가 단치히와 디르샤우 시내를 하루에 두 번씩 돌아야 했다. 카르트하우스에서도 사정은 다를 것이 없었다. 추카우에서는 죽음을 알리는 종소리가 여전히 울렸다. 그런데도 우리는 감자 가루를 온몸에 바르고 효험이 있으리라고 믿었다. 도시의 신사들은 그것을 비웃었을 것이다. 럼포드 백작도 온갖 궤변으로 가득 찬 그의 편지에서 감자 즙에서 얻은 침전물이 병균을 예방하고 치료하는 강한 약효를 지니고 있다는 데 대해 회의를 표명했다.

나중에 아만다는 어떤 병이든 다 듣는다고 생각해 감자 가루를 아무 데나 발랐을 뿐만 아니라, 죽을 쒀서 식탁에 올려 놓기도 했고, 작은 주머니에 넣어 옷장 안에 달아 놓기도 했으며, 문지방에 뿌려 놓기도 했다. 화상을 입은 사람들도 그녀를 찾아갔다. 어미 소가 송아지를 낳지 못해 애를 먹을 때도, 깔때기로 감자 가루를 삽입해서 분만을 유도했다. 그리고 울타리에도 감자 가루를 발라서 유령들이 접근하지 못하게 했다. 나는 임신 5개월에도 여전히 임산부 특유의 변덕을 부리는 나의 일제빌에게도 아만다의 처방에 따라 베개 밑에다 감자 가루를 넣은 작은 주머니를 두었을 뿐만 아니라, 그녀의 분통 속에도 감자 가루를 한 티스푼 섞어 두었다. 그러자 그녀는 일주일 내내 내게 상냥하게 굴었고, 더 이상 바랄 게 없다는 듯이 만족스러워했으며, 신기하게도 편두통을 호소하지도 않았다. 게다가 식기세척기에 식기를 채울 때는 어처구니없는 내용의 짧은 노래를 부르기까지 했다. "로트가 뒈졌네, 로트가 뒈졌네. 율레도 곧 뒈지리……."

도토리를 빻으며, 거위 털을 뽑으며,
감자 껍질을 벗기며 이야기하기

이야기를 들려주는 방식에 대한 글은 지금까지 수없이 많이 쓰여졌다. 사람들은 진실을 듣고 싶어 한다. 그러나 진실을 말해 주면 "그건 모두 지어낸 이야기야."라고 말한다. 또는 웃으면서 "다음엔 또 무슨 기발한 이야기를 할까."라고 말한다.

나는 질릴 때까지 냄비에 든 감자 수프(일제빌까지도 조금은 맛있어했다.)를 숟가락으로 떠먹으면서 치통이나 상사병, 변비, 통풍, 그리고 앞에서 내가 말한 치명적인 콜레라 따위에 잘 듣는 민간 치료약의 효능에 대해 한참 동안 이야기를 늘어놓았다. 내 말이 끝나자 손님들 가운데 하나가 이렇게 말했다. "그런 이야기를 지어낸다는 것은 불가능해요. 그런 인물——농업 노동자들에게 음식을 만들어 주는 여자 말입니다.——을 하늘에서 갑자기 떨어진 것처럼 꾸며 낼 수는 없어요. 그 여자는 실제로 살았던 사람인가요? 이 세상에 진짜 존재했던 인물이냐는 겁니다. 아니면 과거에 있었을 수도 있는 사건을 다룬 이야기인가요?" 그러자 일제빌이 이렇게 말했다. "그 따위 엉뚱한 이야기는 다른 사람한테나 가서 해요. 난 그딴 얘기는 안 들어요!"

그러나 여기서 아만다 이야기를 다시 꺼내, 아만다가 벗겨 내는 감자 껍질들을 따라가다 보면, 그것은 아직도 아련한 추억으로 가는 구불거리는 길, 바로 그녀에게로 통하는 구불구불한 나의 탯줄에 대한 기억으로 이어진다. 그러면 부엌의 긴 의자에 앉아 있는 그녀의 모습이 보인다. 그녀의 감자 칼은 이 이야기가 어떻게 진행될지를 알고 있었다. 나는 그녀의 엄지손 가락 위로 구불구불하게 미끄러지며 얇게 벗겨지는 감자 껍질들을 보면서 그것들이 무슨 이야기를 하려는지 그때도 알 아챘고 지금도 알고 있다. 그것은 지렁이마저 식량이 되었기 때문에 어린아이들이 벌레처럼 땅속을 뒤지던 시절, 저 투헬, 슈톨프, 디르샤우 지역의 모래땅에 살던 농부들의 굶주림에 대한 이야기요, 계속되는 전쟁의 와중에 틈틈이 내가 만든 그 녀의 일곱 딸들에 대한 이야기였다. 그들 가운데 셋이 세상을 떠나는 바람에 이야기가 참 슬프게 되었다. 그들의 이름은 슈 티네, 트루데, 로비제였으며, 모두 사랑하는 하느님 곁에 잠들 었다.

수프를 만들 때, 그녀는 싹이 튼 겨울 감자를 가장 즐겨 사 용했다. 감자 껍질은 끊임없이 벗겨져 아래로 떨어지면서 언 제나 다른 의미를 보여 주었다. 내가 또다시 이곳을 떠나 작센 지방 또는 더 먼 다른 곳으로 가려 했을 때, 나와 함께 떠나겠 다고 하던 아만다는 광주리를 든 채 감자 줄기로 피워 놓은 불을 향해 몸을 돌리며 이렇게 말했다. "난 감자와 함께 남겠 어요."라고. 그렇게 해서 그녀는, 내가 초라한 모습으로 고향에 돌아올 때마다 손으로 짠 양말처럼 낡아 빠진 그간의 모든 일 을 감자 껍질을 벗기며 나에게 이야기해 줄 수 있었다.

그녀 자신이 직접 겪은 일은 보잘것없었다. (게다가 그것도 어느 지역에 직접 가 보거나 해서 겪은 것도 아니었다.) 아만다 보이케, 그녀는 1734년 당시 폴란드령이었던 추카우에서 수도원 농노 신분으로 태어나 추카우가 프로이센령이 된 뒤에는 국영지 농노가 되었다가 1806년에 사망했다. 그러던 그녀에게 여러 가지 모험거리가 찾아왔다. 7년 전쟁에 나가서 아홉 번의 부상을 당하고 스물세 번의 전투를 치른 내가 나타난 것이다. 나는 어느 한곳에 오래 붙어 있지 못하고 게다가 늘 뭔가 유용한 것을 고안해 내야만 직성이 풀리는, 괴상한 성격의 럼포드 백작이었다. 통풍으로 등이 굽은 늙은 왕까지도 그녀를 찾아와 (그의 노병(老兵)이자 검열관인 나와 함께) 감자 껍질을 벗기며 그녀가 늘어놓는 이야기에 귀를 기울였다. 아만다는 이야기들이 끝없이 계속된다는 것을 알고 있었다. 이를테면 교회의 은 집기를 훔쳐 들판을 가로질러 달아나는 어떤 도둑놈이 언제나 있는가 하면, 금년에 쥐가 들끓어 피해를 입게 되면 지난해에 있었던 쥐 피해에 대한 이야기가 다시 나온다든지, 보름달이 뜰 때마다 몇 년 전에 죽은 프레몽트레회의 마지막 수녀가 밀가루 더미를 헤집으며 줄 달린 돋보기를 계속해서 찾고 있다든지, 턱수염과 콧수염을 기른 스웨덴인들이나 카자흐 기병들이 앞으로도 계속 쳐들어올 것이라든지, 성 요한 축일이 되면 송아지들이 말을 한다든지, 이렇게 모든 이야기들은 바구니에 감자가 넉넉히 들어 있는 한 끝없이 이어졌다.

메스트비나는 감자에 대해서 아는 바가 없었다. 그녀는 석회수에 불린 도토리를 돌절구에 넣고 나무 절굿공이로 빻으면서 이야기를 늘어놓았다. 우리는 도토리 가루와 완두콩 가루를 골고루 섞어서 넓적한 빵 반죽을 만들었다.

요리사 수녀 마르가레테 루쉬는 너도밤나무나 보리수 아래에서, 또는 수도원 뜰이나 헛간에서 거위 털을 뽑으면서 이야기를 했다. 그녀는 길드 조합원들의 회식을 위해 오후의 반나절 동안 아홉 내지 열한 마리의 거위 털을 뽑았다.

절구질을 하면서, 거위 털을 뽑으면서. 메스트비나는 아우아에 대한 이야기를 알고 있었다. 그것은 아우아가 하늘에서 불을 훔쳐 온 이야기, 아우아가 뱀장어 어살을 고안해 냈던 이야기, 그리고 아우아가 그녀의 굶주린 자식들에게 잡아먹혀 마침내 신으로 떠받들어지게 된 이야기였다. 루쉬 수녀는 우스꽝스러운 이야기들을 늘어놓았다. 그녀의 몸을 탐한 어떤 장사꾼의 아들에게 전날 잡은 암퇘지를 슬쩍 밀어 넣어 주었던 이야기라든가, 그녀가 돼지 대가리 속에 양 대가리를 넣고 그 속에 무엇을 채워 넣었는가 하는 이야기라든가, 전도사 헤게가 가톨릭교도들을 피해 달아나지 않을 수 없었을 때 그녀의 도움으로 성벽을 넘었던 이야기 등. 그 외에도 그녀는 몇 가지 다른 이야기들을 했지만, 그 이야기들은 메스트비나의 이야기들처럼 그렇게 신화풍이 아니었고 현실적인 내용을 담고 있었다.

메스트비나는 겨울 내내 도토리를 빻아서, 거기에 거친 보리 가루를 섞어 동글납작한 과자를 구웠다. 루쉬 수녀는 성 마틴 축일부터 공현절(公現節)[1]까지 거위의 털을 뽑았다. 봄

---

1) 동방박사 세 사람이 아기 예수를 참배하러 왔던 날(1월 6일).

과 여름에는 들려줄 이야깃거리가 아무것도 없었다. 그러나 농장 요리사인 아만다 보이케는, 마침내 감자 재배가 프로이센의 자랑거리가 되기에 이르자, 일 년 내내 감자 껍질만 벗기며 지냈다. 봄과 가을에 껍질을 벗기지 않은 햇감자가 통째로 응유(凝乳)와 함께 식탁에 오를 때도, 그녀는 거기에 추가해서 묵은 감자들의 껍질을 벗겨 일 년 내내 아무리 먹어도 바닥이 나지 않는 늘 따끈한 감자 수프를 내놓았다. 그렇게 하지 않았더라면, 그녀가 어떻게 국영지 농업 노동자들을 배불리 먹일 수 있었겠는가?

사실 나는 (손님들과 일제빌에게) 이야기를 들려주려고 한 것이 아니라, 숫자만을 언급함으로써 통계를 통해 마침내 카슈비아의 전설의 늪을 말려 보려고 했던 것이다. 즉, 30년 전쟁이 끝난 후 얼마나 많은 수의 농민들이 농노가 되었는지, 폴란드 분할을 전후로 서프로이센에서는 얼마나 많은 강제 노동이 행해졌는지, 농노의 자식들은 얼마나 어린 나이부터 강제 노동을 해야 했는지, 부실 경영으로 망가진 추카우의 수도원 농장이 프로이센령이 되면서 어떻게 이윤을 내게 되었는지, 엘베강 동쪽의 지주들은 (그리고 왕국 국영지의 관리들 역시) 어떤 계략을 써서 토지 개혁령을 무시하고 조롱하면서 농민들의 땅을 몰수했는지, 프로이센의 대지주들이 가재도구와 같이 취급하던 그들의 농노를 어떻게 카드놀이에서 따거나 잃기도 했으며 마음대로 교환했는지, 네덜란드와 플랑드르 지방에서는 윤작을 해서 휴경지에 클로버와 평지를 가꾸었는데, 왜 우리 지방에서는 삼포식(三圃式) 경작을 강요하면서 새로운 기술을 받아들이지 못하게 했는지, 3월이 되어 기장이 다 떨어지면 농민들은 가축들과 마찬가지로 기아에 허덕이곤 했는데도 농업 논문과 전원시에서 시골 생활이 찬미된 것은 어찌된 영문인지, 시골에서는 시간이 멈추어진 것처럼 그대로 있었으나, 단치히와 토른, 엘빙, 디르샤우 등의 도시에서는 사람들이 영국산 담배를 피우고, 수입 커피를 마시며, 나이프와 포크를 써서 음식을 먹게 되었는데 그것은 언제부터였는지 하는 것들을 나는 말하고 싶었던 것이다. 그러나 내가 아무리 많은 숫자들과 헥타르당 수확량을 열거하고, 소금세와 기타 세금들을 덧붙여 말한다 해도, 다시 말해서 당시의 엄청난 유아 사망률과, 증가하는 이농민(離農民)의 수, 그에 따라 늘어난 황무지, 페스트가 수그러들고 대신 장티푸스와 콜레라가 기승을 부렸던 것 등, 내가 아무리 열심히 자료와 사실에 근거하여 18세기의 상황을 낱낱이 조사해도, 그것으로는 당시의 상황이 그대로 떠오르지는 않을 것 같다. 그래서 나는 고분고분하게 아만다의 바구니 옆에 쪼그리고 앉아 예전처럼 그녀의 감자 칼을 바라보는 수밖에 없다. "옛날에는." 하고 그녀는 말했다. "거친 보리밖에 없었어요. 그것마저 떨어졌을 땐 우리에게 남은 것이라곤 아무것도 없었어요. 그때 프리츠 옹(翁)[2]이 우리에게 그의 기병들과 함께 감자를 보내 주었어요. 그때부터 우리는 감자를 재배하기 시작했어요……."

---

2) 프리드리히 대왕.

일제빌이 말한다. "그 모든 것을 정확하게 알고 싶군요. 농작물은 얼마나 징발되었나요? 강제 노동은 얼마나 자주 동원했죠? 프로이센의 국영지 관리실은 어떻게 편제되었나요?"

그러나 숫자보다는 이야기가 훨씬 오래 살아남는다. 입에서 입으로 전해지면서. 메스트비나의 증손녀인 헤트비히는 바구니를 짜면서 라다우네강변에서 벌어진 강제 세례에 대해 여전히 이야기했으며, 헤트비히의 증손녀 마르타도 올리바 수도원을 짓는 데 쓸 벽돌을 구우면서 성자 아달베르트의 죽음에 대해 이야기했다. 그 덕분에 마르타의 증손녀 담로카는 대장장이 쿤라트 슬리히팅과 결혼하여 도시로 이주해 살면서, 실을 자으며, 그녀의 손자 손녀들에게 아달베르트가 살해당한 사건이라든지, 포메라니아인들이 강제 세례를 받았던 일이라든지, 하켈베르크의 어부들이 시토 교단3)의 수도사들을 위해 강제로 벽돌을 구워 주어야 했던 일, 또 끝날 줄 모르고 계속되던 전쟁과 프로이센의 침략, 우박이 휩쓸고 간 뒤에 들이닥친 기근 따위에 관해 이야기해 줄 수 있었다. 그러나 그곳에선 불가사의한 일도 일어났다. 소택지 한가운데에서 눈부신 환영(幻影)이 나타난 것인데, 그것은 성모 마리아가 이야기를 들려주면서 이끼풀을 채집하는 모습이었다. 그리하여 훗날 그곳에 성 마리아 교회가 들어서게 되었다는 이야기를 사순절 요리사 도로테아는 콩을 주워 모으면서 그녀의 자식들에게 들려주었다.

---

3) 11세기에 만들어진 프랑스의 수도회 이름.

그리고 넙치에 대한 이야기도 같은 방식으로 전해졌다. 이 야기는 매번 사실과 다르게 전달되었다. 한번은 어부가 넙치를 푹 삶아 뼈를 발라내어 먹으려고 하자 그의 아내 일제빌이 "넙치의 말을 한번 들어 보도록 해요."라고 했다고 전해지기도 했고, 일제빌이 넙치를 그냥 냄비에 넣으려고 하자 어부가 이것저것 좀 더 물어보려 했다고 전해지기도 했다. 또 어떤 경우엔, 넙치가 이제 해방되고 싶으니 자신을 쪄 달라고 했으나 어부와 그의 아내는 그를 살려 둔 채 끊임없이 나머지 소원을 부탁했다고 했다.

그리고 언젠가 메스트비나는 도토리를 찧으면서 넙치 이야기를 한 적이 있었는데, 그때 그녀가 들려준 이야기는 사실에 가까웠다. 그녀는 포메라니아 사투리로 이렇게 말했다. "아우아가 이곳에 살았고, 오로지 그녀의 말만 통하던 시절이었어. 아우아는 하늘의 늑대한테서 불을 훔쳐서 강력한 힘을 가진 존재가 되었지. 그 때문에 하늘의 늑대는 화가 났어. 모든 남자들은 아우아를 추종했어. 아무도 늑대에게는 제물을 바치려 하지 않았고, 모두들 암고라니에게만 제물을 바치려고 했어. 그러자 늙은 하늘의 늑대는 물고기로 변신했어. 그 물고기는 평범한 넙치처럼 보였지만 말을 할 줄 알았어. 어느 날 한 젊은 어부가 낚시를 던졌는데, 넙치로 변한 늑대가 낚싯바늘을 덥석 물었어. 넙치는 모래에 누워 자신이 늙은 늑대 신(神)이라는 사실을 밝혔어. 어부는 더럭 겁이 나서 넙치가 내리는 명령이라면 뭐든지 하겠다고 약속했지. 그러자 넙치 안에 들어 있던 늑대가 이렇게 말했어. '너희들의 아우아가 내 불을 훔쳐 갔다. 그때부터 우리 늑대들은 고기를 날로 먹어야 하는 신세가 되었다. 아우아가 불을 통해 모든 남자들을 지배하는 힘을 얻었으니, 너희들은 음식을 요리하거나 몸을 따스하게 하거나 진흙 항아리를 구울 때 사용하는 불에다가 남성적인 성격을 부여하도록 힘써야 한다. 단단한 것을 녹여라, 식으면 그것은 다시 단단해질 것이다.' 이 모든 이야기를 어부는 다른 남자들에게 전했고, 그때부터 남자들은 특별한 종류의 돌들을 깨기 시작했어. 남자들이 광석 조각들을 불에 넣고 가열하자, 돌 속에서 쇠가 녹아 나왔고, 그 쇠가 남자들을 힘센 대장장이로 만들었어. 남자들은 자신들이 만든 날카로운 창 끝으로 그들의 아우아를 찔렀어. 그들은 넙치 안에 있던 늑대의 명령에 따랐던 거야. 그리고 나도 마찬가지로 불로 담금질한 칼에 찔려 죽게 될 거야." 메스트비나는 절구에 도토리를 찧을 때마다 똑같은 이야기를 했다.

그러나 메스트비나의 이야기에 따르면, 넙치는 아우아가 죽었다는 소식을 듣자 다시금 난폭한 늑대로 돌아가 담금질한 쇠창과 쇠칼로 이 땅에 전쟁을 일으켰다고 한다. 그렇기 때문에 아만다 보이케도 스웨덴과 헝가리와 카자흐, 그리고 폴란드 병사들에 대해 이야기할 때마다, 언제나 끝에 가서는 이렇게 말했다. "그들은 모두 늑대 같았어. 그들은 아무것도 그냥 온전하게 두지를 않았어. 심지어 어린아이들까지도 갈기갈기 찢어 죽였다니까."

(그러나 넙치가 한 노파를 통해 화가 룽게와 시인 아르님과 브렌타노, 그리고 그림 형제에게 전해 준 그 동화는 이미 널리 정착되어

서 최종적인 완결본으로 인쇄되기까지 했다. 그렇지만 그 동화의 알려지지 않은 부분은 전혀 다른 방향으로 전개되는 아주 색다르고 새로운 내용을 담고 있다.)

도토리를 찧거나 감자 껍질을 벗겨 엄지손가락 위로 점점 길게 늘어뜨리면서, 메스트비나와 아만다는 옛날에 마치 자신들이 현장에 있었던 것처럼 이야기했다. 그들은 나쁜 사내 녀석들이 인류 최초의 어머니인 아우아를 쇠꼬챙이로 찔러 죽인 일이나, 스웨덴 사람들이 푸치히로부터 카슈비아로 침입해서 은화를 찾는 데 혈안이 된 나머지 임신한 여인들의 배까지 갈랐던 일에 대해서 이야기했다.

마르가레테 루쉬만은 옛날이야기를 하지 않았다. 그녀는 늘 자기 자신과 자기가 수녀로 이 세상에 머물렀던 시절에 대해 이야기했다. 1526년 4월 17일, 폴란드 국왕은 모든 이교도들을 처단하겠다고 선포한다. 그는 도시를 점령하고 모든 성문을 잠그라고 명하고, 반란자들을 일제히 (그녀의 아버지인 대장장이 루쉬까지도) 슈토크 탑에 가둔 채, 그들을 심판하라는 명을 내리고, 일곱 교구 교회의 문마다 지기스문디 조례를 붙이게 한다. 그 후 전도사 헤게는 가엾은 몰골로 성 비르기트 수녀원에 피신하게 된다. 수녀들은 돌아가며 그를 노리갯감으로 삼는다. 이를 불쌍하게 생각한 뚱보 그레트가, 우스꽝스럽게도 그에게 치마를 입혀, 보름달의 8분의 1밖에 안 되는 어스름한 달밤에 그를 데리고 쥐들이 찍찍거리는 하수구를 통과해 수녀원을 빠져나온다. 그러고는 파라디스 가를 따라 오물 구덩이에 이른다. 밤낮없이 시체를 태우기 위한 짚단이 연기를 내뿜는 야콥 병원의 뒤편, 그 도시에서 유일하게 낮은 성벽 너머로 그를 도주시키려고 한다. 그러나 그녀가 아무리 밑에서 받쳐 주고 밀어 주어도 그는 담장을 잡고 넘지 못한다. 성 비르기트 수녀원의 수녀들에게 기력을 모두 빼앗긴 것이 틀림없는 듯했다. 그는 마치 자루처럼 성벽 안쪽에 매달려 있다. 후추 시가지 쪽에서 폴란드 국왕의 친위병들이 순찰을 도는 소리가 들려온다. 그들은 술에 취해 성모의 노래를 고래고래 불러 대며, 철제 무기를 철그렁거리며 다가오고 있다. 그때 뚱보 그레트는, 예전에 그토록 성질 급한 전도사이자 시골의 숫염소였던 야콥 헤게의 치마 속 허벅지를 붙잡는다. 그녀는 자기 머리 위로 그를 점점 높이 들어 올린다. 그러자 그의 고환이 그녀의 코앞에서 달랑거리고 춤을 추는 게 보인다. 그가 치마 속에 입은 것이 아무것도 없었기 때문이다. 그녀는 소리친다. "빨리 올라가, 이 시골뜨기 숫염소야, 올라가란 말이야!" 그는 가까스로 성벽의 꼭대기를 잡는다. 그는 아시마타이로부터 자데크에 이르는 모든 악마들의 이름을 외쳐 댄다. 그는 연신 한숨을 쉬어 대고 방귀를 뀌어 댄다. 그러나 국왕 친위병들이 고래고래 외치는 연도(連禱) 소리가 바로 지척에서 들려오는데도, 그는 담장을 넘어가질 못한다. 비틀거리는 투구 위로 희미한 달빛이 반사되어 반짝거리는 게 보인다. 그러자 뚱보 그레트는 그에게 망할 놈, 형편없는 놈 하면서 욕을 퍼붓더니, 분노와 근심의 감정을 합쳐, 전도사의 음낭 속에 들어 있는 왼쪽 고환을 날쌔게 움켜쥐고서 덥석 물어뜯는다.

맞는 말이야, 일제빌. 남자들은 그런 식으로 물어뜯길까 봐 두려워하고 있어. 몇몇 학설에 의하면, 모든 여자들의 마음속에는 모든 남자들의 고환뿐만 아니라 음경마저도 물어뜯고 싶은 욕망이 들끓고 있다고 해. 너무 열심히 탐독한 나머지 너덜너덜해진 책들의 장(章)에는 '물어뜯기 잘하는 여성의 음부'나 '페니스 선망'[4]이라는 제목이 붙어 있지. '여성의 질에 달린 이빨'은 잘 알려진 상징이야. 고환을 하나만 달고 돌아다니는 남자들의 수는 통계적으로 알려진 것보다 훨씬 많아. 거세된 영웅들과 삐약거리는 병아리같이 연약한 자들과 신경과민에 걸린 거세된 가수들과 거세한 황소들, 살찐 수고양이들은 모두 고환이 하나뿐인 것들이야. 모든 곤충들 중에서도 특히 교미가 끝나자마자 아주 천천히 수컷을 잡아먹는 암사마귀야말로 모든 일제빌들을 위한 문장(紋章) 동물이 될 수 있을 거야. 그들은 이미 물어뜯을 태세로 미소를 지으며 이빨을 드러내 보이고, 물어뜯을 자리가 어디인가를 알지. 그들은 이제 더이상 당근이나 갉아 먹으려 하지는 않아. "너희 남자들아, 목숨을 두려워하라!" 넘치는 여성 배심 법정에서 이렇게 외쳤어. "너희들의 목숨은 그들의 손에 달려 있다. 태초부터 그들은 호시탐탐 복수할 기회만을 엿보아 왔다. 진실로 너희들에게 다음과 같은 얘기를 들려주고 싶다. 이국의 거미들 중에서도 희귀종인 검정거미에게 내가 수컷의 안부를 물은 적이 있다. 그러자 그 암컷은 긴 거미줄에 매달린 채 수컷의 고약한

---

4) 페니스를 소유하고 싶어 하는 여성의 무의식적 욕구.

버릇에 대해 말했다. 제 스스로를 탈진케 만든, 완전히 탈진케
한 나쁜 버릇에 대해……."

　물론 마르가레테 루쉬 수녀가 그 불쌍한 혜게를 비롯한 도
망쳐 나온 다른 수도승들에게 농담 삼아 "당신 것을 물어뜯
고 싶어!"라고 소리쳐서 그들에게 자극을 주려 했고 또한 그
말에 그들이 놀랐던 것은 사실이었지만 그렇다고 해서 그녀가
태곳적부터 전해 내려온 원초적 복수심이나 남성의 성기를 물
어뜯고 싶은 감추어진 욕망에 사로잡혀 있었던 것은 아니었
다. 다만 그녀는, 위험이 시시각각 닥쳐오고 있었기 때문에, 걱
정이 극에 달한 나머지 궁여지책으로 그것을 물어뜯었던 것
이다. 그러자 전도사 혜게는 단숨에 성벽을 넘어갔으며, 비명
을 지르면서 신도시의 숲 쪽으로 줄행랑을 쳤다. (그는 그라이
프스발트까지 달아나 그곳에서 다시금 전도사가 되어 새로운 추종
자들을 끌어들였다.)
　마르가레테가 거위 털을 뽑으면서 이런 이야기를 할 때면
때때로 깃털들이 흥겹게 날리곤 했는데, 그때마다 그녀는 뒷
이야기를 좀 더 늘어놓곤 했다. 잠시 후 폴란드 국왕의 친위병
들은 성모를 찬양하는 노래를 뚝 그치더니 험상궂은 표정으
로 그녀를 불러서는 성벽 밖에서 난 비명 소리가 무엇이었는
지를 캐물었다고 한다. 그때 그녀가 대답을 하지 못하면 술에
취한 그놈들에게 낭패를 당할 게 뻔했기 때문에, 그녀는 입안
에 있던 전도사의 왼쪽 불알을 꿀꺽 삼켜 버리지 않을 수 없
었다고 한다.

여기서 덧붙이자면, 뚱보 그레트는 성 마틴 축일부터 공현절까지 수많은 거위의 털을 뽑아야 했는데, 그 거위들은 통 제조업자와 닻 제조업자들의 동업조합 회식이나 성 게오르크 은행의 도시 귀족들을 위해서 쓰였고, 또한 시 평의회가 한 자동맹의 파견단이나 그네젠, 프라우엔부르크 혹은 레슬라우 등지에서 온 주교들을 위해 아서 궁에서 베푼 만찬에도 쓰였다. 그리고 그녀는 페르버의 아들 콘스탄틴과 수도원장 예쉬케를 위해서도 이들이 살아 있는 동안엔 '세 개의 돼지머리' 장원과 올리바 수도원에서 거위 털을 뽑았다. 그때마다 그녀는 늘 이야기를 늘어놓곤 했다. 그녀가 브란덴부르크의 포대장에게서 쉰세 자루의 탄약을—그 도시를 습격하기 하루 전에—슬쩍 훔쳐 낸 다음 그 자리에 같은 양의 양귀비 씨앗이 든 자루를 갖다 놓았던 이야기라든가, 고기에 양념이 더 잘 배게 하려고 한 소총수를 시켜 그녀의 딸이 인도에서 보내 준 검정 후추 알갱이를 총으로 쏘아서 마리네이드에 절인 사슴의 뒷다리에 박아 넣게 했다는 이야기도 했다. 그녀는 또한 통 속에 몸을 담고서 (웃으면서) 하겔스베르크 산을 떼굴떼굴 굴러 내려가기로 한 내기에서 도미니코회 수도사들을 물리쳤던 이야기도 해 주었다. 그리고 그녀는 전도사 헤게의 고환을 물어뜯어 그가 엉겁결에 성벽을 넘어가도록 도와주었다는 이야기를 단골 메뉴로 가장 즐겨 들려주었다.

한편, 아만다 보이케는 다방면에 영향력을 지닌 탁월한 여자로서 자신에 대해서는 한번도 이야기한 적이 없었고 언제나 다른 사람들과 그들이 겪은 고난에 대해서만 이야기했다. 그녀는 선사 시대 때부터 실마리가 시작되어 프로이센 왕국의 국유지 추카우의 감자밭에서 비로소 호두알만 한 크기로 발견된 여러 가지 이야기들을 알고 있었다. 다시 말해서, (여전히 소가 없었던 까닭에 폴란드의 날품팔이 일꾼들이 끄는 나무 쟁기로) 추카우의 감자밭을 갈다가 호박 조각이 발견되었는데, 그 호박은 너무나도 투명해서, 사람들은 태초에, 다시 말해 아우아가 이 세상에 나오기 훨씬 이전에, 발트해가 카슈비아의 숲을 송두리째 삼켜 버렸을 때 유일하게 남은 송진 방울들이 시간이 흐르면서 그 호박으로 변한 것이라고 생각했다.

사실 그 놀라운 발굴물들은 훨씬 나중에 생긴 것인지도 모른다. 감자 껍질이 수북이 쌓여 가는 동안, 아만다는 정확히 언제 그리고 어떻게 그 호박이 갑자기 카슈비아 언덕에까지 흩어지게 되었는지에 대해 이야기했다. 서기 997년 4월 11일에 보헤미아의 사형 집행인이 프라하의 주교 아달베르트가 살해된 것에 대한 앙갚음으로 포메라니아인 어부의 아내 메스트비나의 목을 베었다. 칼을 내리치자 그녀의 목이 몸통에서 떨어져 나가면서 그녀가 목에 걸고 있던 목걸이의 가느다란 줄도 끊어져 버렸다. 그 순간 줄에 꿰어져 있던 호박 알들이 주르르 흘러내려, 라다우네강이 모틀라우강으로 흘러드는 곳에 있는 처형장에서 내륙 쪽으로 사라져 버렸다. 서쪽을 향해 무릎을 꿇게 해 달라는 메스트비나의 소원이 (날도 이미 어둑어둑해져 가고 있었던 까닭에) 사형 집행인이나 그 밖의 기독교도로 개종한 사람들에게 아무런 의심을 사지 않았기 때문이다.

아만다는 이 모든 것을 내가 알아듣지 못하는 카슈비아 말이 아닌, 사람들에게 널리 알려진 발트 해안의 저지 독일어로 이야기했다. 발트 해안을 따라 뻗어 있는 산등성이의 언덕들 위로 이리저리 굴러다니는 동안 그 호박 구슬들에 뚫려 있던 구멍들은 메스트비나를 잃어 슬퍼하다가 저절로 막혀 버린 것인지도 모른다는 것이었다.

그리고 추카우의 감자밭에서 발굴된 호박에 대해 역사적인 설명을 할 때마다 아만다 보이케는 그녀의 딸들 가운데 하나를 시켜 다채로운 색깔로 인쇄된 판지 상자를 가져오게 했는데, 그 상자는 내가 피르나에서 항복한 뒤에 작센 지방에서 나는 사탕을 가득 넣어 그녀에게 선물했던 것이었다. 그 상자 안에는 이제 바닥에 솜이 깔려 있었고 그 위에 발굴물들이 벌레들과 함께 놓여 있었다.

그로부터 오랜 시간이 흐른 후, 그러니까 아만다가 귀가 먹어 통감자가 커다란 가마솥에서 익으면서 부글거리는 소리를 듣지 못하게 되고, 감자 벌레가 처음으로 우리를 공격하여 흉작으로 기근이 들었던 어느 봄날, 그 판지 상자는 속이 텅 비어 있었다. 아만다는 요즘의 기근과 옛날에 겪은 기근을 비교해서 설명하는 동안, 자기가 그 호박 조각들을 다시 감자밭으로 들고 나가 파묻어 버렸다는 암시를 주었다. 그리고 그 뒤 실제로 감자 벌레의 피해도 한동안 줄어들었다.

지금까지 이야기하기와 이야기하기의 독특한 방식에 대한 많은 글들이 쓰여져 왔다. 어떤 연구가는 문장의 길이를 재고,

기게 되었지. 그 암돼지의 신랑이 말야!"

그리고 감자 껍질을 벗기다가 가끔 감자의 눈을 파낼 때 작업이 중단되곤 하는 것 역시 잘 진행되어 나아가다가 "오, 주여, 불쌍히 여기소서!"라는 동정의 외침으로 중단되곤 하는, 시골에서 벌어진 사건들에 대한 아만다의 이야기 방식과 걸맞은 것이다. 그녀가 들려주는 시골 이야기는, 쥐의 피해나 가뭄 또는 우박 피해가 있은 후에는 사람들이 나무 껍질을 씹어 먹을 만큼 굶주림에 시달리게 되고, 불을 지르겠다고 위협하며 강탈을 일삼은 스웨덴인들이 휩쓸고 간 다음에는 언제나 페스트가 돌고, 약탈을 일삼는 카자흐인들이 가고 난 후에는 늘 콜레라가 기승을 부린다는 내용으로 진행된다. 그런데 그녀의 이야기는 항상, 노예나 다름없는 부역 농민들이 평생에 걸친 기아를 극복하고 마침내 승리를 쟁취하는 것으로 일시적으로──왜냐하면 아만다의 이야기는 감자 껍질을 벗기는 일처럼 끊임없이 계속되었기 때문이다.──끝을 맺는다. "늙은 프리츠 왕이 기병들을 시켜 우리에게 감자 몇 자루를 보냈을 때 아무도 그것을 어떻게 해야 할지 몰랐어. 그때 나는 혼자서 이렇게 말했지. 그걸 땅에 묻어 보자고 말야. 그런데 그것들이 싹이 돋아 꽃이 피고 떫은 사과 같은 열매를 맺자 나는 혼자 또 이렇게 말했어. 오, 이제 어떻게 해야 하나? 그러나 10월이 되어 날씨가 나빠지고 란카우의 숲에서 산돼지들이 나와 그 뿌리를 파헤쳐 놓았을 때 나는 에르나와 슈티네와 안헨, 그리고 리스베트에게 이렇게 말했어. 어쨌든 그걸 한번 캐 보자고 말야. 감자가 정말 많이 달려 있었어. 그리고 감자는 겨울도 잘 견뎌 냈어. 맛도 정말 좋았고 말야. 하느님께 감사할 일이었어."

　아만다 보이케의 이야기에 변화가 생기기 시작한 것은, 럼포드 백작과 편지 왕래를 하고 나서부터였다. 그는 절약형 화덕을 고안했으며, 자기 이름을 딴 빈민 구호 수프를 생각해 낸 사람이었다. 그녀는 여전히 감자 껍질을 벗길 때에만 이야기를 했기 때문에 그녀의 이야기 방식에는 변화가 없었지만 이야기의 시제에는 확실히 변화가 있었다. 왜냐하면 이제 아만다는 미래를 내다보고 있었기 때문이다. 그녀는 온 세상 사람들을 다 먹일 수 있는 거대한 식당에 대해 이야기했다. 그녀는 농장 일꾼들을 위한 식당 경험을 바탕으로 전 세계에 나누어줄 수 있는 서프로이센 감자 수프의 유토피아를 만들어 냈다. 그녀의 거대한 식당에는 늘 음식이 풍족했다. 그녀의 커다란 솥에는 추가로 나누어 줄 수 있는 여분의 음식이 있었다. 그녀는 이 세상에서 기아를 몰아낼 수 있을 것 같았다. 그녀는 단 한 명의 배고픈 사람도 잊은 적이 없었다. 그녀는 무어인과 마멜루크인[5]을 배불리 먹이는 일에 대해 애정 어린 관심을 갖고 이야기했다. 그녀의 농장 일꾼들의 식당은 심지어 에스키모들과 푸에고 섬[6]의 원주민들을 위해서도 안성맞춤이었다. 그리고 그녀는 기술자 같은 열의를 가지고——이것은 발명의 귀재인 럼포드의 영향임이 분명하다.——앞으로 만들게 될 감자 껍

---

5) 이슬람 군주의 용병.
6) 남아메리카 남단의 군도.

질 까는 기계의 실용성에 대해 이야기했다. "그러면 일이 무척 쉬워질 거예요. 눈 깜짝할 사이에 바구니 하나가 텅 비게 될 걸요."

　그러나 만약 그렇게 된다면, '그런데 있잖아요'나 '옛날 옛날에' 하며 시작되는 이야기는 어떻게 되겠는가? 아만다의 감자 수프를 냄비 밑바닥이 보이도록 깡그리 먹어 치운 우리의 손님들은 컨베이어 벨트 앞에서 규격화된 작업을 하게 되면 그녀는 어떤 이야기도 더 이상 할 수 없게 될 것이라는 내 말에 동감했다. 비록 메스트비나가 밀가루를 반자동식으로 부대에 담는다고 해도, 뚱보 그레트가 대규모의 거위 가공 공장에서 호르몬으로 살을 찌운 거위를 끓는 물에 데쳐서 털을 뽑은 다음 돌아가는 갈고리 벨트에 걸고 덜 뽑힌 깃털을 진공 흡입기로 뽑는다 해도, 아만다 보이케가 지금까지도 살아서, (최저임금 보장제에 따라 보수를 받으며) 하얀 깡통에다 빠른 손놀림으로 똑같은 모양으로 깎인 감자를 담는 일을 한다고 해도, 그렇게 밀가루를 부대에 담거나, 진공 흡입기로 털을 뽑거나, 감자를 통에 담는 작업을 하면서는 꼭 해야 할 이야기는 커녕 떠도는 몇 가지 소문조차도 (게다가 누가 들어 줄까?) 제대로 다 이야기할 수 없을 것이다.
　"맞는 말이에요." 하고 일제빌이 말했다. "그렇지만 우리 여자들은 다시는 절구에 도토리 찧는 일을 하고 싶지 않아요. 거위도 털이 말끔하게 뽑힌 것을 사겠어요. 물론 우리가 먹을 감자 몇 개 정도는 대수롭지 않게 담배를 피우면서 깔 수 있어요. 당신은 우리 여자들이 웅크리고 앉아 물레질하는 모습을 보고 싶겠죠. 발로 밟아 돌리는 싱어[7] 재봉틀에 대해서도 향수를 느낄 거고요. 당신 지금 피곤해 보이는군요. 그 옛날의 난롯가의 긴 의자에 앉고 싶은 생각이 굴뚝같겠죠."

그렇게 말하더니 그녀는 입을 꾹 다물고 아무 말도 하지 않았다. 그리고 나의 이야기는 다른 쪽으로 넘어갔다.

농장 요리사 아만다 보이케의 탄식과 기도

그녀의 가엾은 아기들의 이름은
슈티네, 트루데, 로비제였는데,
곡식은 비에 썩고, 우박으로 쓰러지고,
가뭄에 타 죽고 쥐에 쏠려서,
도리깨질을 하고 나니 아무것도 남은 게 없었다.
기장은 여물지를 못하고, 입에 풀칠할 오트밀도 없었고,
귀리죽은 단맛이 안 나고, 둥근 빵은 상해 버려,
3월의 날이 두 번 어두워지기도 전에
그 어린 아기들은 셋 다 굶어 죽었다. 염소까지도
어떤 카자흐인의 칼에 맞아 죽어 나동그라지고,
암소는 약탈을 일삼는 프로이센인들에게 빼앗기고,
땅을 파헤치는 암탉도 다 없어지고,

---

7) 아이작 싱어. 재봉틀을 만든 미국의 발명가.

구구 울던 비둘기들은 똥만 남기고 사라지고,
염소 수염의 그 남자는
아만다가 번번이 가랑이를 벌려 주었더니,
자신의 방망이로 식은 죽 먹듯이
슈티네, 트루데, 로비제를 만들어 놓고는,
입대 지원금을 받고 또다시 집을 떠나
작센, 보헤미아, 호흐키르히로 출전하고 없었다.
왕이, 왕이 불렀기 때문이다.
이제 슈티네, 트루데, 로비제라는 이름의
세 개의 헝겊 인형들이
그녀의 품에서 축 늘어져 죽었을 때,
아만다는 그 사실을 믿을 수가 없었고
아이들을 내놓으려고 하지 않았다.

그리고 그 어린 여자아이들은
핏기가 없고, 파리하고, 못 먹어서 몸이 비틀리고,
태어날 때부터 끔찍하게 병약한 노인 같았는데,
태어난 지 얼마 안 되어, 채 젖을 떼기도 전에——곧
로비제는 걸어다닐 참이었는데——궤짝에 담겨,
못질되어, 땅속에 묻히자,
아만다는 큰 소리로 한탄했으며
세차게 흐느끼는 목소리로
몸을 부르르 떨며 울부짖었다.
숱하게 아이 마이 와이 나이, 라고 울부짖으며

길게 늘어진 에우·우·우와 에위·이·이 사이의 중간음을 내며
(보통 사람들이 울면서 하듯) 이렇게 말했다.
너무 고통스러워 견딜 수가 없어.
악마라도 슬퍼서 눈물을 흘릴 거야.
이 세상에 정의가 어디 있다는 거야.
사랑의 하느님이 어떻게 그럴 수가 있어.
나는 영원히 이렇게 울부짖을 거야.
사랑의 하느님이란 없어.
성경에 그렇게 쓰여 있어도 그건 거짓말이야…….

그녀는 화창한 3월의 사흘간을 소리치며 울었다.
마침내 그 소리는 체로 거른 듯 이·이·이 소리로 변했다.
(그리고 추카우, 람카우, 코코시켄의
다른 오두막에서도
상을 당한 사람들은
이·이·이 하며 울었다…….)

아무도 거들떠보지 않았다.
마치 아무 일도 없었다는 듯 라일락은 싹을 틔웠다.
메밀과 귀리도 열매를 맺었다.
말려서 쓸 서양자두도 넉넉했다.
버섯 따러 가는 일은 언제나 보람이 있었다.
그리고 암소를 한 마리 몰고서, 염소 수염의 그 남자가
겨울 숙영지에서 돌아왔다. 이번에도 부상을 당한 몸이었다.

었다. 그렇다면 우리 프로이센 사람들에게 도움을 준 사람은 누구였던가?

오늘날 우리는 감자를 가루가 묻어나게 소금물에 삶아 먹거나, 날것을 갈아 먹거나, 여러 가지 뼈를 곤 국물에 넣고 끓여 먹거나, 파슬리를 곁들여 먹거나, 껍질을 벗기지 않은 채 흰 치즈와 함께 먹기도 한다. 우리는 양파를 넣고 찐 감자나, 겨자 소스를 바른 감자, 버터를 바른 감자, 치즈를 씌운 감자, 으깬 감자, 우유에 삶은 감자, 은박지로 싸서 구운 감자, 묵은 감자, 햇감자 등을 알고 있다. 또는 야채 소스를 얹은 감자. 또는 수란(水卵)과 함께 으깨 만든 매시트포테이토. 또는 크림 소스를 바르고 빵가루를 묻혀 만든 튀링겐식, 포크트란트식, 헤네베르크식의 감자 경단. 또는 내열성의 예나 유리 그릇에 넣어 치즈 가루를 뿌리거나 노슈티츠 형제가 한 것처럼 가재 버터를 발라 겉만 살짝 구운 감자. 또는 (전쟁 중에 먹었던) 편도와 설탕을 넣은 감자 과자, 감자 파이, 감자 푸딩. 또는 감자 소주. 또는 (휴일 때마다) 콩팥 기름으로 볶은 양의 옆구리 살에 네 등분한 감자를 넣고 물을 부어 국물이 졸아들 때까지 오래 끓여서 만든 나의 아만다의 양고기 감자 요리. 그제야 그녀는 양고기 감자 요리에 흑맥주를 뿌리곤 했다. 또는 하늘에 잉크가 번지고 숲이 점점 가까이 다가오는 저녁 무렵이면, 프로이센 왕국의 국유지 추카우의 농장 일꾼들이 매일 먹던 아만다의 감자 수프.

때는 폴란드의 2차 분할이 있고 난 후였다. 농장은 모든 면에서 달라져야만 했다. 더 질서 정연해야 했고, 더 많은 이익을 내야 했다. 간단히 말해서 프로이센식이 되어야 했다. (1217년에 메스트비나의 딸인 담로카에 의해 세워졌으나) 부실 경영으로 파산한 수도원 농장은 환속되어 국유지로 선포되었다. 사람들은 그것을 진보라고 불렀다. 진보는 감독과 통제를 받아야 했다. 왕이 친히 그 일을 했다.

왕이 추카우에 왔을 때는 비가 내리고 있었다. 이미 며칠 전부터 비가 내렸기 때문에 감자를 캐내야 할 형편이었다. 왕실 농장의 일꾼들은 괭이로 땅을 파헤친 다음, 바구니에 감자를 담아, 물이 뚝뚝 떨어지는 바구니를 등에 짊어지고 밭 가장자리로 날랐다. 그들은 제 몫을 찾아 헤매는 보통 까마귀들 틈에 우뚝 서 있는 덩치 큰 처량한 까마귀들 같았다. 그때 낡아 빠지고, 이미 전설처럼 오래된 탄력 없는 국왕의 사두 마차가 진흙으로 뒤범벅이 된 채 다가오고 있었다. 이제 마차는 카르트하우스로부터 웅덩이가 곳곳에 팬 지방 도로를 지나 오른쪽으로 꺾어 들어 추카우를 향해 난 들길을 비틀거리며 달려오고 있었다. 추카우에서는 비에 젖은 밭에서 일하던 농장 일꾼들이 구부린 허리를 쭉 펴고 있었다. 그 사이에 왕이 탄 마차는 자작나무 사이로 나타났다가 빗물로 팬 길로 사라지는 듯하더니 다시 더 커다랗게 모습을 드러냈다. 그것은 하나의 사건이었다. 마차가 군데군데 빗물이 고인 웅덩이들 위에서 멈추어 서고, 헉헉대며 입김을 뿜어 대는 말들 뒤에 매달린 마차의 오른쪽 문이 안에서부터 열리면서 제일 먼저, 사람들이 보기만 하면 두려워하며 꾸벅 절을 하곤 했던 너무나 잘 알려진 예의 그 모자를 쓰고서 늙은 왕, 다시 말해 프리드리히 2세, 즉 프리데리쿠스 렉스, 다른 말로 황제 폐하인 프리츠 옹이, 나중에 여러 유화에서 그려진 것과 똑같은 모습으로, 모자를 쓰고 제복을 입고 지팡이를 짚고 마차에서 내려 감자밭으로 터벅터벅 걸어 들어갔다. 왕의 노병이자 감독관인 나, 아우구스트 로마이케와 부관도 그의 뒤를 따라갔다.

다른 곳을 방문할 때와 마찬가지로 추카우에 올 때도 왕은 아무런 예고도 하지 않았다. 그는 자신의 방문을 비밀에 부침으로써 청원서나 꽃다발, 경의를 표하기 위해 마중 나온 처녀들과 지방 의회 대표들을 피하고자 했다. 그는 요란하고 성가신 것을 좋아하지 않았다. 그는 이미 널리 알려진 전설에 걸맞게 행동했다. 이를테면 그는 통풍에 걸려 구부정한 몸으로 모자를 쓰고 지팡이를 짚고서 터벅터벅 밭을 가로질러 걸어가면서, 멍청하게 쳐다보고 있지 말고 어서 일이나 하라고 농장 일꾼들에게 몇 마디 호통을 치고는, 감자가 가득 든 바구니들이 있는 곳까지 가서야 걸음을 멈추었다. 그가 맨 먼저 꺼낸 이야기는 카슈비아의 모래땅에 대한 것이었다. 그는 그것을 포메라니아 내륙의 토양과 비교해서 설명했다. 그것은 그가 교육적인 논문들을 통해 알게 된 것이었다. 윤작과 클로버 재배에 관한 그 논문들은 원래 영어와 네덜란드어로 쓰여진 것인데, (그를 위해) 프랑스어로 번역한 것이었다. 부관은 빗속에서 왕의 말을 받아 적었다. 감독관인 나는 헥타르당 수확량을 모조리 암기하고 있어야 했다. 왕은 국유지에서 생산된 감자 종자의 거래가 증가하고 있음을 입증해 줄 만한 정확한 수치를 듣고 싶어 했다. 네덜란드 품종들이(거기엔 오늘날 '빈트에'라고 불리는 품종의 원종(原種)도 포함되어 있었다) 하노버 시장에서 얼마나 더 비싼 가격에 거래되고 있는지 내가 제대로 알고 있지 못하자 그는 지팡이로 나를 때렸다. 나중에 왕이 다른 이유로 몽둥이를 들었을 때도 이 일 역시 사람들의 입에 오르내리곤 했다.

그리고 나서 왕은 끊임없이 내리는 카슈비아의 비에 흠뻑 젖어 번들거리는 모습으로 최근에 프로이센령이 된 그 땅에서 발 벗고 나서서 감자 경작을 장려하며 그 진기한 채소가 굶주림을 해결해 줄 수 있고 맛 또한 좋다는 사실을 입증한 여성이 누구냐고 물었다.

나는 왕을 모시고 아만다에게 갔다. 그녀는 보통 때처럼 농장 일꾼들 식당의 화덕 앞에 있는 의자에 앉아서, 그날 먹을 수프를 만들 감자 껍질을 까고 있었다. 그녀는 조금도 놀라는 빛이 없이 이렇게 말했다. "아, 마침내 프리츠 옹께서 오셨군요."

그 무렵 그녀는 이미 감자 튀김 요리를 만들어 내놓고 있었다. 감자 팬케이크도 그녀가 고안한 것이었다. 그리고 그녀는 오이, 양파, 곱게 다진 당귀, 해바라기 기름 등을 감자와 함께 버무려 최초로 감자 샐러드를 만들어 축일 요리로 내놓았다고 한다. 또한 그녀는 회향 열매나 서양자초, 또는 겨자 씨나 마요라나, 또는 파슬리를 섞어서 언제나 새로운 맛을 냄으로써 매일 먹는 감자에 다양한 변화를 주었다. 그러나 베이컨 껍질을 넣고 끓인 아만다의 감자 수프는 기본적인 맛을 변함없이 유지했다. 그것은 그녀가 매일매일 감자를 까서 계속해서 수프에 집어넣었기 때문이었다. 감자 수프가 떨어진 적은 한 번도 없었다.

왕은 그녀에게 감자 껍질 까는 일을 계속하라고 명하고, 자신은 감자 바구니 옆에 놓여 있는 의자에 가서 앉았다. 그의 몸에서는 물방울이 뚝뚝 떨어졌다. 조그만 웅덩이가 그의 발 주변에 생겼다. 아만다의 딸 에르네슈티네는 수지 양초에 불을 붙였다. 농장 일꾼들의 식당 안이 벌써 어둠침침해졌기 때문이었다. 아만다는 감자 껍질을 까는 동안 돋보기를 썼다. 프리츠 옹은 금방 그녀가 벗겨 낸 감자 껍질을 살펴보고서, 깎여 나가는 살이 거의 없을 만큼 그녀가 껍질을 얇게 깠다는 것을 알았다. 그러는 동안 그의 옷에서는 여전히 물방울이 뚝뚝 떨어지고 있었고, 아만다의 딸들인 리스베트와 안네, 마르타, 에르네슈티네는 하품을 했다. 아만다가 감자 칼을 감자에 갖다 대면서 기장과 메밀마저도 늘 턱없이 부족하던 옛날에 대해 이야기를 시작하자, 그는 머리를 비스듬히 기울이고 그 이야기에 귀를 기울였다. 그녀의 이야기는 칼날 위로 미끄러지며 점점 수북이 쌓이는 감자 껍질처럼 그렇게 꼬불꼬불하고 길었다.

먼저, 그녀는 그 옛날에 있었던 굶주림에 관한 이야기를 했다. 그녀는 자기의 어린 자식들인 슈티네와 트루데, 로비제가 굶어 죽은 일에 대해 하소연했다. 그러고 나서 (밭에 호박(琥珀)을 파묻어서) 감자 딱정벌레를 없애는 방법에 대해 이야기했다. 그다음에 그녀는 감자 가루를 몸에 문지르면 콜레라를 쫓는 데 효과가 있다고 주장했다. 그러더니 그녀는 왕에게 직접, 이렇게 방문해 주어서 고마우며, 비를 맞아서 참 안됐는데, 갈아 신을 마른 양말을 드릴까 하고 물었다. 그런 다음 그녀는 본론을 말했다. 그녀는, 언제 죽을지 모를 네댓의 아무 짝에도 쓸모 없는 수녀들만 남아 있는——그녀가 소녀였을 때 미사복에 튤립 무늬를 수놓는 일을 해야 했던——영락한 수녀원을 나라에서 접수한 것은 참 잘한 일이라고 말했다. 그러나 프리츠 옹이 그 명청이 감독관에게 소작농들의 마지막 남은 조그만 땅덩어리와 그들이 소작하는 수녀원 토지까지 모두 몰수하도록 허가해 준 것은 도저히 납득할 수 없는 일이라고 말했다. 그 후 그 땅들은 경작도 하지 않고 황무지처럼 버려져서 잡초만 무성하다는 것이었다. 그러니 자연히 농민들은 일할 의욕을 잃고 엘빙과 단치히로 떠나가게 되었고, 그제야 국유지 관리들과 감독관이라고 자처하는 그 명청이는 사태를 파악하게 되었다는 것이다. 그러자 그들은 그녀의 계획에 따라——아만다는 무엇이 잘못되었는지를 알고 있었기 때문이다.——농노들이 사는 작은 농가 주변의 땅을 분할하여, 그 땅을 농노들에게 싸게 임대해 주는 대신 그들로부터 그 땅에는 감자만 재배한다는 각서를 받았다. 농노들이 보수를 받지 못하고 일하던 국유지에서도 이와 마찬가지로 시행했다. 그래서 거기에서도 사 년 전부터 소량의 귀리와 보리 약간을 제외하고는 주로 감자만을 재배해 왔다는 것이었다. 그런데 유감스럽게도, 감독관을 자처하는 저 뻔뻔스러운 촌놈이——이 대목에서 그녀는 감자 칼로 나를 가리켰다.──더러운 음모를 꾸며 냈다는 것이었다. 그는 그 모든 일을 프리츠 옹의 이름으로 계획하고 실행했으므로 프리츠 옹이 그에 대해서는 더 잘 알고 있을 것이라고 했다. 그 감독관과, 심지어 자신을 국유지 관리 기구라고 칭하기까지 하는, 8월에도 전혀 더위가 느껴지지 않는 시원한 안락의자에 눌어붙어 있는 늙은 연대장이 관리를 더 엄격하게 통제한다는 명목으로 분할했던 모든 토지를 다시 통합하려 했다는 것이었다. 그 때문에 자영 경작이 아주 엄격하게 금지되었다는 것이었다. 그래서 이제 추카우에는 자영농은 하나도 남아 있지 않고 오직 예속된 농노들만 있다고 했다. 게다가 더 좋지 않은 것은 그들이 모두 세습 농노라는 것이었다. 그러나 분명히 그것이 프리츠 옹이 바란 바는 아닐 것이라고 그녀는 말했다. 물론 그녀는 모든 사람들을 위해 요리한다고 말했다. 폴란드인 날품팔이나 벽돌공뿐 아니라 아이들과 노인들, 그리고 안락의자에 들러붙어 있는 늙은 연대장까지 모두 일흔여덟의 식솔들에게 음식을 제공하고 있다고 말했다. 프리츠 옹도 잘 알겠지만 이와 같은 대형 식당의 장점은 연료를 절약할 수 있다는 데 있다고 말했다. 또한, 그가 원한다면, 토탄과 장작이 얼마나 절약되는지 정확한 양을 계산해 보일 수 있다고도 말했다.

왕은 모든 이야기를 유심히 듣고 나서 그 특유의 눈짓으로 부관을 향해 농장 식당이 갖는 절약의 이점과 대형 식당의 장래성에 대한 그녀의 의견을 모두 상세히 기록하라고 지시했다. 아만다의 감자 가루 만드는 법도 마찬가지로 기록되었다. 부관은 아만다가 『감독관의 죽은 몸뚱아리』라는 그림책을 언급하면서 나를 (그리고 심지어는 왕까지도) 웃음거리로 만들고 있을 때조차도 그 모든 내용을 기록했다. 그 그림책에는 왕이 명예를 위해 싸웠던 모든 전투가 상처 자국으로 묘사되어 있었다. 그녀는, 감독관이 콜린 전투에서는 한쪽 눈을 잃었고, 또 호흐키르히에서는 양손의 손가락 한두 개씩을 프로이센 역사를 위한 기금으로 바쳤기 때문에, 그는 더 이상 콧구멍이나 후비면서 생각에 잠길 수도 없게 되었으며 그 결과 전보다 더 멍청해졌다고 말했다. 그래서 그는 불쌍한 사람들을 괴롭히고 말도 되지 않는 연설이나 일삼고 있다고 말했다. 그녀는, 그가 술친구들을 위해 감자술을 만드는 것 말고는 할 줄 아는 일이 아무것도 없다고 말했다.

그러고 나서 아만다는 우박과 쥐로 인해 피해가 심했던 몇 년 전에 대해 이야기했다. 그리고 그녀는 일곱 딸들—그 아이들은 모두 아직 어리숙한 처녀였던 그녀에게 로마이케가 영광스러운 전투 사이사이에 찾아와 번개처럼 임신시켜 낳은 아이들이라고 말했다.—가운데 셋이 하늘도 무심하게도 굶어 죽었다는 이야기를 다시 한번 했다. 그 당시에는 감자라는 것이 있지도 않았으며, 기장과 메밀마저 늘 턱없이 부족한 형편이었다고 말했다.

마침내 감자 바구니는 거의 다 비었고, 감자 껍질들은 마치 나의 소뇌(小腦)처럼 뒤죽박죽이 되어 수북하게 쌓였다. 아만다의 딸 리스베트(부르커스도르프 전투 후에 낳은)는 아궁이에서 조용히 끓고 있는 커다란 솥에 씻은 감자를 썰어 넣었고,

어떤 떠돌이 술장사와 관계를 가져 나중에 조피 로트촐이라 불리게 될 딸을 임신한 상태에 있던 안네(로이텐 전투 후에 태어난)는 잘게 다진 양파에 쇠고기 기름을 넣고 걸쭉하게 끓이기 시작했다. (호흐키르히 전투 후에 태어난) 마르타는 마요라나 잎을 줄기에서 따 수프에 비벼 넣었고, 에르네슈티네(작센의 피르나 항복과 콜린 전투 사이에 태어난)는 농장 일꾼들의 긴 식탁을 닦았다. 그리고 내내 난롯가에 앉아 있어서 마침내 왕의 옷도 다 말랐을 때, 아만다는 프리츠 옹에게 감자 전쟁 말고는 아무 전쟁도 하지 말아 달라고 부탁했다. 그녀는 브란덴부르크에서 포메라니아와 카슈비아를 거쳐 마주르에 이르기까지 모든 지역이 감자 잎으로 뒤덮이게 될 미래의 풍경을 설계해 보았다. 그렇게만 된다면, 한번 수확을 하고 나서 다음 수확이 있을 때까지 자신이 생각한 대로 사람들에게 대규모 급식을 해 줄 것이라면서 이렇게 말했다. "그때가 되면 더 이상 굶주림은 없을 거예요. 오직 배부름만 있을 거예요. 그리고 하느님은 프리츠 옹을 사랑하실 거예요."

(만약에 아만다가 그 당시에 똑똑한 체하던 사람들보다 더 많은 것을 알고 있었다면 그녀는 왕에게 탄수화물, 단백질, 비타민 A, B, C, 나아가 무기질, 나트륨, 칼륨, 칼슘, 인 그리고 철 등의 물질을 하나하나 열거하면서 감자에는 이 모든 성분이 함유되어 있다고 말했을 것이다.)

농장 요리사인 아만다가 왕에게, 유혈 전쟁은 할 만큼 했으니 이제는 평화적으로 기아를 극복하는 데 힘써 달라고 호소하자 그 늙은 왕이 눈물을 흘렸다는 일화가 나중에 널리 퍼지게 되었지만 그것은 사실이 아니다. 그렇지만 그녀가, 마지막 감자의 껍질을 까서 주사위 모양으로 반듯하게 썰어 커다란 수프 솥에 넣은 후 "가엾은 어린 꼬마를 사랑해 주고 어머니처럼 돌보아 주는 사람이 아무도 없었다니." 하고 말하며, 사랑을 받지 못하고 자란 왕의 어린 시절에 대해 무척 안타까운 마음을 표현했다는 것은 사실인 것 같다. 그녀는 비에 흠뻑 젖었다가 이제는 다 마른 모습으로 그녀의 부엌에 앉아 있는 왕을 모든 것을 이해하는 시선으로 찬찬히 훑어보았다. 그녀는 진심으로 다정하게 왕을 '나의 꼬마 프리츠 옹'이라든가 '나의 귀여운 꼬마'라고 불렀는데, 그것은 늙어서 쪼그라든 폐하보다 그녀가 족히 머리 하나는 더 컸기 때문이었다.

코를 훌쩍거리며 흐느껴 우는 왕, 마치 마음속으로부터 명령을 받은 것처럼 줄곧 흐느껴 우는 왕. 그는 눈물이 뚝뚝 떨어지는 흠뻑 젖은 눈으로 그녀가 건네는 따뜻한 위로의 말을 들으며 앉아 있었다. 우리는 그녀가 마치 어린애를 대하듯이 속삭이는 소리를 들었다. "조금 있으면 괜찮아질 거예요. 이제 걱정할 필요 없어요. 자, 이리 와요, 프리츠 할아버지. 따뜻한 수프 좀 들어 보세요. 아주 맛이 좋아요. 기운이 날 거예요."

카슈비아 시간으로 족히 한 시간 동안(보통 시간으로 쳐서 한 시간 반보다 더 긴 시간이다.) 그녀는 솥에다 수프를 끓이면서 왕을 어머니처럼 돌보아 주었다. 그녀는 왕의 제복에 묻은 코담배 얼룩 몇 개를 차가운 맥아 커피로 문질러 지워 주기도 했다. 그녀가 마지막으로 파슬리를 다지고 있을 때 그는 깜박

잠이 들었던 것 같다. 늙은 소작농들은 바로 이웃한 부엌 식당에서 벽에 바짝 붙어 서로 소곤대고 있었다. 그들은 그 순간이 역사적인 순간이라는 것을 알고 있었다. 그들은 모두 각자의 숟가락을 들고 있었다. 그리고 그 양철 숟가락으로 그들은 부엌 식당의 긴 나무 의자를 톡톡 두드리고 있었다. 일꾼들의 긴 식탁에는 이미 그들이 덜어 먹을 커다란 수프 그릇들이 마련되어 있었다. 그릇 하나당 일꾼 일곱 명분의 수프가 담겨 있었다.

그러고 나서 왕은 우리들과 함께——해가 저물어서 일꾼들이 밭에서 돌아왔기 때문이다.——아만다의 감자 수프를 떠먹었다. 왕 앞에는 자그마한 그의 전용 접시가 놓여 있었다. 그는 그녀 곁에 앉았다. 너무 일찍 늙어 버린 왕은 손이 떨려 옷에 수프를 흘리면서 먹었다. 그러나 그는 붉게 충혈되고 축축하게 젖은 그의 두 눈을 가끔 크고 파란 왕의 눈(후세에 초상화에 그려진 대로)으로 만들어 보였다. 모두가 후루룩 소리를 내며 수프를 먹었기 때문에, 그가 내는 후루룩 소리는 두드러지지 않았다.

나는 너무 멀리 떨어져 앉아 있어서, 그 두 사람이 한 숟가락 한 숟가락 떠먹는 사이사이에 무슨 말을 속삭이는지 들을 수가 없었다. 사람들 말에 의하면, 왕은 프로이센의 지방 귀족들이 자신의 칙령을 실행에 옮기지 않는 데 대한 불만을 아만다에게 늘어놓았다고 한다. 농노 신분은 적어도 세습되어서는 안 된다. 귀족이 농민의 땅을 빼앗는 일은 없어져야 한다. 국민을 가축 취급하면서 어떻게 강력한 군대가 유지되길 바라겠는가. 프로이센은 많은 적들을 경계하면서 항상 싸울 채비를 하고 있어야 한다는 것이었다.

그러나 사실은——아만다가 나중에 감자 껍질을 벗기면서 이야기하기도 하고 그녀의 편지 친구인 럼포드에게 써 보낸 바에 의하면——프리츠 옹은 단지 그녀의 감자 수프 조리법에 대해서 물어보았을 뿐이었다는 것이다. 그는 그 수프가 자기 몸에 잘 맞으며 통풍에 걸린 뼈를 따뜻하게 진정시켜 준다고 말하면서도, 자신의 입맛에 맞게 수프에 후추를 치고 싶어 했다는 것이다. 그러나 그곳엔 후추가 없었다. 프로이센 왕국의 국유지인 추카우의 농장 부엌에는 빻은 것이든 빻지 않은 것이든 후추 같은 것은 없었다. 아만다는 겨자 씨와 회향 열매, 또는 마요라나와 파슬리 같은 풀을 써서 맛을 냈다. (물론 소시지를 함께 넣고 끓이거나, 구운 베이컨 조각을 넣고 저을 수도 있었다. 아만다는 가끔, 수프에 당근 몇 개를 넣고 끓이기도 했고, 양념으로 셀러리나 파를 넣기도 했다. 겨울에는 말린 버섯을 넣기도 했고 들살이버섯과 그물우산버섯을 한 움큼 넣기도 했다.)

왕이 스프링이 다 닳은 그의 마차를 타고 추카우를 떠날 때도 비는 여전히 내리고 있었다. 감독관인 나 로마이케는 선물로 코담배 한 통조차 받지 못했다. 아만다의 앞치마에 두카텐 한 닢 넣어 주는 사람도 없었다. 아만다의 딸들인 리스베트와 안나, 마르타, 에르네슈티네에게 손을 얹어 축복해 주는 사람도 없었다. 여전히 비에 젖어 있는 농장 일꾼들에게서는 한 마디의 찬가도 나오지 않았다. 농노제를 폐지한다는 자발적인 포고도 없었다. 전제 군주의 지배하에서 계몽적인 기적은 일어나지 않았다. 그러나 그 역사적인 만남의 날은 부관에 의해 후세에 이렇게 전해졌다. 비 때문에 고생한 왕이 추카우를 떠난 직후인 1778년 10월 16일에, 아만다 보이케의 감자 수프는 칙령에 의해 왕이 즐겨 먹는 요리로 승격되었다. 그로 인해 감자 수프는 서프로이센뿐만 아니라 다른 지역으로까지 널리 보급되었다.

그리고 아만다 보이케의 사안에 대한 심리가 사육제 기간 중에 열렸기 때문에 여성 재판부는 평범한 여성 사육제 대신 아만다 시대의 의상으로 분장을 하는 여성들만의 특별한 축제를 개최했다. 그래서 농장 부엌일을 감독했어도 충분히 잘 해냈을 배석판사 테레제 오슬리프는 보헤미아식 조미료에 길들어 있던 그녀의 솥에 아만다의 서프로이센식 감자 수프를 끓였다. 혁명 자문위원 전원과 심지어는 법정 선임 변호사까지 포함한 모든 사람들이 '일제빌의 헛간'이라고 이름 붙인 오슬리프의 식당에 초대되었다. 물론 우리 남자들은 초대받지 못했다. 헬가 파쉬는 프리츠 옹으로 분장한 것 같았다. 루트 지모나이트는 아우구스트 로마이케로 분장하고 왔다. 비즐라프는 마요라나와 파슬리 화환으로 몸을 장식했다. 물론 테레제 오슬리프는 감자색 옷을 입은 아만다로 분장했다. 그리고 수프를 먹은 후에 여자들은 함께 폴카를 추었다고 한다.

날씨 이야기

갑자기 아무도 먼저 앞서가려 하지 않는다.
도대체 어디로 가는가, 그리고 뭐가 그리 급한가?
오로지 뒤편에만 서서──그런데 어디가 뒤편인가?──
그들은 아직도 서로 밀쳐 대고 있다.

굶주림으로 죽어 가고 있지만
아무런 주목도 받지 못하는
먼 곳에 있는 저 많은 사람들을
굶주림으로부터 보호하는 일은 옳은 일인가 하는 물음은
흔히 제기되는 질문이다.
자연은──제3 프로그램에서도 그렇게 말하리라.──
스스로 해결책을 만들어 낼 것이다.
현실적이 되어 보자.
우리는 집에서 할 일이 충분히 많다.
파경을 맞은 수많은 부부들.
2 곱하기 2는 4라는 산술 방법.
위급할 때엔 공무원법.

저녁이 되면 우리는 분개하며 알게 된다,
일기예보도 틀렸다는 것을.

편지들은 법정에서 어떻게 인용되었나

내가 그 편지들을 발견한 것은, 피르나가 항복한 후에 내가 다른 전리품들과 함께 작센 지방의 과자를 담아서 집으로 가지고 왔던 알록달록한 상자에서였다. 나중에 그 상자에는 카슈비아의 모래밭에서 나온 호박 구슬들이 담겨졌다. 그런데 아만다 보이케는 감자 벌레의 피해를 막아 주는 부적으로 호박 구슬들을 다시 밭에 파묻어 버렸고, 빈 상자에는 럼포드 백작의 편지들을 넣고 그 위에 그녀의 돋보기를 얹어 두었다. 그런데 내가 투헬로 시찰을 나간 사이에, 그녀는 죽어 버렸다.

첫 편지는 1784년 10월 4일 뮌헨에서 쓴 것이었다. 마지막 편지에는 '1806년 9월 12일, 파리에서'라고 적혀 있었다. 1792년 여름까지 온 편지에는 모두 '당신의 성실한 친구 벤저민 톰프슨'이라고 서명이 되어 있었고, 그 뒤 신성로마제국의 백작으로 신분이 상승되고 나서부터는 그는 솔직하게 '럼포드 백작'이라고 서명을 했다.

나는 아만다의 판지 상자에서 모두 스물아홉 통의 편지를 발견했다. 그리고 럼포드의 딸인 샐리의 유품에서도 역시 보라색 잉크로 서명한 아만다 보이케의 편지 스물아홉 통이 발견되었다. 특히 이 편지들이 서로 완벽하게 연결되어 있는 것으로 보아 그들의 생각이 담긴 편지가 한 장도 분실되지 않았다고 볼 수 있다. 혁명이 일어난 해인 1789년에 럼포드는 (그때까지만 해도 벤저민 톰프슨이라는 이름으로) 뮌헨에서, 영국식 정원의 모양새에 대한 자세한 설명과 함께 그 정원의 개장식에 참석했던 사람들의 즐거운 분위기를 적은 편지를 보냈다. 이에 대한 답장에서 아만다는, 정원은 얼마나 큰지, 토질은 비옥한지, 진흙땅인지 등을 묻고 있다. 이에 대해 럼포드는 다음 편지에서 경작하지 않은 땅의 면적이 612모르겐[10]에 달한다는 답변을 보내왔다. "아주 좋은 목초지입니다." 톰프슨은 또 이렇게 썼다. "우리는 공원 부근에 위치한 이곳에 모범적인 농장을 두고, 홀슈타인이나 플랑드르, 스위스 같은 곳에서 들여온 소들을 사육할 것입니다. 그래서 열등한 바이에른 가축의 질을 향상시키고, 온 세계에 수의학적인 모범을 보일 것입니다."

로마이케였을 때의 내가 죽은 후, 두 사람이 주고받은 편지들은 분실되어 다시는 찾을 수 없게 되었다. 럼포드 전기에는 아만다 보이케에 대한 언급이 하나도 나오지 않는다. 그리고 샐리 톰프슨도 질투심에서였는지 아니면 어리석어서 그랬는지 그녀의 아버지와 카슈비아의 농장 요리사가 나누었던 의견 교환에 대해 은폐했다. 그럼에도 샐리는 자신의 회고록에서 아버지가 아만다에게 편지로 써 보냈던 몇 가지 견해들을 인용하고 있다. 이를테면 "경찰에 주민등록을 신고하는 것은 모든 외국 방문객의 실태를 파악하는 데 도움이 된다."고 하는 말이 그중 하나이다.

---

10) 옛 토지 면적 단위. 두 필의 소가 오전 중에 경작할 수 있는 넓이로, 약 2에이커에 해당한다.

일제빌, 이제 이 모든 것을 바로잡아야 해. 분실되었던 편지들이 발견되었으니까. 암스테르담에서 말야. 이제 모든 건 다 밝혀지겠지. 어떤 고서적상이 그 편지들을 발견했어. 재판이 시작되자마자 넙치는 편지의 진상을 파악해 달라고 부탁해 놓았거든. (당신도 알다시피 넙치의 조력자들은 사방에 깔려 있어.) 따라서 여성 법정에서 아만다 보이케 건이 논의되는 동안 편지의 인용문들이 시종일관 결정적인 역할을 했어. 나는 다만 주변 인물로 언급되었을 뿐이었어. 내가, 넙치의 충고에 따라, 왕의 칙령과 자유주의적인 지방법을 자의적으로 해석하여 내 감독 아래 있던 모든 국유지에 농노제를 계속 유지시키고, 세습 농노제를 폐지하지 않았을 뿐만 아니라(다만 예외적인 경우에만 폐지했다), 심지어는 옛 제도를 본떠 새로운 노동자 고용법을 만들어 내기까지 했는데도 말이야. 한마디로 말해서, 나는 사람들이 증오하던 피도 눈물도 없는 감독관이었지. 아만다조차도 농노의 신분으로 살다가 죽었어.

넙치는 법정에서 그가 나를 반동적으로 행동하는 도구로 이용했다는 점을 시인했어. 그러면서 이렇게 말했어. 엘베강 동쪽의 농촌 사람들은 개혁을 받아들일 만큼 성숙하지 않았다. 농노들은 스스로를 대가족의 구성원으로 생각하고 그 속에서 안전하고 행복하다고 여겼다. 노동자 고용법은 안전을 보장해 주었으며, 어린애 같은 의미에서 포근한 보금자리를 보장해 주었다. 폴란드의 일일 노동자들의 형편은 추카우에서건 그 밖의 다른 지역에서건 그들이 배불리 먹을 수 있는 추수철을 제외하고는 이루 말할 수 없이 나빴다. 결국 농장 요리사인 아만다 보이케가 당시의 자유롭지 못한 시대적 여건에도 불구하고 원대한 생각을 품을 수 있는 능력을 지녔다는 사실을 본 법정은 부정할 수 없을 것이다. 그녀의 그러한 생각은 뮌헨이나 런던 또는 파리와 같은 다른 곳에서라면 책으로 출간될 수도 있었을 만한 것이었다. 한편 그녀가 소박한 애정에서 출발하여 벤저민 톰프슨이라는 사람을 이용했다는 사실도 부인할 수 없을 것이다. 이렇게 말한 다음 넙치는 공문서나 교과서에 쓰여 있는 내용보다 더 많은 것을 자신이 알고 있다고 말했어. 따라서 넙치는 다시 발견된 편지들에서 용기를 얻어 대석(臺石)을 하나 세우고 그 위에다 톰프슨이라는 사람과 농장 요리사를 동등하게 나란히 올려놓고 싶다고 말했다.

넙치는 또 이렇게 말했어. "한 여성의 생애, 그것을 우리는 여성해방 운동의 모범으로 삼아야 합니다. 다시 말해 아만다 보이케는 우리가 감자를 맛있게 먹을 수 있게 해 주었을 뿐만 아니라, 그녀의 대규모 농장 식당을 통해서, 앞으로 다가올, 아니 이미 시작된 중국식 세계 식량 해결 방안을 미리 예시해 주었습니다." (나는 일제빌에게 악감정을 품고 이렇게 말했다. "그리고 마침내 일이 그렇게 될 경우에, 나는 당신이 그 많은 소원들을 다 어떻게 할지 궁금해.")

　　　·

앞에서 이야기한 벤저민 톰프슨이라는 사람은 1753년에 영국의 식민지 매사추세츠 주에서 태어났다. 아버지가 일찍 돌아가시자 의붓아버지 —— 또는 톰프슨이 아만다에게 쓴 편지에 따르면 "나의 가엾은 어머니의 포악한 남편" —— 가 그 자리를 대신했다. 톰프슨은 견습 상인으로 일하는 동안 소금에 절인 생선을 저장하고 해상으로 운송하는 일에 관심을 갖게 되었다. (넙치는 법정에서 자신이 그 젊은이에게 충고를 했던 사실을 부인하지 않았다. 그러면서 그는 이렇게 말했다. "직접적으로 또는 간접적으로 충고했습니다. 아무튼 이 세상의 온 바다가 내 집이니까요.")

그 사이에 보스턴에서는 반영(反英) 운동이 들끓고 있었다. 미국 이민자들이 식민지 통치국을 누르고 승리한 것을──런던의 휘그당원들[11]이 의회에서 이른바 인지 조례를 폐기시켰던 것이다.──축하하기 위해 터뜨릴 예정이던 폭죽의 폭약 주머니를 만들다가 톰프슨은 사고를 당했다. 그 후부터 그는 식민지 통치 당국의 군대 편에 가담하여 영국의 스파이가 되었고, 그 일을 하면서 자신의 최신 발명품인 보이지 않는 잉크, 즉 처음에는 보이지 않다가 일정한 시간이 지나면 글씨가 뚜렷하게 나타나는 잉크를 시험해 보았다.

화상이 나은 뒤에 그는 틈틈이 하버드 대학에서 공부를 해서, 전에 럼포드라고 불렸던 소도시 콩코드에서 교사가 되었다. 어느 돈 많은 과부가 그 젊은 교사를 남편으로 맞아들였는데, 이것이 톰프슨에게는 또다시 너무 일찍 터져 버린 폭죽처럼 충격을 주었던 것 같다. 다시 말해 그는 군대에 입대하여 뉴햄프셔의 제2 연대의 소령이 되어 진홍색 군복을 입었으며,

---

11) 휘그당은 17, 18세기 초에 토리당과 대립하던 영국의 민권주의 정당으로 지금의 자유당의 전신이다.

아주 잠깐 동안 딸 샐리의 아버지 노릇을 했다. 그러다가 그는 동네 사람들의 멸시를 못 이겨 도망쳤지만, 이른바 민병대에 의해 체포되어 콩코드에서 재판을 받고 다시 풀려났다. 그렇지만 그가 영국을 위해 비밀 첩보원 노릇을 했으며 그가 발명한 특수 잉크로 보이지 않게 쓴 편지를 영국 총독에게 보냈다는 혐의는 여전히 남아 있었다.

독립 전쟁이 터지자 톰프슨은 포위된 보스턴을 빠져나와 런던으로 향하는 마지막 배를 탔다. 여성 법정에서 넘치는 젊은이의 야망을 내세워 그의 도주를 정당화하며 이렇게 주장했다. 톰프슨은 자신의 꿈을 펼칠 수 있는 더 넓은 세상을 원했다. 좀 이상하긴 하지만 그래서 그는 오래된 유럽 대륙으로 갔다. 런던에서 그는 식민지 조지아 주의 비서관으로 임명되었다. 유감스럽게도 헤센의 용병을 쓰자고 한 장본인이 바로 톰프슨이었다. 그래서 그는 용병을 모집하고 배에 태워 수송하는 일까지 담당했다. 그렇지만 그가 영국 학술원의 회원으로 선출되었다는 사실은 그가 학문에도 진력했음을 입증해 준다고 넘치는 말했다.

그러자 장내는 온통 웃음바다가 되었고 여성 검사는 넘치의 말에 이렇게 대답했다. "학문적인 업적이라고요? 사실대로 한번 말해 봅시다. 톰프슨 씨는 보병의 총기들을 개량하기 위해 점화구의 위치를 어디에 두는 것이 가장 좋을까 하는 연구를 했습니다. 그는 어린 시절에도 그랬고 지금도 화약을 좋아합니다. 어른이 되어서도 그는 여전히 전쟁놀이를 하고 싶어 합니다. 전쟁엔 이미 패했지만, 그는 뉴욕에 새로이 1개 연대를 배치합니다. 그의 유일한 영웅적 행위를 든다면 헌팅턴에 있는 공동 묘지에 요새를 짓게 한 일이라고 할 수 있습니다. 그가 건축 자재로 사용한 것은 비석들입니다. 심지어 군용빵을 굽는 오븐까지도 비석을 쌓아서 만들기 때문에, 갓 구워 낸 빵에는 조사이아 백스터, 존 밀러, 티머시 밴더빌트, 또는 에이브러햄 웰스 같은 돌에 새겨진 죽은 사람들의 이름이 거울에 비친 글자처럼 거꾸로 돋을새김되어 나타납니다. 이것이 톰프슨 연대장의 학문적인 활동 욕구를 증명해 주는 것이겠지요. 이러한 위대한 공로를 인정받아서, 그는 영국으로 귀환하자마자 연대장 월급의 절반에 해당하는 연금을 평생토록 받게 됩니다. 인도에서는 전쟁놀이가 허용되지 않자 그는 유럽에서의 전쟁을 기대하며 대륙을 건너갑니다. 승마용 말 몇 필을 가지고, 여전히 우스꽝스러운 진홍색 군복을 입고서 말입니다. 슈트라스부르크와 뮌헨을 거쳐 그는 빈으로 갑니다. 그는 가는 곳마다 사람들의 눈길을 끕니다. 그러나 터키와의 전쟁에서는 미미한 존재가 됩니다. 그는 바이에른의 선제후 테오도어 카를(만하임 공)의 밑으로 들어가 근무합니다. 하지만 그는 이미 영국의 기사 작위를 받은 입장이기 때문에, 벤저민 경으로서 뮌헨에 정착합니다.

피고 넙치, 당신의 위대한 피보호자인 톰프슨 씨의 전력은 매우 다양하군요. 그는 철저한 반동주의자요, 스파이요, 모험을 찾아 나서는 협잡꾼에다가, 우쭐대는 시건방진 놈이며, 전쟁놀이를 못 하게 되자 부루퉁해진 박애주의자입니다. 게다가 그는 천부적인 재능을 타고나서 외국어를 빨리 배웁니다. 그래서 그는 바이에른 지방에 온 첫해 가을에 벌써 농장 요리사 아만다 보이케에게 조언을 부탁하는 과장된 편지를 씁니다. 편지에서 그는, 포메라니아와 서프로이센에서 좋은 예를 보여 준 것처럼 어떻게 하면 바이에른 사람들에게도 감자 재배의 혜택을 누리게 할 수 있을지를 묻고 있습니다." 여기까지 말하고 나서 그 여검사는 톰프슨의 편지를 인용했다. "나는, 아니 전 세계는, 전쟁으로 병든 프로이센을 그와 같이 훌륭하게 회복시킨 당신의 농업적 공로를 잘 알고 있습니다."

내 말을 믿어 줘, 일제빌. 톰프슨에게 아만다의 주소를 건네준 것은 넙치가 아니라 바로 나였어. 그렇지만 여성 법정은 지금 이곳에 살아 있는 나만을 인정할 뿐 지금까지 여러 시대를 거쳐 내가 끈질기게 살아왔다는 사실을 인정하지 않았기 때문에 내가 증인으로 법정에 서는 일은 허용되지 않았어. 정말 안타까운 일이었어. 내가 증인으로 출두했다면 그 여자들에게 마음껏 항의했을 텐데 말이야. 그랬다면 그들이 나를 소인배로 과소평가하지도 않았을 거야. 결론적으로 말해서, 나는 왕의 명을 받아들여, 용기병들을 이끌고, 서프로이센의 국유지에 감자 종자를 가져다주었어. 그래서 (아홉 차례나 부상을 입은 고참병인) 나는 감독관이 되었지. 나는 감자로 프로이센을 활기차게 만들었어. 남아도는 감자의 운송과 판매를 조직화했어. 나는 폴란드의 경제에 질서를 가져다주었던 거야. 나의 회계 결산표는 국유지 회계국에서 칭찬을 받았어. 나는 멀리 여행을 했어. 하노버 지방까지 가 보았지. 거기서 나는 고참병들을 만나서 톰프슨의 화약 실험에 대해 토론을 했는데, 그것은 일반 소총의 반동과 탄환의 발사 속도, 가장 좋은 점화구의 위치를 조사하는 실험이었어.

그래서 나는 영국 학술원에 편지를 썼어. (내가 아니면, 영어를 할 줄 아는 같은 연대의 전우가 썼어.) 그러자 톰프슨은 뮌헨에서 답장을 보내왔어. 그는 우리에게 프로이센 소총의 점화구 위치를 정확히 측정해 주겠다고 약속하면서, 대신 폴란드 분할 이후의 카슈비아 지방의 감자 경작에 대한 정보를 알려 달라고 부탁했어. 그때 나는 그에게 농장 경영과 관련된 여러 가지 조언뿐만 아니라, 경솔하게도 그만 아만다의 주소까지 알려 주었어. 그러자 그는 우리의 소총을 개선하는 방법을 적어 보냈어. 그렇지만 최고위층에서는 아무도 거기에 신경을 쓰지 않았어. 포츠담 고위층의 이 같은 무관심은 예나와 아우어슈테트에서 비싼 대가를 치러야 했지. 그러나 아무도 내 말을 들으려 하지 않았어. 모두들 언제나 그녀에게로 달려갔지. 그녀는 알고 있었어. 그녀는 기억하고 있었어. 그녀는 예언을 했지. 그녀는 미래를 내다보았어. 그녀는 선견지명이 있었던 거야.

허망하게도, 내가 라이프치히에서 박람회에 갔던 어느 날 밤 술에 취했다가 깨어 보니 톰프슨이 내게 보낸 편지 다발이 다른 짐과 함께 모두 없어져 버렸다. 그래서 여성 법정에서는 톰프슨이 아만다에게 보낸 편지와 그녀가 그에게 보낸 답장만이 인용될 수밖에 없었다. 그리고 이 두 사람 사이의 편지 왕래가 어떻게 시작됐느냐는 질문을 받자 넙치는 이렇게 대답했다. 그는 1778년 10월에 프로이센 왕이 국유지 추카우를 방문했던 일을 자세하게 기록한 보고서 한 장을 중개인들을 통해서 벤저민 경에게 전해 주었다고 말했다. 이렇게 해서 바이에른에서 근무하고 있던 영국계 미국인인 벤저민 경은 카슈비아의 농장 요리사와 프로이센의 프리드리히 2세가 주고받은 기념비적인 대화 내용을 알게 되었고, 따라서 톰프슨은 아만다에게 보낸 첫 편지에서 그 역사적인 만남에 대해 이렇게 언급했다는 것이다. "유익한 감자의 영광스러운 동지여, 왕께서 당신의 업적에 대해 얼마나 칭찬을 했던가는 우리에게 잘 알려져 있습니다. 내 앞에 놓여 있는 서류에는 프리드리히 대왕의 말씀이 이렇게 적혀 있습니다. '카슈비아의 한 여성이 우리 백성들에게 평화의 맛을 느낄 수 있게 해 줄 감자 수프를 요리해 준다.'라고 말입니다. 그러나 존경하는 친구여, 정작 나를 놀라게 하는 것은, 당신이 어떻게 그렇게 빨리 성공을 거둘 수 있었는가 하는 점입니다. 어떻게 당신은 그 게으른 시골 사람들에게 그토록 신속하게 감자 재배법을 보급할 수 있었습니까? 이곳에는 미신과 가톨릭적 외경심만이 판을 칩니다. 사람들은 이 유용한 식용 뿌리채소에 대해, 구루병과 폐병을 일으킨다는 둥, 나병과 콜레라를 퍼뜨린다는 둥 하면서 갖은 험담을 일삼습니다. 혹시 내게 조언을 해 주실 수는 없을까요? 선제후의 호의로 나는 군대에 강제로 끌려온 농가의 젊은이들로 구성된 기병 연대를 지휘하고 있습니다. 그런데 그들은 하는 일도 없이 위수지(衛戍地)에 주둔하고 있습니다. 이곳 사람들이 '감자 전쟁'이라고 부르는, 오스트리아의 이상한 왕위 계승 전쟁이 끝난 뒤로는 아무 일도 일어나지 않았기 때문입니다. 오직 거지들의 행패만 더 늘어났습니다."

넘치는 법정에서, 연대장 벤저민 톰프슨 경이 아만다의 조언을 받아들여 실천함으로써 바이에른 지방에 감자 경작이 도입되었다는 사실을 입증할 수 있었다. 국유지 관리소(그리고 나)로부터 옥신각신 끝에 토지를 얻어 낸 사실, 오로지 감자만을 재배한다는 조건으로 땅이 없는 국유지 추카우의 농노들에게 노는 땅을 분할해서 소작을 준 사실 등—나중에 나는 이 모든 것을 철회했다.—톰프슨은 아만다의 조언을 하나도 빠짐없이 그의 연대에 적용했다. 그리고 그는 나중에 영국 정원이 된 황무지를 분할해서 군용 채소밭으로 만들게 했다. 그리고 모든 병사들과 하사관들은 복무 기간 중에 일인당 365평방피트의 감자밭을 마음대로 경작했고 거기서 얻은 수확은 각자의 소유가 되었다. 군대에서 제대하는 농부의 아들들은 저마다 종자 감자가 가득 든 자루들을 메고 귀향해서 마을 사람들의 눈을 휘둥그레지게 만들었다. (그러나 내가 대규모 경작을 꾀하기 위해 농노들에게서 손바닥만 한 밭을 다시 몰수하자 아만다는 이렇게 말했다. "사랑하는 하느님께서 가만두시지 않을 거예요.") 그 밖에도 그녀는 페스트와 콜레라, 온몸에 딱지가 앉는 나병 같은 병들을 치료하는 만병통치약—감자 가루로 온몸을 문지르기—에 대해서도 그녀의 편지 친구 톰프슨에게 말해 주었다. 그렇지만 그는 그녀의 말을 듣고 껄껄 웃었을 것이다.

1788년 늦은 여름에 톰프슨은 바이에른 선제후국의 국방 겸 경찰 장관으로 임명되었으며, 추밀원 고문이 되었고, 대대 장으로도 승진되었다. 넙치는 이러한 칭호를 대면서 여성 법 정에서 이렇게 말했다. "이것은 여성분들에게는 별 의미가 없을 것입니다. 벌써 내 귀에는 '전형적인 남자들의 경력이군!' 하고 토를 다는 여러분들의 목소리가 들리는군요. 그럴지도 모릅니다. 사실 톰프슨은 때로는 터무니없을 정도로 지나치게 명예욕에 사로잡혔습니다. 그렇지만 농장 요리사 아만다 보이케와의 편지 교환은 그를 근본적으로 변화시켰습니다. 그러한 변화는 오로지 연애 편지에 의해서나 생길 수 있는 것이지요. 네, 그렇습니다. 내가 주장하는 바는, 튼튼한 사십 대 중반의 여자와 서른다섯 살의 미국 남자가 정열적인 이성을 바탕으로 식량 정책을 주제로 하는 연애 편지를 서로 주고받았다고 하는 사실입니다. 결코 한번도 사랑으로 인한 마음의 고통이 토로된 적이 없었습니다. 한 방울의 심장의 피도 잉크가 되어 흐르지 않았습니다. 그가 추카우로 보냈던 편지를 한 구절 읽어 드리겠습니다.

'존경하는 나의 친구이자 후원자인 당신께 사람들의 복지를 위해 힘쓰지 않는 정치 질서는 그것이 어떤 종류의 것이든 간에 좋은 것이 될 수 없다는 위대하고도 소중한 진리를 내게 깨우쳐 주신 데 대해 진심으로 감사드립니다. 나는 군인과 일반 시민들의 이해 관계를 조화시켜 평화시에도 군사력이 국민들의 복지에 이바지할 수 있는 일에 착수했습니다. 그것은 바로 바이에른의 세습 영지에 주둔하고 있는 모든 군인들이 군용 채소밭을 경작해서, 그 훌륭한 감자 외에도 순무와 사료용 클로버를 돌려 가며 윤작으로 재배하는 일입니다. 나의 친구이자 후원자이신 당신께 클로버 씨앗과 순무 모종을 조금씩 동봉하여 보냅니다. 영양이 풍부한 이 뿌리채소는 내가 평지를 개량하여 재배한 것입니다. 그 밖에도, 바이에른 사람들이 감자와 감자 경단을 먹을 수 있게 된 것은 프로이센의 한 훌륭한 여성 덕분이라는 사실을 마음속 깊이 잘 알고 있으면서도 바이에른 사람들에게 그 사실을 알리지 않는 것은 오로지 나의 외교적인 배려 때문이라는 점을 말씀드리고 싶습니다. 끝으로, 뮌헨에서 골칫거리가 되고 있는 거지들의 행패를 근절할 수 있는 합리적인 방법을 알고 계시는지요? 경찰력의 동원만으로는 아무런 성과가 없을 것입니다.'"

나는 여기서, 순무가 아무도 모르게 서프로이센으로 가서 브루케라는 이름으로 사람들의 사랑을 받게 된 것은 톰프슨의 속달 소포 덕분이라는 사실을 덧붙여야 할 것 같다. 이를테면, 거위의 내장을 넣은 브루케 요리가 있는가 하면, 브루케를 넣은 얇게 썬 양고기 요리도 있고, 브루케를 넣고 끓인 소 내장 요리가 있는가 하면, 순무로만 연명하던 1917년의 겨울에는 아무것도 넣지 않은 브루케 요리도 있었다.

넙치는 법정에서 이에 대해서는 한마디도 언급하지 않았다. 그러나 넙치는, 뮌헨의 모든 거지들을 불시에 체포하여 이들의 명단을 작성한 후 갱생원으로 이송한 톰프슨의 위대한 업적에 대해서는 편지를 인용하여 찬양하면서, 국방 겸 경찰 장관에게 그러한 영감을 준 아만다에게 다시 한번 그 영예를 돌렸다. 그녀는 톰프슨에게 이런 내용의 편지를 썼던 것이다. "친애하는 장관님께. 만약 부랑자나 거지들이 지나던 길에 이곳 추카우에 들르면, 그들은 먼저 장작을 패거나 헛간에서 털옷의 실을 풀어야만 나의 감자 수프를 먹을 수 있습니다."

이러한 암시는 톰프슨에게 좋은 아이디어를 제공해 주기에 충분했다. 그는 이렇게 답장을 썼다. "오, 친애하는 친구여! 구걸을 위해 저지르는 또 다른 범죄가 이곳에 얼마나 만연되어 있는지 당신이 볼 수 있다면 좋으련만. 사람들의 동정심을 자극하기 위해 부모가 어린 자식들의 눈알을 빼내거나 팔다리를 절단하여 불구로 만들어서 내보이기까지 한답니다. 사람들은 이러한 사태를 해결할 수 있는 아무런 대책도 세우지 못하고 있습니다. 모두들 점차 이러한 구걸 행위를 시민 사회를 구성하는 내부 구조로 여기기에 이르렀습니다. 혹은, 이 사악한 인간들을 행복하게 만들기 위해서는 먼저 그들을 도덕적인 인간으로 만들어야 한다고 확고하게 믿고 있습니다. 그러나 내가 당신의 훌륭한 충고에 따라 이러한 질서를 뒤집으려고 시도하지 못할 이유가 없겠지요? 그들은 먼저 노동을 통해 행복해짐으로써 도덕적인 사람이 될 것입니다."

그 후에 일어난 일은 이미 잘 알려져 있다. 톰프슨은 교외에 있는 몰락한 옛 바오로 수도원을 징발하여 군용 갱생원으로 개조시켰다. 그리고 그곳에 선반공과 대장장이, 염색공, 마구 제조공들을 위한 작업장과 숙소, 식당, 벽돌로 만든 화덕이 딸린 대형 부엌을 만들게 했다. 나중에 아만다는 농장 부얼에 (톰프슨의 설계도에 따라) 그 화덕을 본떠서, 여러 개의 아궁이와 화상(火床)을 갖춘 말발굽 모양의 화덕을 만들게 했다. 그러고 나서 톰프슨은 뮌헨의 열여섯 지구에 복지위원회를 세웠으며, 갱생원으로 들어가는 출입문 위에는 '적선 사절!'이라는 격언이 금박 글자로 적힌 표지판을 달게 했다. 그리고 드디어 1790년 1월 1일에는 이천육백 명의 거지들을 일제히 검거하여, 사전에 이미 작성된 질문 서류에 따라 등록시키고, 다음 날 갱생원으로 보냈다.

톰프슨은 농장 요리사에게 보내는 편지에 이렇게 썼다. "우리는 이곳에서 전 바이에른 군대를 위해 간이 의자와 모포, 제복을 만들고 있습니다. 우리는 명주실을 잣고 털실도 잣습니다. 천사백 명의 영구 입소자들은 근면하고 행복하게 지냅니다. 심지어 조그만 아이들도 일손을 돕고 있습니다. 나의 성공이 계기가 되어 다른 사람들도 나를 모범으로 삼게 되길 바랍니다."

그러나 여성 법정에서 쟁점이 된 것은 톰프슨 장관의 성공적인 치안 활동이 아니라 피고 넙치가 펼친 다음과 같은 주장이었다. 즉 걸인들과 빈민들에게 일을 시키고 그에 따라 임금과 음식을 주는 것이 좋겠다고 한 카슈비아의 농노 신분 농장 요리사의 충고가 프랑스 대혁명의 물결이 선제후국 바이에른까지 번지는 것을 막아 주었다는 것이다.

넙치는 방탄 유리의 보호 속에서 이렇게 말했다. "만약 프랑스의 능력 있는 인물이 그와 같은 충고를 받았더라면, 다시 말해서 그가 파리의 하층민들에게 난방 시설이 되어 있고 대규모의 부엌이 갖춰진 갱생원을 세워 주고, 넘치는 수프 그릇과 둥둥 떠다니는 큰 기름 방울을 보장해 주었더라면, 프랑스에서 혁명이 일어나지도 않았을 것이고, 수천 번씩이나 단두대가 작동할 필요도 없었을 것이며, 로베스피에르나 나폴레옹 같은 인물들은 우리에게 알려지지 않았을 것입니다. 그 대신에 계몽된 군주들은 틀림없이 국민들의 복지 증진을 위한 결심을 했을 것입니다. 그러나 이미 증명된 바와 같이, 아만다 보이케의 충고는 바이에른 사람들에게만 베풀어진 축복이었습니다. 다른 곳에서는 복수의 여신 푸리아가 미쳐 날뛰고 있는 동안, 뮌헨에서는 거지들이 쓸모 있는 시민으로 바뀌어 가고 있었던 것입니다."

이번에도 당신 말이 맞아, 일제빌. 당근과 채찍이라는 것 말이야. 우리는 검사인 훈차 여사가 "똥을 누고 있지만 않았어도 개는 토끼를 잡았을 것이다."는 넙치의 억지 이론을 유물론적 변증법의 입장에서 완전히 뭉개 버릴 거라고 예상하고 있었어. 그런데 그녀는 전혀 다른 태도로 "탁월한 추론이십니다." 하고 말하더군. 그러더니 그녀는 '남자들의 혁명 의식(儀式)'과 거리를 두면서, 로베스피에르와 나폴레옹에 대해서, 전자는 '위선자'이고, 후자는 '우쭐대고 싶어 하는 조그만 남자'라고 까발림으로써 그들에 대한 혐오감을 드러냈어. 그러고는 그녀는 마침내 마무리 펀치를 먹이기 위해 이렇게 결론을 내렸어.

"그러나 피고, 그 계몽 군주들의 국민복지 사업이라는 것은 어떻게 되었습니까? 초반에 민주 자치를 보여 주었던 톰프슨 갱생원은 몇 년 지나자 온갖 구타와 전횡이 난무하는 일반 교도소가 되고 말았습니다. 그리고 국유지 추카우에서는 농노제가 무려 19세기까지 유지되었습니다. 그뿐 아니라, 당신의 전지전능한 천재이자 민중의 친구인 톰프슨은 바이에른의 신분 대표 의회에 의해 쫓겨나고 말았습니다. 그리고 아만다 보이케는, 자기 과시욕에 사로잡힌 한 감독관이 국유지 농업 노동자들을 그들이 분할받은 감자밭에서 몰아내는 광경을 그저 바라볼 수밖에 없었습니다. 물론 그들은 채찍을 휘둘렀지요. 아무리 애타게 사랑의 하나님을 불러도 소용이 없었습니다. 그리고 그동안 바이에른에서 귀족의 작위까지 받아 럼포드 백작이 된 톰프슨도 말년에는 런던이나 파리에 가 머물면서 보다 새로운 착상이나 떠올려 보는 수밖에 다른 도리가 없었습니다. 피고가 성공적으로 입증한 바와 같이 그 착상들은 카슈비아의 농장 부엌에서 점화되어 럼포드의 머릿속에서 폭발하곤 했지요.

편지를 주고받는 사이인 보이케와 톰프슨이 일을 분업함으로써 많은 성과를 거두었음은 기꺼이 인정합니다. 절약형 화덕이라든지 찜통, 혹은 민중 구제 식당이 생긴 것은 모두 그들 덕분이니까요. 그러나 이러한 개척자적인 공동 작업을 하는 과정에서 넙치가 한 역할은 무엇이었습니까? 넙치는 자신이 세계 정신이었다고 주장합니다. 넙치는 정상적이지 않은 방법을 통해 벼락 출세한 사나이의 야심과 토지에 바탕을 둔 농장 요리사의 공익 정신을 결합시켰다고 주장하고 있습니다. 그는 요리사 보이케를 위해서는 사랑의 신 역할을 하고자 했고, 럼포드 백작을 위해서는 사회적 진보의 표상처럼 행동했습니다. 넙치는 다름 아닌 교활한 뚜쟁이였습니다. 물론 그는 이미 본 법정을 설득할 수 있는 것처럼 보이기도 하고, 우리 여성해방주의자들이 그의 터무니없는 남녀평등 사상에 동의하는 것처럼 보이기도 합니다. 또한 그가 그 농장 요리사를 위해 뒤늦게 세운 기념비를 보고 우리가 경탄을 보내는 관중이 된 것처럼 보일 수도 있고, 그가 넙치 특유의 방식으로 우리들의 여성해방운동에 기여하기라도 하는 것처럼 보이기도 합니다. 그러나 그건 외견상으로만 그렇게 보이는 것입니다. 현혹시키는 것일 뿐이지 이치에 맞지 않는 일입니다. 우리에게 감동을 줄 수도 없으며, 기여하는 바도 없습니다. 넙치의 의도는 너무나 뻔합니다. 넙치의 주장은 바로 이런 것이니까요. 즉, 그 성실한 여자가 그녀의 아늑한 화덕가에서 만들어 낸 소박한 발명품——이를테면 서프로이센의 감자 수프——이 그 남자에게는 사회복지 정책적인 위업——이를테면 뮌헨, 런던, 제네바, 파리에서 한 세기 동안 사람들의 입에 풀칠을 해 준 럼포드의 빈민 구제 수프——이 된다는 것입니다. 다시 말해서, 창의력 많은 그 아주머니가 보여 준 겸손, 평생을 농노의 신분으로 살아가면서도 내면에 정신적 자유의 빛을 잃지 않는 자세, 그리고 기꺼이 고개 숙여 봉사하는 자세를 칭찬하고, 찬양하고, 영구히 지속시켜야 한다는 것이 바로 넙치의 생각입니다. 이 얼마나 혐오스러운 물고기의 속임수입니까! 따라서 나는 편지 인용을 중지할 것을 제안합니다."

검사의 제안은 기각되었다. (혁명 자문위원회에서 넙치당은 이미 강력해져서 소수로써 다수의 의견을 꺾게 되었다.) 그리고 나서 여성 법정은 휴정을 선언했다. 넙치가 현기증을 구실로 내세웠고, 또한 실제로 현기증 증세를 보이는 것 같았기 때문이다. 어쨌든 넙치는 모랫바닥에 있지 못하고, 지느러미가 제 기능을 상실한 듯 비틀대며 거의 뒤집혀 배를 위로 드러낼 듯이 둥둥 떠다녔다. 그러고는 바로 수면 밑에서 통화 장치를 통해 조그만 소리로 말했다. "이런 비난을 받다니 너무나 안타깝고 괴롭기 짝이 없습니다. 이렇게 많은 부당한 말을 들으니 말문이 막힐 지경입니다. 나는 사실은——아!——이런 치명적인 모욕을 받지만 않았어도, 뮌헨의 영국식 공원에 서 있는 중국식 탑을 예로 들어 럼포드 백작이 품었던 생각을 설명하려고 했습니다. 그렇지만——아!——피고에 불과한 나는 이미 몸도 너무 쇠약해져서 반박할 권리를 주장할 수도 없고 계속해서 편지 인용을 고집할 수도 없습니다. 아! 아! 그러나 이 여성 법정은, 여성 법정이기 때문에 엄격한 이 법정은 아마도 혐오스럽기 짝이 없는 남성의 원리인 나 넙치 역시 죽음에서 자유롭지 못하다는 사실을 알 것입니다."

그렇다고 걱정할 건 없어, 일제빌! 그 넓적한 물고기는 얼마 뒤 원기를 되찾았으니까 말야. 그리고 심리도 속개되었어. 증거물로서 편지를 인용하는 것도 계속 허용되었어. 럼포드가 만들었다는 빈민 구제용 수프의 요리법이 낭독되었어. "완두콩과 보리와 감자를 두 시간 반 동안 걸쭉해질 때까지 끓인 다음, 쉰 맥주를 붓고서 젓는다. 그다음에 주사위 꼴로 자른 빵 조각을 쇠기름에 바삭바삭하게 튀겨 넣고서 전체에 소금 으로 간한다." 이어서 럼포드가 자신의 감자 수프를 걸쭉한 죽 으로 만들어 버린 데 대해 아만다가 펄쩍 뛰며 보인 격한 반 응도 인용되었어. "그따위 죽은 악마한테 줘도 안 먹을 거야."

여성 법정은 먼저 럼포드가 씁쓸하게 뮌헨을 떠났던 일과 그가 런던에서 벌였던 활동들 그리고 그의 파리 이주와 결혼 등에 대해 먼저 비교적 짤막하게 심리를 했어. 그리고 외국에 나가서 살던 그의 딸 샐리와 그 사이에 있었던 갈등까지도 편 지 인용을 통해 소상히 밝혀낸 뒤에 마침내 럼포드의 정치적 신조를 이번 공개 심리의 쟁점으로 삼았어. 그의 신조는 중국 식으로 상부에서 복지 사업을 주도하는 것이었어. 여기에다 그는 아만다가 카슈비아에서 펼쳤던 농업 노동자를 위한 복 지 방안을 보충했던 거야.

넙치는 다음과 같이 딱 한마디 말을 던졌어. 그것은 차라리 수사학적 질문이라는 편이 맞아. "그렇습니다. 럼포드 백작과 아만다 보이케가 대중적인 문화 운동과 모든 사람들을 배불 리 먹이는 대량 급식에 대해 유토피아적 사고를 가지고 편지 에서 서술한 것으로 미루어 볼 때 그들은 앞으로 나타날 마오 쩌둥주의를 예견했던 것이 아닐까요?" 넙치의 그 한마디에 청 중들은 웅성대기 시작했어. 재판장 쇤헤르 박사가 그들을 진 정시킬 만한 말을 찾아내지 못했더라면 법정은 하마터면 아 수라장이 될 뻔했어. "피고!" 하고 그녀는 막 시끄러워지고 있는 장내를 향해 소리쳤어. "내가 볼 때, 당신은 당신의 추측에 근거해서 이런 말을 하고 싶었던 것 같군요. 마오쩌둥의 이념은 원래부터 사람들의 마음속에 잠재되어 있었지만, 그 이념이 때로는 럼포드의 경우처럼 터무니없이 잘못 이해되거나, 보이케의 경우처럼 너무나 협소하게 농업 분야에만 머무르는 바람에 대중을 혁명으로 이끌지 못했는데, 오늘날에 와서야 비로소 그 이념이 제대로 표현되기에 이르렀다고 말입니다."

그러자 넙치는 얼른 재판장의 말에 동의했어. 그러고는 재빨리 여기에 꼭 들어맞는 구절을 편지에서 인용했어. "이에 대해서 아만다가 한 말을 들어 주시기 바랍니다. 아만다는 '그리고 언젠가는 농업 노동자들과 그들의 대형 부엌만 남게 될 것입니다.'라고 했습니다. 그리고 럼포드의 말도 들어 보세요. '지금은 농부의 아들들이 군대에 징집되어 무위도식하고 있지만, 앞으로는 그 농부 출신의 군인들이 밭을 경작하면서 동시에 나라를 지킬 것입니다.'라고 했습니다. 이들은 둘 다 상당한 예언 능력을 지녔습니다. 비록 그들이, 이 법정이 처음으로 그들의 편지에 의미를 부여하게 되리라는 것을 예견하지는 못했지만 말입니다. 나 역시, 비록 몇 가지 회의가 들지 않는 것은 아니지만, 우리가 부여한 의미가 합당하다고 생각합니다."

그런 일이 가능하리라고 그 누가 생각이나 했겠는가. 혁명 자문위원회에서 넙치당이 새로운 지지자들을 얻을 줄을 말이다. (일제빌, 당신도 마음이 흔들리고 있어.) 그렇게 약아빠진 여자들이 넙치의 말에 감쪽같이 넘어가 럼포드를 '도깨비처럼 흔들리며 끝없이 탐구하는 정신'으로, 나의 성실한 아만다를 '모래 색깔의 감자 여장부'로 믿게 되었던 것이다. 아만다 보이케 건에 대한 심리가 아주 감상적인 결론을 맺게 되자, 심지어 검사조차 상당히 누그러진 목소리로 말했다. 럼포드에 대한 동정심이 발동했던 것이다. 단두대에서 처형된 물리학자 라부아지에[12]의 미망인이기도 한 럼포드의 악처가 요란한 사교 생활로 럼포드의 속을 썩여 신경쇠약에 걸리게 만들어 놓았기 때문이다. 아만다의 보라색 경고의 편지 ——"그 여자는 걸핏하면 싸우려 드는 마녀이며 일제빌의 화신이고 분칠을 한 천한 계집임에 틀림없어요."——로도 그로 하여금 많은 지참금——일 년에 8,000파운드——을 가진 그 여자를 포기하게 만들기에는 역부족이었다. 심지어는 럼포드가 보인 기회주의적 태도조차 검사의 이해를 받았다. 이를테면, 위험에 처한 영국을 떠나서 나폴레옹 치하의 프랑스로 가 버린 그의 변절 행위조차 학문적 중립성으로 정당화되었던 것이다. 그러나 아만다의 편지에는 다음과 같은 말이 분명하게 쓰여 있었다. "그리고 나폴레옹에 대해 말하자면, 나는 그 사람에게는 수프 한 방울도 데워 주지 않겠어요."

아그네스 쿠르비엘라 건에서 넙치에게 논란의 여지가 있는 유죄 판결을 내렸던 여성 법정은 이제 객관성을 보이기로 결의했다. 피고가 계몽적인 의도에서 행동했음이 인정되었다. 백작과 농장 요리사는 남녀평등의 선구자로 불렸고, 심지어 최

---

12) 프랑스의 화학자.

종 변론에 가서는 두 사람이 머릿속에 품고 있던 '초기 마오 쩌둥주의적 요소'가 들먹여지기까지 했으며, 넙치가 아만다를 위해 장례 화환을 엮어 바쳤다는 우화 같은 이야기에 대해서도 아무런 이의가 제기되지 않았다. 넙치의 이야기는 계속되었다. 예나와 아우어슈테트 전투에서 불행하게도 패하자, 럼포드 백작은 그 즉시 파리를 떠나 뮌헨을 거쳐서 불길한 예감에 사로잡힌 채 서프로이센으로 향했다고 한다. 다행히 그는 약탈을 일삼는 나폴레옹 군대가 쳐들어오기 전에 (그리고 단치히를 포위하기 전에) 카슈비아의 작은 마을 추카우에 도착하게 되었다는 것이다. 그래서 기력이 다해 가던 아만다가, 그의 팔에 안겨 죽기 전에, 전 세계의 기아를 정복할 수 있는 대량 급식에 대한 그녀의 꿈을 마지막으로 다시 한번 이야기할 수 있었다는 것이다. 위장에 끈적끈적하게 들러붙는 그 역겨운 럼포드의 빈민 구호 수프 건에도 불구하고, 죽어 가던 그 여자 요리사는 백작을 용서해 주었다고 한다. (서둘러 투헬에서 돌아와 옛 수도원 묘지에 아만다를 묻은 단 한 명의 상주였던 나에 대해서는 아무런 언급도 없었다.) 다시 제정신이 돌아와 이성적인 결론에 이르기 전까지는, 모두가 그저 감동에 젖어 두 손을 꼭 쥐고 있었다.

다음 날《타게스슈피겔》지는 법정의 분위기를 이렇게 논평했다. 여성 법정은 깊이 감동하는 기색이 역력했다. 평소에는 냉정한 눈빛을 보이던 여검사의 눈이 눈물로 흐려졌다. 대부분 여자들로 구성되어 있고, 평소에는 항의를 일삼던 방청객들이 흐느껴 울기까지 했다. 소수 집단은 나중에는 다수 집단의 지지를 받게 되었으며 그들은 조금도 승리감에 사로잡히지 않고 엄숙한 분위기로 "우리는 이기리라."를 노래 부르기 시작했다. 그러나 넘치는 모래 속 깊이 몸을 파묻고 누운 채 끝으로 물거품을 뿜으며 이렇게 말했다. "아만다가 죽고 난 후 유럽에는 어둠이 몰려왔다."

그것은 11월에 있었던 일이다. 그로부터 석 달 뒤인 1807년 2월 24일, 프로이센이 디르샤우에서 패하고, 점령된 그 도시에서 타오른 불길이 멀리 떨어진 카슈비아 지방에서까지 보이게 되었을 때, 르페브르[13] 장군 밑의 프랑스 척탄병들은 추카우의 국유 농장을 점령하고 우리의 감자 종자를 모두 먹어 치웠다.

감자 수프에서는 왜 하늘나라의 맛이 나는가

아만다 보이케는 죽을 때 안경만 가지고 하늘나라로 갔다. 그녀는 사랑의 하느님을 찾아 하늘나라를 이리저리 돌아다녔다. 그렇지만 사랑의 하느님은 자신이 공명정대하지 못했다고 따지려 했던 아만다가 무서워서 숨어 버렸다. 그는 사랑의 하느님이 아니었기 때문이다. 어쩌면 사랑의 하느님은 처음부터 존재하지 않았는지도 모른다.

---

13) 1755~1820. 나폴레옹 휘하에서 두각을 드러냈던 프랑스의 장군.

사랑의 하느님을 찾아다니다가 아만다는 하늘나라의 여러 방에서 추카우와 피레크, 코크시켄, 람카우에서 온 옛 친구들을 많이 만났는데, 그들 중에 사랑의 하느님이 어디 숨어 있는지 아는 사람은 아무도 없었다. 그들은 모두 기억만 먹고 살았기 때문에 심한 빈혈에 걸려 비틀거리며 서 있었다. 텅 비어 있는 거대한 하늘나라의 밀가루통에 이르러 비로소 아만다는 늙은 프리츠 왕이 칠 년간이나 전쟁을 벌이는 통에 헝가리 보병들과 카자흐족, 그리고 프로이센의 정규군이 번갈아 가며 쳐들어와서 그나마 부족하던 카슈비아의 메밀과 귀리를 모조리 다 먹어 버려 먹을 것이 없어 굶어 죽었던 그녀의 세 딸, 슈티네와 트루데 그리고 로비제를 발견했다.

　슈티네, 트루데, 로비제는 하늘나라의 밀가루통 속에서 밀가루 벌레가 되어 소리치고 있었다. "밀가루통이 텅 비었어요! 밀가루가 하나도 없어요! 아이고, 엄마, 오트밀 좀 갖다주세요!" 그러자 아만다는 밀가루통의 뚜껑을 탁 닫고, 밀가루통을 밀면서 사랑의 하느님을 찾아 하늘나라의 방을 모두 돌아다녔다. 밀가루통이 덜커덩거렸다.

　여기저기 헤매던 중 그녀는 늙은 프리츠 왕을 만났다. 그는 울긋불긋하게 색칠을 한 주석 병정들을 가지고 놀고 있었다. 그는 지상에서 검정 후추알이 든 작은 주머니를 가져왔기 때문에 여전히 탄알을 많이 갖고 있었다. 그는 오른쪽 손바닥 위에 후추알을 올려놓고 왼쪽 손가락으로 튕겨, 헝가리 보병과 카자흐족, 하얀 래커 칠을 한 오스트리아 보병들을 명중시켜서, 마침내 콜린 전투에서 승리를 거두었다. 아만다는 그 광경을 보고 불끈 화가 나서 비꼬는 말을 했다. "이제서야 왕께서 평화를 지키고 싶어 하시는군!" 그녀는 주석 병정들과 검정 후추알들을, 그녀의 어린 세 딸인 슈티네와 트루데, 로비제가 들어 있는 빈 밀가루통 속으로 모두 던져 버렸다. 그다음 그녀는 왕을 마치 마차 끄는 말처럼 밀가루통 앞에 붙들어 맸다. 그들은 덜커덩거리는 밀가루통을 끌고서, 사람들로 가득 차 있으면서도 텅 빈 것처럼 보이는 하늘나라의 방들을 여기저기 돌아다니며 사랑의 하느님을 찾았다. 아만다는 뒤에서 밀었다.

그러던 중에 그들은 저 멀리 지상의 파리에서 갑작스러운 열병으로 죽은 럼포드 백작을 만났다. 그는 아만다를 만나자 아주 기뻐하면서 자신의 최신 발명품을 보여 주었다. 그것은 조그맣게 윙윙대며 돌아가는, 반짝반짝하는 아주 조그만 기계였다. 그는 시뻘겋게 타오르는 지옥문을 가리키며 말했다. "한번 상상해 봐요, 존경하는 친구. 내가 드디어 저 '원초적인 열'이자 엄청난 연료 낭비인 지옥의 불을 나의 이 조그만 기계에다 저장해서, 정제 형태로 압축하여 유익하게 쓸 수 있게 만드는 데 성공했다는 사실을 말입니다. 이제 미신은 끝났습니다! 우리는 드디어 당신의 멋진 계획을 실행에 옮겨서 이곳 천국의 방에 카슈비아의 대형 농장 식당을 세울 수 있게 되었습니다. 이제 지옥의 불을 이용해 꿈을 실현할 수 있습니다. 당신과 나는 세계가 필요로 하는 것이 무엇인지를 알고 있습니다. 바로 최소의 자원으로 최대의 효과를 내는 것입니다. 자이제 우리 함께 세계 급식 일을 시작합시다. 그런데 불행하게도 우리에게는 아직 당신의 그 훌륭한 수프를 만들 재료들이 없습니다. 무엇보다도 우리의 배를 채워 줄 감자가 없습니다."

아만다는 먼저 그 일에 대해 사랑의 하느님께 허락을 받아야 할 거라고 말했다. 아마도 웬만한 부역을 해 주면 그 대가로 사랑의 하느님이 하늘나라의 밭을 조금 빌려주실 거라는 얘기였다. 그러면 그녀는 감자를 재배하고 싶다고 했다. 그녀는 지옥불 활용 기계와 처음으로 만든 열정제(熱錠劑) 열두 알을 세 마리의 작은 밀가루 벌레인 슈티네, 트루데, 로비제와 울긋불긋하게 색칠한 주석 병정들과 검정 후추알들이 들어 있는 밀가루통 안에 집어넣고, 럼포드 백작은 프리츠 옹과 나란히 통 앞에다 묶었다. 그리고 그녀는 그 쌍두마로 밀가루통을 끌게 하고서, 사랑의 하느님을 찾아 하늘나라의 방들을 이리저리 찾아다녔다. 덜컹대는 소리가 났다.

그러던 중에 그들은 역전의 용사이자 국유지 감독관이며, 7년 전쟁의 전투 사이사이에 아만다에게 일곱 명의 아이를 낳게 한 나, 아우구스트 로마이케를 만났다. 그 아이들 중에 셋이 굶어 죽었다가, 이제 밀가루 벌레가 되어서 통 속에서 함께 지내고 있었던 것이다. 나폴레옹 대군이 전쟁에서 패하여 지리멸렬하게 러시아에서 돌아오다가 카슈비아에 이르렀을 때, 나는 그들 가운데 약탈을 일삼던 한 무리의 척탄병으로부터 우리의 감자 종자를 지키려고 하다가 총에 맞아 죽었던 것이다. 내가 이쪽 세상으로 가지고 올 수 있었던 것은 감자 한 자루뿐이었다. 내가 바로 그 자루를 깔고 앉아 있을 때, 프리츠 옹과 럼포드로 하여금 밀가루통을 끌게 하면서 다가오던 아만다가 나를 발견하고는 보자마자 "멍청한 놈, 더러운 놈!" 하고 심하게 욕을 해 댔다. 그러나 그녀는 내가 고스란히 보관해 온 감자 종자와 우연히 내가 주머니 속에 가지고 있던 미나리, 겨자, 회향, 파슬리, 마요라나의 씨앗 봉지 몇 개를 보고는 아주 기뻐했다. 그러자 프리츠 옹과 럼포드도 "멋져!", "근사해!" 하고 탄성을 질렀다. 나는 그 자루를, 벌레가 된 슈티네, 트루데, 로비제, 그리고 주석 병정들이 다치지 않도록 조심하면서, 그렇지만 무엇보다도 조그만 지옥불 활용 기계가 망가지지 않도록 조심하면서 밀가루통 속에 집어넣어야 했다. 그다음 나는 덜그럭거리는 짐수레 앞에 왕과 백작 사이에 매였다. 아만다는 이제 뒤에서 밀 필요가 없었다.

그렇게 우리는 사랑의 하느님을 찾아서 하늘나라의 모든 방들을 샅샅이 뒤지다가 마침내 발트해처럼 물결도 잔잔하고 냄새도 비슷한 어떤 물가에 도착했다.

"사랑의 하느님! 사랑의 하느님!" 하고 아만다는 발트해의 푸른 바다를 향해 소리쳤다. "어디에 숨어 계시는 거예요? 나오세요! 어서 나오세요!"

그러나 사랑의 하느님은 전혀 나타날 기미를 보이지 않았다. 그는 애당초 존재하지 않았기 때문이다. 오로지 넓적한 물고기 한 마리만 바다에서 튀어 올라와 삐뚤어진 눈으로 그들을 쳐다보았다. 그것은 동화에 나오는 넙치였다. 넙치는 삐딱한 주둥이로 말했다. "사랑의 하느님은 원래부터 존재하지 않으므로 나 역시 너희들의 사랑의 하느님이 될 수는 없다. 그렇지만 걱정거리가 있으면, 내가 기꺼이 도와주겠다. 도대체 무슨 일이냐?"

　그러자 밀가루통 앞에 매여 있던 세 남자가 말을 꺼내기도 전에 아만다가 먼저 나서서 넙치에게 자신이 이 세상에서 당한 고통과 하늘나라에서 당한 고통을 차례로 호소했다. 그녀는 자신이 어떻게 고통을 견뎌 냈는지를 이야기했고, 페스트와 기근, 굶주림, 전쟁, 그리고 계속되는 부당한 처사에도 불구하고 그녀가 얼마나 사랑의 하느님에게 충실했는지를 이야기했다. 그리고 하늘에서는 사랑의 하느님을 찾아 돌아다녔지만 그녀가 만난 것이라곤 늙은 프리츠 왕과 그의 멍청한 감독관, 절약형 난로의 발명자로 알려진 그녀의 오랜 편지 친구뿐이었다고 말했다. 그래서 그녀는 빈 밀가루통 앞에 그들을 매고 다녔으며, 통 안에는 벌레가 되어 버린 그녀의 가엾은 딸 슈티네, 트루데, 로비제와 왕의 주석 병정들과 검정 후추알들, 그리고 멍청이 감독관의 감자 자루와 마요라나, 미나리, 겨자, 회향, 파슬리의 씨앗이 든 조그만 봉지 몇 개, 그리고 그녀의 편지 친구가 발명한 지옥불 활용 기계와 열정제가 한데 들어 있다고 말했다. 그러고 나서 그녀는 이렇게 말했다. "이제 어떻게 해야 하죠, 넙치님? 만약 당신이 사랑의 하느님이 아니라면 우리의 사랑의 넙치님이 되어서 우리를 도와주세요."

　그러자 넙치는 기분이 좋아져서 이렇게 말했다. "땅에서 너희에게 이루어지지 않았던 일이 이곳 하늘에서 이루어질 것이다. 너희의 사랑의 넙치님이 사랑의 하느님처럼 돌보아 주겠다."

　말이 끝나자 넙치는 발트해의 푸른 바다 속으로 사라졌다.

그 즉시 천국의 방들은 완벽한 카슈비아의 모래밭으로 변했다. 완만한 기복이 있었고, 이미 거름이 뿌려져 있었고, 쟁기질이 되어 있었으며, 주위에는 금잔화와 나무딸기 덤불이 빙 둘러 자라고 있었다. 밀가루통에서 늙은 프리츠 왕의 주석 병정들이 튀어나와 마치 농부들처럼 쟁기질을 하기 시작했다. 그들은 멍청한 감독관의 감자 자루 속에 고스란히 보관되어 있던 감자 종자를 꺼내 옮겨 심고, 감자밭 옆에 채소밭을 만들려고 했다. 럼포드 백작은 이미 아만다를 위해 세상의 배고픈 사람들을 모두 먹여 살릴 수 있는 거대한 하늘나라의 부엌을 지었고, 아만다도 지옥불 활용 기계가 매초당 세 개씩 만들어서 내뱉는 압축 열정제를 연료로 쓰고 있었다.

어린 밀가루 벌레들인 슈티네, 트루데, 로비제는 그 사이에 그림처럼 예쁜 아주 영리한 소녀들로 자라났다. 따라서 프리츠 옹은 더 이상 통치하지 않아도 되었고, 럼포드 백작도 더 이상 발명을 할 필요가 없었으며, 그 멍청한 감독관은 아무도 괴롭힐 필요가 없었다. 하늘나라의 카슈비아에서는 아만다와 그녀의 잘 웃는 세 딸들이 모든 것을 도맡아 했기 때문이다. 채소와 순무가 금세 쑥쑥 자라고, 신통하게도 돼지들은 꿀꿀거리고, 양파까지도 멋지게 잘 자랐기 때문에, 감자 수프는 언제나 넘쳐났다. 감자 껍질을 까면서 예전에는 사랑의 하느님 이야기를 했지만 이제는 사랑의 넙치님 이야기를 했다. 어린 아이들만 아만다의 격언들을 줄줄 읊어 댈 수 있었던 것이 아니었다. 그녀의 격언은 '마요라나와 파슬리 — 대가족들이 즐겨 먹는 음식' 또는 '우리는 감자처럼 평등하니 — 하늘나라만이 자유롭다네.'였다.

그렇게 그들은 모두 날마다 평화롭게 서로 똑같은 수프를 먹었다. 다만 늙은 프리츠 왕의 검정 후추는 아직까지도 무용지물인 데다 대포알만큼 큰 것이 이리저리 흩어져 있어서 위험했다. 마침내 하늘나라에서 지내던 어느 날 아만다가 그것을 지옥 속으로 굴려 버렸다. 그 일이 있고 나서부터 지옥은 더 뜨거워졌다.

그러나 여성 법정에 기소되어 혐의를 벗으려고 이러한 동화를 늘어놓았던 넙치는 이렇게 말을 맺었다. "숙녀 여러분, 간단히 말씀드리면, 나는 적어도 하늘나라에서는 내가 생각했던 대로 카슈비아와 마오쩌둥주의가 하나로 조화된 상태를 창조해 냈던 것입니다. 내가 아만다 보이케의 사랑의 하느님이었는지 아니었는지를 말씀드리지 않아도 여러분은 내가 누구였는지 충분히 짐작하시리라 생각합니다."

단식포[14]를 아작아작 씹다

언제나 텅 빈 배 속으로부터
밀가루통이 위로의 말을 건넸고,

---

14) 주로 15세기와 16세기에 사순절 단식 기간 중 제단 앞에 드리워졌던 천. 단식포를 씹는다는 표현은 굶주림에 시달린다는 뜻으로 쓰인다.

증명이라도 하듯이 눈이 내렸다.

굶주림이 부활절 성 주간 동안만이라면,
금식은 아무것도 넣지 않은
납작빵을 씹는 즐거움이 되겠지.
그러나 겨울이 지나고 3월이 되어도 굶주림은
관을 덮는 보자기처럼 죽은 듯 고요하게
나의 마을을 뒤덮고 있다.
다른 고장에서는 곡식 창고들이 교활해서
시장에 곡식이 넘쳐흐르는데.

굶주림을 옹호하는 수많은 글들이 쓰여 왔다
굶주림은 사람을 얼마나 아름답게 만드는가.
굶주림의 이념은 찌꺼기에서 얼마나 자유로운가.
베이컨 속의 구더기같이 풍족한 삶은 얼마나 어리석은가.
그리고 언제나 하느님 (혹은 다른 누군가의) 앞에서
자선을 행해 보이는 스위스인들이 있어 왔다. 그러나
정말 필요한 것은 항상 부족했다.

그러나 마침내 식량이 풍족해지고
아만다 보이케가 바구니와 괭이를 가지고,
그녀의 딸들과 함께 감자밭에 나갔을 때,
다른 고장에서는 신사들이 식탁에 앉아
떨어지는 기장값을 걱정했다.

수요가, 뷔를리만 교수는 말했다,
궁극적으로는 모든 것을 지배하게 되어 있다고,
그러고는 자유로운 미소를 지었다.

중국식 식량 정책에 따른 대약진 운동은 어떻게 펼칠 것인가

2월이 끝나 갈 무렵, 봄을 예고하듯이 햇살이 화창한 한낮에(오후 2시가 조금 지나서), 나의 일제빌은 통째로 찐 감자에 버터를 발라 치즈와 회향 열매와 함께 먹고 나서, 임신하면서부터 결심했지만 제대로 하지 못했던 식후 산책을 하러 들판을 거닐다가—나는 그때 사회주의의 미래에 대해 구체적인 토론을 벌인 어느 회의에서 돌아온 터였다.—"제발, 뛰어넘지 마! 안 돼! 뛰어넘으면 안 돼!" 하는 나의 외침 소리도 무시하고, 베테른으로 불리는 수많은 도랑들 중의 하나를 뛰어넘었다. 그 도랑들은 엘베강과 불모지 게스트 사이에 있는 목초지인 비옥한 빌스터 초원의 물을 빼 내기 위해 만들어진 배수로였다. 그녀는 폭이 150센티미터 정도 되는 그 도랑을 육중한 몸으로 건너뛰는 데 성공하긴 했지만 둔덕에서 그만 넘어지고 말았다. 바닥이 부드러워서 다행이었다.

나중에 그 일에 대한 책임 문제가 제기되었다. 내가 변화란 느린 속도로 점진적이고도 고의적으로 지연시키면서 이루어야 한다고 지나칠 정도로 끈질기게 주장했기 때문에, 그녀가 뛰어넘고 싶은 충동을 일으켰다는 것이었다.

사실 우리는 빌스터 초원을 거닐면서 사회주의자 회의와 그 회의의 의결 내용에 대해 이야기를 나누고 있었다. (만약 그런 이상이 실현되었다면 어떻게 되었을까.) 내가 "프라하의 봄은 너무나 갑자기 찾아왔어. 소련에 의해 점령되기 직전까지만 해도 너무 급진적인 성향을 띠었던 것 같아. 동구권의 전반적인 발전을 무시하고 서구의 조급한 기대마저도 넘어서는 것이었어. 그렇기 때문에 오랫동안 지연되긴 했지만 여전히 시기상조인 국가 공산주의적 개혁 시도는 대약진을 추구하다가 또다시 실패를 맛보게 된 거지. 그 직접적인 결과는 너무나 잘 알려진 낙오 상태라는 거고……." 어쩌고 하면서, 일제빌을 자극하려는 의도에서가 아니라, 나 스스로 회의를 돌이켜 생각하며 그런 말을 하자, 그녀는 이렇게 대꾸했다. "나 참! 여전히 달팽이 철학 타령이군요. 언제나 기어다니기만 해서는 진보할 수가 없죠. 마오쩌둥주의와 중국을 한번 생각해 보세요. 그들은 대약진 운동을 감행했어요. 그들은 우리보다 앞서 있어요. 그들은 도랑을 뛰어넘었다고요."

그때 이미 나의 일제빌의 눈은 그 배수로에 가 있었다. 그녀는 달리기 시작했으며 성급하게 이념을 좇아서 도약했다. 내가 "안 돼!" 하고 외쳤지만, 그녀는 곧 임신 6개월이 다 되어가는 몸인데도 불구하고 분별없이 도랑을 뛰어넘다가, 비에 젖어 물렁한 땅바닥에 넘어지면서 뒹굴었다. 아이들끼리 놀이를 하듯, 나는 얼른 그녀의 뒤를 좇아 도랑을 뛰어넘어 가서 말했다. "다친 데 없어? 왜 내 말을 안 듣는 거야. 꼭 어린애같이 말야. 그런 몸 상태로."

임신이 된 뒤로 하루도 빼놓지 않고 말다툼을 해 오던 우리는 처음으로 배 속의 아기를 걱정하고 있었다. 배를 만져 보기도 하고, 배에 귀를 대고 들어 보기도 했다. 아무 이상이 없었다. 일제빌은 오른쪽 발목을 삐끗했을 뿐이었다. 어느새 우리는 또다시 다투고 있었다. ("에이, 빌어먹을 달팽이 같은 놈아!"—"지랄하고 뛰어넘긴 왜 뛰어넘는 거야!") 일제빌은 마지못해 나에게 몸을 의지했다. 나는 절뚝대는 그녀를 부축하고서 집으로 돌아왔다.

집에 도착해서도 나는 걱정이 가시지 않았다. 그래서 나는 그녀에게 식초 찜질을 해 주고, 다시 한번 이상이 없는지 배에 귀를 대 보기도 하고 만져 보기도 했다. 배 속의 아기는—일제빌의 표현대로 "나의 아들!"은—톡톡 발길질을 하고 있었다. "정말 큰일 날 뻔했어. 거기에 돌이 있든지, 무슨 단단하고 뾰족한 것이라도 있었으면 어쩔 뻔했어. 그건 그렇고 당신이 중국의 성공을 대약진 운동의 귀결로 본다면 그것은 잘못된 생각이야. 그들도 이미 수차례에 걸쳐 실패를 거듭한 후에야 영원한 문화혁명을 이룬 거지. 그렇게 단숨에 이루어진 게 아니야. 아만다 보이케를 한번 생각해 봐. 기장을 감자로 대체시키는 데 수십 년이 걸렸어. 그리고 농노제를 폐지하는 데는 그보다 더 오랜 세월이 걸렸어. 언제나 원상 복구되곤 했기 때문이야. 로베스피에르 다음에는 나폴레옹이 나오고, 나폴레옹 다음에는 메테르니히가……."

이어서 나는 넘어진 나의 일제빌에게—그녀는 누운 채로

내가 하는 말을 듣는 수밖에 없었다.──재판에 대해 이야기했다. 나는 그녀를 기분 좋게 해 주려고, 세계적 규모의 농장 부엌에 대한 아만다의 유토피아가 논의되자 아주 거만하게 입을 비죽거리던 넙치의 모습을 그대로 흉내 내 보았다. 나는 모든 일에 대해서, 심지어 어처구니없는 일에 대해서조차 이해와 호의를 베푸는 척하는 넙치의 속임수를 조롱했다. 그다음 나는 넙치의 연설을 패러디해서 들려주었다. "그러나 엄정하면서도 자비로운 숙녀 여러분! 럼포드와 아만다의 세계 급식 프로그램이야말로 모든 사람에게 평등하게 음식을 나누어 주는 방법이라는 나의 주장을 지지하는 분들이 여러분 가운데에 있다는 것을 물론 나는 기쁘게 생각합니다. 그러나 그것은 두서없이 서둘러서 되는 일이 아닙니다. 우선 과거와 현재의 기초 식량을 철저하고도 전문적으로 조사할 연구진을 조직해야 합니다. 예를 들면, 이러한 의문들이 제기될 것입니다. 식량이 부족하던 시절에 들풀로 만든 죽이 지녔던 의미는 무엇인가? 또는, 우리는 단백질 부족과 그와 관련하여 콩 문제에 대해 어떻게 대처하고 있는가? 또는, 감자가 도입되기 전에 있었던 유럽의 기장 부족 사태는 마오쩌둥 시대의 출현 전에 있었던 중국의 쌀 부족 현상과 비교될 수 있는가? 그러나 만약 여러분들이 중국의 식량 정책을 곧바로 중부 유럽이라는 토대 위에서 시행해 보려 한다면, 부디 여러분들은 망설일 것 없이 그 이론을 실천에 옮기시기 바랍니다. 그리고 꼭 아만다 보이케의 서프로이센식 감자 수프를 재현시키시길 바랍니다. 배석판사인 테레제 오슬리프 여사가 장사가 잘 되는 식당을 하나 갖고 있는 걸로 알고 있습니다만, 그곳에 시범 주방을 설치하면 어떨까요? 그렇게 하면 그곳이, 느린 속도로, 의도적으로 지연시키면서, 단계적으로 지체시키는, 말하자면 느린 그림 동작으로 대약진 운동을 시작하는 장소가 되지 않을까요?"

"그리고요?" 하고 다쳐서 누워 있던 나의 일제빌이 물었다. "여자들이 거기에 속아 넘어가던가요? 여자들이 다시 앞치마를 찾고 있다는 말인가요? 맙소사! 그 여자들은 요리 국자로 자신들이 해방될 수 있다고 생각하나 보죠?"

요리하는 수녀원장 마르가레테 루쉬가 수녀로서 누렸던 자유에 대해 심리가 진행되면서, 넙치가 (다소 장난 삼아서) 여성 해방적인 성격을 띤 수녀원을 설립하자고 제안하자, 혁명 자문위원회의 모든 당들이 이에 동조했고, 나중에는 배석판사들까지도 지지를 보냄으로써, 처음에는 미미하다가 점차 확고부동해진 넙치 지지 그룹이 형성되기 시작했다. 이 그룹은 아그네스 쿠르비엘라 건이 심리될 동안만 해도 뚜렷하게 윤곽을 갖추지 못하고 정체 상태에 있었는데, 아만다 보이케의 농업 노동자 식당이 모범적인 예로 거론되자마자 금세 하나의 당으로 발전한 것이다. 이어서 이 당은 '수정주의자로 손가락질 받는 파벌'로 신문에 보도되었다가 나중에는 공공연하게 '넙치당'으로 불리게 되었다. 식당 주인이자 법정 배석판사인 테레제 오슬리프가 이 넙치당의 대변인으로 통했다. 울라 비츨라프와 헬가 파쉬도 그 당의 멤버였다. 루트 지모나이트는 조건부로 그 당을 지지했다. 재판장인 쇤헤르 박사는 비공식적으로 그 당에 동조한다는 뜻을 표명했다고 한다. 그리고 심지어 넙치의 법정 선임 변호사인 베티나 폰 카르노조차 넙치당의 비위를 맞추려고 했다.

자유주의 그룹 및 자발적이고 급진적인 혁명 그룹을 비롯한 대부분 그룹들의 이러한 분열 현상, 즉 양분 현상은 혁명 자문위원회 내에서 확고한 이데올로기를 지닌 파벌들과 끊임없이 싸움을 유발했다. 가장 눈에 띄는 것은, 여성 마르크스주의자들 가운데서도 이탈 현상이 생겼다는 사실이다. 당의 의무 규정이 강화되었다. 이른바 넙치당의 연구 그룹에 등록된 사람은 해임되거나 제명되었다. 그렇지만 여성해방주의자들은 영향력이 더욱 커지게 되었다. 그들을 '온건주의자'로 분류한 것은 부적절한 것이었다. 왜냐하면 넙치당이 피고 넙치를 매우 엄격하게 대했고, 특히 테레제 오슬리프가 넙치를 매우 거칠게 다루었기 때문이다. 즉, 아만다 보이케가 국유지 감독관 아우구스트 로마이케에게 멍청이 또는 악질이라고 욕을 퍼부었던 것처럼, 오슬리프도 넙치를 '납작 대가리'라든지 '오버하는 헤겔'이라고 불렀다.

사람들은 넙치에 대해 비판적인 태도를 보였지만, 그렇다고 일괄적으로 싸잡아 그에게 유죄 선고를 내리는 것에는 반대하며 이렇게 말했다. 검사는 넙치의 계몽적이며 시민적인 태도가 당시로서는 상대적으로 진보적이었다는 사실을 인정해야 할 것이다. 농업 노동자 식당이 지닌 선구적인 기능을 분명히 밝혀 주는 자료를 얻게 된 것은 결국 넙치——그리고 그의 피후견인 럼포드——덕분이다. 현재의 식량 사정——인류의 절반 이상이 영양실조에 걸려 있다.——은 가정 내에 부엌을 완전히 없애고 역사적인 대규모 부엌을 조성할 것을 요구한다. 넙치의 이러한 주장은 반박의 여지가 없을 뿐만 아니라, 엄밀히 따져 볼 때, 오히려 여성해방운동의 자발적인 프로그램으로 채택되어야 할 것이다. 우리가 새로운 것을 생각하도록 자극을 주었다는 점에서 우리는 넙치에게——물론 그의 남성적인 오만함에 대해서는 당연히 비판하고 배척해야겠지만——감사해야 할 것이다. 테레제 오슬리프는 배석판사로서, 모든 사람에게 평등한 급식 방법, 혹은 넙치의 표현대로 말하자면, 중국식 세계 식량 정책을 신중히 검토해 보겠다고 했다. 또한 이 일은 언젠가는 시작되어야 할 일이므로 그녀는 자신부터 실천에 옮기겠다고도 말했다. 그녀는, 남자들은 대약진 운동에 대해 그저 말로만 떠들고 있으니, 결국 대약진 운동을 감행하는 일은 여자들의 몫이라고 말했다.

테레제 오슬리프의 크로이츠베르크 식당은 원래 괴짜들만 드나들고 특별한 보헤미아식 요리가 나오는 특이한 명소였다. 테레제의 외할머니는 체코 혈통의 빈 사람이었다고 한다. 그럼에도 식당 여주인은 단시일 내에 그러한 괴짜들을 거의 다 몰아내서, 그곳을 아만다 보이케의 농업 노동자 식당 같은 느낌이 드는 곳으로 만들고, 서프로이센식의 감자 수프와 그 밖의 간단한 요리를 내놓아 사람들의 인기를 끌었다. 간단한 요리에는, 베이컨 조각을 넣고 끓인 기장죽, 시금치처럼 요리한 승아, 우유에 끓인 기장죽, 치즈와 회향 열매와 함께 먹는 통째로 찐 감자, 감자를 으깨어 넣은 귀리 순대, 바이에른 및 보헤미아식 감자 경단 등이 있고, 청어, 계란 프라이, 고기 경단, 젤리 수육 같은 것들을 섞어서 만든 감자 튀김이 있었다.

그때까지도 그 식당은 이상야릇한 이름을 달고 있었는데, 여성해방주의자들이 그곳을 집회 장소로 이용하게 되자, 금세 '일제빌의 헛간'이라고 불리게 되었다. 오스트리아풍의 장식(왕실과 황제의 장신구)은 사라지고, 소박한 시골풍의 물건들이 새로 석회 칠을 한 벽을 장식했다. 이전의 단골 손님들은 몇 명 없었다. 그러나 상황 적응이 빠른 테레제 오슬리프의 남편이 매일 저녁 일반 손님들을 위한 오락과 계몽 프로그램을 마련하고 나서, 음식값은 얼마 뒤 조금 올랐다. 그리고 '월터 랠리 경과 감자', '셰익스피어에게 감자가 갖는 의미', '중부 유럽의 산업화와 프롤레타리아화의 전제로서의 감자 도입', 민감한 현실성을 띤 '감자 가격의 어제와 오늘' 같은 제목의 강연들이 열렸다.

여성 법정의 배석판사 헬가 파쉬는 봄이 되면 브리츠에 있는 그녀 소유의 대규모 종묘원에다, '일제빌의 헛간'을 위해 반 모르겐 정도의 밭에 유기농 감자를 재배하고 학습의 장으로 개방하겠다고 약속했다. 또한 식당에 고용된 여자들의 자녀들을 대상으로 그림 그리기 대회가 열렸고, 곧이어 식당은 그들이 감자를 주제로 그린 그림들로 장식되었다. 그 외에도 감자를 찬양하는 노랫말들을 짓고 작곡하여 불렀다. 식당 옆방에서는 감자로 날염(捺染)한 천을 만들었다. 식사하러 온 손님들은 빙 둘러앉아 잡담을 하면서 그들 자신과 다른 손님들이 먹을 감자 껍질을 깔 수도 있었다. 어머니(그리고 아버지)가 '일 제빌의 헛간'의 고정 단골로 아만다 보이케 건이 심리될 때 태어난 여자 아기 몇 명에게는 일생 동안 부를 아만다라는 이름이 붙여졌다.

약간의 장난기가 발동되기도 했지만──몇몇 젊은 여자들은 (싹이 튼) 겨울 감자를 꿰어 목걸이를 만들어 걸고 다니곤 했다.──처음에 의도한 진지성은 그대로 유지되었다. 즉, 연구진들은 기본 식량의 영양가, 단백질을 함유한 콩, 기장, 쌀, 농업 노동자 식당의 모범적 특성, 범세계적인 기아 추방 운동의 필연성, 궁극적인 목표로서의 중국식 식량 정책, 그리고 대약진 운동에 대해서 거듭 토의했다. 그들은 대약진 운동은 이미 시작되었다고 말했다. 이미 대약진 운동의 한가운데에 있다는 것이었다. 변증법적으로 볼 때, 대약진 운동은 결코 눈 깜짝할 사이에 이루어지는 것이 아니며 여러 단계로 진행되는 지속적인 과정이라는 것이었다. 끊임없이 도약해야 한다는 것이었다.

나는 일제빌이 도랑을 향해 달려가기 시작했을 때 "제발, 뛰어넘지 마! 안 돼! 뛰어넘으면 안 돼!"라고 소리치지 말았어야 했는지도 모른다. 왜냐하면 그 당시에 그녀는 뛰어넘음으로써 그녀를 통제하는 법칙을 그 법칙에 대해 무지한 내게 입증해야만 했기 때문이다. 그리고 눈 깜짝할 사이이긴 하지만 도약이 이루어지는 동안, 활처럼 휘어진 그녀의 몸이 높이 도약하여 갑자기 무중력 상태로 떠 있는 것을 보자 내게는 그 도약이 여러 단계에 걸쳐 이루어지는 것처럼 보였던 것이다. "뛰어넘으면 안 돼!" 하는 나의 외침 소리가 아직도 공기 중으로 퍼져 나가고 있는 동안, 나는 나의 일제빌이 놀랍게도 질 퍽하게 비에 젖은 땅바닥을 박차고 올라, 2피트가량 뛰어오른 다음, 자신의 몸무게로 가속을 받아 고도를 잃지 않고, 1미터 의 넓이를 극복해 내고는, 몸을 앞으로 구부리고서 바닥으로 떨어지는 것을 보았다. 그녀는 도랑을 뛰어넘은 것이다.

그런데 나는 일제빌이 바닥에 떨어질 것을 염려하기에 앞 서, 그녀가 도약의 정점을 한순간 동안 연장시킨 것을 축하해 주고 싶었다. 물론 도약할 때 그녀의 둔중한 몸매가 더욱 두드 러지게 눈에 띄긴 했지만, 그녀의 모습은 아름다웠다. 그녀는 마치 온 세상 사람들에게 기분이 상한 듯 도전적인 염소의 얼 굴을 하고 있었다. 나는 그녀의 모습을 '도약하는 우울한 여 자'(뒤러에 의해 임의로 개작되었음.)라고 이름 붙여 동판에 조각 하고 싶었다. 크노소스에서는 미노스의 처녀들이 (헤라를 경 배하고 제우스의 화를 돋우려는 뜻에서) 달려오는 황소를 뛰어넘 었다. 그리고 우리에게 젖을 준 아우아는 자신의 그림자를 발 견하고서 그것을 떼어 내려고 라다우네강을 뛰어넘었다. 우리 가 순례 여행을 마치고 고향으로 돌아올 때, 도로테아가 떠다 니는 얼음 덩어리를 건너뛰면서 엘베강을 건넜던 것처럼 말이 다. 일제빌이 뛰어오르는 것을 보고 그녀가 떨어질 것을 예감 했을 때, 나는 과거로 되돌아가 아우아를 보았고, 도약 중인 도로테아를 보았다. 그리고 마침내 나는 프로이센 왕국에 예 속된 농노인 아만다 보이케가 같은 처지의 농노들과 함께 농 업 노동자 부엌의 화덕 옆에 놓인 의자에 앉아서 차분히 감자 껍질을 까고 있는 18세기 말엽으로 달아났다. 그리고 백 년이 지난 후에 나는 레나 슈투베의 노동자 오두막(브라방크 5번지)을 방문하고서, 태고부터 뿌리 박힌 가난이 사회 문제로 대두되었음을 보았다. 그리고 이제 비로소 나는 민주 사회주의의 미래에 대한 토론을 위해 파리 근교의 비브르에서 열린 회의에 참석하게 되었던 것이다.

망명한 체코슬로바키아 사람들이 나를 초청했다. 한 프랑스인 공산당원은 당에서 제명당할 위험을 무릅쓰고 오를리 공항으로 나를 마중 나왔다. 나는 호텔에 체크인을 하자마자 나의 일제빌에게 보낼 엽서를 한 장 사서 다음과 같은 글로 빼곡히 메웠다. "몸조심하기 바라. 제발 무리하지 말고. 그 몸으로는 절대로 뛰어넘어서는 안 돼. 회의는 아주 재미있을 것 같아. 수정주의자들이 백 명쯤 모였으니⋯⋯."

그들은 긴 테이블 앞에 앉아 망명자의 눈빛을 하고 있다. 듬성듬성한 수염에는 최근의 혁명과 또 그 이전의 혁명의 흔적들이 아직도 뒤엉켜 있었고, 그동안에 그들의 일부가 되어 버렸다. 그 노련한 베테랑들 사이에는 젊고 경험 없는 수염들이 앉아 있다. 그 수염들 속에 미래가 보금자리를 틀고, 희망에 이은 또 다른 희망을 만들고 있다.

비브르(이곳에 옛날에 비버 모피 공장이 있었다고 한다.)에서 열릴 회의에서는 장시간에 걸쳐서 모든 역사적 측면을 다룬 많은 연구 보고문들이 발표될 예정이다. 미리 불어로 번역하여 등사한 연설문의 사본들이 배부되어 있다. 연사들은, 예전에 광장이나 공장 회관에서 많은 군중들을 앞에 두고 연설했던 것처럼, 유명한 당대회의 대표단들이 모인 자리에서 생업 전선에 있는 일반 대중을 향해 연설을 한다. 사람들은 그들의 말을 지지하며 경청한다. 궐석 재판을 받는 스탈린주의. 무슨 일이 있어도 사회주의자로 남겠다는 결의가 행해지고, 이성에의 호소와 계몽된 사람들의 한탄이 이어진다.

발언을 하지 않는 사람은 작은 상자 모양을 그리거나 털이 난 여자의 음부를 끄적거린다. 통역자 부스에서는 해방 여성들이 이리저리 헤매는 남자들의 연설을 영어로, 독일어로, 체코어로, 이탈리아어로 능숙하게 통역하고 있다. 열 수 없게 되어 있는 창문들 밖에서는 2월이 지금은 3월이라고 주장한다. 그들은 세계 각 곳에서 온 사람들이다. (칠레의 동지들만 오지 않았다.) 네 번이나 당이 찢어진 바 있는 나이 든 트로츠키주의자가 (스페인어로) 회의록을 작성한다. 그것이 그의 유고(遺稿)가 된다.

양손을 깍지 껴서 눈과 이마를 가려라. 무념의 상태가 되어, 하나의 새로운 약속이 생겨날 때까지. 이성과 감자가 미신을 물리친 지금에 와서는…… 우리가 모든 것을 깨닫게 된 지금엔, 적어도 가장 지독한 굶주림은 반드시…… 우리가 남김없이 죽지 않는 한, 마침내 대약진 운동은 반드시…….

불현듯 나는 외투를 껴입고 연금 생활자나 참새들이 주로 앉는 거리의 벤치에 앉아 칼로 치즈를 베어 먹으며, 1리터짜리 붉은 포도주 한 병을 마시고 싶은 충동에 사로잡힌다. 그래서 마침내 나는 시대의 요구에 반대하여 타락하고 전혀 희망이 없는 존재가 되거나, 아만다 보이케의 농업 노동자 식당

에 함께 앉아 회향 열매와 글룸제를 넣고 껍질째 요리한 통감
자를 먹으면서 콜린 전투에서 부르커스도르프 전투에 이르는
모든 전투들에 대해 주거니 받거니 이야기를 나누었던 다른
노병들을 만나고 싶다.

옆자리의 남자가 발언을 한다. 한쪽에서는 하나의 결의가
탄생한다. 이탈리아인들이 내놓은 제안에 대한 결의다. 프라하
의 봄에 대해 토론한다. 프라하의 봄은 끝나려 하지 않는다.

(아니, 아니야! 그 일 말야. 그건 경솔한 짓이었어. 우리가 운이 좋
긴 했지만 말이야.) 그녀가 몸을 옆으로 틀면서 떨어져 팔꿈치
부터 짚고 일어섰기 때문에, 그녀는 이번에도 다행히 다치지
않았다. 나는 의무감에서 그녀를 뒤쫓아 뛰어갔다. 그러나 내
가 "빌어먹을, 이번에도 안 다치길 천만다행이야. 하지만 경솔
한 행동이었어." 하고 말하는 동안에도, 아만다의 농업 노동자
식당에서는 노병들의 식사가 시간을 질질 끌며 이어지고 있
었다. (그리고 유럽 수정주의자들의 회의는 일정표에 따라 착착 진
행되고 있었다.) 후베르투스부르크 평화 조약 직후 나는 그간
의 공로를 인정받아 국유지 감독관이 되었던 것이다. 나와 같
은 연대의 동기들 역시 다들 나름대로 취직을 했다. 대부분은
교사 자리를 얻었다. 그리고 우리가 일 년에 한 번씩 농업 노
동자 급식이 끝난 후에 그 기다란 식탁에 쭈그리고 둘러앉아
껍질째 먹는 감자와 함께 감자술을 마시며 "그런데 말이야 친
구, 토르가우를 생각하면……. 우리가 작센의 군량 더미 속에
서 담배와 초콜릿 상자를 찾아냈던 일, 기억나지……." 하면서

전쟁터에서의 즐거웠던 추억에 빠져들어도 아만다는 싫어하지 않았다. (그리고 비브르 회의의 휴식 시간에는, 브레즈네프와 닉슨이 지옥에서 히틀러를 만나고…… 어쩌고 하는, 내가 처음 듣는 새로운 정치적 농담들이 오갔다.) 그리고 나는 일제빌이 넘어졌다가 일어난 뒤에 그녀에게 이렇게 말했다. "정말 큰일 날 뻔했어. 아만다는, 부커스도르프 전투가 끝나고 종전이 되기 직전에 로마이케에 의해 막내딸 안네를 임신했을 때 숲속에서 버섯을 따러 다니던 중 개울을 건너뛰다가, 운모암 위로 넘어지는 바람에 조산을 하고 말았어."

그런데도 안네는 별 탈 없이 태어났다. 게다가 그녀의 딸 조피는 나중에 나폴레옹의 식민지 총독인 라프 장군의 요리사가 되기까지 했다. 그리고 왕년에 하사관이었던 우리가 재회를 축하하고 있을 때, 어린 조피가 요즈음에 다시 인기를 끌고 있는 껍질째 먹는 통감자를 (아마유와 함께) 응유와 회향풀 열매를 곁들여 내왔다.

얼마 전 내가 다시 베를린으로 돌아올 때엔——일제빌의 삐었던 발목은 그 사이에 좋아졌다.——루트 지모나이트가 나와 동행했다. 우리는 그 헛간을 자신의 신념에 따라 '돼지우리'라고 부르고 있는 지클린데 훈차를 설득하는 데 성공했다. 우리는 울라 비츨라프와 같은 테이블에 앉았다. 그리고 오슬리프도 식당 주인답게 여러 차례 우리 자리로 와서 몇 마디 잡담을 나누곤 했다. 나는 그곳에서 유일한 남자였지만 그다지 나쁜 대접을 받지 않았다. 울라 비츨라프는 뜨개질로 남자 스웨터를 뜨고 있었다. (여자들은 행동과 달리 속마음은 착한 것 같다.) 그리고 내가 아무런 희망도 주지 못한 사회주의자 회의에 대해 이야기할 때도 그들은 유심히 들었다. 식당에 들어서자마자 감자 소주 더블을 시킨 루트 지모나이트만이 내 말을 가로막으며 말했다. "당신들이 상처를 핥고 있다고! 뭐? 상처를 핥는다고? 당신들은 그럴 수 있겠지. 당신네 남자들은 항상 난폭하게 굴지 않으면 어린애처럼 우는소리로 엄살을 부리니까."

그러나 시간이 흐르면서 화기애애한 분위기가 되었다. 헬가 파쉬가 큰 소리로 인사를 하며 우리 테이블로 왔다. 오슬리프가 감자 수프를 내왔다. 울라 비츨라프는 우묵한 접시에 각각 실하게 담았다. 우리는 밤늦게까지 미래에 대한 이야기를 주고받았다. 대위기와 모든 (남성적인) 체계의 붕괴에 관한 것이었다. 모두가 눈앞에 임박한 중국식 세계 식량 해결 방식을 기뻐하고 있었다. 나는 그들에게 감자술을 한턱 냈다. "미래의 표준식(標準食)을 위해 건배!" 하고 내가 외쳤다. 그다음에는 파쉬가 한턱 냈다. 루트 지모나이트는 말할 것도 없이 인사불성이 되도록 취해 버렸다. 비츨라프는 노래를 불렀다. "우리 넘치는 마오쩌둥주의자! 우리 넘치는 마오쩌둥주의자!" 그리고 지클린데 훈차는 오슬리프에게 스리슬쩍 달라붙었다. 두 사람은 점차 흉허물 없이 떠들어 댔다.

나의 일제빌이 그 자리에 없는 게 유감이었다. 그렇지만 그녀는 도랑을 건너뛰어야 했다. 내가 "제발, 뛰어넘지 마! 안 돼! 뛰어넘으면 안 돼!" 하고 소리치며 간청했지만, 그녀는 뛰어넘었다. 그녀는 쓰러지고 싶었던 것이다. 그녀는 진흙탕에 나자빠졌다. 나는 그녀를 따라 뛰어넘었다. 그녀는 엉덩이를 땅바닥에 붙인 채 쓰러져 있었다. 나는 화가 나서 그녀에게 소리를 질렀다. 그녀 역시 소리를 지르며 맞받아쳤다. "이건 내 배야. 이 배를 가지고 언제 어디로 뛰든 그건 내 자유야."

"그건 당신 혼자만의 아이가 아니야. 우리의 아이라고."

"내가 언제 뛰든 당신이 상관할 바가 아냐."

"아이를 원치 않으면 진작 잘 생각했어야지."

"개 같은 놈의 도랑! 다시는 그 짓 안 해."

"다시는 그렇게 하지 않겠다고 맹세해 줘, 일제빌."

그러나 나의 일제빌은 대도약을 하지 않겠다는, 다시는 도약을 하지 않겠다는 맹세를 하지 않았다.

쇠고기와 역사적인 기장

내 안에 있는 여자 요리사와 나, 우리 두 사람은 서로를 봐주지 않는다. 이를테면, 일제빌은 그녀 안에 한 명의 남자 요리사—그것은 틀림없이 나다.—를 갖고 있는데, 그녀는 그와 늘 티격태격한다. 뚱뚱하거나 마른 복합체로서 누가 누구의 안에 쭈그리고 앉아 있는 거냐 하는, 태초부터 시작된 우리의 논쟁은, 우리가 역사적 의식을 가지고서 요리한 뒤부터 새로운 요리법의 발전을 가져오기도 했고 요즘 들어 다시 인기를 누리고 있는 옛날식 요리법의 발전을 가져오기도 했다.

은근한 불에 올려놓은 2킬로그램의 소 정강이가 부글부글 끓고 내가 야채를 대충 씻고 있는 지금, 그녀는 각주가 많이 달린 책을 읽고 있다. 그 책에는 무엇보다 빈민들의 주식으로 쓰인 기장, 잔치 음식, 동화의 모티프, 닭의 사료 등에 관한 몇 가지 이야기들이 들어 있다.

나는 가만히 앉아 지난날 농노제 시절 추카우 농장의 일꾼들이 먹었던 죽 맛을 달콤하게 해 주었을 만한 새로운 이야기들을 구상한다. 이를테면 곡식 가루 단지가 텅 비었을 때 콩알만 한 기장이 하늘에서 우박처럼 쏟아져, 모든 사람들이 기적적으로 실컷 배를 채웠다는 이야기 같은 것 말이다.

내 동화 따위에는 아랑곳하지 않고 일제빌은 이렇게 말한다. "작가는 우리 여자들의 존재는 까맣게 잊고 있었던 거예요. 언제나 남자들 이야기뿐이지요. 1800년부터 특히 프로이센에서 감자 재배가 급증하면서 기장 재배 면적이 53,000헥타르에서 14,877헥타르로 감소한 것은 순전히 여자들의 공이에요. 요즈음엔 기장은 특수 식품이 되어 버렸어요. 건강식품점에 가면 소나무 씨앗이나 고기 만두, 콩 사이에 섞여 있어요. 기장 흉년이라는 말이 무슨 소린지 아는 사람은 이제 아무도 없어요."

내가 말한다. "아주 옛날에는, 그러니까 프로이센을 비롯한 다른 여러 지역에서 감자가 기장을 몰아내기 전만 해도, 만사형통을 비는 의미에서 새색시는 신혼 첫날밤을 치른 다음 날 아침에 우유를 붓고 냄비 가득 기장을 끓여야 했어. 그것을 나무 국자로 가난한, 바구니 만드는 집안 아이들에게 찰싹 소리나게 손바닥에 퍼 주면, 아이들은 좋아라 소리치며 식어서 제맛이 날 때까지 그 뜨거운 죽 덩어리를 왼손에다 놓았다 오른손에다 놓았다 하곤 했지.”

“당신 이야기는 도무지 끝이 없군요.” 하고 일제빌이 말한다. “그런 이야기들은 사람들의 마음을 현실에서 빗나가게 만들 뿐이에요. 엉뚱한 소리를 늘어놓아 나의 눈과 귀를 멀게 하려는 수작이에요.” 그녀는 역사와 관련된 각주가 많이 달린 책을 탁 소리가 나게 덮는다. “옛날에는 기장이 우리 여자들을 바보로 만들었어요. 그리고 오늘날은? 오늘날은 뭐죠?”

나는 불안한 침묵 속으로 빠졌다. 그녀의 말이 옳다. 빌어먹을, 그녀의 말이 옳다. (그러나 농장 요리사 아만다 보이케는 국유지 감독관 로마이케에게서 어깨너머로 글 쓰는 법을 완벽하게 익혀, 금방 그보다 더 능숙한 솜씨로 유명한 럼포드 백작과 편지를 주고받았으며 당시의 최신 신문에서 미라보[15]가 빵 값과 혁명의 원리와 관련해서 한 말을 농업 노동자들에게 큰 소리로 읽어 주었다.)

비록 말싸움 상대일망정 일제빌이 그녀의 안에 두고 있는 남자 요리사는 그녀의 말을 고분고분 잘 듣는다. 그녀는, 오늘은 값이 자꾸만 오르는 감자의 껍질을 벗기는 일은 하지 말고, 그 대신에 역사적인 기장을 1리터 정도의 육수에 넣어 삶은 후 뚜껑을 덮어서 부글부글 끓고 있는 쇠고기 냄비 위에 올려놓으라고 지시한다. 그렇게 해서 내가 야채를 씻고 있는 동안, 기장은 전통적인 방식대로 부풀려진다.

---

15) 프랑스 혁명의 지도자.

"당근을 너무 잘게 자르지 말아요! 그리고 우엉도 통째로 그냥 두세요. 남자들이 하는 짓이란 이것저것 다 섞어 끓여서 나중엔 도무지 무슨 맛인지 알 수 없게 만드는 일뿐이라니까."

내가 역사의 계단을 따라 도망치려 하자 그녀가 외친다. "오트밀! 찧은 보리! 기장죽! 그런 것들로 당신들은 우리를 수세기 동안 억눌러 왔어요. 그러나 이제 그렇게는 안 돼요, 알겠어요? 이제 당신들이 당할 차례예요. 어서 서둘러요, 공상은 집어치우고요."

나는 순순히 양배추와 셀러리를 반으로 자른다. 당근, 양파, 우엉, 순무, 세 쪽의 마늘을 나는 건드리지 않고 그냥 둔다. (아, 나는 반으로 쪼갠 양배추의 단면이 보여 주는 아름다움을 볼 수밖에 없다. 이 구조들, 무수히 많은 체계들, 미로 같은 선, 끝없는 줄무늬…….)

"브루케는 어떻게 됐죠?" 그녀 안에 있는 내가 아니라, 그녀 안에 있는 그녀가 말한다. 일제빌은 내가 다듬은 모든 야채와 주먹만 한 브루케 하나를, 기장을 부풀리기 위해 올려놓은 그릇 아래서 막 익고 있는 고기 냄비에 넣고 부글부글 끓이라고 한다. 그녀는 남자들이 보통 원하는 것처럼 팔팔 끓여서 바짝 조리지 않는다.

이윽고 손님들이 도착했다. 그들은 역사의식이 뚜렷한 우리의 요리를 칭찬하면서 음식을 자꾸만 더 달라고 했다.

손님들이 다 가고 나서, 나는 식기세척기로 그릇을 모두 닦았다. 그로부터 얼마 뒤, 아니 한참 뒤, 자정이 지난 즈음에 나는 일제빌 곁에 누워 꿈을 꾸었다. 산이 하나 있었고, 나는 그 산을 모두 먹어 치우며 뚫고 지나가야 했다. 그러나 내가 기장의 산을 마침내 벗어나자 내 앞에는 김이 모락모락 나는 삶은 감자의 산이 나타났다. 나는 마음을 굳게 먹고 우적우적 씹어 먹으면서 산을 뚫기 시작했다. 그러나 반쯤 뚫고 들어갔을 때 나는, 혹시 달콤한 기장 산과 모락모락 김이 나는 통감자의 산 뒤편에 브루케라고도 부르는 날평지의 산이 약속의 땅으로 가는 길을 가로막고 높이 솟아 있으면 어쩌나 하는 두려움에 사로잡혔다.

두 사람 모두

그는 나의 아내라고 하지 않고, 그 여자라고 말한다.
그 여자는 그것을 좋아하지 않는다.
그에 대해 나는 먼저 그 여자와 상의해야 한다.

넥타이 매듭처럼 꼭 졸라매어진 불안.
집에 돌아가야 하는 불안.
시인해야 하는 불안.
불안해하며 둘은 서로가 서로의 소유물이다.

사랑이 불평하며 자기 주장을 한다.
그다음엔 늘 하는 키스.

추억만이 살아 있을 뿐.

둘은 말다툼의 뼈다귀를 먹고 산다.

(자식들은 열쇠 구멍으로 무언가를 눈치채고

자신들은 앞으로 저렇게 살지 않겠다고 다짐한다.)

그러나, 그는 말한다, 그 여자가 아니었다면 이만큼도 못 가

졌으리라고.

그러나, 그녀는 말한다, 그는 능력 이상의 일을 하고 있다고.

축복, 저주, 그리고 저주가 법이 되었을 때.

점점 더 사회복지를 생각하는 법.

할부로 들여놓은 붙박이장들 틈에서,

증오는 양탄자의 매듭을

만들어 낸다. 손질하기 힘든 매듭을.

서로가 충분히 낯설어져 있을 때만

그들은 서로를 발견한다,

그것도 영화관 같은 곳에서만.

여섯째 달

인도 의상

임신 6개월째로 접어들자, 그녀는 더 이상 배를 압박하거나 코르셋으로 졸라매거나 이상적인 몸매로 보이게 만들려 하지 않았다. 또한 그녀는 거울에 무엇을 뒤집어씌워 놓거나, 알약을 먹어 자기 몸을 학대하거나, 자동차 열쇠를 찾다가 괜히 싸움을 걸어오지도 않았다. 이제 아기도 배꼽 아래쪽에서 항의하며 발길질을 해 댔기 때문에, 일제빌은 이제까지보다 더 차분히 견디면서, 어디를 가나 불룩한 배를 자랑스레 내세우기 시작했다. 경솔하게 껑충 뛰는 짓을 하는 경우도 이젠 없었다. 애당초부터 부글부글 끓던 남성 혐오증이 터지는 경우도 드물었다. 유순한 황소의 눈빛을 보낼 때도 있었다. 생전 처음으로 갓난아이 옷가지를 구해 놓기도 했다. 배수로를 뛰어넘은 사건이 있고 나서——이때 하마터면 모든 일이 수포로 돌아갈 수도 있었다.─그녀는 소위 말하는 임신복을 직접 만들었다. 그것은 다갈색의 헐렁한 원피스였는데, 나는 그건 말도 되지 않는 옷이라고 말했다.

그래서 우리는 인도 물건들을 파는 잡화상점으로 갔다. 그런 가게는 함부르크에도 있고 그 밖에도 몇 군데 더 있었다. 그곳은 물건값이 싸고 물건들이 바닥에서 천장까지 빼곡히 쌓여 있었다. 우리는 드레스 거리와 블라우스 골목으로 들어갔다. 물건이 너무 많아 어떤 것을 골라야 할지 몰랐다. 그저 손만 뻗으면 되었다.

일제빌은, 허리 쪽은 헐렁하고 가슴 아래쪽은 꽉 끼는, 대체로 단순하게 재단된 드레스를 다섯 벌인가 일곱 벌 집어 들더니, 아니 옷걸이에서 홱 잡아채더니 그 노획물을 들고 커튼이 쳐진 작은 탈의실들 중의 한 곳으로 들어갔다. 그러고는 짧은 간격으로 다섯 번인가 일곱 번인가를 인도풍 비단옷과 무명옷을 걸치고 나타났다. 수를 놓은 것, 부푼 가슴 부위를 작은 유리알들로 장식한 것, 옥수수처럼 샛노란 것, 신비스러운 녹색의 것, 붉은 깃발 천으로 만든 것 등.

오직 나만을 위한 패션쇼였다. 나는 고개를 끄덕이기도 하고, 별로라는 표정을 짓기도 하고, 속으로는 마음에 들지 않지만 칭찬을 해 주기도 하고, 그녀가 입으면 딱 맞을 것 같은 옷에 대해서는 괜히 트집을 잡아 가면서 내 역할을 충실히 수행했다. 그녀는 소매가 넓은 옥수수 빛깔의 드레스는 거들떠보지도 않고 잠시 신비스러운 녹색의 실크 옷 앞에서 망설이기도 했지만, 마침내 품이 넓고 가슴 부위에만 빨간 수가 놓인,

붉은 깃발 천으로 만든 소박한 옷을 사기로 마음을 정했다. 내가 반쯤은 승리를 거둔 것이다. 그것은 소매가 넓고 옷자락이 발까지 내려오는 드레스였다. 주름이 풍성하게 많이 잡혀 있어서 불룩하게 불러 오는 배를 위해 적격이었다. 화려하면서도 실용적이었다. 값은 85마르크 90페니히로 저렴했고, 임신 8개월까지 아무 문제 없이 입을 수 있고, 아이를 낳은 뒤에도 버릴 필요가 없을 것 같았다. 어느새 나는 그녀가 날씬한 몸매로 나와 함께 파티나 토론이나 여행에 동행하는 모습을 눈앞에 그려 보았다.

"여기 서양에 사는 것도 그렇게 나쁘지는 않군요." 하고 일제빌이 말했다. "마구 뒤져서, 골라 입어 보고, 싫으면 관두고, 마음대로 잡아서 선택할 수 있으니 말이에요." 그러더니 그녀는 양심에 걸리는지 슬쩍 지나가는 투로 이렇게 말했다. "물론 이곳 물건들이 이렇게 싼 이유는 말할 것도 없이 착취 덕분이죠. 파키스탄, 인도, 홍콩 등지의 값싼 노동력 말이에요."

붉은 깃발 천으로 만든 옷을 입고서 그녀는 내 얼굴을 향해 비난의 말을 내뱉었다. 나는 그녀의 남편으로서 옛날부터 지금까지 남자들이 저지른 모든 범죄 행위에 대해 책임을 져야 했다. 그녀가 말했다. "이를테면 저 아래쪽 지역에서 뚱뚱한 사장들이 바느질 여공들에게 임금을 얼마나 주는지 당신 내게 말해 줄 수 있어요? 이걸 들여다봐요. 모두 손으로 직접 만든 물건들이에요."

그녀가 다섯 번인가 일곱 번인가 인도 옷을 걸치고 내 앞에서 패션쇼를 하는 동안, 나는 옷을 뒤적거리거나 잠깐 입어 보거나 내팽개치거나 고르고 있는 여자들 틈에 서 있었다. 그들 중 몇몇은 일제빌처럼 임신한 상태였다. 혹은 임신한 것처럼 보였다. 유리 상자나 바구니, 울긋불긋한 마분지 상자 속에 들어 있는 아시아에서 온 싸구려 물건들. 그녀가 잠시 나를 가만둔 사이 나는 바스쿠 다 가마가 되어 인도 항로를 발견하는 상상에 사로잡혔다. 느닷없이 말라바르 해안──온통 야자수들, 사방에 보이는 건 야자수들뿐이다.──이 우리 눈앞에 손에 잡힐 듯 나타난다. 우리는 상황을 정탐하기 위해 죄수를 하나 해안에 상륙시킨다. 그는 무사히 돌아와 여러 가지 놀라운 일들에 대해 이야기한다. 그리고 나폴레옹──그와 같은 시대에 모든 여자 요리사들 가운데 가장 예쁜 요리사인 조피 로트촐이 살았다──도 인도를 군사적으로 장악할 생각을 가지고 있었다고 한다. 그러나 그때 나는 여전히 바스쿠 다 가마였다. 늘 안절부절못하고 마음속으로는 온갖 생각을 다 하는…….

사향 냄새 탓이었다. 몇 개의 작은 접시에서 달콤쌉싸름한 향이 피어오르고 있었다. 솜으로 싸인 듯한 음악 소리가 어디선가 들려왔다. 그 음악 소리에 모든 물건이 더 싸구려처럼 보였다. 여자 판매원들은 몸매는 틀림없는 함부르크 여자들이었지만 움직임은 꼭 수련 일 년차의 신전 무희들 같았다. 가슴을 파고드는 그윽한 목소리가 들려왔다. "흰 술이 달린 이 연푸른 빛깔의 옷도 사람들이 즐겨 입지요." 일제빌은 깃발 천으로 만든 붉은 드레스로 마음을 굳혔다.

일제빌이 말했다. "이걸 입으니 완전히 다른 사람이 된 것 같아요. 물론 인도 여자 같다는 말은 아니에요. 전혀 그런 건 아니에요. 나 자신이 다르게 느껴진다는 뜻이죠."

내가 말했다. "그게 다 바스쿠 다 가마와 그의 후계자들 덕분이야. 그 덕분에 값이 내려간 것은 후추만이 아니야."

임신 8개월째가 되면 다시 오마 하고 우리는 여점원들에게 말했다. "네, 그렇게 하세요." 계산대 앞에 앉아 있던, 파란 아이섀도를 칠한 점원이 말했다. "그때쯤이면 여름옷들도 들어와 있을 거예요. 정말 멋진 물건들이죠."

옷값을 지불하면서 나는 1마르크 10페니히를 '세계를 위한 빵'이라고 적힌 돼지저금통 모금함에다 집어넣었다. 밖으로 나오자, 수줍은 3월의 햇살이 비추고 있긴 했지만 깃발 천으로 만든 붉은 옷을 입고 다니기엔 날씨가 제법 쌀쌀했다. 햇살을 쏘이자 그 짙은 빛이 변했다. 일제빌은 새로 산 그 광대버섯 같은 빛깔의 옷을 입고 덜덜 떨고 있었다. 나는 그녀의 외투를 입혀 주었다.

조피

우리는 찾고 있다.
그리고 찾을 거라고 생각한다.
그러나 그것[16]은 다른 이름을 갖고 있고

---

16) 버섯 종류를 뜻함.

게다가 종족까지 다르다.

언젠가 우리는
있지도 않은 것을 찾아낸 적이 있다.
내 안경엔 뿌옇게 안개가 서렸고,
어치 한 마리가 울어 대는 바람에
우리는 그곳에서 도망쳐 나왔다.

자스코선 숲속에서
그들은 서로 견주었다고 한다.
언제나 눈에 잘 띄기 때문에
살구버섯은 다른 버섯들의 비웃음을 샀다.

버섯들은 무언가를 의미한다.
식용 버섯들만이
무엇과도 견줄 수 없는 모습으로 잔뜩 긴장한 채
외다리로 서 있는 것은 아니다.

조피, 나중에 요리사가 되었고
정치에도 관계를 한 그녀는,
버섯들의 이름을 낱낱이 알고 있었다.

또 하나의 진실

농장 요리사 아만다 보이케가 죽고 나서, 도처에 프랑스 병사들이 주둔하고, 아만다의 손녀 조피가 변함없는 혁명적 정신 자세로 나폴레옹이 파견한 총독에게 음식을 만들어 주기 시작했을 때는 마침 온 숲속에 버섯들이 지천으로 자라나던 1807년 가을이었다. 바로 그때 야콥 그림과 빌헬름 그림 형제는 시인 클레멘스 브렌타노와 아힘 폰 아르님을 올리바 숲속의 산림 감시원 집에서 만나, 출판 일에 대해 토론하고 여러 가지 의견을 나눌 생각이었다.

한 해 전에 아르님과 브렌타노는 소중한 민요들을 모아 『소년의 마술 피리』라는 제목으로 출간한 바 있었다. 곳곳에 번져 있던 전쟁의 참상은 아름다운 언어에 대한 욕구를 불러일으켰고, 불안감은 동화에서 도피처를 구했기 때문에, 그들은 시끄러운 도시에서 벗어나 그리고 매일같이 싸움질만 하는 정치를 피해 조용한 곳에서 아직 정리되지 않은 수많은 진기한 자료들을 엮어 『마술 피리』의 제2권, 제3권을 발간할 생각이었다. 그렇게 해서 너무나 차가운 계몽주의와 고전주의적 엄격함을 맛본 민중들에게 마침내 위안을——비록 그것이 도피를 통한 위안일지라도——주려 했던 것이다.

예정보다 이틀 늦게 화가 필리프 오토 룽게는 슈테텐을 거쳐 왔으며, 클레멘스 브렌타노의 여동생 베티나는 베를린을 떠나 그곳에 직접 도착했다. 그 친구들에게 산림 감시원의 집을 추천해 준 사람은 단치히 본당의 부사제로 있던 블레히 신부였다. 그 신부는 자신과 편지 왕래가 있던 자비그니를 통해 그 일을 주선해 주었다. 게다가 그 젊은이들은 자연의 한가운데에 있는 은밀한 만남의 장소에 마음이 끌렸다. 늙은 산림 감시원과, 부인을 비롯해 네 아이가 딸린 카슈비아의 한 산림 노동자만이 연못과 사슴 초원 옆에 위치한 그 통나무집에서 시간을 초월한 듯이 살고 있었을 뿐이다.

적막감을 견디기란 그 젊은이들에겐 쉬운 일이 아니었다. 첫 번째 부인과 사별하고 몇 달 전에 한 재혼에서도 불행을 맛보고 있던 브렌타노는 평소 늘 우울해하거나, 그렇지 않을 때면 지나친 농담을 하여 다른 사람들, 특히 민감한 성격의 빌헬름 그림의 마음을 긁어 놓곤 했다. 브렌타노의 여동생은 여전히 지금까지 한 수많은 여행의 추억에 젖어 있었다. 그녀는 그해 봄에 실제로 괴테를 만났다. 그녀는 괴테의 어머니와 편지를 주고받았는데, 두 여인 사이의 대화는 자연스럽게 그 위대한 인물의 어린 시절을 다룬 일화 형식의 책을 내는 일에까지 이르렀다.

야콥 그림과, 예나와 아우어슈테트의 참상을 목격한 직후 쾨니히스베르크로 거처를 옮긴 아르님은 최근에 체결된 틸지트 평화 조약을 신랄하게 비난했다. 그들은 그것을 굴욕적인 조약이라고 말했다. 아르님은 이제 농장이나 관리하며 살기로 마음먹었다. 야콥 그림은 모두의 증오 대상인 벼락출세한 제롬[17] 왕에게 카셀 근교에 있는 빌헬름스회에 성(城)에 와서 그

---

17) 제롬 보나파르트. 나폴레옹의 동생으로 베스트팔렌의 왕위에 올랐다.

의 개인 사서(司書)가 되어 달라는 편지를 받고 망설이고 있었다. (그는 결국 그 제안을 받아들였다.) 막 법학 공부를 마친 빌헬름은 시대가 그렇게도 험악하니 차라리 재야 학자가 되는 편이 나으리라고 생각하고 있었다. 모두들 자신들의 계획과 희망에 대해 말했다. 다만 화가 룽게만은 (내면 가득히 할 말은 많았지만) 묵묵히 침묵을 지켰으며 시대의 사건에서 초연해 있었다. 그는 함부르크에서 도착했는데, 오는 도중 고향인 볼가스트 시와 그 근처에 있는 뤼겐 섬을 거쳐 왔다. 그는 몇 해 전에 뤼겐 섬에서 그 사이에 세상을 뜬 한 노파가 바닷가 사투리로 들려준 동화 몇 편을 글로 받아 적은 적이 있었다. 짙은 구레나룻에 툭 튀어나온 눈, 언제나 고뇌의 빛이 서린 이마의 이 사나이는 삼 년 후 폐병에 걸려 죽을 운명이었다. 이른바 한참 꽃필 나이에 세상을 떴다.

산림 감시원의 오두막은 올리바에서 도보로 한 시간 남짓 걸리는 곳에 있었다. 그 친구들이 행복을 꿈꾸며 근심을 털어 버린 그 집의 다락방은 비좁고 머리가 천장에 닿을 지경이었지만, 단단한 진흙 바닥 위에 긴 식탁이 놓여 있는 부엌만큼은 흥분하여 왔다 갔다 하거나, 열변을 토하거나, 거침없이 웃음보를 터뜨리거나, 깨끗하게 적어 놓은 엄청난 양의 원고와 출판업자들과 주고받은 편지들을 보관하기에는 충분한 공간을 제공해 주었다. 벽돌을 쌓아 만든 화덕이 실내를 포근하게 만들어 주었다. 화덕 옆에서는 로비제라고 불러 주길 바라는 산림 노동자의 아내가 늘 무슨 일인가를 하고 있었다. 화덕 위에서는 언제나 맥아 커피가 보글보글 끓었고, 바구니에는 커다란 흑빵이 한 덩어리 들어 있었다. 갓 구워 낸 빵 냄새에 군침이 돌았기 때문에 그 친구들은 그 빵을 얼른 베어 먹곤 했다. 네 아이 중 하나가 칭얼대는 소리가 아주 가끔 들렸다. 여섯 달짜리 젖먹이나 여섯 살 먹은 아만다 할 것 없이 아이들은 모두 로비제의 젖을 먹었다. 그 친구들은 놀라우면서도 약간 불안한 마음으로 그 모습을 지켜보았다. 오직 베티나만이 감격스러워했다. 그녀는 "저게 바로 삶이라는 거예요, 소박하고 진실한 삶 말이에요!" 하고 외쳤다.

그리고 그들은 자신들이 해야 할 일을 잊지 않았다. 『소년의 마술 피리』의 후편들은 전편보다 더 훌륭한 작업이 되어야 했다. 일을 시작하면서 그들은 다만 기본 원칙에 대해서만 서로 의견이 엇갈렸다. 아르님이 독일의 민중문학을 민중의 입에서 흘러나온 대로 조금도 변형시키지 않고 원형대로 보존해야 한다는 취지에서 "이 보물들은 오랫동안 보존되어 온 것이므로 괜히 다듬으려고 손을 대면 안 됩니다……."라고 말한 반면, 브렌타노는 민요와 민담과 우화를 개량하고 민중의 목소리에 보다 예술성을 부여해야 한다는 의미에서 이렇게 말했다. "다듬지 않은 원석(原石)이 더 훌륭하게 보일지 모르지만, 예술가의 손길이 닿아야 비로소 거친 돌멩이는 고귀해집니다." 야콥 그림은 그 보물들에 대해 열광하면서도 과학적인 태도를 보였으며, 방법론을 적용하여 그 무진장한 자료들을 일목요연하게 정리하고자 했다. "우리는 지금 언어의 강을 마주하고 있는 것입니다. 따라서 거기에는 원천이 있습니다. 우리는 바로 그 원천을 알아보고 그것이 어디에서 발원하는가를 캐 보려 합니다." 오직 섬세한 빌헬름만이 난롯가나 물레 곁에서 이야기되거나 노래되는 모든 것들을 겸손한 태도로 꼼꼼하게 경청하여 아무런 첨삭 없이 기록함으로써 그것을 원형대로 보존해야 한다는 데 의견을 같이했다. "나로서는 그것만으로도 충분하다고 생각합니다."라고 그는 말했다. (그리고 나중에 그는 인내심을 가지고 민담들을 수집하여 충실하게 가정을 위한 민담집을 엮었다.)

격론을 주고받고 있던 그들 틈에서 묘하게도 베티나 양은 어떻게 보면 어린애 같지만 어떻게 보면 조숙한 태도로 그들 모두의 의견에 동조해 보였다. 그녀는 전혀 다듬지 않은 민요라든가, 창작 동화, 언어의 근원에 대한 탐구, 난롯가에서 얻어들은 이야기를 아무런 꾸밈 없이 그대로 기록하는 것에 대해 찬성했다. 그리고 화가 룽게가 떠듬거리며 모호한 어투로 원초의 힘이라든가, 사람의 손이 닿지 않은 것들, 우연의 호흡, 꽃가루, 살아 있는 모든 생명체의 본질이라 할 수 있는 덧없음 등의 말을 하고 또 몇 가지 비유적인 표현을 쓰자, 베티나는 그의 말에도 동의를 나타내며 이렇게 말했다. 그녀의 눈에는 그 젊은이들은 모두 훌륭하게 보인다. 그들 각자의 주장에는 모두 나름대로 일리가 있다. 마찬가지로 자연 역시 아름다우면서도 무질서해 보인다. 그러나 그것은 다 자연의 품이 그만큼 넓다는 뜻이다. 야생의 자연 모습 그대로 독자에게 전해 주되, 약간의 손질만 하면 될 것이다. 그러면 독자는 그것을 어떻게 쓸지 이미 잘 알고 있을 것이다. 이어서 그녀는 이렇게 소리쳤다. "그런 다음에도 여러분들은 얼마든지 연구할 수 있어요!"

그녀의 말이 끝나자 화가 룽게가 말했다. "내가 사투리로 받아 적은 민담들 중의 하나인 '노간주나무 이야기'는 다행스럽게도 《은자(隱者)들의 신문》에 실렸으나, 이것과 함께 내가 몇 년 전 뤼겐 섬에서 어떤 노파로부터 받아 적은 또 다른 민담은 아직도 활자화되지 못하고 있습니다. 고집이 무지무지하게 센 그 노파는 그 이야기를 한번은 이렇게 한번은 저렇게 들려주었기 때문에 나는 그 이야기를 두 가지 판본으로 기록해 놓았습니다. 그 민담은 바로 '어부와 그의 아내'입니다. 이미 이 년 전에 서적 판매업을 하는 침머 씨가 아르님 씨와 브렌타노 씨에게 그 넙치와 관련된 민담을 『소년의 마술 피리』에 신도록 권한 바 있지만 지금까지 실현되지 못했지요. 지금이 그 동화를 다시 한번 이야기할 수 있는 절호의 기회라고 생각합니다. 두 가지 판본을 다 말씀드리겠습니다. 내가 그림형제분의 요청을 받고 멀리서부터 찾아온 것도 바로 이 때문입니다. 사실 나는 지금쯤 그림 그리는 일에 몰두하고 있어야 합니다. '아침'이라는 제목의 그림인데 도무지 끝이 보이질 않아요."

이어서 화가 룽게는 사투리로 받아 적은 그 민담의 두 가지 원고를 종이가 어지럽게 널려 있는 긴 식탁 위에 올려놓았다. 그중 하나는 우리가 익히 잘 아는 내용의 것이고, 다른 하나에 대해서는 지금부터 더 이야기를 해야 할 것 같다.

길게 뻗은 히덴제 섬과 큰 뤼겐 섬 사이에 있는 외혜라는 작은 섬에 살면서 순풍이 불 때면 큰 섬을 향해 노를 저어 샤프로데의 장에 가서 자신이 만든 양젖 치즈를 팔곤 하던 그 노파가 들려준 두 가지의 서로 다른 진실을 화가 필리프 오토 룽게는 갖고 있던 스케치북에다 받아 적어 놓았던 것이다. 그 중 하나는 화 잘 내고 심술궂은 일제빌의 모습을 잘 보여 주었다. 그것은 갈수록 더욱더 많은 것을 가지려 하고, 왕, 황제, 교황이 되고 싶어 하는가 하면 전지전능한 넙치에게 "난 말이어유, 사랑의 주님이 되고 싶거들랑유……"라고 하면서 자신을 신으로 만들어 달라고 부탁하다가 마침내 '요강'으로 불리는 자신의 초가 움막으로 다시 쫓겨 온 여자의 모습이다. 노파가 화가 룽게에게 구술해 준 또 다른 이야기는 겸손한 일제빌과 욕심이 한도 끝도 없는 어부의 모습을 보여 주었다. 그 어부는 백전불패의 전사가 되고 싶어 한다. 그는 이 세상에서 가장 큰 강 위에 다리를 놓고 싶어 하고, 구름을 스치는 집들과 탑들을 만들고 그곳에 살고 싶어 하며, 소나 말이 끌지 않는 번개같은 마차나, 물 밑으로 가는 배를 만들어 그것을 타고 목적지까지 달리고 싶어 한다. 그는 세계를 지배하고, 자연을 정복하고, 지상 위로 솟아오르고 싶어 한다. "이제 한번 저 하늘을 날아 봤으면 더 이상 원이 없겠는디……"라고 그는 두 번째 민담에서 말한다. 그리고 아내 일제빌이 "이제 그만 좀 바라고 지금 가진 걸로 만족하도록 해유."라고 하면서 거듭 만류했는데도 불구하고 그 어부가 "난 그래도 하늘을 날아 볼 거여."라고 하면서 저 높이 별나라까지 가고 싶다고 말하자, 일시에 모든 찬란한 건물들과 탑들, 다리들, 하늘을 나는 기구들이 부서지고, 제방들이 터지고, 가뭄이 들고, 파괴적인 모래 폭풍이 휘몰아치고, 산들은 불을 토하고, 늙은 대지는 진동하여 남자들의 지배를 무너뜨린다. 그다음 혹독한 추위와 함께 모든 것을 뒤덮어 버리는 새로운 빙하기가 닥친다. "그래서 그들은 오늘날까지 저 얼음 밑에 묻혀 있는 거여." 단 한 가지, 별나라까지 날아 보고 싶은 마지막 소망을 빼고는 점점 더 많은 것을 원한 그 남자의 모든 소원을 들어준 넙치의 민담은 이렇게 끝을 맺었다.

화가 룽게가 그 노파에게 두 가지 민담 중 어떤 게 맞는 이야기냐고 묻자, 그녀는 이렇게 대답했다. "두 가지 다 맞는 이야기지." 이렇게 말한 뒤 그녀는 양젖 치즈를 팔기 위해 다시 장이 서는 섬으로 노를 저어 갔다. 어두워지기 전에 '맛있는 것과 술'을 사서 돌아오고 싶었기 때문이다.

화가 룽게는 볼가스트로 되돌아갔다. 그는 그곳의 아버지 집에 묵었다. 그곳에 묵으면서 그는 스케치북에다 받아 적어 놓은 두 가지의 민담을, 즉 두 가지의 진실을 한마디도 고치지 않고 깨끗하게 다시 옮겨 적었다.

그림 형제와 시인 아르님과 브렌타노, 브렌타노의 누이 베티나는 돌려 가면서 두 가지 원고를 읽었다. 그들은 저지 독일어를 많이 알지 못했기 때문에 '스나크'와 '뤼트예'가 무슨 뜻인지 묻기도 했다. 그러고 나서 그들은 모두 그 민담들에 담긴 내적인 교훈과 그것들이 보여 준 독창성에 대해 칭찬했다. 그러나 칭찬하는 방식은 제각기 다 달랐다. 아르님은 당장 그 두 가지 민담을 모두 『소년의 마술 피리』에 수록하고 싶다고 했으며, 이에 반해 브렌타노는 그 민담에 쓰인 사투리를 없애고 전체를 운문으로 바꿔서 위대한 서사시로 만들고 싶다고 했고, 야콥 그림은 그 민담들이 보여 준 자유롭고도 쉬운 문법 체제를 반겼으며, 빌헬름 그림은 앞으로 이 민담들뿐만 아니라 다른 많은 민담들을 출간하겠다는 뜻을 밝혔다. 오직 베티나만이 두 가지 민담 중에서 하나가 마음에 들지 않는다고 말했다. 일제빌이 너무나 나쁜 여자로 그려져 있다는 것이었다. 그런 형태로 그 민담이 출간되면 남자들은 금방 이렇게 떠들어 댈 것이라는 거였다. 여자들이란 이 여자 저 여자나 다 똑같이 싸움질이나 잘하고 탐욕스럽다고. "그렇게 되면 여자들은 그로 인해 엄청난 고통을 당하게 될 거예요."라고 그녀는 외쳤다.

그러자 그녀의 오빠 클레멘스가 말했다. "나는 그 반대로 말야, 두 번째 민담에서 남자의 모든 노력과 위대한 꿈이 그토록 끔찍하게 끝장나는 것이 마음에 들지 않아. 만약에 남자들이 멍청하게 자신들에게 주어진 것에 만족하며 살았더라면, 우리가 성스럽다고 생각하는 모든 것들, 이를테면 우리의 풍요롭고도 다양한 역사라든가, 찬란한 호엔슈타우펜 왕조, 하늘을 향해 우뚝 솟은 고딕식 성당 같은 것들은 이 세상에 존재하지 못할 거야. 민담을 이런 식으로 출간해서 남자들이 하는 일이란 결국엔 혼돈을 야기할 뿐이라는 것을 보여 준다면 남자들의 권위는 곧 우스갯거리가 되고 말 거야. 더욱이 여자들로 말하자면 의심할 여지 없이 남자들보다 훨씬 더한 욕망의 노예가 되어 있지. 그건 세상 사람들이 다 아는 사실이야."

남매는 긴 식탁을 사이에 두고 계속해서 말싸움을 했다. 그러자 곧 다른 친구들도 그들의 말싸움에 끼어들었다. 심지어 과학적인 사고를 지닌 야콥 그림조차 시건방진 어부보다는 차라리 악랄한 일제빌이 현실적으로 더 개연성이 있다고 말했다. 그는 (헤센 지방과 슐레지엔 지방의) 다른 민담들도 알고 있는데, 거기서 보면 언제나 여자들이 끊임없이 소유욕에 사로잡혀 있다는 것이었다. 이에 대해 섬세한 빌헬름이 반대 의견을 제시했다. 남자의 권력욕이 모든 압제와 학정의 근원임은 이미 잘 알려진 사실이라는 것이다. 나폴레옹이나 카이사르를 한번 생각해 보자. 코르시카 섬 출신의 그 남자는 자꾸만 더 큰 것을 원하지 않았던가? 그는 장군이 되자 집정(執政) 내각의 집정관이 되고 싶어 했고, 세 사람의 집정관 중 하나가 되자 제1 집정관이 되고 싶어 하더니, 제1 집정관이 되자 황제가 되고 싶어 했다. 그리고 그는 마침내 황제가 되자 유럽 정복길에 나서지 않았던가? 그리고 그는 바로 그 시점에 인도를 정벌할 계획을 세우지 않았던가? 그는 영국에 의한 세계 지배 질서를 깨부수고, 스웨덴의 칼 국왕이 했던 것처럼, 심지어 러시아 내륙까지 쳐들어갈 생각을 하지 않았던가?

조국이 겪고 있는 불행에 몸서리를 치면서 친구들은 그의 의견에 동조했다. 오직 베티나만이 그 자그마한 사나이의 위대함을 헐뜯는 소리를 듣고 싶어 하지 않았다. 그 자신도 역시 위대한 인물인 괴테가 그녀에게 나폴레옹의 중요성을 아주 분명하게 이야기해 주었다는 것이었다. 그 말에 아르님은 괴테에 대해 욕설을 퍼부으면서 격앙된 목소리로 애국심을 토로했다. (나중에 그는 나폴레옹에 대항한 해방 전쟁에서 국민군 대대의 지휘관이 되어 용맹성을 보여 주었다.)

이런 와중에도 룽게는 내내 침묵을 지켰다. 물론 그는 그 바이마르의 위인에 대해 반감을 품고 있었다. 왜냐하면 어느 미술 대회에서 괴테가 그의 작품 「아킬레우스와 하신(河神)들의 싸움」에 대해 별로 그렇게 고전적이지 못한 그림이라는 평가를 내렸기 때문이다. 그는 단 한 번 그들의 논쟁에 끼어들었지만 아무도 그의 말에 귀를 기울이지 않았다. 그가 한 말은, 노파가 두 가지 이야기를 다 진실이라고 했다는 것이었다.

그러나 브렌타노가 민담에 등장하는 싸움질 잘하고 탐욕스러운 일제빌을 여성의 본질을 대변하는 인물이라고 말하면서 이 사실을 증명하기 위해 최근에 했다가 금방 깨진 아우구스테 부스만이라는 여자와 자신의 결혼 생활에서 몇 가지 역겨운 일화들을 끄집어내자, 베티나(그녀는 1830년 혁명 후 여권 투쟁에 앞장섰다고 한다.)는 거침없이 말하는 오빠를 향해 발끈 화를 내며 이렇게 말했다. "우리 여자들은 지금까지 이미 굴욕의 맛을 톡톡히 보지 않았나요!" 그녀는 화덕 앞에 묵묵히 앉아 있는 카슈비아 여자를 (그리고 잔뜩 겁을 먹은 그녀의 아이들을) 쳐다보며 다음과 같이 그 언짢은 말싸움을 끝냈다. "여러분, 여기서 말싸움은 그치고 이것에 대해 한번 곰곰이 생각해 보기로 해요. 저 착한 로비제가 아까 그러는데 숲에는 버섯들이 지천으로 널려 있다고 하더군요. 우리를 자연에 맡기고, 자연이 우리에게 베풀어 주는 것을 각자 바구니에 모으도록 해요. 아직 이른 오후예요. 가을의 태양이 우리에게 황금빛 햇살을 뿌려 주고 있어요. 숲속의 성당이 아니라면 그 어디서 우리의 말다툼이 사라지겠어요? 게다가 착한 로비제의 말을 들어 보니 오늘 저녁 그녀의 사촌 여동생이 이곳을 찾아온다고 하더군요. 그 여자는 이곳 지방 총독의 요리사인데, 더욱이 버섯에 대해서는 모르는 게 없다고 하던데요."

　그렇게 해서 그 친구들은 숲으로 갔다. 그리고 제각각의 방식으로 숲을 바라보았다. 각자 한 개씩 바구니를 들고 갔다. 혹시 길을 잃을까 봐 그들은 서로의 목소리가 미치는 범위 안에 머물기로 약속했다. 너도밤나무가 주종을 이룬 올리바 숲은 골트크루크 숲뿐만 아니라 내륙 쪽으로 구릉을 따라 뻗은 카슈비아의 숲에 잇닿아 있었다. 브렌타노는 금방(곧이어 가톨릭으로 개종할 것을 연습이라도 하듯이), 심오하고도 격앙된, 그리고 만물을 포용하면서도 극히 내면적인 경건한 감정에 사로잡혔다. 빈 바구니를 든 채 너도밤나무의 매끄러운 줄기에 기대어 서서 감상적인 감정에 젖어 울고 있는 그의 모습을 섬세한 빌헬름이 발견하고는 그를 위로하려다가 오히려 빌헬름 자신도 눈물을 터뜨리고 말았다. 둘은 마음이 진정될 때까지 서로 부둥켜안고 있었다. 이윽고 그들은 마치 장님 같은 몸놀림으로 눈에 띄는 버섯을 몇 개 따 모았다. 대부분은 먹을 수 없는 들싸리버섯이었으며, 맛있는 송이버섯보다 독밤버섯이 더 많았다.

그 사이에 아르님과 베티나(두 사람은 몇 년 뒤에 결혼하여 일곱 명의 자식을 두게 되는데)는 어두운 샘물 곁에 있는 작은 빈터에서 마치 우연처럼 마주쳤다. 그들은 그동안 바구니에 따모은 것들을 서로에게 보여 주었다. 아르님은 버터버섯 몇 개와 많은 느타리버섯을 자랑스레 보여 주었고, 쾌활한 베티나는 서너 개의 식용 이끼버섯을 내밀더니, 광대버섯을 따온 데 대해서 다음과 같이 양해를 구했다. 그것들은 동화처럼 아름다우며, 매력을 발산한다고. 광대버섯은 조금만 먹어도 우리를 꿈의 세계로 인도하고, 시간에서 벗어나게 해 주며, 자아를 해방시켜 주고, 아무리 유별난 대립도 화해시켜 준다는 사실을 그녀는 알고 있다고. 그러더니 그녀는 버섯 갓의 껍질을 벗기고 버섯 살을 약간 떼어서는 자신의 입에 넣고 아르님에게도 건네주었다. 그다음 두 사람은 아무 말도 하지 않고 서서 효과가 나타나기를 기다렸다. 효과가 금방 나타났다. 그의 손가락들과 그녀의 손가락들이 서로 어울려 놀고 싶어 했다. 서로의 눈을 바라보며 그들은 상대방의 마음 깊은 곳까지 꿰뚫어 보았다. 그들은 보랏빛 대화를 나누었으며, 연못의 수면 위에는 그들의 보랏빛 대화가 어른거렸다. 베티나는 바로 옆에 있는 연못을 마법에 걸린 왕자의 슬픈 눈에 비유했다.

광대버섯의 효과가 조금 가셨을 때——하늘은 벌써 어둑어둑해지고 있었다.——아르님은 바지 주머니에 손을 집어넣어 농부들이 쓰는 칼을 꺼냈다. 그것은 그가 친구 브렌타노와 함께 라인 지방을 여행할 때 헐값으로 산 것이었다. 그는 그 칼로 클레멘스와 빌헬름이 기대서 울었던 너도밤나무처럼 매끄러운 한 너도밤나무 줄기에다 '영원히'라는 글자를 새기고 그 밑에 A와 B자를 새겨 넣었다. (이렇게 해서 두 사람은 어두운 샘 물 곁의 그 숲속의 빈터를 의미 있는 장소로 만들었다. 그로부터 한참 뒤 그곳에는 그들을 기리는 글귀가 새겨진 비석이 세워졌다.)

그 사이에 야콥 그림과 필리프 오토 룽게는 진지한 대화를 주고받으며 꽤 많은 뾰족버섯과 달걀버섯 몇 개를 땄다. 룽게는 화가이자 이론가로서 색채론에 관한 글을 쓸 수 있는 역량을 갖추고 있었기 때문에, 그의 유고에서 '색채의 구상(球狀)'이라는 제목의 논문이 발견된 적이 있다. 반면에 야콥 그림은 언어사적인 측면에서 소리 변화의 법칙성과 모든 현실적인 것들의 신화적 배경 그리고 광범위한 낱말밭을 연구했다. 이런 이유로 우리는 오늘날까지도 그의 이름을 딴 사전을 자꾸만 입에 올리는 것이다.

마침내 두 사람은 두 가지 판본의 넙치에 관한 민화에 대해 이야기를 나누게 되었다. 야콥 그림은, 다음 기회에, 탐욕스러운 일제빌이 다시 그녀의 '요강'으로 보내지는 내용을 담고 있는 첫 번째 판본을 기꺼이 출판하겠다고 말했다. (그렇게 해서 룽게가 세상을 뜬 지 일 년 뒤에 '어부와 그의 아내'라는 민화는 그림 형제의 『어린이와 가정을 위한 동화집』에 수록된 것이다.) 그러나 또 다른 판본——룽게 자신도 마침내 동의했듯이——은 거기에 담긴 세계 멸망의 분위기 때문에 출판하기가 좀 어려울 것 같다고 야콥 그림은 말했다. "아마도 우리 인간들은 언제나 단 하나의 진실만을 인정할 뿐, 또 다른 진실은 결코 용납할 수 없겠죠."라고 화가는 다소 쓸쓸하게 말했다.

그러자 야콥 그림은 이 두 번째 민담을 개작하되 도덕적인 면에 강조점을 두어 나폴레옹을 정치적으로 공격하는 글로 만들 수 없는지, 그렇게 함으로써 불행에 처한 조국에 도움이 될 수 없는지 고려해 보자고 제안했다. (그리고 1814년에 독재자를 공격 대상으로 삼은 그와 같은 책이 고지 독일어로 출간되었다. 그러나 그때는 이미 나폴레옹이 패망한 뒤였다.)

그리고 서서히 올리바 숲이 어둠으로 물들기 시작하자 그 친구들은 큰 소리로 외쳐 서로를 불러 모았다. 그러나 그들은 집으로 돌아가는 길을 찾을 수가 없었다. 그들의 마음에 일말의 두려움이 일기 시작하려는 그 시점에——룽게와 야콥 그림조차 은근히 걱정이 되었다.——깊은 숲속 한가운데에서 늙은 산림 감시원이 나타났다. 그들이 외치는 소리를 들은 모양이었다. 그는 말할 거리가 아무것도 없다는 듯 단 한마디도 하지 않은 채 그들 모두를 데리고 집으로 돌아갔다.

연못 옆에, 어느새 어둠에 물든 사슴 초원을 끼고 서 있는 산림 감시원의 오두막에는 그사이에 산림 노동자의 아내인 카슈비아 여인의 사촌 여동생이 총독 관저의 부엌에서 갓 구워 낸 빵을 가지고 와 있었다. 로비제는 그녀의 사촌 여동생을 조피라고 불렀다. 생긴 것은 예쁘장하지만 목소리가 무척 큰 그 아가씨가 그들이 모아 온 버섯들을 일일이 살피면서——이를테면 "이건 비단버섯인데 독이 있어요!"——분류하기 시작하자, 브렌타노는 일 년 전에 세상을 뜬 그의 아내 이름도 조피였다는 사실을 떠올리며 마음 아파했다.

그리고 조피 로트촐──프랑스 총독의 요리사는 계속해서 그 이름으로 불렸다.──은 좋은 버섯들을 씻어서 커다란 냄비에 넣고 베이컨과 양파를 곁들여 즙이 우러날 때까지 볶은 다음, 거기에 후추를 치고 마지막으로 파슬리를 넣어 맛을 냈다. 그 친구들은 긴 식탁에 앉아 그 요리를 먹었다. 로비제와 조피가 먹을 몫도 충분했다. 늙은 산림 감시원과 쿠초라는 이름의 카슈비아인 산림 노동자는 화덕 앞에 놓인 의자에 앉아 조피가 가져온 빵 조각을 전날 먹고 남은 주발 속의 맥주 수프에 적셔 먹었다. 그리고 그 친구들도 빵 조각을 나누어 먹었다. 부엌 옆에 달린 침실에서는 로비제의 아이들이 아니스 향료를 넣어서 구운 양념 쿠키를 먹는 꿈을 꾸었을지도 모른다.

그 친구들은 얼마나 즐겁게 이야기를 나누었던가. 요리사 조피는 그들이 던지는 질문에 대해 얼마나 명쾌하게 답변을 해 주었던가. 대화가 갑자기 넙치와 넙치의 두 가지 진실 쪽으로 돌아가자, 조피와 로비제는 자기들도 그런 이야기를 들어 본 적이 있다고 말했다. 그러나 그들은 두 가지 이야기 중 하나만 옳다고 말했다. 점점 더 많은 것을 가지려고 하는 장본인은 다름 아닌 남자라는 것이었다. "모든 문제를 만들어 내는 것은 바로 그들이에요!"라고 외치면서 조피는 쾅 하고 주먹으로 빵을 내리쳤다.

섬세한 빌헬름이 별안간 "어, 달이다!", "저 달 좀 봐!" 하고 말하지 않았더라면 긴 식탁을 둘러싸고 또 한바탕 말싸움이 번졌을 것이다. 모두들 들창 너머로 보름달이 둥실 떠올라 백조들이 잠든 연못과 사슴들이 풀을 뜯고 있는 사슴 초원 위로 빛살을 쏟아붓고 있는 광경을 바라보았다.

그래서 그들은 모두 산림 감시원의 오두막 앞마당으로 나왔다. 산림 감시원은 홀로 화덕 앞에 놓인 의자에 앉아 있었다. 그렇지만 모두들 달을 바라보며 달을 노래할 멋진 말을 더 듣고 있을 때, 화가 룽게는 집 안으로 들어갔다. 그는 화덕에서 불붙은 장작 하나를 꺼내 들고 와서, 앞뒤로 빽빽하게 글씨가 쓰여진 한 장의 종이에 불을 붙였다.

"어이, 넙치야! 이것이 너와 관련된 또 다른 진실이다." 하고 룽게는 말했다. 원고는 어느새 까맣게 타 버리고 말았다.

"오, 하느님!" 빌헬름 그림이 외쳤다. "당신이 한 행동에 대해 후회가 없기만을 바랄 뿐이오."

그러고 나서 그들은 모두 집 안으로 다시 들어갔다. 그렇기 때문에 이제 나는 쓰고 또 써야 한다.

산들을 넘어서

만약에 일제빌이 없다면 난 어떤 신세일까!
어부가 소리쳤다,
흐뭇해하면서.

나의 소망들은 그녀의 소망의 옷을 입고 있다.
성취되는 소망들은 중요하지 않다.
우리를 빼고는 모든 게 다 지어낸 것.

오직 동화만이 현실적일 뿐.

내가 부르기만 하면, 넙치는 언제나 찾아온다.

나는 바란다, 나는 바란다, 일제빌처럼 되길 바란다.

더 높게, 더 깊게, 더욱 금빛 찬란하게, 곱빼기로.

생각한 것보다 훨씬 멋지게.

무한대로 반사되어.

그리고 삶과 죽음의 개념은 더 이상 없으므로.

이제 다시 한번 수레바퀴를 만들어 보자.

얼마 전 나는 풍요로운 꿈을 꾸었다.

내가 소망한 모든 것이 있었다,

빵, 치즈, 호두 그리고 포도주,

다만 그것들을 즐길 내가 없었다.

그러자 소망들은 다시 길을 잃고

산 너머로 찾아다녔다.

나름의 이중의 의미를. 일제빌 또는 나를.

버섯 따기

    나중에 가서 발견된 우리의 신발들을 가지고 우리를 구분하는 것이 예전에는 우리의 외모를 가지고 하는 것보다 훨씬 수월했다. 저것은 막스의 신발들이고, 저것들은 고틀리프의 것이고, 저것들은 프리츠헨의 신발이다. 똑같이 둥근 머리를 가진 우리 세 사람은 조피와 함께 가곤 했던 추카우와 코코슈켄 숲속의 버섯들처럼 혼동되기 십상이었다. 그녀는 그곳에서 우리가 또다시 길을 잃게 되었을 때 모든 버섯들의 이름과 함께 우리들의 이름을 불렀다.

그것은 1789년 가을에 있었던 일임에 틀림없다. 왜냐하면 그로부터 칠 년이 지난 뒤, 그러니까 수많은 사건들이 일어난 뒤 우리가 숲에서 다시 빠져나왔을 때, 프리츠 바르톨디가 당장 공화국을 선포하려 했고, 바구니 가득 느타리버섯과 멋진 달걀버섯을 따서 집으로 돌아온 조피는 프리츠의 말에 따랐기 때문이다.

그 당시 숲들은 굉장히 컸다. 그래서 숲에서 길을 잃은 어린아이가 늙어서야 그곳에서 간신히 빠져나오기도 했다. 거의 어른이 다 된 모습으로, 김나지움 학생 프리드리히 바르톨디는 군건한 결의로 입술을 깨물며 보이틀러 가 7번지에 위치한 그의 아버지 집 다락방에 모인 우리들 앞에서 이렇게 외쳤다. "자유는 폭력을 통해서 획득할 수밖에 없어!" 그는 때로는 이미 고인이 된 당통의 말을 인용하기도 하고, 때로는 역시 세상을 뜬 마라나 로베스피에르의 말을 인용했다. 그러나 우리는 실로 오랫동안 계속해서 버섯만을 따러 다녔기 때문에 그 이념을 가슴속에 고이 간직하고 있었다. 그 이념은 홀로 서 있는 달걀버섯만큼이나 아름다웠다. 그리고 조피가 얼마 전 신문을 보다가 무적의 보나파르트 장군에 관한 기사를 큰 소리로 읽었을 때 프리츠는 이렇게 말했다. "어쩌면 우리 시대에는 이

나폴레옹이라는 사람이 이념인지도 모르겠군."

그 이후로 나는 시간 날 때마다 조피나 일제빌, 혹은 그 밖의 그 누군가와 함께 버섯을 따러 갔다. 내가 숲에서 외쳐 불렀던 이름들. 아무런 대답이 없을 때 느꼈던 공포심. 그리고 때때로 나 역시 내 이름을 부르는 소리를 듣고도 뒤늦게 대답했음을 느꼈다.

지난 가을, 마치 하나의 새로운 이념을 만들어 내듯 우리가 강낭콩과 배를 곁들여 양고기를 먹고서 아이를 만들기 전의 어느 날, 일제빌은 이체호에 근처에 있는 기스트 숲에서 버섯을 따다가 외따로 서 있는 달걀버섯을 하나 발견했는데, 그 크기가 얼마나 크던지 도대체 비교할 만한 대상을 찾을 수가 없을 정도였다. 조피 역시 약 2세기 전에 그 근처의 숲에서 비교할 만한 대상이 없는, 그보다 더 큰 버섯을 발견한 적이 있었다. 다른 모든 버섯 숲들과 마찬가지로 내가 일제빌이나 조피 또는 그 밖의 누군가와 찾아가곤 했던 숲들은 양치식물들이 마구 뒤엉켜 있었고 게다가 이음매가 보이지 않을 정도로 이끼가 푹신하게 깔려 있었기 때문에 나는 조피의 시대에는 달걀버섯이라고도 한 그 어마어마하게 큰 그물버섯을 누가 실제로 언제 어디서 발견했는지 전혀 감을 잡지 못하겠다.

일제빌이 숲속의 빈터 한쪽 가장자리에서 그 달걀버섯을 발견했을 때, 나는 좀 떨어진 곳의 솔잎 바닥에서 한 끼는 충분히 해결해 줄 만한 양의 붉은 느타리버섯들이 다닥다닥 서 있는 것을 보았다. (버터를 넣고 볶으면, 그것들은 고기 맛이 난다.) 버섯을 따러 가는 것은 해 볼 만한 일이다. 시간을 잃는 것——얼마나 자주 조피와 나는 서로의 이름을 외쳐 부르며 자꾸만 더 멀어져 갔던가.——은 사실이지만, 그렇게 해서 잃어버린 세월 중 전부는 아니더라도 몇 년 정도는 숲이 존재하는 한 다시 되찾을 수 있다. 그 말을 했을 때, 나의 일제빌은 나를 믿으려 하지 않았다. 그녀는 자신이 발견한 모든 버섯이 최초의 버섯이요 최후의 버섯이라고 생각한다. 그녀의 버섯과 비교할 만한 것은 이 세상에 한번도 없었다는 것이다. 그리고 그와 같은 대공 위에 그처럼 화려한 갓을 쓴 달걀버섯이 이끼 낀 바닥 위에 홀로 서서——손이 아직 머뭇대는 동안——누군가를 행복하게, 견줄 수 없을 정도로 행복하게 해 주는 일은 두 번 다시는 없을 것이라는 것이다.

숲 너머 저편에서는 혁명이 진행되고 단두대가 인간적이며 진보적인 것으로 환영을 받고 있던 칠 년 동안, 우리는 버섯을 따라 다니며 아름다운 이념을 가슴속에 품고 있었다. 우리는 우산버섯 아래 눕곤 했다. 반짝이는 초록빛 갓이 달린 그물우산버섯이 뿌리가 뽑힌 채 우리 뒤를 쫓아오곤 했다. 마법의 원(圓)을 만들며 둥글게 아니스송이버섯들이 자라고 있었다. 그때까지도 우리는 광대버섯이 붉게 빛나는 것 이외에 어떤 작용을 할 수 있는지 알지 못했다. 조피는 깔때기 모양의 밀가루버섯을 모자처럼 머리에 썼다. 그 버섯의 힘찬 줄기는 하늘을 향해 불끈 솟아 있었는데, 그 모양새가 마치 나, 즉 아들 프리츠를 만들기 위해 바지춤을 열어 젖히고서 어머니가 계신 방을 향해 계단을 올라가던 나의 아버지의 음경과 비슷했다.

훨씬 뒤에 일제빌이 나를 위해 밀가루버섯을 머리에 쓰고 모델을 서 주고, 내가 부드러운 연필로 진지한 눈빛으로 바라보는 조피의 모습을 그렸을 때, 조피는 더 이상 어린애의 모습이 아니었다. 그때 이미 그녀는 모든 것을 알고 있었다. 호기심이란 더 이상 없었다. 그랬기 때문에 그녀는 오만하게 달려드는 라프 총독이 그의 냄새 나는 그물우산버섯을 그녀의 이끼밭에 묻는 것을 허락하지 않았다. 조피는 문을 굳게 닫고 있었다.

물론 우리가 정말로 숲에서 길을 잃은 적은 한번도 없었다. 어치가 날카롭게 우짖으며 우리에게 길을 알려 주었다. 개미들은 우리의 걸음걸이에 보조를 맞추어 주었다. 숲길을 따라, 우리 가슴까지 오는 양치식물들을 지나, 매끄러운 줄기의 너도밤나무 숲을 가로질러 계속해서 내려가다 보면 마침내 라다우네강이 나타났다. 그 강은 추카우를 향해 흘렀다. 그곳에서는 조피의 할머니가 현관문 앞에 나와 앉아 국유지 감독관 로마이케에게 '9월의 학살'이라는 끔찍한 제목이 붙은, 혁명과 관련된 최신 기사를 읽어 주곤 했다. 농장 요리사 아만다 보이케는 신문 기사 읽어 주는 일을 끝마치고 나서 우리의 노획물인 버섯들을 일일이 살피면서 감자가 아직 없었던 기근의 시대에 그녀가 추카우 주변의 숲속에서 발견한 달걀버섯에 관해 이야기해 주었다.

우리하고 같이 버섯을 따러 다녔던 막스는 뒷날 미국으로 이주했다. 피어에크가 고향인 고틀리프 쿠초라는 역시 우리와 함께 버섯을 따러 다녔던 조피의 사촌 여동생 로비제와 결혼했다. 쿠초라는 산림 노동자가 되었으며, 로비제는 올리바 숲

산림 감시원의 오두막을 돌보는 일을 했다. 그리고 단치히가 프로이센령이 된 뒤 어머니 안나가 어느 도회지 남자와 재혼하게 되면서부터 양조업의 장인(匠人)인 그 의붓아버지의 성을 따라 조피 로트촐로 불리게 된 조피는 나중에 가서 날마다 김나지움 학생인 프리드리히 바르톨디와 만났다. 그는 보이틀러 가에 있는 그의 아버지 집에서 막바지 시험 준비를 하고 있었다.

그로부터 사 년 뒤에 김나지움 학생 바르톨디가, 서너 명의 뱃사람들과 뗏목꾼들, 몇 명의 부두 노동자들, 그리고 1793년 성 목요일에 그 도시를 점령하러 온 프로이센 군을 향해 총을 난사하여 점령을 저지하려 했던, 퇴역한 도시 수비대 소속의 상등병 한 명과 함께 자코뱅 클럽을 결성하고, 프랑스의 모범을 따라 혁명 상황과 함께 단치히 공화국의 수립을 선포하고자 했을 때, 의붓아버지인 양조장 장인이 죽고 나서 어머니와 함께 헤커 성문 옆에서 넙치, 바다빙어, 칠성장어 따위를 팔던 조피는 당시 열네 살이었으며, 열일곱 살 난 그 김나지움 학생에게 홀딱 반해 있었기 때문에, 혁명과 관련된 모든 일에도 열성을 보였다. 그녀는 프리츠를 어릴 때부터 사귀어 왔다. 그의 어머니는 바르톨디 가족에게 제안하여 자주 그 지역으로 함께 소풍을 가곤 했다. 프리츠와 조피는 추카우에 사는 아이들과 함께 나무딸기를 따러 다니기도 했고 라다우네강에 나가 가재를 잡기도 했으며, 감자 캐는 일을 돕기도 했고, 가을이 되면 버섯을 따러 가기도 했다.

조피의 눈에 비친 프리츠는 자유의 선언이었고, 자유를 대변하는 입이었으며, 어쩌면 자유 그 자체였는지도 모른다. 호리호리한 체격에 주근깨투성이의 자유. 가족들과 함께 밥상머리에 앉아 있을 때면 어린애처럼 대책 없이 더듬거렸지만, 뜻을 같이한 동지들과 모여 앉아 혁명 선언문을 낭독할 때면 그의 말은 유창하고도 거칠 것이 없었으며, 나아가서 그는 당통이나 마라의 말을 멋지게 인용하기까지 했다. 조피의 존재가 그의 말에 기름칠을 해 주었다.

프리츠와 그의 동지들을 위해 조피는 삼색 리본으로 장미 매듭을 만들어 주었다. 자코뱅 클럽을 위해 그녀는 레게 성문 옆에 있는 옛 병기 창고에서 네 자루의 권총을 훔쳐 오기도 했다. 프리츠를 위하는 일이라면 조피는 이보다 더 큰 일도, 아니 무슨 일이든 마다하지 않고 해냈을 것이다. 그러나 그 공모자들이 보이틀러 가에서 체포당한 1797년 4월 18일은 마침 장이 서는 날이었고, 조피는 시장에서 바다빙어를 팔고 있었다.

바르톨디의 부모는 하나뿐인 아들이 유죄 판결을 받고 난 뒤 오래 살지 못했다. 상인인 그의 아버지는 시민권을 박탈당하고 함부르크로 이주했는데, 그곳에서 그는 부인과 함께 콜레라에 걸려 세상을 떠났다. 프리츠 바르톨디와 수비대 상등병, 네 명의 뱃사람, 세 명의 부두 노동자, 그리고 두 명의 폴란드인 뗏목꾼은 모두 역적 공모죄로 사형 선고를 받았다. 그러나 실제로 사형을 당한 사람은 수비대 상등병과 두 명의 뗏목꾼뿐이었다. 프리츠를 비롯한 나머지 음모자들은, 성모 마리아 교회의 부목사인 블레히 신부가 최고 당국자에게 청원한 덕분에 종신형으로 감형되었다. 뱃사람들과 부두 노동자들은 금고형을 사는 도중에 죽거나, 나폴레옹 군대가 그라우덴츠 요새를 포위하고 있는 동안 최전방의 참호에 배치되어 총알받이가 되고 말았다. 그러나 프리드리히 바르톨디는 감옥에 앉아 프로이센의 패망에 희망을 품어 보기도 하고, 애국자로서 나폴레옹이 흥하거나 망하는 것을 보며 고통스러워하거나 기뻐하기도 하고, 빈 회의나 그의 종신형을 다시 한번 확인해 준 카를스바트 결의를 지켜보기도 하면서 온갖 일을 다 겪은 뒤, 통치자가 바뀔 때마다 끊임없이 사면 청구서를 낸 조피의 노력 덕분에, 삼십팔 년이라는 감옥 생활 끝에 마침내 석방되었다.

나막신을 신고 집으로 돌아온 그는 괴팍한 성격의 사내로 변해 있었다. 그는 심한 기침도 함께 가져왔다. 말을 더듬는 그의 버릇은 여전했다. 프리츠 바르톨디의 마음을 끌어당긴 것은 오로지 쇠고기 찜과 붉은 양배추뿐이었다. 그러나 그는 그 뒤로 십 년을 더 살았으며, 처녀로 늙은 로트촐이 해 준 음식을 먹고 기력을 되찾았다. 그리하여 사람들은, 초가을이 되면 그 두 사람이 비숍스베르크산 발치의 모래 채취장 근처에 있는 그들의 오두막에서 나와 바구니를 옆에 끼고 버섯을 따러 가는 모습을 자주 목격했다. 이웃에 사는 아이들은 그 버섯 여인과 그녀의 덥수룩한 악귀 같은 남자 뒤를 따라가며 조롱의 노래를 불러 댔다. (그 두 늙은 남녀가 식용 버섯과 함께 아무짝에도 쓸모 없는 광대버섯을 따 온다는 사실은 수상쩍기까지 한 일은 아니었지만 좀 이상스러운 일이기는 했다.)

내가 비록 오랫동안, 내가 프리드리히 바르톨디, 즉 조피의 애인 프리츠였다는 사실을 부인해 오긴 했지만, 내 눈에는 옛날엔 숲이 우거져 있었던 시틀리츠 뒤편으로 조피가 원하는 까닭에 늙고 쇠잔한 몸으로 버섯을 따러 가는 내 모습이 보인다. 너도밤나무 그늘이나, 잡목들이 우거진 숲속이나, 이끼와 솔잎이 뒤덮인 땅바닥 위에는 시간이 멎어 있었다. 등자광대버섯과 살구버섯은 예전과 다름없이 그 모습 그대로였다. 그리고 달걀버섯 역시 여전히 그 무엇과도 비길 수 없는 모습으로서 있었다. 그 모습은 마치 손상되지 않은 아름다운 이념이 살아 있는 것 같았다.

뭔가 은근히 기대하면서 그녀가 내게 자꾸만 물어 왔지만, 나는 조피에게 단 한 번도, 심지어 숲속에서조차도 내가 감옥에서 보낸 시절에 대해 이야기해 주지 않았다. 그녀는, 우리가 어렸을 적에 버섯을 따러 가서 길을 잃고 헤매며 서로 소리쳐 부르던 시절의 모습을 내게서 찾고 있었다. 조피에게는 여전히 믿음이 있었다. 그녀에게는 달걀버섯이 여전히 하나의 이념이었다. 그녀가 자유를 되새기거나 자유를 맛보고 싶을 때면 평소에는 아무짝에도 쓸모가 없는 광대버섯이 도움이 되었다. 광대버섯은 달걀버섯이 자라는 곳에서 자라는 경우가 많다.

보이틀러 가의 자코뱅파 음모자들에 대한 재판에서 무혐의로 빠져나온 조피 로트촐은 노래하는 것을 좋아했다. 그렇기 때문에 그녀가 수많은 새로운 노래를 탄생시킨 혁명에 동조하게 되었는지도 모른다. 프리츠 바르톨디가 계속해서 감옥에 갇혀 있었을 때에도, 그녀는 혁명과 혁명을 소재로 한 노래들에 대한 믿음을 저버리지 않았고, 그 노래들을 부엌에서 즐겨 부르곤 했다. 1801년부터 그녀는 블레히 신부의 요리사가 되어 그 집안 살림을 꾸려 나갔다. 블레히 신부는 성모 마리아 교회에서 설교를 하면서 동시에 왕립 김나지움에서 역사를 가르치는 선생님으로 있었다. 그곳에서 그는 젊은 바르톨디를 가르쳤는데, 역사상의 실례를 들어 가면서 바르톨디의 마음 속에 공화정과 이성의 덕목을 향한 열정을 불러일으켰다.

블레히 신부도 처음에는 비록 구약 성서처럼 애매모호한 표현을 쓰긴 했지만 혁명에 찬성하는 뜻을 보였다. 마리 앙투아네트 왕비가 단두대에서 처형되었을 때, 자유와 평등의 사상은 이처럼 머리가 깨인 한 사람의 투사를 잃었다. 그럼에도 그는 최근에 들어서는 제1 집정관인 나폴레옹을 질서를 잡아 주는 힘으로서 긍정적으로 생각하고 있었기 때문에 조피가 부엌에서 흥얼대는 열광적인 노래들을 너그럽게 봐주었다. 그는 그 젊은 여자에게 프랑스어를 조금 가르쳐 주었는데, 그 덕분에 그녀의 노래는 표현력이 좀 더 풍부해졌다. 그러나 조피는 대체로 그 항구 도시의 사투리로 노래를 불렀다. 하지만 그녀는 운을 맞추는 가운데 그 사투리에 격식을 부여하고, 성직자의 집에서 새로 배운 교양을 가미하여 내용을 풍부하게 만들었다.

조피는 결코 시대에 뒤떨어지지 않았다. 그녀 역시 혁명의 구세주를 찬양했다. 그리고 그녀는 그녀의 노래에서 추잡한 군주 속물과 장애물을, 공화정과 젤리에 빠진 왕자들을, 평등과 버섯 프리카세를, 무적의 포탄과 가을철의 밤알을, 그리고 (너무나 당연하게도) 당대의 영웅 나폴레옹과 혁명을 각각 운을 맞추어 노래했다. 감옥에서 고통을 겪고 있는 프리츠에게 그녀는 자신의 요리법으로 만든 송아지 간 소시지와 꿀 케이크를 보내 주었다. 그 꿀 케이크를 만들 때 그녀는 독특한 첨가물 외에 그를 격려하는 뜻에서 직접 운을 맞춰 지은 바리케이드의 노래가 적힌 쪽지도 함께 넣어 구웠다. 침침한 불빛 아래에서 그 죄수는 쪽지를 읽었다.

"가을에 내가 버섯으로 수프를 끓이면,
나폴레옹이 당신의 감옥을 박살 내 줄 거예요.
붉은 느타리버섯을 잘게 썰다 보면,
제후들의 목들은 참으로 많기도 하군요.
군주들은 벌써 수육처럼 덜덜 떨고 있으니,
사랑하는 프리츠, 우린 곧 버섯을 따러 갈 수 있어요.
꿈속에서 달걀버섯 하나가 보이네요.
자유가 오는군요, 자유가!"

그리고 조피가 만들어 준 꿀 케이크를 먹고 난 프리츠는 다소 원기를 회복했으며 감옥의 차가운 냉기를 거의 느끼지 않았다.

그동안 조피는 혼자 숲속에 들어갔으며 조금도 두려워하지 않았다. 숲속에서도 그녀는 노래를 불렀다. 그녀는 버섯을 따서 바구니에 담으며 그것들을 노래했다. 눈이 아주 심한 근시였지만 그녀는 자신이 원하는 것을 언제나 찾아냈다. 아니다, 오히려 뾰족버섯, 이끼버섯, 버터버섯, 갓이 커다란 삿갓버섯이 그녀 뒤를 따라다녔다.

그리고 버섯을 딸 때 그랬던 것처럼 블레히 신부의 그 여자 요리사는 수프를 휘젓거나 반죽을 하거나 거품을 만들거나, 또는 접시를 씻거나, 선지나 잘게 다진 송아지의 간으로 내장을 채워 순대를 만들 때도 노래를 불렀다. 그녀가 사제관 식탁에 차려 올린 요리들 중 몇 가지에는 나폴레옹이 승리를 거둔 전투의 명칭이 붙어 있었다. 예를 들면, 양배추를 곁들인 '마렝고식' 거위 내장 요리가 그것이다. 하지만 조피가 감자죽과 모듬 버섯을 곁들인 송아지 고기 스튜 요리에다 예나와 아우어슈테트 전투에서의 두 번의 패배를 상기시키는 이름을 붙이자, 블레히 신부는 이렇게 말했다. "애야. 외관상으로 볼 때 이번 두 차례의 전투에서 패한 것이 오직 왕뿐인 것 같지만, 이 전쟁의 혹독한 여파는 옳든 그르든 우리 모두를 덮칠 거야. 슈테틴 시도 벌써 항복했다. 단치히의 우리 군대도 이미 보루 주변에 방책(防柵)을 높이 설치하기 시작했어. 우리 시에 와서 잠깐 몸을 피한 왕족들도 어느새 우리 시가 위협을 받기 시작하니까 다시 피신해서 저 먼 곳에 있는 쾨니히스베르크에 가서 거처를 잡았다고 하더라. 그리고 이미 이곳 수비대도 병력 보강 중이라는구나. 어제는 2개 야전 연대와 2개 척탄병 대대가 이곳에 입성했다. 내일은 경보병(輕步兵)들이 도착할 예정이다. 카자흐 기병들도 올 거야. 애야, 너는 이게 다 무슨 소리인지 알 수 없을 거다. 지금까지 우리 시는 여러 차례에 걸쳐 포위 공격을 받아 왔어. 그중에서 특히 독일 기사단과 브란덴부르크의 군대, 후스파 교도들, 폴란드 왕 바토리, 러시아 군대와 작센인들, 그리고 계속해서 쳐들어온 폴란드 군대와 스웨덴 군대가 두드러졌지. 그런데 이제는 프랑스 군대가 우리에게 자신들의 포위 전술을 과시하려 하고 있어. 그러므로 지금은 과격한 공화파들이 부르는 자유의 노래를 흥얼대거나 부엌에서 하는 짓궂은 농담이나 지껄이고 있을 때가 아니야."

그때부터 블레히 신부는——나폴레옹 시대에 내가 바로 블레히 신부였다.——연대기를 쓰기 시작했다. 이 연대기는 나중에 『단치히 칠 년의 고난사』라는 제목으로 두 권짜리 책으로 출판되었는데, 사람들로부터 엇갈리는 반응을 얻었다. 블레히는 적과 내통한 사람들의 행적을 가차 없이 기록했다. (그러나 조피가 벌인 이중적인 역할에 대해서는 나는 다만 암시만 하는 데 그쳤다.) 어쨌든 그녀는 이제 더 이상 노래를 부르지 않았다. 부엌에서 일할 때나, 계단을 오르내릴 때나, 목사관의 채소밭에서 주름진 파슬리를 돌볼 때나. 그녀는 화가 난 듯 입을 꾹 다문 채 집안일을 번개처럼 마구 해치웠다. 숲에는 들살이버섯이나 송이버섯이 지천으로 널려 있었고, 마지막 남은 몇 개의 달걀버섯도 찾으려면 찾을 수도 있었을 테지만, 그녀는 날마다 변함없이 경단 몇 개와 빵 수프나 맥주 수프를 식탁에 올렸다. 행복을 추구하는 일은 이제 더 이상 없었다. 나쁜 소식만이 조피를 즐겁게 해 주었다. 11월 중순에 교외에 사는 주민들에 대한 소개(疏開) 작업이 있었다. 노이가르텐 마을에 대한 파괴가 시작되었다. 성 바바라 교회는 건초 창고가 되었다가 다시 임시 야전 병원으로 바뀌었다. 카슈비아 지방의 변두리에서는 폴란드 반란자들이 설치고 있었다. 새해 들어 특히 프로이센-아일라우 전투의 승리로 새로운 희망이 싹트면서, 이어서 2월 중순에는 성모 마리아 교회에서 장중한 찬미의 노래가 울려 퍼지기도 했으나, 곧 디르샤우가 함락되었고 3월 7일에는 프라우스트가 함락되었다.

그로부터 이틀 뒤에는 르페브르 원수가 지휘하는 프랑스 군과, 라트치빌 제후가 이끄는 폴란드 군, 바덴의 황태자가 이끄는 바덴 군이 도시를 빙 둘러싸고 성 알브레히트 교회, 보네베르크, 오라, 보츨라프 등지에 탄탄하게 진을 쳤다. 다만 바이크셀강 하구의 사주(砂洲) 쪽으로만 포위망이 뚫려 있어, 새로 임명된 수비 대장 칼크로이트 백작이 단치히로 입성할 수 있었다. 마침내 카자흐 기병들이 사람들의 놀란 눈길을 받으며 도착했다.

그러나 그 모든 건 아무런 소용이 없었다. 사주는 차단되었고, 포위망은 점점 더 좁혀졌다. 러시아 군은 사주를 지켜 내지 못했다. 비상 탄약을 운반하던 영국 전함 한 척이 침몰되었다. 이윽고 몇 시간에 걸친 교전으로 쌍방 모두 막대한 피해를 입은 후, 올리바 성문 앞에서 처음으로 양쪽 군대의 회담이 열렸다. 3월 24일의 항복 문서는 수비대의 명예로운 퇴각은 보장했지만, 시민들은 또다시 불청객들을 맞이해야 했다. 르페브르 원수가 프랑스 연대와 작센 군과 바덴 군, 그리고 폴란드 북부의 창기병을 이끌고 입성했기 때문이다. 가옥들은 모두 또는 부분적으로 소개되어야 했다. 목사관도 곧 공간이 부족하게 되었다. 그러나 조피는 부엌이나 계단 또는 채소밭에서 다시 노래를 부르기 시작했다. 왜냐하면 그녀는 자유가 사제관으로 들어왔다고 생각했기 때문이다.

그리고 6월, 장군이었다가 그다음엔 집정관, 지금은 황제가 된 나폴레옹 보나파르트가 술이 달리지 않은 모자를 쓰고 호에 성문으로 말을 타고 들어와 랑게 시장을 속보로 달리면서 자신의 무적 군대를 사열하고서, 그를 위해 비워 놓은 랑가르텐 거리의 알몬드 가(家)의 저택으로 들어가서는, 그곳에서 그 이튿날 충성 서약을 위해 소환된 상인들과 시 평의원들에게 기부금으로 2천만 프랑을 바치라고 명령했을 때, 조피는 다른 몇 명의 여자 요리사들과 함께 손님 시중을 들라는 주문을 받았다.

그렇게 해서 그녀는 (홀로 우뚝 서 있는 달걀버섯 같은) 황제를 직접 보게 되었다. 그는 항상 간결한 명령조로 말했다. 그의 몸짓은 식탁에서 모든 상상적인 것을 닦아 내 버렸다. 매 순간 그는 사실만을 만들어 내야 했다. 그가 그 쫀쫀한 상인들을 다루는 장면을 보는 것은 재미있었다. 그는 시의 재정에 대해서 모든 것을 꿰뚫고 있었다. 그의 시선은 모두를 찬찬히 뜯어보았다. 물론 조피도 보았다. 그리고 항상 쉴 틈이 없어 선 채로 음식을 먹고 있는 그 사나이에게 훈제한 바이크셀 강의 작은 연어를 대접하면서, 조피는 그 앞에 무릎을 꿇고는 감옥에 갇혀 있는 그녀의 프리츠를 풀어 달라고 간청했다. 이를 듣고 황제가 뭔가 짤막하게 명령을 내리자 그의 부관인 라프 장군이 그녀를 한쪽으로 데리고 나갔다.

이제 막 단치히 공화국의 총독으로 임명된 라프 장군은 조 피에게 그 사건을 신속히 알아보겠다고 약속했다. 그는 그녀에게 알자스풍의 위트를 슬쩍 건네 보았다. 그는 항구 도시의 위트가 가미된 그녀의 답변을 듣고 그녀에게 호감을 느껴, 지금부터는 총독 관저의 주방을 맡아 달라고 제안했다. 그렇게 하는 것이 그녀의 프리츠를 조금이라도 돕는 일이라는 것이었다.

그때부터 조피는 블레히 신부가 아니라 오직 라프(또한 다른 한편으로는 내가 바로 그였다.)와 그의 손님들만을 위해 음식을 만들었다. 그리고 라프는 버섯 요리를 가장 즐겨 먹었기 때문에, 그녀는 여름살구버섯이 돋아나거나 가을이 되어 밤버섯과 들살이버섯이 곳곳에 무리 지어 자라거나 또는 달걀버섯이 홀로 우뚝 서 있을 때면, 오로지 라프만을 위해 버섯을 따러 갔다. 그러나 너도밤나무 숲에 가 있을 때나, 아니면 그녀가 병 모양의 말불버섯이나 붉은 느타리버섯들을 찾아내곤 하던 솔잎 땅바닥 위에 서 있을 때나, 조피는 언제나 그리고 진심으로 오직 나만을, 즉 그녀의 프리츠만을 생각했다.

우리의 사랑이라는 건 말야, 일제빌, 우리가 목소리를 죽여 가며 속삭이거나, 편지들 속에 슬쩍 끼워 놓거나, 탑 꼭대기에서 또는 전화기에 대고, 철썩이는 파도 소리보다 훨씬 더 큰 소리로 외치거나 또는 생각했던 것보다 훨씬 작은 소리로 지껄여 댄 그 모든 것이야. 우리의 사랑, 그것은 우리가 울타리

를 쳐 소중하게 간직하거나, 다른 잡동사니들과 함께 모자 상
자 속에 꼭꼭 숨겨 두거나, 떨어져 나간 단추처럼 눈에 확 띄
거나, 이름을 바꾸어 가며 나무 껍질마다 새겨 놓았던 거야.
우리의 사랑, 그것은 어제까지만 해도 우리의 손으로 잡을 수
있었던 그 무엇이요, 우리의 일용품이요, 우리의 만능 접착제,
우리의 슬로건, 화장실에 새겨진 문구, 가물대는 무성 영화,
잠옷 바람으로 떨면서 올리던 저녁 기도, 우리가 듣고 싶은
유행가를 몇 번이고 들려주던 녹음기의 버튼이었어. 우리의
사랑, 그것은 방울내풀 풀밭을 맨발로 달려갔던 것이며, 우리
의 사랑, 그것은 (거의 말짱한 상태로) 다 쓰러진 장벽 속에 끼
워져 있던 벽돌 같은 것이었어. 우리의 사랑, 그것은 집 안 청
소를 하던 중 잃어버렸다가, 다른 물건을 찾다 일상적인 변명
들 틈에서 연필깎이의 모습으로 발견되곤 했어. 우리의 사랑,
그것은 결코 그침이 없을 것 같았지, 그렇지만 우리의 사랑은
이제 더 이상 존재하지 않아, 일제빌. 또는 우리의 사랑은 어
쩌면 오직 조건부로만 존재할 수 있을 거야. 또는 우리의 사랑
은 여전히 존재하고 있지만, 어떤 다른 곳에 존재하고 있을 거
야. 또는 우리의 사랑은 한번도 존재한 적이 없었어. 바로 그
때문에 아직도 사랑에 대해 생각해 볼 수 있는 것인지도 몰
라. 또는 우리는 옛날에 내가 조피와 함께 갔던 것처럼, 버섯
을 따러 가서 한번 우리의 사랑을 찾아볼 거야. (그러나 그 무
엇과도 비교할 수 없는 자태로 우뚝 서 있는 달걀버섯을 보면서도,
당신은 한번도 내 생각을 하지 않았어.)

지금까지 사랑을 주제로 한 참으로 많은 글들이 쓰여졌어.

사랑은 고통을 준다고도 하고, 사랑은 모든 것을 파랗게 물들인다고도 해. 이 세상에서 돈으로 살 수 없는 것은 오직 사랑뿐이라고 하지. 사랑이 부족한 곳에는 심장처럼 생긴 구멍이 뚫린다는 거야. 사랑은 라디오처럼 마음대로 켜거나 끌 수가 없다고들 하지. 사랑에는 분할이라는 게 없어. 그렇지만 부엌데기 하녀 아그네스는 나를 사랑하면서 또 다른 나도 사랑했지. 그리고 수녀 루쉬가 전도사 헤게의 기력을 완전히 쇠잔하게 만들었을 때, 그녀는 슬그머니 내 생각을 하고 있었던 거야. 그러나 일제빌이 전성기 고딕 시대의 나의 도로테아에게서 자신의 모습을 보거나, 자신이 바라던 여러 이상형의 남자와 나를 혼동한 반면, 내가 블레히 신부로서 그리고 동시에 라프 총독으로서 사랑했던 조피는 일편단심 오로지 나만을, 그러니까 평생을 감옥에서 보낸 그녀의 프리츠만을 먼발치에서 끊임없이 사랑했어. 물론 조피는 다른 사람들(처음에는 블레히, 다음에는 라프)을 위해 버섯을 따러 다니다가 광대버섯에게서 뭔가 은근한 암시를 받고서 홀로 우뚝 서 있는 달걀버섯을 발견할 때면 언제나 자유를, 그 아름다운 이념만을 떠올리긴 했지만 말야.

조피 로트출은 1807년 초여름부터 1813년 가을까지 단치히 공화국의 총독과 그를 찾아온 수많은 손님들을 위해 음식을 만들었다. (그 기간 동안 그녀의 할머니가 돌아가시고, 곧이어 그녀의 어머니도 세상을 떠났는데, 사람들 말로는 그녀의 딸이 총독의 정부(情婦)라고 손가락질을 받아서 생긴 화병 때문이라고 한다.)

그렇기 때문에 조피의 사랑을 둘러싸고 장 라프와 라이벌 관계에 있던 성모 마리아 교회의 부목사 블레히는 그를 다음과 같이 평했다. "대략 삼십 정도 되어 보이는 나이에, 그의 주인과 마찬가지로 무명의 중류층 집안 출신으로 순식간에 군의 고위직을 차지한 그 젊은 행운아는 번쩍이는 장군복 겸 부관복을 입고 훈장을 주렁주렁 달고 있는 데다가 얼굴엔 항상 미소를 띠고 몸짓마저 퉁명스럽지 않았기 때문에 잘못하면 착한 수호천사처럼 여겨질 지경이었다. 그러나 그의 착한 성품이 견실한 덕성에 바탕을 둔 것이 아니듯이, 그의 결점 역시 타고난 악한 성격에서 비롯된 것은 아니었다. 오히려 그의 모든 결점과 모든 덕행은 그때그때의 상황과 여건, 기분, 생각, 그리고 흥분 상태에 따라 충동적으로 행동하는 마음 약한 자의 그것이었다. 그렇기 때문에 그의 자존심은 쉽게 상처를 입었고, 그의 과시욕은 점점 더 커졌다. 그렇기 때문에 모든 불쌍한 신문 배달부들의 말에 귀를 기울이다가도 갑작스레 숱한 무고한 사람들의 마음에 깊은 상처를 입히는 경솔한 결정을 내리곤 했다. 그렇기 때문에 사람들이 아무리 정당한 호소를 해 와도 경망스러운 조소를 보냈다. 그렇기 때문에 자신의 형편을 망각한 채 가끔 더없이 성스러운 약속을 해 놓고 그것을 지키지 못했다. 그렇기 때문에 사람들의 눈 따위는 아랑곳하지 않고 여색을 공공연히 밝혔으며……."

그리고 내가 오늘날 라프로서의 나를 생각해 볼 때, 블레히 신부로서의 내가 라프에 대해서 한 말에 동의하지 않을 수 없다. 너그러운가 하면 또 한편으로는 탐욕스럽고, 여자에게 예절이 반듯한가 하면 다른 한편으로는 야수처럼 음탕한 그 사내가 감옥에 있는 프리츠를 구해 주겠다는 약속은 지키지 않고 그때그때 말만 바꾸어 가며 여러 해 동안 불쌍한 조피를 얼마나 괴롭혔던가. 어색함과 수줍음이 가미되어 감동적이기까지 하던 그의 사랑은 얼마나 자주 끈질기게 치근덕대는 야만적인 사랑으로 돌변했던가. 그리고 그는 권력을 마음대로 남용하고 자유를 향한 백성들의 열망을 짓밟음으로써 아름다운 이념에 대한 조피의 변함없이 순진한 신념에 얼마나 자주 상처를 주었던가. 그 결과 프랑스 통치 시대가 계속되는 동안 그녀는 나폴레옹과 관련된 모든 것을 처음에는 의심하다가, 그 다음엔 싫어했고, 끝에 가서는 증오하게 되었다.

그리고 그로부터 오 년 반 뒤, 역사가 반대 방향으로 흐르고, 나폴레옹의 대륙군이 러시아에서 패해, 황제의 명을 받들어 원정에 동참했던 라프가 그곳에서 얻어 온 동상을 화풀이로 보상받으려 했을 때, 조피는 이미 그의 적이 되어 있었다. 그녀는 이제 버섯을 따러 갈 때면 식용 버섯뿐만 아니라 정치적인 효과를 유발할 수 있는 버섯 종류도 고려했다.

1813년 1월, 그랑장, 외들레, 마르샹, 카베냑 등의 사단이 카자흐 기병대의 강력한 압박으로 단치히 시의 성벽 안으로 쫓겨 들어왔다. 주둔군은 폴란드 부대와, 바이에른의 1개 연대와 나폴리의 3개 연대로 이루어진 라인 동맹의 베스트팔렌군, 그리고 프랑스의 저격병들과 흉갑기병(胸甲騎兵)들로 병력을 강화하였다. 그리고 보급품을 적재해 둔 슈파이허인젤의 창고에 물자가 새로 반입되고, 요새에 대포가 추가로 배치되고, 러시아-프로이센 포위군이 마침내 도시를 완전히 에워쌌을 때, 조피의 계획도 완료되었다. 그러나 시점이 3월 초였기 때문에 아직 적당한 버섯을 딸 수가 없었다.

날마다 소규모 전투가 벌어지고, 시틀리츠 고지나 강 가운데에 있는 섬으로 양식을 구하러 가기 위한 원정이 이어졌다. 콩그리브식 로켓이 처음으로 실전에 투입됐는가 하면, 대화재가 발생하고, 전염병이 돌기 시작했다. 여섯 달 동안 기근이 계속되더니 마침내 8월 말이 되자 한여름의 홍수가 전 지역을 뒤덮었다. 억수같이 쏟아진 폭우로 바이크셀강의 물이 불어나 슈베츠에서 몬타우 곶(岬)에 이르는 제방이 일곱 군데나 무너져, 저지대는 물론 도시의 보루까지 모두 물바다가 되어 버렸다. 그리하여 나폴레옹 보루와 데제의 보루 같은 외벽 보루들이 고립되었고, 집에서 쓰던 잡동사니들과 함께 방책들이 물이 높이 차오른 거리로 떠다녔다. 그러나 누구든 그물만 있으면 물고기를 무진장으로 손쉽게 잡을 수 있었다. 그 덕분에 모두들 주린 배를 실컷 채울 수 있었다. 간단히 말하자면, 한여름의 홍수 때문에 포위한 쪽과 포위당한 쪽 모두가 전쟁을 포기해야 하는 상황이 되고, 도시의 포위망에도 틈이 생겨 강 가운데 있는 섬의 농민들이 수로를 통해 피난해 들어오는 바람에, 그들을 통해 다시 희귀해진 과일, 야채, 달걀, 글룸제 같은 식료품이 굶주려 있던 도시에 공급되었다. 그리고 조피는 9월 초부터 그녀가 주문해 놓은 특정한 버섯들이 도착하기를 기다리기 시작했다. 그녀의 증오심은 펄펄 끓다가 이제는 하나의 요리법으로 바싹 졸아붙어 있었다.

그래, 일제빌. 우리도 그러한 증오심을 잘 알지. 우리가 안

감이 달린 사랑을 뒤집어 입고 다닐 때. 우리가 서로에게 구
멍을 내고, 그 구멍으로 서로의 속을 훤히 들여다보게 되었
을 때. 모든 것과 이 모든 것에 대척되는 것이 단 하나의 점 위
로 모아졌을 때. 우리가—다시 한번 숲으로 들어가긴 하지
만—예전처럼 그 무엇과도 견줄 수 없는 아름다운 이념이
아니라 그 반대의 것을 찾을 때. 물론 그 반대의 것도 나름대
로 아름다움을 지니고 있긴 하지. 그러니까 증오는 버섯으로
위장하고서 이끼 긴 땅바닥 위나 참나무 숲 아래 서 있는 거
야. 뚜렷한 모습으로 말야.

한편 그 한여름의 홍수가 시내까지 밀어닥쳤을 때 라프의
부름을 받은 넵치는 쇠망해 가고 있던 그 단치히 공화국의 총
독에게 이렇게 경고했다는 거야. "내 아들아! 밥상을 받거든
조심하거라. 속을 채운 송아지 머리 요리라고 해서 다 몸에 좋
은 것은 아니다."

비슷하게 생긴 버섯을 찾아서

정말 운 좋게도
바로 옆에서 찾아낸
한 무리의 말불버섯.

내가 원하는 것을 얻었을 때,
나는 그 밖의 모든 것은

포기해 버렸다.

이 버섯의 갓은
작달막한 키에
딱 어울린다.

대충 그냥 집어 들어라.
빛마저도
슬그머니 지나가거늘.

분명히, 그것들은 말불버섯이다.
하지만 가짜다,
자세히 보면.

승아 밑에 숨겨서

　허리케인처럼 강력한 북서풍이 돌풍이 되어 휘몰아치며 우리 집을 마구 두드리던 3월의 어느 날 저녁, 우리는 슈퇴르강을 오가는 여객선의 운항이 정지될 수도 있다는 사실을 미처 생각하지 못하고 도시에 사는 손님들을 초대했다. 전시(戰時)를 연상시키는 마을의 사이렌이 울려 대고, 의용 소방대원들이 바람에 맞서 허리를 잔뜩 구부린 채 뛰어가는 모습이 보이고, 부두로 통하는 거대한 수문을 비롯해 제방의 모든 수문들이 닫히고, 크뢰거의 상점에서는 나이 든 사람들이 만조(滿潮)가 되면 1962년처럼 심각한 사태가 발생할 수도 있다고 떠들어 대고, 허리케인처럼 커져 가는 돌풍에 밀려 낮게 떠서 질주하는 구름 떼를 피해 마을이 제방 안쪽에서 몸을 움츠리고, 전깃불이 깜박거리고, 전기 난로도 잠시 나가고, 마침내는 정원의 어린 자작나무 한 그루가 뚝 부러지고 나서야, 나의 일제빌은 우리가 세 개의 접시에 너무 많은 음식을 차려 놓았음을 깨달았다.

어느새 그녀는 덧문이 모두 닫힌 방 안에 있는 듯한 표정을 짓고 있었다. 자연의 묵시록적 분위기에 대한 여성 특유의 반응인 편두통이 나타나 이미 집 안을 가득 채우기 시작했다. 유리 그릇들이 쨍그랑 박살 나는 소리. 회칠한 벽에 새로 생기는 머리카락처럼 가느다란 흠집. 손님들이 올 수 없다는 전화를 해 왔다. 라디오에서 폭풍을 조심하라는 경고가 있었고, 베델에 통행 금지령이 내렸다는 것이었다. 정말 꼭 오고 싶었는데, 유감스럽기 그지없다고 했다.

우리는 감자와 순무에다 얇게 저민 양고기를 곁들인 요리를 만들어 내놓을 참이었다. 아만다 보이케(그 뒤에는 레나 슈투베) 같았으면 끝에 가서 그 요리에 네모나게 썬 새콤달콤한 호박을 넣고서 휘휘 저었을 것이다. 음산하고 쌀쌀한 날 먹는 이 냄비 요리에는 곱게 빻은 후추, 자메이카 후추, 마늘 세 쪽, 으깬 마요라나 등이 들어간다.

반짝이는 빈 접시들을 앞에 두고 나는 어느새 마음이 외로워져 나 자신을 달래는 말을 했다. 아니, 내게 말을 건넨 것은 바로 넘치였던가? "내 말을 듣거라." 하고 그가 말했다. "폭풍우 치는 날씨와 편두통 때문에 너무 그렇게 신경 쓸 것 없다. 바이크셀강도 걸핏하면 범람했는데, 엘베강과 슈퇴르강이라고 해서 안 그럴 리 있느냐. 너의 일제빌이 어둠침침한 방 안에 누워 실컷 우울해하도록 내버려두어라. 여객선이 뜨지 않아도 손님들은 얼마든지 먼 곳에서 찾아오는 법이야. 아우아의 시대에는 이웃 부족의 여인들이 꿀벌 집과 말린 그물버섯을 들고 찾아왔다. 비가는 너희들이 보통 고트족이라고 부르는 고이트족들을 위해 괭이밥죽을 만들어 주었어. 그들이 실컷 먹고 이윽고 떠날 때까지 말야. 사람들은 그것을 민족 대이동이라고 불렀어. 그리고 보헤미아의 고위 성직자들과 폴란드의 기사들은 메스트비나에게서 덩굴월귤 열매를 곁들인 멧돼지고기 요리를 대접받았다. 도로테아는 금요일이 아니었지만 네 명의 성직자들에게 스카니아 청어를 대접했다. 그리고 조피는 총독의 손님들을 위해 준비한 음식에다가 정치적인 버섯을 양념으로 가미했다. 정말 멋진 잔치였지! 손님들 중 그 누구도 올 때처럼 멀쩡한 상태로 돌아가는 사람은 없었으니 말야. 넌 대문만 활짝 열어 두면 되는 거야, 내 아들아. 여객선이 운행하지 않아도 새로운 손님들은 계속해서 올 테니까. 그들은 뻣뻣한 다리를 삐걱대면서 공동묘지와 문서 보관소, 그리고 제단에서 빠져나오고 있어. 그들은 적당하게 배가 고프며, 이야기로 살이 쪄 있다. 루쉬 수녀는 시틀리츠와 샤르파우 목장에서 기른 일흔아홉 마리의 부활절 새끼 양을 이번엔 부유한 도시 귀족 페르버를 위해 숯불에 구웠다. 몇몇 수도원장들, 폴란드의 귀족들, 그리고 그 밖의 사람들이 페르버가 초대한 손님이었어. 양고기 기름은 잘 굳으니까 접시를 미리 데워 놓는 것이 좋을 거야. 그렇지만 소리가 나지 않게 해야 한다. 고문실에 들어가 있는 너의 일제빌에게 방해가 안 되도록 말야……."

넙치는 달력에 적힌 격언 같은 어투로 다음과 같이 말을 이었다. "손님들은." 하고 넙치는 말했다. "여러 탕 해 먹은 수프, 필요할 때마다 집어넣는 양념, 빼먹을 수 없는 첨가물일 뿐이야. 그러니 굼뜨게 오는 놈이 멍청한 거야."

손님들을 머릿속에 그려 본다. 과거의 손님들과 현재의 손님들, 미래의 손님들을. 지난날 아그네스가 오피츠를 위해 음식 시중을 들었을 때, 슐레지엔의 피난민들이 배를 쫄쫄 굶은 채 그의 식탁에 앉아 눈물의 골짜기 시를 읊조리던 일. 그리고 한번은 아만다가 나와 나의 마지막 남은 전우들을 위해 산더미 같은 감자죽을 걸쭉하게 끓여 내놓고, 그 위에 냄비에다 삶은 베이컨 조각들을 뿌려 주었다. 그게 바로 노병을 위한 식사였다. 그리고 언젠가 나는 여성 배심 법정의 배석판사 그리젤데 두베르틴을 초대해 (일제빌에게 많은 조언을 구하지 않고) 버섯 요리를 대접할 생각이다. 그리고 우리의 현재 상황으로 보아 지난날 굶주리던 시대의 괭이밥 요리가 유행할 수도…….

바깥의 돌풍은 차차 기세가 꺾이고 있었다. 바람은 서쪽으로 방향을 틀었다. 3월의 비. 의용 소방대원들은 소주로 몸을 덥히고 제방의 수문에서 돌아왔다. 나의 일제빌은 편두통을 벗어던지고, 광대버섯처럼 빨간 야회복으로 차려입고는 이렇게 말했다. "우리끼리 식사해요. 손님들이 다 무슨 소용이에요. 당신과 나만으로 충분하지 않나요? 사람들이 북적대다가 간 뒤에 식기세척기 두 대에 설거짓거리만 가득 남으면 그게 뭐 좋겠어요? 도회지에 살며 노이로제에 걸린 사람들일 뿐이지요. 끝없이 결혼 문제라든가 세금 문제로 골머리를 썩히는 사람들이고요. 그런 사람들은 함부르크에 머물러 있어야 마땅해요. 차라리 조피 이야기나 계속 해 줘요."

버섯을 채운 송아지 머리 요리를 대접하는 것이 바로 그녀의 계획이었다. 사실 그녀는 속을 넣은 송아지 머리 요리로 이름이 나 있었다. 그리고 라프 총독의 식사 손님들은 벌써 몇 년이 지나면서 달걀버섯, 버터버섯, 자작나무버섯, 살구버섯, 붉은느타리버섯으로 만든 그녀의 요리에 대해 굳게 믿고 있는 상태였다. 심지어 토끼 내장을 넣어 요리한 알 수 없는 버섯 수프조차 그들은 아무 의심 없이 먹어 댔으며, 적지 깊숙이 들어와 있으면서도 그곳 출신의 하인들이 미리 시식해 보도록 하는 주의도 기울이지 않았다.

그 송아지 머리는 조피가 베스트팔렌 동맹군에게서 가져온 것이었다. 그들의 축사는 프로이센 포병의 사정거리가 미치지 않을 뿐더러 곰 보루와 배교자 보루에 의해 보호를 받는 크나이프압에 있었다. 병참 장교는 한번도 항의를 하지 않았다. 왜냐하면 총독의 요리 담당 요원은 민간 물자는 물론이고 군수 물자까지도 징발할 수 있었기 때문이다. 결국 베스트팔렌과 폴란드 장교들은 총독이 정기적으로 초대한 손님들 중의 하나였다.

더 어려운 일은 숲에서 자란 싱싱한 버섯을 포위된 상태에 있는 도시 안으로 들여오는 일이었다. 한여름의 대홍수가 도움을 주었다. 마침 러시아 군대가 홍수로 피해를 입은 섬의 이재민들이 저지 도시로 들어가는 것을 아직 허용하고 있었으므로, 조피는 카슈비아의 뗏목꾼들과 거래를 트는 데 성공했다. 뗏목을 타고 페테르스하겐을 빠져나온 이재민들은 프로이센 돈으로 일인당 5두카텐을 내야 했는데, 그중 절반은 러시아 전초(前哨)들의 손에 들어갔다. 한편 게르트루트 보루의 프랑스군 지휘관은 일인당 1두카텐을 요구했다. 그리고 이러한 거래를 할 수 있도록 단치히 공화국의 총독이 공문서로 허용하였으므로 (원칙적으로) 중립적인 카슈비아인들은 돈이나 영국인들로부터 압수한 옷감을 받고서 요리사 조피 로트촐이 요구하는 물건들을 제공했다. 그렇게 해서 초가을에는 총독의 식사를 위해 호수 근처의 숲에서 총으로 잡은 자고와 토끼, 노루 등이 제공되었고, 월귤나무 열매와 자두, 식용 버섯도 바구니에 담겨 왔다. 그러던 어느 날 조피는 마침내 그녀의 계획을 완료하고, 올리바 숲의 산림 감시원 오두막에 사는 그녀의 사촌 여동생 로비제에게 특별한 종류의 버섯을 보내 달라는 비밀 서한을 보냈다. 그녀가 적어 보낸 통상적인 주문 목록——신선한 버터, 암평아리가 낳은 달걀, 글룸제, 승아, 서양자초——에는 고대 카슈비아 말이 몇 마디 들어 있었다.

1813년. 버섯의 해. 조피와 마찬가지로 조피의 사촌 여동생도 식용 버섯, 맛없는 버섯, 독버섯 등 모든 종류의 버섯에 대해 훤히 알고 있었다. 그녀는 버섯들이 이끼 긴 땅이나 솔잎 바닥, 숲속의 빈터나 관목 덤불 속의 어디에서 홀로 또는 마법의 원을 그리며 자라고 있는지도 알고 있었다. 어렸을 때 우리는 자주 조피를 따라 버섯을 따러 갔다. 당시엔 조피의 할머니인 아만다 보이케가 아직 생존해 있었다. 아만다 보이케는 현관 앞에 나와 앉아 조피와 로비제에게 모든 버섯의 이름을 외우도록 가르쳤다.

이것은 어두운 빛깔의 트럼펫버섯이다. 이것은 너도밤나무 숲에서 자라며 맛이 좋다. 이것은 갓이 넓게 생긴 매버섯인데, 살짝 데치면 쓴맛이 없어지고 몸에 좋다. 이것은 느타리버섯인데, 다른 이름으로도 불린다. 이 코감기버섯은 오리나무나 포플러의 줄기에 무성하게 붙어 자라는데, 수프 맛을 돋우는 데 쓰인다. 이것은 달걀버섯인데, 군주버섯이라고도 한다. 홀로 자란다. 이 버섯을 찾아내는 사람은 운이 좋은 사람이다. (광대버섯이 이 버섯이 있는 장소를 알려 준다.) 여기 이 얇은 버섯은 아니스송이버섯이다. 할머니가 이것을 국유지 감독관에게 대접하려고 식초에 담가 두곤 했었다. 이것은 붉은느타리버섯이다. 줄기 속이 비어 있어서 잘 부스러지는 이 버섯은 어린 소나무 아래에서 자라며 송아지 고기 맛이 난다. 이것은 색깔이 화려한 삿갓버섯이다. 누구나 다 아는 버섯이다. 그 삿갓 아래서 동화들이 전개된다. 이 버섯은 사악한 눈길로부터 너희를 지켜 준다. 날것으로 먹으면 호두 맛이 난다. 여기 이것은 무리 지어 자라는 송이버섯이다. 이것은 차양버섯과 함께

늦가을이나 돼야 나오는데, 모든 사람의 위에 다 맞지는 않는
다. (맛이 아주 좋은) 이 하룻밤버섯은 수도원 담장 밑의 사금
파리나 자갈 틈에서 돋아 나온다. 들살이버섯에는 모래가 많
이 달라붙어 있으니까 조심해서 잘 씻어야 한다. 그리고 여기
있는 이것은 그물버섯인데, 구슬처럼 실에 꿰거나 가시가 달
린 나뭇가지에 꿰어서 말리면, 우리가 겨울에 먹는 수프의 맛
을 내는 데 아주 요긴하다. 그리고 여기 이것들은 정치적인 버
섯들이다. 이것들의 이름은 비단버섯, 표범버섯, 하얀 광대버
섯, 초록빛 달걀파리버섯이다.

1813년 가을. 조피는 드디어 때가 왔다는 것을 알고 있었
다. 벌써 몇 년 전부터 그녀는 저녁 기도를 할 때마다 아멘 하
며 기도를 끝내기 직전에 감옥에 갇혀 있는 프리츠를 위해 복
수하게 해 달라고 빌어 왔다. 그러나 그녀는 송아지 머리에다
어떤 버섯을 넣어야 효과가 극대화될 것인지 오랫동안 마음
을 정할 수가 없었다. 표범버섯은 신경계를 파괴하여 종종 죽
음을 부르기도 한다. 비단버섯은 하얀 광대버섯과 마찬가지로
무스카린 독을 함유하고 있지만, 양을 많이 써야 한다. 참나
무 아래서 잘 자라며 약간 달착지근한 냄새를 풍기는 초록빛
달걀파리버섯은 혈구를 파괴하기는 하지만, 스물네 시간쯤 지
나 배 속에서 완전히 소화가 되고 나서야 효과를 발한다.

조피는 그 버섯들을 한꺼번에 다 쓰기로 결정했다. 그녀의
사촌 여동생 로비제가 산림 감시원의 오두막에서 벌레가 거의
먹지 않은 훌륭한 달걀버섯 한 바구니와 함께 그녀가 부탁한
온갖 버섯들을 보자기에 싸서 보내왔다. 그녀에게 자극을 주

려 했는지, 다 자라지 않아 아직 모양새가 둥글기만 한 광대버섯 두 개도 함께 보냈다. 거기에다가, 물에 잠긴 섬에서 포위된 도시로 이재민을 실어 나르던 카슈비아의 뗏목꾼들은 어디서도 구할 수 없는 승아와 싱싱한 파슬리를 한 바구니 가져다주었다. 베스트팔렌의 송아지 머리는 이미 하루 전에 총독의 요리 담당 요원인 조피가 징발해 놓은 상태였다. (버터와 달걀, 글룸제 따위는 러시아 군대가 징발해 가고 없었다.) 그것은 9월 26일의 일이었다.

하루 종일 아슈부데와 셸뮐레의 프로이센 포병 부대는 빨갛게 불에 달군 포탄과 콩그리브 로켓포를 쏘아 도미니코 성당을 불길에 휩싸이게 했다. 오라에 거점을 잡고 있던 러시아군은 소총을 쏘아 대면서 별 성채(城砦)의 외곽 보루를 향해 돌진해 왔다. 그러나 만찬에 초대받아 온 손님들 중의 하나인 르 그로 소령은 적이 방책 앞까지 다가오지 못하도록 산탄 사격을 가했다.

조피는 라프 총독과 그의 손님들을 위해 송아지 머리를 가지고 새콤한 야채 젤리와 함께 먹을 수 있는 요리나 버섯으로 속을 채운 요리를 만들 때면 언제나 나머지로는 수프를 만들었으며 그것을 가난한 아이들에게 나누어 주었다. 연합군 포대의 사정거리에서 벗어나 늦여름의 보리수와 단풍나무 그늘 속에 하얀 모습으로 서 있는 랑가르텐의 총독 관저 뒤편에서는 버들가지 요새의 굶주린 아이들이 덤불을 헤치고 기어 나와 양철 냄비를 달그락거렸던 것이다.

조피는 작고 예리한 칼로 송아지 두개골에 붙어 있던 비곗살과 살찐 볼과 움푹 들어간 눈, 양쪽 귀, 말랑말랑한 주둥이를 잘라 내고 혀를 빼냈다. 이어서 그녀는 두개골을 갈라 숟가락으로 골을 파냈다. 그런 다음 그녀는 뼈를 제거한 송아지 머리의 껍질 속에다 미리 삶아 놓은 혀와 다진 양파와 골, 잘게 썬 버섯을 채워 넣고 다시 꿰맸다. 이 일을 끝내자마자 그녀는 발라낸 뼈들, 그러니까 위턱과 아래턱에다가 지금은 마기풀이라고 부르는 왜당귀와 보리를 넣고서 오랫동안 푹 고았다. 그러면 뼈에서 반짝반짝 빛이 났으며 아래턱의 긴 앞니뿐만 아니라 깊숙이 박힌 어금니도 쉽게 뽑아낼 수 있었다. 그 이빨들은 멋져 보였다. 조피는 버들가지 요새 아이들의 양철냄비에 그 걸쭉한 보리 수프를 울타리 너머로 가득 담아 주면서 그 길고 납작한 송아지 이빨들도 선물로 주었다. 그 이빨들은 귓병에 잘 듣고, 좋은 꿈을 꾸게 해 주고, 날아오는 총알로부터 보호해 주며, 보름달이 뜨면 첫째, 둘째, 셋째 소원을 이룰 수 있는 힘을 주는 데다가 그 무엇이든 행운을 가져다준다는 것이었다.

그로부터 몇 년 뒤 노처녀 로트촐이 바르바라 공동묘지에 매장되던 날, 장례 행렬 중에는 점잖은 신사 숙녀들이 섞여 있었다. 그들은 아직도 그 송아지 이빨들을 행운을 가져다주는 물건으로 생각하며 핸드백이나 담뱃갑 속에 넣어 가지고 다녔다. 어떤 아이도 들으려 하지 않았지만 그들은 그 당시를 회상하며 이렇게 이야기했다. 모든 사람들이 굶주림에 시달리고, 개는 물론 쥐까지 잡아먹고, 말고기가 1파운드에 11그로셴에 매매되는가 하면 심지어 인육(순찰 나갔다가 많은 카자흐 기병들이 실종됐다.)이 돼지고기 굴라시로 시장에서 1파운드에 12그로셴에 팔리던 그때, 도시의 여자들이 '라프의 창녀'라고 욕하던 바로 그 천사가 걸쭉한 수프로 우리를 굶주림에서 구해 주었다고.

조피는 총독과 그의 손님들에게는 단 한 번도 송아지 이빨을 주지 않았다. 라프는 손님들을 초대해 날마다 크고 작은 연회를 열었다. 도시가 포위되기 전 몇 년 동안에는 그는 적지 않은 수의 저명인사들을 초대했다. 뮈라, 베르티에, 탈레랑, 나중에 황태자가 된 베르나도트 등이 그들이다. 그는 또한 시민들 중에 명망 있는 사람들을 알몬드의 저택에 초대했는데, 식사가 끝나고 나면 그들에게 기부금을 요구하는 증서를 내밀었다. 블레히 신부는 여러 차례 홀로 총독의 초대를 받았다. 두 신사는 혁명에 대해 만약에 이랬으면 어땠을까 하며 이야기를 나누기도 하고 혁명이 가져온 부정적인 결과에 대해 말하기도 했으며, 조피의 음식 솜씨 얘기도 꺼냈고, 특히 장미 키우는 이야기가 나오면 상당히 전문적인 지식을 동원하기도 했는데, 이런 이야기를 하는 동안에는 두 사람은 뜻이 잘 통했다.

식사가 끝나고 나면 언제나 블레히는 자신의 옛 제자였던 프리드리히 바르톨디를 풀어 달라는 사면 청구서를 내놓았다. 그 당시 그는 그라우덴츠 요새에 수감된 지 벌써 이십 년째로 접어들어 있었다. 그러나 라프는 다음과 같은 주장을 내세우면서 그 모든 청원을 거절했다. 먼저 유럽에 완전한 평화가 찾아와야 한다. 영국이 항복하지 않고, 쉴의 도당이 반란을 조장하고, 스페인의 산악 지대를 비롯한 여러 곳에서 황제에 대항하려는 세력이 있는 한, 사면은 기대할 수 없다. 이제 법과 질서가 다시 한번 뚜렷이 증명되어야 한다. 그러면서 라프는 신부에게 자신의 요리사인 조피가 처녀로서 자꾸만 자존심을 내세우기 때문에 —— 하느님의 종인 블레히 신부가 청원서를 쓴 것도 다 그녀 때문이겠지만—— 자신도 어쩔 수 없이 강하게 나올 수밖에 없다면서 이렇게 말했다. 맞다, 맞다, 그는 그 고집 센 여자에게 완전히 반해 있다. 지금까지 그 어떤 요새도 이 조피처럼 그에게 저항한 적은 없다. 그는, 그녀가 감옥에 있는 프리츠를 사랑하는 만큼 자기를 사랑해 줄 것이라는 기대는 하지도 않는다. 그렇지만 자신과 같은 성격의 남자는 끈질기게 거부만 하는 그녀의 태도에 마음이 따뜻해질 수는 없다. 그 여자가 그녀의 애인을 돌려받고 싶으면, 총독인 자기에게 좀 더 마음을 열어야 할 것이다. 자신의 요구는 지극히 당연한 것이며, 그게 다 누이 좋고 매부 좋은 일 아니냐는 것이었다.

이 일이 있은 뒤로 블레히 신부는 다시는 총독의 저녁 식사에 손님으로 가지 않았다. 그리고 프리츠를 위해 처녀로 살기로 작정한 조피 역시 더 이상 청원을 부탁하지 않았다. 그러나 라프가 모스크바에서 돌아와 동상이 다 낫고, 도시가 프로이센-러시아 군대에 완전히 포위되고, 포위된 시민들이 착취당하고 굴욕적인 대접을 받고 병참관들의 뻔뻔스러운 횡포와 (여전히 연회를 열고 있는 프랑스인의 모습이 빤히 보이는 데서)

극심한 굶주림에 내맡겨졌을 때, 그녀는 마음의 결정을 내렸다. 그녀는 초가을이 되자 사촌 여동생 로비제에게 편지를 보내 자신이 원하는 물건을 곧 손에 넣었다. 그것은 승아 속에 파묻혀 있었다. 버섯으로 자라난 증오.

그녀의 모습이 눈에 보인다. 유부녀가 되고도 남았을 서른의 나이지만 아직도 소녀처럼 사랑스러운 아가씨. 달걀버섯 위로 고개를 살짝 기울인 모습. 새 둥지처럼 많은 짙은 황갈색 머리카락. 바짝 붙어 있는 두 눈. 이마에 수직으로 새겨진 두 개의 주름살이 그녀의 결의를 뚜렷이 보여 준다. 하나의 예각. 그녀의 코. 부엌에서 부르는 노래를 휘파람으로 불고 있는 그녀의 조그만 입. 이제 그녀는 달걀버섯을 줄기에서 갓에 이르기까지 잘게 썬다. 변색된 것은 한 조각도 없다. 얼마나 아름다운가. 부엌은 고요하다. 휘파람 소리도 그쳤다. 이제 그녀는 안경을 낀다. 승아 아래쪽에서 그녀는 무언가를 꺼낸다. 그녀는 보자기를 푼다. 새 칼을 집어 든다. 결연한 모습이다.

뼈를 발라낸 9월 26일의 송아지 머리를 조피가 버섯으로 가득 채워 다시 통통하게 만들던 날, 총독의 만찬에 초대된 손님들은 프랑스의 용맹스러운 소령 르 그로, 체체라고 하는 작센 상인, 젊은 창기병과 보이친스키 장군의 아들이 포함된 세 명의 폴란드 장교였다. 그들은 아주 흥겨워하면서, 르 그로를 야단스럽게 치켜세웠다. 그날 오전에 르 그로의 포병대가 돌격해 오는 러시아군을 별 보루에서 격퇴시켰던 것이다. 모든 것이 부족한 전시였으므로, 처음에는 밀가루 경단을 넣은 간소한 승아 수프가 나왔다. 이어서 조피는 훈제한 바이크셀 강의 연어를 식탁에 내놓았다. 한여름의 홍수로 강꼬치고기, 연어, 가시고기가 포위된 도시의 개울과 도랑까지 떠밀려 왔기 때문에 연어는 언제나 구할 수 있었다. 이윽고 나폴리 동맹군이 총독의 식탁에 대느라고 골머리를 썩였던 사프란 쌀밥과 함께 오븐에서 알맞게 구워진 송아지 머리가 식탁에 등장했다. 그것은 발각된 혁명과 수년간에 걸친 압제와 처녀로서의 그녀의 짓밟힌 자존심과 감옥에 갇혀 있는 애인 프리츠에 대한 복수라는 결정적인 네 가지 근거를 지닌 양념으로 속을 채워 넣은 요리였다. (소량의 광대버섯 즙이 흥분제로서 승아 수프에 섞여 있었는지도 모른다.)

사실 그녀는 라프에게는 별 혐오감을 느끼고 있지 않았다. 오히려 무관심과 대리적 증오의 대상이었다고 보는 편이 맞을 것이다. 분명 그는 가장 나쁜 인물은 아니었다. 그는 약탈을 하면서도 일정한 한계를 지켰다. 그는 병사들이 술에 취해 저지르는 폭력 행위에 대해 엄하게 처벌했다. 라프가 나폴레옹과 함께 러시아로 원정을 가 있던 몇 달 동안, 시민들은 그가 돌아오기를 손꼽아 기다리기도 했다. 어쨌든——이 점은 블레히 신부도 동의했다.——라프는 적어도 질서를 유지시켰다. 물론 그 역시 징발을 통해 재산을 늘렸으며, 이곳저곳 이권에 개입했으며, 중개상들(그들 중에는 상인 체체도 끼어 있다.)을 통해 압수한 영국의 전시금제품(戰時禁制品, 주로 옷감)을 팔아 자신의 주머니를 챙겼으며, 단치히 시가 포위되기 전에는 랑푸르와 올리바에 있는 영지에 여러 명의 첩을 두고 있었으며, 명망 있는 시민의 부인들을 알자스풍의 외설스러운 농담으로 골탕을 먹였던 것은 사실이다. 그러나 이 모든 것은 조피가 확실한 송아지 머리 요리를 만들기로 결심한 데 대한 충분한 이유가 될 수는 없을 것이다. 방아쇠를 당기게 한 또 다른 사건이 그녀에게 일어났음이 틀림없다.

블레히 신부는 프랑스 지배 시절을 묘사한 그의 연대기에서 직접 언급하지는 않았지만 나중에 다음과 같은 추측을 피력했다. 도시가 포위되기 직전, 그라우덴츠로 가는 도로가 아직 폐쇄되지 않은 상태에 있던 어느 날, 조피는 그녀의 프리츠를 감옥에서 꺼내기 위해 총독의 침대 속으로 기어 들어갔다. 그러나 라프는 그 일을 할 수가 없었다. 그는 펄펄 날뛰는 자신의 욕정을 실행으로 옮기지는 못했다. 너무나 자연스러운 그 일이 도무지 그의 뜻대로 되지 않았다. 남자들이 보통 당하는 불행이 그에게도 찾아온 것이었다. 아무리 명령을 내려도 그의 물건은 빳빳하게 서지 않았다. 정력 세기로 소문난 그를 무기력하게 만든 것은 아마도 조피의 순결함이었을 것이다. 어쨌든 그녀는 이중의 모욕감을 느끼면서 여전히 처녀의 몸인 채로 총독의 침대에서 내려왔다.

라프는 자신의 패배를 인정하려 들지 않았다. 그는 모든 책임을 조피(그녀의 영웅적인 냉담함) 탓으로 돌렸으며, 잠시 일어났던 성적 불구의 불명예를 기사도 정신으로라도 만회해 보려고 하지 않았다. 다시 말해 프리츠는 여전히 프랑스 군대의 감옥에 갇혀 있었다. 그리고 그라우덴츠가 프로이센의 수중에 넘어갔을 때도 프로이센의 왕은 즉시 칙령을 내려 그의 죄수

신분을 재차 확인했다. 이처럼 체제의 변화는 조금의 오차도 없이 이루어졌다. 청원에 청원을 거듭했지만——블레히 신부는 조금도 굽히지 않았다.——그 가련한 청년은 감옥에서 나오지 못했다.

그러나 이 모든 이야기는 사실이 아닌지도 모른다. 조피는 결코 라프의 프랑스식 침대로 기어들지 않았을 것이며, 라프에게 발기불능의 경우가 생기지도 않았을 것이다. 그녀가 중요하게 생각한 것은 프리츠가 아니라 더 큰 것, 즉 자유 바로 그 자체였을 것이다. 왜냐하면 그 주방 처녀는 원래 젊었을 땐 자코뱅 당원이었는데, 프랑스의 지배가 지속되자 지극히 독일적인 애국자로 변모했기 때문이다. 실제로 조피가 부엌에서 부른 과격한 노래는 잠시 나폴레옹을 칭송하는 분위기를 띠기도 했지만 그녀가 라프를 위해 요리하면서부터 곧 애국적인 음조로 바뀌었던 것이다. 그 네 가지 버섯들은 어쩌면 그녀가 몇 절로 된 노래를 부르면서 억눌린 영혼에 잠시 숨통이 트여오는 것에서 느꼈던 저 막연한 자유를 위해 바쳐졌는지도 모른다. 어쨌든 넙치가 제시한 '사적인' 해석은 여성 재판부로부터 반박을 받았다. 배석판사 그리젤데 두베르틴은 검사 측 의견에 동조하면서 조피가 어린애 같은 사랑 때문이 아니라 자유를 위해서, 더욱이 그것도 확고한 신념에서 행동한 것이라고 주장했다.

수프를 먹고 나서부터 사람들은 어느새 기분이 썩 좋아져 있었다. 훈제한 연어를 먹을 때는 식탁 주위에 농담까지 돌았다. 그다음 모두의 눈길을 끄는 요리가 식탁에 올라왔다. 버섯으로 속을 채운 송아지 머리는 금방 조각조각으로 잘렸다. 라프는 손님들이 음식 먹는 것을 도와주었다. 모두들 음식을 먹었으나 총독만이 식사를 삼갔다. 아, 이 얼마나 아름다운 인생인가! 폴란드의 창기병들은 송아지 머리 요리를 칭찬했다. 베스트팔렌 군의 대령은 두 그릇이나 먹었다. 르 그로는 음식을 먹으면서 오늘 오전에 러시아군을 상대로 그가 승리를 거둔 싸움 이야기를 벌써 세 번째 하고 있었다. 작센의 상인 체체는 머리끝에서 발끝까지 온통 영국제 옷으로 차려입고 입에 음식을 가득 물고서 끊임없이 떠들어 댔다. 라프는 밤에 너무 많이 먹어 위에 부담을 주는 것을 꺼렸다. 그는 수프와 연어를 먹은 뒤 사프란 쌀밥 한 숟가락과 바삭바삭하게 구워진 송아지 주둥이 살을 아주 조금 접시에 담았다. 그러나 그는 손님들에게는 마음껏 먹으라고 권하면서 자기와 함께 황제와 프랑스, 금년의 버섯 대풍작을 위해 건배하자고 제안했다.

보이친스키 백작이 그에게 조금이라도 더 들라고 자꾸만 권하자, 그는 요리 접시의 맨 위에 놓여 있던, 옛날부터 진미로 알려져 온 송아지 눈깔을 숟가락으로 떠냈다. 그러자 환호성과 별의별 미사여구가 다 쏟아졌다. 어느새 모두들 목소리의 톤이 높아져 있었다. 상인 체체는 마치 어느 꾀 많은 작센 사람이 그 기상천외한 빗장을 생각해 내기라도 한 것처럼 대륙 봉쇄를 찬양했다. 심지어 베스트팔렌 동맹군의 장교까지도 덩달아 애당초 자신이 하려고 생각했던 것보다 훨씬 더 많은 말을 지껄였다. 폴란드 군인들은 벌써 노래를 부르고 있었다.

르 그로는 자신이 전에 했던 말과 다른 영웅들이 한 말을 인용해 가면서 이야기를 늘어놓고 있었다.

그리고 총독의 손님들을 잘 알 뿐만 아니라 그들이 수수께끼와 글자 알아맞히기 놀이를 좋아한다는 사실까지도 알고 있던 조피는 버섯으로 속을 채운 송아지 머리를 오븐에 넣기에 앞서, 송아지의 통통한 양쪽 볼에다가 혁명이 일어난 해와 현재의 날짜, 그리고 아주 작은 글씨로 그녀의 애인 프리츠의 머리글자를 문신처럼 새기고서 그 새긴 홈에다 사프란 가루를 넣어 색깔을 냈다. 바삭바삭하게 구워진 송아지 껍질은 유럽의 젊은이들이 언제부터 가슴속에 희망을 품어 왔던가를 알려 주었다. 혁명의 영웅들을 향해 조피가 품고 있는 변함없는 존경심에 대해 잘 알고 있던 몇몇 손님들은 그녀에게 농담을 던지면서도 겉으로 너무 드러나지 않도록 조심했다. 젊은 보이친스키 백작이 미라보를 옹호하는 열정적인 연설을 했다. 또 다른 폴란드 창기병은 로베스피에르의 말을 인용해 가며 이에 응수했다. 당통과 생쥐스트의 말도 인용되었다. 9월의 대학살을 전후해 열린 국민의회에서 지롱드당과 산악당이 형량의 최소치와 최대치를 두고 서로 다투었다. 그리고 마라는 자유의 전횡(專橫)에 대해 말했다.

그러나 수프에 들어간 광대버섯의 기운으로 기분이 들떠 손님들이 계속해서 설왕설래하며 몸짓으로는 단두대 흉내까지 내 가면서 혁명의 분위기를 재현하고, 그러면서도 송아지 머리에 새겨진 F. B. 라는 머리글자가 누구를 가리키는 것인지 추측하고 있는 사이——그것이 누군지 거의 확실히 알고 있던

라프는 되도록 말을 삼갔다.──이제는 비단버섯과 하얀 광대
버섯에만 함유되어 있는 무스카린 독이 강력한 효력을 나타내
기 시작했다. 안면 근육의 가벼운 경련. 동공의 확대. 줄줄 흘
러내리는 식은땀. 체체와 베스트팔렌 장교는 눈알이 사시가
되었다. 물건을 제대로 잡지 못하는 손놀림. 유리잔들이 나뒹
굴었다. 영웅이나 된 듯한 르 그로의 중얼거림. 이제 표범버섯
이 식탁에 앉은 모든 사람들──라프만을 빼놓고──의 마음
속에 공격 충동을 불러일으켰다. 처음에는 공안위원회와 단두
대의 관계에 대해 그런대로 호의적인 말들이 오갔으나 드디어
민족 간의 적대감이 폭발하고 말았다. 폴란드인들은 프랑스의
배신을 질책했다. 작센인은 라인 동맹을 치욕이요 수치라고 불
렀다. 더 이상 할 말이 없어지자 그들은 식탁 근처에는 무기
가 보이지 않았으므로 술병과 식칼을 집어 들었다. 의자들은
뒤로 발랑 나자빠졌다. 작센인이 경멸하는 투로 '뚱뚱한 얼간
이'라는 말을 내뱉기가 무섭게 체격이 건장한 베스트팔렌인
이 그의 목덜미를 향해 달려들었다. 경악한 나머지 라프는 보
초를 부를 생각도 하지 못하고 얼른 뒤로 물러섰다. 그렇지만
그는 자신의 몸을 지키기 위해 얼른 묵직한 은촛대를 움켜잡
았다. 왜냐하면 르 그로가 식칼로 폴란드 창기병들 중 하나의
목을 베어 떨어뜨리자, 갑자기 보이친스키 백작이 장식용으로
걸려 있던 기사의 검을 벽에서 뽑아 들었기 때문이다. 베스트
팔렌인은 목이 졸려서 죽은 체체의 시체를 손에서 풀어 놓더
니 르 그로가 뽑아 들고 있는 검을 향해 달려들었다. 그러자
용맹스러운 연대장은 그 두 번째 창기병을 단칼에 해치웠다.

이어서 르 그로와 보이친스키가 신경계가 망가지고 혀도 굳어 버리고 앞도 보이지 않는 상태에서 맞붙어 싸웠다. 온몸이 너덜너덜하게 찢기고 구멍이 숭숭 뚫린 채로 두 사람은 아주 자연스럽게 엉겨붙어 누워 있었다.

라프만 여전히 촛대를 손에 쥐고 서 있었다. 흔들리던 불꽃이 다시 잠잠해졌다. 살아서 움직이는 것이라고는 아무것도 없었다. 보통 하루가 지나야 효과가 나타나는 녹색의 달걀파리버섯은 적혈구를 파괴할 기회조차 갖지 못하고 말았다.

그제야 총독 관저에 딸린 사람들이 나타났다. 그들 중에는 조피도 끼어 있었다. 당직 사관이 보초를 호출했다. 라프는 첫번째 보고서를 이렇게 작성했다. 사망 여섯. 그중 민간인 하나 포함. 그 자신은 순전히 우연으로 살아남았음. 처음엔 아주 사소하게 시작된 장교들끼리의 말다툼이 비극적인 결말을 가져왔음. 여자 문제, 노름 빚, 명예 훼손, 특히 민간인의 뻔뻔스러운 언행이 그들을 여기 보는 바와 같은 광기로 몰고 갔음.

그러고 나서 총독은 짧게 명령을 내려 현장을 정리하도록 시켰다. 먹고 남은 송아지 머리 요리와 그 속의 내용물은 말끔하게 치워졌다. 시체들은 한 줄로 나란히 눕혀지고 천으로 덮였다. 라프는 그 밖의 세세한 사항에 대한 조서 작성은 당직 사관에게 일임했다. 조피의 울음소리가 무언가를 고백하려는 듯한 기미를 보이자, 그는 그 여자 요리사를 정원이 내려다보이는 탁 트인 테라스로 데리고 갔다. 그곳에서 장 라프는 그녀의 어깨 위에 제복을 입은 자신의 팔을 얹었다. 그녀는 그의 마음에 되도록 행복한 느낌을 전해 주면서 그가 하는 대로 가만히 있었다.

달도 없는 캄캄한 밤이 포위된 도시 위에 드리워져 있었다. 셸뮐레 쪽에서 탕탕탕 소총 소리가 산발적으로 들려왔다. 오직 신경을 거슬리게 할 목적으로 오라에 주둔한 프로이센 포병대가 총격을 가하고 있었다. 큰 피해는 없었다. 구시가지, 통제조업자의 마당 근처에 자리한 두 채의 민가에 불이 붙었다. 그 불빛을 받아 성 요하니스 교회가 어렴풋이 보였다. 보리수와 단풍나무가 바람에 흔들렸다. 첫 낙엽들이 떨어지고 있었다. 정원에서 가을의 냄새가 풍겨 왔다. 이제 라프도 눈물을 흘리고 있었다.

두 사람이 정원의 테라스에 서 있는 동안, 오늘날까지 파리의 거리 이름으로 살아남아 있는 단치히 공화국의 총독 라프는 그의 여자 요리사에게 이삼 주일 동안 휴가를 다녀오는 게 어떻겠느냐고 말했다. 그 끔찍한 광경, 젊은이들이 흘린 흥건한 피, 온통 뒤틀리고 생명이 빠져나가 뻣뻣한 시체들, 난도질당한 보이친스키의 몸뚱어리, 이 모든 장면을 목격하고 그녀가 엄청난 충격을 받았을 것이라고 그는 말했다. 앞으로 틀림없이 수사가 있을 텐데, 그로서는 그녀가 이번 일로 또다시 고통받는 것을 보고 싶지 않다고 했다. 사랑스러운 그녀가 보다 깊은 의미에서 아무런 죄가 없다고 할지라도, 사람들이 그녀를 가혹하게 심문할 것 같다는 것이었다. 비록 그녀가 그를 적으로 생각하고 그의 사랑을 받아 주지 않는다 해도, 그녀를 향한 그의 애정은 언제나 믿어도 좋다고 했다. 물론 그는 사건의 진상을 다 알고 있으며, 다만 유감스러운 것은 그녀가 만들어 준 송아지 머리 요리를 그가 먹어 주지 않은 것이라고 했다. 누군가가 귓속말로─그것이 누구였는지 라프는 말하려 하지 않았다.─그에게 미리 경고를 해 주었다고 했다. 아, 차라리 그가 그녀의 프리츠가 되어 감옥에 갇혀 있었으면 여한이 없겠다고 그는 말했다. 그녀, 즉 조피가 그를 용서해 주기를 바란다고 그는 말했다. 그 역시 한낱 평범한 인간에 지나지 않는다는 것이었다. 그는 그녀에게 어서 가라고 말했다. 그러면서도 그는 그녀가 몹시 그리울 거라고 했다.

그렇게 해서 조피 로트촐은 어디론가 잠적했다. 블레히 신부는 그녀에게 안전한 곳이 어디인지를 알고 있었다. 잠시 후 슈파이허인젤의 창고에서 불길이 솟아올랐다. 그 화재를 일으킨 것은 적군의 총격이 아니라 어느 테러리스트의 소행이라는 소문이 나돌았다. 그 뒤로 라프를 찾는 손님의 발길은 거의 끊겼다.

무서워서

소리쳐라, 숲속에서 소리쳐라.
버섯들과 동화들이
우리를 따라잡고 있다.

덩이줄기마다 공포의 새싹을 내민다.

비록 모두 갓을 쓰고는 있지만,
사방에 널린 공포의 깔때기는
이미 흘러넘치고 있다.

누군가 언제나 그곳에 있었다.
망가진 침대──그게 나였나?
나보다 먼저 간 이들은 아무것도 그냥 두지 않았다.

우리는 구별한다. 맛있는 버섯,
먹을 수 없는 버섯, 독버섯을.
많은 버섯 전문가들은 일찍 세상을 떠난다,
잘 정리해 놓은 메모들을 뒤에 남기고서.

느타리버섯, 그물버섯, 광대버섯.

황제가 러시아로 떠나기 전,
나는 조피와 함께 버섯을 따러 갔다.
내가 안경을 잃어버려,
엄지손가락으로 더듬고 있는 사이,
그녀는 계속해서 찾아냈다.

우리는 셋이서 식사했다

그들 중 어느 누구도 결코 나를 붙잡아 둘 수는 없었다. 나는 그들 모두와 관계를 맺었다. 심지어 헬가 파쉬와도 말이다. 그 당시 그녀는 여전히 베를린의 주말 시장에 좌판을 벌여 놓고 자신의 브리츠 농원에서 기른 채소를 내다 팔고 있었다. 그 덕에 나는 한 철 내내 거의 공짜로 평지와 당근을 얻어먹었다. 나와 루트 지모나이트의 관계는 좋지 않게 끝났다. 그러나 그녀가 나 때문에 처음엔 코냑을 마시다가 나중에 가서는 싸구려 베르무트주를 마구 퍼마셨다는 이야기는 사실이 아니다. 지클린데 훈차와는 언제든지 관계를 맺을 수 있었다. 그것은 이미 습관이 되어 버렸기 때문에 꿈에도 나타나지 않는다. 그러나 베티나 폰 카르노와 나는, 우리가 젊고 세상 물정에 어둡던 때, 비 내리는 쌀쌀한 가을 분위기에 빠져 하마터면 약혼을 할 뻔했다. 테레제 오슬리프와 나 사이에서는 거의 아무 일도 일어나지 않았다. 어쩌면 감자 튀김이나 함께 먹는 그렇고 그런 관계를 가질 수 있었을까. 쉰헤르 여사에 대한 나의 존경심은 수년 동안 변함이 없다. 물론 그녀는 빌레펠트(아니면 카셀이었던가?)에서 보낸 밤을 기억하고 싶어 하지 않는다. "당신은 지금 나와 다른 사람을 혼동하고 있어요. 수집가적 본능이 있는 남자들이 늘 그래요." 일제빌의 의심이 좀 지나치기는 하지만, 어쨌든 내가 울라 비츨라프와 관계를 맺는 것을 가장 좋아한다는 사실을 나는 인정한다. 그녀는 나를 마구간처럼 따뜻하게 감싸 준다. 그 무엇도 아쉬울 게 없다. 모든 것이 가

능하다. 그녀가 웃으면, 돌조차도 송아지로 변한다. 우리는 부
엌에 앉아 있을 때면 가장 행복하다. 얼마 전에 나는 새로운
일을 꾸미기 시작했는데, 아니 그보다 더 고약하게도 옛날 일
을 다시 끄집어냈는데, 그때 나는 아마도 제정신이 아니었던
것 같다.

　우리는 재판이 잠시 쉬는 동안 이야기를 나누었다. 사실 우
리는 조피 로트촐 건을 계기로 다시 사이가 가까워지게 되었
다. 우리는 마치 우리의 관계를 시작할 수 있다는 듯이, 그리
고 우리의 관계가 완전히 끝난 것이 아닌 듯이 행동했다. 직업
이 약사인 그녀 역시 여성 배심 법정의 배석판사이다. 일제빌
(그녀에게서는 벌써 중년 여성의 분위기가 느껴진다.)보다 나이가
두세 살 더 많지만 그리젤데는 앞으로도 몇 년은 더 처녀티를
간직할 것 같다. 눈가에 생긴 두세 개의 잔주름과 입가에 살
짝 어린 인생의 쓴맛을 빼고는 그녀는 거의 변한 것이 없었다.
　우리는 베를린 장벽이 생기기 전부터 이미 아는 사이였다.
(그 당시 나는 아직도 다소간 지빌레 미일라우와 관계를 맺고 있었
다.) 그녀는 보통 남자들이 다 그렇듯이 내가 너무 뻣뻣하고
상당히 무디다고 생각하긴 했지만, 우리는 얼마간은 사이좋게
잘 지냈다. 언제나 내가 나서서 그녀를 보호해 주고, 가방도
들어 주고, 담뱃불도 붙여 주면서 아버지처럼 행동해야 한다
고 내 입장에서 보면 너무나 당연한 말을 했지만, 나의 이 말
에 그녀는 지금까지 여러 번 말로만 했던 절교 선언을 정말 행
동으로 옮겼다. 그녀는 연약하고 늘 뭔가 문제가 있는 타입의

남자에게 끌리는 경향이 있다. 그래서 그녀는 나를 차 버리고 한 녀석을 위해 영웅적으로 자신을 희생했다. 그자는 그녀의 약국 금고에만 관심이 있었는데 곧 국비를 받아 신학을 공부하려고 그녀 곁을 떠났다. 그때 나와 빌리와의 관계도 틀어졌다. 그리고 그와 동시에 지금은 잘 기억조차 나지 않는 또 다른 여자와의 관계도 갑자기 끝장나고 말았다. 어쨌든 그 모든 일은 희미한 과거 속으로 파묻혀 들어가, 지금 나의 기억에 남은 것은 모호한 오해뿐이다. 그런데 막상 조피 로트촐 건의 심리가 시작되자 내 가슴속에서 무언가가 살아서 째깍댔다. 그러자 이 방면의 냄새를 맡는 데 일가견이 있는 일제빌은——그녀가 유일하게 눈치채지 못한 것은 나와 비슬라프와의 관계이다.——버럭버럭 소리를 질렀다. "나한테 임신을 시켜 놓고 지모나이트나 훈차 같은 여자들하고 놀아나요? 내가 이렇게 만삭이 다 되었는데! 게다가 지금도 그 짓을 하고 다니다니. 그래서 그렇게 집 밖으로 떠돌아다녔군요. 밤낮 여기저기 쏘다닌 거야. 그 여자를 좀 만나 봐야겠어요. 지금 당장. 여자 대 여자로서. 분명하게 따져 볼 거예요. 알겠어요?"

뭐라고 대꾸할 상황이 아니었다. "좋아, 그렇게 하지 뭐. 음식은 내가 만들지. 삼자회담을 열자구. 그녀가 온다면 말이야. 참으로 우스꽝스러워. 이 잘난 질투심! 당신은 알 거야, 내가 언제나 당신만을 생각하고……."

일제빌이 나를 자꾸만 못살게 굴면서 '어떻게 해서든지 분명한 것'을 알아봐야겠다고 대들었기 때문에, 나는 그리젤데 두베르틴(유서 깊은 위그노 교도 가문 출신)을 우리 집에 초대하여 송아지 머리로 만든 젤리 요리를 같이 먹기로 했다. "자, 내 말 좀 들어 줘요. 비행기표하고 기차표 값은 내가 부담할 테니까. 당신들은 어차피 언젠가는 알게 될 사이잖아요."(기왕에 하는 거 차라리 모두를, 그러니까 오슬리프와 헬가 파쉬, 쇤헤르 박사——그렇게 해서 일제빌이 분명한 것을 두 눈으로 똑똑히 확인하도록——그리고 울라 비츨라프까지 우리 집 식탁에 한데 불러 모으는 편이 나을 것 같기도 했다. 비용이 아무리 들더라도.) 나는 그 생각을 일제빌에게도 말했다. "왜 꼭 두베르틴만 부르는 거야? 다 지나간 일인데. 카르노와 파쉬는 왜 안 불러? 한꺼번에 다 식기세척기에 처넣어 버리자고, 일제빌! 당신이 마침내 분명한 것을 두 눈으로 똑똑히 볼 수 있게 말야!"

그러나 그녀는 그냥 조촐한 모임을 갖자고 했다. 그래서 우리는 셋이서 식사를 하게 되었다. 그리젤데는 주말에 왔다. 금요일까지만 해도 그녀는 넙치가 반역자, 반혁명분자라며 유죄를 주장했었다. 그러자 넙치는 다시 죽은 시늉을 하면서 (허연 배를 드러내고) 재판을 연기하도록 은근히 압력을 넣었다. 넙치당도 덩달아서 항의를 했으며 해방 투쟁에서 특정 버섯을 정치적인 무기로 사용할 수 있도록 감정서를 써 달라고 요구했다.

나는 그리젤데에게 일제빌이 광대버섯 빛깔의 빨간 옷을 입을 것 같으니 신비스러운 녹색 옷을 입고 와 달라고 부탁했다. 나는 그 회담을 즐거운 마음으로 기다렸다. 그리고 나는 이번엔 '조피를 기리는' 송아지 머리 젤리 요리를 특별하게 만들기로 결심했다. 그러나 진실을 말하자면 나는 비슬라프네 집의 부엌, 그녀의 그 고요하게 움직이는 뜨개질바늘(오른 코 두 땀, 왼 코 두 땀) 곁에 숨어 버리고 싶었다. 그렇지 않으면 그녀의 교회 오르간 뒤에 숨어서 그녀가 치는 '이 깊은 수렁에서 당신을 외쳐 부르나이다……'를 들으면서 한번 실컷 울어 버리고 싶었다. 그렇지 않으면 그녀의 소프라노 음성 — 오, 주여, 그녀의 그 아름다운 목소리! — 이 나를 차라리 요단강 너머로 데려다주기를 바랐다. "한숨, 눈물, 근심, 고뇌, 애타는 그리움, 공포와 죽음……." 루트 지모나이트와의 일은 아직도 마음에 걸린다. 어쩌면 그녀는 나 때문에 베르무트주를 폭음하기 시작했을지도 모른다. 그리고 내가 그리젤데를 만나 하는 일은 고작 옛날이야기를 꺼내서 다투는 것이다. 일제빌과의 관계도 갈수록 힘들어지고 있다. 매일 되풀이되는 말싸움. 사랑하는 남편을 녹초로 만드는 그녀의 욕구. 잠깐 쉬었다가 다시 치솟는 그녀의 분노. 이 모든 것은 오로지 그녀가 (남자의 도움을 받지 않고) 완전히 혼자 힘으로 아이를 만들지 못했기 때문이다. 그렇지만 내게는 언제나 그리고 오로지 다른 그 누구도 아닌 일제빌, 일제빌밖에 없다.

이윽고 우리는 셋이서 식사를 하게 되었다. (그리젤데는 일제빌에게 줄 선물로 여성해방에 관한 책을 한 보따리 가져왔다. 새로운 사회적 서열의 편제를 위한 지침서였다. 그녀는 "요리사를 위해!" 하며 내게는 천으로 만든 냄비 집게를 선물했다.)

사실 나는 이번 식사를 무척 기대했었다. 그러나 나는 별로 재미있게 보내지 못했다. 두 사람은 만나자마자 첫눈에 뜻이 통했다. 그들은 목소리와 색깔에서 조화를 이루었다. 나는 동그마니 따로 떨어져 있는 느낌이었다. 그들은 나를 거들떠보지도 않고 자기들끼리만 떠들어 댔다. 내가 송아지 머리 젤리를 식탁에 올려놓고 주발에서 덜어 내 온전하게 접시에 담아 주기도 전에——젤리는 정말 아름답게 찰랑거렸다.——두 사람은 이미 의견의 일치를 본 상태였다. 나는 언제나 내가 가진 것 중에서 아주 조금밖에는 주지 않는다는 것이었다. 나는 결코 완전히 결단을 내리지 못하는 인간이라는 것이었다. 나는 언제나 딴생각을 하고 있다는 것이었다. "도망치는 거예요. 그는 늘 도망만 치고 있어요. 지금도 그래요! 또 그러는군요!" 하고 일제빌이 소리쳤다. "저것 좀 봐요, 그리젤데. 저 뻔뻔스러운 얼굴 표정 좀 봐요. 저 사람 지금 여기 있는 게 아니에요. 저 사람 생각은 완전히 딴 데 가 있어요. 은밀한 뒷방에 가서 항상 누군가를 만나고 있어요."

아무것도 허용되지 않는다. 매사에 엄격하게 감시당하고 있다. 요점에 집중하라. 옆길로 빠지지 마라. 너무 성급하게 행동하지 마라. 그렇지만 나는 이곳에 영원히 주저앉아 있고 싶지 않다. 현재나 곧 다가올 미래의 시간 속에. 다음과 같은 요청들이 있다. 어서 뛰어내려라, 눈앞에 보이는 더러운 것들을 내동댕이쳐라. 일제빌 같으면 이렇게 말할 것이다. "벌써 또 도망치고 싶은가 보군요. 바람처럼. 내가 싫증 났나 보군요. 그리고 오직 당신 때문에 이곳까지 긴 여행을 온 그리젤데를 한번 봐요. 내가 보기엔 당신은 그녀에게서도 볼일은 다 봤다는 것 같군요. 당신은 아직도 무언가를, 또는 누군가를 그리워하고 있어요."

조피는 내가 십육 년 동안이나 감옥 생활을 하고 있던 그라우덴츠로 다음과 같은 내용의 편지를 보내왔다. 도시에 대한 포위는 11월 29일로 종결되었다. 그러나 프랑스 군은 사 주 동안 도시 안에 더 머물 예정이다. 체면 때문이다. 그런 까닭에 포위 상태는 계속되고 있다. 그러나 사람들은 치강켄 산에 위치한 프로이센 전방 초소를 통해 꼭 필요한 물건들, 이를테면 당밀, 감자, 베이컨, 괭이밥 같은 것들을 엄청난 값을 주고 몰래 들여오고 있다. 유감스럽게도 버섯 철은 지나 버렸다. 그렇다. 마음이 썩 내키지는 않지만 그녀는 얼마 전부터 다시 라프의 저택에서 요리하고 있다. 그 끔찍한 살육──지금까지도 사람들은 그런 싸움이 왜 일어났는지 모르고 있다.──이 벌어진 뒤 피로 물든 광경을 보고 (모두들 새파란 젊은이들이었어요.) 너무나 충격을 받아 그녀는 요리사 일을 그만두겠다는 통보를 하고서 버들가지 요새로 들어갔다. 그로부터 얼마 되지 않았을 때 프랑스인들의 물자가 모두 불에 타 버렸다. 정확히 197개의 창고가 불에 탔다. 정말이지 장관이었다. 슈파이허인젤의 창고에 불을 붙인 것은 적군의 총포 사격이 아니라 애국주의자들이었다는 소문이 아직도 돌고 있다. 그녀, 즉 조피도 혐의를 받고 있지만 그들은 증거를 대지 못하고 있다. 라프는 분명히 (요리사로서의) 그녀를 잃고 싶어 하지 않는다. 그녀는 요즘 다시 대규모 연회를 위한 준비를 하고 있다. 항복 교섭과 그에 따른 축하연 때문에 러시아와 프로이센의 장교들이 관저에 들어와 있다. 아군이나 적군이나 할 것 없이 모두 즐거워하고 있다. 서로 상대편을 향해 12,640발에 달하는 유탄(榴彈)과 콩그리브식 로켓, 그리고 산탄(霰彈)을 쏘아 댄 것은 그저 장난이었을 뿐이며, 수비대의 절반이 전염병이나 총탄에 희생된 적도 없었다는 듯한 모습이다. 그러나 흥청망청하는 이런 연회를 위해 그녀는 자주 송아지 머리 젤리 요리를 하기 때문에 우묵한 솥에 남은, 살점이 붙은 뼈와 수프를 버들가지 요새의 아이들에게 듬뿍 줄 수 있다. 버섯이 있으면 정말 좋을 텐데! 만약에 그렇다면 그녀는 라프를 위해 기쁜 마음으로 속을 채운 마지막 고기 만두를 만들어 주고 싶다는 것이었다.

이어서 조피는 내게 희망을 버리지 말라고 말했다. 도시가 프랑스의 압제로부터 해방되기만 하면 그녀는 곧장 심장의 피로 다음과 같은 청원서를 쓰겠다는 것이었다. "우리 인간이 겪는 고통을 많이 보아 오신 여왕님이시여. 자비를 베푸시어 사랑하는 저의 프리츠를 그 음산한 감옥에서 풀어 주시기 바랍니다. 그곳에서 그는 꽃다운 청춘을 벌써 십육 년 동안이나 썩혔습니다. 이미 오래전부터 그는 깊이 뉘우치고 있습니다. 그 모든 것은 철없는 마음에서 저지른 잘못이었습니다. 그가 마음속으로 그렸던 자유는 전혀 다른 것이었으며……"

그러나 나는 그 뒤로도 수많은 버섯의 계절을 축축한 냉기가 도는 감방에 앉아서 보내야 했다. (그러는 동안 나는 내가 왜 감옥살이를 하고 있는 건지 그 이유조차 망각하게 되었다.) 그리고 그리젤데 두베르틴에게 나는 이렇게 말했다. "나는 조피 로

트촐을 기리는 뜻에서 이 송아지 머리 젤리 요리를 만들었어
요. 젤라틴을 쓰지 않고 그냥 송아지 머리만 가지고 젤리를 우
려 냈지요."(아냐, 절대 아냐! 나는 내가 반역죄로 평생을 감옥에
서 보낸 그녀의 애인 프리츠였다는 것을 부인하고 싶다.) 일제빌에
게 나는 이렇게 말했다. "이 조피의 경우는 정말 흥미로워. 넙
치가 입증했듯이 버섯의 독을 가지고 일을 꾀했다는 게 말
야."(차라리 나는 버섯으로 속을 채운 송아지 요리의 위험에서도
무사히 살아남아 끝까지 질서를 지켜 낸 라프 총독이고 싶다.) 이번
엔 그리젤데 속의 여자 약사가 말했다. 그녀는 여러 가지 세균
성, 식물성, 동물성 독소, 즉 톡신이라는 물질에 대해서 상세
하게 설명했다. "특히 버섯의 독소인 무스카린은 광대버섯에도
조금 들어 있는데……."(아무튼 라프는 살아남았다. 그리고 블레
히 신부는 다음과 같이 기록했다. "1월 2일, 폴란드 군의 뒤를 이어
프랑스 군, 나폴리 군, 바이에른 군, 베스트팔렌 군이 철수했다. 구천
명의 병사와 열네 명의 장군이었다. 천이백 명이 넘는 병든 병사들
은 도시에 남았다. 장교들은 대검과 그 밖의 장비를 소지하고 있었
다. 바이에른 군, 베스트팔렌 군, 그리고 그 밖의 독일 병사들은 올리
바 성문 앞에 이르자 대열에서 빠져나와, 공동의 적에 대항해 싸울
수 있도록 조국으로 돌아가게 해 달라고 간청했다. 그들의 요청은 받
아들여졌다…….") 그리고 그리젤데 두베르틴은 (나는 거들떠보
지도 않고) 일제빌을 향해 자신이 여성 배심 법정에서 했던 이
야기를 되풀이했다. "넙치가 조피를 배신한 거예요. 만약에 아
마니타 독소를 먹었더라면 라프는 절대 살아남지 못했을 거예
요. 녹색의 달걀파리버섯에 들어 있는 아마니타 독소는 간장

과 콩팥, 혈구를 파괴하며 심장의 근육을 공격하고……"

아니다, 나는 라프이기도 싫다. 차라리 나는 조피에게 아버지 같은 친구였던 인물이고 싶다. 끔찍했던 프랑스 통치 시대가 끝난 후 그녀는 다시 블레히 신부를 위해 요리를 했다. 그것도 그 부목사가 늙어서 죽을 때까지 이십오 년 동안이나 요리를 했다. 나는 라프(배신자)가 아니었다. 그리고 나(마음씨 좋은 신부)를 위해 조피가 송아지의 혀와 지라, 풍조목의 꽃봉오리를 곁들여서 만들어 준 송아지 머리 젤리 요리를 먹은 뒤, 나는 한 특별한 날을 기념하기 위해 다음과 같이 썼다. "3월 29일에 이곳에 국왕 직속의 지방 법원이 세워졌다. 이 재판소가 처음 내린 판결은 이제부터 나폴레옹 법을 폐지한다는 칙령이었다."

우리는 셋이서 식사를 했다. 각각 삼십 대 중반과 삼십 대 후반의 두 여인은 식탁의 넓은 양쪽에 서로 마주 보고 자리를 잡았고, 반면에 나는 주발에서 젤리 요리를 덜어서 접시에 담고는 식탁의 좁은 쪽에 앉았다. (이것을 두고 사람들은 삼각관계라고 한다.)

두 여자가 미소를 지으며 서로를 치켜세우고 나에 관해 첫 몇 마디를 나누고 나자, 내가 (또다시) 무모한 일을 저질렀음이 분명해졌다. 내가 앉아 있는 곳에는 분명 아무것도 없었다. 혹은 구멍 하나가 뻥 뚫려 있었다. 혹은 내 이름을 달고 있기는 했지만 하나의 익명의 사례로 그 두 여인에 의해 한 시간 반에 걸쳐 때로는 비교적 관대하게 ─"저 사람, 전쟁을 겪어서 저렇게 야수가 된 게 틀림없어요."──그리고 때로는 아주 엄중하게──"사실 그는 금치산 선고를 받아 마땅해요."──심판을 받은 하나의 본보기만이 있었다. 의견의 일치를 볼 때마다 신비스러운 녹색의 옷과 광대버섯처럼 새빨간 옷이 조화를 이루었으며, 그리젤데와 일제빌은 서로의 손가락을 마주 잡기도 했고 마치 자개 단추를 교환하듯 눈길을 주고받았다. 시끄러운 구호는 없었지만 은근한 가운데 식탁에서 여자들끼리의 연대감이 형성되고 있었다. 그들은 마음에서 우러나 이렇게 말했다. "오, 나는 당신 마음을 잘 알아요. 내가 하고 싶은 말을 당신이 하는군요." "오, 그리젤데, 당신 말이 나한텐 정말 위안이 돼요." "아, 일제빌, 당신은 임신한 몸이면서도 정말 강인하군요."

나는 젤리 요리에다가 사과주와 흑빵만을 식탁에 내놓았다. 그들은 젤리 요리가 참 맛있다고 칭찬하면서도 정작 그것을 만든 사람에 대해서는 입도 뻥긋하지 않았다. 나는 그들의 빈 잔을 다시 가득 채워 주고 접시에 음식을 덜어 주고는 묵묵히 앉아 있었다. 나의 생각은 조피에게 가 있었다. 그녀는 알몬드의 저택에 있는 그녀의 다락방에 그녀의 영웅 나폴레옹을 위한 조그만 신전을 만들어 놓고서 옛날에 그녀가 보편적 계몽과 이성을 받들었듯이 그를 마치 신처럼 받들어 모셨다. (나는 좀 퉁명스럽기는 하지만 공명정대한 파쉬나 아니면 뜨개질로 양말을 뜨고 있는 비흘라프가 내 맞은편에 앉아 있었으면 하는 생각을 애써 억누르고 있었다.)

나는 송아지의 머리 반쪽과 혀, 그리고 지라 또는 이자라고도 부르는 췌장에다가 여러 가지 첨가물과 특별한 양념을 넣고 끓여서 젤리 요리를 만들었다. 그리고 나는 찬장에서 지난해 가을에 구해서 말려 놓은 어린 광대버섯 두 개를 발견했다. 나는 그것들을 절구에 넣고 빻으면서 나의 소망들을 속삭이고 저주의 말을 내뱉으며 (역사의 계단 아래로) 지그재그로 도망쳤다. "너희는 나를 파괴하지 못해, 나를 절대로……."

마치 결석 재판을 하듯 나를 마음대로 심판하고 나서 두 여자는 누가 먼저라고 할 것도 없이 아이들 교육 문제와 집에 있는 식기세척기의 결함에 대해 떠들기 시작했다. 일제빌은 식기세척기를 속아서 샀다고 말했다. 그리젤데는, 자신은 교육이라는 것에 대해 근본적으로 회의적이라고 말했다. 나는 조피 생각에 잠겨 침묵을 지켰다. 조피는 그녀의 프리츠, 즉 나를 정말로 사랑했었다. 그래서 그녀는 (내게 해 준 것이 아무것도 없는) 해방 전쟁이 끝난 직후 나를 위해 여러 번에 걸쳐 사면 청구서를 냈고, 나의 기운을 북돋워 주려고 곱게 간 광대버섯을 넣어 구운 꿀 케이크를 보자기에 싸서 계속해서 내게 보내 주었던 것이다.

나는 일제빌과 그리젤데에게 찰랑거리는 젤리 요리를 접시에 조금 더 덜어 주었다. 두 여인은 그들의 식기세척기가 아무리 결함이 많고 제조업자의 농간에 그들이 속아 넘어간 것이 분명하다고 하더라도 두 번 다시는 손으로 직접 설거지를 하지 않겠다고 의견의 일치를 보았다. 또한 그들은 이런 이야기도 했다. 반(反)권위주의적인 교육은 근본적으로 계속해서 유지되어야 한다. 참다운 아버지 상을 더 이상 찾아볼 수 없기 때문이다. "맞는 얘기야!" 하고 내가 맞장구를 쳤으나 그들은 못 들은 척 넘어갔다.

나는 송아지 머리 젤리 요리에 레몬만 넣었을 뿐 식초 같은 것은 넣지 않았다. 송아지 머리 반쪽은 두 시간 정도, 혀는 한 시간 반, 췌장은 삼십 분 정도 은근한 불로 삶았다. 먼저 뼈에서 살을 발라낸 다음, 그것들을 혀와 췌장과 함께 잘게 썰어서, 다시 풍조목 꽃봉오리, 서양자초, 레몬 즙 등과 함께 고기를 삶아 낸 국물에 넣고 골고루 젓고 나서, 맨 마지막에 가서 빻은 광대버섯 가루를 섞었다. 이것은 시베리아 지방의 전통 요리법으로, 인도의 드라비다족을 정복한 아리아족 뿐만 아니라 바이킹족에게도 전해졌다. (예를 들면, 메스트비나의 시대 직후 바랑 사람들[18]은 하겔스베르크의 프로이센인들을 공격하기에 앞서 광대버섯을 섞은 사료를 먹인 수말들의 오줌을 벌컥벌컥 들이켰는데, 그것이 전쟁을 하면서 그들이 여러 가지 신화를 생각해 내는 데 도움을 주었다고 한다. 그리고 이와 유사하게 인도의 베다 역시 소마라고 하는 불사(不死)의 버섯의 영향하에서 쓰여졌다. 왜냐하면 광대버섯은 방랑벽을 불러일으키고, 시간을 정지시키고, 모든 금기를 없애 주고, 우리가 생각할 수 있는 것보다 우리를 훨씬 더 현실적으로 만들어 주기 때문이다……)

식기세척기 그 자체와 교육 일반에 대한 논의를 마치자 그들은 다시 나를 대화의 테마로 삼았다. 그렇지만 그들은 내 이름을 직접 거론하지는 않았다. 그들은 언제나 이런 식으로

---

18) 발트해 연안을 휩쓴 스칸디나비아의 유랑 민족의 하나.

말했다. '그'는 또다시 그 일을 저질렀다. 그는 틈만 나면 그러고 싶어 한다. 그에겐 사리 분별력이 없다. 그는 자기만 그렇게 할 수 있다고 생각한다. 그는 스스로도 어쩔 수 없다고 생각한다. 그는 어떻게 해야 하며, 그는 어떤 인간이며, 그는 무엇을 원하며, 그의 결함은 무엇이며, 그에겐 근본적으로 무엇이 결여되어 있으며…….

그들은 나의 그러한 재능을 선천적인 결함으로 (그리고 정상 참작을 받을 만한 것으로) 생각했다. "그 어느 것도 그의 탓은 아니에요. 그에게선 끊임없이 무언가가 흘러나와요. 모두 아이로니컬하고 어리석은 것들이긴 하지만 말이에요. 자연에 대해 떠들어 대는 그의 말을 한번 들어 보세요. 도대체 그는 자연이 뭔지도 몰라요. 그가 보기에 자연은 대재앙인 거예요. 그리고 뭔가 잘못되기라도 하면——이를테면, 얼마 전에는 화장지가 떨어진 적이 있었는데——그는 대번에 묵시록의 때가 왔다고 생각하는 거예요. 남자들이 다 그렇듯이 말이에요."

그다음 그들은 나의 정치 활동을 놓고 심판했다. 의도는 좋았지만 모두 실패로 돌아간 나(그)의 계획들에 대해서. 내(그)가 결단을 내리지 못하고 항상 이랬다저랬다 했기 때문에 실패는 당연하다고 했다. 나(그)의 그 부조리한 이데올로기 혐오증이 내게(그에게) 하나의 이데올로기가 되었다는 것이다. "너무 안됐어요. 그를 보고 있으면 정말 마음이 아파요, 그리젤데. 그는 항상 이랬다저랬다 하면서 무엇을 어떻게 해야 할지 몰라요. 항상 쩔쩔매면서 빠져나갈 궁리만 해요. 대개 역사 속에서 도피처를 구해요. 예를 들어, 내가 '식기세척기' 얘기를 꺼내면, 그는 대뜸 '그러나 14세기에는…….' 하고 말하거든요."

그런 다음 두 여자는, 한편으로는 나의 선천적인 재능 때문에—"그는 늘 무언가를 만들어 내야 직성이 풀려요."—다른 한편으로는 정치적 업무와 관련된 나의 여행 때문에—"그는 집에 가만히 붙어 있지를 못해요."—그(나)의 자식들이 피해를 입었다는 데 대해 의견의 일치를 보았다. 이어서 두 사람은 (광대버섯의 효력으로 슬쩍 여행길에 오른) 내게 생전 처음으로 과거로 거슬러 올라가서 지난날의 죄과를 묻기 시작했다. 바로크 시인 오피츠의 사생아들(지불하지 않은 양육비)과 7년 전쟁 때 굶어 죽은 농장 요리사 아만다 보이케의 아이들에 대해 내가 책임을 져야 한다는 것이었다. "그가 말이에요." 하고 그리젤데인가 일제빌인가가 말했다. "여러 여자들의 잠자리 상대였다는 것은 놀라운 일이 아니에요. 이를테면 루쉬 수녀는 그가 또다시 도망쳐야 하는 처지에서 자기를 찾아왔을 때에만 그에게 그녀의 침대와 부엌에 들어오는 것을 허락했어요."

두 여자는 나와 자신들 그리고 나와 다른 여자들의 관계를 현재와 과거의 시점에서 재구성해 보았다. 그러고 나자 일제빌은 이렇게 말했다. "그는 변한 게 거의 없군요." 그러자 일제빌이 생각하는 것보다 훨씬 오래전부터 나를 알아 온 그리젤데 두베르틴은 이렇게 말했다. "그는 앞으로도 결코 변하지 않을 거예요!"

맞는 말이다. 일찍이 각인 찍힌 특성들이다. 몬타우의 도로테아 같은 여자에게서 공포를 배우고, 뚱보 그레트에게서 가축 우리 같은 포근함을 맛본 사람이라면 누구나 항상 두려움을 느끼며 모든 것을 감싸 주는 포근함을 구한다. 오르간을 연주하는 마음씨 좋은 여자의 너저분한 부엌에서라도 말이다.

나의 송아지 머리 젤리 요리도 일찍이 나의 마음에 각인을 찍어 준 조피 로트촐의 요리를 흉내 내서 만든 것이다. 그녀는 내가 1837년 초여름에 마침내 그라우덴츠의 감옥에서 풀려났을 때 나의 기력을 회복시켜 주려고 내게 그 요리를 만들어 주었다. 나는 아직 육십이 안 된 나이였지만 이미 폭삭 늙어 있었다. 반면에 로트촐은 여러 모로 처녀의 모습을 고이 간직하고 있었다. 그리고 조피가 그랬던 것처럼 나도 나의 젤리 요리에 풍조목 꽃봉오리, 절인 오이, 서양자초 따위를 넣어 맛을 내고, 레몬으로 신맛을 가미하고, 약간의 버섯 가루——광대버섯이 어떤 효력을 갖고 있는지는 이제 우리가 잘 알고 있으므로——를 뿌려 나의 요리를 환각을 유발하는 무언가 의미심장한 것으로 만들었다. 자, 너는 네 자신의 모습을 관찰한다. 너는 의식이 초롱초롱한 상태로 네 자신 곁에 누워 있다. 너는 아우아의 품속에 포근히 누워 있다. 그리고 네 주위에는 동굴의 아치가 촉촉하면서도 따뜻하게 드리워져 있다…….

처음으로 나를 두고서 모성 콤플렉스라는 말을 꺼낸 사람은 일제빌이었던가, 아니면 그리젤데였던가? (아니면, 나의 젤리 요리에 초대를 받고 이 자리에 와 있다가 퉁명스러운 말투로 파쉬가, 졸린 듯한 어투로 오슬리프가, 또는 당당한 말투로 훈차가, 아니면 술에 취해 루트 지모나이트가 그 말을 했던가?) 아무튼 일제빌은 이렇게 말했다. "그에겐 모성 콤플렉스가 있어요. 그것도 정도가 아주 심해요."

먼저 헬가 파쉬가 (철기 시대에 있었던 일을 들먹거려) 나의 존재의 이와 같은 측면을 벗겨 내자, 그리젤데 두베르틴은 "그래서 어쨌다는 거예요."라고 말한 비츨라프의 생각에 반박을 하면서 최종 판결을 내리듯 다음과 같이 말했다. "아무튼 그의 성품에서 나타나는 거의 모든 것은 그의 극단적인 모성 집착증에 그 원인이 있어요. 그를 한번 찬찬히 뜯어들 봐요. 이마엔 주름살이 늘고 있지만 여전히 영원히 젖먹이 아이 모습이에요."

올라 비츨라프는 오슬리프 및 헬가 파쉬와 의견을 같이하면서 (쇤헤르 박사 역시 같은 테이블에 앉아 있지 않았던가?) 부인할 수 없는 나의 이러한 재능은 그와 같은 모성 콤플렉스를 필요로 한다는 사실을 지적했다. 베티나 폰 카르노는 나와 유사한 콤플렉스를 가졌던 예술가들을 열거했다. "그 위대한 레오나르도도 염소 같은 여자의 젖을 먹고 자랐어요!" 루트 지모나이트가 술에 취해 혀가 꼬부라진 소리로 말했다. "우리 모두 다 젖을 먹고 자라지 않았나요!" 그러나 일제빌과 지클린데 훈차는 이렇게 소리쳤다. "그는 아직도 탯줄에 매여 있어요! 탯줄이 잘려 있지 않단 말이에요! 그의 탯줄을 끊어 놓아야 해요! 이젠 끊어야 해요!"

그러자 내가 어리석게도 나의 조피와 닮은 곳을 찾으려 했던 그 그리젤데 두베르틴은 내가 얼마 전에 (참으로 멍청하게도) 그녀를 믿고 털어놓은 이야기를 식탁에서 다 떠들어 댔다. "그 사람요? 그 사람은 절대 정신과 의사에게 가지 않을 거예요. 지난주에 내게 다 털어놓았어요. 그는 입에 거품을 물고 이렇게 말했어요. '당신들은 절대 날 병원 의자에 앉히지 못해! 나의 모성 콤플렉스를 이용할 수 있는 사람은 나 말고는 아무도 없어! 난 유언장에 확실히 써 놓겠어. 나는 치료를 받지 않고 죽겠노라고. 그리고 묘비에는 이런 글귀를 새겨 놓도록 하겠어. '여기에 아무개 씨, 그의 모성 콤플렉스와 함께 잠들다!'라고.'"

식탁에 앉아 있던 모든 사람들이 나를 비웃었다. 일제빌은 그게 전형적인 모습이라고 말했다. 비츨라프는 그보다 더 많은 것을 알고 있었으므로 미소만 지었다. 두베르틴은 "정 그렇게 원한다면 할 수 없지." 하고 말했다. 그리고 내가 만든 특별한 송아지 머리 젤리 요리를 다른 사람들과 마찬가지로 분명히 맛있게 먹고 있던 쇤헤르 여사가 그들 모두(왜냐하면 오슬리프와 비츨라프도 고개를 끄덕였으므로)를 대표해서 이렇게 말했다. "흔한 경우예요. 보통 발육 정지라고 하는 것이죠."

이윽고 내가 말문을 터뜨렸다. 악마가 광대버섯으로 변해 내 안으로 들어왔음에 틀림없다. 왜냐하면 느닷없이 내가 내게 강요된 침묵을 깨고서, 그리젤데 두베르틴이 아닌 쇤헤르 박사에게 말을 했고, 마음속으로는 비츨라프를 생각하면서도 눈으로는 일제빌을 뚫어져라 쳐다보았기 때문이다. (게다가 식탁 밑으로 내 왼발로 루트 지모나이트를 슬쩍 건드렸으나, 오히려 오슬리프 쪽에서 반응이 왔기 때문이다.) "사실, 사랑하는 일제빌, 오늘 우리가 이런 송아지 머리 젤리 요리를 먹을 수 있게 해 준 조피 로트촐은 한번도 단념한 적이 없어. 해마다 그녀는 허가가 날 때마다 그라우덴츠로 가서 굳게 참으라며 그녀의 프리츠를 격려해 주었어. 그녀는 사랑의 편지를 함께 넣어 구운 후추 과자와 꿀 과자를 그에게 보냈어. 그녀는 루이제 여왕에게 청원서를 제출하기도 했어. 그녀는 무릎을 꿇고 탄원하기도 하고, 그를 위해서라면 무슨 일이든 다 했지. 그러다 마침내 그는 자유의 몸이 되었어. 그 뒤로 그녀는 나를 보살펴 주고, 내게 아직 하나의 이념이 있던 젊은 시절처럼 나와 함께 버섯을 따러 다녔어……."

식탁에 앉아 있던 그 많은 여자들이 내 말에 귀를 기울였으리라고는 생각하지 않는다. 여전히 나를 조롱하면서—"어린애 같은 그의 모습엔 귀여운 데가 있어요."—그들은 다음과 같이 서로의 의견을 확인했다. 그는 끊임없이 자신을 속인다. 그는 갈등을 두려워하기 때문에 결국 갈등을 해결하지 못한다. 그렇기 때문에 그의 위장에서 다시 부글거리는 소리가 심해지는 것이다. 그는 손해를 보고 있다. 언제나 손해만 보고 있다. 그 불쌍한 남자는 또다시 (그것도 그리젤데와) 도를 넘어서는 짓을 했다. 그는 그 어느 것도 혹은 그들 중 누구도 (심지어 루트 지모나이트까지도) 잃고 싶어 하지 않는다. 그는 그들 모두를—심지어 헬가 파쉬까지도—그가 수집한 유리잔들처럼 마냥 소유하고 싶어 한다. 한마디로 그는 구제불능의 전형적인 남자다.

이어서 그 여자들은 한 자매가 되기나 한 것처럼 나의 건강을 위해 건배하더니, 이번에는 요리를 만든 사람의 이름을 거론하며 정말 독특한 요리라면서 나의 젤리 요리를 칭찬했다.

테레제 오슬리프는 그녀의 식당에서 감자에만 국한되어 있는 아만다 숭배 의식을 조금 더 다양화하기 위해 '조피를 기리며'라는 이름의 송아지 머리 젤리 요리를 식당 메뉴에 집어넣겠다고 약속했다. 그러자 일제빌은 그 자리에 모인 여성 배심 법정의 배석판사들에게 조피 로트츌 사건의 최근 소식을 물었다. "그는 자신과 관계가 있는 부분에 대해서만 내게 말해 줘요. 내게 내부 정보 좀 알려 주지 않을래요? 좀 더 확실한 정보를 알고 싶어요. 말해 줘요, 그리젤데. 넙치가 이번에는 벌을 받게 될까요?"

같은 도시에서 몇 구간 떨어진 곳에 사는 남편과의 사이에서 낳은 아이들도 있는 데다가, 다른 남자들과 여러 차례에 걸쳐 짧은 연애 사건을 만들기도 했는데도, 그녀에겐 뭔가 처녀티가 난다. 그래서 나는 자꾸만 그녀에게서 조피의 모습을 찾고 싶었다. (버섯 갓을 쓰고서 진지한 표정을 짓고 있던) 어린애 같은 조피가 아니라, 목사관으로 다시 돌아가 요리를 하던 약간 주름진 얼굴의 조피를 말이다. 조피는 그 당시 삼십 대 초반이었으며, 프랑스 통치 시절에 겪은 여러 가지 체험으로 마음이 심란하여 마치 무슨 끔찍한 장면을 다시 보기라도 한 것처럼 늘 겁에 질린 눈빛을 하고 있었다. 이 점에서 그녀는 약사이자 여성 배심 법정의 배석판사인 그리젤데 두베르틴과 비숫했다. 그리젤데 역시 (어떤 개인적인 체험으로 인해) 겁먹은 표정을 하고 있었다. 그 때문에 그녀는 자주 이야기 중에 맥락을 잃기도 했고, 정보에 굶주려 있는 일제빌에게 앞뒤가 맞지 않는 정보를 제공하기도 했다. 그리고 그때마다 헬가 파쉬와 루트 지모나이트가 그녀의 말 사이에 끼어들었다.

그녀는 독이 있는 비단버섯과 달걀파리버섯에 대해서 말했다. 그녀는 한편으로는 여성해방의 수단으로 독 성분을 사용하여 정치적인 살인을 하는 것을 철저하게 배격하면서, 다른 한편으로는 정치적으로 효과가 있는 버섯 요리를 여성들의 자기 해방의 수단으로 권하기도 했다. "그렇지만 로트촐처럼 서툴러서는 안 돼." 하고 지클린데 훈차가 트집을 잡았다. 루트 지모나이트는 있는 대로 소리를 질렀다. "나는 총살형이 좋아. 공개적으로! 탕탕탕!"

파쉬가 조피에 대해 자나 깨나 프리츠밖에 몰랐던 멍청한 여자라고 말하자, 그리젤데는 내가 총독의 제복을 입고 있기라도 한 것처럼 나를 쏘아보았다. 그녀는 이렇게 소리쳤다. "독이 최고예요! 만약에 내게 감옥에 갇혀 있는 프리츠 같은 애인이 있다면, 나는 버섯에 관한 나의 지식을 총동원할 거예요. 하지만 이번엔 실패란 없어요!" 그러더니 그녀는 다음과 같이 주장했다. 조피가 예속적인 태도를 보인 것은 사실이지만, 그녀의 행동은 자유의 진전에 지대한 공헌을 했다. 이 점에 대해서는 넙치도 부인하지 않는다. 사실 그는 모든 책임을 스스로 짊어지고 있다. "쓰레기 같은 놈!" 더 큰 참상을 막기 위해 넙치는 보이틀러 가의 자코뱅 클럽을 밀고하도록 사주했다. "반역자!" 그의 사주를 받아 블레히 신부가 시(市)의 순경들에게 신고를 한 것이다.

"어쨌든." 하고 파쉬가 끼어들었다. "그는 이제 유치한 혁명 놀음을 증오해요."

베티나 폰 카르노는 위로의 말을 하고 싶은지 이렇게 말했다. "아무튼 마음씨 착한 조피는 사십 년 동안 정절을 지킨 끝에 그녀의 프리츠를 다시 찾았어요."

그리젤데가 주먹싸움을 벌이려는 순간, 비츨라프는 일어나기 시작한 소란을 가라앉히며 말했다. "조피와 프리츠를 표현할 수 있는 말은 없어요. 비틀대며 버섯을 따러 나서는 두 늙은이의 모습을 한번 생각해 봐요. 얼마나 아름다운 한 쌍의 모습이었겠어요!"

당신은 자꾸만 내 소매를 끌어당겼어. 그러나 우리의 시대는 이미 지나가 버렸어. 버섯들은 오로지 우리만을 위해서 자라는 것 같았지만, 우리의 이념은 이미 과거 속으로 흘러가 버렸거나 아니면 다른 이름으로 불리고 있었어. 이념은 이제 더이상 외다리로 서 있지 않고, 오히려 말을 타고 있었어. 그 당시엔 말을 탄 세계정신이라는 말이 번지고 있었어. 우리는 숲속에서 그 세계정신과 한번도 마주친 적이 없어. 언제나 우리끼리만 마주쳤지. 그래서 우리는 광대버섯을 땄지. 특별한 버섯이야. 이 버섯은 환상을 만드는 데 도움을 주지. 이 버섯은 또한 시간을 되돌려 줘. 껍질과 줄기를 떼어 내지 않은 상태에서 이 버섯을 잘게 썰어 말렸다가 빻은 다음, 그 가루를 수프나 케이크 반죽이나 젤리 요리를 만들 때 집어넣지. 또는 빻아서 가루를 만들지 않고 가죽처럼 질긴 조각들을 손톱만 하게 잘라 두었다가, 아침이나 저녁에 한 조각씩 입에 물고 질근질근 씹기도 해. 그러면 마침내 환상이 떠오르고, 시간을 되돌려 받고, 나는 다시 어린애가 되어 조피와 함께 깊은 숲속으로 버섯을 따러 가고, 하나의 이념을 얻게 되는 거야.

노처녀 로트촐과 나, 즉 우리는 버섯으로 먹고살았어. 우리는 버섯을 따 모으고, 말리고, 빻아서 가루로 만들고, 식초에 담가 절이기도 했지. 조피가 어려서 가자미를 팔았던 헤커 성문에서 멀지 않은 곳에다 우리는 허가를 받아 일주일에 두 번씩 좌판을 벌였어. 실에 꿰어 꾸러미를 만든 들살이버섯과 말린 그물버섯을 사려는 사람들은 일 년 내내 끊이지 않았어. 조피의 할머니가 남겨 준 쐐기풀 옷감으로 나는 작은 자루를 만들어(나는 그라우덴츠 감옥에서 바느질을 배웠어.) 그 속에다 앞으로 판매할 달걀버섯과 붉은느타리버섯을 보관했어. 우리는 초여름부터 11월 사이에 식용 버섯과 수프용 버섯으로 그득한 바구니를 내다가 팔았어. 우리는 돈을 많이 벌었어. 우리는 날것이든 말린 것이든 언제나 버섯을 비축하고 있었거든. 우리의 고객들 — 김나지움 학생들, 친위 경기병(輕騎兵) 소속의 소위들, 자유주의적 성향의 학교 선생들 — 은 여행을 좋아하고 현실로부터 도피를 꿈꾸는 사람들이었어. 물론 늙은이들도 우리를 찾아왔어. 이들은 저만의 고유한 아름다움을 지닌 광대버섯을 조금 맛보고서 조피와 나처럼 환상을 통해 시간을 되돌려 받고 싶어 했지.

우리 세 사람이 (그 밖의 다른 많은 사람들과 함께) 내가 만든 송아지 머리 젤리 요리를 먹고 있을 때, 그리젤데 두베르틴은 (그리고 다른 배석판사들도) 여성 배심 법정에서 날마다 벌어지는 일들에 관해 보고했다. 여성운동 단체 간의 내분에 대한 많은 언급이 있었다. 넙치당에 대한 비난이 쏟아졌으며, 피고 넙치와 검사 지클린데 훈차 사이에 갈수록 의견의 일치가 생기는 것으로 보아 양자 간에 모종의 공모가 있는 것 같다는 추측도 있었다. 다시 한번 혈전이 벌어졌다. (그리젤데와 오슬리프 사이에) 논쟁의 대상이 된 것은, 조피 로트촐과 그녀의 애인 프리드리히 바르톨디는 평생 동안 광대버섯에 중독되어 있었으며, 게다가 조피는 우편 판매나 중간 상인을 통해 대대적으로 광대버섯 가루 장사를 했다는 넙치의 주장이었다.

이 말은 여성 배심 법정에 한바탕 소란을 일으켰다. '조피의 환각제 판매'에 대한 넙치의 증언은 '광대버섯의 자극적 효과'에 대한 특별 감정을 통해 입증되었다. 그리고 이 감정서는 만약에 재판장 쇤헤르 박사의 반대가 없었다면 검찰이 요구한 대로 공개적으로 낭독되었을 것이다. "쇤헤르 여사가 정말 잘한 거예요!" 하고 그리젤데가 소리쳤다. "만약에 그렇지 않았으면, 광대버섯을 이용한 환각이 사람들에게 엄청나게 퍼졌을 거예요. 부르주아 신문들은 우리의 약점을 노리고 있어요. 그리고 확신컨대 조피도 그것에 대해선 반대했을 거예요."

그녀의 말에 모두들 동감을 표하더니 갑자기 내 쪽으로 집중적인 관심을 보이기 시작했다. 나는 조피의 애인 프리츠도 아니고, 블레히 신부도 아니고, 또한 라프 총독도 아니며, 나—"이 더러운 놈!"—는 오히려 조피의 아버지였다는 것이었다. 가난한 카슈비아 농민들을 속이고, 지나는 길에 아만다 보이케의 막내딸에게 애를 배게 만든 떠돌이 화주(火酒) 상인이었다는 것이다. "이 더러운 놈!" 오직 나만이 나쁜 놈이라는 것이었다. "혐오스러워! 비열해! 불쾌해! 쓰레기 같은 놈!" 두베르틴이 소리쳤다. "한번 본때를 보여 줘요! 저 부랑아 자식한테 제대로 본때를 보여 주자고요!"

여자들은 어느새 위협적인 자세를 취하고 있었다. 나는 공포에 휩싸였다. 퇴로는 모두 차단되어 있었다. 나는 벌써 그들의 손에 잡혀 온몸이 찢기는 것 같았다. 그들이 가랑이 사이를 쿡쿡 찌르는 것 같았다. (지모나이트가 이렇게 소리치지 않았던가? "식칼로 단숨에 베어 버려!") 그때 나를 구해 준 것은 광대버섯이었다.

왜냐하면 우리 세 사람의 식사는 그 특별한 첨가물 덕분에 그 사이에 또 다른 차원으로 접어들고 있었기 때문이다. 넙치당 당원들은 물론이고 여성 배심 법정의 인격화된 권위인 쇤헤르 여사가 파쉬, 오슬리프, 비즐라프와 함께 식탁에 앉아 있는 듯한 생각이 들었다. 그뿐 아니라 아그네스 쿠르비엘라, 아만다 보이케, 루쉬 수녀, 성녀 도로테아, 그리고 조피 로트촐도 그들의 시대를 초월해 그곳에 와 있었다. 까다로운 성격의 비가는 파쉬와 마주 앉아 있었다. 나의 메스트비나는 지모나이트를 다독거리고 있었다. 모두가 둘씩 짝을 이루어 앉아 있었다. 식탁이 커진 게 분명했다. 그리고 놀랍게도 나의 송아지 머리 젤리 요리는 자꾸만 늘어나 여러 개의 주발을 가득 채웠다. 아무리 먹어도 바닥이 나지 않았다. 시간에서 벗어난 대화가 오갔다. 비츨라프의 웃음소리가 루쉬 수녀의 웃음소리와 섞였다. 그리고 어딘가에, 아니 어디에나 아우아, 즉 세 개의 유방의 원리가 있었다. 마찬가지로 쉬헤르 박사 역시 그녀의 보살피는 사랑을 가지고 어디에나 있었다. 내가 해를 입지 않도록 신경을 써 준 것도 그녀였다. 그녀는 여자들끼리 말다툼을 하는 것을 용납하지 않았다. 물론 훈차와 도로테아가 나란히 앉아 있는 곳에서는 심상치 않게 삐걱대는 소리가 여전히 들렸다. 방금 전만 해도 조피인가 그리젤데인가 나는 아니더라도 상냥한 아그네스와 불쌍한 베티나 폰 카르노를 공격하려 했다. 할퀸 자국이 보이지 않았던가? 반쯤 비운 젤리 접시들 사이에 금발이나 갈색, 곱슬곱슬하거나 파마를 한 한 줌의 머리카락이 뽑혀져 있지 않았던가? (비츨라프와 루쉬 수녀는 나를 보호하려고 분노의 여신처럼 이글대는 눈길로 서 있었다.)

그러나 약간의 눈물이 흐른 뒤, 여자들의 연대가 승리를 거두었다. 그들은 한 자매들처럼 이 시대 또는 저 시대의 감자 가격에 대해 조잘댔다. 그들은 스카니아 청어의 비싼 가격과 기장의 영원한 부족에 대해 한탄했다. 그리고 그들은 상냥한 가장이며 멍청이이고 호색가이며 영원한 허풍선이인 나를 제물로 삼아 농담을 주고받았다. 그런데 그때 갑자기 오르간이, 아니 거실용 부엌에 놓는 하모늄 한 대가 식탁 옆에 서 있었다. 그리고 비츨라프는 손가락을 놀려 하모늄을 연주했고, 루쉬 수녀는 아그네스, 조피와 함께 "기쁘다, 구주 오셨네."를 노래했다. 나의 메스트비나가 호박(琥珀) 장식을 모두에게 돌렸다. 그리고 넙치도 그 자리에 와 있는 것 같았다. 식기세척기 옆에 있는 싱크대 안에서 첨벙거리면서. 콧소리로 달력에 적힌 격언 같은 어투로 이렇게 말하면서. "간단히 말해서, 숙녀 여러분, 오늘날 수명이 다한 남성의 지배를 여성들의 경영이 대체하기에 앞서……."

시간을 되돌려 받았다. 온갖 환상들이 자유롭게 떠올랐다. 아우아가 몸을 구부렸다. 그리고 나, 즉 하나뿐인 소중한 남자는 사랑스러운 보살핌을 받았다. 임신 중인 일제빌의 품에 안겨 나는 그녀의 큼직한 젖을 빨았다. 배부르게, 평화롭게, 안전하게, 행복하게, 더 이상 바랄 게 없이…….

그러나 광대버섯의 효력이 사라지고, 행복이 그 여운을 잃고, 우리가 그때그때 머물렀던 여러 시대로부터 다시 무미건조한 현재로 되돌아오고, 우리가 현실 속에 떨며 앉아 있고, 꿈은 다 떨어져 버렸을 때, 젤리 요리는 하나도 남아 있지 않았다. (붉은 옷을 입은) 나의 일제빌은 다시 시무룩해져 뜨거운 물로 목욕할 생각만 하고 있었다. (녹색 옷을 입은) 그리젤데 두베르틴은 도도한 처녀처럼 보였다. 그들은 내가 하찮은 먼지인 것처럼 나 따위는 거들떠보지도 않고 다시 이야기를 시작했다. 그러면서도 그들은 나를 염두에 두고 말을 했다. "그는 온갖 이야기를 다 꾸며 내요." 그들은 말했다. "그는 근본적으로 착각을 하고 있어요. 그는 우리 모두를 젤리 요리에다 묶어 두려고 해요. 우리는 그를 꼭 붙들어 매 둬야 해요. 언젠가 기억에 남도록 따끔한 맛을 한번 보여 줘야겠어요. 이 모든 것에 대해 대가를 치르도록 해 주겠어요. 당장. 매달 틀림없이."

내가 몇 마디 유화적인 말——"여러 세기에서 온 친애하는 자매 여러분, 여러분을 위해 나만의 특별한 송아지 머리 젤리 요리를 만들면서 나는 정말로 즐거웠습니다."——로 식사를 끝내려 하자, 일제빌은 차갑게 내 말을 자르며 이렇게 말했다. "요리하는 것이 그렇게도 즐겁다면, 설거지하는 것도 좋아하겠군요."

그래서 나는 식기세척기에 그릇을 채워 넣었다. 접시가 세 개가 넘었다. 한 다스가 넘는 포크와 나이프. 수없이 많은 주발들. 그리고 먹다 남은 사과 주스가 찰랑대는 열세 개의 유리잔들. 그리젤데가 잠깐 도와주는 시늉을 했다. 식기세척기가 거의 가득 찼다. (한편, 나는 조피보다 앞서 혁명의 해인 1848년에, 이번엔 어떤 종류의 자유가 문제 되는 것인지 모르는 채 세상을 떴다.)

오직 딸들만이

조피 로트촐 건에 대한 심리가 끝나 갈 즈음, 배석판사 그리젤데 두베르틴이 조피가 처녀의 몸으로 죽었다는 주장을 한 까닭에, 재판장 쉰헤르 박사가 자세한 내용을 캐물으려는 의도에서가 아니라 그냥 농담 삼아서 그렇다면 양성(兩性) 간의 차이점은 무엇이냐고 넙치에게 질문을 던지자, 그 납작한 물고기는 모랫바닥에 그냥 머문 채로 다음과 같이 장황한 답변을 늘어놓았다.

"언제나 똑같은 얘기죠, 여성 여러분! 여자들은 임신하고, 산달이 될 때까지 꾹 참고 견디다가, 출산하고, 젖을 물리고, 키우고, 여섯 중에 하나쯤 죽는 것을 목격하고, 자신도 모르는 사이에 아이가 또 생겨 꾹 참고 견디다가 전과 다름없이 고통을 겪으며 출산하고, 이쪽저쪽 돌려 가며 젖을 먹이고, 엄마라는 말과 걸음마를 가르칩니다. 그러다가 마침내 그 여자아이들이 ── 여기서는 먼저 딸들에 대해서만 말하겠습니다. ── 어떤 사내 녀석에게 가랑이를 벌려 늘 그렇듯이 이 세상에서 어머니들만이 낳을 수 있는 것을 수태합니다.

반면에 남자들은 갖춘 것이 정말 보잘것없습니다. 그들이 수태하는 것은 터무니없는 아이디어들입니다. 그들이 낳을 때까지 참고 견디는 것은 사변(思辨)들입니다. 그리고 그들이 출산한 것은 슈트라스부르크 대성당, 디젤 엔진, 상대성 이론, 크노르의 인스턴트 수프, 방독면, 슐리펜 계획[19] 등입니다. 수천 가지의 이와 유사한 업적들이 우리에게 잘 알려져 있습니다. 남자들로서 해내지 못할 일이란 아무것도 없었습니다. 아이거 북벽이 정복되고, 인도 항로가 발견되고, 음속(音速) 장벽이 깨지고, 핵이 분열되고, 통조림 깡통과 격침 소총이 발명되고, 트로이와 크노소스의 유적이 발굴되어야 했고, 아홉 개

---

19) 알프레트 폰 슐리펜(1833~1913). 프로이센의 야전 사령관으로 프랑스와의 전쟁에서 적을 양쪽에서 포위하여 섬멸하는 슐리펜 계획을 창안해 냈다.

의 교향곡이 완성되어야 했습니다. 남자들은 본래 임신을 하거나 아이를 배 속에 갖고 다니거나 출산할 수가 없기 때문에, 게다가 미쳐 날뛰는 그들의 생식 행위조차 일시적인 기분에 좌우되는 경우가 많기 때문에, 그들은 잔재주를 부려야 하고, 얼어붙은 북쪽의 벽들을 등반해야 하며, 음속의 장벽을 깨야 하고, 피라미드를 쌓아 올려야 하고, 파나마 운하를 파야 하고, 계곡을 막아 댐을 만들어야 하고, 강박관념에 걸린 것처럼 지상의 모든 것이 융합될 때까지 실험을 해야 하고, 그림이나 언어, 소리로 자아에 대해, 존재에 대해, 그 의미와 이유, 목적 그리고 나아갈 방향에 대해 끊임없이 의문을 제기해야 하며, 세계사라는 이름의 답차(踏車)를 쉬지 않고 밟아 그 답차가 확실한 남자들의 생산품, 즉 역사에 기록된 승리와 패배, 교회의 분열, 폴란드 분할, 의사록, 그리고 기념비 같은 것들을 내뱉도록 해야 합니다. 숙녀 여러분, 내 말을 잘 들으십시오. 머지않아 닉슨 씨는 물러날 것입니다. 기욤[20]이라는 사내는 그저께 역사에 남을 만한 일을 했습니다. 그리고 포르투갈에서는 장군들이 서로를 자리에서 내쫓고 있습니다.

오늘의 사건들과 위대한 업적들. 캘커타. 아스완 댐. 피임약. 워터게이트. 이것들은 남자들의 대리 자식들입니다. 모종의 원리가 남자들에게 잉태시켰죠. 그들은 정언적 명령을 밴 것입니다. 오직 그들만이 사용할 줄 아는 군사(軍事)는 알 수 없는

20) 권터 기욤(1927~). 독일 사민당 출신의 수상 빌리 브란트에게 접근하여 스파이 활동을 펼치다 1974년 발각되어 결국 그를 수상 자리에서 물러나게 만든 동독의 간첩.

세계를 향해 죽음의 출산 날짜를 앞당겨 주고 있습니다. 그러나 그들이 낳는 존재는——창조물이든 괴물이든——걸음마도 못 하고 '엄마'라는 말도 못 할 것입니다. 그것은 젖도 먹지 못해 야위어 가거나 단지 종이 위에서만 제 스스로를 번식할 것입니다. 이게 바로 남자들이 엉덩이에 못이 박히도록 앉아서 낳은 자식들입니다. 그게 문화라고요? 그렇게 보고 싶다면 그렇게 하세요! 아니면 시체 공시장(公示場)이라고 할까요? 도서관에 있는 먼지 앉은 고서들. 레코드판에 넣어 통조림한 음악. 부스러져 가는 고딕 벽돌. 에어컨 시설이 되어 있는 박물관 안에서 예술은 그 기원을 망각해 버렸습니다. 그리고 비밀 문서 보관실. 그 안에는 남자들에 의해 태어난 기형아들이 서류 묶음으로 대충 묶여 바스락 소리를 내며 살아가고 있습니다. 자료 은행이라는 것도 생겼습니다. 이제 인류에게는 일련번호가 매겨져 있어, 언제라도 그들의 기록을 확인할 수 있게 되었습니다. 간단히 말해, 이 모든 것은 끔찍이도 놀라운 업적이라고 하지 않을 수 없습니다. 우리는 획기적인 업적에 대해 말하고 있는 것입니다. 우리는 이렇게 말합니다. 남자는 좌절 속에서도 위대했다고 말입니다. 우리는 비극적인 생존의 증거들을 감동 어린 눈길로 바라보고 있습니다. 그러나 이 생존의 기록들에는 모두 자연이 결여되어 있어, 이것들은 자연 앞에 보잘것없는 모습으로 서 있습니다. 그리고 이것들은 자연스럽지 못한 노력을 통해 성취된 것들이기 때문에, 우리는 이것들을 부정적으로 평가할 수밖에 없습니다. 반면에 여자들은——그들이 비록 공부를 하고, 스스로를 해방하고, 컴퓨터를 개량하고, 이윤을 증대시키고, 군사 산업을 근대화하고, 정부에 자신들의 흔적을 남겼다 하더라도——언제나 자연 상태로 남아 있습니다. 물론 예쁘게 손질한 자연이긴 하지만 말입니다. 그들은 매달 월경을 합니다. 그들은 정자 은행에서 가져온 이름 없는 씨앗에게도 생명을 불어넣어 줍니다. 그들, 오로지 그들에게서만 때맞추어 젖이 쏟아져 나옵니다. 그렇습니다. 그들은 근본적으로 어머니인 것입니다. 아이가 없더라도. 혹은 아직 어머니가 되지 않았더라도. 혹은 사정이 있어 앞으로도 어머니가 될 수 없다 하더라도. 로트츌 양처럼 평생을 처녀로 지내더라도.

여자들은 사후의 삶에 대해서 걱정할 필요가 없습니다. 왜냐하면 그들은 생명의 화신이기 때문입니다. 반면에 남자들은 자신들의 삶 밖에서 영생을 추구해야 합니다. 즉 집을 짓거나, 나무를 심거나, 업적을 남기거나, 영광스럽게 전사함으로써, 혹은 이 모든 것에 앞서 아이를 수태시킴으로써 말입니다. 직접 아이를 낳을 수 없는 인간은 잘해야 추정상의 아버지에 불과할 뿐이며 그 때문에 자연 앞에 서면 보잘것없어 보이는 것입니다."

넙치는 이 밖에 한층 더 불쾌한 이야기——넙치는 여자들을 향해 남녀평등이 확대되면 그만큼 여자들도 남자들처럼 점점 더 대머리가 될 거라고 예언했다.——를 마치고 나서 (승리에 도취해서) 모랫바닥 위로 떠올라 지느러미를 가지고 장난을 쳤다. 한편 여성 배심 법정의 배석판사들은 양성에 대한 넙치의 구별을 '지나치게 생물학적'이며 '지극히 보수적'이라고 비난했다.

그리젤데 두베르틴은 이렇게 소리쳤다. "그는 여전히 보수 반동이에요!" 그리고 지클린데 훈차는 이번 건에 대한 기소장을 읽기 전에 이렇게 빈정댔다. "불쌍한 남자들! 아이를 낳지 못하는 신세라니. 에구, 눈물이 다 나네. 너무나 마음이 아파." 여자 방청객들이 한꺼번에 후련하게 웃어 젖혔다. 웃음소리가 그치자 훈차는 냉정하게 말했다. "아무튼 여성 혁명가 로트촐은 결혼도 하지 않고 자식도 없이 세상을 떴어요."

그녀를 빼놓고는 그들 모두가 내 아이를 낳았다. 심지어 빌리까지도. 그들 모두에게 나는 적어도 애 아버지 정도로는 비쳤다. 그러나 가부장제가 확정되면서부터 내가 아들을 원했고, 또 아들들을 통해 나의 이름과 나의 재산이 영원히 후대에 살아남는 것을 보고 싶어 했지만, 그들은 한결같이 내게 딸만 안겨 주었다.

친구들은 나를 놀려 댔다. 그들은 나를 저금통 제조업자라고 부르면서, 내게 쥐똥으로 만든 알약이나 정기(丁幾)를 써 보라고 권하기도 했고, 또는 힘겨운 순례 여행을 다녀와 보라고도 했으나, 아이가 태어날 때마다 어김없이 유별난 둥근 빵만 나왔으며, 내게 아버지로서의 자부심을 느끼게 해 줄 고추는 도대체 나타날 기미가 보이지 않았다. 넙치조차 어떻게 해야 할지 방도를 알지 못했다. 도로테아가 네 번째 딸을 낳을 때 내가 넙치를 찾아가 나의 심정을 털어놓자, 넙치는 모권의 대항 세력이라는 모호한 말만 중얼거렸다. 여신들인 데메테르, 헤라, 아르테미스, 펠라스기족(族)의 아테나, 그리고 세 개의 유방을 가진 아우아 등이 모두 정복당하긴 했지만, 그들은 지금도 계속해서 우리의 잠재의식 속에서 영향력을 행사하고 있다는 것이었다. 그, 즉 넙치는 어떤 개개인들이 아들을 낳지 못하는 것은 아무튼 모신(母神)들의 복수로 생각할 수 있으며, 이것은 우리가 치를 수밖에 없는 대가라는 것이었다.

그 뒤로 내가 아이를 얻을 때마다 넙치의 추측은 사실로 입증되었다. 언제나 딸들만 나왔다. 내가 지금 아우아, 비가, 메스트비나 이야기를 하는 것이 아니다. 그들은 오랫동안 아버지라는 개념을 알지 못했으며 나중에도 그냥 우스갯소리 정도로만 생각했다. 그러나 내가 도제를 두 명씩이나 거느리고 후대에 무언가 남기고 싶어 한 검 전문 제조 장인(匠人)으로서 나의 도로테아에게 아홉 번이나 임신을 시켰을 때, 나는 적어도 아들 하나 정도의 보상은 받아 마땅하다고 생각했다. 그리고 아홉 명의 딸들 가운데 여덟이 (그중 다섯은 페스트에 걸려) 죽었다는 사실을 결코 위안으로 삼을 수도 없다. 왜냐하면 그때 살아남은 게르트루트도 (넷인가 다섯 명의) 딸만 낳았기 때문이다. 그들 중에는 후스 교도들을 따라나섰다가 바우첸이 포위당했을 때 슬픈 종말을 맞은 비르기타도 끼어 있었다.

거듭해서 말하건대, 딸들, 오로지 딸들뿐이다. 루쉬 수녀는 딸을 낳았다. 그것도 두 번씩이나. 아버지가 누군지는 한번도 얘기가 없었다. 큰딸 헤트비히는 인도의 말라바르 해안에 교역소를 개설한 포르투갈의 후추 상인과 결혼했다. 그리고 카타리나는 이곳의 푸줏간 주인을 남편으로 맞이했다. 헤트비히와 그녀의 포르투갈인 남편은 (네 딸 가운데 셋과 함께) 인도의 말라리아에 걸려 죽었다. 카타리나의 살아남은 딸들(여섯 가운데 셋)도 모두들 이곳의 푸줏간 주인들과 결혼했는데, 그들에게 딸들을, 줄줄이 딸들만을 안겨 주었다. (다른 한편, 나의 일제빌에게는 두 자매가 있다. 그리젤데 두베르틴은 사람들이 말하는 삼 공주 집안에서 태어났다. 그리고 또한 비슬라프가 남자 형제에 대해 이야기하는 것을 한번도 본 적이 없다.)

예나 지금이나 왜 이렇게 일이 안 풀리는가! (화가 묄러와의 사이에) 낳은, 일찍 발육 부진으로 죽은 아이 외에 아그네스 쿠르비엘라는 시인 오피츠가 흑사병으로 죽은 직후에 우르줄라를 낳았다. 그리고 아만다 보이케가 나를 위해 해 준 일이란 딸을 일곱 낳아 준 것이다. 그중에서 슈티네, 트루데, 로비제는 갓난아기 때 먹을 것이 없어 굶어 죽었다. 나머지 아이들은 평생을 카슈비아에서 농노 신세로 살았는데, 오직 막내딸 안나만은 (몸값을 지불하여 농노 신분에서 풀려나) 사생아 조피를 데리고 도시로 나가 그곳에서 양조장 직인(職人) 크리스티안 로트출과 결혼했으나, 조피가 아홉 살이 되었을 때 과부 신세가 되었다. 아직 할 얘기가 조금 더 남아 있다. 레나 슈투베는 첫 번째 결혼과 두 번째 결혼에서 모두 네 딸을 낳아 길렀고, 빌리의 딸은 조부모의 댁에서 자랐으며, 마리아의 쌍둥이 딸은 이제 네 살이 되었다.

내가 조피를 좋아하는 이유 중의 하나는 그녀가 정조를 굳게 지켰으며 노처녀로서 여전히 싱그러운 처녀티를 발산하고 있다는 데 있다. 그녀의 사안(事案)이 여성 배심 법정에서 논의되었을 때, 방청객들은 남자들을 자기 마음대로 달아오르게 하고, 애가 타게 만들고, 매달리게 만드는 그녀의 멋진 솜씨에 감탄을 보냈다. 그녀의 모습을 추정하여 또는 넙치가 대략적으로 묘사한 말에 의거하여 그린 (배석판사 두베르틴과 흡사한 모습의) 컬러 포스터가 페미니스트 성물 상점에서 판매되었다. 그 포스터는 단치히 시장에서 일하는 처녀의 복장을 한 조피가 바리케이드 위에 서 있는 모습을 보여 주었다. 그녀는 왼손으로는 넙치의 꼬리지느러미를 꽉 움켜잡고, 오른손에는 식칼을 거머쥐고 있었다. 그녀의 갸름한 찌푸린 얼굴. 높이 치켜올려 삼색 리본으로 질끈 묶은 이탄(泥炭) 같은 갈색 머리카락. 혁명의 노래를 소리쳐 부르는 듯 활짝 벌어진 자그마한 입. 그리고 바리케이드 발치에 있는 뿌리채 뽑힌 버섯들. 남자들을 거세하는 대량 학살이 벌어졌음을 분명하게 암시한다.

우리는 조피 로트촐이 정치 포스터의 등장인물이 되어 그와 유사한 그래픽 작품들(도로테아와 아만다의 포스터도 이미 시중에서 거래되고 있었다.)과 함께 새로 지은 건물이나 오래된 건물의 수많은 실내 벽들을 장식했으리라고 추정할 수 있다. 그리고 나도 5마르크를 내고 방금 인쇄되어 나온 포스터를 한 장 샀다. 내 기억 속에서는 조피가 너무나 분열된 모습으로 보였기 때문이다.

그 포스터는 그 새침한 소녀의 모습을 한층 단순화시켜 놓았다. 내가 그녀의 아버지라는 소문이 있다. 나는 그녀의 모습을 그렇게 뚜렷하게 본 적은 한번도 없었다. 결코 어머니의 모습이 아닌 딸의 모습이다. 그래서 여성 배심 법정에서 넙치는 이렇게 주장했다. 물론 조피의 어릴 적 친구이며 혁명을 신봉하는 학생인 바르톨디가 근 사십 년 동안 감옥에 갇혀 있었다는 상황이 그녀가 자신의 신조를 지키는 데 도움이 되었겠지만 어쨌든 조피의 처녀성은 그녀의 신조로 볼 수 있다.

마침내 평결이 내려져, 넙치에게는——넙치당이 나서서 이의를 제기한 덕분에——단지 '이념적인' 쪽의 유죄만 인정되고, 그리고 사람들의 숭배 대상이 아만다에서 조피 쪽으로 바뀌자, 그 넓적한 물고기는 여성 혁명가 조피 로트촐을 기리는 맺음말을 하려고 모랫바닥 위로 떠올랐다. 절대 다수를 차지하고 있는 여성 방청객들에게 수치심을 주려는 듯 그는 큰 소리로 이렇게 말했다. "엄정하신 숙녀 여러분! 조피가 그 누구도 가까이하지 않았다는 것은 틀림없는 사실입니다. 성녀 몬타우의 도로테아가 아홉 번씩이나 수태하고 산달을 채워 출산한 반면에, 그리고 루쉬 수녀가 순결 서약을 어기고 두 번씩이나 출산을 하고 게다가 출산을 전후하여 세 다스가 넘는 수의 여러 종교의 남자들에게 자신의 몸을 알게 했던 반면에, 조피 로트촐은 순결 서약을 하지 않았지만 육체의 문을 굳게 지키며 살았습니다. 물론 그녀는 재미 삼아 폴란드의 창기병들을 향해 자기 손에 입을 맞추어 흔들어 주었고, 또 그 때문에 포위된 단치히의 시민들로부터 창녀 취급을 받기는 했지만 말입니다. 아, 친애하는 숙녀 여러분, 재판석에 근엄하게 앉아 남자들이 하는 일에 유죄 판결을 내리고 있는 여러분이 조피처럼 육체의 문을 굳게 닫아 버린다면. 여러분 모두가 영원히 문을 꼭 닫아 버린다면. 모든 임신과 출산에 종지부를 찍는 일은 여러분의 손아귀에 들어 있는 문제가 아닐까요? 이제 섹스를 중단하고, 아들과 딸에 미련을 갖지 말고, 배 속에 아이를 배지 않고, 인류의 신중한 퇴장을 고려할 때가 되지 않았나요? 여기 나는 희망적인 통계 자료를 갖고 있습니다. 두 자녀 가정에서 한 자녀 가정으로, 그다음엔 아예 아이를 낳지 않는 결혼 생활. 역사의 종말. 인구 증가의 중단. 서서히 노령화되다가 조용히 아무 불평도 하지 않고 사라지는 것. 그러면 자연은 여러분에게 감사해야 할 것입니다. 우리의 혹성은 재생할 기회를 갖게 될 것입니다. 순식간에 이 땅은 초원과 숲 그리고 정글로 뒤덮일 것입니다. 마침내 강들은 다시 자유롭게 제방 위로 넘쳐흐를 것입니다. 그리고 대양도 편하게 숨을 쉴 것입니다. 나는 이 모든 이야기를 지금 이 자리에서 나의 전설과 상관없이 평범한 물고기로서 말씀드리는 것입니다.”

그러나 내가 나의 일제빌에게 내 안에 있는 모든 여자 요리사들의 딸들을 열거하고, 그 딸들의 딸들 중 몇몇에 대해 언급하고, 예외적인 경우인 조피 이야기를 거침없이 털어놓고, 그리고 넙치가 한 제안을 마치 내 것인 양 ‘어쨌든 논의해 볼 만한 것’이라고 말하고 나자, 그녀는 자신의 임신에 바탕을 둔 자신감으로 이렇게 받아쳤다. “다시 말하지만, 이번엔 틀림없이 사내아이일 거예요!”

계속 애를 배게 하라

한 가지 사상이 인구를 감소시킨다.
그 사상은 쥐 한 마리 없이
저기 한쪽으로 굴러간다.

반대 증인이 등장한다.
바닥이 위가 되고 싶어 한다.
무질서 말고 다른 질서.

버섯이 서 있다.
갓을 활짝 펼치고
뿌리를 드러낸 채.

언제 마침내 싹둑 잘릴 것인가?
그러나 당신도 놀라서
몸을 열어 놓고 있다.

계속 애를 배게 하라——물어뜯어라.
그러나 지금까지 그것은
위험한 장난에 그쳤다.

일곱째 달

일제빌과 함께라도

너는 말을 훔칠 수 있다. 어느덧 임신 7개월이 되어 배가 눈에 띄게 부른 그녀는, 말을 훔치고 싶은 마음이 전혀 없더라도, 이것을 실제로 증명해 보이고 싶어 한다. "나는 당신의 가장 훌륭한 짝이에요. 세상일이 힘들어질 때면 당신이 믿고 의지할 수 있는 그런 짝이란 말이에요."

그녀는 위급한 사태가 생겼으면 하고 바란다. 그녀는 위급한 사태를 스스로 만들어 낸다. 영화관의 와이드 스크린 속에서 말을 타고 달리며 모험을 꿈꾸는 서부의 여인. 가자, 서부로! 위험으로 가득 찬 대초원. 바람에 나부끼는 옷자락. 머리카락을 휘날리며. 깜박거리지도 않는 두 눈으로 새로운 땅을 접수한다.

그러나 우리는 새로 온 이주민이 아니다. 우리 집을 위협하

는 인디언도 무법자도 없다. 저당을 잡혀서 성가신 일을 당하
지도 않는다. (물론, 최근의 홍수는 우리를 괴롭혔다. 제방의 수문
이 모두 닫히고 여객선이 운항하지 않았기 때문이다. 그러나 물은
빠졌다. 폭풍으로 입은 피해는——우리 집에서는 유리창 두세 장이
깨졌다.——보험 회사가 부담했다.)

그러나 나의 일제빌은 위험 없이는 살 수 없다. 그녀는 위험
에 맞서기도 하고 위험을 피하기도 하고 위험을 만들어 내기
도 한다. 석유 파동으로 모든 물가가 오른 뒤로, 그녀는 아침
식사 때마다 이렇게 말한다. "난 두렵지 않아요. 이럴 때일수
록 우리는 마음을 합쳐야 해요. 굳게 합쳐야 해요."

그녀는 무슨 일이든 역경이 닥치면 그게 너든 아니면 나든
그 누구든 도우려고 한다. 그녀는 너의 좋지 않은 친척들뿐만
아니라 너의 가장 친한 친구들로부터도 너를 보호한다. 그녀
는 네 친구들을 '나쁜 친구들'이라고 잘라 말한다. 실제로, 그
녀는 그 쇠파리 같은 작자들이 네 인생에 달라붙지 못하도록
해 준다. "그 사기꾼들, 기생충 같은 작자들! 그들이 원하는 건
당신의 돈밖에 없어요. 아무튼 그들은 당신을 등쳐 먹을 생각
만 하고 있어요."

일제빌은 문지방을 지키고 앉아 찾아오는 모든 유혹을 멍
멍 짖어서 쫓아 버린다. 네가 땀을 흘리면, 그녀는 네게 널따
란 그늘을 드리워 준다. 네가 칠 층짜리 추상 개념을 타고 올
라가면, 그녀는 망을 보아 준다. 만약 네 뒤쪽에서 온갖 야한
색깔로 흉측하게 문신을 새긴 의혹이 살그머니 다가오면, 그
녀는 경고의 휘파람을 불어 준다. 그녀는 너를 구하기 위해 그

녀의 금발 머리카락을 깊은 지하 감옥 안으로 늘어뜨려 준다. 네가 그녀의 호기심을 고문해도, 그녀는 침묵을 지킨다. 그녀는 네가 이미 오래전에 그녀를 배신했다는 사실을 발설하지 않는다. 그녀는 입을 굳게 다문다, 굳게. 어떤 막연한 것도 알아낼 수 없다.

그녀는 불평을 하는 일이 없다. 나의 여장부는 모든 것을 묵묵히 참고 견디며, 또한 잿빛 하늘을 배경으로 (좌우에는 자식들을 거느리고) 영웅과 같은 모습으로 그려져 있다. 폐허 속에 서 있는 여인. 이삭 줍는 여인. 늘 아이를 배고 있는 여인. 근심 부인. 석탄을 슬쩍하는 그녀. 마지막 남은 집안의 은 집기를 팔아 순무 시럽을 사는 그녀. 모든 것을 잃어도 끝까지 버티는 그녀. 환자에게 무조건 살라고 강요하는 그녀의 의지력. 그녀는 너를 병들게 한다. 너를 헌신적으로 돌보기 위해. 일단 네가 병들면 그녀는 기운을 차린다. 네가 죽으려 한다면, 그녀는 유예를 얻어 내기 위해, 또 한번의 유예를 얻어 내기 위해 죽음을 상대로 매춘 행위를 할 것이다. 그 무엇도 그녀를 막지 못한다. 필요하다면, 그녀는 가난이 그녀의 숨은 재능을 발휘하게 해 준다는 것을 보여 주기 위해 네가 벌어 놓은 돈을 몽땅 탕진해 버린다. 그녀는 너에게 다시 조심스럽게 한 발 두 발 (목발에 의지한) 걸음마를 가르쳐 주는 기쁨을 맛보기 위해 너를 절벽에서 떨어뜨린다. 네가 고통을 겪고 있을 때야──그녀는 네가 고통을 겪도록 조장한다.──비로소 너는 그녀의 동정 어린 사랑을 완전히 맛볼 수 있다. ("내가 당신에게 도움이 될 수 있을까요? 내가 할 수 있는 일이 혹시 없을까요? 언젠가 당신은 틀림없이 내 도움을 필요로 할 거예요. 반드시. 그러나 그땐 너무 늦을지도 몰라요.") 그녀가 네 눈을 뽑아 버린다면, 그 녀는 너를 (교통이 아무리 혼잡한 곳에서도) 틀림없이 이끌어 줄 것이다.

한마디로, 너는 일제빌을 신뢰해도 좋다. 그녀는 나를 위해 위증마저도 서슴지 않았다. 내가 무전취식 혐의로 붙잡혔을 때 그녀는 돈을 지불하고 나를 꺼내 주었다. 그녀는 내가 남긴 유산인 지저분한 쓰레기 더미를 성스러운 것으로 만들어 주었다. 그녀는 내 초상화가 소파 위에 제대로 걸려 있는지, 먼지는 타지 않았는지 언제나 꼼꼼하게 신경을 썼다. 일제빌 덕분에 사람들은 나를 기억해 주었다. "그래 그 오토, 정말 괜찮은 사람이었지." 그 당시 나는 그렇게 불렸다. 그리고 나에 대한 평판이 늘 좋도록 나를 감싸 준 일제빌은 레나라고 불렸다.

레나 슈투베는 나를 두 번이나 남편으로 맞았다. 그리고 그 두 번의 결혼 생활에서 그녀를 해방시켜 준 것은 적의 행동이었다. 1870~1871년의 보불전쟁에서는 프랑스 군의 유탄 한 발이 이십팔 년 동안 계속되어 온 나의 허풍에 종말을 고하게 했으며, 1914년 겨울 러시아 침략군을 저지하기 위하여 국민군이 소집되었을 때, 오십오 년 동안 줄기차게 술에 절어 살던 나는 탄넨베르크 전투에서 또다시 전사했다. 레나는 첫 번째와 두 번째 결혼 생활 내내 나를 잘 참아 냈으며, 나와 세 번째로 결혼을 했다 해도, 나보다 더 오래 살았을 것이다.

등대, 보루, 항구, 불굴의 여인. 그녀는 나의 매질을 서툰 애정 표현으로 알고서 얼마나 말없이 견뎠던가. 그녀는 평소 잠자리에서 제구실을 못 하는 나를 따뜻한 말로 감싸 주어 주말이면 그런대로 성공을 거둘 수 있게 얼마나 잘해 주었던가. 내가 파업 기금을 슬쩍했을 때, 그녀는 밤마다 카이저호프 호텔에 나가 화장실 청소를 하며 내가 훔친 돈을 갚아 주었다. 그녀는 내가 일요일마다 한 사회주의 연설을 평일에 얼마나 잘 실천하며 보여 주었던가. 내가 당에서 제명될 처지에 있었을 때 그녀는 얼마나 열심히 동지들 앞에 나서서 설득을 하여 '그녀의 오토'에게 아무 일도 일어나지 않게 해 주었던가. 그녀는 나를 위해 파출소에 얼마나 자주 드나들곤 했던가. 그리고 그녀는 내가 마루에 토해 놓은 것을 언제나 닦아 냈다. 그리고 내가 못에 매달려 있으면, 그녀는 칼로 끈을 잘라 나를 내려 주었다. 레나는 언제나 믿을 수 있는 여자였다. 레나와 함께라면 말이라도 훔칠 수 있다. 일제빌과 함께라도 그럴 수 있을지 모른다.

그러나 나는 말[馬]을 갖고 싶지 않다. 나는 구출되기를 원치 않는다. 나는 유혹에 빠지고 싶다. 정말이지 나는 방황하고 싶다. 나를 위해 희생하는 것은 무의미한 일이다. 그녀는 그 어디서도 보답을 받을 수 없다. 내가 일제빌을 위해 할 수 있는 일이란 기껏해야 내가 내일 약간 아프고, 비실비실하고, 허약해지고, 동정심을 자아내고, 조금만 도와주면 곧 나을 만큼의 병세를 보이는 것이다. 나는 얌전하게 누워서, 잠결에 '엄마!' 하고 외칠 것이다. 그러나 만약에 레나가 그토록 헌신적으로 어머니처럼 나를 돌보지 않았고 또 중얼대면서——"이제 괜찮아. 곧 좋아질 거야."——그렇게 일부러 나를 젖먹이 상태에 두지 않았더라면, 나는 결코 군인도 그리고 (순전히 두려운 마음에서이긴 하지만) 영웅도 되지 못했을 것이다.

레나가 수프를 나눠 준다

흐물흐물한 양배추와 곡식 낟알이 둥둥 떠 있거나
푹 삶긴 감자와 함께 역시 푹 삶긴 평지가 보이고,
약간의 내장이나
싼값에 산 죽은 말고기라도 없었으면
고기가 들어 있다는 건 소문이었을 뿐인
우묵한 솥에서
레나는 너무 삶겨 껍데기뿐인
끈적거리는 완두와,
돼지 발의 일부였던
연골과 뼈다귀를 국자로 퍼냈다.
레나가 솥을 휘저으면 이것들은 덜그럭 소리를 냈다.
마치 솥 앞에 늘어선 사람들이
냄비를 덜그럭대는 소리 같았다.

아무렇게나 국자에 걸리는 대로 퍼내는 법은 없었다.
그녀의 국자질은 정평이 나 있었다.
그녀는 솥 뒤에 발뒤꿈치를 들고 서서
왼손으로는 흑판에다 줄을 그으며 수를 세고

오른손으로는 휘휘 저어 정확히 반 리터씩
차례차례 냄비에다 담아 주었는데,
한겨울의 사과처럼 쭈글쭈글한 그녀의 얼굴은
솥 안을 들여다보는 것 같았지만
사실은 무언가 보이는 듯 미래를 내다보았다.
희망이, 무언가 희망이 있다는 듯.
그러면서 그녀는 자신의 과거를 돌아다보았다.
전쟁 전, 전쟁 후, 그리고 전쟁 중에
지난날의 수프를 퍼 주는 자신의 모습을 보다가,
마침내 솥 옆에 있는 젊은 날의 자신을 보았다.

그러나 돈 많은 시민들은
외투를 입고 좀 떨어진 곳에 서서
발뒤꿈치를 들고 있는 레나를 바라보면서
그녀의 변함없는 아름다움에 두려움을 느꼈다.
그래서 그들은
가난에다 숭고한 의미를 부여하기로 결정했다.
그것이 사회 문제에 대한 해답이었다.

소박한 여자

  넘치는 여성 배심 법정에서 이렇게 증언했다. "처음으로 결
혼했을 때는 슈토베로, 그리고 재혼했을 때는 슈투베라는 성

으로 불린 레나 피프카는 그 고장에서 여러 사건의 중심 인물이 되곤 했는데, 그때마다 그녀는 소박한 모습을 보여 주었지만 그렇다고 그렇게 단순한 여자는 아니었습니다. 존경하는 재판관님들께서 이제 레나 슈투베의 경력을 본 법정의 엄선된 방청객들 앞에서 하나의 사례로 논의할 경우, 프롤레타리아로 살다 간 그녀의 운명에서 내가 차지했던 비중이 지극히 미미했음이 밝혀질 것입니다. 왜냐하면 대혁명이 발발한 뒤로 역사는 내게 모든 지역적 경계를 넘어서는 거대한 과제에 직면하도록 했기 때문입니다. 세계 정치 시대의 막이 오른 것입니다. 곳곳에서 떠오른 갖가지 문제들. 자유, 평등 등. 모든 해안에서 사람들이 내게 조언을 구해 왔습니다. 발트 지역에 대해서는 정기적으로밖에 신경을 쓸 수 없었습니다. 최근에 내가 세계정신으로 승격된 뒤로, 나에 대한 사람들의 요구는 넘치(그리고 하나의 원칙)인 내게는 때로 힘에 부치는 것이었습니다. 지금 여기서 다루는 것과 같은 개별적인 사건에 대해서 세세하게 신경을 쓸 여유가 내게는 전혀 없었습니다. 그렇지만 나는 존경하는 검찰 측의 식견 있는 질문에 대해 기꺼이 답변해 드리겠습니다. 레나 슈투베는 그 소박성으로만 보더라도 중요한 여성이었기 때문입니다. 독일 초기 사회주의 운동은 그녀의 이름을 빼놓고는 생각할 수조차 없습니다. 비록 그녀의 이름은 그 어디에도 기록되어 있지 않고, 그 어떤 거리나 도로, 또는 어떤 외딴 작은 광장에도 그녀의 이름이 붙어 있지 않지만 말입니다."

여성 법정의 재판장이 친정 성(姓)이 피프카인 레나 슈투베의 전기와 관련된 자료를 낭독하자, 그녀의 생애는 단조롭게 길게 늘어났다. 그녀가 1896년 5월에 아우구스트 베벨과 나눈 대화와 철도를 이용한 한 차례의 취리히 여행을 제외한다면, 그녀의 생에서 주목할 만한 것은 성경에 나오는 듯한 고령 — 그녀는 아흔세 살에 죽었다. — 밖에 없는 것 같았다. 두 번에 걸친 결혼. 자식은 첫 번째 결혼에서 하나. 두 번째 결혼에서 셋. 그러나 그녀의 생의 사건들은 우연하게도 노동 계급 운동사와 일치했다. 1848년에 일어난 혁명 다음 해에 카르트하우스 지방의 코코슈켄에서 벽돌 제조공의 셋째딸로 태어난 그녀는 열여섯 살의 나이로 단치히 오라의 민중 구제 식당에서 일자리를 구하고, 이듬해에는 닻 제조공인 프리드리히 오토 슈토베와 결혼하고, 결혼과 함께 남편을 따라 전(全) 독일 노동자 동맹의 일원이 되고, 아이제나흐에서 열린 당 통합대회가 끝난 뒤에는 사회민주당에 가입하고, 1870년 보불전쟁의 발발과 함께 그녀의 생에서 처음으로 과부가 되고, 십년 동안 발가세 민중 구제 식당을 운영하고, 사회주의자 진압법의 선포 직후에 닻 제조공 오토 프리드리히 슈투베와 재혼하고, 1885년 가을 클라비터 조선소에서 일어난 노동자들의 파업 기간 동안 파업 수당 기금을 관리하고, 토요일마다 별도의 음식을 만들어 부수입을 올리고, 사회주의자 진압법이 폐지된 지 몇 년 뒤에는 그녀가 당원으로 있는 당의 당수의 예방을 받고, 그렇지만 그녀가 쓴 『프롤레타리아식 요리법』을 출간해 줄 출판업자를 구하지 못하고, 1913년 여름에는 취리히 여행을 하면서 저축해 두었던 돈을 몽땅 다 써 버리고, 이듬해에는 전쟁의 발발과 동시에 또다시 과부가 되어, 전쟁 동안 여러 민중 구제 식당에서 일하고, 전쟁이 끝난 뒤에는 노동자 보조 식당에서, 그다음엔 사회복지관 식당에서, 그다음엔 동절기 빈민 구제 사업소에서, 그다음엔 유대인 교구에서 운영하는 임시 구제 식당에서, 그리고 마지막으로 슈투트호프 강제 수용소의 식당에서 수프를 나누어 주는 일을 한다. 그녀는 그녀의 두 남편뿐만 아니라 그녀의 네 딸보다도 더 오래 살았다.

여성 법정의 여성 재판장은 이렇게 간략한 이력 사항을 낭독하고서, 소극적인 자세로 살긴 했지만 당대의 모범적인 여장부였다고 레나 슈투베를 치켜세운 뒤, 법정에 나와 있는 모든 사람들을 향해 그녀에게 경의를 표하는 의미로 모두 자리에서 일어나 줄 것을 요청했다. 넙치도 따라서 모랫바닥을 떠나 잠시 동안 지느러미를 점잖게 움직이며 물에 떠 있었다.

이어서 검사가 말했다. 그녀는 넙치를 다음과 같이 비난했다. 점차 그 비중이 약화되기는 했지만 남자들의 문제에 대한 조언자 역할을 해 온 넙치가 프리드리히 오토 슈토베와 오토 프리드리히 슈투베가 술에 취해 레나를 두들겨 패는 것을 막지 못했다고. 어쩌면 넙치가 오히려 구타를 하도록 그들을 부추겼는지도 모른다고. 19세기의 남성 본위의 시대정신이 넙치의 입을 통해 말한 것임은 쉽게 상상할 수 있다고. 그의 적절한 니체 인용, 자신이 한 집안의 주인이라는 듯한 태도. 나약한 성(性)에 대한 그의 아이로니컬한 언급. 교육과 관련한 그의 농담. 여자는 매를 맞아야 정신을 차린다는 남성들만의 속설 등.

지클린데 훈차는 말했다. "얼마 전에 내게도 어떤 남자가 뻔뻔스럽게 그따위 소리를 거침없이 지껄이더군요. 그 돼지 같은 놈이 이렇게 말했어요. '몇 대 맞고 싶은 모양이군. 당신 얼굴에 그렇게 쓰여 있어. 얼굴에 직통으로 몇 대 그냥. 얻어맞아 시퍼렇게 멍든 눈두덩을 남들한테 보여 주고 싶은가 보군. 하지만 난 그렇게 안 해. 아무리 무릎을 꿇고 애걸해도 말야. 당신은 내가 전형적인 남자처럼 행동해 주기를 바라는 거지. 당신들이 당신들의 그 여성해방운동이라는 것을 떠들어 대려면 바로 그렇게 구타를 일삼는 남자가 필요하니까 말야.' 그리고 그 멋진 신사는——이름은 밝히고 싶지 않군요.——여기 방청객들 사이에 앉아 있으며 다음과 같이 생각하며 넙치만을 믿고 있어요. '넙치가 우리 남자들을 변호해 줄 거야. 그는 늘 구타가 필요하다고 생각해 왔으니까. 그는 예전부터 늘 가장 확실한 논거를 좋아했거든. 넙치는 믿을 만해.' 그러면서도 그 작자는 자기가 자유주의자라고 생각하고 있어요."

방청객들이 우우 하는 함성과 함께 분노를 터뜨리며 장내의 몇 안 되는 남자들을 (나를 포함하여) 적의에 찬 눈초리로 노려보았다. 이윽고 다시 모랫바닥으로 내려와 몸을 파묻고 있던 넙치가 말했다. "존경하는 검사님, 나처럼 당신도 잘 알고 있듯이, 손찌검을 한다는 것은 이미 남성이 그만큼 약하다는 것을 표현하는 것입니다. 당신은 최근에 겪은 일로 실망을 하고 있겠지만——당신이 어떤 남자에게 싸움을 걸었지만 그가 꿈쩍도 하지 않았다는 일 말입니다.——당시, 그러니까 레나 슈투베가 살던 시대에는 여성들이 그야말로 극심한 학대를 당했습니다. 모든 계층에서 다 그랬습니다. 귀족과 시민 계급이라고 해서 예외는 아니었습니다. 그러나 노동자 계급의 아낙들은 아예 정기적으로 구타를 당했습니다. 정확히 말해, 매주 금요일마다 얻어맞았습니다. 임금을 받는 날, 노동자들은 자신들의 보잘것없는 자존심을 그런 식으로밖에 확인할 수 없었기 때문입니다. 어디 그뿐입니까, 심지어 조직된 노동자들, 그러니까 사회당의 당원들조차도 금요일만 되면 무지막지하게 구타를 했습니다. 그렇기 때문에, 프리드리히 오토 슈토베와 오토 프리드리히 슈투베가 레나를 구타했다는 사실은 결코 놀랄 만한 일이 아닙니다. 그 두 사람은 집 밖에서만 간큰 사내이자 격렬한 선동가였지, 집에서는 멜빵이 달린 바지를 입고 오히려 나약한 모습으로 빈둥거렸으니까요. 그렇지만 레나는, 정기적으로 구타를 당한 레나는 언제나, 심지어 꾹 참고 얻어맞을 때조차도 그들보다 강했습니다. 힘센 장사 열 명이 달려들었다 해도 그녀의 기를 꺾지는 못했을 것입니다. 그녀는 사내들의 애정 표현 방식이 종종 도를 지나친다는 것을 알고서 서글프지만 구타를 감수했습니다. 그녀는 단 한 번도 부지깽이 같은 거라도 들고서 저항한 적이 없습니다. 그녀는 그녀의 프리드리히 오토 또는 오토 프리드리히가 한바탕 구타가 끝나고 나면 지쳐 빠져, 스스로 부끄러움을 느끼며, 깊이 뉘우치는, 심지어는 울먹이기까지 하는 가련한 남자가 된다는 사실을 잘 알고 있었습니다. 그리고 존경하는 훈차 여사, 얼마 전에 당신에게 구타를 거부했다는 방청석의 그 익명의 신사가 만약에 슈토베나 슈투베의 시대에 살았더라면 그는 틀림없이 무지막지한 손으로 구타를 가했을 것입니다. 나는 그 신사를 알고 있을 뿐만 아니라 그가 보여 준 애처로운 사랑의 모습들도 알고 있습니다."

　나약하게도, 나는 그녀 곁에 서 있거나 그녀의 그림자 속에서 얼굴을 찌푸리고, 그녀에게 묶여, 탯줄을 끊지 못한 채로 끊임없이 들판으로 도망쳤으며, 나약하게도, 나는 그녀의 육체에 저항하다가도 그녀에게 붙잡히면 늘 변명을 늘어놓았고, 그녀의 돈으로 남에게 실컷 베풀었으며, 늘 그녀에게 신세를 졌으며, 난관에 봉착할 때면 언제나 그녀가 돌봐 주리라고 믿어 의심치 않았다. 그녀는 군림하지 않고 원래 강인한 여자로서 연약한 남자 위로 몸을 구부리고, 나의 결함을 미리 예견하고 나를 부드러운 마음씨로 감싸 주었지만, 나약하게도 그녀가 나를 그녀가 원하는 대로 만들었으며, 그녀는 나의 사랑이 그녀에게 맞는다고 생각했다. 그녀는 자신이 원하는 대로 나를 마음대로 부렸으며, 내가 바지를 입거나 신발을 신을 때 도와주었고, 그녀는 내가 어디서 곤드레만드레 취해 널브러져 있는지, 내가 어떤 곤경에 다시 처해 있는지 언제나 알고 있었다. 그리고 그녀는 나의 재미없는 여성 편력을——이웃에 사는 여자들까지도 내게 금방 흠뻑 빠졌다.——수프 속에 집어넣고 휘휘 저으며 이렇게 혼자 중얼거렸다. "그래요, 오토. 당신이 뭐 속뜻이 있어서 그러는 게 아니라는 건 잘 알아요. 나한테 벌써 여러 번 약속했잖아요. 그렇게 해 주면, 정말 좋겠어요. 아무튼 내 신경 쓰지 말고 더 하려면 해요. 나는 혹시라도……."

그러나 내가 막 열다섯 살이 된 (슈토베의 핏줄인) 그녀의 맏딸 리스베트와 부엌에서 서로 끌어안고 수작을 부리고 있을 때만큼은 행주를 가지고 들어오던 레나가 발끈 화를 냈다. 내가 (일제빌에게 지쳐서) 슬쩍 도망쳐 나왔을 때, 오늘 일제빌이 화가 치밀어 전화통에 대고 소리를 질러 댔을 때처럼 말이다. "다시는 그런 짓 하지 말아요. 이제 그런 바보 같은 짓은 그만둘 때가 됐어요. 한마디 말도 없이 도망치다니. 언제나 철이 들래요. 네? 베딩의 여성 사회사업가와 함께 있다고요? 여성 법정의 배석판사라는 그 여자 말인가요? 에리카라고요? 웃기지 좀 말아요. 주말만 보내겠다고요. 잠깐 파리 좀 다녀오겠다고요! 창피한 줄 알아야 해요. 지금 당장 와요. 아니, 다음 비행기를 타요. 내가 함부르크로 데리러 갈 테니까요." 반면에, 내가 카이저호프 호텔에서 일하는 웨이트리스와 함께 베를린으로 도망쳤다가 그곳에서 우리에게 돈이 떨어졌을 때, 레나는 정성을 들여 예쁜 글씨체로 쓴 편지를 나에게 보내왔다. "사랑하는 오토, 여기에 돌아오는 기차표를 동봉합니다. 현금을 보내지 않는 게 좋을 것 같아서요. 어서 집에나 오셔서 잠이나 좀 푹 자세요. 그런 다음에 얘기 좀 하기로 해요. 언제나 효과가 좋았던 고기 경단을 넣은 수프를 만들어 줄게요. 그리고 그 바보 같은 짓은 하지 마세요. 무슨 말인지 아시겠죠. 낮 12시 3분 기차를 타세요. 마중 나갈게요."

이렇게 그녀는 내게 잔소리를 늘어놓았고, 나는 그녀에게 매달렸다. 그녀는 참고 견디는 데 강인함을 보여 주었다. 그때

나는 나의 나약함을 그녀를 구타하는 것으로밖에 만회할 길이 없었다. 그땐 지금처럼 이렇게 자신만만하지 못했다. 나의 일제빌이나 지클린데 훈차가 아무리 여성해방 구호를 지껄여대며 그들에게 따귀를 한 방 갈기도록 나를 자극한다 해도, 나는 담배나 한 대 말면서 이렇게 말할 것이다. "아니야, 지기. 그렇게는 안 돼. 난 절대 당신을 때리지 않아. 한 대 때려 주었으면 좋겠지, 안 그래? 그러고 나면 우리가 잠자리에서 더 재미를 느낄 수 있을 테니까. 그러면 당신은 나에 대해 '전형적인 남자'라고 떠들고 다닐 수도 있고. 언제 한번 그걸 넙치한테 시험해 봐. 넙치는 그런 멍청한 구호에 잘 말려드니까."

지난 일주일 내내 레나 슈투베 건과 그녀의 탁월한 업적인 『프롤레타리식 요리책』, 그리고 그녀의 두 남편이 보인 난폭성을 심리해 온 여성 법정의 인터폰을 통해 넙치는 이렇게 말했다. "존경하는 재판관 여러분, 사실이 그렇습니다. 주도권을 잡은 쪽은 레나였습니다. 그녀의 남편들은 꼭두각시에 불과했을 뿐입니다. 끊임없이 여자 문제를 달고 다닌 두 사람이 말입니다. 침대에서 무능력했던 두 사람. 반면에 레나의 사랑은 지칠 줄 몰랐습니다. 그녀의 사랑은 아무리 퍼내도 바닥이 드러나지 않는 주방의 커다란 솥과 같았습니다. 왜냐하면 레나는 싸구려 뼈다귀를 고아서 만든 쇠고기 수프가 떨어지거나 식게 만드는 법이 없었기 때문입니다. 그녀는 언제 어느 때고 궁핍한 날을 대비하고 있었던 거죠. 반면에 그녀의 프리드리히 오토와 오토 프리드리히는 있는 것은 바닥이 보일 때까지 흥청망청 다 써 버렸습니다. 결국 두 사람은 속 빈 강정이 되고 말았습니다. 그 졸장부들이 할 수 있는 일이란 기껏해야 만세나 불러 보는 것이었습니다. 그땐 나도 어쩔 도리가 없었습니다.

내가 할 수 있는 일이란 착한 레나에게 도움이 되도록 당시 역사의 물줄기를 돌려놓는 것이었습니다. 그래서 나는 두 번의 전쟁을 이용했습니다. 1870년에 보불전쟁이 발발했을 때, 염소 수염을 한 기골이 장대한 청년 프리드리히 오토 슈토베가 동(東)노이페르 근방의 발트해안으로 달려와 소리쳤습니다. '전쟁입니다! 넙치님, 소식 들었어요? 전쟁이라고요! 드디어 올 것이 오고야 말았습니다. 털 양말, 감자 튀김, 바느질 상자, 앞치마 끈하고는 이제 작별입니다. 제1, 제2 친위 경기병 연대가 출동했습니다. 서프로이센의 야전 포병대도요. 오직 제5 보병 연대만 아직 여기 위수지에 남아 있어요. 나는 어떻게 하지요, 넙치님? 계속해서 닻 제조공 노릇이나 하면서 나의 레나나 상대해 줄까요? 그러나 그게 전부일 수는 없겠지요? 그러나 그게 인생의 전부는 아니겠지요? 나는 아직도 젊어요.'

그래서 나는 그에게 제5 보병 연대를 따라나서라고 말해 주었습니다. 그리하여 그는 그로부터 얼마 되지 않아——두세 차례 용맹을 떨친 후——마르 라 투르 전투에서 전사하고 말았습니다.

그리고 1914년, 유럽의 남자들이 만들어 낸 걸작품인 1차 세계대전이 여러 전선에서 동시에 시작되었을 때, 쉰네 살의 나이에도 불구하고 스스로 아직 팔팔하다고 생각하고 있던 오토 프리드리히 슈투베가 노이파르바서의 방파제로 달려와 발트해를 향해 소리쳤습니다. '넙치님! 러시아 군이 쳐들어와요! 벌써 마주르 지방을 침공했어요. 사람들을 죽이고 불을 지르고 있어요. 조국이 위험에 처해 있어요. 남자들의 손이 필요해요. 여기 남아서 내가 뭘 하겠어요? 기껏해야 닻 제조 공장의 십장이겠지요. 향토 방위군 병력을 모집하고 있어요. 우리 사회주의자들도 방관만 하고 있을 수는 없어요. 지금 같은 때에는 황제도 당파를 가리지 않아요. 넙치님, 나도 나서야겠죠? 나도 가서 러시아 군과 맞서 싸워야겠죠?'

그래서 나는 그에게도——존경하는 재판관 여러분!——용기를 북돋워 주었습니다. 그러자 그는 곧장 전쟁터로 나가 힌덴부르크 휘하의 독일군이 승리를 거둔 탄넨베르크 전투에서 조국을 위해 싸우다가 목숨을 잃었습니다. 두 사람 모두 전형적인 남자였습니다.

아아, 고귀하신 배석판사 여러분, 그 당시에 이미 나는 남자들이 하는 일에 식상해 있었습니다. 나는 줄기차게 앞으로만 전진하려는 그들의 기질에 넌더리가 났습니다. 남자들이 저지르는 짓마다 곧장 국제적인 분규로 발전하는 그 상황에서 내가 무슨 일을 할 수 있었겠습니까. 나는 그들에게 무엇을 하라고 격려하기보다는 무엇을 하지 말라는 쪽으로 충고했습니다. 그와 동시에 나는, 남자들의 능력이 잠자리에서는 갈수록 형편없어지고, 역사의 장에서는 괴물로 모습이 바뀌어 가는 것을 깨닫게 되었습니다. 그래서 나는 세기 전환기 무렵에 여자들, 즉 팽크허스트 부인[21]과 그녀의 딸들이 거리로 뛰쳐나왔을 때 그들에 대해 호의적인 감정을 가지고서 그들과 접촉을 해 보려 했습니다. 그러나 유감스럽게도 그 일은 성취되지 않았습니다. 그 과격한 여성해방주의자들이 나의 제안을 받아 주지 않았기 때문이죠. 나의 제안이 너무 빨랐던 것입니다. 시간이 좀 더 필요했어요. 남자들의 광기는 아직도 그 최고점에 도달하지 않았던 것입니다. 나는 그래서 그 광기가 전례 없는 높이에 도달하는 것을 가만히 지켜보고만 있을 수밖에 없었습니다. 그렇지만 존경하는 배석판사 여러분께서는 내가 적어도 우리의 레나 슈투베를 점차 아무짝에도 쓸모가 없어져 가던 그녀의 남편들로부터 해방시켰다는 점을 분명히 알고 계셔야 합니다. 그녀의 두 번째 남편이 영웅적으로 전사한 뒤 그녀는 해방 여성이 되었습니다. 전쟁이 한창이던 1917년 겨울에 레나 슈투베는 발가세 민중 구제 식당에서 양배추 수프를 나눠 주면서, 언성을 높여 군비차관(軍費借款)에 대해 반대했으며, 그 밖의 다른 모든 문제에도 극단적으로 좌익적 입장을 취했습니다."

그게 정말입니까, 넙치님? 그래서 당신은 나를 두 번씩이나 총알이 빗발치는 전쟁터로 보낸 건가요? 내가 그렇게 일찍 당

---

21) 1858~1928. 영국의 여성해방운동가. 1903년 '여성들의 사회·정치 연합'을 결성, 1913년까지 이 단체를 급진적인 여성운동 조직으로 끌고 갔다. 그녀의 두 딸 크리스테이블과 실비아도 함께 활동했다. 방화 등의 극단적인 테러 행위로 팽크허스트는 여덟 번이나 투옥되기도 했다.

신의 버림을 받은 건가요? 이미 그때부터 당신은 여자들 편을 들면서 우리를 배반한 건가요?

법정이 휴정되었을 때——그 사이에 19세기의 프롤레타리아식 요리법에 대한 감정(鑑定)이 필요했다.——나는 지클린데 훈차와 함께 (순전히 사적인 차원에서) 맥주를 한잔 마시러 나갔다. 맥주를 마신 뒤 그녀는 (여느 때처럼) 나를 사 층짜리 건물에 있는 그녀의 다락방으로 데리고 갔다. 그곳에서 우리는 처음에는 법정과 관련된 일반적인 이야기를 나누다가 쇤헤르 박사와 배석판사들을 몽땅 싸잡아 비난하기 시작했다. 마침내 비난이 끝나자 지기는 다짜고짜 내게 시비를 걸어왔다. "어서 털어놔 봐요, 당신은 아직도 슈투베나 슈토베를 가슴속에 품고 있어요. 생각은 굴뚝같지만 차마 용기를 못 내는 거지요. 내 말뜻이 뭔지 알죠. 그래요, 두들겨 패는 것 말이에요. 나나 당신의 일제빌의 주둥이를 쥐어박는 것 말이에요. 그리고 어제 보니까 어린 뇌트케도 울어서 퉁퉁 부은 얼굴을 하고 있더군요. 당신이 그랬죠. 아닌가요? 남성적인 매력을 한번 발휘해 보시죠. 멋들어지게. 여자들을 길들여 보시죠! 어서! 두들겨패 보라니까요. 내겐 구타가 필요해요. 정말로 구타가 필요하다니까요. 괜히 점잖은 척 그렇게 서 있지 말고 한번 주먹질을 해 봐요."

그러나 나는 (나의 신념에 따라) 주먹질을 거부했다. 나는 두번 다시는 슈토베나 슈투베가 되고 싶지 않았다. "나 좀 봐, 지기. 그건 다 지나간 일이야. 그런 짓 하지 않고도 우린 잘해 나갈 수 있어. 당신은 내가 다시 전형적인 방식으로 반응하기를 바라고 있는 거야. 그러나 당신은 그런 게 필요 없어. 우리에겐 그런 게 필요하지 않아."

그렇게 하지 않고도 우리 사이의 일은 잘 되어 갔다. 순전히 사적인 차원에서. 애정 어린 마음에서 서로 긴장을 풀고. (그리고 나는 나와 에리카 뇌트케와의 관계도 분명하게 이야기해 주었다. "오히려 아버지와 딸 같은 관계였어. 그 애가 운 건 몇 가지 전혀 다른 이유 때문이었어. 여러 가지로 무리해서 그런 거야. 재판 일도 그 아이에겐 스트레스야. 그 일을 감당하기엔 그 앤 너무 어려. 너무 어리다고.")

그러자 지기는 이빨에 품었던 독기를 빼고서 말했다. "그렇지만 당신은 십중팔구 그걸 원하고 있어요. 지금도 마찬가지예요. 당신이 억지로 이성을 지키려 하니까 주먹이 선뜻 나오지 않는 거예요. 그렇지만 나도 내가 원하는 게 뭔지 잘 모르겠어요. 나 좀 애무해 줘요! 어서요! 빨리 애무해 줘요."

일을 끝낸 후 우리는 (언제나 그랬듯이) 택시를 타고 슈테글리츠를 향해 달렸다. 그녀는 열쇠를 꺼내 문을 열고는 예전의 영화관 건물 안으로 나를 인도했다. 그러나 그녀는 이번에는 내가 넙치와 이야기를 나눌 때 그 자리에 함께 있고 싶어 했다. 넙치는 반대하지 않았다. 그는 모랫바닥을 힘차게 박차고 올라 우리에게 지느러미 쇼를 보여 주었다. 그는 기분 전환을 할 수 있게 된 것을 반기면서 지기에게 고풍스러운 인사말을 했다. 그런 다음에 우리는 내가 레나 슈투베와 지냈던 시절에 대해 이야기했다. 그는 내게 지금도 생각만 하면 불쾌하고 우울하기까지 한 두세 건의 나의 여자 관계를 되새겨 주었다. 이어서 그는 법정에서는 그때까지 지나가는 투로 암시만 되었던 한 사건에 관해 언급했다. 내가 파업 기금에 손댔던 일과 레나가 끓였던 못과 밧줄 수프 이야기였다. 나는 그 모든 것을 글로 쓰겠다고 넙치에게 약속했다. 갑자기 넙치가 말했다. "오 그래, 책을 쓰겠다고. 그렇다면 결국 그 책의 제목은 '넙치'가 되는가? 그게 좋겠군. 지클린데——내가 이렇게 불러도 된다면——당신도 여성 법정의 정신에 맞게 그가 이 소박한 제목을 끝까지 지키도록 배려해 주어야 합니다. 우리는 이제 서서히 위대한 역사적 청산의 시기로 접어들고 있습니다. 내 아들아, 이제 대차대조표를 만들 때가 되었으니, 거기에 특별히 한 장(章) 할애하도록 해라. 먼저 레나 슈투베의 죽음에 대한 기술을 다 마친 다음, 너는 그 여자들 모두를 다시 한번 그들 각자가 살았던 시대 속에서 죽도록 해야 할 것이다. 아우아, 비가, 메스트비나, 전성기 고딕 시대의 도로테아, 그리고 끔찍한 너의 뚱보 그레트. 아그네스는 비참하게 죽었고, 아만다는 평화롭게, 조피는 혼자서 조용히 죽었……." 그러고 나서 그는 내게 문학과 관련된 충고를 해 주었다. 그는 내게 먼저 '못과 밧줄'에 관해, 그다음에는 '베벨의 방문'에 관해 상세하게 쓰라고 말했다. "그러나 잊어서는 안 될 사항이 있다, 내 아들아. 너무 복잡하게 쓰지는 말아라. 사회주의 이론에 휘말리지 마라. 수정주의에 대해서 쓸 경우에도, 언제나 단순함을 유지해라. 레나 슈투베처럼 말이다. 그녀는 클라라 체트킨[22] 같은 여

---

22) 1857~1933. 정치가이자 교사. 1878년에 사민당에 가입하였고 '사회주

자하고는 달랐다. 그녀는 소박한 여자였어."

　가끔씩 밤늦은 시간에 그녀는 아직 문을 닫지 않은 역 근처 식당에 젤리 커틀릿을 먹으러 간다. 회전문을 밀고 들어가는 사람이 마르가레테인지, 아만다 보이케인지, 아니면 레나인지는 아직 분명하지 않다. 그녀는 이제 더 이상 요리사 역할을 하고 싶어 하지 않는다. 수프의 간을 맞추거나, 경단을 말거나, 프라이팬에다 몇 마리의 청어를 머리와 꼬리가 번갈아 교차되도록 나란히 놓고 지글지글 굽거나, 요리 때마다 마지막에 무엇을 넣을 것인가 고민하는 일을 하고 싶지 않은 것이다. 그녀는 이제 더 이상 손님들——귀족, 거지, 농민, 신부——의 마음을 움직여 그들에게서 칭찬의 말이나 다른 요리사들과 비교하는 말을 듣고 싶어 하지 않는다. 그녀는 이제 더 이상 그 누구의 입맛도 맞추고 싶어 하지 않는다. 또한 그녀는 이제는 결코 아이들에게 싱싱한 시금치를 억지로 먹이고 싶어 하지도 않는다. 차라리 자신의 입맛에 대해 벌을 내리고 싶어 한다. 이제 다시는 어떤 남자에게도 요리를 해 주고 싶어 하지 않는다. 부엌을 썰렁하게 내팽개치고 싶어 한다. 그녀는 내 안에 웅크리고 있거나 또는 나를 통해 표현되어 역사 속으로 들어감으로써 자기 자신과 거리를 두고 싶어 한다. 역사에 기록된 그녀의 요리는 토끼 고기 스튜와 거위 내장 요리, 서양자초 소

의자 진압법'이 발효되자 외국으로 망명했다. 1890년부터 사회민주주의에 입각한 여성운동을 독일에서 전개했다. 로자 룩셈부르크와 긴밀한 협력 관계를 유지했고 1932년에는 나치에 저항할 것을 외쳤다.

스를 친 대구 요리와 흑맥주로 삶은 소의 염통 요리, 아만다의 감자 수프, 겨자 소스를 친 레나의 돼지 콩팥 요리 등이다. 이런 요리들은 이제 어디서도 찾아볼 수 없으며, 모두 한물간 것들이다. 늦게까지 문을 연 어느 역전 식당에서 그녀는 화학 약품으로 신선도를 유지한 (정말 맛없는) 젤리 커틀릿에 대해 용서를 구하고 싶어 한다.

레나, 혹은 아만다, 아니면 뚱보 그레트인가? 그곳에 그녀는 몸에 꼭 끼는 외투를 입고 앉아 커틀릿을 한 조각 한 조각 자르고 있다. 야간 열차 안내방송이 시끄럽게 들려온다. (라인 사투리, 헤센 사투리, 슈바벤 사투리로.) 빌레펠트이던가, 쾰른이던가, 슈투트가르트이던가, 킬이던가, 아니면 마인 강변의 프랑크푸르트이던가 어느 역의 식당인지는 분명하지 않지만 그녀는 손짓으로 웨이터를 부른다. 그러자 그는 마치 그녀의 세기를 늦추고 싶은 듯 빈 테이블들 사이로 천천히 걸어가 마침내 (그건 바로 나다.) 그녀 앞에 대령한다.

감자 샐러드나 빵 또는 맥주를 곁들이지 않은 젤리 커틀릿을 담은 또 다른 접시. (그것은 교묘하게 변장을 한 루쉬 수녀인가?) 그녀의 질문을 받고 나는 그녀에게 방부제의 이름을 말해 준다. 그녀는 나이프로 고기를 자르고 포크로 쿡쿡 찍어 그것들을 꿀꺽꿀꺽 삼킨다. 그 모양새가 꼭 빚쟁이에게 쫓기거나 어떤 구멍을 메워야 하거나 또는 밤늦게까지 문을 역 식당에서 젤리 커틀릿으로 변장하고 식탁에 오른 누군가(아직까지도 예쉬케 수도원장인가?)를 없애 버리기라도 해야 하는 사람 같다.

내가 음식 시중을 들고 있는 손님이 아만다인지 아니면 레나인지 나는 확실히 모른다. 내가 깜짝 놀라며 알아볼 수 있는 사람은 도로테아뿐이다. 식사 시중을 들면서 나는 이따금 '사랑의 주님'이라든가 '못과 밧줄' 같은 말을 넌지시 던져 본다. 그러나 그녀는 내 말에는 아랑곳하지 않고 계속 고기만 자르고 있다. 레나나 아만다가 우리 식당에 들어와 주문을 할 때면 나는 신경이 예민해진다. 식당들로 들어찬 큰 대합실 공간을 활짝 트이게 하며 시간을 초월케 하는 샛바람이 느껴진다. 그곳에 그녀는 홀로 앉아 있다. 숱한 고통을 (그리고 거듭 나를) 겪어 온 소박한 여자.

나는 레나에게 세 번째 접시를 갖다준다. 이번엔 젤라틴에 싸여 바르르 떠는 커틀릿이다. 그 요리는 떨어질 때가 없다. 나는 얼룩이 묻어 있는 빈 테이블들 사이로 지그재그로 걸어간다. 그녀가 완전히 나의 바깥에서 그녀를 향해 다가가는 나의 모습을, 매번 다른 여러 우회로를 거쳐 다가가는 나의 모습을 충분히 볼 수 있게 하기 위해서이다. (아직 젊은 우리가 아삭아삭 사과를 먹던 때에. 내가 제5 보병 연대를 따라 전쟁터로 나가는 것을 그녀가 아무 말도 하지 않고 허락해 주었던 때에. 클라비터 조선소에서 노동자들이 파업을 일으켰던 때에. 부엌에서 리스베트와 함께 있는 나를 그녀가 붙잡았던 때에. 내가 금요일마다 칼 가는 가죽으로 그녀를 때렸을 때에. 나는 못에 매달려 있고 집토끼들은 겁에 질려 있던 때에…….)

우리가 가게를 끝내야 할 시간이 되기 전에 ——대합실의 다른 식당들도 모두 문을 닫기 때문에 —— 그녀는 아무것도 넣지 않은 네 번째 접시의 젤리 커틀릿을 종이 냅킨에 싸서 가져가고 싶어 한다. 어디로? 그녀가 몸에 꽉 끼는 외투를 입고——둥근 그녀의 등이 눈에 띈다.——걸어가 회전문 속으로 사라질 때면, 나는 이렇게 물어본다. 그녀는 왜 지금까지 한번도 내게 팁을 주지 않았는가. 지금까지 일어났고 또 앞으로 일어날 모든 일에도 불구하고 레나가 나를 존경하기 때문일까?

모두

조피와 함께,
이렇게 나의 시는 시작된다,
나는 버섯을 따러 갔다.
아우아가 내게 그녀의 셋째 유방을 물렸을 때,
나는 수를 세는 법을 배웠다.
아만다가 감자 껍질을 벗겨 내는 것을 보며,
나는 흘러내리는 그 껍질들의 흐름에서
내 이야기의 진행을 읽어 냈다.
지빌레 미일라우는 아버지의 날을 축하하려다가
비참한 최후를 맞았다.
정말로 메스트비나는 성자 아달베르트만을
사랑하려 했다, 오직 그만을 영원히 사랑하려 했다.
루쉬 수녀가 폴란드 거위들의 털을 뽑는 동안,
나는 솜털 같은 깃털을 장난스레 훅훅 불었다.

일곱째 달

문을

잠그는 법이 없던 아그네스는

부드러운 얼굴로 늘 반쪽만 거기에 있었다.

과부 레나는 늘 근심에 절어 있었으며,

그래서 그녀가 있던 곳에서는 평지와 순무 냄새가 났다.

비가, 그녀는 내가 도망쳐 나온 은신처였다.

도로테아는 고드름처럼 아름다웠다.

마리아는 아직 살아 있으며 갈수록 냉정해지고 있다.

그러나——넙치가 말했다.——한 여자가 빠졌어.

그래요——내가 말했다.——내 곁에서

일제빌이 세상 모르고 꿈을 꾸고 있어요.

못과 밧줄

나는 그들 하나하나와 함께 정원의 벤치에 앉거나 부엌의
식탁에 마주 앉거나 또는 나무 아래 서서 썩어 가는 낙과(落
果)들이 풍기는 달콤한 냄새에 몽롱하게 취해 사과를 먹었다.
페스트가 내 목숨을 앗아 가기 전에는 아그네스와 함께 먹었
고, 비텐베르크에서 돌아온 헤게가 우리에게 종교적 광기를
주입하려던 시절엔 마르가레테와 함께 먹었으며, 우리가 아직
천진난만하게 혁명 놀이를 하면서 놀던 시절엔 조피와 함께
먹었다. 우리는 사과를 아작아작 깨물어 먹었으며, 사과를 깨

물면서 서로 의미심장한 눈길을 나누었다. 우리는 사과를 먹으면서 뒤를 돌아다보기도 하고(그때 도로테아와 나는 아헨을 향해 순례 중이었다.), 서로 등을 맞대고서 서서 먹기도 했다. 그럴 때면 근위병처럼 기골이 장대했던 아만다는 내 키보다 머리 하나는 더 있었다.

때때로 우리는 서로 인접한 방에 앉아——레나는 부엌에서 그리고 나는 사랑방에서——아작아작 사과를 깨물어 먹기도 했다. 그러나 어느 세기, 어느 곳에, 어떤 모습으로 있었든 우리는 사과를 깨물어 먹고 난 뒤엔 언제나 서로의 것을 비교했다. 한 입씩 깨물어 먹을 때마다 서로의 사과를 대 보면서 우리는 우리의 사랑을 찬찬히 살펴보았다.

잘 알려진 다른 방법들도 많이 있다. 그중엔 위험스러운 것들도 있다. 그러나 우리의 방법은 무해한 것이었다. 그래서 나는 우리의 방법을 권하고 싶다. 우리는 그 모든 것에도 불구하고 사과에 난 우리의 이빨 자국을 보고서 우리가 서로 얼마나 다르며 서로에게 얼마나 낯선 사람인가를 읽어 냈다. 나는 하늘을 향해 있는 사과 꼭지를 잡고서 거기서부터 밑둥치 쪽으로 왕창 깨물었다. (나중에 빌리라고 불린) 지빌레 미일라우는 사과를 한 입 깨물기에 앞서 사과의 양쪽 끝을 동시에 잡았다. 이렇게 해서 우리는 우리의 이빨을 무디게 만들었다. 그렇게 해서 우리는 상대방에게 여러 가지를 증명해 보였다. 번데기가 되어 숨어 있던 감정이 그렇게 해서 명백하게 드러났다. 거죽은 사랑이었으나 안쪽은 증오였다. 우리는 각각 좌우로, 그리고 상하로 씹어 먹었으며, 서로 씹어 먹는 소리를 들었다.

그 당시 우리의 부엌이나 정원은 적막에 싸여 있었던 것 같다. 기껏해야 수프를 만들기 위해 소뼈를 고는 소리만이 솥에서 부글부글 들려왔을 뿐이다. 또는 벌레 먹은 사과가 쿵 소리를 내며 이미 썩어 문드러진 사과들 위에 떨어졌다. 그 속에는 말벌들이 들어가 진을 치고 단맛을 물리도록 맛보고 있었다. 우리는 결코 컴컴한 어둠 속의 삐걱거리는 침대에 누워서는 사과를 먹지 않았으며, 그리고 우리는 결코 벽시계가 종을 치는 동안에도 사과를 먹지 않았다. 우리가 그렇게 하는 것을 본 사람은 아무도 없다. 우리는 그녀의 이빨 자국과 나의 이빨 자국이 변색하여 마침내 의미심장한 갈색으로 변할 때까지 서로의 것을 자주 비교하지는 않았다. 그러나 우리는 아무 말도 하지 않고 우리의 사랑을 시험했다.

그렇게 레나와 나는 브라방크 거리의 타르지(紙)로 지붕을 이은 노동자들의 숙소와 토끼장 뒤편에 자리한 우리의 조그만 정원에서 모틀라우강 건너편 기슭의 슈트로다이히를 마주 보고 서 있었다. 우리 뒤에는 항구와 조선소가 있었다. 그러나 리벳을 박는 망치 소리는 들리지 않았다. 클라비터 조선소에서 일하는 우리가 벌써 사 주째 파업을 하고 있었기 때문이다. 임신 7개월째를 맞고 있는 레나는 우리의 보스코프[23] 사과나무 아래 서 있었다. 그날 아침에 나는 저(低)시가지의 병기 공장 근처에서 선동을 하면서 금지된 전단을 뿌렸다. 레나

---

23) 사과 종류의 하나로 씨알이 굵고 껍질이 두껍다.

의 얼굴에 쓰여 있는 초기 사회주의 민중 구제 식당. 나는 나쁜 짓, 즉 돌이킬 수 없는 도둑질을 이미 저질러 놓고도 사과를 깨물며 그리고 그녀가 사과를 깨무는 소리를 들으며 그녀의 얼굴을 빤히 쳐다보았다.

금세 색깔이 변하면서 사과 조각들은 유목(流木) 더미 위에 쌓여 갔다. 그 유목들은 내가 간밤에 루트비히 스크뢰버와 함께 고요한 바이크셀강에서 떠내려가게 한 것들이었다. 루트는 나의 친구였다. 보스코프 사과가 가장 안성맞춤이다. 그 모든 것에도 불구하고 늘 튼튼한 우리의 사랑에 대한 시험이 끝나자, 레나는 의심스러운 것이 전혀 없다는 듯 이렇게 말했다. "여기 바람에 떨어진 사과들을 좀 주워다가 계피를 조금 넣고 팬케이크를 만들어 볼게요." 아니면 그녀가 무슨 눈치라도 챈 걸까? 나는 내가 깨물어 먹다 만 사과를 낙과들이 담겨 있는 레나의 치마에다 던져 넣었다.

비스마르크의 사회주의자 진압법이 시행 중이던 1885년 가을 클라비터 조선소의 노동자들은 파업을 일으켰다. 물불 가리지 않는 열혈 젊은이로서 감동적인 선동가였던 오토 프리드리히 슈투베는 파업위원회에 소속되어 있었고, 반면에 한때 발가세 민중 구제 식당에서 일한 바 있는 레나 슈투베는 만삭의 몸에도 불구하고 파업 중인 백칠십팔 명의 조선소 노동자들과 그들에게 딸린 수많은 식솔들을 위해 예전에 세탁소로 쓰였던 건물에서 양배추 수프와 보리 수프를 끓였다. 동시에 그녀는 파업 기금을 관리하는 일까지도 떠맡았다.

흔히 일어나는 사건들. 슈트로다이히에 있는 조선소 정문 앞에서 벌어진 비조합원들과의 난투극. 기마 경찰들이 개입하여 곤봉을 휘둘러 댔다. 부상을 당한 측은——대부분 타박상이었다.——언제나 노동자들이었다. 목재 항구의 제재소 노동자들, 창고 섬의 부두 일꾼들, 노조 조직이 잘 되어 있는 카페만 인쇄소의 인쇄공들과 식자공들, 그리고 게르마니아 빵 공장의 직공들을 상대로 연설과 굵직한 활자로 인쇄된 전단을 통해 동맹 파업을 호소할 예정이던 사회주의자 집회는 경찰에 의해 강제 해산되었으며 전단은 몰수되었다.

그럼에도 항구와 철도 차량 공장, 그리고 심지어 병기 공장과 제국 해군 조선소에서도 파업이 일어나자, 열한 명의 당 간부들이 체포되고——법에 의거하여——국외로 추방당했다. 오토 프리드리히 슈투베의 친구인 루트비히 스크뢰버를 포함한 몇 명은 미국으로 이주했다. 그러나 파업은 계속 번졌다. 그리고 그런 추세라면 육 주나 칠 주 정도 지나면 하루 열 시간 노동의 도입과 표준 작업량의 축소를 얻어 낼 수 있을 것 같았다. 만약에 파업 사 주째에 파업 기금을 도난당하지 않았더라면.

레나 슈투베는 즉시 도난 사실을 파업위원회에 알리고 도난 금액——745마르크가 사라졌다.——을 채워 놓을 것을 약속했다. 그러나 그녀는 누군가를 의심하는 말은 한마디도 하지 않았다. 사람들은 그녀가 첫 번째 결혼에서 낳은 열여섯 살짜리 딸 리스베트를 의심하며 수군거렸다. 그러나 그녀는 자식들 모두에게 혐의를 뒤집어씌우고 호되게 손찌검을 해 대고 있는 그녀의 남편 오토가 기금에 손을 댄 장본인이라는 사실을 분명히 알고 있었다. 11월에 아이를 낳자마자 레나는 갓 낳은 계집아이(마르타)와 다섯 살배기 루이제 그리고 역시 다섯 살 먹은 에르네슈티네를 리스베트에게 맡겨 두고서, 카이저 호프 호텔의 화장실 청소부로 일을 나가기 시작했다. 그리고 이렇게 열심히 일을 해서 도난당한 금액 중 절반 이상을 갚았는데도 다음 해 봄에 오토 프리드리히 슈투베가 기소되자, 레나는 동지들 앞에 나서서 남편을 옹호했으며 중재 재판소의 기소를 철회시켰다. 그녀는 이렇게 말했다. "나는 내 남편 오토를 잘 알아요. 그는 결코 그런 짓을 할 사람이 아니에요." 그러자 동지들은 그들의 동지 슈투베에게 미안하다고 사과했다.

그러나 레나가 도난 사실을 일체 비밀에 붙이고, 밤일을 해서 파업 기금에 생긴 구멍을 메우고, 남편 오토에게는 전혀 아무 일도 없다는 듯 행동했지만, 오토는 그녀가 모든 것을 알고 있다는 걸 눈치챘다. 그래서 그는 그녀의 너그럽고 깊은 마음 씀씀이에 굴욕감을 느껴 금요일마다 감자 소주를 진탕 퍼마시고 들어와서는 어린 자식들이 훌쩍대며 보는 앞에서 금요일마다 한 번씩 그녀를 두들겨 팼다. 리스베트는 집을 나가 버렸다. 그리고 오토 슈투베는 무지막지한 주먹이나 면도칼을 가는 가죽 숫돌로 그녀를 패고 나서는 언제나 신세타령을 하며 울기 시작했다. 그러면 울지 않고 있던 레나가 오히려 그를 달래 주어야 했다. 자신의 바지 멜빵만 붙들고서 서글프게 울고 있는 다 큰 사내를 그녀가 어찌 그냥 가만히 서서 바라보고만 있을 수 있었겠는가.

그녀의 첫 남편 프리드리히 오토 슈토베도 늘 그랬었다.

1870~1871년의 보불전쟁 때 단치히 제5 척탄병 연대 소속의 척탄병으로 마르 라 투르 전투에서 쓰러지기 전에 그녀에게 애(리스베트)를 하나 임신시킨 첫 남편 슈토베도 나중에 오토 프리드리히 슈토베가 그랬던 것처럼 싸구려 브랜디를 진탕 퍼마시고 들어와서는 그의 아내 레나를 금요일마다 두들겨 팼다. 슈토베 역시 눈물을 질질 짜는 타입이었으며 위로를 필요로 했다. 레나는 겉으로는 우악스럽지만 속은 부드러운 남자를 좋아하는 경향이 있었다.

그녀의 첫 남편처럼 닻 제조공인 오토 슈투베로부터 그녀가 일주일에 한 번씩 흠씬 얻어맞고 이어서 그를 달래 주어야 했을 때, 그녀는 삼십 대 중반이었고, 그는 이십 대 중반이었다. 그렇기 때문에 어린 남편을 위해 그의 뜻이라면 뭐든지 들어주는 아내이자 모든 것을 용서해 주는 어머니 역할을 하는 것은 레나에겐 그렇게 힘든 일이 아니었다. 매를 맞을 때도 그랬지만 그에게 위로의 말을 해 줄 때에도 그녀는 도둑맞은 파업 기금에 대해선 단 한 마디도 하지 않았다. 레나가 "이제 괜찮아요. 곧 좋아질 거예요." 하고 어머니처럼 달래는 소리와 오토가 "목을 맬 거야. 목을 매 죽는 게 나아." 하고 줄기차게 내뱉는 말을 제외한다면, 매주 한 번씩 벌어지는 그 의식은 오히려 조용한 편이었다. 목을 매겠다는 말은 아무 생각 없이 그냥 내뱉은 말이었다. 그런 말은 첫 남편에게서도 수없이 들었던 것들이었다. (그리고 프리드리히 오토 슈토베는 복부에 총을 맞아 오히려 정상적으로 죽었다.) 그렇기 때문에 레나가 할 수 있는 말은 이것뿐이었다. "오토, 아무것도 아닌 것 때문에 바보 같은 짓을 저지르는 일은 없겠지요."

그러나 파업이 중단되고 나서 거의 일 년이 넘은 어느 날—레나는 또 임신을 했고, 도둑맞은 돈은 이미 다 갚은 상태였다.—오토 프리드리히 슈투베는 집 뒤에 있는 토끼장 출입문의 위쪽에 박혀 있는 못에 매달려 있었다. 양말은 신은 채였지만 나막신은 벗겨져 떨어져 있었다. 토요일이라 마침 마당을 쓸고 있던 레나는 나무 발판과 나막신이 덜커덕대는 소리와, 놀란 토끼들이 후다닥 도망치는 소리를 듣고는 손에 들고 있던 빗자루를 떨구었다. 그 순간 그녀는 슈토베와 슈투베를 동시에 생각하면서—우리의 사랑을 시험하기 위해 내가 그녀와 함께 덥석 깨물어 먹었던 사과들도 생각했을 것이다.—그 모든 책임을 빌어먹을 감자 소주에게로 돌리고, 매질을 당한 일을 없었던 걸로 생각하면서 한쪽 옆에 놓여 있던 토끼 잡는 칼로 밧줄을 끊어 문틀에 매달려 있던 오토를 끌어 내렸다. 평소에 워낙 원기가 넘치던 그 닻 제조공은 의식은 금방 되찾았으나, 그 뒤로 일주일이 넘도록 파란 셔츠의 깃을 목 위까지 올리고 다녀야 했다.

단정하게 가르마를 탄 사람들이 곳곳에 서 있다가 "왜 그래요?" 하고 물으면 그것은 나한테 하는 질문이다. 그렇지 않아도 시간이 부족할 텐데 무엇 때문에 수제품 못들을 부드러운 연필이나 영국제 강철 펜으로 스케치하느라고 시간을 허비하느냐고 그들이 물어 오면 오로지 열정 하나로 잡동사니들을 수집하는 나는 대답할 말을 찾을 수가 없었다. 왜냐하면 여기

이 세 개의 구부러진 못들은 함축하는 의미가 너무나 많고, 이미 원래의 목적에서 벗어나 있으며, 옛날에 일어났던 사건들뿐만 아니라 제각기 생긴 것이 반듯하고 정신이 카랑카랑하던 지난날에 자신들이 박혀 있던 들보도 더 이상 기억하지 못하기 때문이다.

그러나 아직도 "왜?"라는 질문이 언제라도 달려들 태세를 갖추고 있기 때문에, 그리고 오로지 이야기만이 그 집요한 질문자들과 언제나 핵심을 찌르는 그들의 목소리를 지치게 할 수 있기 때문에 나는 산만하게 여러 가지 이야기를 늘어놓고 있는 것이다. 즉, 요리하는 수녀 마르가레테는 블랙 푸딩을 만들기 위해 방금 잡아 아직 따끈따끈한 거위를 주발 위쪽에 박혀 있는 못에다 걸어 뚝뚝 떨어지는 피를 받았으며, 한편 가운데 못에는 조피의 말린 버섯들(들살이버섯, 그물우산버섯, 달걀버섯, 느타리버섯)이 작은 아마 자루에 담겨 걸려 있었다고. 그러나 세 번째 못(내가 그린 해칭 스케치 중에서 가장 최근의 작품이다.)에는 바로 내가 목을 매달았다. 그 이유는 사회적 상황이 그렇게 할 수밖에 없었기 때문이며, 내가 술에 취하기만 하면 주먹을 휘둘렀기 때문이고, 감자 소주를 마시고 완전히 정신이 나갔기 때문이며, 내가 짐승 같은 놈이었기 때문이며, 내가 걸핏하면 밧줄에 목을 매겠다고 말로만 떠들어 댔기 때문이며, 파업 기금에 손을 댄 나의 행위는 그 무엇으로도 돌이킬 수가 없었기 때문이며, 내가 레나의 동정과 그녀의 드넓은 아량과 그녀의 묵묵한 인내심과 나의 죄를 가슴속 깊이 파묻어 두고 말하지 않는 그녀의 태도를, 이 무자비한 호의와 사심 없는 관용을 더 이상 참을 수 없었기 때문이며, 나의 마지막 남은 자존심인 남근이 더 이상 일어설 생각을 하지 않았기 때문이며, 그리고 며칠 전부터 변비에 걸려 힘껏 힘을 주어 보고 아주까리 기름도 마셔 보았지만 전혀 아무것도 나오지 않았기 때문이다. 그래서 나는 송아지 고삐를 집어 든 것이었다. 그리고 나는 이미 오래전부터 문틀에 못이 박혀 있다는 것도 알고 있었다. 내가 신경이 쓰인 것은 오직 토끼들뿐이었다. 만약에 내가 토끼장의 문틀 위에서…… 한다면, 토끼장 속에 있는 토끼들이 화들짝 놀랄 것이기 때문이었다. 그러나 나를 언제나 구해야만 했으며, 희망을 잃는 법이 없었으며, 이것저것 모든 일에 대한 처방을 알고 있었으며, 신뢰할 만한, 끔찍하게도 신뢰할 만한 여자였던 레나가 제때에 밧줄을 잘라 나를 끌어 내렸던 것이다. 오, 하느님! 언제나 이 모든 것이 끝장날까요?

그 뒤로 그녀는 내게 소뼈를 고아서 수프를 만들어 주었는데, 거기에다가 그녀는 밧줄과 고리, 그리고 못 따위를 함께 넣고 한 시간 동안 끓였다. 끝에 가서 그녀는 달걀 하나를 풀어 넣고 휘저었으며, 내가 삼킬 때 약간의 고통을 느끼면서 수프를 떠먹을 때에도 "왜?"라는 질문을 하지 않았다.

오토 프리드리히 슈투베는 그 뒤로 다시는 목을 매지 않았다. 그러나 소뼈와 대장장이가 만든 못, 그리고 송아지 고삐를 넣고 끓인 다음 거기에 그녀의 오토의 원기를 돋우기 위해 달걀을 풀어 넣고 토요일마다 자살을 막아 주는 음식으로 식탁에 오른 레나의 수프는 곧 자살 충동에 사로잡힌 사람들 사이에 널리 알려지게 되었다. 잠재적인 자살자들이 그녀의 대문을 두드렸다. 그들은 수줍어하며 자신들을 소개한 뒤 식사를 자청했다. 그들은 은근한 대마초 맛에 길들여져 갔다. 그들은 자꾸만 찾아왔다. 그리고 레나는 "왜?"라고 이유를 묻지 않고, 그녀의 토요일 특별식인 못과 밧줄 수프를 큰 솥에 하나 가득 끓여 냈다. 그 대가로 그녀는 적지 않은 돈을 벌었다.

늘 하던 버릇대로 한바탕 주먹을 휘두르고 나서는 엉엉 울면서 금요일마다 내뱉는 예의 그 "목 매달아 죽어 버릴 거야."라는 말을 빼놓지 않던 그녀의 오토 말고도 프로이센 왕국의 고위 관리인 아이히호른 씨, 한참 번성 중이던 제당 회사의 단독 소유주인 레빈 씨, 제1 친위 기병연대 소속의 소위 괴츠 폰 푸틀리츠, 클라비터 조선소 사장의 어린 아들 카를헨 등이 그녀의 부엌 식탁에 와서 앉곤 했다.

이러한 단골 손님들 외에도 각계각층에서 다양한 손님들이 찾아왔다. 가끔가다 성 야곱 교회의 교구장인 벤트 씨도 찾아왔다. 그리고 레나 슈투베가 공짜로 식탁을 차려 준 사람들도 있었는데, 그것은 짐꾼 카브룬 같은 가난뱅이나, 투명하게 속이 비치는 수정 같은 세계를 꿈꾸는 파울 쉐어바르트라는 이름의 별난 젊은이였다.

그녀의 식탁의 분위기는 늘 흥겨웠다. 정치적인 논쟁조차 서로 어깨를 두드리거나 의형제를 맺는 쪽으로 마무리되곤 했다. 목 매는 이야기나 자기 머리에 총을 쏘는 이야기는 거의 나온 적이 없었다. 물론 간혹 우스갯소리로 그런 이야기가 나오기는 했다. 이를테면 레빈 씨는 이런 이야기를 들려준 적이 있다. 즉, 목을 맬 적당한 밧줄을 아무리 찾아봐도 없길래 그는 결국은 부정한 그의 클로트힐데에게 앙갚음을 하려고 그녀의 진주 목걸이를 이어서 밧줄을 만들었다는 것이다. 그런데 그가 의자를 발로 툭 차 버리자 그 값비싼 밧줄은 후두둑 끊어져서 사방으로 흩어졌다는 것이었다. "신사 여러분, 나는 꼬박 두 시간 동안 앉아서 진주알을 모아 실에 꿰어 그 목걸이를 원래 모양대로 해 놓았습니다. 왜냐하면 내 마누라는 농담이라는 걸 모르거든요."

레나의 수프는 대마의 뒷맛과 함께 사람들의 기분을 돋우어 주는 특이한 맛을 갖고 있었다. 그때부터 그 소위는 소령급의 부채를 좀 더 쉽게 견디어 냈다. 그 후 그는 친위 기병대에서 제대하여 동부 포메라니아에 있는 버려진 아버지의 영지를 보살폈다. 프로이센의 고위 관리는 첫 번째 아내와 일찍 사별하고 두 번째 아내를 얻었으나 그녀 역시 몇 년 뒤에 세상을 떠나는 바람에 다시 홀아비 신세가 되었다. 그러나 레나의 못과 밧줄 수프 덕분에 그는 근무가 끝나면 인생을 즐기면서 잦은 병치레로 일찍 죽은 그의 세 번째 아내보다도 더 오래 살았다. 심지어 카를헨 클라비터까지도 프로이센 최초의 증기 전함을 건조한 조선소 사장인 그의 엄격한 아버지를 거리를 두고서 (그와 동시에 수프 세 접시를 비우면서) 가소로운 소인배로 보기에 이르렀다. 나중에 헤르만 레빈은 그의 부정한 아내를 진주로 수를 놓은 비단 스카프로 목 졸라 죽였는데, 법정에서 그는 그의 살인 행위를 정상 참작의 여지가 있는 절망적인 행위가 아니라 그 자신을 해방시킨 행위로 보아 주기를 바랐다. 그는 종신형을 선고받고서 감옥에서 레나에게 애정 어린 편지를 써 보냈다. 왜냐하면 그녀가 (그가 1909년에 죽을 때까지) 여러 해 동안 쉬스슈탕게 감옥에 있는 그에게 면회일마다 삶을 긍정적으로 보게 만들어 주는 그녀의 수프를 반합에 담아서 가져갔기 때문이다. 그 수프는 사람의 기분을 북돋워 주는 효능에는 변함이 없었으나, 맛을 내는 데 쓰이는 재료들은 여러 번 바뀌었다.

레나 슈투베는 공짜 손님이나 돈을 내는 손님이나 상관없이 그들의 기분을 바꾸어 주는 법을 알고 있었다. 사실, 그녀는 죽을 끓일 때마다 언제나 그녀의 남편 오토에 의해 영험이 생긴 예의 그 원조 못을 사용했다. 그녀가 그 당시 문틀에서 뽑아낼 때 약간 휘어지기는 했지만, 그 못은 쭉 펼치면 그 길이가 제법 큼직한 남자의 물건 정도는 될 법했다. 송아지 고삐를 함께 끓여 넣는 것도 변함이 없었다. 송아지 고삐는 밀히카넨 거리에 있는 농산물 상점에서 한 묶음에 육십 개씩 싸게 살 수 있었다. 그리고 그녀가 펄펄 끓는 수프 속에다 그것들을 하나씩 집어넣기 전에, 오토는 그것들을 일일이 엮어서 솜씨 좋게 올가미 모양으로 만들어야 했다. 그러나 레나의 메뉴는 마지막에 가서 달걀을 풀어 넣는 소뼈 수프에 한정되지 않았다. 즉 그녀는 (앞에서 말한 내용물과 함께) 굵직한 강낭콩을 곁들인 양의 목살 요리, 소금에 절여 회향 열매로 맛을 가미한 양배추를 곁들인 훈제 돼지갈비 요리, 평지를 넣은 거위 내장 요리, 소의 위에서 잘라낸 양[24]을 네 시간 동안 삶은 요리, 시큼한 맛의 고기 경단 요리, 마늘 소시지를 곁들인 서프로이센식 감자 수프, 돼지 다리 요리, 그리고 베이컨을 곁들인 강낭콩 요리를 만들었다. 그리고 잔치가 열릴 경우 조금만 돈을 더 내면 그녀는 못과 밧줄에다 부드러운 송아지 혀를 곁들인 요리를 만들어 주었다. 이때 그녀는 백포도주로 송아지 혀의 간을 맞추고 삶은 순무로 장식을 했다. 거기에다가 그녀는 해바라기 기름과 달걀 노른자로 만든 마요네즈를 함께 내놓았다. 또는 밧줄과 못, 그리고 말린 자두로 속을 채운 새끼 돼지 요리를 만들기도 했다.

1891년 1월 18일에 성대한 만찬이 열렸다. 그 자리에서, 얼마 뒤 자신의 아내를 목 졸라 죽이게 될 레빈 씨는 고위직 관리인 아이히호른 씨와 뜻을 같이하여 독일 제국 창건 이십사 주년을 기념하는 축배를 들었다. 한편 오토 슈투베와 조선소 사장의 아들인 급진적 성향의 카를헨 클라비터는 얼마 전에 있었던 사회주의자 진압법의 폐지와 비스마르크의 면직을 축하했다. 그러나 엉뚱한 상상을 잘 하는 파울 쉐어바르트는 유리창처럼 투명한 미래를 머릿속에 떠올리고 있었다. 그리고 전역 소위로서 이제는 신참 융커가 된 괴츠 폰 푸틀리츠 역시 자유주의를 지지하는 모호한 입장에 서 있었으므로 독일 제국의 창건도, 사회주의자들의 뒤늦은 승리도 축하하지 않았다. 그는 오히려 얼마 전에 완공된 쉬하우 조선소에 대해 독일 제국뿐만 아니라 평범한 노동자들에게도 이득이 될 경제적 위

---

24) 소의 위에서 사람이 먹을 수 있는 부분.

업이라고 주장했다. 그 까닭은 경제적 진보 없이는——제당 공장 사장인 레빈과 닻 제조공인 슈투베 역시 이 점을 잘 인식하고 있어야 하는데——자본의 획득도 사회적 진보도 불가능하기 때문이라는 것이었다. 사회주의자들은 제국 의회에서 기회 있을 때마다 관세에 대해 찬성하는 발언을 했지만, 자신은 언제나 비스마르크의 보호 관세 정책에 반대하는 입장을 취해 왔다고 그는 말했다.

이어서 오토 슈투베와 카를헨 클라비터는 사회주의로 가는 참된 길이 무엇이냐를 놓고 그렇게 심각하지는 않게 티격태격 논쟁을 벌였다. 레나 슈투베가 베벨의 말을 인용해 가면서 두 사람의 견해를 조정해 보려고 했다. 그들의 토론은 더러운 실천과 숭고한 원칙을 테마로 삼았다. 이렇게 해서 1890년대 말에 벌어질 수정주의 논쟁은 비록 못과 밧줄을 속에 넣고 꿰맨 어린 새끼 돼지 요리에 의해 완화된 상태이긴 했지만 이미 한 만찬석상에서 예고되었던 것이다. 카를헨 클라비터는 혁명 진영을 대변했다. 오토 슈투베는 한편으로는 의심을 품으면서도 다른 한편으로는 무언가 예감하고 있었다. 두 사람 모두 엥겔스의 말을 증거로 내세웠으며, 카를헨 혼자만 가끔씩 마르크스의 말을 근거로 내세웠다. 그들이 논쟁을 벌이고 있는 사이에, 파울 쉐어바르트는 태연스레 유리처럼 투명한 자신의 유토피아를 꿈꾸고 있었다. 그러나 레나 슈투베는 식탁에 앉지 않고 너무나 당연하다는 듯이 그 신사들의 시중을 들고 있었는데, 디저트로 크림을 바른 삶은 보스코프 사과를 내오면서 그녀가 좋아하는 책인 베벨의 『여성과 사회주의』

를 인용하여 결론적으로 이렇게 말했다. "당신네 남자들은 언제나 말뿐이에요. 하지만 행동도 있어야 하잖아요."

어쨌든 그 만찬은 흥겹게 끝났으며 서로 마음의 벽을 허물 수 있는 계기를 마련해 주었다. 카를헨 클라비터와 퇴역 소위는 서로 얼싸안았다. 고위 관리와 오토 슈투베, 그리고 제당 공장 사장인 레빈은 '승리의 월계관을 쓴 그대여, 만세'에 이어 '일어나라, 이 땅의 저주받은 자들아!'를 노래했다. 레나는 무아경에 빠져 있는 쉐어바르트를 툭툭 두드리며 새끼 돼지 요리를 남김없이 먹어 치워 버린 걸 보고 즐거워했다. 깨끗하게 갉아 먹은 작은 뼈들과 자두 씨들 사이에서 약간 휜 대장간의 못과 올가미 모양으로 묶인 송아지 고삐들이 기름이 묻어 반들거리고 있었다. 비록 흥청망청한 분위기였지만, 손님들은 다시 한번 우정, 진보, 그리고 인생을 위해 물컵에 담긴 사과주로 건배를 하고서 자리를 털고 일어서기 전에, 각자 명상에 잠긴 자세로 못과 밧줄을 향해 사려 깊은 시선을 던지는 것을 잊지 않았다. (일이 다 끝나자 그 푹 삶긴 밧줄들은 쓰레기통에 던져졌다. 그러나 못은 깨끗하게 씻긴 뒤 녹이 슬지 않도록 아마유를 발라 자물쇠가 달린 조그만 흑단 상자 안에 넣어져 다음 주 토요일까지 소중히 보관되었다. 그 흑단 상자는 짐꾼 카브룬이 무료 식사를 대접받은 데 대한 감사의 표시로 만들어 준 것이었다.)

그렇게 하며 여러 해가 흘렀다. 그 사이에 쉬하우 조선소의 닻 제조공이 된 슈투베는 에르푸르트 당 대회에 대표로 나가 한 번은 카우츠키에게, 또 한 번은 베른슈타인에게 각각 반대표를 던졌으며 그 뒤로 오늘날까지 계속되고 있는 수정주의 논쟁에 휘말려 거기서 헤어나지를 못하고 거기에 금방 전염이 되곤 했다. 이것은 계층에 상관없이 다른 모든 남자들도 마찬가지였다. 오토 프리드리히는 그의 아내 레나가 해 주는 위로의 말을 들으면서 변함없이 이렇게 중얼대곤 했다. "난 목을 맬 거야. 이번엔 못을 찾아내겠어. 이번이 정말 마지막이야. 더 이상 살 필요가 없어. 이번엔 정말 부러지지 않을 못을 찾아낼 거야. 더 이상 살고 싶지 않아. 혼자서 떠맡기엔 너무 벅차. 우리는 그런 내기를 하지 않았던가. 내가 더 이상 살지 않겠노라고. 왜 그러냐고? 더 이상 살고 싶지 않아. 정말이야. 그래. 이제 더 이상 남의 말을 듣지 않을 테야. 내 비록 죽을지언정. 먼저 내 목을 씻어 줘. 그리고 송아지 고삐도. 그리고 내가 봐둔 못도 있어. 믿을 만한 거야. 내일 당장, 만약에……."

우리가 이미 알고 있듯이, 레나 슈투베는 그러한 것을 예방하는 요리법을 알고 있었다. 그리고 당수인 아우구스트 베벨이 단치히를 방문하기 —— 그것은 1898년 5월의 일이다. —— 직전에 그녀는 그녀의 요리법을 모은 『프롤레타리아식 요리책』이라는 제목의 책을 마무리 지었다. 그녀는 그녀의 모든 요리법 —— 그러나 이상하게도 못과 밧줄 요리는 제외되었다. —— 을 깔끔하게 정리하였으며 각각의 요리마다 계급의식에 근거한 주해를 달아 놓았다. 그 까닭은 레나가 부르주아식 요리와 그 요리에서 주장하는 '달걀 열두 개를 쓰라는 이데올로기'에 반대했기 때문이다. 그녀는 서문에다 다음과 같이 썼다. "과시하는 듯한 그러한 낭비는 요리를 하는 노동자 아낙네들을 혼란스럽게 만들고, 그들에게 분수에 넘치는 삶을 살도록 부추기며, 그들을 그들이 속해 있는 계급에서 소외시킨다." 그녀가 자신의 요리책에 못과 밧줄 수프 요리를 수록하지 않은 까닭은, 아마도 그 요리가 신분과 계층을 초월하여 절망에 빠진 모든 사람들에게 바쳐진 것이기 때문이었을 것이다.

그러나 그녀가 아우구스트 베벨 동지를 사랑방에 손님으로 맞이하여 그에게 프롤레타리아식 잔치 음식 —— 겨자 소스를 친 돼지 콩팥 요리 ——을 대접하고 나서 계급의식에 근거한 그녀의 요리책 원고를 보여 주던 날, 그녀는 본(本) 요리를 내기 전에 먼저 소뼈를 곤 국물을 식탁에 내놓았다. 그런데 그녀는 그때 (남몰래) 올가미 모양의 밧줄과 구부러진 못을 함께 넣어 끓였다. 그 까닭은 그 당시에 사회민주당 당수인 베벨을 둘러싸고 여러 가지 소문들이 나돌고 있었기 때문이다. 즉 그가 피곤해하고 있다느니, 조그마한 정의를 더 얻어 내기 위한 끝임없는 투쟁으로 인해 그의 희망의 재고가 소모되어 버렸느니, 그는 이제 더 이상 '왜'라는 물음에 답할 수 있는 답변을 갖고 있지 못하다느니, 당내의 수정주의파와 혁명주의파 사이의 파벌 싸움 때문에 그가 몹시 우울해하고 있다느니, 그가 자주 멍하게 바라보거나 체념 섞인 말들을 중얼거린다느니, 모든 것에 대해 그가 근본적으로 회의하고 있다느니, 기적이 일어나지 않는 한 최악의 사태가 벌어질지도 모른다느니 하는 등등의……

감자튀김

아니, 돼지기름으로.
묵은 것들에는 어김없이 말려 올라간 싹이 나 있다.
빛이란 머나먼 약속에 불과할 뿐인
지하실 안, 건조한 나무 시렁 위에서
그것들은 겨울을 났다.

아주 오래전에, 멜빵바지의 시대에,
레나가 임신 6개월에 접어들고,
앞치마 속에 파업 기금을 갖고 있던 시절에.

나는 양파와 기억 속의 마요란과 함께
한 편의 무성 영화를 만들고 싶다. 거기서 할아버지는,
즉 탄넨베르크에서 전사한 그 사회주의자는
접시 위로 몸을 구부리기 전에, 욕설을 내뱉으면서
열 손가락 마디를 꺾어 뚜두둑 소리를 낸다.

그러나 돼지기름만으로 튀겼다, 쇠 냄비 안에서.
감자튀김에 곁들여지는
검은 푸딩과 그것과 비슷한 신화들.
밀가루 속에서 뒹구는 청어들,
또는 찰랑거리는 젤리. 그 속엔 네모난 오이 조각들이
자연스러운 아름다움을 간직하고 있다.

262

근무 교대를 하러 조선소에 가기 전에,
오토 슈투베는 아침 식사로
감자튀김을 한 접시 다 비웠다.
그리고 그 시절엔 여닫이창 밖의 참새들도
계급의식이 투철한 프롤레타리아들이었다.

베벨의 방문

식탁에선 이제 아무런 말도 오가지 않는다. 어떤 주장도 이에 대한 항변도 없다. 이젠 그 누구도 꼼짝 않고 경청하는 동지들의 머리 위로 공허하고 부질없는 이야기를 늘어놓지 않는다. 왜냐하면 족발이라고 부르는 돼지 발들이 아직도 잔뼈가 그대로 붙은 채로 커다란 솥의 탕 속에서 월계수 이파리와 정향, 그리고 검은 후춧가루와 양파와 함께 (못과 밧줄은 넣지 않은 상태로) 두 시간 전부터 부글부글 끓다가 이제는 푹 삶겨져서 이 세상의 모든 일과 장래에 대해서 신물이 나도록 떠들어 댔던 우리를 침묵으로 몰고 있기 때문이다.

우묵한 접시마다 담긴, 끝에 가서 식초를 쳐 맛을 낸 국물. 한 사람당 돼지 발가락 사이로 칼을 넣어 무릎 연골까지 자른 족발 반 개씩. 접시 귀퉁이엔 겨자 한 덩어리. 거기에 곁들여서 국물에 적셔 먹을 호밀 빵. 나이프도 포크도 없다. 금방 젤리투성이가 되어 버린 손가락으로. 그리고 옛날 옛적의 레나 슈투베의 독특한 족발 요리를 아직도 기억하는 이빨로. 우리는 우리의 친구들, 즉 옛 동지들 사이에 끼어 앉아 있거나 혹은 서로 마주 보고 앉아 있다. 푸르스름한 희망 외에는 더 이상 아무것도 남지 않을 때까지 머리가 터지도록 다투고서 갈라선 우리. 우리는 이제 잔뼈를 들어 하나씩 하나씩 발라 먹고, 연골을 씹어 먹고, 힘줄을 힘껏 잡아 뜯고, 골수를 후루룩 들이마시고, 연한 껍질을 오물오물 씹으며, 두 번째 족발을, 세 번째 족발을 먹고 싶어 한다. 아무 말도 하지 않고, 마치 혼자인 것처럼 식탁에 앉아, 양 팔꿈치를 괴고서 시야를 좁힌 채, 모든 것을 거두어들이고서. 마침내 우리가 소음 소리에 하나가 되어 이전의 연대 의식을 되찾을 때까지.

족발은 언제나 값이 쌌다. 지금은 시중에서 3파운드에 1마르크 50페니히면 산다. 지금 우리는 포만감을 느끼며 끈적끈적한 손가락으로 맥주잔을 잡고 있다. 적막감 사이로 한숨 소리가 흐른다. 우리는 젤리 속에 파묻혀 있다. 이빨 틈새를 쭉쭉 빤다. 트림 소리가 한층 커지고, 흐릿한 첫 마디가 튀어나온다. "그래, 음식이 나쁘지 않았어. 이걸 먹으니 옛날 생각이 나는군." 우리는 잡담을 하며 서로 맞장구를 쳐 준다. 우리는 이성을 되찾으려 한다. 이젠 그만 으르렁대려 한다. 소박한 식사가 평화를 가져온다. 우리는 다정한 눈길로 서로를 바라본다. 잔뼈들이 산더미처럼 쌓여 있다. 아, 그래, 오이 피클도 곁들여 있었다. 누군가——그건 아마도 나다.——일장 연설을 하고 싶어 하며, 사회주의자 요리사 레나 슈투베를 칭송하려 한다. 그녀는 한 솥 가득 들어 있는 돼지 족발로 그녀 시대의 말싸움만 일삼던 동지들을 모두 침묵시켰고, 친절을 베푼 잠시 동안 그들을 격퇴시켰다. 그래서 그녀는 '호밀 빵과 오이 피클을 곁들인 돼지 족발' 요리법도 『프롤레타리아식 요리책』에 주해와 함께 수록했다. 그녀는 그 책을 잊을 수 없는 동지 베벨이 당 관계 일로 우리 지방에 들러 직접 레나를 방문해 하루 저녁 동안 그녀의 집에 머물렀을 때 그에게 보여 준 바 있다.

항구와 조선소에서 멀지 않은 곳, 구시가지와 신시가지의 경계가 뒤섞이는 곳, 가난이 아이들의 이마에 낙인을 찍어 놓은 곳, 바로 그 도시의 북쪽 변두리에 타르지로 지붕을 이고, 회칠도 하지 않은 벽돌 건물들이 몇 채 죽 늘어서 있었다. 이 단층짜리 건물들은 노동자들의 숙소로서 예전에는 클라비터 조선소, 나중에는 쉬하우 조선소의 소유였는데, 한 건물에 조선소 노동자 가족 두 세대가 거주했다. 슈투베 가족은 스크뢰버 가족과 오랫동안 이웃해서 살았다. 그러던 중 루트비히 스크뢰버와 그의 가족이 시민권을 박탈당했고, 그러자 그들은 미국으로 이민을 떠날 수밖에 없었다. 조선목공(造船木工)인 하인츠 레반도브스키가 아내와 네 아이를 데리고 스크뢰버네가 살던 집으로 이사 왔다. 그 집의 문은 기다란 건물의 한가운데에 달려 있어 슈투베네 집의 문과 바로 이웃하고 있었는데 슈투베네 문처럼 녹색으로 칠해져 있었다. 복도를 지나면 부엌이 딸린 거실이 나오고, 거실에는 창문과 유리문짝이 달려 있어, 그 유리문짝을 통해 안뜰과 재래식 변소, 그리고 정원으로 나갈 수 있었다. 복도의 오른쪽엔 (레반도브스키네의 경우엔 왼쪽에) 두 개의 바깥 창문이 달린 사랑방이 있었다. 슈투베네와 레반도프스키네의 부엌 딸린 거실 곁에는 한쪽 집에는 오른쪽에, 또 한쪽 집에는 왼쪽에 사랑방보다 작은 침실이 있었다. 타르지로 이은 지붕 아래에는 벽장을 들일 만한 공간이 없었다. 뒷마당에는 집에 기대어 지은 토끼장이 있었다. 타일을 입힌 페치카는 사랑방에서 불을 지피도록 되어 있었으나, 칸막이 벽으로 나뉘어 있는 두 집의 침실까지 따뜻하게 해 주었다.

그 집에선 부엌이 가장 따뜻했다. 마당에 있는 물 펌프는 세 들어 사는 두 세대가 공동으로 사용하도록 만들어진 것이었다. 슈투베네도 레반도브스키네도 거의 사용하지 않는 사랑방을 아이들 침실로 개조할 생각은 하지 않았던 것 같다. 그래서 부부의 2인용 침대 바로 곁에는 아이들용 침대 두 개가 다닥다닥 붙어 있었는데, 레나 슈투베가 재혼에서 얻은 세 아이들이 거기서 잠을 잤다. 그리고 부부 침대 발치의 좁다란 침대에서는 첫 번째 결혼에서 얻은 리스베트가 잠을 잤다. 그녀는 열여덟 살이 될 때까지 결혼 생활이 무엇인지 철저하게 교육을 받은 뒤 철도 차량 공장에서 일하는 한 남자와 결혼하여 임신을 했으며 그 뒤 트리올로 이사했다. 그 뒤로 그 좁은 침대는 열두 살 난 루이제의 차지가 되었다. 리스베트, 루이제, 에르네슈티네, 마르타는 오토와 레나 슈투베를 밤마다 직접 체험했다. 드르릉 코를 골거나, 신음 소리를 내며 침대를 삐걱거리거나, 방귀를 뀌거나, 흑흑 울거나, 갑자기 하던 말을 뚝 그치거나, 잠꼬대하는 그들의 모습을. 그렇게 아이들은 어둠 속에서 배웠으며, 그중 어느 것도 잊지 않았다.

그러나 그 사랑방은 신비스러운 장소로 남았으며, 큰 축일을 빼놓고는 사실상 사용한 적이 거의 없었다. 그러던 중 1886년, 그러니까 클라비터 조선소에서 파업이 발생하고, 남편이 자살을 기도한 직후에, 레나 슈투베는 자살 가능성이 있는 사람들에게 토요일 저녁마다 부엌이 딸린 그녀의 거실에서 식사를 차려 주기 시작했는데, 손님들 중 몇몇이 상류 계급 사람들이었던 까닭에 상당한 부수입을 올리게 되었으며, 그 돈의 대부분을 책을 사고 잡지를 정기 구독하는 데 썼다. 그렇게 해서 그 사랑방은 레나의 서재가 되어 버렸다. 그녀가 부엌에 놓아두고 깜박 잊은 경우를 빼놓고는 그녀의 안경은 늘 사랑방의 책 더미 속에 파묻혀 있었다. 그곳에서 레나는《새 시대》와《여성들의 새로운 삶》을 읽었다. 그곳에서 그녀는 그녀의 『프롤레타리아식 요리책』에 실을 요리법들을 일목요연하게 정리했다. 그리고 그곳에서 그녀는 그녀의 당의 당수에게 그의 저서 『여성과 사회주의』와 관련한 수많은 질문이 담긴 편지를 정성스레 써서 보냈다. 당수로부터 답장이 왔다. 답장에서 그는 직업 선택의 자유와 관련된 자신의 유토피아를 좀 더 부드러운 어조로 말했으며, 국가가 교육을 떠맡아야 한다는 생각을 철회했고, 계급의식이 들어간 레나의 요리에 관심을 보이면서 한번 그녀를 방문하겠다고 썼다.

킬의 노조 간부들과 함께. "한번 말해 봐요, 동지. 왜 그렇게 이야기를 복잡하게 쓰는 거요? 그건 오로지 부르주아 특권층들만 알아먹을 수 있기 때문에 우리 노동자들한테는 아무런 도움도 안 돼요." 한 선반공이 말했다. "그건 우리하고는 너무 안 맞아요. 우리가 중노동으로 파김치가 되어 집에 돌아오면, 우리는 텔레비전 보는 일이 전부입니다. 우리를 위해 뭔가 쓰려거든, 범죄 영화처럼 단순하면서도 흥미진진한 것이어야 해요."

수면, 중노동, 텔레비전 시청이 마치 부드럽게 이어지는 하나의 과정이라는 듯이. 선반(旋盤)의 스위치는 영원히 꺼져 있고, 잠 속에서는 텔레비전 퀴즈가 절대로 진행되지 않는다는 듯이. 합리화된 작업 과정 속에는 영화 상영이나 필름의 되감기나 뒷자리에서 해 대는 항의나 세금 감면 같은 것이 개입되는 일이 없다는 듯이. 그렇기 때문에 선반에서 떨어지는 쇳가루들이 개인적인 쓰레기나 그 밖의 다른 멍청한 이야기와 끊임없이 뒤섞이는 일이 일어나지 않는다는 듯이. 퀴즈 사회자가 온갖 재담을 늘어놓는 동안, 작업장은 이를 거부할 권리를 갖고 있지 못하다는 듯이. 영원히 낯설기만 한 당신 아내의 몸이 아무리 부풀어 올라도, 살살 풀리면서 돌아가다가 끊어졌다가 다시 돌아가면서 되풀이되며 당신의 꿈속으로부터 시작하여 이른 아침의 근무 교대 시간이나, 혼잡한 아침 러시아워에도 타임 레코더 없이도 계속해서 돌아가는 또 다른 영화는 없다는 듯이. 협정 요금 같은 것은 존재하지 않고, 귀에는 오직 유행가만 들리고 살짝 다시 데친 양배추만 있고, 그리고 이 세상의 모든 것들, 그러니까 흑백으로 되어 있는 것조차도 모두 컬러로 되어 있다는 듯이.

"친애하는 동지들, 내가 하는 것도 바로 그런 거요. 나는 시간을 압축해서 보여 주려고 하지요. 나는 있는 그대로의 것을 쓰고 있어요. 그렇지만 그 밖의 다른 것들도 그 이외의 또 다른 것들과 함께 나타나거나 또는 존재하는 것처럼 보일 거요. 한편 어떤 것은 눈에 보이지 않기 때문에 존재하지 않는 것처럼 보일 수도 있는데, 그것은 숨겨진 채로 우스꽝스럽게도 오래 지속되곤 하지요. 그러다가 나중에 가서는 온통 그것만 남는 겁니다. 이를테면, 불안 같은 것 말입니다."

"맞습니다, 동지. 바로 그렇습니다. 어떻게 차단할 방도도 없이 말이죠. 본래의 의도하고는 다른 방향으로 흐르는 것들이죠. 아이들도 가만있지 못하죠. 늘 꼭 다른 무언가가 끼어들지요. 꼭 불안이라고만 할 수는 없어요. 그냥 무슨 느낌 같은 것이죠. 그렇지만, 동지, 당신이 쓰는 긴 문장들은 별로 도움이 안 돼요. 당신의 문장이 채 끝나기도 전에 나의 생각은 이미 멀리 다른 곳에 가 있을 거요. 좀 간단하게 할 수는 없나요?"

"할 수 있어요, 동지. 물론 할 수 있지요."

1885년의 어느 월요일, 그러니까 클라비터 조선소의 노동자들이 파업을 일으키고, 내 안에 있으면서 뛰쳐나오려 발버둥치는 수많은 여자 요리사들 중의 하나인 레나 슈투베가 노동자들과 그들의 가족을 위해 수프 배급 식당을 운영하면서 파업 기금까지 맡아서 관리하고 있던 그 어느 날, 그녀는 그 기금 중에서 745마르크가 사라진 것을 발견했습니다. 그러나 그녀는 남편 오토에게는 그 일에 대해서 단 한마디도 하지 않았습니다. 그는 무슨 짓을 하다가 들키기만 하면 그 자리에서 당장 주먹질을 해 댔거든요. 그리고 오토가 모두 머리를 길게 땋은 딸자식들에 이어서 그녀까지도 아버지이자 남편, 사회주의자, 그리고 닻 제조공으로서 육중한 주먹으로 두들겨 팰 때에도, 그녀는 묵묵히 침묵만을 지켰어요. 마침내 때리다가 지쳐서 그는 울음을 터뜨렸습니다. 그 까닭은 오토가, 내가 앞에서 거듭 장황하게 묘사한 그런 인물이 아니라 계급의식뿐만 아니라 노조 정신이 투철한 인물이 되고 싶었기 때문이었습니다. 게다가 오토 슈투베는 불과 얼마 전에 아들러 맥줏집에서 동지들과 함께하던 중 프롤레타리아의 자식들과 일찍 늙어 버린 아내들을 구타하는 것에 대해 강력하게 비난하는 말까지 했거든요. "베벨이 말했듯이, 우리는 신하를 기르려는 것이 아니라 홀로 설 수 있는 독일인을 만들려는 것입니다."

그러자 그 당시의 동지들은 모두 고개를 끄덕이며 "맞습니다." 하고 말했어요. 킬 지구 노조연맹의 친애하는 동지 여러분, 내가 여러분에게 왜 어려운 내용의 문장은 짧고 간단한 내용의 문장은 긴지, 그 이유를 설명해 주면, 고개를 끄덕이며 "맞습니다."라고 말하듯이 말입니다. 그렇기 때문에 이를테면 다음과 같은 문장은 짧은 것입니다. 수상실의 스파이는 낮 동안에는 정말로 신뢰할 만한 사회민주당원이었다고 한다. 그러나 여러분은 내가 쓴 짧거나 긴 문장을 읽으려 들지 않는데, 그 까닭은 우익 집안 출신으로 좌익에 물든 몇 명의 젊은이들이 여러분을 교육을 제대로 받지 못한 문맹으로 간주하고 멍청하기 이를 데 없는 프롤레타리아로, 또는 주먹이나 휘두르는 오토로 낙인을 찍어 버렸기 때문입니다. 그러나 요리사 레나 슈투베는 이미 그 당시에 그 시대를 움직인 책들을 몇 권이나 알고 있었어요. 걸핏하면 말싸움을 벌이기 일쑤이던 동지들에게 푹 삶은 족발을 뜯어 먹으라고 나눠 주고 나서 그녀는 사내들이 우적우적 족발을 씹어 먹고 있는 동안, 이미 고전이 되어 버린 『여성과 사회주의』라는 책에서 몇 개의 문장과 단락을 발췌해서 그들에게 읽어 주었습니다.

그리고 사회민주당 당수가 1896년 당원들 사이에 벌어지고 있던 싸움——이미 그 당시에 수정주의를 놓고 격한 논쟁이 벌어지고 있었죠.——을 무마시키기 위해 항구 도시 단치히를 방문했을 때, 그녀는 그녀의 당수와 필요하기는 하지만 아직 제대로 나온 것이 없는 프롤레타리아 요리책에 관해 상세한 이야기를 나누었습니다. 그들은 사랑방에 앉아 있었습니다. 처음에는 오토 슈투베도 그 자리에 있었습니다. 옆방에서는 아이들이 애써 소리를 죽여 이야기하는 소리가 들려왔어요. 그렇지만 옆집에 사는 레반도브스키네 아이들의 목소리는 더 크게 들려왔지요. 바깥은 오월이었으며, 집집마다 라일락이 활짝 피어 있었습니다. 오토는 친히 찾아 준 베벨을 위해 토끼를 한 마리 잡자고 제안했습니다. 그러나 레나 슈투베는 겨자 소스를 친 돼지 콩팥 요리를 만들었지요. 친애하는 동지 여러분, 정말 맛이 기가 막혔어요.

아우구스트 베벨이 브라방크 가 5번지에 위치한 노동자 숙소의 슈투베네 집에 들어서자, 레나는 그를 곧장 사랑방으로 안내했다. 다른 집의 사랑방과는 달리 그녀의 사랑방에는 서

랍이 많이 달린 책상이 하나 놓여 있었고, 책상 위에는 메모 쪽지들이 끼여 있는 책들이 수북히 쌓여 있었다. 책상 위에는 또한 대장간에서 직접 만든 못 하나가 들어 있는 흑단 상자가 있었고, 그 옆에는 사진틀에 끼워 놓은 베벨의 사진이 있었다. 그것은 제국 의회에서 비스마르크의 의견을 반박하고 있는 베벨의 모습이었다. 그리고 이젠 수많은 과거를 지닌 그 유명한 사나이가 실제로 그 자리에 와 있었다. 단정하게 옷을 차려입고서 약간 홀쭉한 모습으로 소파 옆에 와 있는 것이었다. 그러나 그는 넋이 나간 듯한 모습으로 첫 마디를 꺼내려고 애를 썼다. 이윽고 그는 코를 킁킁거리며 말했다. "좀 자극적인 음식을 만들고 있는가 보군요?" 왜냐하면 부엌 딸린 방에서 복도를 지나 사랑방 문을 통해 그날의 주된 요리 냄새가 지독한 지린내를 내면서 솔솔 풍겨 오고 있었기 때문이다.

바로 얼마 전 레나는 이제는 금요일뿐만 아니라 다른 날에도 구타를 일삼는 그녀의 남편 오토에게 이렇게 말했다. "내 이제야 말하지만, 이제 우린 끝이에요. 끝장이라고요. 계속해 봐요. 끝장이 나도록. 영원히 끝장이 나도록."

그러나 앞으로 언젠가는 그의 주먹에 맞아 완전히 끝장이 나고 싶다는 그녀의 선언은 그가 언제나 일삼아 온 주먹질 때문이 아니었다. 그가 주먹을 휘두를 때마다 그녀가 한 말은 고작 "당신은 지금 당신 자신의 얼굴에 대고 주먹을 휘두르는 거예요."라는 것뿐이었다. 오히려 그녀가 그런 말은 한 까닭은 오토가 얼마 전부터 그녀의 완두 수프가 먹기 싫다며 깔짝

거리고, 또 겨자 소스를 친 돼지 콩팥 요리를 만들어 주면 고작 오줌 맛밖에 나지 않는다고 지껄였기 때문이었다. "이제 당신은 뼈저리게 느끼게 될 거예요. 당신처럼 더러운 인간을 위해 수프 같은 거라도 끓여 줄 여자가 있을지 말이에요. 레나의 콩팥 요리가 최고였다고 눈물을 짜며 후회해도 그땐 너무 늦었어요. 무릎을 꿇고 빌어도 이젠 아무 소용 없어요. 나는 수백 번도 넘게 이렇게 말했어요. 그는 어쩔 수 없는 남자다. 언제나 소란을 피우며 식탁을 내리쳐야 직성이 풀린다. 그러고 나서는 미안한 생각이 들어 철철 눈물을 흘린다. 그래, 그가 좋아하는 돼지 콩팥을 냄새가 나지 않도록 두서너 개 잘게 잘라 요리를 해 주자. 그리고 마지막엔 겨자를 쳐 주는 거야. 그는 그렇게 하는 것을 좋아하니까. 그러면 그는 그것을 쩝쩝거리며 잘도 먹거든. 소스를 친 콩팥 요리를 좀 더 해 주자. 콩팥이 말랑말랑해지면 거기에 후추를 치고 싱싱한 무를 갈아서 넣고서 겨자를 다섯 숟가락 정도 집어넣은 다음 팔팔 끓지 않을 정도의 은근한 불에 올려놓고서 휘휘 저어야지. 그렇지만 이제 이번으로 마지막이야. 나는 이제 그에게 지쳤어. 그는 입만 벙긋하면 늘 노조니 뭐니 하며 떠들어 대고 있어. 좋아, 그렇게 주먹질을 하고 싶어 안달이라면 그렇게 해 보라지. 그딴 건 상관 안 해. 내 눈에 멍이 시퍼렇게 들도록 패 보라지. 그렇지만 내 콩팥 요리를 헐뜯는 것은 그냥 내버려 둘 수 없어. 그런데 내가 왜 그를 위해 요리를 해 주고 뼈 빠지게 일해야 하는 거야! 소스를 친 감자만 해도 그래. 그리고 양념으로 넣는 피멘토 향료만 해도 그래. 그렇지만 이제 그는 그런 것으로 만족하지 않아. 지린내가 더 이상 나지 않도록 물이나 우유에 담가 두라는 거야. 그렇게 하면 맛이 좋아지기라도 하는 것처럼 말야. 이제 끝장이야. 끝장을 내 버릴 거야. 어디든 한 번 갈 테면 가 보라지. 어쩌면 물이나 우유에 담가서 콩팥을 부드럽게 만들어 줄 여자를 하나 만나게 될지 모르지. 그렇지만 그것들은 그의 입맛에 맞지 않을 거야. 그제서야 그는 레나의 콩팥 요리를 그리워하며 아쉬움에 한숨을 쉬겠지. 그러나 그땐 이미 늦은 거야."

레나 슈투베는 이 말을 몇 번이고 반복했다. 그 뒤부터 그녀는 원래 딱딱하던 콩팥이 부드러워지도록 반나절 동안 물에 담가 두었다가 요리를 했다. 그러나 그녀는 그녀의 요리책에는 그 요리법을 전혀 다르게 기록했다. 그래서 선반 기능장이나 사업상의 여행자, 선동가, 당수, 대중 연설가, 그리고 제국 의회의 의원들을 위해서는 콩팥을 물이나 우유에 담가 놓지 않았다. 그렇기 때문에 사랑방 안까지 오줌 냄새가 풍겨 왔던 것이다.

(한두 가지 특별한 내용물이 들어간) 소뼈 수프를 먹고 나자 베벨 동지는 마음이 좀 누그러졌다. 처음 왔을 때 그는 우울해 보였다. 그게 아니라면 그는 자신이 맡은 직책의 변함없는 부담감 때문에 그냥 좀 피곤해 보였던 것 같다. 그는 오토 슈투베가 아니라 레나 슈투베를 바라보며 비록 남자답게 자제하기는 했지만 다음과 같이 자신의 고충을 늘어놓았다. 지난 몇 년간 계속된 투쟁으로 얼마나 많은 친구들을 잃었는지, 그 부

담스러운 사회주의자 진압법 때문에 당이 얼마나 힘들게 싸워 나가야 했는지, 그리고 행동은 굼뜨고 말싸움만 일삼는 당원들을 데리고 어떻게 조금씩 성공을 이끌어 냈는지. 당이 점차 합법성을 띠게 만들어 가면서도 이때 필연적으로 수반되는 타협에 굴복하지 않는 일이 얼마나 어려운 일인지, 제국의회 선거에서 더 많은 성공을 거두고 있는데도 불구하고 사회주의 운동은 앞으로 갈 길이 얼마나 요원한지, 그리고 승리가 눈앞에 다가와 있음에도 오히려 목표점은 예전보다 얼마나 더 희미하게 보이는지 등등.

베벨은 회의를 표명했으며, 자기 자신에 대해서도 다음과 같은 비판적인 태도를 보였다. 현 지배 체제가 붕괴하고 혁명이 일어날 것이라고 본 그의 예견은 지나친 과신이었다. 현 국가의 파산이 임박했다고 기회 있을 때마다 떠들어 댐으로써 그는 사람들에게 궁극적인 승리의 헛된 망상을 심어 주었다. 사실, 그는 마르크스의 예측에 속아 넘어간 것이다. 영국만 보더라도 마르크스의 예측은 빗나갔다. 대중만 점점 궁핍해질 것이라는 베른슈타인의 견해는 옳은 것이었다. 자본주의가 상황 적응 능력을 갖고 있으며 또한 나름대로의 아이디어까지 갖추고 있음을 우리는 인정해야 한다. 그러나 반면에 사회주의 이념은 새로운 사회를 이끌어 낼 급진적인 변화에 대한 희망 없이는 생명력을 지닐 수 없다. 그리고 착취와 실정을 거듭하고 있는 현 체제의 붕괴가 임박했음을 알리는 사실은 곳곳에서 발견되고 있다. 언젠가는 혁명이 일어날 것이다. 우리 당이 합법성을 내세우고 있기 때문에 이런 말들을 크게 떠들 수는 없지만.

레나 슈투베가 (그녀가 사용한 특별한 내용물을 굳게 믿고서) 그 풀 죽은 남자에게 그녀의 소뼈 수프의 효과가 나타나기만을 기다리고 있고, 베벨이 회의(懷疑)의 먹구름을 뒤집어쓴 채 혁명의 날을 자꾸만 잿빛 미래 쪽으로 밀어젖혀 놓고 있는 동안, 오토 슈투베는 의자에 앉아 몸을 부산하게 들썩거렸다. 그러나 당수가 레나의 소뼈 수프 덕분에 다시 기운을 차리고 부리부리한 눈에서 번뜩이는 미래의 눈빛을 던지자, 분위기에 마음이 쉽게 동하는 듯 제조공이 갑자기 열광하기 시작했다. 그는 대담하게 혁명에 대한 말들을 늘어놓았다. 심지어 무정부주의라는 말까지 들먹거렸고, 지금이 아니면 다시는 기회가 찾아오지 않을 거라고 떠들어 댔다. 그래서 베벨은 그에게 에르푸르트 당 대회에서 결의된 강령을 상기시키면서, 그를 향해 모질지는 않지만 그래도 무게 있는 목소리로 언동을 신중히 하라는 주의를 내리지 않을 수 없었다.

그때 이미 레나는 겨자 소스를 친 돼지 콩팥 요리와 함께 소금물에 삶은 감자를 내왔다. 유리 물항아리에는 슈투베의 딸 루이제가 통 제조 공장 근처에 있는 술집에서 사 온 흑맥주가 가득 담겨 있었다. 그들이 식사를 하는 동안, 레반도브스키네 아이들이 얼마나 시끄럽게 떠들던지 그 아이들이 마치 그 방에 와 있는 것 같았다. 그렇지만 슈투베의 아이들은 바로 옆에 있으면서도 말소리 하나 들리지 않았다. 베벨은 소박하면서도 아주 독특한 맛이 나는 그 요리를 칭찬했다. 레나는 그에게 그녀의 딸 리스베트에 대한 이야기를 들려주었다.

그 아이의 남편은 폐병에 걸려서 오래 살지 못할 것 같다고 말했다. 이제 마음이 좀 더 느긋해져서, 당수는 레나 가족에 얽힌 시시콜콜한 이야기에 진심 어린 관심을 보였고, (처음에 수시로 그랬던 것과 달리) 금빛 회중 시계를 꺼내 보는 일도 없었다. 여기서 힘을 얻은 레나는 디저트로 삶은 보스코프 사과에 계피를 뿌린 그녀의 유명한 요리를 내오고 나서 얼른 그 사이에 말수가 많아진 남편 오토를 향해 (그로부터 두들겨 맞은 데서 생겨난 권위의 힘을 빌려) 어서 사랑방에서 나가라고 눈짓을 보냈다. 오토는 무슨 의무감에라도 사로잡힌 것처럼 다음과 같은 말을 늘어놓았다. 아이들이 불안해하는 것 같아 좀 가봐야겠다. 레나와 베벨 동지 둘만 있는 게 더 좋을 것 같다. 그는 요리에 숨어 있는 정치적인 의미에 대해서는 거의 아는 바가 없다. 물론 그도 음식 맛에 대해서는 일가견이 있지만, 요리를 만드는 법에 대해서는 문외한이다. 그것은 레나의 소관이다. 그렇지만 일단 일이 터지기만 하면, 그것이 바리케이드든 다른 그 무엇이든, 그곳으로 그가 가장 먼저 달려갈 것이다. 이 점에 대해서는 베벨 동지가 믿어도 좋을 것이라고 그는 말했다.

오토 슈투베가 나가고 나자, 사랑방 안은 조용해졌다. 잠시 그렇게 침묵이 흘렀다. 방 안에는 윙윙대는 파리조차 한 마리 없었다. 당수는 시가에 불을 붙이면서 그것은 엥겔스가 남긴 유산 중의 하나라고 말했다. 그러고 나서 그는 다음과 같은 농담 조의 말을 조금 더 늘어놓았다. 그 착한 프리드리히 엥겔스는 처음부터 끝까지 제조업자로 남았지만, 어쩌면 마르크스의 중압감에서 벗어나서 그랬는지 모르지만 인생의 말미에 가서는 유용한 사회민주주의자로 탈바꿈을 했다는 것이었다. 이어서 다시 침묵이 흘렀다. 레나는 안경을 찾아서 끼고는, 뻐끔뻐끔 시가를 빨고 있는 당수 앞에 깔끔하게 써 놓은 원고를 아무 말 없이 내놓았다. 베벨은 『프롤레타리아식 요리책』의 원고를 어떤 곳은 읽어 보고 어떤 곳은 그냥 넘기면서 쭉 훑어보았다.

내 안에 있는 여자 요리사들 중 몇 명은 오늘날 같았으면 노동조합에 가입하였을 것이다. 아만다 보이케는 의심할 여지가 없다. 뚱보 그레트도 그럴 가능성이 크다. 투쟁적인 좌익 성향의 조피 로트촐도 물론이다. 그러나 가장 확실한 것은 레나 슈투베이다.

최근에 쾰른에서 열린 요식업 및 숙박업 노동조합 대회에서 레나 슈투베 대표는 구내식당 요리사들과 레스토랑 체인점인 '비엔나 숲'의 요리사들, 통조림 공장의 요리사들, 그리고 그 밖의 요리사들 앞에서 연설을 했다. 물론 홀에는 웨이터와 웨이트리스, 도축업자, 제과 공장의 제빵공들 그리고 그 밖의 사람들도 앉아 있었다. '억압받는 계급의 요리'라는 짤막한 연설의 서두에서 레나 슈투베는 도발적이라기보다는 익살스러운 어투로 이렇게 말했다. "친애하는 동지 여러분! 즉석 요리라는 게 대체 무엇입니까! 인스턴트 식품 따위는 모두 지옥에나 가라지요! 시간을 절약해 준다고요? 그렇다면 여러분에게 묻겠습니다. 그것은 무엇을 위한 시간이고, 누구를 위한 시간인가요?"

몇 사람만이 그녀의 말에 박수를 보냈다. 그리고 그녀가 나쁜 품질의 예를 들어 가며 통조림 산업을 공격했을 때도 극소수의 요리사들만이 그녀에게 지지를 보냈다. 그들은 일류 호텔(라이니셔 호프, 힐튼, 슈타이겐베르거)의 주방에서 근무하며 파인애플 잎으로 싼 꿩 가슴 요리 같은 것으로 국제적인 입맛을 맞추어야 했기 때문에 이른바 '엘리트'라는 낙인이 찍힌 요리사들이었다. 대부분의 사람들은 통조림 같은 인스턴트 식품들을 칭찬했다.——"그 덕분에 보통 남자들도 마데이라 소스를 친 소 혀 요리를 먹을 수 있게 된 겁니다." 그리고 어떤 대표는 그 식품을 "노동조합의 단결을 가져온 진보"라고 말하기까지 했다.

"그렇다면 여러분은 완두콩 소시지도 칭송해야겠군요!" 하고 레나 슈투베가 소리쳤다. "1870년 보불전쟁이 발발하기 직전에 우리 동지들 중의 하나인 베를린의 한 요리사가 프롤레타리아식 완두콩 소시지를 고안하여 프로이센 군대의 원기를 북돋워 준 사실을 기억하세요."(박수, 웃음바다.) "그리고 또 럼포드 백작을 명예 회원으로 추대하지 못할 이유가 어디 있겠습니까. 그분은 19세기 초엽에 사회 문제를 해결하고자 자신의 이름을 딴 럼포드의 빈민 구제 수프라는 끈적끈적한 죽을 만들어 냈습니다. 그것은 물, 감자, 보리, 콩, 쇠기름, 곰팡내 나는 빵, 소금, 김 빠진 맥주 따위를 한데 섞은 다음 숟가락에서 잘 떨어지지 않을 정도로 끈적끈적해질 때까지 한참 동안 끓여서 만든 것이었습니다."(다시 한번 대표자들의 갈채와 웃음바다.)

일곱째 달

그러나 지난날 발가세 민중 구제 식당과 단치히-오라 민중 구제 식당에서 요리사로 일했던 레나 슈투베가 초기 사회주의자로서의 경험을 들려주면서 그녀의 짤막한 연설에서 자꾸만 과거 이야기를 끄집어냈을 때, 그녀가 그 시절에도 꼭 필요했지만 구할 수 없었던 프롤레타리아식 요리책이 사실은 지금 여기서도 필요하다고 주장했을 때, 계급의식을 담은 요리책이 없었던 까닭에 초기 자본주의 시절의 노동자 부인들이 아무짝에도 쓸모 없는 부르주아적인 요리책들——앙리에트 다비드의 것이나 그보다 더 졸렬한 것——을 손에 잡았고 그리하여 그들 자신이 속한 계급에서 스스로 소외되는 결과를 낳았으며 소시민적인 동경에 전염되었다——"예를 들면, 여러분의 그 마데이라 소스를 친 소 혓바닥 요리를 보십시오!"——는 사실을 레나 슈투베가 입증하기 시작했을 때, 노동 운동과 그 결과로 생긴 노동조합이 옛날이나 지금이나 공장에서 일하는 젊은 여성 노동자들에게 계급의식이 담긴 요리를 가르치는 일을 소홀히 하고 있다고 레나가——"그들은 두 눈을 감고 통조림에만 손을 대고 있습니다!"——주장했을 때, 대부분의 회의 참석자들이 이의를 제기하고 나섰다. "그렇다면 그렇게 많은 질 좋은 통조림들은 다 뭐란 말이요!", "이미 오래전에 극복된 계급투쟁을 지금 이 자리에서 다시 시작하자는 말이요?" 그리고 어떤 사람은 이렇게 소리쳤다. "전형적인 좌파들이 지껄이는 망상이야."

그렇지만 19세기의 그 여자 요리사는 마지막 말을 마저 끝냈다. "동지들!" 하고 그녀는 남자 요리사들을 향해 소리쳤다.

"당신들의 요리에는 역사의식이 결여되어 있어요. 그 까닭은 지난 몇백 년 동안 남자 요리사가 수도원과 제후의 궁정, 그러니까 지배계급의 산물이었다는 사실을 당신들이 인정하려 들지 않기 때문입니다. 한편 우리 여자 요리사들은 언제나 민중을 위해 일했습니다. 그 시절 우리는 이름 없는 존재였습니다. 우리에게는 맛있는 소스를 개발할 시간이 주어지지 않았습니다. 우리들 중에는 퓌클러 후작25)도, 브리야사바랭26)도, 그 밖의 어떤 요리의 대가도 없습니다. 우리는 기근이 닥치면 밀가루에 도토리를 섞어 양을 늘렸습니다. 우리는 매일 먹는 귀리죽을 새로운 방식으로 끓여야 했습니다. 프로이센에 감자를 들여온 것은 프리츠 옹이 아니라 나의 먼 친척뻘 되는, 농업 노동자 요리사 아만다 보이케였습니다. 그러나 여러분들은 언제나 오로지 지나치게 사치스러운 요리만을 생각해 왔습니다. 외교관풍으로 말끔하게 뼈를 발라낸 다음, 송로버섯으로 속을 채우고서, 거위 간을 다져 만든 경단을 곁들인 자고 요리 같은 것 말입니다. 그게 아닙니다, 동지들! 나는 검은 빵과 오이지를 곁들여 먹는 족발이 좋습니다. 나는 겨자 소스를 친 값싼 돼지 콩팥 요리가 좋아요. 기장이나 괭이밥 맛을 역사적으로 느껴 보지 못한 사람은 괜히 이 자리에 나타나서 거만스

---

25) 헤르만 폰 퓌클러(1785~1871). 독일의 작가. 네덜란드, 프랑스, 영국, 아일랜드, 북아프리카, 소아시아, 그리스 등지로 많은 여행을 하고 그 경험을 문학 작품 속에 남겼다. 당시에 가장 인기 있는 여행 작가였다.
26) 장 앙텔름 브리야사바랭(1755~1826). 프랑스의 정치가이자 작가. 요리에 관한 책을 남겼으며 그의 이름을 딴 사바랭이라는 생과자가 있다.

럽게 그릴이나 튀김 요리에 대해 떠들어 댈 자격이 없습니다!"

남자 요리사들이 격분하여 소리를 질러 댔다. "본론으로 들어갑시다! 본론으로 들어가자고!" 이어서 논의는 노르트라인-베스트팔렌 주(州)의 임금협상 문제 쪽으로 방향을 틀었다.

그동안, 사회민주당 당수 베벨은 레나 슈투베가 쓴 『프롤레타리아식 요리책』의 원고를 들여다보았다. 대충 훑으면서 읽기는 했지만 그는 깊은 인상을 받았다. 그는 그녀의 계획을 긍정적으로 평가했다. 대부분 시골 출신이라서 자급자족하는 농촌 환경에 길들어 있는 젊은 노동자의 아낙네들이 새로운 도시 환경에서 방향감각을 찾지 못하고 있기 때문에 가사, 특히 요리를 만드는 데 계급의식이 담긴 길잡이용 책이 필요하다는 사실을 그는 인정했다. 노동자 계급의 가정에서 건강에 해로울 정도로 엄청난 양의 설탕을 소비하고 있음을 그는 잘 알고 있었다. 노동자들 가운데 알코올 중독자들이 많은 것도 그들의 분별없는 식사 습관과 분명 관계가 없지 않다고 그는 확신했다. 이미 장을 볼 때부터 부르주아적인 유혹이 시작된다고 말했다. 그리고 그가 쓴 여성에 대한 책에도 그 문제를 다룬 장이 하나쯤은 들어갔어야 옳았다고 시인했다. 그 자신뿐 아니라 노동운동 전체가 애당초부터 노동자들의 머리뿐만 아니라 미각을 깨우쳐 계급의식이 있는 미각을 발전시키는 데 소홀했던 것 같다고 말했다. 모든 것을 이성에만 맡겨 둘 수는 없다고 했다. 정의를 향한 외침에는 무미건조하고 이론적인 측면만 강조되어 있다는 것이었다. 거기에는 감각적인 측면이 부족하다는 것이었다. 배는 가득 채워지는 것만으로 만족하지 않는다고 말했다. 바로 그런 까닭에 사회주의자들은 상황을 날카롭게 분석할 줄은 알지만 감칠맛 나는 유머를 던질 줄은 모른다는 것이었다. 그러므로 그녀의 그와 같은 저술이 진작에 나왔어야 했다고 그는 말했다. 슈투베 동지의 주해(註解)와 역사적인 지적, 이를테면 1520년경에 발생한 육류 부족과 가격 폭등, 그리고 그로 인해 파생된 삶은 국수와 만두 같은 밀가루 음식의 발달과 보급에 대한 지적은 탁월한 것이라고 그는 평가했다. 그는 또한 프로이센의 감자 도입이 7년 전쟁에서의 승리보다 더 많은 변화를 가져왔다는 그녀의 의견에 대해 동의를 표한다고 말했다. 감자가 기장을 물리친 것을 하나의 혁명적인 사건으로 보는 그녀의 견해에 대해서도 적극적인 지지를 보낼 뿐이라고 말했다. 비록 마르크스가 어쩌면 부르주아 가문 출신이기 때문에 프롤레타리아들의 식사 습관 실태를 제대로 인식하지 못했겠지만, 그래도 그녀의 의견은 철저히 마르크스적이라고 했다. 자본주의와 마찬가지로 사회주의는 처음부터 무언가 청교도적인 요소를 자체 내에 갖고 있었다고 말했다. 그는 레나 동지의 박식함에 경탄을 보낸다고 덧붙였다. 그녀야말로 독학으로 공부한 노동 계층 여성의 모범이라고 말했다. 그 자신 역시 선반공 도제로 일하던 시절에 충분한 예비 교육 없이 그저 책을 통해 지식을 얻어야만 했다고도 말했다.

말을 마치자 아우구스트 베벨은 레나 슈투베의 손을 꼭 잡고 한동안 놓지 않았다. 그녀의 말에 깊은 감동을 받았기 때문이었다. 그는 이렇게 소리쳤다. "정말로 잊을 수 없는 날입니다!" 그러나 레나가 그녀의 당수에게 자신은 여자인 데다가 이름도 알려지지 않아서 책을 출판해 줄 출판업자를 찾을 수 없으니 출판을 위해 『프롤레타리아식 요리책』의 서문을 써 줄 수 없느냐고 부탁하자, 베벨은 어떻게 해야 할지 확신이 서지 않았다. 요리책에 자신들의 당수가 서문을 써 주는 것을 정치적 필연으로 여길 만큼 그의 동지들이 지적으로 성숙했는가? 괜히 그렇게 하다가 그 자신만 웃음거리가 되고 명분만 잃을지도 모른다. 부르주아 대중들이 어떤 식의 반응을 보일지는 말할 필요도 없다. 적대 진영에서는 그가 약점을 보이기만을 기다리고 있다. 그는 유감이라고, 정말 유감이라고 말했다.

그리고 베벨은, 그녀가 쓴 요리책 중에서 가장 중요한 부분만이라도——그녀의 이름은 표기하지 않고서——그의 성공적인 저서의 재판을 찍을 때 조그만 글씨체를 써서 부록으로 실어 줄 수 없겠느냐는 레나의 제안도 다음과 같은 유감의 말과 함께 거절했다. 그는 슈투베 동지가 《새 시대》지를 정기 구독하고 있음을 알고 있다. 그러므로 그녀는 그가 여성 문제를 놓고 지몬 카젠슈타인과 벌인 논쟁에 대해서도 잘 알고 있을 것이다. 사람들의 성화 때문에 그는 다음에 그의 책의 새 판을 찍을 때 카젠슈타인의 비판적인 글과 함께 그에 대한 자신의 답변을 부록으로 싣지 않을 수 없다. 그렇기 때문에 그녀의 요리책에서 발췌한 내용을 실을 만한 지면이——정말로 유감스럽기 짝이 없지만——없다. 게다가 그녀가 쓴 그 훌륭한 저서를 줄인다는 것은 참으로 안타까운 일이다. 그것은 절대 안

된다. 슈투베 동지에게 그런 짓을 할 수는 없다고 말이다.

지금은 독일 사회민주당 당수인 빌리 브란트가 중요한 의식 때마다 몸에 지니고 나오는 예의 그 금빛 회중시계를 아우구스트 베벨이 호주머니에서 꺼냈을 때, 레나는 안경을 벗고서 눈물에 젖은 눈길로 깡그리 먹어 치운 식탁을 바라보았다. 이윽고 그녀가 말했다. "괜찮아요." 그러자 그가 말했다. "솔직히 말해, 나는 이곳에 올 때만 해도 기분이 울적한 상태였습니다. 그렇지만 이제 기분이 한결 좋아져 당신과 작별을 하게 되었군요. 유감스럽지만 지금 떠나야만 합니다. 아들러 맥줏집에서 동지들이 내가 오기를 기다리고 있거든요. 아마 티쉴러 거리에 있는 그 맥줏집을 말하는 것 같습니다. 이번에도 수정주의가 토의 대상입니다. 이 그칠 줄 모르는 언쟁. 차라리 나는 여기 남아서 당신한테 농장 요리사였던 당신의 선조 아만다 보이케 이야기나 좀 더 듣고 싶군요. 정말입니다. 만약에 감자가 없었다면……."

아우구스트 베벨이 슈투베 가족들에 의해 둘러싸인 채 브라방크 5번지의 노동자 숙소에서 나오자, 밖에서는 구름 같은 군중이 기다리고 있었다. 그들은 그를 향해 환호성을 지르며 당수님 만세를 외쳤다. 그들은 그들의 이상을 굳게 믿고 있었기 때문이다. 모두들 노동자의 노래를 불렀다. 그는 계속해서 악수를 해야 했다. 남녀노소 할 것 없이 모두의 눈에는 눈물이 맺혔다. 오월의 저녁이 석양에 물들고 있었다. 부하들과 함께 밀집한 군중의 움직임을 감시하고 있던 한 경찰 간부가 말했다. "황제가 친히 왕림하신 것보다 더 야단법석들이군!" 그러자 노동자의 아낙네인 이웃에 사는 레반도브스키 부인이 그 간부의 말에 대해 이렇게 답해 주었다. "저분이 바로 우리의 황제랍니다!"

취리히로 가다

취리히 여행은 금요일 단치히 역에서 기차를 타는 것으로 시작되었다. 그날은 8월 13일에서 14일 사이에 발생한 사건이 목요일자 《폴크스 차이퉁》 지에 보도된 다음 날이었다. 단치히 지구당의 당 지도부는 그 즉시 엄숙한 장례식을 거행하기로 결정했다. 그래서 토요일에 시민 사격클럽의 본부에서 많은 사람들이 참석한 가운데 장례식이 거행되었다. 그러나 그들은 별도의 조문 대표를 보낼 필요가 없었다. 왜냐하면 몇 년 전에 당수와 활발한 대화를 나눈 바 있는 레나 슈투베 동지가 바로 그 자리에서 자비로 그 먼 여행길에 오르겠다고 자청하고 나섰기 때문이다. 그녀는 단치히 지부에서 기증한 '잘 가십시오!'와 '우리는 단결을 맹세한다!'라는 붉은색 문구가 쓰인 하얀 리본이 달린 월계수 화환을 가지고 갔다. 밀짚 여행 가방 안에는 꼭 필요한 물건들 외에도 빵 한 덩어리, 블랙 푸딩이 가득 든 유리병 하나, 한 망태기의 사과가 들어 있었다. 그녀를 위해 특별 여권이 발급되었고, 그녀는 그것을 제때에 손에 쥐었다.

오토 프리드리히 슈투베가 역까지 나가 레나를 전송했다.

그는 그 전날만 해도 그동안 레나가 모아 놓은 돈이 다 들어 갈 만큼 비용이 많이 드는 그 취리히 여행을 극구 만류했었지만, 이제 남자답게 자제하면서, 그렇지만 감동 섞인 어투로 이렇게 말했다. "그곳엔 사람들이 정말 많이 모여들 거야."

나는 기차가 베를린을 향해 출발한 대략적인 시간도 말할 수 있고(오전 11시가 조금 지나서였다.), 그 밖에 1913년 8월도 기억 속에 뚜렷하지만, 지금 일어나고 있는 일은 도무지 납득이 가지 않는다. 불과 며칠 전, 현(現) 사회민주당 당수가 수상 자리에서 물러났다. 단지 공산주의자들이 그의 집무실에 스파이를 침투시켰다는 한 가지 이유 때문이었다. 도무지 이해가 가지 않는다. "이 더러운 놈들!" 하고 나는 욕설을 퍼붓는다. 나는 나와 마찬가지로 황당해하고 있는 친구들과 통화를 해보기도 하다가, 그냥 자리에 주저앉는다. 돌아다녀 보았자 아무 소용이 없기 때문이다. 거듭해서 나는 탄식한다. "그건 안 돼! 그건 안 돼!" 그러다가 지난날을 생생하게 되새겨 보려고 아우구스트 베벨에 대한 다음과 같은 글을 쓴다. 이와 비슷한 일을 당했다면 그는 어떻게 행동했을까? 그라면 스파이 문제에 대해 무슨 말을 했을까? 그리고 1946년 4월 22일 소련 점령 지역의 독일 공산당과 독일 사회민주당이 당 통합대회를 열고 독일 통일사회당으로 통합했을 때, 베벨 같았으면 어떤 입장을 취했을까? 그 엄숙한 자리에서 한 늙은 동지는 사회민주당원 그로테볼이 박수를 치는 가운데 공산당원 피크에게 나무 지휘봉을 넘겨주었다. 그것은 베벨이 직접 선반으로 깎아 만든 것으로서 1891년 에르푸르트의 소란한 당 대회 때 장내를 정리하기 위해 그가 "조용히 하시오!" 하면서 테이블을 두드렸던 바로 그 지휘봉이었다.

그러나 그 지휘봉의 상징적인 신통력도 (당 통합대회 직후) 몇 명의 사회민주당 당원들이 바우첸 교도소로 끌려가는 것을 막아 주지 못했다. 그 무엇도 동독의 지배 세력으로 등장한 공산당원들이 공산당원들 서로뿐만 아니라 나아가 베벨의 후계자를 비롯한 모든 사람들을 염탐하는 것을 막을 수는 없었다.

그 마이스터 선반공은 동지들이 진정한 사회주의로 가는 길이 무엇이냐를 놓고 격한 논쟁을 벌이기 시작하는 것을 보고 자신의 권위를 보다 강력하게 보여 주기 위해──여전히 자신의 직업을 사랑하는 마음에서──그 나무 의사봉을 손수 만들었을 때 그런 일은 미처 생각하지 못했을 것이다. (아니면 빌리가 사임한 것은 권력에 염증을 느꼈기 때문이었을까?)

레나 슈투베는 저녁 7시 30분 베를린의 프리드리히 슈트라세 역에 도착해서 전차로 갈아타야 했다. 할레, 에르푸르트, 베브라, 프랑크푸르트, 카를스루에, 바젤 등지를 경유하는 취리히행 10시 13분 급행 열차가 안할트 역에서 출발하기 때문이었다. 슈나이데뮐에서부터 그녀는 구석자리에서 태연히 잠을 잘 수 있었는데, 포메라니아 지방이 그만큼 평탄한 지역이었기 때문이다. 다른 여러 지구조합과 지구당에서 온 수많은 동지들이 화환을 들고 줄을 지어 서 있는 플랫폼에서 그녀는 사과를 한 개 먹었다. 그 후 열차의 칸막이 객실에서 운 좋게 창가에 자리를 잡자 그녀는 둥근 통밀 빵을 잘라, 유리병에서 블랙 푸딩을 조금 꺼내서는 그 빵 조각에 얹었다. 그러고 나서 그녀는 오토 프리드리히가 꼼꼼하게 그녀의 여행 가방 속에다 챙겨 준 네 병의 악티엔 맥주 중 한 병을 마셨다.

그의 외동딸이 취리히로 시집가서 그곳에 살고 있었기 때문에, 저술 활동으로 적지 않은 돈을 번 그 당수는 여생을 위해 취리히 호반에 집 한 채를 지어 놓았다. 아우구스트 베벨은 일흔세 살의 나이로 죽었다. 그때 레나는 예순네 살이었다. 그녀의 맞은편에 앉아 있는 여성 동지는 사십 대 초반 정도 되어 보였다. 그녀의 칸막이 객실에는 다른 세 명의 남자도 타고 있었는데, 그러나 그들 가운데 사회주의와 관련된 볼일 때문에 취리히까지 가는 사람은 오직 한 사람뿐이었다. 바로 그 미헬스[27] 씨는 투린에 살면서 대학에서 국민경제학 강사로 일하고 있는 사람이었다. 그는 우연히 레나가 탄 객실에 탔던 것인데, 그 객실에 탄 또 다른 여자 승객과 잘 아는 사이였다. 그는 그녀에게 말을 놓았다. 기차가 출발하자마자 그는 그녀에게 아주 과격한 어조로 지껄여 대기 시작했다. 그러자 다른 두 남자는 그들의 목적지인 할레까지는 아직 훨씬 더 가야 했지만 다른 객실로 자리를 옮겼다. 그들 중 한 사람은 자리를 떠나면서 '쓰레기 같은 공산주의자'라는 말을 내뱉었다. 그 바

---

27) 로베르트 미헬스(1876~1936). 독일의 사회학자. 투린 대학, 바젤 대학의 교수를 역임했다. 정치적으로 처음에는 사회주의와 생디칼리즘을 추종하다가 나중에는 이탈리아 파시즘에 경도되었다.

람에 여자들은 속으로 통쾌감을 느꼈다.

그 남자들이 로베르트 미헬스에게 한 행동은 여러 가지 의미에서 부당한 것이었다. 왜냐하면 아직 젊은 미헬스는 라인 지방의 부유한 상인 집안 출신이었기 때문이다. 그는 프로이센 군대에서 장교로 잠시 복무한 뒤 혁명적 사회주의자들과 접촉했지만, 독일 사회민주당과 그 조직 원리에 반발하여, 이탈리아와 프랑스의 생디칼리스트들과 교류했다. 소렐[28]의 영향을 받아 그는 사회주의자들의 소시민적인 수정주의에 거부감을 느꼈다. 물론 그는 하사관의 아들인 베벨에게 환멸을 느끼기도 했지만 참된 권위를 동경한 까닭에 그에게 매력을 느끼기도 했다. 바로 그 때문에 미헬스는 늘 앞만 보고 전진하는 그의 인생에서 이미 오래전에 결별한 당의 당수의 장례식에 참석하러 가는 중이었다. 그는 당에서 좌파로 통하는 로자 부인[29]보다 자신이 훨씬 더 좌파임을 자처했다. 같은 객실에 탄 다른 사람들뿐만 아니라 자신에게도 사과를 건네준 레나 슈투베에게서 그는 아무것도 느끼지 못했다. 사실, 기차가 출

---

28) 조르주 소렐(1847~1922). 프랑스의 사회철학자. 처음에는 마르크스적 노동운동을 따랐으나, 나중에는 무정부주의적-생디칼리즘적 방향으로 나아갔다. 그가 지은 『폭력론』(1908)은 한편으로는 레닌에게 영향을 주었고 다른 한편으로는 유럽 파시즘에도 길잡이 역할을 했다.

29) 로자 룩셈부르크(1870~1919). 정치인. 이미 학생 때 사회주의 노동운동에 관여했다. 1889년 스위스의 취리히로 이주하여 그곳에서 국민경제학을 공부하고, 독일 사민당에 참여하여 당의 좌익 계열의 이론가 역할을 했다. 베른슈타인의 수정주의와 달리 오로지 혁명을 통해서만 자본주의를 극복할 수 있다고 보았다.

발하자 한번 성호를 긋더니, 계몽주의 정신에 어긋나게 기차
가 역을 지날 때마다 그 같은 죄악을 반복하는 그 백발 여인
의 속마음을 그가 어떻게 헤아릴 수 있었겠는가.

두 젊은 남녀 승객은 총파업을 대중적인 혁명 수단으로 사
용하는 일을 놓고서 열띤 토론을 벌였다. 미헬스 역시 총파업
에 찬성하는 입장이었지만, 로자가 합법성의 한계를 벗어나는
것을 두려워하여 '다수결 원칙만을 고집하는 악명 높은 정치
가' 베벨의 뜻에 따르기만 할 뿐 당에서 자신의 좌파를 이끌
고서 빠져나올 생각을 하지 못한다고 그녀에게 비난을 퍼부었
다. "당신은 민주주의라는 말만 떠들어 대고 있어. 대중의 힘
은 맹목적이야. 그들에겐 그들을 끌고 갈 지도적인 의지가 필
요해. 그들은 언제나 월급날 몇 푼의 돈을 더 받거나 가끔가
다 공짜 맥주 한잔을 얻어먹으면 그걸로 그만이야. 당신들의
사회민주주의는 부르주아적인 퇴폐의 냄새를 풍기고 있어. 입
만 벙긋하면 법률 얘기만 하거든. 쇠빗자루로 산더미처럼 쌓
인 천년 묵은 먼지를 쓸어 내고 마침내 진정한 자유의 공간을
만들어 줄 무정부주의적인 힘에 대한 감각이 없어."

그러자 자신도 진정한 자유를 원한다고 로자가 말했다. 그
렇지만 자유라는 것은 위에서 아래로 명령할 수 있는 것이 아
니라고 했다. 그것은——조직의 힘을 빌려서라도——밑바닥으
로부터 성장해야만 한다는 것이었다. "물론 지금 그들이 제시
하고 있는 타협주의는 사라져야 해. 베른슈타인파와 카우츠키
파는 몰아내야 해. 이제 그 늙은이가 죽었기 때문에 젊은 지
도자들이 일어설 시점이 되었어. 우리는 다시 우리의 자발성

을 되찾아야 해. 필요하다면, 당과 싸워서라도 말야."

　그들은 베브라에 도착할 때까지 그와 같은 이야기를 계속했다. 차창 밖으로 어느덧 땅거미가 지기 시작했을 때 레나가 다음과 같이 말을 꺼냈다. 사실 그녀는 잠깐 눈을 붙이고 싶다. 그렇지만 꼭 하고 싶은 말이 있다. 룩셈부르크 동지가 한 이야기는 자신이 당 기관지에서 읽은 것과 별반 다를 것이 없다. 그것은 종이 위에서나 통할 수 있는 말이다. 아래로부터의 자유에 대해선 그녀 역시 적극 찬성이다. 그리고 유감스럽게도 그의 글을 아직 읽어 본 적은 없지만 미헬스 동지가 그 자리에서 늘어놓은 말은 너무나 거창해서, 그것을 듣고 있노라면 그녀의 남편 오토 프리드리히가 과격한 일요일만 되면 감정에 휩쓸려 아들러 맥줏집에 나가 떠들어 대던 이야기가 생각난다. 그러나 사람들은 월요일이 되면 생활을 시작하여 그 주 내내 그렇게 살아야 한다. 베벨 동지는 그 이야기를 틈날 때마다 거듭 꺼내곤 했다. 그가 이제 더 이상 당수가 아니라는 사실은 참으로 애석한 일이다. 좌파와 우파에서 제각각 내세우는 정당성을 일목요연한 문장으로 정리할 수 있는 사람이 이제 하나도 없으니 상황이 어떻게 전개될지 모르겠다. 왜냐하면 지나치게 자기 주장만을 내세우는 것은 위험하기 때문이다. 그렇게 떠들어 대다 보면 당의 결속은 금방 깨지고 만다. 룩셈부르크 동지가 이 점을 고려해 주었으면 좋겠다. 그리고 학식이 뛰어난 데다가 입심까지 좋은 미헬스 동지에 대해 말하자면, 그는 너무 지나치게 좌파 쪽으로 기울지 않도록 말을 조심해야 한다. 그렇게 하지 않으면 그는 오히려 우익으로 넘어갈 가능성이 있다. 그녀는 카를헨 클라비터처럼 불과 몇 년 사이에 몰라보도록 달라져 버린 사람들을 알고 있다. 변하지 않는 유일한 것은 현실 세계뿐이다. 이를테면 궁핍 같은 것이다. 그것은 언제나 변함이 없다.

말을 끝낸 후 레나 슈투베는 그들에게 다시 한번 사과를 나눠 주고 나서 외투를 끌어당겨 얼굴까지 뒤집어쓰고는 잠이 들었다. 그사이 급행 열차는 환한 아침을 헤치며 제 시간에 도착하려고 무진 애를 쓰고 있었다. 왜냐하면 기관사와 화부(火夫)뿐만 아니라 교대로 근무하는 차장들도 모두 동지들이기 때문이었다. 그들은 어떤 사람들을 어디로 데려가고 있는 것인지, 그리고 그들의 정기 운행 열차가 앞으로 달리면 달릴수록 점점 더 역사적 의미를 더해 가고 있다는 것을 정확히 알고 있었다.

로자 룩셈부르크와 로베르트 미헬스는 레나의 말을 듣고 나서──그녀는 로자를 '아가'라고 부르기도 했으며 '아가씨'라고 부르기도 했다.──잠시 생각에 잠겼다. 그러나 그들은 비록 레나를 생각해서 목소리를 낮추기는 했지만 사회주의의 속성이 원래 그런 것이라서 그런지 원칙 문제를 놓고서 그 뒤로도 한 시간이 넘게 지치도록 논쟁을 벌였다.

물론 로자는 당과 결별하고 싶어 하지 않았다. (나중에 그녀는 당과 결별을 하고 나서 끔찍한 일을 당하고 말았다.) 그 과격한 부르주아의 자식 역시 자신의 그 별난 이력을 뒤로하고 반동 진영으로 들어가고 싶어 하지 않았다. (그러나 로베르트 미헬스는 그 당시 막 터질 태세이던 1차 세계대전이 끝나자마자 그가 교수로 있던 이탈리아에서 파시스트가 되어 끝까지 열광적이고 과격한 파시스트로 남았다.) 어쨌든 그 취리히행 급행열차 안에는 수많은 미래가 동승하고 있었다. 에베레트[30]와 샤이데만[31]이 일등실에 타고 있었으며, 그 당시에 이미 레닌으로부터 수정주의자라는 비난을 받고 있던 플레하노프[32] 역시 러시아 동지들을 대표하여 베벨의 장례식에서 한마디 조사를 하기 위해 가는 길이었다.

불행하게도 이 세상에는 그 누구도 예측할 수 없는 일들이 일어난다. 베벨은 평소 부르주아의 자식들에 대해 비웃는 태도를 보였으면서도 탁월한 그 젊은이만큼은 대단히 높이 평가했다. 그것은 그가 지닌 (자유로운) 학문적 태도와 그의 (화려한) 글솜씨 때문이었다. 한편 브란트는 기욤 동지의 듬직함

---

30) 프리드리히 에베르트(1871~1925). 독일의 정치가. 원래는 마구(馬具)를 만드는 직공이었으나 1889년에 사민당에 가입했다. 1905년부터 중앙당에서 주요 책무를 수행했다. 1913년 당수 A. 베벨의 사후에는 H. 하제와 함께 당의장이 되었으며, 1914년 1차 세계대전 때에는 당 우익을 이끌며 정부와 군부를 지지하고 전쟁 중에는 독일의 국민적 단결과 상호 이해에 의한 평화를 주장했다.
31) 필리프 샤이데만(1865~1939). 독일의 정치가. 카셀 출생으로 언론인으로 활약하다가 1903년 사회민주당 소속 국회의원이 된 인물이다.
32) 게오르기 플레하노프(1856~1918). 제정 러시아의 혁명 사상가. 하급 귀족의 아들로 태어나 사관학교와 상트페테르부르크 광산학교를 중퇴하고 나로드니키 혁명 결사 '토지와 자유당'에 참가했는데, 1879년 그것이 분열되자 '흑토할체파(黑土割替派)' 소속이 되었다. 1880년 망명하여 엥겔스, 카우츠키 등과 친교를 맺었고 『공산당 선언』을 러시아어로 번역했다.

과 해맑은 성품을 편안하게 믿었다. 배신자들은 모두들 독특한 매력을 갖고 있다. 그것은 사실 아첨성의 매력이다. 왜냐하면 미헬스와 기욤은 배신을 저지르면서도 각각 베벨과 브란트에 대해 늘 존경 어린 마음으로 말했기 때문이다. 베벨을 기리는 미헬스의 추도문을 읽어 본 사람이라면 심지어 비판적인 글귀 속에서도 그가 그 괴팍스러운 노인을 얼마나 사랑했는지 분명히 알게 될 것이다. 그리고 언젠가 기욤이 우리에게 『어느 배신자의 회상록』을 선물한다면, 그는 거기서 틀림없이 자신에게 나랏일을 맡긴 사람의 문제와 자신의 개인적인 감정을 뚜렷이 구분할 것이다. 결국 인간은 사랑하는 사람에게만 배신을 저지를 수 있는 것이다. 그렇지만 평생 동안 고난에 순응해 온 레나 슈투베는 사랑에 대해서도 언제나 분명한 태도를 지켰다.

정확히 오후 3시 29분에 급행 열차는 취리히 역에 도착했다. 노동자 연맹에서 방문객들을 위해 숙소를 이미 마련해 놓았다. 평상시와 마찬가지로 모든 일은 빈틈없이 준비되어 있다. 레나는 로자를 향해 어머니처럼 자상하게 "몸조심해요, 아가씨! 그리고 우리 불쌍한 여성들을 위해 좀 괜찮은 글을 한번 써 줘 봐요." 하고 말하고 나서, 등을 두드려 주며 미헬스와 작별을 한 뒤 그날 밤을 묵기 위해 로스 집안을 찾아갔다. 저녁 식사에는 밀크 커피와 보통 뢰스티라고 부르는 스위스식 감자 튀김이 나왔다.

신발 바닥이 다 닳도록 평생 우편배달부 일을 해 온 늙은 로스 씨는 사회주의자 진압법의 서슬이 시퍼렇던 시기에 우편일에 종사하던 그곳 스위스와 독일 제국의 동지들이 어떤 식으로 힘을 합쳐 취리히에서는 인쇄가 가능했으나 독일 제국에서는 금지된 신문인 《사회민주주의자》를 국경 너머로 몰래 들여갔는지에 대해서 들려주었다.

레나 슈투베는 클라비터 조선소에서 벌어졌던 파업 이야기와 베벨이 브라방크에 있는 그들의 숙소를 방문했던 이야기를 들려주었다. 그녀는 마땅한 출판사를 찾지 못하고 있던 그녀의 『프롤레타리아식 요리책』에 대해서는 잠깐 지나가는 말투로 언급했다. 그렇지만 레나와 비슷한 나이의 로스 부인은 그 책에 대해 관심을 보였다.

그러고 나서 그들은 모두 잠자리에 들었으며 취리히의 교회 종소리에 잠에서 깨었다. 화창한 여름날은 마치 이 세상의 모든 것이 환하게 빛나는 듯한 느낌을 주었다. 돈은 교회를 향해 가고 있었다. 사랑하는 하느님은 고객과의 거래에 대해 일절 함구했다. 베벨의 죽음 따위는 전혀 눈에 띄지도 않았다.

빌리가 사임한 것은 5월의 일이었다. 그때는 내가 하루 종일 갈매기 깃털로 나의 자화상을 그리기 시작한 지 엿새째 되는 날이었다. 늙고 쭈글쭈글하긴 했지만 여전히 깃털을 불고 있는 모습이었다. 내가 어렸을 적에(비행선의 시대에), 그리고 까마득한 그 옛날에(기원전 석기 시대에) 한꺼번에 서너 개의 솜털들과 소망들과 행복을 누워서 혹은 달리면서 불어서 공중에 떠돌게 했던 것처럼. (빌리도 그렇게 했다. 그의 호흡은 놀랄 만큼 길었다. 어떻게 해서 그의 호흡은 그렇게 길었을까. 뤼벡[33]의 학교 운동장 시절부터 그는 호흡이 길었다.) 나의 깃털들은——몇 개는 그의 것이었다.——점점 힘이 풀려 가고 있다. 간혹가다 그것들은 정상적인 형태를 보인다. 바깥세상에서는 국가 권력이 뺨을 불룩하게 부풀리고 있음을 나는 안다. 그러나 어떤 깃털도, 어떤 꿈도 권력을 위해 춤을 추지는 않을 것이다.

장례식은 일요일 오후 2시에 거행될 예정이었다. 로스 동지가 조직위원회의 일원이었기 때문에 레나는 질펠트 시립 묘지 입장권을 한 장 얻을 수 있었다. 그 입장권을 그녀는 슈타우프파허 가에 있는 노동자 연맹에 가서 찾아왔다. 관대(棺臺)에 모셔진 시신은 토요일까지 일반인들이 조문을 할 수 있도록 인민회관의 커다란 홀에 안치되어 있었다. 그곳으로부터 베벨의 유해는 미망인이 되어 쇤베르크 가에 살고 있는 그의 딸의 집으로 옮겨졌다. 다시 거기서 나온 뒤 장례 행렬이 만들어졌다. '화합'이라는 이름의 악대가 선두에 섰다. 그 뒤를 화환을 든 오백 명이 넘는 조문객들이 따라갔다. 그들 중에는 레나 슈투베도 끼어 있었는데, 그녀는 그녀의 화환을 남의 손에 넘겨주려고 하지 않았다. 그 뒤를 영구차가 따라갔고, 꽃을 잔뜩 실은 몇 대의 마차와, 애통하는 유족들을 태운 마차, 그리고 걷기가 불편한 사람들을 태운 또 다른 두 대의 마차가 그 뒤를 이었다. 전통적인 모양새의 깃발을 든 사람들 뒤를 독일(제

---

33) 빌리 브란트의 출생지.

국의회에서 파견된 의원들을 포함하여), 프랑스, 영국, 오스트리아, 스위스에서 파견된 조문객들과 그 밖의 여러 단체들이 따르고 있었다. '단결'이라는 명칭의 군악대 뒤에는 취리히와 그 인근 지역의 정치 단체들이 떼를 이루어 따라갔다. 행렬의 맨 마지막을 형성한 것은 노조 단체들이었다. 노동운동에 대해서 늘 악의에 찬 기사만 내보내던 《노이에 취리히 차이퉁》신문조차도 장례 행렬의 규모에 놀란 나머지 도대체 어찌 된 영문인지 갈피를 잡지 못했다.

레미 가를 지나 카이 다리를 건너고, 탈 가와 바덴 가를 통과하여 장례 행렬은 질펠트를 향해 갔다. 교회들은 모두 침묵했다. 다만 야콥 교회의 종지기만은 동지임에 틀림없었다. 수천 명의 인파가 도로변에 늘어서 있었다. 대부분의 남자들은 납작한 밀짚모자를 쓰고 있었고, 여자들은 조화(造花)로 장식한 모자를 쓰고 있었다. 영구차가 지나갈 때 남자들이 다 모자를 벗지는 않았다. 그로부터 일 년 뒤 그와 똑같이 생긴 밀짚모자들이 사진에 찍혔는데, 그것은 선전 포고를 환영하기 위해 유럽 각지에서 수많은 인파가 모여들었을 때였다. 그러나 사회주의 인터내셔널은 바로 얼마 전에 바젤의 회합에서 어떤 종류의 전쟁에 대해서도 반대하는 결의를 통과시켰다. 그 자리에서 베벨은 군비 경쟁과 곳곳에서 일고 있는 전쟁 선동 분위기를 비판하는 연설을 했다. 그는 그의 연설을 여느 때와 마찬가지로 행동을 호소하는 다음과 같은 말로 끝맺었다. "자, 우리 모두 일하러 갑시다. 힘차게 전진합시다!"

질펠트 시립 묘지에서 레나 슈투베는 로자 동지의 모습은 잠깐 스치듯 본 반면 미헬스 동지의 모습은 여러 번 보았다. 미헬스는 모든 대표단들과 친분이 두터운 듯 프랑스와 이탈리아에서 온 대표들과 서로 말을 놓는 사이였다. 도무지 화장터 같지 않은, 그리스 신전 모양의 조그만 건물 안으로 레나는 들어갈 수가 없었다. 대표단들이 북새통을 이루며 몰려들었기 때문이다. 그녀는 들고 있던 화환을 겨우 얼른 건네고 나서 대표단들이 하는 조사를 듬성듬성 들을 수 있었다. 스위스의 국회의원 헤르만 그로일리히, 오스트리아의 빅토르 아들러, 벨기에의 반더벨데, 독일 제국의회 의원인 레기엔, 러시아의 플레하노프 등이 한마디씩 조사를 했다. 유감스럽게도 장 조르는 병 때문에 참석하지 못했다. 나중에 가서야 비로소 유명해진 인물들로는 오토 브라운, 카를 리프크네히트, 오토 벨즈, 그리고 에베르트, 샤이데만 등이 있었다. 전 세계 사회주의 여성을 대표하여 클라라 제트킨 여성 동지가 조사를 읽었다. 그녀는 베벨을 '수백만 여성의 정신을 일깨워 준 분'이라고 불렀다. 그녀는 이렇게 말했다. "지금까지 당신처럼 그렇게 성스러운 분노를 지니고 여성에게 가해진 부당함과 편견에 맞서 싸운 사람은 없었습니다⋯⋯."

아우구스트 베벨의 유골 단지는 그의 아내 율리에의 유골 단지 옆에 안장되었다. 베벨이 유언장에서 원한 대로 끝에 가서 그뤼틀리 남성 합창단이 고트프리트 켈러[34]의 '후텐의 노

---

34) 1819~1890. 스위스의 사실주의 작가. 급진적 정치시를 지어 문재(文才)를 인정받았다. 대표작으로 『푸른 옷의 하인리히』가 있다.

래'를 불렀다. "그대 환한 그림자여, 고맙구나……."

레나는 장거리 여행을 한 탓에 로스 씨의 집에서 사흘을 더 손님으로 머물렀다. 그렇지만 그녀는 그저 먼발치로만 산들을 바라보았다. 취리히 호반의 기슭에서 뭰 바람을 맞으면서. 브라방크 가에 사는 이웃집 여자 프리다 레반도브스키에게 선물하려고 그녀는 소 방울을 하나 샀다. 마지막 날이 되자 비로소 그녀는 울적해지고, 모든 것이 낯설게 느껴졌다.

로스 부인이 자신을 역까지 바래다주자, 레나는 그녀에게 둥근 빵 한 덩어리와 아펜첼 치즈 한 조각, 그리고 도수가 낮은 헤를리베르크산 포도주가 가득 든 작은 물병 하나를 건네주었다. 베를린행 급행 열차 안에서 그녀는 낯선 사람들 틈에 끼어 앉아 있었다. 하지만 그녀는 잠시 후 그녀의 여행 가방에서 일기장을 꺼냈다. 그녀는 쓰고 남은 돈과 신분증, 몇 개의 머리핀, 중탄산소다 튜브 같은 것들 속에 섞여 있는 검은 비단 주머니에서 안경을 찾아서 썼다. 그녀는 로스 부인이 즐겨 만들던 요리의 조리법을 적어 내려갔다. 그것은 이를테면 양파 파이, 기름에 바싹 튀긴 치즈 경단, 뢰스티를 곁들인 얇게 썬 간, 볶은 밀가루로 만든 수프 등이었다. 그러면서 레나 슈투베는 다시 그녀의 오토 프리드리히 곁으로 다가가고 있었다. 그러나 얼마 뒤 전쟁이 터졌기 때문에 그녀는 그를 잃고 홀몸 신세가 되었다.

그들이 안경을 놓아둔 곳

감자 껍질 더미 밑, 밀가루통 속, 그리고 아만다 보이케가 냄비를 닦는 데 쓰려고 모아 둔 베이컨 껍질 옆에.

안경이 있는 수많은 정물화. 나는 레나 슈투베의 실을 꼬아 만든 안경테를 구부러진 못 앞에다, 고리 모양으로 매듭이 묶인 밧줄 위에다 위치시켜 놓고 그릴 수도 있다.

양파를 썰거나 그 밖의 다른 무슨 일을 하든 그들은 안경을 벗지 않았다. 불콩을 고를 때나, 나의 일제빌이 양의 뒷다리 고기에다 마늘을 박을 때나, 속을 채운, 그러니까 사과로 속을 채운 성 마르틴일의 거위를 꿰맬 때나, 레나 슈투베가 마요란이 한번도 떨어진 적이 없는 작은 양념 찬장 앞에 있을 때나, 조피 로트촐이 버섯을 따러 갈 때나.

그들이 잃어버린 안경은 밀가루통 속이나, 감자 껍질 더미 밑에서, 그리고 그 밖의 다른 곳에서 다시 발견되곤 했다. 이를테면, 몇 주일 뒤 오리 기름이 가득 든 오지 항아리 밑바닥에서, 루쉬 수녀가 올리바 수도원의 사악한 예쉬케 수도원장에게 만들어 준, (말린 오얏으로) 속을 채운 소의 염통 요리 속에서. 그리고 조피가 버섯을 따러 다니다가 잃어버린 안경은 정확히 1세기가 지난 후 금요일을 맞아 레나 슈투베가 방금 사 온 대구의 배를 갈랐을 때 바로 대구의 간 옆에서 발견되었다.

그들은 도대체 몇 개의 안경을 끼고 다니다가, 잃어버렸다가 다시 찾곤 했던가? 그것은 모두 열세 개였다. 마지막 안경은 1962년 아버지날 축제 때 빌리라는 애칭으로 불리던 지빌레 미일라우가 안경과 함께 오토바이에 들이받혔을 때 박살나고 말았다.

마리아는 맨눈으로 물건들의 값을 비교한다. 글을 읽을 줄도 쓸 줄도 모르던 아그네스는 안경을 끼지 않았다. 사방의 벽에 갇혀 있던 사순절 요리사 도로테아는 촛불 아래서 참회의 글을 끄적거릴 때 안경이 필요했을 것이다. 그녀에게 전성기 고딕 문자를 가르쳐 준 것은 그녀의 고해신부였다. 넙치의 말에 따르면, 비가와 메스트비나도 근시였다. 물론 석기 시대의 이미지를 강하게 풍기기 때문이기는 하지만, 그 누가 안경을 끼고 있는 아우아의 모습을 상상할 수 있겠는가.

또다시 안경을 엉뚱한 데다가 놓고 잊어버린 조피는 적에게 포위당했는데도 불구하고 단지히 시까지 들어온 한 바구니의 버섯들을 가물대는 눈으로 종류별로 나누었는데, 결국 그 일은 정치적인 사건을 불러일으켰다. 반면에 레나 슈투베는 코에 안경을 걸치지 않고도 못에 매달려 있는 그녀의 오토를 제때에 구해 냈다.

음식을 만들 때 나는 김이나 기름 얼룩, 안개, 또는 파리똥 등으로 안경알이 흐려지면 그들은 털소매나 그 밖에 손에 잡히는 아무것으로나 안경을 닦았다.

도시 귀족 페르버로부터 안경을 물려받은 루쉬 수녀는 새끼 오리의 꼬리털로 자신의 안경을 닦았다. 그라우덴츠 요새의 사령관에게 새로운 사면 요청서를 쓰기에 앞서 노처녀 조피 로트촐은 안경을 닦기 위해 토끼의 발을 집어 들었다. 빌리는 내 손수건을 빌렸다. 아만다 보이케는 럼포드 백작이 뮌헨이나 런던 또는 파리에서 보내 준 비단 손수건으로 흐려진 안경알을 문질렀다. 그리고 아만다나 조피처럼 일찍부터 계몽적이거나 혁명적인, 또는 선동적이거나 지극히 학문적인 성격의 책들을 읽느라고 시력을 버린 레나 슈투베는 응접실에 있는 책상 앞에 앉기에 앞서 무모하기 이를 데 없는 그녀의 첫 남편이 남긴 빨간 목도리로 안경을 닦았다.

그들은 모두 영리한 여자들이었다. 그들은 석판이나 줄 쳐진 종이에, 혹은 습자 노트나 푸른색 설탕 봉지를 잘라 만든 종이쪽지에다 가계부를 적거나, 편지나 사면 요청서를 썼으며, 요리법과 각주를 적었다. 레나 슈투베는 그녀의『프롤레타리아식 요리책』을 예쁜 글씨로 정서하기에 앞서, 그 초고를 먼저 오래된 전단지와 철 지난 파업 포고문의 뒷면에 작성했다.

신문이나 달력, 또는 클루크의 찬송가책을 들여다볼 때, 그리고 아이들의 머리를 뒤져 이를 잡을 때 그들은 안경을 썼다. 그 밖의 어떤 경우에 그들은 안경을 사용했던가?

화장실에서, 자신의 똥과 남편이 눈 무른 똥, 그리고 아이들의 소시지처럼 가는 똥을 살펴보기 위해. 양의 혀나 내장, 소의 잔뼈나 돼지 발이 푹 삶기는 동안 루쉬 수녀와 아만다 보이케가 그랬던 것처럼 성경을 큰 소리로 읽기 위해. 그들의 딸들과 그 딸들의 딸들이 쓴 편지들 속에서 나와 내 인생의 흥망성쇠를 알아내기 위해. 사실 나는 거의 편지를 쓰지 않았으며, 내가 편지를 쓴 것은 오로지 내가 도망 중에 곤경에 빠져 빚을 졌을 때뿐이었다.

일곱째 달

레나 슈투베는 베벨을 보다 더 잘 알기 위해 안경을 쓰기도 했으며, 오라와 발가세 빈민 급식소의 부글부글 끓는 솥이나 그녀의 가족의 냄비 곁에 앉아 있는 동안에도 안경을 썼다. 여기 나의 눈에 그녀의 모습이 보인다. 그녀는 끊임없이 흘러내리는 니켈 테 너머로 근심에 잠겨 진보만을 생각했다. 그러나 빈민 급식소에서 반 리터짜리 주걱으로 사람들에게 수프를 퍼 줄 때에는 레나는 안경을 벗고 그녀의 푸른 눈동자로, 그리고 나이가 들어서는 약간 촉촉한 눈빛으로 우리의 미래를 응시했다.

레나를 추도함

언젠가 아우아는 우리를 남기고 세상을 떴다. 우리는 굶주림에 못 이겨 그녀를 반은 날로 그리고 반은 익혀서 먹지 않을 수 없었던 것이다. 비가는 패혈증으로 죽었다. 언제나 우리에게 고트족의 허풍쟁이들을 조심하라고 경고하던 그녀는 떠나는 고트족들이 바이크셀강 어귀의 충적지(沖積地)에 버리고 간 녹슨 쇠꼬챙이에 찔렸던 것이다.

강제로 세례를 받은 메스트비나는 나중에 가서 참수당했는데, 그것은 그녀가 쇠국자로 아달베르트 주교를 때려죽였기 때문이었다.

몬타우의 도로테아가 마리엔베르더 대성당의 골방 안으로 들어가 틀어박혔을 때, 벽돌 하나만큼의 공간이 막히지 않고 남아 있었다. 그리고 바로 벽에 난 그 구멍 덕분에 우리는 그녀가 빽빽하게 흘려 쓴 종이들과, 미친 듯이 휘갈겨 쓴 글들과, 사랑의 예수를 노래한 시와, 그리고 음란한 기도가 섞여 있는가 하면, 자유를 향한 외침이 배어 있고, 비참한 참회의 말까지 적혀 있는 비밀스러운 쪽지와, 밀폐된 벽 안에서 그녀가 그토록 먹어 보고 싶어 했던 요리의 조리법 등을 볼 수 있게 된 것이다. 그러던 중 그녀는 마침내 음식물을 거부하였으며, 최소한의 변조차 배설하지 않았고, 앙상하게 뼈만 남은 몸으로 뻣뻣하게 그저 누워 있기만 했다.

마르가레테 루쉬 수녀는 1585년 2월 26일 폴란드 왕 바토리가 단치히 시와 평화 조약을 체결하고 이 경사를 도시 귀족들과 함께 강꼬치고기 요리를 먹으며 축하하던 자리에서 생선 가시가 목에 걸려 질식해서 죽었다.

시인 쿠비리누스 쿨만과 상인 노르더만, 부엌데기 하녀 아그네스 쿠르비엘라, 그리고 머리가 살짝 바보인 그녀의 딸 우르줄라가──남자들은 모반죄로, 여자들은 마녀라는 명목으로──1689년 10월 4일 모스크바의 드넓은 하늘 아래에서 화형에 처해졌을 때, 아그네스는 이미 불이 활활 붙은 장작더미 위에서 그녀만의 생선 요리법을 생각하면서 마르틴 오피츠의 시를 인용하여 다음과 같이 말했다고 전해진다. "내 사랑은 영원히 그분만을 위한 것. 그분의 생선과 기쁨은 오로지 나만이 만들어 드릴 수 있나이다. 사랑하는 그대여, 어서 오소서! 우리 함께 식탁에 앉도록 해요. 편히 마음껏 먹으면서 시간을 보내도록 해요."

그리고 아만다 보이케는 그녀의 계몽된 편지 친구 럼포드 백작의 품에서 평온하게 숨을 거두면서 원자력 부엌들이 세계 곳곳에서 가동되고 있는 환상을 보았으며 굶주림의 종말을 예고했다고 한다.

그리고 그토록 위태롭고 가파른 삶을 살았으며 버섯 요리를 이용해서 적들을 제거할 준비를 했던 조피 로트촐 역시 1849년 가을에 너무나 평범하게 노환으로 세상을 떴다. (그녀가 죽으면서 마지막으로 외친 말이 "공화국 만세!"였는지, 아니면 "송아지 뼈 젤리 속의 노루 등심!"이었는지에 대해서 나중에 좀 논란이 있었다.)

그리고 레나는? 레나 슈투베는 취리히에서 거행된 아우구스트 베벨의 장례식 직후 마음 같아서는 그 당수의 뒤를 따라 차라리 죽고 싶었지만 그 후로도 몇 년을 더 살았다.

그 후 전쟁이 터지고, 이어 기근이 휩쓸었으며, 그 뒤 파업이 일어났다. 이어서 사람들은 혁명을 외쳤다. 그 이후로 모든 사정은 완전히 달라졌다. 그렇지만 사람들은 여전히 굶주렸다. 이어서 국제연맹이 결성되었다. 그다음에 자유시가 선언되었다. 기근은 약간 진정되었다. 그다음 화폐의 가치가 상실되었다. 이어서 새로운 지폐가 발행되었다. 그런 모든 일이 지난 후 레나는 증조할머니가 되었다. 그리고 그녀는 여전히 수프를 분배했다. 그녀의 수프 분배는 언제나 공평했다. 거의 1세기에 걸쳐. 이미 그녀 생전에 수프 국자를 손에 든 여인의 기념비가 세워졌다.

왜냐하면 레나 슈투베는, 사 년의 전쟁 기간 동안에는 민중 구제 식당에서, 그리고 물가가 폭등했던 기간 동안에는 노이파르바서의 붉은 선창가와 오라, 그리고 트로일 등지에서 노동자 구호소의 요리사로서 양배추 수프와 보리 수프를 나눠 주었던 것처럼, 나치 돌격대와 나치 여성동맹, 나치 복지기구 및 히틀러 소년단이 그들의 동계 구호 계획에 따라 야전 취사차에서 이른바 일요일 냄비 요리라고 불리는 베이컨을 넣은 완두 수프를 분배하도록 했을 때에도 변함없이 수프를 나누어 주는 일을 했기 때문이다. 1934년부터 점점 더 사람들로부터 인기를 얻게 된 이 행사 때마다 에른스트 슈티베리츠 악장이 지휘하는 자유시의 경찰 악대가 행진곡과 경쾌한 곡들을 부서지는 듯이 신나게 연주해 댔기 때문에 세 살배기 사내애가 미친 듯 두들겨 대는 양철북 소리도, 아흔을 눈앞에 둔 노파가 수프를 한 국자씩 퍼 담으면서 혼자서 내뱉던 욕지거리도 그 소음에 묻혀 버리고 말았다. 그러면서도 그녀는 수프를 공평하게 나누어 주었으며, 수프를 받는 사람들의 저고리 깃을 곁눈질하지도 않았다.

한참 뒤에 가서야 알려지게 된 사실이 한 가지 있다. 그것은 레나 슈투베가 쉬하우가의 유태인 교구 피난민 식당에서 잠시 일하면서, 미국이나 그 밖의 다른 지역으로 가기 위해 1939년 4월부터 비자가 나오기를 헛되이 기다리던 가난한 동유럽 유대인을 위해 청결한 유대식 수프를 요리해 주었다는 것이다. 그리고 레나는 러시아 원정이 시작되자 우크라이나의 강제 노동자들을 위해 자신이 직접 구걸하거나 자신의 식량을 아껴서 밀가루나 빵 수프를 만들어 주었다. 또한 그 노파는 동구 출신의 굶주린 노동자들처럼 페인트로 '동구'라고 쓴 커다란 헝겊 조각을 보란 듯이 붙이고 다녔다. 아흔세 살의 레나 슈투베가 생각이 어린애 같아져서 아무 말이나 마구 떠들어 대자, 그녀는 브라방크에 있는 자신의 집에서 체포되어 재판도 받지 않은 채 단치히 근처의 슈투트호프 강제 수용소로 끌려갔다. 그녀의 손녀인 에르나 미일라우가 알아본 바에 의하면, 그것은 공공의 안녕을 위한다는 이유에서였다. (그때 레나의 증손녀인 지빌레는 열두 살로 여전히 인형을 갖고 노는 꼬마였다.)

슈투트호프 수용소에 들어가서도 레나 슈투베는 근 일 년 동안 푸르스름한 보리 수프를 한 국자씩 양철 깡통에 퍼 주는 일을 했다. 정치범들뿐만 아니라 그곳에 수용된 모든 사람들이 그녀에게 한결같은 믿음을 보였다. 그녀는 한번도 국자를 손에서 놓은 적이 없었다. 그녀의 국자질은 언제나 공평했다. 정확히 반 리터의 분량. 서기 1849년에 태어난 그녀. 한 세기에 걸친 빛 바랜 희망. 수프를 퍼 주던 그녀. 마음속엔 언제나 유익한 기억만을 품고 살았던 그녀. 두 번 있었던 전쟁에서 목숨을 잃은 자기 남편들을 언제나 좋게만 이야기하던 그녀. 지난날의 여러 가지 수프 이야기를 들려주던 그녀. 수프를 나누어 주면서 전혀 세월이 흐르지 않은 듯 변함없이 자신이 당수로 모시는 인물의 저서를 인용해 가며 말하던 그녀.

그녀는 1942년 12월 4일 사망했다. 노환으로. 다른 진술에 따르면, 형사범으로서 수감자들 중에서 특권층의 지위를 누리던 한 취사반장이 그녀를 때려죽였다고 한다. 그것은 레나 슈투베가 그렇지 않아도 배급이 시원치 않던 마가린과 소기름을 그 특권층 수감자들이 빼돌리지 못하도록 하다가 생긴 일이었다. 범행에는 너도밤나무 장작이 사용되었다. 레나가 노동자 구호소에서 일하던 시절부터 그녀를 알아 온 두 명의 정치사범이 변소 뒤편에서 구타로 엉망진창이 된 그녀의 시신을 발견했다. 그들은 쥐 떼를 쫓아 버려야만 했다. 실로 얽어맨 그녀의 니켈 안경이 박살이 난 채 그녀의 시신 옆에 놓여 있었다.

소련군의 제2 병력이 단치히를 점령하고 이어서 브라방크의 타르지로 지붕을 이은 노동자 숙소들이 불타 버렸을 때 출판업자를 찾지 못한 레나의 『프롤레타리아식 요리책』도 함께 불타 버렸다.

아만다와 조피를 빼고는, 숱한 사람들이 끔찍한 죽음을 당했다. 독에 물든 피, 굶주린 몸뚱어리, 불에 탄 육신, 질식된 웃음, 머리가 잘려 나간 몸통, 몽둥이에 맞아 죽은 빈민 구제. 아무리 해도 가릴 수 없는 숱한 추한 사건들. 더욱 늘어난 손실. 폭력이라는 계좌.

나의 일제빌, 동화 속의 인물이 아닌 슈바벤 출신의 그녀는 남자들과의 대차 관계를 청산하고 싶어 한다. "당신들이 잘하는 일이란 고작 싸움박질이에요. 당신들의 영원한 워털루. 당신들의 영웅적인 파산."

그리고 넙치도 내게 계산서를 보여 주면서 이렇게 말했다. "대차대조표를 한번 들여다보아라, 내 아들아. 모양새가 별로 좋아 보이지 않구나. 적자가 나지 않았을까 걱정되는구나."

넙치가 내게 이 말을 한 것은 레나 슈투베 사건의 심리가 끝나고 나서였다. 지클린데 훈차의 도움으로 나는 다시 한번 (밤에 몰래) 넙치를 만날 수 있었던 것이다. (그녀는 매표소에 머물면서 이렇게 말했다. "둘이서 마음껏 얘기해 봐요!") 넙치는 모랫바닥에서 몸을 일으켜 세웠다. 머리부터 꼬리지느러미까지 활기가 넘쳐 보였다. 물론 판결이 임박해 있는 데다 오랜 구금 생활로 인해 몸 상태가 썩 좋은 것은 아니었다. 돌처럼 단단한 등은 창백한 빛으로 변해 있었으며, 자신의 결백을 주장하기 위해 유리처럼 투명해질 작정이라도 한 것처럼 등뼈가 도드라져 보였다.

내가 그에게 내 소설의 다음 장(章)을, 그러니까 나의 불쌍한 지빌레 이야기를 읽어 주려고 했을 때, 그는 내 말을 가로막으며 이렇게 말했다. "죽는 이야기는 지금까지 한 것만으로도 충분해!" 그리고 그는 '회계 검사'니 '진실의 시간'이니 하면서 판에 박힌 말을 늘어놓았다. 그는 다시 한번 신석기 시대의 아우아로부터 초기 사회주의의 레나에 이르는 기간 동안 행한 자신의 임무를 회고했다. 그는 이념으로서의 가부장제와 국가, 문화, 문명, 역사의 기록, 기술적 진보 등 자신의 업적을 나열하고 나서, 남자들의 행동이 위대한 쪽에서 괴물 같은 모습으로 급변해 버린 데 대해 개탄하기 시작했다. "나는 너희에게 지식과 권력을 주었다. 그러나 너희들이 원한 것은 전쟁과 고작 비참함뿐이었다. 자연을 너희에게 내맡겼으나, 너희들은 기껏 자연을 강탈하고 오염시키고 형체를 알아볼 수 없게 만들고, 파괴해 버렸다. 내가 너희에게 마음껏 누릴 수 있는 풍요로움을 주었음에도 너희는 세계를 풍족하게 먹여 살리지 못하고 있다. 굶주림은 증가하고 있다. 너희의 시대는 단말마를 지르며 끝나 가고 있다. 간단히 말해서, 너희 남자들은 끝장이 난 것이다. 허튼 수작만 계속해서 벌이고 있으니 이젠 당해 낼 재간이 없구나. 자본주의 사회이든 아니면 공산주의 사회이든, 도처에서 눈에 보이는 것은 이성의 탈을 쓴 광기뿐이다. 내가 원한 것은 그런 것이 아니었다. 너희에게 아무리 충고를 해 주어 봤자 헛수고다. 남자들의 일은 이걸로 결말이 난 셈이구나. 이제 손을 뗄 시간이 되었다, 내 아들아. 지금이야말로 물러날 때이다. 품위 있게 물러나거라!"

그러고 나서 그는 내게 그의 이름을 따서 제목을 붙인 책을 레나 슈투베 건으로 종결지어 줄 것과 함께, 여성 배심 법정의 최종 판결이 내려지는 즉시 자신이 마지막으로 한마디만 할 수 있게 해 달라고 제안했다. "너희는 알렉산더와 케사르, 호엔슈타우펜 가와 독일 기사단, 그리고 나폴레옹과 빌헬름 2세에 대해서는 내게 책임을 물을 수 있지만, 히틀러와 스탈린이라는 인물에 대해서는 그럴 수 없어. 그들에 대해서는 나는 책임이 없어. 그들이 저지른 죄는 나하고는 상관없는 일이야. 지금의 이 시대는 나의 소관이 아니야. 나의 책은 마무리되었어. 그래 나의 역사는 끝난 거지."

그 이야기를 듣고 나는 소리쳤다. "아닙니다, 넙치님! 아니에요! 당신의 책은 계속될 것이고, 역사도 계속될 거예요."

일곱째 달

아, 일제빌! 나는 넙치가 당신한테 말을 하고 있는 꿈을 꾸었어. 나는 당신과 넙치가 함께 웃는 소리를 들었어. 바다는 고요했어. 그리고 당신들은 미래를 궁리하면서 그곳에 있었지. 나는 멀리 떨어져 앉아 있었어. 아무짝에도 쓸모없는 폐물이 되어서 말야. 옛날이나 회상할 뿐이었지. 옛날 옛적에……로 시작하는 이야기 속의 남자가 되어서.

여덟째 달

아버지날

　휴일인 그리스도 승천일과 같은 날을 우리는 아버지날로 정하여 축하한다. 바싹 말라 힘줄만 남아 있는 남자들, 푹신 푹신하게 쿠션을 넣은 것처럼 뚱뚱한 남자들, 자꾸만 웃어서 얼굴에 잔주름이 생긴 남자들, 흉터 자국이 있는 남자들, 벌써 몸이 쪼그라든 남자들, 네모난 체형의 남자들, 밑에 달린 자신의 물건을 힘겨워하는 남자들, 이런 모든 남자라는 종족 전체가, 아니 오직 남자들만이 푸른 들판을 찾아간다. 꽃으로 장식을 한 마차나 삼각 깃발을 꽂은 자전거를 타고서, 또는 단체로, 또는 말이 끄는 짐마차를 타고서, 또는 신형 혹은 구형의 자동차를 몰고서.

　이른 아침부터, 맥주를 마시고 거나하게 취한 남자들의 무리가 길을 나선다. 지하철이나 고속철도의 객실이 그들로 북적댄다. 이층버스들은 흥에 겨워 노래를 부르는 남자들로 만원이다. 십 대들은 무리를 지어 모터사이클을 타고 질주한다. 검은 가죽 재킷을 걸치고 그들이 내는 소음에 휩싸인 채. 걸어서 가겠다고 집을 나선 외톨이들도 있다. 지난 두 번의 전쟁을 겪은 노병들, 보르지히와 지멘스사에 근무하는 격앙된 노무자들, 시(市)에서 운영하는 수도시설에서 일하는 직원들, 청소부들, 장거리 화물차 운전사들, 우체국 직원들, 세링 회사의 중역들, 경영 참여 근로자 대표 전원, 스포츠 클럽 헤르타나 타스마니아의 팬들, 볼링협회와 금융협회 소속 회원들, 스카트 놀이 클럽 회원들과 우표 수집가들, 씁쓸한 표정의 연금생활자들, 삶에 지친 가장들, 젊은 점원들과 여드름투성이의 도제들, 그러니까 남자들, 모든 남자들은 일제빌을 완전히 따돌리고, 치마와 머리 마는 클럽에서 벗어나 자기네 남자들끼리만 있고 싶어 한다. 그리고 그들은 젖가슴에서 멀리 떨어져 나오고 싶어 하고, 음부에서 빠져나오고 싶어 하며, 양말 뜨개질이나 설거지, 또는 수프 속에 빠진 머리카락에서 벗어나고 싶어 한다. 그 밖에 그들은 마음껏 소리 지르며 시골로 가고 싶어 한다. 테겔과 반제 호수, 토이펠스베르크 산, 크룸메 랑케 구릉지, 브리츠와 뤼바르스 등지로 가고 싶어 하며, 술병과 샌드위치와 암소의 방울과 트럼펫을 들고서 그리프니츠, 실라하텐, 그루네발트 호숫가로 가고 싶어 한다. 줄무늬나 격자무늬 옷을 입고서 숲을 찾아가 푹신푹신한 이끼 방석이나 나무들 사이의 솔잎 위에 앉아, 또는 X 자 다리가 달린 야외용 의자에 커다란 엉덩이를 붙이고 앉아 엄청나게 큰 마음속의 돼지를 풀어놓고서, 훌륭하고도 독단적이 되어 어머니와 연결된 탯줄을 잘라 버리고 싶어 한다.

그리고 그리스도 승천일이기도 한 아버지날을 맞이하여 지빌레 미일라우 역시 아버지날을 기념하고 싶어 했다. 무슨 일이 있어도! 프랭키, 지기, 막스라는 이름의 그녀의 여자 친구들은 그녀를 빌리, 또는 빌이라고 불렀다. 네 사람 모두 자기들이 별종이라고 생각했으며, 사실 그런 면이 있었다. 그렇지만 그 네 사람 다 자기들이 별다르다고 생각하는 것만큼 별다르지는 않다는 것을 나는 잘 알고 있다. 왜냐하면 1950년대 초에 지빌레와 나는 결혼할 생각까지 가졌었기 때문이다. 그것은 원대한 계획이었다. 약혼까지 했으니 말이다. 그때 찍은 우리 사진들이 남아 있다. 산마르코 광장에, 그리고 에펠탑 아래 서 있는 우리들. 뤼겐 섬의 석회암 절벽 꼭대기에 서 있는 우리들. 뺨과 뺨을 맞대고. 손과 손을 맞잡고. 우리는 정말 잘 어울리는 한 쌍이었다. 언제 어디에서나. 그리고 우리의 아이는…….

빌리는——지금까지도 나는 그렇게 말하지만——매력적인 여자였다. 그녀는 대학에서 법학을 공부했다. 그녀를 본 남자들마다 모두 그녀에게 흠뻑 빠졌다. 그녀는 사람들 사이에서 요부로 통했으며, 굽이 뾰족한 하이힐을 신고 다녔다. 그녀는 이 남자 저 남자와 성적으로 즐겼다. 그 때문에 예정되었던 우리의 결혼은 성사되지 않았다. 우리는 그것을 안타깝게 생각했다. 왜냐하면 지빌레에겐 가정적인 면이 있었기 때문이다. 그녀가 나중에 색다른 사람이 되겠다고 결심했을 때에도 그런 아기자기한 면모는 충분히 드러났다. 그녀는 막스를 (잡동사니가 가득 든 그녀의 더블백과 함께) 그녀의 아파트로 받아들였다. 그것은 원래 우리의 아파트였다. 아이들 방과 더블베드가 딸린.

막스는 생리 중인 사내아이 같은 생김새에다 가슴이 납작하고 연약해 보였으나, 지빌레는 미국의 유명한 핀업 걸 같은 몸매를 갖고 있었다. 지기와 프랭키도 공동 생활을 하고 있었으나, 그들의 관계는 그다지 견고하지 못했다. 그들은 세 살배기 수말처럼 안절부절못하고 언제나 주위를 두리번거렸다. 그들 넷은 억지로 남자처럼 꾸미고 다니긴 했지만——언제나 바지 차림이었으며, 그들의 목소리는 지하실에서 울려 나오는 듯했다.——영리하고 성적으로 지극히 정상적으로 민감한 여자들이었다. 그들은 멍청한 사내애들이나 (나처럼) 재미없는 남자들을 지겹도록 접해 보고서 마침내 동성애 쪽으로 도망친 것이었다. 이제 그들은 색다른 사람이, 무슨 대가를 치르더라도 남들과는 다른 사람이 되고 싶어 했다. 그때 나는 마음만 먹었으면 그들 모두와 잠자리를 같이할 수도 있었다. 그리고 나는 지빌레와는 침대에서 그 일을 대체로 멋지게 치렀다. 나는 냉정한 지기와는 아주 정상적인 섹스를 했으며, 내가 아는 한 그녀가 불만을 토로한 적은 한번도 없었다. 그리고 나는 막스도, 그녀가 빌리와 동성애 관계를 갖기 시작했을 무렵, 마음 내키는 대로 놀이 상대로 삼을 수 있었다. 다만 늙은 마부의 기질을 가진 프랭키만은 한번도 나의 성적인 관심을 끌지 못했다.

아무튼 어느 날부턴가 그들 넷 모두가 미친 듯한 행동을 보이기 시작했다. "이제 더 이상 그런 짓은 안 돼요. 구역질이 나요. 당신들의 그런 거친 태도를 우린 더 이상 참고만 있지 않을 거예요. 우리의 사랑의 방식은 당신들과는 완전히 달라요. 당신들 남자들이 원하는 건 오로지 넣었다 뺐다 하다가 끝내는 거죠. 밀치고 들어왔다가는 상대를 그냥 버려두고 가 버리는 거예요. 이제는 그런 식으로 우리와 할 수는 없어요. 더 이상은 안 돼요. 딴 데 가서 알아보시죠. 안됐군요. 우린 이제 달라졌어요. 뭐라고 해도 좋아요. 우린 달라졌으니까요. 지난 일은 상관하지 않아요. 과거의 일은 버리고 새롭게 출발해야 해요. 미련을 두지 말고. 그렇지만 우리는 앞으로도 친구로 지낼 수는 있어요. 가끔 지나가는 길에 들르세요, 소주라도 한잔하자고요."

그들은 실제로 그렇게 했다. 그들은 독한 소주를 마셨으며 맥주 같은 것은 병째로 들이켰다. 그리고 원래 소형 화물이나 간단한 이삿짐을 나르기에 적당한 프랭키의 (주인이 다섯 번이나 바뀐) 덮개 없는 삼륜차 안에도, 아이스박스 안에 든 소주 두 병과 맥주 두 상자가 덜컹거리며 흔들리고 있었는데, 그들 네 여자는 지기가 운전대를 잡고서 그루네발트 호숫가에서 일만, 아니 십만 명에 이르는 남자들 틈에 섞여 승천일 하루 동안 아버지날을 축하하기 위해 훈데켈레 거리를 지나 클레이 가로수길을 달렸다.

빌리는 실크 모자를 쓰고 있었다. 프랭키는 중산모를 쓰고 앉아 있었다. 지기는 오토바이 폭주족들이 쓰는 모자를 쓰고 있었다. 막스는 귀까지 푹 덮이는 볼품없는 커다란 중절모를 쓰고 있었는데, 차가 달릴 때 바람에 날아가지 않도록 꼭 붙잡고 있어야 했다. 그들은 마치 모자로 배역이 결정되는 영화 속의 인물들 같았다. (나중에 그들은 모자를 바꾸어 썼다. 그러나 불행하게도 빌리의 실크 모자는 아무도 쓰려고 하지 않았다.)

탁 트인 벌판을 향해 가는 수만 명의 남자들 역시 각자 맡은 배역에 따라 가죽 헬멧이나 뾰족 모자, 톱니바퀴라고도 부르는 밀짚모자, 종이로 만든 투구, 그리고 진짜 강철로 된 헬멧 등을 쓰고 있었다. 어떤 남자는 잔잔한 체크무늬 손수건의 네 귀퉁이를 묶어 대머리를 가리고 있었다.

모든 것은 장난 삼아서 해 본 것이었다. 평소에 그 여자들은 테가 있는 모자이건 테가 없는 모자이건 모자라는 걸 전혀 쓰지 않거나 아주 드물게만 썼다. 그들은 맨머리로 다니는 걸 제일 좋아했다. 더 이상 요부로 지내지 않겠다고 다짐한 순간부터 지빌레는 그녀의 곱슬머리를 사내아이처럼 짧게 커트하고 다녔다. 프랭키는 머리를 남자처럼 짧게 깎고 짙은 남색으로 염색을 했다. 지기는 그녀의 칙칙한 금발을 목덜미까지 오는 단발머리로 커트했다. 어느 한가한 일요일에 빌리는 막스의 머리를 상고머리 스타일로 짧게 깎아 주었다. 성냥개비만 한 길이의 그녀의 머리는 브러시처럼 빳빳하게 곤두섰다.

마치 영화의 각본에 지시되어 있기라도 한 것처럼, 프랭키는 파이프 담배를 피웠으며, 지기는 브라질 엽궐련을 이빨 사이에 문 채 말이 없었고, 빌리의 아랫입술에는 손수 만 담배가 매달려 있었으며, 막스는 껌을 씹었다. 그러면서 그들 네 사람은 종이 장미로 장식을 하고 파랑과 노랑이 섞인 파라솔로 덮개를 한 삼륜차를 타고서 그루네발트 호수를 향해 덜커덩거리며 달려갔다. 그들은 학생복을 정식으로 차려입은 학생회 소속의 멋쟁이 학생들을 가득 태운 덮개 없는 메르세데스와 한 필의 말이 끄는 합승마차의 틈바구니에 끼어서 달렸는데, 마차에 탄 세 명의 중년 신사들은 지칠 줄도 모르고 "그루네발트에서는, 그루네발트에서는 사람들이 목재 경매를 한다네……"라는 노래를 불러 댔다.

네 여자는 모두 기분이 좋았다. 날씨는 화창했으며, 계속해서 화창할 것 같았다. 10시 조금 넘은 아침나절이었다. 정치적 상황은 여전히 긴장 상태에 있었다. 장벽이 구축된 지 일 년이 지난 시점이었기 때문이다. 서베를린은 외딴 섬이지만 사람이 살 수 있는 섬이었다. 땅값이 떨어지긴 했지만 경제적 상황은 그런대로 괜찮은 상태였다. 특히 프랭키는 불평을 할 이유가 전혀 없었다. 이사와 소형 화물 운송 건이 언제나 줄지어 있었기 때문이다. 빌리의 법률 사무소에도 이혼 소송 건이 쇄도했다. "멍청한 여자들이 막판까지 기대를 버리지 못하고 있다가, 언제나 손해를 보는 거예요." 지클린데의 개 우리에서는 혈통 좋은 셰퍼드들이 번식을 했으며, 핥기를 좋아하는 어린 새끼들은 불티나게 팔려 나갔다. 그 시절에 지기도 법학 공부를 억지로 끝까지 마치긴 했으나, 그 뒤로는 법학에 대해 흥미를 잃고 말았다. (그로부터 십 년의 세월이 흐른 뒤에야 그녀는 공개 법정 앞에 나가서 "기소합니다!"라고 하면서 머릿속 창고 속에 깊이 처

박아 두었던 법률 용어를 꺼내 떨이로 팔아넘길 수 있었다.)

　그 시절엔 모두 다 그랬다. 즉, 그들은 모두 직업에 종사했다. 다만 막스만 아직도 (빌리가 대 주는 돈으로) 한 무용 연습장에서 황홀한 맨발 춤과 고전 발레를 배우고 있었다. 어쨌든 내가 보건대 그들은 모두 유능했으며 인생을 즐길 줄 알았고 야망도 없지 않았다. 그들은 남자의 역할을 해냈으며, 섹스를 하면서도 자위를 하는 그런 저질의 남자들과는 달랐다. 또는 언제나 주저주저하는 그런 여자들과도 달랐다. 그런 여자들은 밤낮으로 크림을 바르고, 머리를 파마하고, 구두를 열네 켤레씩이나 가지고 있고, 억지 울음을 짜내고, 소파 커버에나 신경을 쓰고, 도자기를 수집하고, 핸드백에는 온갖 잡동사니를 갖고 다니며, 뚱뚱해질까 봐 늘 안절부절못한다. 그렇다, 그들은 임신으로 배가 산더미처럼 불어나는 것만 두려워하는 것이 아니다. 그들은 허리 둘레에 군살이 붙는 것을 두려워하고 일찍부터 유방이 처질까 봐 두려워한다. 잔주름은 깔깔거리고 웃고, 시퍼런 정맥이 툭 불거지고, 엄마처럼 이중 턱이 되어가는 모습을 보고서 그들은 거울 앞에서 비명을 지른다. 제발 늙으면 안 돼! 이제 더 이상 어떤 남자도 그들에게 욕정의 눈길을 보내지 않으며 애무하거나 만지려 하지도 않는다. 그들의 모든 구멍은 아스파라거스처럼 생긴 남자의 물건으로 채워지는 일도 없다. 나이가 들면 여자들의 성기가 오래 사용해서 헐렁해지고 크게 발기한 남성의 물건으로도 채울 수 없을 정도로 구멍이 커지기 때문이다. 내가 용기를 내서 주일(主日) 이야기를 꺼내자, 빌리는 "남편처럼 구는 설교 따위는 집어치워요!"라고 소리쳤다.

아니다, 그런 것은 우리하고 상관없는 일이다. 우리는 그렇지 않다. 우리는 이른바 자유분방한 아버지들이다. 우리는 한곳에 머물지 않고 늘 떠돌아다니며, 구속을 모르는, 타고난 사냥꾼이다. 우리는 아이가 없어 행복하다. 물론 프랭키(프란치스카 루트코비아크)가 결혼하여 가정주부로 살림을 하다가 얻은 어린 두 딸을 건축 사업의 자신의 지분과 함께 그녀의 전남편이자 언제나 걱정이 끊일 날 없는 아이들의 아빠와 사심이 없는 계모에게 맡긴 것은 사실이다. 그러나 이제 그런 것은 신경 쓸 필요가 없다. 그리고 또한 빌리의 (나와의 사이에서 낳은) 딸도 부모로부터 오랫동안 버림받은 채 할머니 집에서 자라고 있었다.

우리에겐 이제 기저귀 따위는 없다! 아이들이라면 이제 진절머리가 난다! 우리는 결코 아이를 만들지 않을 거다. 그리고 우리의 상대역을 맡은 여자들을——막스 역시 자신의 사생활을 갖기를 고집하므로——우리는 임신시키지 않을 것이다. 우리는 그들을 완전히 다른 방식을 통해 우리에게 종속시킬 생각이다. 마치 우리에게는 어떤 위기도 집안의 근심거리도 없는 것처럼. 우리의 끊임없는 질투. 어제 어디 갔었어? 이처럼 시시콜콜 캐물어 신경을 건드리는 것. 그리고 방귀를 뀔 때마다 그럴싸한 거짓말을 꾸며 대는 것. 남자들이 떠맡아서 자신의 창조성을 발휘할 수 있는 이보다 더 크고 숭고하고, 말하자면 더 정신적인 문제는 없는 것처럼. 그러나 실제는 전혀 그렇지 않다. 하루가 멀다 하고 벌어지는 소란과 사소한 말다툼.

지기의 여자 친구는 두 번이나 자살을 기도했다. 프랭키는 주먹질로 상대방을 다스릴 수밖에 없다. 솔직히 말해서, 빌리는 실망을 느꼈다. 왜냐하면 그녀는 막스를 전혀 다르게, 다시 말해 이랬다저랬다 하지 않고 확고부동하여 믿을 만하다고 생각했기 때문이다. 그러나 막스는 가끔 남자들에게 몸을 허락했는가 하면 또 때로는 자신이 여자 역할의 레즈비언과 그 짓을 하는 장면을 남자들에게 엿보게 하기도 했다. 그들은 모두 뒤범벅이 되었다. 그들의 비극적인 과거. 그들은 모두가 끔찍한 일을 겪었다. 지기는 열두 살 때 그녀의 아버지가 그녀의 몸을 더듬었다고 주장한다. 빌리는 일찍이 마음속에 각인된 기억에 대해 스스럼없이 이야기한다. 즉, 소련군이 들어왔을 때 그녀는 불과 열네 살밖에 되지 않았지만 살이 포동포동하게 올라 제법 성숙한 여자티가 났기 때문에 세 명인가 또는 다섯 명의 소련 병사들에게 겁탈을 당했다는 것이다. 그것도 그들에게 차례대로 윤간을 당했다는 것이었다. 프랭키는 그녀의 어머니가 서커스단의 곡마사(또는 복화술사)였다고 말한다. 그리고 막스는 인형을 갖고 노는 것이 싫었지만 하는 수 없이 그렇게 해야 했다. (그뿐이 아니다. 너무나 뜨겁던 우유, 잔인했던 삼촌, 할아버지가 코밑수염이 헝크러지지 않게 할 때 쓰던 붕대, 그리고 눈[雪] 위에다 오줌으로 자기 이름을 쓰던 슈톨프에서 온 사촌…….)

그러나 오늘은 아버지날이다. 오늘은 모든 너절한 여자들과 어릴 적에 마음속에 각인된 기억들은 모두 집에 남겨 두어야 한다. 우리들은 단 넷이서 멋진 여행길에 올랐다. 수십만 명의 정체불명의 남자들 틈바구니에 섞여 자발적이고 뚜렷한 의식을 가진 우리 넷은, 따라서 초자연적인 우리 남자 넷은 명확한 목표를 가지고서 길을 나선 것이다. 우리는 밑에서 덜렁대는 물건 없이도 아무 문제없이 잘 해낸다. 우리는 그러한 물건에 의존하지 않는다. 우리는 자유로운 새로운 성(性)이다. 자연은 이미 우리를 제 가슴에 받아들였다. 프로이센령이라는 표지가 군데군데 보이는 숲속에서, 호숫가의 쓰레기통 주변에서, 그리고 숲속의 모든 간이 식당에서 우리는 잠시 멈추어 휴식을 취하며, 오줌을 누고, 하룻밤을 머무르고, 무리를 지어 서로에게 인사를 보낸다. 어이 친구! 건배! 여기가 참 좋군. 여기다가 움막을 짓기로 하자. 여기엔 우리밖에 없어. 정말로 누구의 간섭도 받지 않고 우리끼리만 있는 거야. 평화. 여자들의 잔소리도 없고, 이거 해 달라 저거 해 달라는 소리도 없어. 주위를 둘러봐도 일제빌의 흔적조차 보이지 않아. 그렇게 신경을 곤두세울 필요 없어. 이봐! 긴장을 풀라고. 그리고 한 모금 쭉 들이키는 거야. 무엇을 위해 건배하지? 물론 아버지를 위해. 지치고 완전히 탈진하여 마침내 축 늘어진 아버지를 위해. 프로이센의 소나무 밑이나 말끔하게 치워진 맥주 테이블 앞이나, 또는 호숫가의 쓰레기 더미 속에 있는 우리 모두를 위해. 걸어서 왔건, 자전거를 타고 왔건, 마차 혹은 자동차를 타고 왔건 상관없이. 그래, 모두가 형제가 되어. 노래에도 있듯이 모든 남자들이 떼를 지어. 그리스도의 승천일인 이 날엔 남자라는 남자는 모두 하늘에 계시는 아버지, 모든 것을 넘어서는 아버지를 찬미한다. 그리고 너희 번쩍거리는 오토바이에 타고 있는 녀석들도 말이다. ──"그래, 건너편 호숫가에 있는 너희들 말이야!" 넘치는 힘을 어쩔 줄 모르는 너희들. 온몸을 가죽으로 휘감은 너희들. 리벳을 장식처럼 박은 검은 천사들. 날쌘 몸놀림에다 귀신같이 냄새를 잘 맡으니 정말로 영화에 나오는 인물들 같다. 숨어서 먹이를 기다리는 날렵한 녀석들. 그리고 그중 한 녀석이 가져온 트럼펫으로 공격 신호를 알린다. 그래, 우리 아버지날을 축하하자, 아버지날을 축하하자고…….

그루네발트 호숫가, 나무들이 듬성듬성 서 있는 곳, 붉게 물든 소나무들 밑, 솔잎과 방울내풀이 어지럽게 흩어져 있는 모랫바닥 위에다 프랭키와 지기는 맥주 상자와 소주병들이 들어 있는 아이스박스를 내려놓았다. 막스는 스테이크와 양의 콩팥이 담긴 음식 바구니를 옮겼다. 그녀가 야전삽과 부지깽이, 석쇠 따위를 내려놓고 나자, 빌리는 근처에서 커다란 돌 두 개를 끙끙대며 끌고 와 그것을 아궁이처럼 만들었다. 마치 오랜 여행이나 신화적인 방랑의 끝을 맞기라도 한 것처럼 그녀가 말했다. "여긴 정말 동화 속에 나오는 곳 같아. 우리, 여기서 음식을 만들어 먹자."

(아주 먼 옛날, 우리가 후퇴하던 때. 마주르의 늪지대에서 뿔뿔이 흩어졌을 때. 그리고 우리가 비트슈토크 전투에서 토르슈텐손 기병대와 스코틀랜드의 레슬리 및 킹 연대의 힘을 빌려 황제군을 무찌르고 나서 열두 마리의 황소를 꼬챙이에 꿰어 구워 먹기 위해…….) 모닥불을 피운다. 나뭇가지를 주워 온다. 말라 죽은 것, 물가로 떼밀려 온 것, 이제 뼈처럼 단단해진 것들을. 나뭇가지를

무릎 위에 올려놓고 빠갠다. 킬산 청어가 들어 있던 나무 상자의 널빤지. 아직 겨울을 벗어나지 못한 덤불 숲에서 나뭇가지들을 휘어잡아 뚝 하고 부러뜨린다. 그리고 올망졸망한 솔방울들을 모은다. 그것들은 미친 듯이 탄다. 그리고 또 뭐가 있지? 너의 감정이나 혹은 그와 비슷한 불쏘시개. 긴 문장 속에 증오가 흩어져 있는 나의 꾸깃꾸깃 구겨진 원고. 불에서 태어난 모든 이념들. 서로를 문질러 불을 지르는 우리. 집 안을 후끈하게 만드는 해묵은 말다툼. 내 주장이 당신 것보다 훨씬 더 잘 탄다. 당신의 사랑은 그을음만 내다가 꺼져 버린다. 너희들의 윤리는 여태껏 한번도 불꽃을 피워 내지 못했다. 그래서 우리는 냉기 속에 있다! 그래서 우리는 덜덜 떨고 있는 거라고!

"그래 맞아, 막스. 왜 우리가 널 집에 두고 오지 않았는지 몰라!" 하고 큼지막한 두 개의 큰 돌덩이 사이에 먼저 종이를 구겨서 놓고 그 위에 작은 나뭇가지를 얹으면서 빌리가 말했다. "이런 남자들 무리 속에 너같이 조그만 계집애가 함께 있는 건 전혀 어울리지 않아. 나도 데려가 줘, 나도 가고 싶단 말이야, 하고 네가 졸라 댔을 때 내가 이번에도 네 말을 들어준 것을 난 뼈저리게 후회하고 있어. 내가 경솔했어. 저쪽에 있는 저 못된 녀석들이 여기에 누가 있는지 알아차리기라도 한다면 어떻게 되겠어! 도대체 무슨 소리 하는 거냐고? 네가 이제는 내 마누라가 아니라고 말하려는 것은 설마 아니겠지. 날 웃기지 좀 마. 프랭키, 쟤가 하는 말 들었지? 이 꼬마 막스가 이제 더 이상 이 서방님의 귀염둥이 노릇을 그만두고, 우리 같은 남자 노릇을 해 보겠다는 거야. 잡다한 여자 일은 집어치우고 남자들 틈바구니 속에서 자기 멋대로 살겠대. 너 생전 이렇게 우스운 소리 들어 봤어?"

그때 가물거리던 불꽃이 활활 타오르기 시작했다. 아무도 웃지 않았다. 다만 호수에서 작은 모기들만이 몇 마리 몰려와 앵앵거렸다. 프랭키가 지기를 쳐다보며 혼잣말을 하듯 이렇게 말했다. "빌리는, 솔직히 말해서, 자기가 우리의 가장 사랑스러운 뚱보 아줌마라는 걸 여전히 전혀 못 느끼고 있어. 어머니날 때 꼬마 막스가 그녀에게 아주 큼직한 브래지어를 선물한 것도 바로 그 때문인데. 사실 정확히 말해서, 우리 빌리는 얌전하게 집에 있으면서 글자 맞추기 놀이를 하든지 아니면 막스의 양말이나 깁고 있는 편이 나을 걸 그랬어. 그랬으면 아주 편안한 가정주부의 하루를 보내고 있겠지. 그랬으면 나는 그녀에게 나의 베티나와 지기의 여편네들 중 두세 명을 보내 주었을 거야. 함께 소금 친 막대과자를 깨물어 먹으면서 잡담이나 하도록 말이야. 여기는 우리의 뚱보 아줌마가 있어야 할 자리가 전혀 아니야, 안 그래?"

그러자 한때 나의 지빌레였던 빌리는 마치 남자처럼 입을 (굳게, 꾹) 다물고는 불 피우는 일에만 몰두했다. 이제 불길은 제대로 활활 타올라 불꽃다운 모양을 만들고 있었다. 그리고 그루네발트와 슈판다우 숲속, 또는 테겔 숲의 빈터에서, 그러니까 취사나 불장난이 금지되어 있는 곳 어디서나 남자들은 야영에 능숙한 보이스카우트 단원들처럼 돌멩이로 아궁이를 만든 다음 거기에 나뭇가지를 쌓고서 불을 피우고 있었다. 기마 경찰들은 그들을 억지로 외면하느라 무진 애를 썼다. "못 본 걸로 해 드리겠습니다. 그렇지만, 여러분, 아버지날이기는 하지만, 조심해 주십시오."

이 점에서 남자들은 단연 돋보인다. 남자가 어느 곳에 도착하여 동그라미를 그리면, 그는 이미 불 피울 자리를 생각하고 있는 것이다. 그는 바람의 방향을 감지하고, 지세(地勢)를 살펴보고, 정해진 방식대로 행동한다. 남자는 집을 떠나는 순간부터 그것을 숙지하고 있다. 불을 피운 흔적들을 보면 그가 어느 쪽으로 갔는지 알 수 있다. 이런 식으로 남자들은 역사에 흔적을 남겼다.

그들은 야전삽을 들고 모닥불 주위를 빙 돌아가며 도랑을 팠다. "산불 이야기를 들어 본 적도 없니?" 지기는 튀는 불똥을 감시했다. 프랭키는 불꽃이 그려 보이는 은밀한 문자에서 무슨 메시지라도 읽을 수 있는 것처럼 불꽃을 응시했다. 막스는 서서히 활활 타오르는 불꽃을 서너 번 뛰어넘었다. 오직 빌리만이 자기 할 일을 잊지 않았다. 그녀는 먼저 양념과 후추 분쇄기, 그리고 그 밖의 여러 가지 부속물을 내려놓고 나서 그 옆에 있는 도마 위에다 엄지 두께에 길이가 한 뼘 정도 되는 스테이크를 찰싹 소리가 나도록 올려놓았다. 그녀는 베이컨 껍질로 네 발 석쇠 위를 문질렀다. 석쇠는 이미 여러 차례 이글거리는 불꽃을 견딘 듯한 흔적을 갖고 있었다. 이어서 그녀는 파란 피망을 잘게 썰었다. 소매를 걷어 올리고. 그러자 드러난 튼튼한 팔뚝. 요리하는 그녀는 손도끼. 모든 것을 잘라 토막을 낼 수 있으니. 그다음 그녀는 지린내가 나는 콩팥을 절개한다.

불 가까이 있는 빌리의 얼굴이 불빛으로 빛났다. 그녀는 그들이 지껄이는 멍청한 소리를 듣지 않으려고 애를 썼다. 야, 이 병신 같은 것들아! 너희들이 도대체 뭘 안다고 떠드는 거야! 야외에서 불을 피워 놓고 고기를 굽는 일은 원래부터 남자들의 일이었어. 이미 석기 시대부터 말야. 그리고 나중에 가서는 황소를 쇠꼬챙이에 꿰어 구워 먹었어. 솥과 냄비 같은 것은 무시해 버리고 맨 불 위에다 직접 지글지글 쇠고기와 양의 콩팥을 구워 먹은 것은 남자들이었어. 옛날에 리투아니아의 늪지대로 한겨울에 원정을 나갔을 때. 나는 약탈당해서 아직도 불꽃이 일고 있는 수도원의 서까래 위에다 새끼 돼지와 양고기와 새끼 거위를 올려놓고 구워서……. 후스 교도들이 올리바까지 쳐들어왔을 때……. 그리고 비트슈토크 전투가 끝난 후…….

그러나 프랭키는 여전히 경멸하는 투로 요리라는 것은 여자들이나 하는 일이라고 우겨 댔다. "오늘은 우리 엄마가 우릴 위해 어떤 맛있는 걸 만들어 줄까? 문신을 새겨 넣은 황소 불알일까? 사내아이의 손가락만 한 자지일까? 아, 우리에게 엄마가 없다면 어떻게 살아갈까. 우리 남자들은 멍청하게 모여서 핵 위협과 심각한 정치 상황에 대해 떠들어 대고 있겠지. 그렇지만 엄마는 자신을 돌보거나 의심을 품지 않고서 우리를 위해 열심히 일하고 있어. 그녀는 오로지 우리를 위해서 일하는 거야."

막스는 단지 이 말만 했다. "걔 말에 신경 쓸 것 없어. 빌리, 네가 옳아. 우린 널 인정해."

그러나 나의 지빌레는 그게 뭘 두고 하는 소린지 전혀 알지 못했다. 나는 그녀와 1950년 5월부터 사귀기 시작했는데, 그 때 그녀는 막 수립된 동독에서 서독으로 넘어온 상태였다. 그녀는 호이에르스베르더 출신이었다. 그곳에는 서프로이센 단치히에서 피난 온 그녀의 부모가 살고 있었는데, 그곳에서 그들은 그들의 무남독녀에게 정기적으로 자두 잼과 빵가루를 뿌린 과자를 보내 주었다. 그 시절에 빌리는 곱슬곱슬한 금발의 법대생이었는데, 몸매가 풍만했고, 열심히 공부를 하는가 싶다가도 변덕이 나면 한정 없이 게으름을 피웠다. 사실 그녀는 법학이 아닌 전혀 다른 것을 공부하고 싶어 했다. 그렇지만 그것이 무엇이었는지 이젠 기억이 나지 않는다.

우리는 서로 약혼한 사이로 생각했다. 그리고 처음 네 학기 동안은 그녀는 내가 하자는 대로 잘 따라 주었다. 그러던 그녀가 어느 날 갑자기 요부로 돌변했다. 그래서 나는 그녀가 다른 녀석과 하기 직전이나 하고 난 뒤에나 그녀와 섹스를 할 수 있었다. 가끔 그녀는 울부짖으며 몸부림을 쳤다. 어린 시절에 가슴에 아로새겨진 아픈 기억. 다섯 또는 일곱 명의 소련 병사들. 지하실에서. 빈 감자 자루 위에서. 그 때문에 그녀는 공부를 집어치우고 싶었던 것이다. 뭔가 전혀 다른 일을 하기 위해. 뭔가 정상적인 일을. 이를테면 닭을 치거나 전업 가정주부가 되어 (다섯 내지 일곱 명의) 아이들을 키우거나 아니면 오스트레일리아로 이주하여 처음부터 다시 시작하고 싶었던 것이다.

그녀는 시험 공부 같은 것은 되는대로 대충대충 해 가면서 두세 명의 외국인을 포함하여 한 다스 정도 되는 사내들을 마음껏 데리고 놀다가 싫증이 나면 헌신짝처럼 차 버렸다. 나는 언제나 그녀 곁에 머물면서 이렇게 말하곤 했다. "말해 봐, 네가 정말로 원하는 게 뭐지? 말 좀 해 봐, 넌 정말로 마음에 결단을 내릴 수가 없니? 말 좀 해 봐, 넌 언제나 색다른 것만 원해야 하겠니? 이것 좀 봐, 넌 도대체 얼마나 많은 것을 바라는 거니?"

나는 그녀를 도우려는 생각에서 그녀에게 번개 치듯 아이를 하나 만들어 주었다. 그러나 그녀에게 아이는 방해물이었을 뿐이며, 아이는 곧 할머니, 할아버지에게 맡겨졌다. 그녀는 엄마 노릇 하는 것을 끔찍이 싫어했다. 그리고 한참 절정에 달했던 그녀의 요부 행각도 시들해지기 시작했다. 지빌레는 자꾸만 여위어 나중에는 뼈만 앙상한 노처녀처럼 보였다. 그녀는 나뿐만 아니라 어느 누구도 자기 곁에 오지 못하게 했다. 그녀는 실존주의니 뭐니 하는 말만 늘어놓았다. 그녀는 변호사 수습 기간을 마치자마자 슈마르겐도르프에 사무실을 내고, 이혼한 여자들과 친분을 맺기 시작했다. 그녀는 법정에서 그 여자들의 소송을 성공적으로 변론했는데, 그중에는 프랭키의 이혼 건도 있었다.

그러나 그녀의 결심이 ─ "난 이제 과거의 내가 아니에요.

이젠 변하지 않아요."——어느 정도 확고해지자, 그녀는 내게 다시 가끔 몸을 허락했다. 우리는 전보다 훨씬 더 좋은 사이가 되었다. (이것이 바로 그녀의 이런 모순이다.) 심지어 우리의 딸아이도 우리와 함께 한 달에 한 번씩 동물원으로 원숭이나 바다표범 구경을 갈 수 있게 되었다. 우리는 (사진으로 보면) 정말 훌륭한 엄마 아빠처럼, 단란한 가족처럼 보였다.

1960년 여름에 드디어——그해에 지빌레는 떠들썩한 서른 살 생일 잔치를 치렀다.——나와 그녀의 관계는 끝이 나고 말았다. 바로 막스가 불쑥 끼어들었던 것인데, 그녀는 반씩 공유하는 걸로는 만족하지 못했다. (너희가 친구 사이로 지내는 건 좋아. 그렇지만 그 이상은 용납 못 해.) 처음에 나는 속으로 다음과 같이 생각했다. 혹은 그렇게 되기를 기대했다. 막스는 다른 여자들이 그러는 것처럼 레즈비언의 여자 역할이나 하겠지. 그녀는 괜히 허풍을 떨고 있는 거야. 그리고 빌리는 옛날에 남자들을 생채로 또는 푹 익혀서 먹어 치웠던 것처럼 이 호리호리한 작은 새를 맛있게 먹어 치울 거야.

그리고 빌리도 한동안 자기가 주도권을 쥐고 있다고 생각했다. 그녀는 다시 보기 좋게 통통해졌으며, 주방의 붙박이장이라든가 식기세척기, 그리고 크놀사에서 만든 예쁜 가구 같은 것들로 집 안을 꾸미는 일에 정신이 팔려 있었다. 그녀는 (요리법에 대해 일장 연설을 늘어놓기에 앞서) 입버릇처럼 늘 이런 말을 했다. "강제 수용소에서 나치의 손에 의해 돌아가신 우리 증조 할머니가 써 놓으신 요리책이 지금 내 수중에 있다면 얼마나 좋을까."

여덟째 달

그래 맞다, 그녀는 요리하는 것을 좋아했다. 그것은 요부로 지냈을 때나 거기서 벗어나 전혀 딴사람이 되었을 때나 변함이 없었다. (식초에 절여 구운 그녀의 라인식 쇠고기 요리, 그녀의 헝가리식 쇠고기 스튜, 쇠고기와 햄을 익힌 그녀의 요리, 그녀의 코코뱅 요리……)

어쨌든 얼마 되지 않아 막스가 주도권을 갖게 되었다. 엘바나 프로멘테라 섬, 또는 올해처럼 고틀란트 섬으로 휴가를 떠날 때에도 그 시기와 동행자를 결정한 것은 막스였다. 또한 막스는 고다르[35]가 제작한 영화나 베케트 그리고 이오네스코의 연극 중에서 어떤 작품을 빼놓지 말고 꼭 봐야 할 것인지도 결정했다. 막스는 방바닥에 고정시켜 놓은 카펫을 다시 걷어냈다. 막스는 이렇게 말했다. "여기에다 텔레비전을 들여놓아야지." 막스는 돌아다니며 바람을 피웠다. 막스는 여기저기 빚을 지고 다녔고, 그러면 그 빚을 빌리가 갚았다. 또한 막스는 이런 말도 했다. "아버지날엔 넌 밖에 나갈 생각하지 말고 집에 있어."

한바탕 소동이 벌어졌다. 두 시간 동안 울고불고 난리가 났다. 여섯 개의 샴페인 잔이 박살 나고, 손수건 하나가 갈기갈기 물어뜯겼다. 그러고 나서야 막스는 고집을 누그러뜨렸다. 지기가 둘 사이의 싸움을 말릴 요량으로 "그러면 요리는 누가 하면 좋을까? 프랭키가 하면 될까?" 하면서 끼어들자 비로소 막스는 이렇게 말했다. "좋아. 이번만큼은 내게서 뺏주겠어. 그

---

35) 장뤼크 고다르(1930~2022). 프랑스의 영화감독.

렇지만 소란을 피우면 안 돼, 알겠지? 기분 내키는 대로 야단 법석을 떨거나 쉴 새 없이 바가지를 긁거나 이것저것 끊임없이 요구하는 것 말야. 나는 그런 것은 참지 못해. 난 그런 건 죽어도 못 참아."

그리고 아버지날 축제가 베를린 시 전역에서 수많은 사람들의 도시 탈출과, 놀기에 적당한 장소 물색과, 캠프파이어 의식, 그리고 대규모의 야외 취사와 더불어 시작되었을 때, 빌리는 눈물이나 질질 짜는 울보나 변덕스러운 레즈비언 마누라가 되지 않으려고 무척 애를 썼다. 모닥불을 돌보는 일이 그녀에게 도움이 되었다. 그리고 프랭키, 지기, 막스는 아버지날의 열기에 푹 빠져 있어서 약간의 갈등을 느끼고 있는 빌리의 심리 상태를 거의 눈치채지 못했다.

할 일은 얼마든지 있었다. 호숫가나 수풀 속, 간이 매점 앞이나 깨끗이 행주질을 한 탁자 앞에 자리 잡은 수만, 아니 수십만 명의 남자들처럼, 지기(대(大)자로 드러누워)와 프랭키(서서), 그리고 막스(마음이 들떠 서성대면서)도 맥주를 벌컥벌컥 들이켰다. 땅바닥에는 어느새 대여섯 병의 맥주병이 나뒹굴고 있었다. 충동을 억제할 수 없는 지경에 이르자, 소년같이 생긴 막스는 황당무계한 짓을 했다. 즉, 맥주를 많이 마셔 방광이 팽팽해진 그녀는 평소에 하던 대로 쪼그리고서 오줌을 누지 않고, 먼저 청바지의 단추를 끄른 다음 남자들처럼 다리를 쫙 벌리고 서서 능숙한 손놀림으로 핑크빛 페니스를 꺼내 수평으로 잡고서는 얼룩덜룩한 반점이 있는 소나무 줄기에다 오줌을 갈겨 대기 시작했던 것이다. 이게 믿기지 않는 사람은 그것을 직접 써 보면 알 것이다.

합성수지로 만들어진 그 기구는 컵 모양의 진공 흡착장치를 통해 오줌구멍 위에 효과적으로 부착된 것이 분명했다. 그랬기 때문에 막스는 거의 남자로 착각될 정도로(물론 멀리서 보았을 때) 오랫동안 소나무에 대고 오줌을 갈겼다. 그러면서 그녀는 나무 줄기 너머로 건너편 호숫가에서 아버지날을 즐기고 있는 남자들의 무리를 바라보았다. (겨울이었다면 막스는 오줌 줄기로 눈 위에다 어렵지 않게 커다랗게 M 자를 쓸 수도 있었을 것이다.)

웃음과 경탄이 터져 나왔다. 프랭키도 그 놀라운 물건을 한 번 써 보고 싶었다. 그녀는 그것을 한번 직접 손으로 만져 보고, 진공 흡착장치를 자신의 오줌구멍에다 부착한 다음 그 멋진 남성으로 오줌을 갈겨 보고 싶었다. "세상에! 그런 걸 어디서 구했니? 뭐라고? 덴마크제라고? 19마르크 80페니히면 산다고? 나도 하나 살 테야. 꼭 살 거야."

프랭키는 남자 같은 자세로 서 있었다. 남자 같은 눈길로 우두커니 멀리 초원을 바라보며. 이제 페니스 선망 같은 것은 없다. 여자가 쪼그리고 앉아서 오줌을 누는 굴욕적인 일은 다시는 없을 것이다. 수천, 아니 수만의 남자들이 수만의 소나무를 마주하고서 그랬던 것처럼 프랭키는 꼿꼿하게 서서 곧게 뻗은 프로이센의 나무들을 향해 약간 비스듬하게 오줌 줄기를 갈겼다. 그렇다!

지기는 자기 순서가 되자 진짜 남자처럼 위로는 슐트하이스를 병째로 나발을 불면서 아래로는 오줌을 내갈겼다. 오토바이 폭주족들이 쓰는 모자를 뒷덜미 쪽으로 떨군 채. "아버지날이다! 아버지날이야!" 하고 막스가 소리치자, 정장 차림을 한 학우회 학생들을 비롯한 근처의 남자 패거리들이 발정 난 짐승 같은 소리로 대답했다.

그러나 빌리가 불을 돌보다가 일어나 "나도 한번 해 볼래. 나도 한번 하게 해 줘!" 하고 말했을 때, 그녀는 예의 그 아버지의 훈계의 말을 들었을 뿐이다. "그건 너무 무리한 부탁이야, 얘야. 모든 일에는 다 분수가 있는 거야. 시도 때도 없이 자꾸만 뭘 해 달라고 하면 안 돼. 더욱이 우리 뚱보 아줌마는 얌전하게 있기로 약속했잖아. 그건 그렇고 음식 만드는 일은 어떻게 되어 가고 있어?" 그리고 프랭키는 "배가 고프구나, 배가 고파!" 하고 크게 소리쳤다. 그러자 막스는 노래를 부르기 시작했다. "하나 둘 셋 넷! 우리는 배고파, 배가 고파, 배가 고파요, 고파 고파 고파 배가 고파요, 우리는 배가······."

이제, 어린 시절에 비극적인 마음의 상처를 받은 나의 가련한 지빌레, 빌리는 불쏘시개로 모아 둔 불씨를 앞으로 끌어내, 네 발 달린 석쇠를 활활 타오르는 불 위에 올려놓고, 빻은 후춧가루와 백리향을 뿌리고 기름을 친 네 조각의 스테이크와 네 조각 낸 마늘쪽을 끼운 양 콩팥 여섯 점을 석쇠 위에 나란히 올려놓는 일 외에는 달리 할 일이 없었다. 마침내 김이 모락모락 나면서 고기가 지글지글 익으며 냄새를 풍기기 시작했다. 고기 굽는 냄새는 그루네발트 숲의 송진 냄새뿐만 아니라 퀴퀴한 호수 냄새와 뒤섞였다.

여덟째 달

스웨덴 야전군 진지의 칼질 담당 요리사처럼, 빌리는 마치 자기가 꼬챙이에 꿰인 열두 마리의 황소를 한꺼번에 구워 내기라도 해야 하는 것처럼 정신없이 바빴다. "야외에서 불을 피워 놓고 고기를 굽는 일은 원래부터 남자들의 일이야. 내가 늘 말하지만, 이건 틀림없는 남자들의 일이야! 원시 시대부터 전해 내려온 본능이지. 자연의 섭리가 그렇게 만들어 놓은 거야."

빌리는 스테이크와 반으로 자른 양의 콩팥을 뒤집은 다음, 오므라들긴 했지만 여전히 물기가 촉촉한 고깃점들 사이에다 파란 피망을 썰어 넣었다. 콩팥에 남아 있던 오줌만이 불길 위로 뚝뚝 떨어졌다. 막스가 프랭키와 함께 다시 배고픔의 노래를—"하나 둘 셋 넷!"—부르기 시작하자, 빌리가 크게 소리쳤다. "조금만 더 기다려. 이 돼지들아. 다 됐으니까."

음식을 먹고 있는 네 여자. 음식물을 입안에 넣고 우물거리지 않고 반짝이는 이빨을 다 드러내며 크게 한입씩 물어뜯어 와작와작 씹어 먹는 그들의 모습은 영락없는 네 명의 남자들이었다.

"그런데 말이야." 하고 프랭키가 음식을 씹으면서 말했다. "비트슈토크 전투가 있기 전의 일이었어. 우린 여자 옷 차림을 한 쾌활한 성격의 창녀를 하나 붙잡았는데, 글쎄 밑에 달린 건 사내의 것이지 뭐야. 그래서 우린 그자를 엄하게 심문하기로 했지. 그런데 그때 이미 피비린내 나는 전투가 시작되어……."

"그들은 전투의 혼란 때문에 계속해서 나를 감시할 수가 없었지. 그래서 나는 황망 중에 얼른 나무 위로 몸을 피했어." 하고 막스가 음식을 씹으면서 말했다. "그리고 교도관에게서 슬쩍한 책을 찬찬히 읽기 시작했어. 그런데 그 책에는 당시 전쟁터에서 벌어지고 있던 일들이 자세하게 적혀 있었어. 그림에다 설명까지 곁들여서 말이야."

"현실이란 게 그런 거지 뭐." 음식을 씹고 있던 지기가 끔찍하게 생긴 앞니 사이로 말했다. "지금 현실에서 일어나고 있는 일들은 모두 이미 예전에 글로 쓰인 것들이지. 그리고 지금 우리가 여기 앉아 고기를 씹고 있는데, 이것도 이미 옛날에 한번 있었던 일이야. 그러니까 우리가 도세강 건너편 늪지대로 황제군을 내몰았던 전투가 끝난 직후에 말이야. 내 말이 맞지, 빌리?"

"맞아." 하고 빌리가 음식을 씹으면서 말했다. "그때 나는 스코틀랜드의 레슬리 연대 소속의 요리사였어. 그러나 그 당시 우리에겐 스테이크는 없었고, 꼬챙이에 꿰어 구운 황소 요리만 있었지. 그리고 칼로 내리치고 창으로 찌르는 한바탕 전투가 끝나자 여자 옷을 입은 채로 모처에서 우리에게 붙잡힌 막스는 세상에서 벌어지는 모든 일이 적혀 있는 그 책을 들고 나무에서 내려왔어. 그때 우리는 막스에게 황소 가슴살을 한점 건네주었어. 그건, 비쩍 마르긴 했지만 성격이 명랑한 그 어린 사내 녀석이 사람들 입에서 입으로 떠도는 얘기들을 우리에게 들려준 대가였어. 그 녀석은 수송부대 뒤나 쫓아다니며 구걸하는 양아치였어. 책에 쓰인 대로 단순하기 짝이 없는 바보 멍청이였지. 언제나 내숭을 떨었어. 거꾸로 물구나무를 서서 뭔가 기발한 것을 생각해 내기도 했지. 남의 말을 전혀 듣지 않는 그 개구쟁이가 말야."

그 막스가 나를 내쫓았다는 것은 앞에서 이미 밝힌 바 있다. 어울리지 않게, 주잔네라는 점잖은 이름의 세례를 받은 비쩍 마른 꺽다리. 오독오독한 돼지 비계나 소 다리 탕, 구운 거위 요리, 기름지고 뜨끈뜨끈한 양 요리 등 어떤 요리도 비쩍 마른 그 아이의 몸에 살이 붙게 해 주지 못했다. 그 어느 것도 그녀의 쇄골을 통통하게 살찌우고 척추를 부드럽게 감싸 주지 못했다. 막스가 황홀경적인 표현 무용을 버리고 고전 발레 연습에 몰두하면서부터 그녀의 육체는 쇠약해지고 그녀의 영혼은 탐욕에 빠지게 되었다고 사람들은 말했다.

그 때문에 나의 지빌레는 뻔뻔스럽게 남편 노릇을 하려고 드는 나를 우리의 공동 아파트에서 내쫓았던 것이다. 아니다, 나를 몰아내고, 내 자리를 대신 차지하고, 내 책상과 내게 길든 안락의자를 점령한 것은 막스였다. 그녀는 마치 영원처럼 쇠막대들로 지빌레의 침대와 연결되어 있던 내 침대를 쇠톱으로 쓱싹쓱싹 잘라 내 버렸다.

나도 그 자리에 있었다. 그녀는 보란 듯이 절단했다. 나는 책상과 침대로부터 분리되었다. 이어서 내 침대는 한쪽 구석으로 밀쳐졌으며, 거기에다 대고 그녀는 욕설과 저주를 퍼붓고 침을 뱉었다. 베개, 깃털 이불, 하얀 시트, 스프링이 달린 침대 틀, 매트리스 등은 마치 페스트 환자가 그 침대를 임종 때까지 사용하기라도 한 것처럼 청소부에게 약간의 팁과 함께 넘겨졌다. "그 더러운 놈을 내쫓아 버려! 그 자식이 우리에게 무슨 필요가 있어. 그 자식이 할 수 있는 일이라면 나는 새끼 손가락으로도 할 수 있어."

그런 다음 막스는 금속공을 집으로 불러, 이제 고아가 되어 해골처럼 뼈만 앙상하게 남은 내 침대에서 둥글고 긴 쇠막대기 하나를 톱으로 잘라 낸 다음, 그 양쪽 끝을 휘어 한쪽은 손잡이를 만들고 한쪽은 벽에 박아 고정시키도록 했다. 이제 내 침대의 잔여물은 막스의 발레 연습 봉이 되어 버렸다. 새롭게 금욕적인 기능을 수행하게 된 것이다. 나와 지빌레에 대한 기억은 잊어버린 채. 우리가 (좋던 시절에) 침대를 함께 쓰면서 한 몸이 되었던 따위의 기억은 잊어버리고서. 이제 남은 것이라곤 오로지 혹독한 훈련뿐. 고전적인 아름다움. 피땀 어린 연습. 막스는 무대에 서고 싶어 했다. 독무(獨舞)가 불가능하다면 군무(群舞)라도 추고 싶어 했다. 보통 막스로 알려진 주잔네 막센은 사람들로부터 재능을 인정받고 있었다.

그리고 빌리(나의 지빌레)도 스스로 설사 다른 사람들의 역할은 하지 못하더라도 자기 자신을 표현하는 데는 운명적으로 소질을 타고났다고 생각하고 있었다. 주로 식후에 자주 이런 말을 했는데, 마찬가지로 사방에서 사람들이 아버지날을 즐기고 있고, 처음엔 설익어 속이 붉지만 먹기 전에 소금을 쳐서 간을 맞추는 스테이크와 즙이 많은 양의 콩팥 요리가 모두 없어졌을 때에도──고기에 곁들여 버터를 치지 않은 검은 빵과 양 치즈가 나왔다.──빌리는 이렇게 말했다. "내 인생은 이 세상에 단 한 편뿐인 영화야."

따라서 빌리와 프랭키, 지기, 막스가 수십만 명의 남자들 틈에서 끔찍한 결말에 이를 때까지 다른 그룹들 속에서 나름대로 하나의 작은 그룹을 형성하여 호숫가에서 함께 즐겼던 그루네발트의 아버지날은 이제 다양한 시점(視點)에서 상기해야 한다. 즉, 마구 짓밟힌 풀밭 위에 엎드린 자세로, 또는 그루네발트의 소나무 위에 올라가 밑을 내려다보면서, 관목이 우거진 숲으로부터, 또는 물결이 잔잔한 호수로부터. 그리고 슈판다우와 브리츠, 그리고 테겔 숲속이나 맥주 테이블, 그리고 그 밖의 다른 호수들 주위에 진을 친 구만 명 이상의 남자들에게도 카메라맨들을 보내 언제라도 셔터를 누를 준비를 시켜 놓아야 한다. 남자들이 나누는 어떤 대화도 놓치지 않도록 마이크를 숨겨 놓아야 한다. 지금! 바로 지금! 정오의 휴식 시간에…….

몇몇 사람이 배불리 먹고서 트림을 한 뒤 자기 얘기를 한다. (우리는 그것을 그대로 녹음해 가지고 가서 나중에 편집할 생각이다.) 사십 대 중반의 한 은행원은 그리프니츠 호숫가에서 커틀릿을 다 먹고 나서 이렇게 말한다. "그렇지만 그게 바로 인생이야." 브리츠 호숫가의 너도밤나무 밑에서 열린 하르모니아 합창단의 모임에서는 은퇴한 전직 교사가 양배추를 곁들인 삶은 돼지 다리와 강낭콩 퓌레를 먹고 나서 같은 합창단 단원에게 이렇게 말한다. "노래는 내게 남은 유일한 기쁨이야." 텔토우 운하의 제방에서는 한 미장이 감독이 염소 소시지를 세 개째 먹어 치운 뒤 세상에 대해서 이렇게 말한다. "이제 세상이 다시 제자리를 찾았군." 그리고 여차하면 튈 수 있도록 오토바이에 시동을 걸어 두고 있는 검은 가죽옷 차림의 헤르비라고 하는 한 젊은이가 (봉지에 든 감자 튀김을 다 먹어 치우고 나서) 이렇게 말한다. "오늘처럼 섹스도 못 한 날은 완전 꽝이야." 한편 그의 말이 끝나자마자 빌리는 예의 그 의미심장한 말을 던진다. "내 인생은 한 편의 영화야!"

이어서 그들은 정오의 아른거리는 고요 속에서 각자 공상을 좇는다. 목신(牧神)의 시간. 윙윙대는 모기 몇 마리. 모자는 모두 한쪽에 치워져 있다. 빌리와 프랭키, 지기, 막스는 제각각 누워서―빌리는 낙타 털 담요 위에 누워 있다.―풀줄기를 씹거나 담배를 피우고, 막스는 슈판다우와 테겔 숲에 모인 수천의 남자들처럼 입이 부르트도록 껌을 씹고 있다. 그들 네 사람이 이 정오에 빠져들고 있는 공상은 고전적인 서부 영화에서 주인공들을 갈등으로 몰고 가는 그러한 종류의 것이다.

지기인가 아니면 프랭키인가. 어쨌든 하나가 여럿과 맞서고 있다. 빌리인가 아니면 막스인가. 그들은 등을 서로 맞대고 서 있다가 총을 쏘아 대며 함정에서 빠져나온다. 네 사람의 일치된 생각이 네 사람을 하나로 묶어 준다. 백전백승의 사인조로. 그들은 언제나 우월한 자만이 느끼는 고독을 어루만진다. 그들은 군중을 경멸한다. 자유분방하면서도 자신만만한 그들의 걸음걸이. 그들은 공상에 관한 한 아주 민첩하다. 그들은 먼지가 흩날리는 광장을 가로질러 간다. 가늘게 뜬 그들의 눈빛. 그들이 접근하자 술집 안엔 개미 새끼 한 마리 얼씬거리지 않는다. 넷 모두 카운터 앞에 앉아 있다. 먼 길을 걸어온 뒤에 느끼는 갈증. 죽어 버린 말의 안장을 짊어지고서. 부패한 보안관의 장화 뒤축을 쏘아 맞추는 그들의 사격 솜씨. 어떠한 자세로든, 심지어 우스꽝스러운 자세로도 총을 쏘는 그들. (오랜 시간 말을 타고 소금 사막을 건너온 뒤) 욕조 속에 비누 거품을 뒤집어쓴 채 앉은 자세로도 숨어 있는 적을 향해 빵빵 총알이 수건을 꿰뚫도록 총을 쏘는 지기.

여기에는 언제나 골칫덩어리로 일거리만 만들고 사정거리 안에서 꿈을 꾸듯이 멍청하게 서 있는, 우유처럼 새하얀 얼굴의 소년이 등장하는데, 이미 스미스 형제(프랭키와 지기)가 벌벌 떨고 있는 이 꼬마(막스)의 목에다 밧줄을 걸었다 해도 빌리는 이 꼬마를 구해 내야만 한다. 그러나 좀처럼 끊어지지 않고 계속 이어지는 공상과 영화 속에서, 구조된 그 소년은 늘 빼빼 마른 데다가 고집불통에 모진 성격의 바지 입은 소녀가 된다. 이것은 총상을 불로 지지거나 화살촉을 빼내야 하는 순간에 공상과 현실 속에서 드러난다. 즉 잔뜩 소름이 돋아 있는 작은 젖가슴. 우리 막스의 이름은 주잔네이다. 그러나 빌리는 덤불 속에서 섹스를 하려던 생각을 사나이답게 단념한다. 헤어지면서 해 주는 거친 사랑의 표시. 소녀 안에 있는 소년의 팽팽한 엉덩이를 사랑스레 찰싹 때리며. "잘 있어, 주잔네. 몸조심하고!"

그러고 나서 말안장에 앉거나, 비실거리는 말을 끌고 초원과 사막을 지날 때 또다시 더욱더 뼈에 사무치게 밀려오는 고독. 점점 더 원을 좁혀 오는 독수리. 여기저기 나뒹구는 해골들. 끈질기게 달라붙는 말파리나 모기떼. 프랭키는 생각한다,

황금과 여자를. 지기는 생각한다, 복수를. 빌리만이 다시 성실한 모습으로 되돌아가고 싶어 한다. 이제 죽이고 또 죽이는 일을 그만두고 고향 켄터키에 정착하여 물결치는 대초원에서 소를 키우고——"함께 가자, 막스!"——말을 길들이며…….

그러나 프랭키는 영화 속에서 후닥닥 뛰쳐나와, 아버지날이 한낮의 휴식을 위해 꾸벅꾸벅 졸면서 누워 있는 그루네발트 호숫가로 달려가 허리춤에서 양쪽 집게손가락을 빼서 빵! 빵! 총을 쏘아 댄다. "야, 이 개새끼들아! 이 더러운 개새끼들아!"

아니다, 빌리, 즉 생(生) 자체가 한 편의 영화인 나의 지빌레는 서부 영화에만 주역으로 등장하는 것이 아니다. 빌리는 또한 빌이라는 이름의 뱃사람이 되어 바다에 나가 잡은 대구를 아이슬란드로 운반하기도 했다. 힘든 삶이었다.

또는 전쟁 영화에도 등장한다. 빌리는 몇 차례의 전쟁에 적극적으로 참가했다. 그녀는 이미 30년 전쟁에서 자기가 스코틀랜드 연대 소속의 요리사로 일한 것이 아니라면 스웨덴의 바너 장군 휘하에서 연대장으로서 (비트슈토크 전투 직후에) 슐레지엔을 탈환했고, 가톨릭교도들을 모두 추방했으며, 또한 재상 옥센스티르나의 사절로서 항구 도시 단치히에 가서, 어떤 부엌데기 하녀가 만들어 준 환자식을 먹으면서 얼마 남지 않은 여생을 달콤하게 보내고 있던 시인(이자 이중 첩자인) 오피츠를 만나기도 했다고 주장한다.

또는 애정 영화에도 등장한다. 지빌레 미일라우는 모든 시대에 거부할 수 없는 매력을 지닌 남자였다. 그러니까 그녀는 아헨을 향해 순례 여행을 하던 중 푸치히의 주막에서 첫 밤을 맞게 되었을 때, 자기가 전성기 고딕 시대의 순례자인 몬타우의 도로테아의 침대에서 사랑하는 예수의 역할을 대신했다고 주장한다. 당시에 그는 여행하는 학생의 신분이었는데, 두 사람은 바스락거리는 짚 침상 위에서 그 짓을 수도 없이 했다는 것이다. 물론 정욕에 사로잡힌 연약한 도로테아의 역할은 막스가 맡아야 한다.

그리고 빌리는 또한 「아버지날」이라는 제목의 영화에서도 단연 눈에 띄는 역할을 맡고 있다. 이 영화는 수십만 남자들이 숲을 찾아가는 장면으로 시작된다. 그들은 걸어서 또는 마차를 타고서 또는 자동차를 끌고서 숲에 도착해서는, 자리를 물색하고, 모닥불을 피우고, 맥주를 마시고, 나무 줄기에다 오줌을 갈기고, 음식을 만들고 고깃점을 씹어 먹고, 정오엔 나른하게 쉬면서 공상에 빠져든다. 그들의 공상은 모두 영화 속에 담겨 있다.

갑자기 불어오는 한 줄기 바람. 프로이센의 소나무들이 쿨룩쿨룩 헛기침을 했다. 모닥불의 잿더미 아래 남아 있던 불씨가 새로이 살아난 듯 빨갛게 빛났다. 그루네발트 호수의 이마에 잔주름이 일었다. 검은 가죽옷을 입은 폭주족의 전령처럼 건너편 호숫가에서 일곱 또는 열한 마리의 까마귀가 푸드득 날아올랐다. 소나무들이 흔들렸다, 다른 곳에서, 이를테면 슐라하텐 호숫가인가 그리프니츠 호숫가에서. 슈판다우 숲과 테겔 잡목림의 떡갈나무들이 옛날 일을 생생하게 기억해 냈다.

온갖 냄새가 이곳저곳으로 몰려다녔다. 노천 카페의 냅킨들이 다시 한번 꽃처럼 피어났다. 그리고 철조망으로 동독과 이웃한 뤼바르스 마을 언저리에 부는 바람은——바람은 그쪽에서 불어왔다.——오로지 하나의 독일만을 알고 있었다. 마치 사랑의 하느님이, 베를린을 비롯한 여러 곳에서 아버지날로 기려지고 있는 승천일의 점심 식사 뒤의 휴식을 말보다는 한숨 소리에 가까운 '쏴아아' 소리로 중단시키기로 결심한 것처럼 보였다.

그리고 빌리와 프랭키, 지기, 막스도 제각각 빠져 있던 공상과 흥미진진한 모험 영화에서 깨어났다. 그들은 서둘러 신발을 신었다. 막스는 허름한 샌들을 신고 있었다. 프랭키는 뽐내듯이 공수부대원의 장화를 신고 있었다. 지기와 빌리는 튼튼하면서도 평범한 모양의 신발을 신고 있었다. 그들 넷은 모두 무릎을 굽혔다 펴기를 했다. 그들은 초원의 먼지와 함께 공상의 찌꺼기를 털어 냈다. 그들은 우두둑 소리가 나도록 관절을 풀었다. 그들은 스파링 파트너나 출발선에 선 단거리 선수처럼 가벼운 스텝으로 펄쩍펄쩍 뛰었다.

건너편 호숫가는 물론 멀리 있는 호숫가에서도 남자들이 팔다리를 오므렸다 흔들었다 폈다 하고 있었다. 어디 한번 보자. 아직도 우리가 쓸모가 있는지. 시들어 가는 남성에 다시 생기를 주자. 침대에 누워 게으름을 떨며 달콤한 꿈이나 빨고 있지는 말자. 그래, 인기를 잃지 말자! 그래선 정말 안 돼! 산다는 게 뭔데?

"이것 좀 봐, 지기, 너 오늘 왜 그래? 그리고 막스, 뭣 좀 해 봐! 한번 보여 줘 보라고! 그리고 프랭키는 왜 그 모양이야? 이게 우리의 그 멋진 늙은 프랭키 맞아? 마부이면서 지옥을 지키는 개냐고. 쇠 손톱의 사나이야? 힘내, 젊은이들아! 빌리, 너도! 빌리는 마음 내키는 대로 행동하겠다고 우리에게 약속하지 않았니? 오늘은 아버지날이잖아! 아버지날이라고!"

그때 곳곳에서 남자들만의, 지금까지 전례가 없는 대규모의 힘겨루기가 시작되었다. 그것이 구경거리가 될 수 있었던 까닭은 거기에 참가한 사람들이 아마추어이긴 했지만 실력은 프로급 이상이었기 때문이다. 규칙은 대단히 간단했다. 누구나 자신의 재주를 한 가지씩 보여 주면 되는 것이다. 그것은 아주 먼 옛날부터 행해져 내려온 것으로, 호머 노인과 모세 노인에게서, 그리고 『니벨룽겐의 노래』나 『로마 투쟁사』에서 그 흔적들을 찾아볼 수 있다. 이 시합에는 젊은이들만 참가할 수 있는 것은 아니다. 노인네들 역시 이 시합에 참가할 수 있다. 노천 카페에 놓여 있는 의자의 다리 중 한쪽의 밑둥을 잡고서 그것을 너도밤나무 잎사귀에 닿을 만큼 높이 들어 올리면 되는 것이다.

대부분의 남자들은 맥주잔을 조심조심 씹어서 삼키는 재주를 보여 줄 수 있다. 군대에 갔다 온 사람은 (절반 정도) 채워진 휘발유통을 양손으로 받쳐 들고서 하는 백 번의 무릎 굽히기 시합에 도전할 수 있다. 물구나무서서 달리기는 언제나 경탄을 자아낸다. 그 밖에 또 어떠한 시합들이 있는가?

남자들이 모여 있는 곳이면 어디든 바이에른 지방 특유의 손가락 걸어 잡아당기기, 독일 어디서나 볼 수 있는 줄다리기, 동아시아식 자유형 레슬링 시합이 벌어진다. 모두 힘과 용기와 기술을 보여 주는 것들이다. 그리고 남자다움의 징표는 자신의 즐거운 놀이를 잔인하리만큼 진지하게 수행하는 데 있다.

호수 건너편에서는 검은 가죽옷 차림의 폭주족 청년들이——"식은땀이 줄줄 흐르겠군."——서로 상대방을 향해 살짝살짝 빗나가도록 스프링 나이프 같은 특수칼을 던지고 있었다. 한편 그 옆에 있는 학생회 회원들은——그들 역시 학생회 유니폼을 벗을 생각을 않고 있었다.——코가 삐뚤어지도록 퍼마실 생각만 하고 있었다. 그들은 뻣뻣하게 서서 (몸 가누는 것을 점점 힘들어하며) 고대 독일어와 라틴어로 축배의 말을 지껄여 대고 있었다. 언제나 혼자 다니며 자기만의 독특한 행동을 하는 오십 중반의 한 대머리 신사는 네 귀퉁이에 매듭을 지은 손수건을 대머리 위에 쓰고 호숫가 왼편에 쪼그리고 앉아 그루네발트의 진창에서 잡은 거머리들을 자신의 볼품없이 쪼글쪼글한 다리에다 갖다 붙이고 있었다.

그래서 안 될 이유라도 있는가? 저 사람도 당연히 나름대로의 즐거움을 누릴 자격이 있는 것이다. 마침내 우리는 각자 원하는 만큼의 거머리를 몸에 붙이고 다닐 수 있는 자유로운 사회에서 살게 된 것이다.

그때 막스는 곧고 튼튼하게 자란 프로이센 소나무들 중 한 그루에 오르기로 마음먹었다. 그녀는 허름한 샌들을 벗어 던지고, 나무에서 좀 떨어진 곳에 서서, 나무들 중에서 점찍은 한 나무의 크기를 어림잡아 보았다. 그러나 그녀는 나무를 향해 곧장 돌진하지 않았다. 오히려 그녀는 들고양이가 발톱을 폈다 오므렸다 하듯이 손가락을 경쾌하게 오므렸다 폈다 하며 용수철처럼 튀어 오르는 스텝으로 나무 앞까지 다가가 잠시 멈추어 서서 이삼 초 동안 정신 집중을 하고 명상을 하는 듯했는데, 아마 그때 짧은 기도를 올린 것 같다. 그것은 가톨릭 교육을 받고 자란 막스가 이를테면 얼룩덜룩한 소나무 줄기를 맨발로 타고 올라가야 하는 긴박한 상황에서는 성 안토니우스에게 도움을 청해야 한다고 배웠기 때문이고, 게다가 나무를 타고 올라 지금 잠시 휴식을 취하고 있는 중턱쯤에서 하는 것보다는 아래쪽에서 도움을 청하는 편이 수월해 보였기 때문이었다. 그녀는 하나둘 손과 발을 떼어 놓으며 나무를 타고 올라갔다. 발 가장자리와 손바닥의 피부가 벗겨졌으며, 수고와 위험과 고통의 대가로 그녀에게 돌아온 것은 끈적끈적한 소나무 껍질의 송진 냄새뿐이었다. 친구 프랭키와 지기의 응원 또한 도움이 되었다. 그들이 외쳐 대는 응원 소리——"행진하는 군인처럼 몸을 꼿꼿하게 세워!"——는 막스를 고무시키기만 한 것이 아니었다. 처음에 그녀는 그들의 외침 소리에 서글픈 생각이 들었다. 그러나 바람에 흔들려 음경처럼 뭉툭해진 소나무 꼭대기에 가까워지자 짜릿한 쾌감이 온몸에 감돌기 시작했다. 그래서 감정이 극에 달한 막스는 다시 한번 휴식을 취해야 했다. 바람에 흔들리는 나무 줄기에 꼭 달라붙은 채. 이윽고 그녀의 입에서 지극히 자연스럽고도 노골적인 여성의 신음 소리가 새어 나왔다. 아아아아아아……

 이어서, 남은 1미터 50센티미터를 올라가는 일이 그렇게 쉽지만은 않았다. 하지만 그녀는 마침내 해냈다. 그녀의 친구들은 저 멀리 있었다. 밑에서 들려오는 박수갈채 소리. 저 작달막하게 보이는 우스꽝스러운 모습들. 그들도 무언가를 눈치챘음에 분명했다. 그들 역시 멍청한 농담을 주고받았으니까. 막스는 약간 현기증을 느끼긴 했지만 흔들리는 나무 꼭대기에 있자니 기분이 아주 상쾌했다.

 "그래서!" 그녀가 위에서 밑을 향해 소리를 질러 댔다. "질투가 나겠지. 원한다면 너희들도 할 수 있어. 나무는 너희들 주변에 얼마든지 있잖아. 한번 해 봐, 빌리! 이 덜떨어진 인간아. 그 큼직한 엉덩이를 번쩍 쳐들고. 가랑이 사이에 귀여운 나무 줄기를 끼우란 말야. 열이 나도록 세게 문질러 보라구. 어서 해 봐, 어서 해 보라니까. 그렇지 않으면 넌 평생 계집애 신세에서 벗어날 수 없어. 넌 눈물이나 질질 짜면서 오줌싸개나 돌보면서 젖꼭지나 물려 주고 돼지저금통 역할이나 하는 거지. 언제나 그저 내밀고 또 내밀기나 하면서!"

 그때 나의 지빌레는 자꾸만 흘러나오는 눈물을 참아 내려고 무진 애를 쓰고 있었다. 한편 기분이 극에 달한 막스는 높은 나무 꼭대기에서 체조 동작을 해 보이면서 북미 토인 이리쿼이 전사들처럼 소리를 질러 대며 지금까지와 전혀 다른 완전한 자유를 요구했다. 그러면서 그녀는 과거의 여자와 현재의 여자, 미래의 여자를 통틀어 모두 주변에 털이 숭숭 나 있는 조그만 구멍일 뿐이라고 하면서, 남자들을 일러 그 구멍에 맞는 코르크 마개라고 깔아뭉갰다. "나, 막시밀리안은 새로운 성(性)이다." 막스는 나무 꼭대기에서 한참 열에 들떠 있는 아버지날을 향해 큰 소리로 외쳤다. "나는 아들을 만들겠다. 아들을 만들겠다. 그의 이름은 에마누엘이라 하리라. 에−마−누−엘이라고!"

그 소리는 나무 밑에서는 멋지게 들렸지만, 사실은 끔찍하기 짝이 없고 정신병원에나 갈 사람이 하는 소리였다. "당장 내려와!" 하고 프랭키가 소리쳤다. 프랭키는 빌리가 아궁이 대용으로 갖다 놓은 두 개의 돌을 번쩍 들었다. 막스가 천천히 한 발 한 발 조심스럽게 내딛으면서 승천의 소나무에서 내려오는 동안, 프랭키는 돌멩이를 하나씩 양쪽 겨드랑이에 끼고 호숫가로 가서, 호수를 향해 돌멩이를 하나씩 차례로 놀라울 만큼 멀리 집어 던졌다. 누구도 따를 수 없는 돌 던지기 솜씨로. 프랭키는 어깨가 떡 벌어지고 엉덩이는 빈약해서 꼭 남자 같았다. 그루네발트 호수에 두 번의 첨벙 소리가 들리고, 두 개의 파문이 퍼져 나갔다. 파문은 계속 커져 서로 겹쳤다. 두 개의 파문은 프랭키가 마음속에 품은 생각을 상징하는 것 같았다. 그 일을 프랭키가 누구와 꾸밀지는 아무도 알 수 없다. 막스는 이미 자기 자신에게 만족하고 있는 것처럼 보였지만, 프랭키는 아직도 파트너를 원하고 있었기 때문이다. 즉, 그 사이에 꺼져 버린 불길에 오로지 한쪽에만 불기운이 따스하게 남아 있는 두 개의 돌멩이. 그 두 개의 돌멩이가 첨벙첨벙 소리를 냈고, 거기서 만들어진 파문이 겹쳐졌다.

음경 모양으로 생긴 소나무와 첨벙 소리를 내는 돌들. 지기는 "이 똥 같은 상징 속에 사는 녀석들아!"라고 지껄이면서 질 근질근 씹고 있던 담배꽁초를 퉤 하고 뱉었다. "이것들이 무엇을 뜻한다는 거지? 여기 있는 이 바지 단추 말야. 그리고 여기 이 바늘과 실 말야. 이를테면 알뜰한 가정주부를 뜻하는 건가? 어디가 좀 이상한가? 단추가 제게 맞는 구멍을 찾고 있는 걸까? 잠깐만 기다려 봐. 정말 하나도 속이지 않고 있는 그대로 너희들에게 보여 줄 테니. 그렇지만 좀 조용히 해 줘."

그리고 지기는 자신의 왼쪽 뺨에다 한 치의 움찔거림이나 주저함도 없이 밖에서 안으로 일정한 간격으로 바늘을 찔러 네 개의 작은 틈으로 실이 몇 겹의 열십자 모양이 되게 꿰매어 앞에서 말한 보통 모양의 바지 단추를 달았다. 피는 한 방울도 흘러나오지 않았다. 어느 누구도 농담을 던지지 못했다. 심지어 막스조차도. 빌리는 흥분하여 식은땀을 흘렸다. 한편, 프랭키는 지기의 왼쪽 뺨에 달린 바지 단추가 단추 이상의 어떤 의미를 지니는지 그 근거를 찾기라도 하려는 듯이 단추를 뚫어지게 쳐다보았다.

"자!" 입 안쪽으로부터 크고 가지런한 앞니 사이로 비어져 나온 실을 이빨로 끊은 뒤에 지기가 말했다. "어때? 뭐 같아? 뺨에 달린 이 단추 말야. 아무 의미도 없어. 상징도 아냐. 그러니까 이른바 가치중립적이라는 뜻이야. 아니면 이것을 보고 잃어버린 사랑의 고뇌를 의미심장한 시로 지어 노래할 작자라도 있을까?"

지기의 얼굴은 (나중에 여성해방주의자 검사 지클린데 훈차가 그랬던 것처럼) 인생의 어떠한 상황에서도 변함없이 엄격하게 고전적인 아름다움—그리스인 같은 코, 고매하게 생긴 광대뼈, 조각한 것 같은 이마와 짙은 눈썹 아래 드리운 커다란 독수리 같은 눈빛—을 자랑하고 있었으므로 그녀의 갸름한 턱에 달려 있는 그 단추는 우스꽝스럽다기보다는, (단추가 없었다면) 아마도 완벽에 가까웠을 그녀의 아름다움을 나타내 주는 징표 같은 역할을 했다.

"나쁘지는 않군." 하고 프랭키가 말했다. 막스는 "나도 하나 달아 줘. 제발." 하고 졸랐다. 하지만 빌리가 "환상적이야!" 하고 외치면서 느닷없이 손거울 하나를 마술처럼 꺼내자—"어디 한번 들여다봐. 정말 환상적이야!"—지기는 여자들이 사용하는 그 하찮은 물건을 밀쳐 버렸다. "내 모습이 어떨지 나도 다 짐작하고 있어. 그렇게 야단법석을 떨 것까지는 없어. 친구들끼리 하는 가벼운 장난일 뿐이니까. 당장 떼어 버리겠어. 자, 빌리. 너는 우리한테 무얼 보여 줄래?"

그러자 지금까지 항상 일을 그르치기만 해 온 나의 가엾은 지빌레도 이제 빌리로서 뭔가 아주 특별하고 힘찬 남성적인 면모를 보여 주기로 결심했다. 그녀는 그들 모두 친구 사이니까 우정의 피라미드를 만들면 어떻겠느냐고 제안했다. 그녀 자신은 토대로서 밑에서 받쳐 주는 사람 역할을 할 것이라고 했다. 그녀의 오른쪽과 왼쪽 어깨로 프랭키와 지기를 기쁜 마음으로 떠받치겠다는 것이었다. 그러면 체조를 잘하는 막스가 프랭키와 지기의 왼쪽 오른쪽 어깨를 짚고 올라서서 능숙하게 균형을 잡고서 피라미드의 꼭대기를 장식하는 거라고 말했다. 막스가 위에서 물구나무서기를 하면 더욱 좋을 거라고 했다. 그러나 우선 밑에서 받쳐 주는 역할을 맡은 빌리가 없는 상태에서 연습을 해 보아야 한다고 했다. 그리고 남의 몸에 올라갈 때 맨발로 올라가 주었으면 좋겠다고 했다. 그들이 완성시킨 우정의 피라미드를 영원히 기념하기 위해서, 아래쪽 호숫가에서 거머리를 가지고 놀고 있는 대머리 남자에게, 조작이 매우 간단한 빌리의 카메라로 사진을 몇 장 찍어 달라고 부탁할 수도 있으리라는 것이었다. 그러면 정말 멋질 것이라고 했다. 나중에 기회 있을 때마다 꺼내 보며 추억을 되새겨 볼 기념품이 될 것이라고. 아니, 아니, 그녀는 어쨌든 밑에서 받쳐 주는 사람의 역할이나 잘 해 보겠다고 말했다.

몇 번이나 중단되기도 하고 예기치 못한 일이 벌어지기도 했다. 빌리가 지켜보는 가운데, 막스는 프랭키의 왼쪽 어깨와 지기의 오른쪽 어깨를 짚고 물구나무서기를 성공할 때까지 연습했다. 프랭키와 지기 역시 각각 장화와 구두를 벗었다. 막스는 얼른 호숫가로 달려가서, 혼자 따로 떨어져 있는 대머리 남자에게 사진을 몇 장 찍어 줄 수 있겠느냐고 물었다. 그는 기꺼이 그렇게 해 주겠다면서 종아리에서 마지막 남은 거머리들을 떼어 냈다. 빌리가 넓적다리와 장딴지에 잔뜩 힘을 준 상태에서 프랭키와 지기가 막스의 도움을 받으며 차례대로 빌리의 어깨 위로 올라갔다. 그러나 막스는 갑자기 변덕을 부리며 피라미드의 꼭대기가 되지 않겠다고 우겨 댔다. 그것은 모두 쓸데없는 짓이며 멍청한 생각이라는 것이었다. 게다가 막스는 여자가 내리는 명령은 따르고 싶지 않다고 했다. 그러면 그걸로 모든 것은 끝장이라는 것이었다. 그녀는 차라리 아까 올라갔던 그 키 큰 소나무에나 다시 올라가겠다고 했다.

그 말을 듣고 프랭키는 빌리의 왼쪽 어깨에서 내려왔다. 그러나 지기는 빌리의 오른쪽 어깨 위에서 자세를 취한 상태로 그대로 있었다. "시키는 대로 해, 아니면 따끔한 맛을 보게 될 테니까." 하고 프랭키가 버럭 소리를 질렀다.

하지만 막스는 투덜댔다. "네 명령 따위는 따르지 않을 거야. 나는 내가 하고 싶은 대로 할 테니까."

그러자 프랭키는 막스의 왼쪽 뺨과 오른쪽 뺨을 연속으로 내리갈겼다. 찰싹찰싹! "이제 내 말대로 하겠지? 아직도 안 해? 찰싹찰싹! 이제 어때? 아니면 좀 더 맞아야 정신을 차리겠어? 자, 그러니까 말야."

마침내 막스는 눈물을 질질 짜면서 프랭키와 지기의 어깨 위로 올라갔다. 프랭키와 지기는 뺨을 맞은 막스가 안돼서 울고 있는 나의 가엾은 지빌레의 어깨 위에 올라가 있었다. 프랭키와 지기는 험악한 눈빛으로 째려보았다. 막스는 물구나무서기를 해내지 못했다. 그건 그렇기는 해도, 기꺼이 사진을 찍어 주겠다고 나선 대머리 사나이가 카메라의 초점이 흔들려 두 번이나 다시 찍은 끝에 만들어 낸 사진은 성공적이었다. 뒷날, 개 기르는 일을 집어치우고 프리랜서 일을 하며 지낼 때, 지기는 이 우정의 피라미드 사진을 대문짝만 하게 확대해서 그녀의 다락방 한쪽 벽에다 핀을 꽂아 붙여 두었다.

지클린데 훈차 검사는 결이 거친 이 커다란 사진이 무엇을 의미하느냐는 질문을 받을 때마다 "제기랄!"이라는 말과 함께 이렇게 말했다. "이것은 우리의 빌리가 참고 견뎌야 했던 많은 것들 중의 일부에 지나지 않아요."

빌리가 맨 밑에서 떠받치고, 막스가 프랭키와 지기의 어깨 위에 올라섬으로써 마무리한 그 우정의 피라미드는 바로 아버지날에 쌓아졌기 때문에 (그리고 사진으로 찍혔기 때문에) 근처에 있던 정장 차림의 학생회 소속 학생들의 눈길뿐만 아니라 그루네발트 호수 반대편 물가에서 칼 던지기 놀이를 그만두고 무언가 새로운 놀잇거리를 찾고 있던 검은 가죽옷 차림의 젊은이들의 관심을 끌었다.

나는 흥청망청 술을 퍼마신 그 학생들이 소위 말하는 폭력 단체에 속해 있는지, 그리고 그 단체의 이름이 토이토니아인지, 작소니아인지, 투링기아인지, 레나니아인지, 프리지아인지, 아니면 그냥 게르마니아인지 알지 못한다. 그리고 고참과 신참이 각각 어떤 임무나 의무, 그리고 권리를 갖는지, 관련 자료를 읽어 보고 싶지도 않다. 그들 중에 누구도 결투로 생긴 상처는 없었다. 몇몇은 좀 뚱뚱했고, 몇몇은 키가 컸으며, 또 몇몇은 안경을 끼고 있었다. 어쨌든 그들은 피라미드가 쌓이고 사진이 찍히는 동안 가까이 다가왔다. 건너편 호숫가의 검은 천사들도 두 명의 오토바이 정찰병을 파견했지만, 그들이 이편 호숫가의 언덕에 도착했을 때는 이미 모든 것이 끝난 상태였다. 그땐 이미 우정의 피라미드는 허물어지고 없었기 때문이다. 네 사람이 또다시 피라미드 탑을 쌓는 일은 없었다. 그들의 우정은 그처럼 견고하게 밑에서 받쳐 줄 사람을 다시는 찾을 수 없었다. (오, 막스, 너는 뭐가 되었니? 어디선가——비스바 덴이던가.——재활 치료사를 하고 있다고 하던데. 그리고 프랭키는? 함부르크에서 부동산업으로 출세했어. 그리고 빌리는? 아, 빌리! 오직 지기만 내 곁에 있군, 끝없이 불평을 해 대며…….)

그렇지만 토이토니아인지 레나니아인지 하는 학생 단체에 속한 그 학생들은 술을 퍼마셔 비틀대면서 여전히 그리로 다가오고 있었다. 한편, 요란하게 장식을 한 폭주족 검은 천사들은 화석이 된 것처럼 가만히 앉아 있었다. 작소니아 클럽 소속의 학생들은 계속해서 떠들어 댔으나, 검은 가죽옷의 사나이들은 단 한마디도 하지 않았다.

"대단합니다! 멋졌습니다! 정말 끝내줍니다!" 안경을 낀 토이토니아 클럽 소속의 학생 하나가 소리쳤다.

다른 학생이 이어서 외쳤다. "앙코르! 앙코르!"

그러자 학생 클럽 소속의 모든 회원들이 우정의 피라미드를 다시 한번 보고 싶어 했다. "신사 여러분, 만일 무리한 요청이 아니라면 우리에게 그 특별한 구경거리를 다시 한번 보여 주시겠습니까?"

그러나 프랭키는 한마디로 거절했다. "안 돼. 다 끝났어. 너희들 있던 데로 돌아가 줘, 젊은이들. 우리들끼리 있고 싶어."

그것은 본능이었을까, 통찰력이었을까? 아니면 오동통한 나의 빌리가 그들의 눈을 뜨게 해 준 것일까? 갑자기 험악한 말이 튀어나왔다. "아니, 이것들은. 있을 수 없는 일이야! 정말 건방지군! 여자들이잖아! 지극히 평범한 여자들이야! 우리의 아버지날을 파렴치한 짓거리로 망쳐 놓을 셈이야?"

그리고 안경을 쓴 뚱뚱한 신참 학생이 대변자 역할을 자청하고 나섰다. "숙녀 여러분——아니 숙녀가 아니라도 좋아요. 당신들이 이 자리에 있는 것, 특히 오늘 오로지 아버지날을 즐기도록 마련된 이 장소에 나타난 것은 우리에게 혐오감과 반항심을 불러일으킵니다. 그래요, 반항심 말입니다. 이것은 스캔들이라고 해도 과언이 아닙니다. 우리는 지금 여기서 도덕적 규범이 엄청나게 침해당하고 있는 장면을 목격하고 있습니다. 우리가 철저한 여성 혐오주의자라는 뜻은 아닙니다. 그와 반대입니다. 완전히 반대죠. 괴테의 말대로, 여자란 우리 남자들이 이른바 황금 사과를 담아 둘 수 있는 은쟁반입니다. 그렇지만 오늘은——당신들의 그 멋진 서커스 공연을 높이 산다하더라도——얘기가 다릅니다, 숙녀 여러분. 여러분이 이 자리에 있는 것은 일체의 원칙에 대한 위반입니다. 우리는 단호하고도 분명하게 말하지 않을 수 없군요. 우리는 당신들에게 이자리를 즉시 떠나 줄 것을 요구합니다. 그러나 그 전에 먼저 당신들의 해명을 들어야겠습니다."

그때 이미 프랭키와 지기, 빌리, 막스는 이미 방어 자세를 취하고 서 있었다. 프랭키는 불쏘시개를 움켜잡았다. 지기는 도장 반지를 바깥쪽으로 돌렸다. 반지의 손바닥 쪽에는 짧고 뭉뚝한 핀이 돋아 있는데 그것을 바깥으로 돌리면 격투용 반지가 되었다. 막스는 네 발 달린 석쇠를 무기로 집어 들었다. 빌리만 맨손이었지만 타고난 말발로 학생 클럽 회원들의 위력에 맞섰다. "이게 도대체 무슨 소리야? 이 자리를 떠나라고?

너희가 우리에게 지시를 해? 우습지도 않군! 너희가 남자들이라고? 너희같이 시원찮은 놈들도 남자이고 싶은가 보지? 콤플렉스투성이의 호모인 주제에. 탯줄도 못 뗀 것들이 말야. 이 대량 생산으로 만들어진 오이디푸스 녀석들아. 니네 엄마가 젖을 떼 버렸니? 너희가 젖먹이였을 때 너희 엄마가 젖을 제대로 물려 주지 않았니? 너희가 오줌을 싸 놓고 얼굴이 새파랗게 질리도록 울어도 너희 엄마가 못 본 체했니? 너희 엄마가 너희를 쓰다듬어 주지는 않고 매질만 해 댔니? 그리고 너, 거기 새파란 녀석! 그래 너 말이야! 넌 잠옷 바람으로 문 앞에 서서 문틈으로 아버지 엄마가 이상한 짓을 하는 것을 두근대는 가슴으로 엿보았지? 너, 그리고 너 말야, 강아지가 너희를 핥은 적 있지? 그리고 저 뒤에 있는 너 말야! 넌 형이나 꼴 보기 싫은 말괄량이 누이가 늘 방해가 되었지? 자! 우리 콤플렉스를 서로 교환하자. 콤플렉스라면 나 역시 얼마든지 있으니까."

그들은 뒷걸음질을 쳤다. 안경 낀 녀석이나 끼지 않은 녀석이나 줄행랑을 쳤다. 학생 클럽 소속의 학생들을 싸움터에서 쫓아 버린 것은 격투용 반지나 석쇠, 또는 불쏘시개가 아니라 바로 빌리의 노골적인 입심과 말발이었다. "이 수음이나 하는 녀석들아! 옷만 말끔하게 차려입은 꼬마 녀석들아!"

그리고 나의 지빌레가 갑자기 홱 돌아서서 몸에 꽉 끼는 청바지를 까 내리고, 토이토니아인지 레나니아인지 하는 학생 클럽 학생들을 향해 비너스처럼 흰 엉덩이를 내보이면서 방귀까지 한 방 뀌자, 작소니아와 또 다른 게르마니아 클럽 소속의 학생들은 엄청난 공포에 사로잡혔다. 학생회 제복을 입은 그들은 줄행랑을 쳤다. 그 와중에 그들은 두세 개의 안경과 대학생 노래책 한 권을 흘렸다. 뒷날 막스는 그 대학생 노래책을 보고 노래를 불렀다. "이제, 우리 즐기자." 등등…….

이어서 폭소가 터졌다! 프랭키의 낄낄대는 마부 웃음. 지기가 웃을 때에는 가지런한 두 줄의 치열이 두드러졌다. 막스는 숨이 넘어갈 듯 깔깔대며 뒹굴면서, 오줌을 참느라고 안절부절못하는 계집애처럼 양쪽 허벅지를 감싸 쥐었다. 빌리는 두 다리를 쫙 벌리고 서서 적의 등을 향해 죽어라 웃어 젖혔다. (그러니까, 그들은 독일 기사단의 기사로 활동하던 시절에 이교도인 리투아니아인들과 프로이센인들을 소탕하면서 라크니트의 겨울 막사에서 그렇게 웃었다. 그러니까, 그들은 스웨덴의 기사로 활동하던 시절에 비트슈토크 전투에서 도망치는 황제의 군대들을 바라보며 웃었다. 거기서 살아남은 그 교황 신봉자들은 부란덴부르크 늪지대를 건너다 모두 목숨을 잃고 말았다…….)

전염성이 강한 메마른 웃음. 그리고 네 영웅의 웃음소리는 전염성이 강해 먼 곳까지 영향을 미친 것 같다. 호수의 먼 건너편 언덕으로부터도 웃음소리가 흘러왔으니까. 그리고 제각각 이유는 달랐지만, 다른 호숫가, 나무 밑, 클럽 회원들끼리 모여 있는 식탁 등 곳곳에서 웃음소리가 터져 나왔다. 유머가 그날의 주요 화제였다. 남자들의 기운찬 웃음. 무릎과 어깨를 치면서. 다시 한번 마음껏 터뜨리는 폭소. 이봐, 웃다가 사레들리지 마. 우스워 죽겠어. 너무 웃다가 어떻게 돼 버릴 것 같

아. 웃기는 이야기 때문이야. 남자들이 늘어놓는 와자지껄한 웃기는 이야기 말야. 그거 알아? 차이가 뭐게⋯⋯. 어린 프리츠는 염소 우리에 갔다가 아버지가⋯⋯, 보비 백작의 한쪽 눈에는 염증이 생겼는데⋯⋯, 모세는 유곽을 찾아갔다가 아브라함을 만나고⋯⋯, 지옥에서는 히틀러와 스탈린이 만난다. ⋯⋯ 그때 어린 프리츠가 말했다⋯⋯, 왜 그러세요, 모세! 하고 아브라함이 말했다⋯⋯, 아, 내게 성한 눈만 있었더라면 하고 보비 백작이 부르짖었다⋯⋯, 글쎄, 커피 원두와 ⋯⋯의 차이는⋯⋯, 아, 만약에 내가 그걸 알았더라면 하고 히틀러가 스탈린에게 말했다⋯⋯, 그렇지만 염소의 책임은 아니에요⋯⋯, 어린 프리츠의 어머니가 말했다⋯⋯.

그러나 수만, 아니 수십만 명의 남자들이 큰 소리로, 혹은 부드럽게, 혹은 마음 깊은 곳에서 우러나서, 혹은 눈물을 흘리면서 아버지날을 맞이하여 우스꽝스러운 이야기를 늘어놓는데도, 온갖 장식을 다 갖춘 오토바이를 타고서 그 엄청난 폭소의 현장을 목격한 두 명의 검은 천사들은 함께 웃기는커녕 엷은 미소조차 지으려 하지 않았다. 촌철살인의 어떠한 유머에도 그들은 아무런 반응도 보이지 않았다. 그들은 그 어떤 것도 재미있다고 생각하지 않았다. 그들은 한마디의 농담도 하려 들지 않았다. 그들의 얼굴 곳곳에는 엄숙이라는 글자가 새겨져 있었다. 검은 가죽옷을 입은 두 젊은이는 마치 직업적인 의무를 수행하는 듯이 학생회 소속 학생들과의 논쟁을 기록해 두었다. 선동자들이 하는 말 한마디 한마디를. 한번도 들어 보지 못한 모욕을. 남자들의 체면이 손상되는 상황을. 학생들을 줄행랑치게 만든 빌리의 벌거벗은 엉덩이는 우표나 상표처럼 그 두 젊은이에게—하나는 이름이 헤르비였고, 다른 하나는 리치였다.—강한 인상을 심어 주었다. 그래, 도장이나 낙인처럼.

웃음소리가 잦아들자마자—막스만은 아직도 그 끼룩대는 웃음을 멈추지 못하고 있었다.—두 대의 오토바이는 부릉부릉 통통통 소리를 내며 윙윙대기 시작했다. 그 두 명의 목격자는 보란 듯이 호숫가의 풀밭 위로 큰 곡선을 그리며 내달려 프로이센 소나무들 사이를 활강하듯 누비며 이 전대미문의 소식을 전하러 반대편 호숫가를 향해 쏜살같이 달려갔다.

"이봐, 청년들!" 빌리가 그들의 등에다 대고 소리쳤다. "뭐가 그렇게 급해?" 그러나 남자들이 그루네발트 호수와 반제 호수, 슈판다우와 테겔의 숲 곳곳에 모여 자신들의 다양한 장기(유리잔 씹어 삼키기, 돌팔매질, 줄다리기, 나무에 오르기, 인내심 시험, 머리 위로 무거운 물건 들어 올리기 등)를 보여 주고, 그리스도 승천일과 같은 날인 아버지날에 자신의 솜씨를 뽐낸 남자들의 웃음소리가 절정에 달했을 때, 뤼바르스와 브리츠, 그리고 숲과 초원 곳곳에서 남자들이 실컷 웃어 젖히고 났을 때, 심지어 막스도 더 이상 웃을 거리가 없어졌을 때—프랭키는 소나무들 틈에 서 있는 많은 어린 자작나무 중에서 순결한 한 그루 자작나무 앞에 섰다. 그리고 그녀는 웃었다. 모든 것을 웃어 주었다. 스스로 절대적이라고 생각하는 자기 자신도 웃어 주었다. 마침내 그는 순결한 자작나무를 향해서도 껄껄 웃어 주었다. 옛날에 숱한 전쟁을 치른 베테랑이자 (그는 탄넨베르크와 비트슈토크, 그리고 토이텐 전투에 참가한 바 있다.) 늙은 마부인 그는 찢어질 듯한 웃음으로 자작나무를 민둥나무로 만들어 버렸다.

프랭키는 열 걸음쯤 떨어져 어린 자작나무를 사정거리 안에 두었다. 그런 다음 프랭키는 목표물을 향해 폭소를 터뜨렸다. 프랭키는 빈정대는 폭소를 쏟아 냈다. (프랭키에게는 성스러운 존재란 아무것도 없었다.) 프랭키는 명령을 내려 5월의 파릇파릇한 잎사귀들이 마치 가을을 맞은 것처럼 떨어지게 만들었다. 그리고 빌리, 지기, 막스가 "좀 더! 좀 더!"라고 외치자 근처에 서 있던 나머지 자작나무의 잎들도 모두 떨어뜨려 버렸다. 그러나 마지막 남은 나무의 잎새는 반밖에 떨어뜨리지 못했다. 그것은 슈판다우에서 테겔에 이르는 곳곳에서, 그리고 그루네발트 호숫가에 번지던 너털웃음이 언제나 그렇듯이 그 사이에 남자의 슬픔으로 바뀌었기 때문이었다. 극에서 극으로 변한 것이다.

모든 것들, 그러니까 조금 전까지만 해도 경탄을 자아내며 사진으로 남기고 싶었던 그 굉장한 성공마저도 씁쓸한 트림과 함께 신맛만을 남겼다. 그리고 조금 전 학생 클럽 회원들로 하여금 줄행랑을 치게 만들었을 때의 명백한 승리조차도 무의미한 시름한 뒷맛만을 남겼다. 허무감만이 번졌다. 아버지날의 숙취가 발그스레해졌던 남자들의 뺨을 잿빛으로 바꾸어 놓았다. 어느 풀밭 위에 있건 모든 남자들이 그러했다. 납덩이 같은 우울증이 맥주를 한 모금 들이킬 때마다 함께 목구멍으로 넘어갔다. 구역질 나는 세상. 산다는 것이 담즙처럼 쓰디쓰

게 느껴졌다. 가슴속 깊은 곳에서 한숨이 일어나 계단을 타고 올라와, 햇빛을 보려고 안달이었다. 창백한 술의 정령들이었다. 이들은 프로이센 숲의 지독한 소나무 냄새를 더 이상 견디지 못했다. 그들은 터져 나와 녹아서 흐르다가 곰팡이처럼 땅바닥에 스며들었다. 이로 인해 아버지날을 맞은 남자들도 즐거울 수 없었다.

어쨌든 이젠 혀가 풀렸다. 모두들 속마음을 털어놓았다. 수세기에 걸쳐 겪은 고통이—물론 남자들 사이에서—모조리 입을 통해 쏟아져 나왔다. ("어이, 한번 솔직해져 봐. 무슨 일이건 다 털어놓으라고. 꾸미는 건 도움이 안 돼. 솔직하게, 아주 솔직하게 털어놔 봐. 그것만이 유일한 길이야.") 과거와 현재의 모든 패배들이 긴 장대에 새겨졌다. 실처럼 얼레에 감겨 있는 태만, 그것을 풀면 절대적 위대함 그 자체인 남자의 수의를 만들어 주고도 남을 것 같았다.

"사실 우리는 끝장났어." 지기가 말했다. "완전히 힘이 빠져 버렸어. 우린 아무것도 이루어 낼 수 없어. 우리 남자들은 그것을 인정하고 싶지 않을 뿐이야. 우리의 문제, 오로지 남자들의 문제였던 역사의 관점에서 볼 때 우리는 실패하고 말았어. 정치적으로 말하자면, 우리 모두는 그저 파산당한 회사를 떠맡은 관리인일 뿐이야. 언제나 그랬던 것처럼 위기를 다시 한번 연기시켰을 뿐이지. 일단 최악의 상황을 피해 보려고. 핵무기의 개발. 게다가 장벽은 어떻고? 역겨워. 모든 것이 구역질 나는 일이야!"

그리고 프랭키의 분석, 즉 "석기 시대가 끝나고, 구리와 청동, 그리고 철기와 더불어 미래가 시작되면서부터 우리 남자들은 오직 멍청한 짓만 해 왔어!"라는 말이 글씨가 되어 하늘로 올라가 박혔다. "실패자야! 우리는 실패자라고!"

막스마저도 남자가 도저히 어쩔 수 없는 지경에 이르렀다는 사실을 시인했다. "모든 일에 대해, 심지어 사소한 문제에 대해서까지도 전적인 책임을 떠맡아야 하는지에 대해 나는 정말 가끔씩 회의가 들곤 해. 그것은 남자에게 너무나 힘겨운 일이야. 모든 남자에게 끊임없이 말야. 여자들도 한번쯤 책임을 져야 해. 그들은 그게 어떤 건지 곧 알게 될 거야. 모든 것에 대해서, 사소한 것에 대해서조차 책임을 져야 한다는 게 어떤 건지 말이야. 아무튼 나는 그런 일에 넌덜머리가 났어. 더 이상 어떻게 해야 할지 모르겠어. 한번 푹 쉬었으면 좋겠어. 한 오륙백 년 동안 내가 남을 보살피는 것이 아니라 보살핌을 받았으면 어떨까. 요점은 여자 노릇이나 하고 싶다는 거야. 그저 속눈썹을 깜빡이며 구멍이나 내미는 거야. 가끔 애나 낳고, 어머니날이나 기다리고, 소설이나 읽으면서 식기세척기나 돌리면 그만이지. 그런 것도 즐거울 거야!"

빌리가 말했다. "지금 당장 시작하는 게 어때, 막스. 불평만 늘어놓고 있는 건 아무 도움이 안 돼. 아직도 닦지 않은 접시들이 여기저기 널려 있잖아. 자, 어서, 시작해. 모래랑 호수 물로 말이야. 이런, 온통 개미 천지군. 신경 쓸 것 없어, 내가 도와줄 테니까. 접시도 깨끗이 말려 줄게." 그리고 빌리는 (사려 깊게도) 바둑판무늬의 행주까지도 피크닉 바구니에 넣어 가지고 왔다.

그러나 막스는 무엇을 할 기분이 아니었다. 더군다나 설거지 같은 것은 말이다. 적어도 아직은 아니었다. 아무튼 이번 세기에는 아니었다. "개미를 그냥 내버려둬. 개미들이 알아서 설거지를 할 테니. 벌써 저 커다란 접시들을 닦아 놓았잖아. 게다가 나는 지금 좀 곰곰이 생각해 봐야겠어. 그래, 설거지 에 대해서. 그리고 설거지의 의미에 대해서 말이야."

그러나 빌리가 계속해서 접시를 닦으라고 우기면서 "생각 같은 것은 나중에 해도 되잖니, 내 아들아!"라고 말하자, 프랭 키는 우물처럼 깊은 우울증에서 깨어나 그 우울만큼 깊은 확 신을 가지고서 말했다.

"내 아들이라니, 그게 무슨 소리야? 우리들 중에서 막스의 아버지를 찾는다면, 그건 바로 나야. 그리고 분명히 밝혀 두지 만 내 아들은 접시 같은 것은 닦지 않아. 아버지날에는 더욱 안 될 말이야."

"맞아." 막스가 빌리를 향해 말했다. "우리 아빠 이름은 프랭 키야. 그리고 너는 아무리 해도 계집일 뿐이야. 자! 어서 네가 나서서 저 지저분한 것들을 닦아! 우리를 귀찮게 하지 말고."

"그렇지만." 빌리가 또다시 눈물을 글썽이며 말했다. "너희 들은 시도 때도 없이 나를 몰아붙이고 하녀 취급하는데, 너희 들에겐 그럴 자격이 없어. 나는 요리도 하고 청소도 하면서 마 치 노예처럼 일하고 있어. 그런데 왜 나 혼자만 하는 거야? 내 가 너희들의 행주 조각이 아니잖아. 나도 너희들과 동등한 권 리를 갖고 싶어. 나도 자존심이 있다고."

이 대목에서 지기가 끼어들었다. "싸우는 모양새가 영락없는 여자들이군. 그런 것은 이미 지나간 옛일이라고 생각하고 있었는데. 우리는 지금 넷이 뜻을 함께하거나, 아니면 아예 관두거나 양자택일을 해야 해. 자, 아버지날이나 즐기자고. 평화스럽게 말야. 알았지!"

"맞아." 프랭키가 막스에게 단호하게 말했다. "알겠니, 얘야!"

"그렇다면 너희들은 나를 더 이상 계집애 취급해서는 안 돼." 빌리가 훌쩍거리며 말했다.

"하지만 너는 여자인걸. 눈물만 질질 짜는 여자!" 막스가 소리쳤다. "훌쩍훌쩍! 뚝뚝!"

"너는 정말 구제불능이구나!" 그렇게 말하면서 지기는 번개처럼 막스의 따귀를 좌우로 한 대씩 갈겼다. 그러자 프랭키가 호통을 쳤다. "내 아들의 몸엔 나밖에 손대지 못해, 알겠어! 아무도 손대지 못해!" 그러면서 프랭키는 지기의 정강이뼈를 걸어찼다. 그러자 지기는 프랭키를 향해 라이트 스트레이트를 먹였다. 그 순간 막스는 눈물로 범벅이 된 빌리의 얼굴에 침을 뱉었다. 그러자 빌리는 두 손으로 막스의 상고머리를 쥐어박았다. 싸움은 이미 작센인들이 피르나에서 항복하고 나서 노획물을 분배해야 했던 당시와 아주 흡사한 양상으로 전개되었다. 그때 프랭키와 지기는 사탕 상자 하나를 놓고 다투었다. 나중에 프로이센의 노동자 요리사 아만다 보이케는 그 상자에다 럼포드 백작——괴짜——과 나누었던 편지를 보관했다. (또다른 역사적 사건에서도——이미 민족 대이동의 초기 때부터——별 것 아닌 것으로 인해 말다툼이 늘 생겼으며 마침내 주먹다툼으로까지……)

조금 떨어진 곳에서는——돌팔매질을 하면 닿을 정도의 거리——학생 클럽 특유의 정장 차림을 한 학생들이 지켜보고 있었다. 그리고 가죽옷을 입고 오토바이를 탄 두 명의 정찰병도 소리치면 들릴 만한 거리에 와 있었다. 막스의 코는 피가 낭자해졌다. 지기는 눈두덩이 시퍼래지도록 프랭키를 두들겨 팼다. 프랭키는 지기의 오른팔을 비틀어 버렸다. 그러나 가장 많이 두들겨 맞은 것은 빌리였다. 지기, 프랭키, 막스가 화해하고, 서로 코피를 닦아 주고 골절된 팔을 바로잡아 주고, 시퍼렇게 멍든 눈두덩에 냉찜질을 해 주고 있는 동안에도 뚱뚱한 몸매의 그녀는 세상이 떠나가도록 엉엉 울고만 있었다. 그 소식은 오토바이를 탄 두 명의 정찰병에 의해 그루네발트 호숫가 곳곳으로 퍼져 나갔다. (다음 날 경찰이 발표한 바에 따르면, 다른 여러 곳에서도 아버지날에 자신의 가장 남성적인 모습을 보여 주려고 하다가 가벼운 시비에서부터 심한 폭력 사태에 이르기까지 여러 건의 사고가 있었다고 한다. 신고에 따라 경찰 백차가 출동한 것만 해도 백열두 건에 이르렀다. 기물 파손도 있었다. 부상자가 여든일곱 명인데, 그중 중상이 열아홉, 그리고 사망이 한 건……)

오, 너희 대의를 위해 싸우는 전사들. 위대한 날을 꿈꾸는 몽상가. 언제든지 죽을 각오가 되어 있는 영웅들. 정의를 위해 싸우는 투사. 인생의 승리자. 공격자이자 방어자. 죽음을 두려워하지 않는 사나이들.

이제 투사들은 견딜 수 없는 피로감에 사로잡혔다. 그리고 다른 곳에서도 수만 수십만의 남자들이 이제 실컷 싸워서 지쳤으며 잠시 낮잠을 자고 싶어 했다. 프랭키가 가장 먼저 드르 렁드르렁 코를 골았다. 이어서 지기가 엎드려서 사지를 쭉 뻗은 채 잠이 들었다. 그러나 빌리가 훌쩍거리며 울음을 그치지 않자, 막스는 그녀에게 다가앉으며 말했다. "이젠 잠시 눈을 붙이도록 해, 뚱보. 우리가 좀 심했어, 그렇지? 바보같이 설거지 이야기는 괜히 꺼내 가지고. 종이 접시를 가져올 걸 그랬어. 그렇지만 사실 그렇게 울 것까지는 없잖아. 이런. 아직도 눈물을 철철 흘리고 있군. 어서 눈을 붙여. 아니면 이렇게 말해 봐, 그들이 내 거기에다 키스를 할지도 모른다고! 그래도 안 되면 뭔가 즐거운 일을 생각해 봐. 아니면 네가 잠들 수 있게 내가 이야기를 하나 들려줄게. 모든 여자들에게 세 개의 유방이 달려 있던 선사 시대의 이야기 말야. 아니면 뭐 다른 이야기도 좋고. 이를테면 넙치 이야기 같은……"

옛날에 뚱뚱한 아줌마가 하나 살았어. 그녀의 이름은 뭐였더라, 맞아, 일제빌이었어. 그녀에게는 남편이 있었는데, 이름은 막스였어. 그 여자는 하루 종일 집에 틀어박혀서 손톱에 초록색 매니큐어만 칠하고 있었어. 남편은 주말이 되면 언제나 방파제로 나가 낚시를 했지. 그리고 막스가 계속해서 낚시질만 다니는 동안 그의 뚱보 아내는 손톱에 초록색 매니큐어를 칠한 다음, 혼자 요강에 앉아서, 이런 놈과도 자 보고 저런 놈과도 자 보고 싶다고 생각하곤 했어.
그러던 막스가 부두에 나가 낚시질을 하던 어느 날 저녁, 그의 낚싯대에 넙치 한 마리가 물렸어. 넓적하게 생긴 물고기였어. 딱부리눈이 툭 불거진 입과 나란히 있지 않고 삐딱하게 달려 있었어. 동화에 나오는 바로 그 물고기였어. 그렇기 때문에 당연히 그 넙치는 말을 할 줄 알았어. 그는 막스한테 이렇게 말했어. "어서 나를 놓아줘, 그러면 네 소원을 들어줄 테니까."

그래서 막스는 넙치의 입에서 낚싯바늘을 빼낸 다음, 첨벙 소리가 나게 바다로 다시 던져 넣어 주면서 말했어. "오 넙치님, 정말 통통한 뚱보인 나의 일제빌은 언제나 이 남자 저 남자와 끌어안고, 입 맞추고, 섹스하고, 정복당하고 싶어 한답니다. 그녀는 나에게서는 전혀 만족을 못 느껴요. 그녀는 언제나 내가 아닌 딴 놈이 박아 주길 바라죠. 그녀는 내 그물우산버섯에서 악취가 난다고 생각해요. 어떻게 하면 좋을까요? 어떻게 하죠?"

"네 아내는 어떤 사내와 하고 싶어 하는가?" 넙치는 물속에서 비뚤어진 눈으로 쳐다보면서 물었어.

"이를테면 제복을 입은 소방대장하고 말입니다." 하고 낚시꾼 막스가 대답하며, 잔잔한 바다 위를 바라보았어. 그는 바로 발트해에서 낚시질을 하고 있었던 거야.

"너는 이제 번쩍이는 단추와 장식테를 단 소방대장이 되었다."라고 말하더니 넙치는 물속으로 사라졌어.

그래서 제복을 입은 막스는 일제빌의 침대로 들어가 단추가 떨어져 나갈 만큼 격렬하게 섹스를 했어. 그런 관계는 아주 오랫동안 지속되었어. 그러다가 마침내 일제빌은 소방대장에게 싫증이 났어. 그래서 그녀는 섹스로 뻣뻣해진 다리를 허우

적거리면서 "아, 이제 검사와 한번 해 봤으면." 하고 불평을 늘어놓게 되었어.

그래서 막스는 잔잔한 물결이 일고 있는 바닷가로 나가 넙치를 불러냈어. 그러자 넙치는 그를 법복에 뿔테 안경을 끼고 까만 법모를 쓴 검사로 만들어 주었어. 그리고 일제빌이 다시 검사의 그물우산버섯 냄새에 진절머리를 느끼고 극히 예민한 성격의 무정부주의자와 자 보는 걸 소망하자, 넙치는 스타킹으로 마스크를 한 테러리스트 막스를 시한폭탄과 함께 일제빌의 침대에 넣어 주었어. 그때 이미 발트해에는 파도가 조금씩 거세지기 시작했어.

일주일 동안은 일이 아주 순조롭게 진행되었어. 일제빌이 이런 타입을 무척 흥미롭게 생각했기 때문이지. 그러나 그녀는 테러리스트도 주머니에는 알이 두 개뿐이라는 사실을 알게 되자 이렇게 말했어. "이런 타입의 남자에게는 어떤 특별한 점이 있는지 알고 싶어. 섹스 중에도 정치 이야기만 하고, 뭔가 엉뚱한 생각을 한단 말이야. 이제 돈 냄새가 풀풀 나는 은행장하고 한번 해 보았으면. 내 버릇을 고치고 나 자신을 극복해 보게."

그러자 막스는 풍속 5 내지 6 정도 되는 강풍이 부는 발트해로 나가 넙치를 불렀고, 넙치는 막스를 연방은행 총재로 만들어 은청색 메르세데스를 타고 일제빌에게로 달려가게 했어. 총재는 머리카락이 백발이었어. 심지어 음경 주변까지도 백발이 희끗희끗했지. 일제빌은 자신의 오동통한 몸으로 자본주의를 정복하고 나자, 잠깐 동안 막간 휴식을 취한 뒤 다시 엉덩이에 맥주 살이 붙은 노동조합의 간부가 자신을 정복해 주길 원했고, 이제——발트해가 돌풍으로 위험한 지경에 이르렀을 때에는——마침내 탄탄한 체격의 영화배우까지 원하게 되었으며, 심지어는 조명이 환하게 밝혀져 있고 생방송으로 중계되는 상황에서 그 짓을 하고 싶어 했어.

그 말을 듣고 넙치는 풍속 10의 강풍 속에서 소리쳤어. "너의 일제빌의 구멍은 완전히 채워지질 않아. 언제나 조금 더! 조금 더! 하면서 더 많은 것을 원하니 말야." 넙치는 별로 내키지 않았지만 노동조합의 간부인 오오무라 마스오를 진짜 발몽[36]으로 만들어 주었어. 그는 카메라가 윙윙대며 돌아가는 동안 다이빙을 하듯 (옷장에서) 일제빌의 침대로 뛰어들어 곧장 옷을 벗기고, 물어뜯고, 섹스를 하는 굉장한 장면을 연출했어. 다른 영화의 섹스 장면들을 삽입해 가면서.

하지만 일제빌은 마침내 그가 아주 우스꽝스러운 몰골이 될 때까지 그의 힘을 모조리 빼 놓고도 불만족스럽게 소리쳤어. "이번엔 지휘봉을 든 교향악단의 지휘자하고 하고 싶어!" 그런 다음 그녀는 트럼펫으로 운명의 모티프를 불었어.

막스가 허리케인 때문에 몸을 구부린 채 서서 넙치를 불렀을 때, 넙치는 깊은 한숨을 쉬긴 했지만 막스를 순식간에 일류 지휘자로 만들어 주었어. 그는 이 세상의 어느 곡이든 악보 없이 지휘할 수 있었어. 그러나 세 번씩이나 앙코르를 청하면서 그를 먹어 치우고 나서도 통통한 그녀는 갑자기 닭똥 같은

---

36) 호색한. 프랑스 작가 라클로의 소설 『위험한 관계』의 주인공.

눈물을 흘리면서 탄식을 늘어놓았어. "언제나 해석하는 사람들뿐이야. 창작하는 사람은 하나도 없고. 모두 중고품들뿐이야. 이번에는 멋진 베토벤이 바이올린 켜듯 나를 앞뒤로 해 주었으면 좋겠어."

하지만 완전히 탈진한 막스가 넙치에게 그 이야기를 하자, 넙치는 머리끝까지 화가 치밀어 소리쳤어. "그 정도면 됐잖아! 그녀가 너무 지나친 거야. 우리의 대가에게는 손댈 생각하지 마. 그녀는 오늘부터—그리고 영원히—싫든 좋든 오직 막스하고만 하게 될 거야. 매주 토요일에 낚시질이 끝난 후에."

그 말과 함께 폭풍이 잠들어 버렸어. 바다는 순식간에 잔잔한 평온함을 되찾았어. 하늘에는 커다란 새털구름이 미끄러지듯 떠갔어.

이렇게 해서 일제빌은 그녀의 막스 하나로 만족해야 했어. 그때부터 그녀는 오로지 추억만을 먹고 살았어. 그러나 그 추억은 즐거웠지…….

이것이 막스가 빌리에게 들려준 이야기이다. 빌리는 막스의 이야기를 들으며 잠들었다. 그녀의 눈물은 그녀의 얼굴에 소금 자국을 남겼다. 프랭키는 여전히 캐나다 벌목꾼처럼 요란하게 코를 골았다. 지기는 곯아떨어져—타락 천사처럼—배를 깔고 엎드린 채 자고 있었다. 막스는 통통한 뚱뚱이 아줌마에게 바싹 달라붙었다. 그리고 잠들기 직전에 이렇게 다짐했다. "그녀에게 아이를 하나 만들어 주겠어, 아이를 만들어 주겠어, 아이를 만들어 주겠어……."

프로이센 소나무들 사이로 솟아나 있는 모래언덕 위에서 검은 가죽옷을 입은 두 명의 사내가 오토바이에 걸터앉아 이 평화로운 광경을 진지한 눈빛으로 내려다보고 있었다.

깊은 잠 속에서 붕붕대는 소리. 저인망에 걸린 꿈들. 모든 것이 초현실적이며 모든 행동이 느리게 행해진다. 얼마 전에 나는 이런 꿈을 꾸었다. 나는 만삭의 임산부인데, 오후의 분주한 시간에 쾰른 대성당 탑 발치 밑에 위치한 현관 앞에서 딸을 하나 낳는다. 그리고 그 딸은 금방 임신을 하고——그녀는 나의 일제빌이다.——나의 뒤를 이어 금방 거꾸로 다리가 먼저 나오는 상태로 힘겹게 아들을 낳는다. 그런데 그 아이는 넙치 머리를 하고 있다. 비뚤어진 입, 툭 불거진 눈, 사시(斜視)의 눈빛. 호에 거리와 중앙역 쪽에서 장바구니를 든 사람들이 몰려와 이중 해산을 한 우리를 빙 둘러싸면서 외쳐 댄다. 기적이다! 가톨릭의 기적이야! 그러자 내가 낳은 딸에게서 태어난 넙치 머리의 아들이 행인들을 향해 말을 하기 시작한다. 아이는 사람들에게 인생의 의미뿐만 아니라 세계 정세에 대해서 그리고 기본 식량 가격의 변동과 조세제도 개혁의 필요성에 대해서 설명한다. "한마디로 말해서." 하고 아이는 말한다. "우리가 이렇게 살아갈 수 있는 것은 다……."

프랭키는 잠에서 깨어났다. 그것은 막스의 외침 때문이었다——"나는 아이를 낳을 거야!"——그 소리는 가장 먼저 프랭키를 잠에서 깨웠고, 곧 이어서 지기를 아버지날 오후의 낮잠에서 깨어나게 만들었다. 그러나 막스와 마찬가지로 지기와 프랭키도 위대하고도 선명한 생식의 꿈을 꾸었다. 그 꿈은 모든 곁가지를 잘라 버린 채 기둥 줄거리만을 갖고 있었다. 그 꿈은 아무도 생각할 수 없는 깊은 곳에서 윙윙대며 울려 나왔으며, 그 꿈이 지닌 원초적인 힘은 자연이 아무것도 계획하지 않은 곳에서도 발기하는 것이었다.

자신들의 신체적 특징을 망각한 채 셋 모두 꿈을 꾸었지만, 아들을 하나 낳고 싶다는 외침은 막스에게서만 터져 나왔다. 그 외침은 그의 잠에서 빠져나와 초저녁을 향해 울려 퍼졌다. 그 소리에 프랭키와 지기는 잠에서 깨어나 왕성한 생식욕을 느끼며 "그래! 그래!" 하고 외쳐 댔을 뿐 아니라, 막스도 그 자신의 강력한 외침 소리에 정신이 번쩍 들어 스스로 잠에서 깨어났다. 한편 오동통한 천사 빌리는 마부 프랭키와 영웅 지기 그리고 강철 스프링 같은 막스 등 세 사람 모두가 자신을 통해 아버지가 되려고 하는데도 불구하고 세상 모르고 잠에 취해 있었다. 즉, 그녀는 그들의 배양소였다. 곱슬곱슬한 털로 둘러싸인 그녀의 음문은 세 번의 습격을 받고, 그녀의 육체는 그림자로 뒤덮일 것이었다. 그들이 염두엔 둔 것은 바로 토실토실한 빌리였다. 그들은 빌리의 몸속에 자신들의 자본을 투자하고 싶어 했다. 그녀 안에서 자본을 증식시키고 싶어 했다. 그녀의 육체에는 아들을 가지려는 세 번의 희망이 심어졌다. 그래, 그래, 그래!

가장 먼저 소리친 것이 막스였기 때문에 당연히 그가 가장 먼저 하고 싶어 했다. 그리고 나중에 가서 그래!라고 외친 두 사람이 누가 먼저 위대한 생식 일을 할 것인지를 두고 막스와 입씨름을 하고 있는 동안(그리고 베를린 호숫가와 숲속 여기저기에서 수십만의 남자들이 낮잠을 다 자고 나서 깊은 곳에서 윙윙대는 생식의 욕구를 느끼며 잠에서 깨어나고 있는 동안), 빌리는 여전히 천사처럼 잠에 취해, 새털구름 위에서 지휘봉을 손에 든 소방대 대장과, 검사의 검은 법복 속에 몸을 숨긴 테러리스트와, 다이빙하듯 그녀의 침대로 펄쩍 뛰어드는 베토벤과, 그리고 수없이 오가는 남자 손님들과, 가장 새로운 매력적인 것들과, 모든 소망들이 이루어지는 것을 꿈꾸었다.

프랭키와 지기는 막스에게 가장 먼저 섹스를 하도록 양보했다. "젊은 애한테 한번 기회를 주자고. 젊은 혈기에 버둥거리다 끝날 테니까."

순서를 기다리는 두 명의 아버지 지망자가 그림자를 드리우고 서 있는 가운데, 그 젊은 아버지 지망자는——"부드럽게 살살 해, 내 아들아."라고 프랭키가 훈계의 말을 던졌다.——깊이 잠들어 있는 빌리의 몸에서 청바지와 팬티를 벗겨 냈다. 그러자 오순절 같은 냄새가 훅 풍겨 왔다.

오, 자연의 멍청한 태만이여! 이제 생식을 하고픈 욕망에 불타는 첫 번째 아빠 지망자의 바지가 아래로 흘러내렸는데도 아무것도 눈에 띄는 게 없자, 막스는 플라스틱 물건을 허리에 둘러차야 했다. 그래, 모든 것은 언제라도 사용할 수 있는 곳에 마련되어 있었다. 바셀린을 비롯한 모든 것이. 인간을 짐승과 구별 지어 주는 것은 뭔가 부족한 것이 생기면 인간은 바로 대용품을 만들어 사용한다는 점이다. 뜻이 있는 곳에 길이 있는 법이다!

빌리는 덤불 속에 깔아 놓은 낙타 털 담요에 누워, 꿈의 내용에 따라 숨을 내쉬고 있었다. 안경을 낀 학생이든 끼지 않은 학생이든 학생회 회원들은 아무것도 눈치챌 수 없었다. 학생회 정장을 차려입은 그들은 거기에 관심을 보이기에는 너무 엉망진창으로 술에 취해 있었다. 그 장면의 유일한 목격자는 오토바이 위에 올라앉은 검은 가죽옷 차림의 폭주족들이었다. 모래언덕 위에서 그들은 의지와 신념이 빌리의 내면에 처음으로 생식의 힘을 불러일으키는 것을 내려다보았다.

젊은 종마(種馬)는 부드럽게 응했다. 자연은 얼마나 쉽게 속아 넘어가는가. 노천 극장은 얼마나 많은 가능성을 제공하는가. 즉흥적으로 몇 가지만 생각해 내고 나머지는 상상으로 채우면 그만이다. 사실, 우리의 존재는 수도 없이 많은 구멍을 갖고 있다. 그렇지만 우리는 우리의 놀라운 아이디어로 그 구멍들을 채울 수 있다. 우리는 신념의 힘으로 그리고 눈 한번 깜빡이지 않고 지금 존재하지 않는 것을 존재하게 할 수 있다. 만약에 성찬용 제병(祭餠)이 주 예수의 살이 되고, 평범한 포도주가 주 예수의 피가 될 수 있다면, 인공으로 만들어 낸 (흔히 볼 수 있는 그물우산버섯보다 고상하게 생긴) 삽입물도 우리에게 구원이나 적어도 약간의 대속(代贖)을 가져다줄 수 있을 것이기 때문이다. 아, 너희 수토끼들아, 숫염소들아, 종마들아, 황소들아, 자연이 얼마나 멍청하게 너희를 만들었던가! 너희 수오리와 수탉들아, 너희는 늘 한 가지밖에 생각할 줄 모르는구나. 아, 너희 태어날 때부터 아버지인 자들아! 너희는 사정을 하는 순간, 단지 자연의 암시만을 필요로 하는 저 초현실적인 수태에 대해 느끼는 게 있는가?

막스가 스스로를 정신적으로 증명하고 나자, 이제 지기의 차례가 되었다. 빌리는 아직도 단꿈에 취해 있었다. 검은 가죽옷을 입은 사내들은 여전히 모래언덕 위에서 내려다보며 자신들이 본 것을 마음속에 똑똑히 새겨 두고 있었다. 이 전대미문의 일을. 이 터무니없이 망측한 짓거리를. 이 인위적인 섹스를. 아버지날을 맞은 모든 깨끗한 남성들에 대한 모독을. 잠에 취한 빌리를 지기가 급습했을 때, 가죽옷을 입은 두 청년은 혹시라도 그들의 은백색 오토바이의 순결이 더럽혀질까 봐 자신들의 가죽 재킷을 벗어 500cc짜리 기계에 달린 각각 세 개의 헤드라이트를 가렸다. 근처의 소나무에 앉아 있던 까마귀들마저도 보기가 민망한 듯 다른 나뭇가지로 옮겨 앉았다. 그런 추잡한 짓거리는 보지 않아도 망측하기 이를 데 없었기 때문이다.

그래서 프랭키가 바지를 내리고 눈에 띄는 플라스틱 물건을 둘러차는 것을 까마귀도 오토바이도 보지 않았다. 그러나 이번의 성찬식은 제대로 이루어지지 않았다. 성찬식을 시작하자마자 빌리가 깨어났기 때문이다. 그녀의 달콤한 꿈은 사라졌다. 그리고 현실의 이름은 프랭키였다. 그녀는 프랭키를 자기 몸에서 떨구어 내려 했다. 그러나 프랭키는 꿈쩍도 하지 않았다. 빌리는 그를 원치 않았다. "안 돼! 안 돼!" 하고 그녀가 소리쳤다. 지기와 막스가 양쪽에서 그녀를 붙잡아 십자가에 못 박듯이 고정시켜야 했다. 일을 끝까지 마무리 짓지 못하는 것은 전직 마부인 프랭키를 위해 공평하지 못한 것이었기 때문이었다.

"주둥아리 닥치지 못해!" 막스가 소리쳤다. "잠깐이면 끝나." 라고 말하면서 지기가 그녀를 안심시켰다. 몇 번의 세찬 돌진이 행해지고 빌리가 그것을 나직한 신음 소리로 견디어 낸 뒤, 프랭키는 드디어 위대한 아들의 씨를 심었다고 생각했다. 잠시 축 늘어져 있다가 빌리의 몸에서 내려오면서 프랭키는 말했다. "자, 됐어, 뭘 그렇게 소리 지르고 난리야. 한번 이렇게 하고 나니까 나는 기분이 끝내주게 좋은데."

물론 빌리는 그런 일을 당하고 나서 울었다. 그녀는 훌쩍대며 혼자서 울었다. 막스가 눈물을 훔쳐 주겠다는 것도 뿌리쳤다. "지저분해." 그녀가 말했다. "이 지저분한 것들. 너희들은 정말 지저분해."

그녀는 훌쩍훌쩍 울면서 서둘러 팬티와 청바지를 입고 지퍼를 올렸다. 까마귀들이 돌아왔다. 모래언덕 위의 두 청년은 오토바이의 헤드라이트를 가렸던 재킷을 벗겨 내고 다시 가죽옷 차림으로 앉아 있었다. 호수에서 산들산들 저녁 바람이 불어왔다. 이제 다시 모기들이 들끓었다.

그때 막스가 위로의 말을 건넸다. "자고 있는 네 모습이 너무나 아름다웠어. 너무나 순결한 그 모습을 보고 우린 참을 수가 없었어. 우리는 정말 부드럽게 했어. 그리고 프랭키가 벽돌처럼 너를 짓누르지만 않았다면, 너는 전혀 알아채지 못했을 거야. 자, 기분을 풀어. 설거지를 도와줄게. 반짝반짝 빛이 나도록 닦아 줄게. 정말 나쁜 뜻은 없었어. 그리고 지금도 네가 갖고 싶다면, 모든 기능을 갖춘 크벨레나 밀레, 혹은 보쉬사의 식기세척기를 하나 들여놔 줄게."

그리고 지기도 한마디 거들었다. "그렇게 할 수밖에 없었어. 이제야 비로소 우리에겐 아버지날이 되었군. 건배하자. 자, 빌리. 한 모금 쭈욱 병나발을 불어 봐."

프랭키가 펑 소리와 함께 맥주병을 따고 자연을 위해 '건배'를 외친 뒤 세 사람의 뜻이 모아진 아들의 건강을 위하여 한 모금씩 쭉 들이켰다.

그러나 빌리는 기분을 풀려고 하지 않았다. 그녀는 또한 막스와 함께 설거지를 하려 하지도 않았다. 그녀는 그 누구를 위해서도 건배하려 하지 않았다. 그녀는 아직도 잠에 취한 듯 아주 느릿느릿 자리에서 일어났다. 그러고 나서 약간 휘청거리면서 몇 걸음 걸어가더니 단호한 어조로 이렇게 말했다. "이제 나는 떠나겠어. 너희들을 다시는 보고 싶지 않아. 나는 너희들한테 그런 일을 원치 않았어."

그리고 그녀는 프랭키와 지기, 막스를 하나하나 빤히 쳐다보며 말했다. "내가 다음에 그걸 하고 싶으면, 나는 진짜 남자를 택할 거야. 나는 진짜 남자가 더 좋아. 나는 이 말을 지금 여자로서 너희들에게 하고 있는 거야. 알아듣겠어! 여자로서 말이야."

그녀는 이제 사물을 뭔가 새롭게 그리고 다른 각도에서 정확하게 보려는 듯 평소에 일할 때만 쓰던 안경을 꺼내 썼다. 그러고는 그녀는 걸어갔다. 뿔테 안경으로 뒤도 한번 돌아보지 않고. 그녀는 한 걸음 한 걸음 살피면서 걸어갔다. 까마귀들이 이 나무에서 저 나무로 옮겨 앉으며 그녀의 뒤를 따라갔다. 오토바이 위에 앉아 있던 청년들은 그녀가 어느 방향으로 발걸음을 옮기는지 눈으로 확인한 다음, 이 새로운 소식을 그루네발트 호숫가에 알리기 위해 오토바이에 시동을 걸었다.

막스와 지기, 프랭키는 당혹스러운 눈길로 한 걸음 한 걸음 걸어서 사라져 가는 빌리의 뒷모습을 바라보았다. 프랭키가 가볍게 한마디 했을 뿐이었다. "가겠다는 사람을 말릴 수는 없는 법이야."

그러고 나서 그들 셋은 화주, 맥주, 그리고 다시 화주, 맥주를 번갈아 마셨으며, 그렇게 서서 땅거미가 내릴 때까지 아버지날을 지키고 있었다. 다른 곳에서는 축구, 경마, 복권, 소득세, 소요 경비에 대한 대화가 오갔겠지만, 끝까지 남은 우리의 세 영웅들은 이전의 몇 세기 동안 그들이 언제 어디서 그리고 얼마나 자주 그들의 생식력을 발휘했었던가를 회상했다. 술기운 덕분에 그들은 시간의 흐름을 뛰어넘을 수 있었는지도 모른다.

막스는 기나긴 30년 전쟁 동안 내내 이곳저곳으로 옮겨 다니며 겪은 이야기를 들려주었다. 즉, 그는 마그데부르크가 불탈 때, 베스트팔렌의 조에스트에서, 브라이자흐 근교에서, 비트슈토크 전투가 끝난 직후에, 그리고 병참 기지에 머물며 아무것도 할 일이 없던 시절에 자신의 푼돈을 수백 개의 돼지저금통에다 던져 넣었다고 했다. "내가 악셀 루트슈트룀이라는 이름으로 불리던 시절의 일이지. 그때 우리는 옥센스티르나의 친위 연대로서 헬라 반도에 주둔하고 있었어. 우리는 얼굴에 솜털도 나지 않은 어린 스웨덴 기병이었어. 5월의 어느 날인가, 나는 아그네스라고 하는 카슈비아 계집아이를 모래언덕의 움푹 파인 곳에서 겁탈했어. 그리고 다른 아이들도 재빨리 그녀를 한 차례씩 덮쳤고⋯⋯."

한편 지기는 자신이 폴란드 창기병으로 활약하던 시절을 기억해 내고, 젊은 영웅 보이친스키 백작인 자신이 깊은 숲속에서 나폴레옹 휘하의 총독 라프의 새침한 여자 요리사를 만났던 일을 화려하게 그려 보여 주었다. 그녀는 총독에게 요리를 만들어 주려고 바구니를 들고 숲속에서 버섯을 따고 있었다. "그러나 내가 말에서 내려 그녀의 손에 입 맞추고, 그녀에게 몇 마디 기분 좋은 말을 해 주자, 그녀는 도저히 저항할 수가 없게 되었지. 우리는 이끼로 뒤덮인 땅바닥에 누웠어. 사방에는 그물우산버섯, 살구버섯, 말불버섯, 머리가 큰 삿갓버섯이 자라고 있었어. 아, 정말 버섯 냄새가 진동했지! 아, 우리는 마음껏 한 몸이 되었어. 이루 말할 수 없이 황홀했어! 우리를 괴롭히는 건 개미들뿐이었어. 그 여자의 이름은 조피였어. 나중에 그 계집년은 애국심에 불타 독버섯으로 속을 채운 송아지 머리 요리를 우리에게 먹였어. 라프 혼자만 거기서 빠져나올 수 있었어. 그래도 나는 전혀 후회하지 않아⋯⋯."

마지막으로, 프랭키가 프리츠 옹의 통치 시절 자신이 프로이센 경기병으로 근무할 때 한 노동자 요리사를 전투와 전투 사이사이에 보살펴 주었던 이야기를 아주 자세하게 늘어놓았다. "마음씨 좋던 나의 아만다. 로스바흐 전투, 쿠너스도르프 전투, 로이텐 전투, 또는 호흐키르히 전투 등 전투가 끝날 때마다 나는 언제나 그녀를 찾아가 나의 상처를 치료받았어. 그때마다 나는 그녀와 관계를 맺었어. 7년 전쟁이 끝나고 나는 많은 아들을 얻었고, 그 때문에 왕실 소유지의 감독관이 되었어. 오, 카슈비아! 아름다운 그 모래땅! 이어서 나는 모든 어려움을 꿋꿋이 이겨 내고, 프로이센에 감자 재배를 도입했어. 그때 나의 아들들은 나를 도와주었어, 일곱 아들 모두가……."

그리고 그런 업적에 대한 이야기가 더 이어졌다. 그러던 중 이윽고 지기가 입을 열었다. "그녀는 요새 신경이 너무 예민해졌어. 모르겠어. 아무튼 우리는 그녀를 그렇게 쉽게 보내지 말아야 했는지도 몰라. 어쩌면 지금쯤 고통스러운 일을 당하고 있을지도 모르잖아. 사방에 술에 취한 무지막지한 녀석들 천지인데."

"자, 어서 짐을 싸!" 프랭키가 소리치면서, 일어나지 않고 꾸물대고 있는 막스의 엉덩이를 걷어찼다. 그들은 석쇠와 설거지하지 않은 접시, 낙타 털 담요, 빈 병들 그리고 그 밖에 이곳저곳에 뒹굴고 있던 물건들을——빌리의 실크 모자만 남겨 놓고——차곡차곡 챙겨 프랭키의 삼륜 자동차에 싣고서 빌리를 찾기 위해 서둘러 출발했다. (근처에 있던 학생 클럽 회원들도 거의 동시에 출발했다. 노래를 부르면서. "노란 마차 꼭대기엔…….")

그들의 삼륜차, 주인이 다섯 번이나 바뀐 차, 소형 화물이나 작은 이삿짐을 나르는 데나 알맞은 조그만 소형차, 프랭키의 전천후 차량, 대홍수가 나기 전 석기 시대풍의 똥차, 최근의 자동차 정기 검사에서 간신히 합격한 그 형편없는 차에는 지기와 막스가 아버지날의 허섭스레기들과 떼굴떼굴 굴러다니는 빈 맥주병들과, 마부 프랭키가 "우리는 널 꼭 찾아낼 거야! 찾고 말 거야, 빌리!"라고 지껄이면서 핸들을 홱홱 꺾을 때마다 하나씩 박살 나고 있는 닦지 않은 접시들 틈에 앉아 있었다. 나중까지 남은 그 세 사람은 그 전천후 깡통차를 타고 나무토막들과 돌멩이들을 헤치며 저녁놀에 반짝이는 고요한 그루네발트 호수를 빙 돌아 사냥꾼의 오두막과 산림 감시 초소까지 갔다가 다시 호숫가로 되돌아왔다. 한 오솔길에서, 저녁의 어스름에 둘러싸인 채, 여기저기 뒤늦게 철수하는 아버지날의 무리들 틈에서, 말없이, 반쯤 취하거나 만취한 수만의 남자들의 소란 속에 파묻혀서 막스가 훌쩍훌쩍 눈물을 훔치고 있는 동안, 지기만 얇은 입술 사이로 바드득바드득 이를 갈았다. "그냥 가 버리다니. 우릴 여기 이렇게 앉혀 두고. 장난 좀 한 것도 이해 못 하다니. 그냥 화를 버럭 내고 떠나가 버려……." 그러던 중 그들은 한 오솔길에서 갈려나온 또 다른 오솔길 위에 어스름 빛 속에 뭔가 꾸깃꾸깃하게 구겨진 것이 놓여 있는 것을 보았다. 멋대로 튀어나온 나무 등걸들 때문에 울퉁불퉁한 모랫길 한가운데에 놓여 있는 그것을 그들의 삼류 자동차 헤드라이트 불빛으로 비추었을 때, 그것은 뭉쳐져 있는 청바지임이 분명하게 드러났다.

"저건 빌리 거야!" 프랭키와 지기인지 막스인지가 소리쳤다. (거기서 멀지 않은 곳에 파란 줄과 하얀 줄이 쳐진 그녀의 스웨터와 브래지어가 떨어져 있었다.)

혼자서 완전히 버림받은 것처럼 그녀는 나무를 헤치며 헤매다가 점점 더 깊이 숲속으로 들어갔다. 호숫가에서나, 숲속의 빈터에서나, 그리고 간이 매점 앞에서나 남자들이 그녀를 보고 희롱을 하며 괴롭혔기 때문이었다. "저 계집 좀 봐!" "아버지날 왜 여기서 얼쩡대고 있는 거지?" "저 계집 거기가 근질근질한가 보군."

그저 혼자 있고 싶었다. 그리고 모든 것을 청산하고 싶었다. 그녀는 누에고치처럼 자신의 고독 속으로 파고들어 갔다. 고독 역시 그녀를 포근하게 감싸 주었으며, 그녀의 친구가 되어 주었다. 눈에 씌었던 콩깍지가 떨어져 나간 것 같았다. (그녀는 이렇게 중얼거렸다.) "그 친구들 덕분에 그래도 내가 정신을 좀 차린 것 같아."

여자가 된다는 것, 그것은 정말 신선한 느낌이었다. 비록 혈혈단신의 고아 같은 신세였지만. 그러나 그녀의 결심은 확고했다. 되돌아가는 일은 없다. 배는 불태우고, 다리는 헐어 버리리라. 오로지 전진을 되새기는 말만 한다. "나는 피난민 출신이야. 어릴 때부터 험한 일만 겪어 왔어. 그래서 새롭게 시작한다는 게 뭔지 잘 알지. 모든 것은 결말이 났어. 영원히. 다시 영점에서 시작하는 거야. 내가 전에 그만둔 곳에서부터. 이제 하이디를 할머니, 할아버지한테 맡기지 않을 거야. 가서 그 애를 데려다가 따뜻한 가정을 꾸며 주겠어. 아이에겐 어머니의 따스한 품과 사랑이 필요해. 내게 아직 그런 것이 남아 있어. 정말 말도 안 돼. 내 힘으로 식기세척기를 살 수 없는 것처럼 생각했으니 말야. 그 아이가 내게 무슨 필요가 있냐고? 그것은 우리가 살다 보면 저지를 수밖에 없는 실수였어. 그렇지만 이제 나는 해낼 거야. 여자의 역할을 말야. 오로지 여자의 역할만을. 난 해낼 거야……."

잡목 숲과 관목 숲을 지나, 좁은 산길과 큰 대로를 지나, 그리고 솔잎이 쌓인 바닥과 이끼로 뒤덮인 오솔길을 지나 빌리는 그루네발트 깊은 곳으로 아버지날의 그 멋진 깨달음을 가지고 들어갔다. "나는 여자야, 여자, 여자라고!" 남자들을 꾀는 말을 크게 외쳤다. 허약한 성(性)을 주겠다고 외친 것이다. 승리에 도취하여 그녀는 큰 소리로 미끼를 던졌다. "나는 뚱뚱한 여자다."

그리고 그들이 드디어 덥석 미끼를 물었다. 그들은 단 한순간도 그녀를 눈에서 놓치지 않았다. 끈질긴 추적자들이었다. 까마귀들이 앞장서서 나무에서 나무로 옮겨 다니며 그들을 도와주었다. 드디어 그들은 그녀를 몰아 대기 시작했다. 검은 가죽옷을 일곱 명의 폭주족들이다. 헤드라이트의 불을 끈 채 오토바이를 타고 크고 작은 길을 따라 살금살금 여기까지 쫓아온 것이다. 부르릉대는 엔진 소리가 오히려 듣기 좋았다. 지금까지는 모든 것이 그저 놀이에 불과했다. 그러나 그들은 이제 진정한 것을 한번 직접 느껴 보고 싶었다. 그들은 오토바이에 달린 세 개의 헤드라이트를 갑자기 환하게 켜고서 빌리를, 여자를, 뚱뚱한 아줌마를, 이제서야 화들짝 놀란 토끼를 뒤에서 이리저리 쫓다가 마침내 으슥한 구덩이로 몰아붙였다. 그곳에는 나뒹구는 버터 식빵 봉지와 맥주병만이 아직도 아버지날임을 증언해 주고 있었다.

빌리는 그래도 저항해 보았다. "어이, 젊은이들! 장난은 이제 그만해! 자, 우리 로제네크나 어디 다른 데 가서 조용히 술이나 한잔하자고……." 그러나 이미 빠져나갈 구멍은 없었다. 철컥! 덫의 빗장이 걸렸다. 우리가 잘 알고 있는 각본대로 모든 일은 진행되었다. 이 영화에는 구사일생으로 탈출하는 장면이 없었다. 결말은 이미 정해져 있었다.

"옷 벗어!" 그중 하나가 아주 나직하게 말했다. 이제 부르릉대던 엔진 소리도 그쳤다. 빌리는 마치 샤워처럼 한곳으로 쏟아지는 불빛 속에 통통하고 귀여운 모습으로 어색해하며 서 있었다. 어깨 위로 드리운 그녀의 머리카락이 찬란하게 반짝였다. 그녀는 시키는 대로 했다. 그러나 팬티와 신발과 양말은 벗지 않았다. 그녀는 그 이상은 절대 벗을 생각이 없었다. ("너희들 진심으로 그러는 건 아니겠지…….")

토끼는 포위망을 뚫었다. 그리고 "너희들 미쳤구나!" 하고 비명을 지르며 재빨리 지그재그로 도망치기 시작했다. 그러자 일곱 대의 오토바이가 다시 부드러운 소리로 부르릉거렸다. 빌리는 잡목 숲속으로 달려 들어가 나무들 사이로 이리저리 돌아 눈잣나무 가지에 부딪치면서 뛰고 뛰었다. 그러다 마침내 솔잎이 깔려 있는 땅바닥에 쓰러졌다. 일곱 명은 다시 그녀를 가운데 두고 둘러쌌다. "얘들아, 제발 부탁이야……."

그러나 그들은 아무 말도 하지 않았다. 또는 그녀를 향해 이런 말만 했다. "야, 이 화냥년아! 기다려 봐, 뭔가 보여 줄 테니!" "야! 이 화냥년아, 내가 한번 멋지게 해 줄게!" 어느새 그들은 가죽 바지의 앞을 열어젖혀 놓았다. 그리고 마치 명령을 받은 것처럼 그들은 차례로 성기를 발기시켰다. 그리고 성찬식을 위해 한 줄로 늘어서서 차례를 기다렸다. 그리고 그들은 그것을 너무나 당연하다는 듯이 받아들였다. 그리고 그들은 차례대로 그녀의 몸속에다 코를 팽 풀었다. 그녀의 몸은 그들이 풀어 넣은 콧물로 넘쳐흘렀다. 그들은 게다가 일을 치르기 전이나 일을 끝낸 후 긴 가죽 장화로 그녀를 걷어찼다. "이 빌어먹을 화냥년!"

모두 일을 끝마쳤을 때, 그들 중의 하나가 톱니 모양의 솔방울을 그녀의 상처 난 구멍에다 쑤셔 넣었다. "야, 이 화냥년 중에서도 가장 지저분한 화냥년아, 어서 도망쳐 봐!"

그러나 빌리는 이제 더 이상 뛰고 싶지도 않았고 뛸 수도 없었다. 눈물만이 흐를 뿐이었다. 그리고 공허한 신음만이 마지막 소망처럼 "오." 하면서 새어 나왔다. 그들은 오토바이의 속력을 줄여 빌리를 쿡쿡 찌르고 떠밀고 툭툭 쳤다.—"자, 움직이라니까!"—다음 순간 그들 중 하나가 속력을 내어 그녀의 다리와 배를 타고 넘어갔다. 한 놈이 그러자 일곱 명이 늘한 통속으로 똑같은 짓을 해 왔으므로 이제 다른 놈들도 그렇게 했다. 타고 넘어가고 또 타고 넘어갔다. 진지하게 그리고 철저하게.

그것도 사람이었을까? 프랭키, 지기, 막스는 오솔길에서 좀 떨어진 곳에서 그들의 빌리를 발견했다. 그녀는 솔잎으로 덮인 땅바닥 위에 짓이겨진 채 들러붙어 있었다. 그녀 옆에는 안경이 부서진 채로 나뒹굴고 있었다. 거기서는 아름다움이란 단 한 조각도 찾아볼 수 없었다. 그녀의 몸에는 생명이란 생명은 모두 빠져나가고 아무것도 없었다. 그들이 할 수 있는 일이란 고작——프랭키가 그것을 했다.——"개새끼들!" 하고 욕설이나 내뱉는 일뿐이었다. 막스는 한옆에서 나무에다 대고 구토를 해 댔다. 프랭키는 주먹으로 가슴을 치면서 미친 듯이 날뛰었다. "이런 빌어먹을!" 그렇기 때문에 지기는 냉정함을 잃지 말아야 했다. "우리는 빌리를 여기에 그냥 놔두어야 해. 돌아가는 길에 전화를 하자. 지금 당장 우리가 할 수 있는 일은 아무것도 없어."

그래서 그들은 죽은 빌리를 숲에 놔둔 채 예의 그 소형 화물 배달이나 소규모 이사용 삼륜차를 몰아 숲길에서 빠져나와 샛길과 큰길을 달렸다. 클레이 로(路)를 지나 그들은 아버지날을 즐기고 집으로 돌아가고 있는 자동차 행렬에 섞여 로제닉까지 차를 몰았다. 거기서 지기는 차에서 내려 버스 정류장 옆의 공중전화 부스로 들어갔다. 프랭키는 파이프를 손질하면서 운전석에 앉아 기다렸다. 막스는 더 이상 씹을 껌이 없었다. 지기는 전화기에 대고 이렇게 말했다. "그리고 클레이 로에서 우회전하세요. 네, 맞아요, 그러고 나서 다시 우회전, 그 다음엔 좌회전하고, 다시 한번 좌회전, 그런 다음 우회전해서 숲길로 들어서세요. 거기서 약 오십 보쯤 걸어 들어가서 왼쪽으로 접어들어 몇 걸음쯤 가면, 여자가 하나 벌거벗겨진 채 죽어 있을 거예요. 아뇨, 정말이에요. 네, 맞아요."

그 일이 있고 난 뒤에도 삶은 계속되었다.

아홉째 달

루트

　우정을 맺을 줄 안다는 것, 그것이 우리 남자들의 세계다. 루데크로부터 루트거를 거쳐 루데비크 주교에 이르기까지, 목각 조각가인 루트비히 스크리버로부터 형리 라데비크를 거쳐 스웨덴 사람 악셀 루트슈트룀에 이르기까지, 그리고 나의 옛 친구 루트리히카이트와 바이에른 출신의 파렌홀츠 대위로부터 미국으로 건너간 루트비히 스크뢰버를 거쳐 늙은 마부 프랭키 루트코비아크에 이르기까지 우리는 기쁠 때나 슬플 때나 한결같이 한마음으로 지냈다. 친구들! 피를 나눈 형제들! 아, 그래, 그리고 얀! 얀 루트코프스키. 그는 삶은 돼지고기와 양배추로 가득 찬 배에 총을 맞고 죽었다. 나는 루트가 그립다. 루트가 정말 보고 싶다!

최근에 내 친구 루트비히 가브리엘 슈리버가 죽었다. 그가 불활성 석고로 주형을 뜰 때나, 전자레인지에 구운 셀러리 조각 위에 얇게 저민 훈제 생선을 올려놓고 거기다가 (그와 내 몫으로) 휘저은 달걀을 씌울 때나, 술잔을 앞에 놓고 묵묵히 앉아 새끼손가락으로 술을 한 방울 찍어 더운 이마를 식힐 때나, 전쟁에서 겪은 일들을 늘 똑같은 투로 장황하게 늘어놓을 때나(북극 전선에서 하얀 위장 파카를 입은 이반족들이 쳐들어왔을 때……), 분노로 이를 부드득 갈 때나, 아직 조각하지 않은 돌을 어루만질 때나 루트의 모습에는 언제나 변함이 없었다. 즉, 그는 남자였고, 뚱뚱했으며, 황소요, 행동주의자였고, 타락한 천사였다.

　그는 언제나 그랬다. 그가 손도끼로 상징을 만들었을 때나. 그가 높은 신분의 성직자로서 보헤미아의 아달베르트와 함께 우리 이교도들에게 십자가를 전해 주러 왔을 때나. 그가 성 베드로와 바울 교회를 위해 (전성기 고딕풍의) 제단을 만들고, 거기에 덧붙여서 벗나무로 나의 아내 도로테아를 닮은 성모상을 조각했을 당시에나. 그 성모상은 호박으로 해 넣은 두 눈으로 멀리 있는 한 점을 뚫어지게 바라보았다.

　언제나 그는 나보다 나중에 죽었다. 그러나 내가 동화 「어부와 그의 아내」를 완전히 다른 판본으로 이야기하고 있고, 나의 일제빌의 해산이 임박한 이번에는 루트가 나보다 먼저 세상을 떴다. 그래서 나는 내가 이 세상에 머물던 때마다 나의 친구였던 그를 위해 애도의 말을 몇 자 적지 않을 수 없다. 이웃 유목민들에게 예술가로 받아들여졌던 어부 루데크는 내가 만든 자질구레한 도자기들을 보고는 한숨을 쉬었다. 그리고 브라방크에서 우리 이웃에 살다가 나중에 사회주의자 진압법의 압력에 못 이겨 미국으로 건너간 루트비히 스크뢰버 동지는 죽음의 바이크셀강에서 긴 갈고리로 부목(浮木)을 뭍으로 끌어 올렸다. 헬라에 주둔한 옥센스티르나 연대의 사관으로 근무하던 악셀 루트슈트룀 대령은 나의 요리사 아그네스가 우리의 식탁에 차려 낸 하얀 눈깔의 대구 요리에다 레몬을 짜서 뿌렸다. 그리고 형리 라데비크는 바로 전날 밤에 함께 마지막 내장 요리를 먹은 자신의 친구인 대장장이 페터 루쉬의 목을 자르는 일을 맡기도 했다. 그리고 프랭키 루트코비아크는 한 방의 주먹질로 식탁에 못을 박았다. 그리고 최근에 사망한 조각가 슈리버는 제자들이 만든 진흙 조각 작품들을 보고 못마땅한 표정을 짓더니 자신에 대해, 히타이트족에 대해, 미케네 문명에 대해, 미노스의 명징성에 대해, 그리고 형식에 대해 근엄하게 일장 연설을 늘어놓았다.

루트는 그 모든 것에 대해 알고 있었다. 조각가로든 혹은 그저 수송아지나 끌고 다니는 남자로서든 그는 언제나 이 세상에 존재했다. 신석기 시대의 루트와 그가 만든 주먹만 한 풍요의 우상들. 폴란드의 고고학자들에 의해 옥스회프트 부근에서 발굴된 빙토석으로 조각한 포메라니아 여신상들 역시 모두 그가 만든 작품들이다. 루트는 아주 일찍이 (성 아우구스티누스에 의해) 기독교로 개종하고 나서 단 한 번도 십자가에 못 박힌 그리스도의 고통을 표현한 적이 없으며 언제나 삼위일체의 원리만을 표현했다. 그리고 그가 도로테아의 모습을 따서 무서운 표정의 성모상을 만들고 있던 (성 베드로와 바울 교회 옆에 자리 잡은) 그의 작업실로 겸 제조공 알브레히트 슐리히팅이 찾아왔을 때, 루트는 기름투성이의 양 콩팥을 석탄불에 구워 대접했다.

식사 후 우리는 기름이 잔뜩 낀 혀로 하느님과 세상일에 대해 이야기를 나누었다. 그는 불만이 많았다. 그는 그 시대를 좋지 않게 생각했다. 그는 이를 부드득 갈았다. 그는 뒷날 조각가 슈리버가 그랬듯이 마음만 먹으면 그의 그 유명한 수도(手刀)로 보기 싫은 놈들을 모조리 해치울 수 있을 것 같았다. 그로부터 얼마 되지 않아 동업조합원들이 도시 귀족들에 대항하여 봉기를 일으켰을 때, 목각 조각가인 루트비히 스크리버도 거기에 동참했다. 처음에는 비스마르 산 맥주가 화제가 되었고, 다음에는 동업조합의 권리가 중요한 쟁점으로 떠올랐다. 물론 봉기는 진압되었다. 루트는 도망쳤으며 법률의 보호를 박탈당했다. 나는 2세기 동안 그의 모습을 보지 못했다. 그러던 중 교회에서 대청소 운동이 시작되었을 때 그가 모습을 드러냈다.

비록 구리 세공으로 먹고사는 형편이었지만, 이제 라데비크라는 이름으로 불리던 루트는 그 예술에 싫증을 느끼고 있었다. 칼뱅을 좇아서 그런 것이 아니라 완전히 자유 의사에 따라 그는 우상 파괴자가 되었다. 즉, 헤게의 일당이 된 것이다. 그리고 그는 루쉬 수녀의 풍만한 체격에 맞게 동판으로 만들어 멋진 문양까지 풍성하게 새겨 넣은 세례반(洗禮盤)을 자기 자신의 주먹으로 박살 내 버렸다. 그 일이 있고 나서 그는 또

다시 세공 일에 흥미를 잃었다. 라데비크는 이제 슈토크 탑의 형리가 되었으며 자신의 친구인 나의 목을 베어야 했다.

루트는 무엇을 상대로 싸웠는가? 그는 나선 장식과 금사 세공과 화려한 기증자 제단과 겉치레 장식과 온갖 종류의 우상과 말씀과 자기 자신을 상대로 싸웠다. 묵직한 망치로, 목표물을 정확하게 겨눈 수도로, 형리의 칼로. 루트는 바로 그랬다. 난폭했다. 내리치고 찔렀다. 그의 고함 소리에서 느껴지는 원시의 음향. 그는 모든 졸장부 나치 속에 들어 있는 악마를 무찌르지 않고는 배길 수가 없었다.

하지만 기수 악셀 루트슈트룀이 옥센스티르나 연대의 다른 기병들과 함께 헬라 반도를 습격해 아직 어린애티를 벗지 못한 아그네스를 덮쳤을 때, 그녀는 오랫동안 그의 목소리를 가슴속에 새겨 두었다. 그 목소리는 그녀의 몸속 곳곳으로 파고들었다. 그 목소리는 더 이상 지상의 것이 아니라 대천사의 목소리였다. 루트슈트룀 대령이 잔혹한 전쟁 분위기에 휩쓸려 토르스텐손의 기병들과 함께 작센에서 스웨덴식으로 난동을 부리던 무렵, 그는 임시방편으로 테너 파트를 맡아 "나는 벌거벗은 몸으로 모태에서 나왔다……"라는 노래를 부른 적이 있었다. 그것은 1636년 2월 4일 러시아의 하인리히 백작을 위한 진혼 미사가 열렸을 때의 일이다. 오랜 전쟁으로 궁정 악장 쉬츠에게는 악사나 가수가 불과 몇 명밖에 없었다.

스웨덴 사람인 루트는 잘생긴 남자였다. 그의 부드러운 진지함. 그의 차가운 열정. 그리고 그의 엄격함. 그의 분노. 그러나 그다음 세기에 전쟁 초두에 우리가 다시 만났을 때, 루트는 몹시 영락해 있었다. 모든 사람이 그를 루트리히카이트라고 불렀다. 모두 그를 비웃었다. 오로지 나만이 그렇지 않았다. 우리에게는 늘 브랜디가 떨어지지 않았다. 전쟁은 동료 의식을 심어 준다. 기쁠 때나 슬플 때나. 칠 년 동안이나. 우리는 로이텐 전투와 호호키르히 전투에 함께 참가했다. 전쟁이 끝나 갈 무렵, 그는 부르커스도르프 전투에서 한쪽 다리를 잃었다. 그러나 그는 다리를 절뚝거리며 언제나 추카우로 돌아왔다. 마음씨 착한 아만다가 언제나 우리들 백전의 용사들을 위해 통감자와 아마유를 곁들인 글룸제 요리를 남겨 놓고 기다리던 추카우로.

단치히 포위 때 나폴레옹이 파견한 라프 총독 휘하의 바이에른 중대장으로 있으면서, 식량을 구해 오다가 카자흐 병사들에게 납치당한 조피 로트촐을 구출해 내 용맹을 떨친 것이 바로 루트였는지도 모른다. 나는 파렌홀츠를 알지 못했다. (나는 그라우덴츠 요새에 구금되어 있었다.) 그러나 클라비터 조선소와 게르마니아 빵 공장에서, 그리고 목재 항구와 카페만 인쇄소에서 파업을 부르짖었던 혁명적인 사회주의자이자 조선소 노동자는 틀림없이 나의 좋은 옛 친구 루트였다. 루트비히 스크뢰버와 오토 슈투베는 친구 사이였다. 그들 두 사람은 자주 레나가 눈치채지 못하게 그들끼리만 (자스페 숲속에서) 집토끼를 구워 먹곤 했다. 얼마 뒤 파업 기금이 사라졌다. 스크뢰버는 추방령을 받고 온 가족과 함께 뉴욕행 배를 탔다. 편지는 오지 않았다. 엽서만 한 번 왔을 뿐이다. 시카고에서 무정부주의자로 활동하고 있다는 내용이었다.

상승과 하강. 언제나 계속되는 반복. 루트는 한번도 꺾이지 않았다. 필요할 때마다 루트는 나타나곤 했다. 난처한 일이 생길 때마다, 루트는 해결 방법을 알고 있었다. 루트가 없으면 아무 일도 되지 않았다. 그가 현대에 머물면서 미술 전공 선생이 되어 옛날 중세 때 (우상 파괴자로서) 하던 일을 다시 시작했을 때에도 루트는 중심에 섰다. 사람들은 루트의 집에서 만났다. 우리는 루트와 함께 취하도록 퍼마셨다. 성자(聖者) 루트의 전설. 그는 때로는 냉혹하고 때로는 잔인했지만 언제나 경건했다. 특히 술에 취해 있을 때가 가장 경건했다. 그처럼 빈 술잔을 응시하면서 나직하게 (아직도 남아 있는 대천사의 목소리로) 가톨릭 성가를 부르거나, 그처럼 술잔의 밑바닥을 통해 보헤미아의 고위 성직자로서 그리고 (아달베르트가 죽은 직후에는) 포메라니아의 주교로서 그가 모든 포메라니아인들에게 강제 세례를 명령하던 시절까지 들여다볼 수 있는 사람은 아무도 없다. 그의 청동 자화상을 보면 알 수 있듯이 그는 자기 자신을 범접할 수 없고, 내면적이며, 전설적이고, 앞으로 곧 성자로 추대될 고위 성직자나 수도원장, 또는 순교자로 보았다.

루트의 모습을 묘사해 본다면 다음과 같다. 루트는 세찬 바람을 뚫고 나가는 사람 같았다. 그는 학생들로 가득 찬 그의 아틀리에나 폐쇄된 공간에 들어갈 때면 인상을 찡그리며 허리를 구부렸다. 이마와 광대뼈는 좀 튀어나왔지만 조각처럼 잘생긴 얼굴. 밝은 색깔의 부드러운 머리카락. 언제나 맞바람을 쐰 까닭에 붉게 충혈된 두 눈. 섬세하게 생긴 입과 콧마루. 자기가 그린 연필화처럼 정결한 사람.

나는 루트가 그립다. 루트가 정말 보고 싶다! 그리고 말싸움을 벌일 때조차도……, 심지어 주먹질을 해 가며 싸울 때조차도…… 루트와 나 사이의 우정에는 변함이 없었다…….

아우아와 에우아가 우리를 교환하던 시절의 나와 루데크 사이의 우정처럼. 그리고 루트거가 나를 민족 대이동에 데리고 나섰을 때, 나는 그의 말한테 채였다. 고위 성직자 루데비히는 유방이 셋 달린 나의 조그만 성모상들을 눈감아 주었다. 도로테아가 목각 조각가인 스크리버를 위해 모델을 서 주었는지 서 주지 않았는지 나는 모른다. 내 딸들 가운데 몇 명은 사실 그의 자식들이다. 나를 처형하기 전에 라데비크는 튼튼한 내 목을 칭찬해 주었다. 페스트가 나를 이 눈물의 골짜기에서 데려갔을 때, 루트슈트룀 대령은 스웨덴 왕의 명을 받들어 (그리고 부엌데기 하녀 아그네스의 도움을 받아) 내가 남긴 글들을 꼼꼼하게 정리했다. 루트리히카이트와 함께 나는 나의 돈을 (그리고 나의 영혼까지도) 몽땅 술로 날려 버렸다. 조피가 그 바이에른 출신의 대위에게 키스 정도로만 고마움을 표했는지는 잘 모르겠다. 파업 기금이 도난당했을 때, 사실 나는 루트비히 스크뢰버와 반씩 나누어서 갖고 싶었다. 늙은 마부 프랭키에 대해서만은 아무 말도 하고 싶지 않다. 그리고 내가 루트와 함께 베를린으로 갔을 때…….

그러다 보니 이제 얀만 남았다. 그래, 얀 루트코비스키. 그와 나는 친구 사이였다. 그 역시 나처럼 말을 잘했다. 마리아의 소유였던 얀은 루트와 마찬가지로 죽고 없다. 얀은 남달랐다. 루트도 역시 남달랐다. 얀과 나는 빵과 치즈, 그리고 호두를 먹고 포도주를 마시면서 이야기를 나누었다. 루트와도 마찬가지였다. 우리는 밤늦도록 노래를 불렀다. 우리는 필사적이었다. 우리는 우리의 꿈을 손아귀에서 놓지 않았다. 남자들은 이렇다. 그래, 친구로 남을 수 있다. 일제빌은 그것을 인정하려 하지 않는다.

지각

일제빌은 외출 중.
나는 지금 이곳에 없다.
사실 나는 아그네스를 기다렸다.
그 밖에 무슨 일이 일어나든──접시 덜그럭거리는 소리──
그것은 아만다의 일. 매일 접시 닦는 일.

레나는 이곳에 있었다.
어쩌면 우리는 그저 잊은 것인지도 모른다.
정확한 시간을 정하는 것을.
내가 조피를 만난 것은 모든 교회의 종들이
저녁 기도 시간을 알릴 때였다.
우리는 영화에서처럼 키스했다.

먹다 남긴 음식들은 식었다. 치킨과 그 밖의 것들.

한 문장이 시작된 채 게으름을 피우고 있다.
낯선 것에서도 이젠 새로운 냄새가 나지 않는다.
옷장 안에 옷 한 벌이 없어졌다, 커다란 꽃무늬 옷이.
늘 누더기만 걸치고 다닌 도로테아에게
축제 때 입히려고 마련한 옷이다.

음악이 있는 한, 함께 음악을 들으며
우리는 같은 것을 달리 들을 수 있었다.
또는 사랑, 한 장의 스냅 사진. 빌리와 내가
해수욕장 근처에서 검은 연기를 뿜어 대는
하얀 증기선 마르가레테 호 위에서 찍은.

물론 나는 늦었다.
그러나 마리아는 기다려 주지 않았다.
이제 넙치가 그녀에게 몇 시인지 알려 준다.

토할 때까지

　마리아와 나는 친척 간이다. 그녀의 아버지는 나의 어머니
와 사촌 간이다. 아만다 보이케 시절에 이미 코코슈켄과 람카
우, 그리고 추카우에는 쿠츠초라라는 성을 가진 사람들이 살
고 있었다. 그리고 아만다의 손녀들 중 하나인 로비제 피프카
(조피의 사촌)는 피어에크(오늘날의 피로가)에서 온 쿠츠초라

라는 남자와 결혼을 했다. 그러므로 마리아의 가계는 친정 성이 피프카인 레나 슈투베와, 아만다 보이케까지 더듬어 올라갈 수 있다. 또한 나의 외할머니의 친정 성이 쿠츠초라는 사실(외할머니의 어머니는 친정 성이 바흐였지만)은 내가 (마리아와 마찬가지로) 아만다뿐만 아니라 레나와도 친척지간임을 보여주는 것이다. 또 마리아의 모계 쪽으로 쿠르비엘라라든가 코르비엘라라는 이름을 가진 사람이 여럿 있고, 나의 어머니에게 코르비엘라라는 이름의 삼촌(그는 미국으로 이주했다.)이 있는 것으로 보아, 게다가 가엾은 지빌레 미일라우가 카르트하우스에서 짜깁기 실과 단추, 귀터만의 명주실 같은 것들을 팔던 코르비엘라라는 이름의 이모할머니(그녀의 외할머니의 여동생)를 기억하고 있는 것으로 미루어 나는 환자용 요리를 만들던 아그네스와도 친척 간인 것 같다. 특히 아버지 쿠르비엘라와 마찬가지로 헬라 반도에서 스웨덴 군인들한테 살해당한 아그네스의 어머니 역시 친정 성이 보이케, 또는 그노이케였다고 믿을 만한 근거가 있기 때문이다. (여기서 한 가지 더 덧붙이자면, 루쉬 수녀의 막내딸인 카타리나는 쿠르브윤이라는 이름의 도축업자와 결혼을 했고, 이른바 몬타우의 도로테아라고 하던 도로테아 스바르체의 어머니의 친정 성은 보이카트였다.)

결국 우리 카슈비아인들은 모두 한두 개의 들길을 사이에 둔 친척들이다. 우리들 사이에는 오로지 비사우 근방의 골트크루크 숲과 추카우 외곽의 나무딸기 덤불과 카르트하우스로 가는 길과 바이크셀강과 라다우네 천과 4, 5세기의 세월만이 자리 잡고 있을 뿐이다. 감자의 유입을 전후로 한 시대, 이제는 다 지나가 버린 세월이다. 마리아는 이 모든 것에 대해 아는 바가 전혀 없었다.

그녀는 금발이다. 협동조합 상점에서 점원 일을 배우기 전까지만 해도 그녀는 머리를 아무렇게나 하고 다녔다. 그러던 중 그녀의 친구가 미용술을 배우게 되었다. 1945년에 서방으로 이주한 나의 삼촌 하나를 빼고는 쿠츠초라 집안은 그디니아나 또는 브르체스츠크에 살고 있다. 그곳은 단치히 시의 교외로 예전에는 랑푸르라고 불리던 곳이다. 그들은 마리아의 두 여동생과 함께 지난날엔 라베스베크라는 이름으로 불렸던 울리카 렐레벨라 지역의 방이 두 개 반인 연립주택에 살고 있다. (그들은 또한 코코슈켄에 3에이커 정도 되는 감자밭과 정원용 땅을 가지고 있다.)

1958년에 내가 처음으로 비자를 받아 흐릿한 기억들을 가슴에 품고 그곳으로 돌아갔을 때, 마리아는 아홉 살이었으며 서방식 옷차림을 한 나를 보고 웃었다. 그녀의 모습은 늘 이랬다. 즉, 금발 머리에 잘 웃고, 춤추는 것을 좋아하며, 암산이 빠른 유능한 점원이었으며, 사내아이들에겐 거칠고, 지금 당장 벌어지고 있는 일 이외에는 관심이 없는 아이였다. 나는 몇 년에 한 번씩 나타나서는 (비틀즈의) 레코드나 선물로 던져 주는, 폴란드 말도 카슈비아 말도 할 줄 모르는 서방의 아저씨였다. 그렇기 때문에 그녀는 나에 대해 온갖 아름답고 터무니없는 이미지를 만들어 가지고 있었다.

그러나 나 역시 내 나름대로 마리아의 모습을 상상했다. (자기 모국어를 잊어버렸을 때 이런 일이 벌어진다.) 그런데 실제 상황은 내가 상상했던 것보다 훨씬 좋지 않았다. 나는 마리아를 위해 다른 이야기를 꾸며 댔어야 했다. 슬픔이 약간 배긴 했지만 멋진 결혼 선물이 등장하는 행복한 이야기를. 그러나 세월이 그것을 허락해 주지 않았다. 마리아는 협동조합의 점원 일을 그만두었다. 그런 직업이라면 다른 곳에서도 손쉽게 구할 수 있었다. 그녀는 조금이라도 더 좋은 직장을 원했다. 그러나 마리아는 요리에는 소질이 없었다. (그녀는 프라우엔 가에 있는 기념품 가게에서 모조 보석을 팔면서 그녀의 머리카락에 어울리는 보석을 한번 착용해 볼 수도 있었을 것이다.)

포메라니아의 화폐. 해안의 잔돌. 길게 뻗은 바닷가. 풍요로움. 구불구불한 사구(砂丘)의 지참금. 발트해가 갚아 준 것. 페니키아인들이 처음에는 시돈으로부터 그리고 그 후에는 카르타고로부터 배를 타고 와서 중간에 코른발에 도착해서는 화려한 옷감을 내놓고 주석을 챙겼으며, 마침내 이곳까지 들어와서는 보리와 밀 종자를 내놓고 주먹만 한 호박 알들을 가져갔다. 그리고 메스트비나의 목이 베어졌을 때, 그녀가 걸고 있던 호박 목걸이의 알갱이들은 그녀의 목에서 떨어져 나와 내륙 깊숙한 곳까지 흩어졌다. 뒷날 아만다는 감자밭에서 서너 개의 호박 알갱이를 찾아냈다. 그리고 마리아가 내게 호두만 한 호박 알을 선물했을 때, 나는 그것을 금방 알아보았다. 그 순간 옛 이야기는 다시 시작되었다. 나는 마리아를 다른 각도에서 보았으며, 그녀는 다른 마리아가 될 수 있었다.

그 당시 그녀는 아직 협동조합에서 점원 일을 배우고 있었다. 그녀는 코코슈켄에 남겨 둔 감자밭에서 감자를 캐다가 그 호박 알을 발견했다. 정말 아름다운 보석이었다. 짙은 빛깔의 투명한 방울을 노란 표피가 둘러싸고 있었으며, 안쪽에는 파리 한 마리가 들어 있었다.

너는 그 호박 알을 내게 선물하지 말았어야 했다. 이제 나는 모든 것을 다 털어놓겠다. 네가 어떻게 전과 다른 방식으로 더 현실적이 되었는지. 어떻게 해서 네게서 웃음이 사라졌는지. 어떻게 네가 돌처럼 굳어졌는지.

맨 처음엔 협동조합 상점에서 점원으로 일하다가 이어서 계산대에 앉아서 일을 한 마리아 쿠츠초라는 1969년 여름부터는 그단스크의 레닌 조선소 구내식당의 요리사가 되었다. 그곳에서 일하면서 그녀는 협동조합에서 일할 때보다 120즐로티[37]를 더 벌었다. 요리를 해 본 경험이 없었기 때문에, 그녀는 처음엔 솥 뒤에 서서 보조 역할을 했으나, 가격과 품질에 대한 그간의 견문을 인정받아 물건의 도매 구입과 통조림 식품의 관리를 담당하게 되었다.

현실적이고 명랑한 성격 덕분에 그녀는 빠른 성공을 거뒀다. 협동조합에서의 경험을 바탕으로 그녀는 관료들로부터 여러 가지 특별 허가를 받아 냈다. 이를테면 대형 냉동고를 사들인 것도 그녀였다. (그녀는 또한 암시장의 줄을 통해서 트랙터의 부속품을 내주고 신선한 야채를 구해 오기도 했다.) 조선소 구내

---

37) 폴란드의 화폐 단위.

식당의 메뉴는 훨씬 다양해졌다. 그러나 마리아가 물건의 일부를 자유항을 통해 구입하기 시작하고 갑자기 남방의 과일들이 구내식당에 등장하자, 그녀와 그녀의 남자친구 얀은 말다툼을 벌이게 되었다. 그는 대담한 사상을 지녔지만 기본적으로는 소심한 성격의 젊은이였으며, 조선소의 홍보 분과에서 서방에 수출할 물건의 안내서 편집 일을 맡고 있었는데, 마리아가 구내식당에 일자리를 구할 때 도움을 준 바 있다.

얀은 대학에서 조선공학을 전공했지만, 그의 관심은 포메라니아의 초기 역사에 가 있었다. 그리고 밤에는 시를 썼다. 그는 《발트해 연감》에 비클라우 폰 뤼겐의 연애시를 연구한 논문을 발표하기도 했다. 메스트빈 공(公)의 딸로 추카우 수녀원의 초대 원장을 지낸 담로카를 노래한 그의 연작시는 몇몇 사람들로부터 호의적인 비평을 받기도 했지만 강렬한 에로틱한 비유 때문에 카슈비아 문화 동맹 측으로부터 항의를 받았다. 카슈비아의 영주 스반토폴크에 의해 완전히 괴멸당한 사령관이 바로 『햄릿』의 마지막 장면에서 폴란드에서 승리를 거두고 돌아오는 것처럼 행동하는 덴마크의 포틴브라스라는 논란의 여지가 많은 테제를 내세우면서 얀은 셰익스피어 비극의 속편을 쓰고 싶어 했다. 그러나 그는 도무지 시간을 낼 수가 없었다. 그는 낮에는 폴란드의 조선업에 대한 홍보 자료를 만들어 그것을 서방 세계에 효과적으로 알리기 위해 영어, 스웨덴어, 독일어로 번역하는 일에 매달려야 했고, 저녁에는 마리아가 영화를 보거나 춤을 추러 가자고 기다리고 있었던 것이다.

아홉째 달

그는 그녀를 협동조합에서 알게 되었다. 그들의 만남은 처음부터 싸움으로 시작되었다. 그는 상한 콩 통조림을 손에 들고 가 계산대에 앉아 있던 쿠츠초라의 코밑에다 들이댔던 것이다. 저녁에 두 사람이 이제는 공원이 된 올리바 수도원의 정원에서 만났을 때, 얀은 마리아에게 코르크 따개 같은 그녀의 곱슬머리가 자신의 작품에 등장하는 영웅인 스반토폴크의 누이이자 비클라우 폰 뤼겐의 사촌 누이인 카슈비아 영주의 딸 담로카를 연상시킨다고 말했다. 바로 이 담로카가 라다우네강변에 추카우 수녀원을 세웠는데, 그것은 그곳에서 자라던 야생 나무딸기 때문이었다고 얀은 설명했다. 그리고 그는 그의 연작시에서 몇 구절을 인용하기도 했다. 마리아는 얀의 역사적인 비유가 마음에 들었다. 그녀는 그에게 자기를 담로카라고 부르도록 했다. 그들은 곧 사랑에 빠졌다.

그리고 나는 누구냐고? 나는 얀이 아니다. 나는 마리아와 육촌 간이다. 그러나 그녀는 나를 삼촌이라고 부른다. 그녀가 내게 준 것이라고는 호박 알 하나뿐이다. 속에 곤충이 한 마리 박혀 있는 호박 알. 그 안에 박혀 있는 것은 나다. 미심쩍은 나. 뒤늦게 갖고 싶어서 보관되어 있는 나. 내 곁에 있는 나. 내 밖에 있는 나. 나 자신에게 (곰으로) 가장하고 유순하게 으르렁거리는 나. 언제나 도망치는, 시대에서 도망치는, 슬그머니. 역사의 울타리 중 각목이 빠진 곳으로. 내 말 좀 들어 봐, 마리아. 내가 구멍을 뚫어서 만들어 준 호박 목걸이를 메스트비나가 목에 걸고 다니던 때의 일이야. 그녀의 딸들과 그 딸들의 딸들로부터 잠보르, 메스트빈, 스반토폴크, 담로카 공주 등이 태어난 거야. 아냐, 말하는 넙치를 잡은 건 나였어. 길드 회원들이 봉기를 일으켰을 때, 나는 길드의 집회장에 있었지. 나는 슈토크 탑에 갇혀 숟가락으로 이 세상과 결별하는 마지막 내장 요리를 떠먹었어. 그리고 지나가던 페스트가 내게 인사를 던졌을 때. 그리고 감자가 기장을 상대로 승리를 거두었을 때. 무엇이든 휘저어 대는 위대한 그 여자 요리사가 시간을 거슬러 올라가도록 나를 휘저어 버렸어. 그녀는 요즘에도 찌꺼기를 국자로 걸러 나를 맑게 만들고 있어. 그녀는 나를 정말 공평하게 나누어 주었어. 레몬 즙만 약간 쳐도 나는 금방 그녀의 입맛에 맞게 만들어졌어. 왜당귀와 회향 열매, 마요란, 그리고 서양자초. 나는 간이 맞추어졌어. 얀, 내가 바로 얀이야. 마리아, 네 조리법대로 만들어진.

그리고 마리아 쿠츠초라가 레닌 조선소 구내식당에서 신선한 야채와 통조림, 그리고 (불법이긴 하지만) 바나나와 오렌지를 유리한 가격으로 구입하는 일을 맡은 지 어느덧 일 년이 되었을 때, 그녀가 변함없이 사랑하며 (저녁 어두운 영화관 안이나, 춤을 출 때면 귓속말로) 그녀를 담로카라고 부르던 남자 친구의 소원에 따라, 즉 마침내 얀이 바란 대로 마리아가 곱슬머리를 다듬으러 미장원에 가지 않게 되었을 때, 가을이 찾아오고 신문마다 서명만 남겨 둔 조약들에 대한 기사들로 넘쳐났을 때, 마침내 바르샤바에서 고무우카와 브란트가 각각 폴란드와 독일을 대표하여 서명하고—사람들 말대로—역사를 만들었을 때, 그리고 겨울이 찾아오고 크리스마스를 맞을 준비가 한창이었을 때, 마리아는 어서 물품들을 구입해야 한다고 충고했다. 어디를 가든 국가적인 과제의 중요성만을 강조하는 이야기들뿐이고, 신문에는 위대한 역사적 순간에 대한 숭고한 글만 쓰여 있을 뿐 생필품에 관한 글은 한 줄도 없으니, 이 모든 것이 좋지 않은 징조라는 거였다. "그들은 물가를 확 올릴 거예요." 하고 마리아가 얀에게 말했다.

실제로 그런 일이 벌어졌다. 법령으로. 설탕, 밀가루, 고기, 버터, 생선의 가격이 인상되었다. 12월 11일에. 그리고 그들은 원래 강림절 넷째 일요일에 결혼식을 올릴 예정이었다.

경제적으로는 여러모로 타당한 조치였다. 사사건건 국가에서 원조를 할 수는 없는 일이다. 아무리 공산주의 정부라도 감당해 내지 못한다. 시장이 물가를 통제하지 못하면, 국가가 나선들 소용없다. 그러나 물가를 잡지 못하면 다른 분야도 타격을 입게 되고, 때로는 국가 전체가 흔들리게 된다.

금요일에 생활 필수품의 가격이 ── 그들은 주말을 계산에 넣는 것이 현명한 선택이라고 생각했다. ──30에서 50퍼센트가량 올랐을 때, 얀은 지난날 스카니아 청어 가격의 인상과 값싼 비스마르 맥주의 수입이 당시 싸움만 일삼던 길드 조합원들을 일치단결시켜 여러 번 도시 귀족들에 대항해 봉기를 일으키게 만들었던 것은 이젠 역사적 사실에 불과할 뿐이라고 말했다. 그러고 나서 그는 종교개혁 시기에 있었던 후춧값의 폭락과, 같은 시기에 중부 유럽에서 도살용 가축 수의 감소로 인해 벌어졌던 육류 품귀 현상에 대해 오랫동안 곰곰이 생각했다.

마리아는 다음과 같이 말했다. 그런 일은 자본주의 경제 체제 아래서나 일어나지 공산주의 국가에서는 일어날 수 없다. 그것은 이미 학교에서 배워 누구나 다 아는 사실이다. 그리고 만일 노조가 아무런 대응도 하지 않는다면, 노조의 도움을 빌리지 않고 우리가 직접 행동을 취할 것이다. 그리고 남자들에게 용기가 없다면, 우리 여자들이 남편들에게 용기를 불어넣어 주어야 한다. 아니다, 아니다, 오늘은 영화관에 갈 기분이 아니다. 그, 즉 얀은 빨리 가서 조직을 결성해야 한다. 그녀, 즉 마리아는 협동조합에서 일하는 여자들과 의논을 하겠다. 그녀는 그 여자들을 잘 안다. 자신과 마찬가지로 그 여자들도 물가 문제에 대해 훤히 꿰고 있다. 그들은 이미 오래전부터 낌새를 채고 있었을 것이다. 그들은 신뢰할 수 있는 사람들이다.

그리고 (마리아가 그녀의 얀에게 자극을 준 것처럼) 곳곳에서 여자들이 자기 남편들에게 자극을 주었기 때문에 —— "물가가 다시 원위치로 돌아가기 전에는 내 앞에 얼굴을 내밀 생각하지 마세요!" —— 다음 날부터 폴란드의 발트해 연안을 따라 그단스크와 그디니아, 그리고 츠체친과 엘프라크에서 항만 노동자와 조선소 노동자들의 파업이 시작되었다. 철도 노동자들을 비롯한 다른 노조원들뿐만 아니라 심지어 '발틱' 초콜릿 공장의 여공들까지도 파업에 가세했다. 그 지역의 노조 간부들이 합세하지 않았기 때문에, 자발적으로 파업위원회가 구성되고, 그리고 노동자 평의회의 위원들이 선출되었다. 그들은 물가 인상의 철회만을 요구한 것이 아니었다. 즉, 그들은 노동자치제까지 요구했다. 그것은 모든 것을 자기 힘으로 결정하자는, 오래되고 뿌리 깊고 순박하고 아름다운, 결코 뿌리 뽑을 수 없는 꿈인 것이다.

그단스크의 레닌 조선소 구내식당에는 경찰이 통제를 시작하기 전에 새로운 식량들이 비축되었다. 그 일은 밤 사이에 이루어졌다. 다음 날 아침 노동자들과 가정주부들이 오라, 트로일, 랑푸르, 노이파르바서 등의 교외를 비롯한 곳곳으로부터 몰려왔다. 족히 오만 명은 되어 보였다. 그들은 중앙역 앞을 지나, 공산당 본부 건물 앞에 집결했다. 그곳에서 그들은 토론할 거리가 충분치 않았으므로 인터내셔널의 노래만 여러 차례 불렀다. (마리아에 의해 떼밀려 나와 조금 지쳐 보이는) 얀이 서 있는 곳에서만 토론이 벌어지고 있었다. 얀은 가슴속에 가만히 담아 둘 수 없을 정도로 많은 역사적 비교 거리들을 가지고 있었기 때문이다. 여느 때와 다름없이 그는 옛날 포메라니아 사람들의 이야기부터 시작했다. 잠보르, 메스트빈, 스반토폴크, 그리고 아름다운 머리의 담로카 등. 이 이야기까지는 조선소 노동자들도 경청하는 듯했다. 그러나 얀이 화제를 바꿔 복잡한 중세 길드 규약의 미궁에 빠져 헤매면서, 당시 길드에서 요구한 상임위원회와 평의회의 의석과 의결권을 노동자 치제에 대한 노동자들의 현재의 요구와 비교하여 떠벌리기 시작하자, 노동자들은 그의 말을 들으려 하지 않았다.

그때 군중은 다시 한번 인터내셔널의 노래를 불렀다. 인파에 떼밀려 한쪽 옆에 비켜선 마리아만이 역사적 의식을 가지고 선동하고 있는 그녀의 얀을 지켜보고 있었다. 들어주는 사람은 아무도 없었지만 그는 입에 게거품을 물고 열변을 토했다. 그녀는 입가에 살짝 미소를 띤 채, 머리를 옆으로 갸웃이 기울이고 서 있었다.

그들은 모두 그렇게 머리를 옆으로 갸웃이 기울이고 있었다. 조금은 염려하면서도 그처럼 끝없이 쏟아져 나오는 언변과 씩씩한 열정을 즐기면서. 전도사 헤게가 하겔스베르크에서 거침없이 욕설을 퍼부으면서 아시마타이에서 차로에 이르는 모든 악마들을 불러내어 쫓아 버렸을 때, 마르가레테 루쉬 수녀원장이 바로 그렇게, 그렇지만 언제라도 조롱의 말을 터뜨릴 자세로 헤게를 쳐다보며 그의 말에 귀를 기울였다. 시인 오피츠가 빈 종이를 앞에 두고 말없이 내면에 시상을 가득 떠올리며 앉아 있을 때면, 부엌데기 하녀 아그네스 쿠르비엘라는 염려스러운 마음에 약간 서글픈 미소를 띤 채 그의 어깨 너머를 바라보곤 했다. 내가 아픈 다리를 절뚝거리며 민족 대이동에서 돌아왔을 때, 철기 시대 순무의 여인 비가도 바로 그러한 표정으로 나를 맞아 주었다. 그리고 내가 금요일마다 레나 슈투베를 면도칼 가는 가죽으로 흠씬 두들겨 패고 나서, 그때마다 늘 그랬듯이 밧줄과 못을 찾지 못해 두리번거릴 때면, 그녀 역시 고개를 옆으로 갸웃이 기울인 채 나를 바라보곤 했다. 내가 길드의 사업 이야기를 떠들어 대거나 잔돈을 세고 있을 때면, 도로테아는 비웃는 미소를 머금고서 좀 다르게 머리를 갸웃하게 기울였다. 반면에 감옥에 있는 그녀의 프리츠를 위해 자극성이 있는 광대버섯을 곱게 갈아 넣고서 구운 후추 과자 뭉치를 실로 묶을 때의 조피의 얼굴엔 안타까운 근심의 빛이 가득했다. 그리고 나의 메스트비나 역시 아달베르트 주교가 숟가락으로 생선 수프를 떠먹고 있는 모습을 지켜보면서 바로 그렇게 미소를 지었다. 그리고 아우아는 (다 자란 멍청이인) 내게 덤으로 한번 더 젖을 물려 주고 나서, 고개를 갸웃하게 옆으로 기울이곤 했다. 잘 돌봐 주어야 한다는 생각에 근심스러운 표정을 지으며. 또한 언제나 만족은 없으며 배고픔은 끝없이 찾아올 것이며 그렇기 때문에 돌봐 주어야 하는 이유는 늘 존재한다는 분명한 사실에 미소를 지으며.

마리아는 그녀의 얀이 군중 속에 쐐기처럼 박힌 채 들어주는 사람도 없이 선동의 말을 떠들어 대는 것을 바라보면서 고개를 갸웃하게 기울이고 있었다. 그녀는 이렇게 혼잣말을 했다. 그는 곧 자신의 이야기와 함께 혼자 남겨져서 그 자리에 얼어붙게 될 거야. 그는 곧 나를 찾을 거야. 마음속의 말을 털어놓으려고 말야. 내가 없으면 그는 불안한 마음에 아무 소리나 떠들거든. 그에게 어서 이렇게 말해 주어야겠어. 당신이 옳아요, 얀. 우리는 이 사태를 역사적인 관점에서 보아야 해요. 이런 사태는 계속해서 나타난 거예요. 공산주의 사회도 예외가 아니에요. 하층 계급은 언제나 상층 계급에 대항했어요. 당시에는 상층 계급의 명칭이 도시 귀족이었지요. 그들은 스카니아 청어 값을 올렸어요. 그들은 물량이 남아도는 후춧값도 올렸어요. 그들은 늘 이렇게 말했어요. 덴마크 사람들 때문이다. 그들이 해협 통과세를 올렸다. 모든 물가가 오를 거예요. 다 그런 거죠. 그걸 기정사실로 받아들이는 수밖에는 없어요.

이것은 국가와 당이 하는 말이니까요. 그리고 당이 하는 말은 언제나 맞지요. 당은 늘 이렇게 말해요. 자유를 주장하기에는 아직 이르다고요.

얀이 구름 같은 인파 속에서 다시 마리아를 찾아냈을 때, 그녀는 이렇게 말했다. "자, 어서 우리 조선소로 돌아가요. 그곳에 가면 안전해요. 그곳엔 부족한 것이 없거든요. 그곳에 가서 기다리기로 해요. 얼마가 걸려도 좋아요. 결혼식은 크리스마스 뒤로 미루어요. 그렇게 하면 더 재미있을 것 같은데요."

군중이 흩어지기 시작할 즈음에 비로소 경찰과 충돌이 빚어졌다. 중앙역 건물의 유리창 몇 장이 박살 났다. 몇몇 신문 가판대가 불타 버렸다. 얼마 뒤엔 당 본부 건물도 화염에 휩싸였다. 사기는 드높았다. 노동자들은 그곳에 얼마나 많은 군중이 운집했는지 똑똑히 보았다. 이윽고 체포가 시작되었다. 이에 자극받은 군중의 일부는 쉬스슈탕게 교도소로 몰려갔다. 그곳에서도 그들은 창문 안으로 휘발유를 뿌렸다. 한 소년이 탱크에 치였다. 그러나 그때까지는 아직 발포는 없었다.

이튿날, 레닌 조선소 노동자들이 조선소 안으로 철수하여 문마다 보초를 세우고—군대의 진입에 대비해서—조선소 주요 시설물의 폭파와 아직 건조가 다 마무리되지 않은 배들의 진수 채비를 갖추었을 때, 인민군 부대가 바르샤바에서 차를 타고 달려오고 경찰이 조선소를 완전히 에워쌌을 때, 조선소 구내식당에서는 이천 명이 넘는 남자들을 위해 회향 열매가 가미된 돼지고기 양배추 요리가 준비되고 있었을 때, 조선소 정문 앞에서는 몇 명의 젊은 노동자들이 경찰과 토론을 해 보겠다고 나섰을 때, 그리고 얀 루트코비스키가 메가폰을 들고서 먼저 파업의 역사적 배경——중세 길드 구성원들의 봉기로부터, 인민대표자 회의를 만들고 당의 관료주의는 폐지하자는 페트로그라드 선원과 노동자들의 봉기를 거쳐, 바로 이번의 물가 인상과 노동자치제를 위한 파업위원회의 요구에 이르기까지——에 대해서 설명했을 때, 마지막으로 얀이 『공산당 선언』에서 몇 구절을 인용하고, 그의 우렁차면서 매끄러운, 그렇지만 사안이 사안인 만큼 거친 목소리가 멀리 구시가지까지 퍼져 나갔을 때, 경찰은 발포를 했고, 몇몇 노동자들이 쓰러졌다. 다섯 명이 숨졌다. 그중에는 얀도 끼어 있었다.

또한 그디니아와 츠체친 그리고 엘프라크에서도 발포가 있었다. (오십 명이 넘는) 대부분의 사망자는 그디니아에서 발생했다는 소문이 돌았다. 그곳에서는 경찰이 헬리콥터에서 기관총을 쏘아 댔는가 하면 군중을 향해 박격포를 발사하기도 했다. 이윽고 바르샤바의 고무우카 정권은 무너지고 말았다. 새로운 인물의 이름은 기에레크였다. 그는 생필품에 대한 가격 인상을 철회했다. 노동자들은 자신들이 승리를 거두었다고 생각했으며, 파업 중지를 선언했다. 노동자치제를 보장하라는 그들의 요구에 대해서는 아무런 답변도 얻어 내지 못한 채로.

얀이 경찰이 발사한 총에 맞았을 당시, 총알은 그가 (마야코프스키의 생각을 따라) 쓴 시에서 소망했던 것처럼 그의 이마가 아니라 삶은 돼지고기와 양배추로 가득 찬 그의 배를 명중시켰다. 그는 뭔가 말을 하다가 끝마치지 못하고 숨을 거두었다. 사망자와 부상자들이 조선소 안으로 운반되어 왔을 때, 마리아는 어찌할 바를 몰랐다. 바로 그때 그녀는 도크에 정박해 있던 두 척의 소련 화물선 선원들이 기증한 생선 통조림을 구내식당으로 나르던 중이었다. 나중에 그녀는 죽은 얀의 몸 위에 쓰러졌다. 그의 입은 아직도 벌어져 있었다. 그녀는 그와 싸우기라도 하려는 것처럼 그를 붙잡고 흔들며 부르짖었다. 아무 말이나 좀 해 봐. 말해 봐, 그건 너무나 자명한 것이라고. 말해 봐, 사실들은 언젠가 밝혀질 거라고. 말해 줘, 역사가 다 말해 줄 거라고. 말해 봐, 마르크스는 이미 다 예견하고 있었다고. 말해 봐, 결국 다 이루어질 거라고. 말 좀 해 봐, 말 좀 하라니까…….

얀이 죽은 뒤에도 마리아는 조선소 구내식당 일을 그만두지 않았다. 노동자들이 새 인물인 기에레크와 협상을 벌이는 동안에는──어느 정도의 타협은 이루어졌다.──물자 공급은 충분했다. 사망자들은 에마우스와 프라우스트, 오라 등지의 여러 공동묘지에 비공개로 서둘러 매장되었다. 가족들의 참관도 허용되지 않았다. 얀은 에마우스 묘지에 묻힌 것으로 알려졌다. 다른 네 명의 사망자는 북부 슐레지엔 출신이라서 그들에 대해서 제대로 아는 사람이 아무도 없었다. 카토비츠와 보이텐에 사는 그들 가족은 나중에 가서야 사망 소식을 접했다. 그것은 사람들의 분노를 샀다. 그에 대해 고위층은 유감을 표시했다.

그러나 그처럼 죽음을 당한 사람들의 숫자는 그렇게 많지는 않다. 교통사고로 죽는 사람들의 숫자가 훨씬 많다. 그리고 사회보장제도는 미망인들과 고아들 쪽에 더 많은 관심을 쏟고 있다. 모두들 배에 총상을 입었다. 무장 경찰들은 총구를 아래쪽으로 겨냥하고 있었던 것이다. 이 사실은 문서로 기록되어 남았지만, 어떤 재판에서도 책임자들의 이름은 언급되지 않았다. 그래도 삶은 계속된다는 것은 의심의 여지가 없다.

실제 장례식은 크리스마스가 지나고 새해가 되기 전에 조선소 구내에서 있었다. 장례식이 노천에서 열린 까닭은 구내 식당이 너무 비좁기 때문이었다. 바람 한 점 없이 살을 에는 듯 추운 날이었다. 검은 상복 차림의 마리아는 역시 검은 상복을 입은 여자들 틈에 앉아 있었다. 강단과 조화(弔花)와 조기(弔旗)와 음악과 타오르는 불꽃을 마주한 채. (거의 파업위원회 소속인) 연사들은 이들의 죽음은 잊히지 않을 것이라는 말만 되풀이했다. 그들은 노동자들의 모든 요구가 다 이루어진 것은 아니지만 노조가 승리를 쟁취해 낸 것이라고 말했다. 조선대 위에는 두 척의 배가 나란히 놓여 있었지만 갈매기들만이 자리를 차지하고 있었다. (그것은 스웨덴으로부터 받은 대형 주문이었다. 만약에 경찰이 조선소 안으로 쳐들어왔더라면, 그 배들은 미완성인 채로 진수되었을 것이다.) 얀은 건조 중인 배의 선체 사진으로 발전상을 알리는 홍보물 제작 일을 맡아 했었다. 연사들 중의 한 사람은 얀이 하던 일에 대해 언급하면서, 그것은 상상력이 넘치는 일이었다고 말했다. (그러나 새로 건조된 여객선에다가 '스반토폴크'나 '담로카' 같은 포메라니아식 이름을 붙여야 한다고 말했다가 그때마다 거절당한 얀의 제안에 대해서는 한마디의 언급도 없었다. 슈테판 바토리는 폴란드 사람도 아니고 트랜실바니아 출신의 헝가리 사람이었는데, 배 한 척의 이름이 자랑스럽게 그의 이름을 따서 붙여졌다.)

마지막으로 당 대변인이 연설을 했다. 그는 사건의 책임을 여러 사람에게 돌리면서 구체적인 이름은 언급하지 않았다. 그러자 그곳에 있던 조선소 노동자 무리 속에서 누군가가 '코치올레크!'라고 소리쳤다. 마리아는 목구멍에 무언가가 걸려 있어서 울지 못했다. 검은 상복 차림의 다른 여자들은 울었다. 조사가 진행되자 그들의 울음소리는 더욱 커졌다. 남자들 중에도 우는 사람이 있었다.

연사들의 조사가 끝나자 조선소 악대가 처음에는 장엄한 음악을 연주하고 이어서 전투적인 음악을 연주했다. 갈매기들은 조선대 위에 올려져 있는 유조선에서 날아올랐다가 다시 내려앉았다. 그 뒤 한 남자 배우가 죽음을 노래한 얀의 시한 편을 암송했다. 사실 그 시에서 죽음을 향해 살았던 시인은 바로크 시인이며 궁정사가였던 마르틴 오피츠였으나, 장례식 분위기와 배우의 극적인 강조 덕분에 "피가 멈추니, 말도 따라 멈추고……"라는 구절은 오로지 얀만을 지칭하는 말이 되었다. 이 시행은 매 연에서 반복해서 나타났다. 죽음(Tod)과 운을 맞추어서 '검은 똥(Schwarzer Kot)' 같은 은유적인 표현도 등장했다.

시 낭송이 끝났을 때, 목구멍에 뭔가 걸려 있던 마리아는 토해야 했다. 조선소의 경비원 두 사람이 계속해서 구역질을 하고 있는 검은 상복 차림의 그 젊은 여자를 연사들과 조화와 조기 앞을 지나, 불타는 기름과 악대 앞을 지나 조선소의 창고들 사이로 데리고 갔다. 그곳에서 그녀는 속에 있던 것을 몽땅 토해 냈다. 장례식에 참석하기 전에 마리아는 미장원에 다녀왔다.

그 뒤 구내식당에서 차를 마시고 나서 그녀는 서양자초로 양념한 오이지가 먹고 싶어 견딜 수가 없었다. 그러나 식당에는 남아 있는 것이 하나도 없었다. 사살당한 남자들의 친지들이 구내식당에서 차를 마실 때, 코니츠에서 온 얀의 어머니가 눈물을 훌쩍이면서 검은 상복을 입은 채 울고 있는 다른 여자들에게 말했다. "내 아들의 아기를 가진 거예요. 걔들은 결혼할 사이였어요. 아마 아들일 거예요."

그러나 딸 쌍둥이는 메스트비나와 담로카라는 이름으로 세례를 받았다. 그들은 이제 곧 세 살이 되며, 얀의 사진에 익숙해져 있다. 사진은 장식장 위 철저하게 고증해서 만든 코게 선(船) 모형 옆에 놓여 있다. 그러나 나와 친척 간이며 감자밭에서 속에 파리가 박혀 있는 호박 구슬을 주워서 내게 선물한 마리아는, 협동조합에 근무할 때건 조선소 식당에서 일할 때건 언제 어디에서나 잘 웃던 그 마리아는 이제 돌처럼 굳어 버렸다. 그녀의 말투 속에는 이제 냉혹함이 서려 있다.

몇 가지 옷 걱정, 여자의 몸매, 마지막 비전

그들은 마리아에 대해 한마디도 입에 올리고 싶어 하지 않는다. 그들은 그들 등뒤에 있는 자문위원들처럼 제각각 의견이 나누어져 있었지만 이 점에서는 의견의 일치를 보였다. 그들은 그곳에 앉아 최후의 심판을 하고 있다. 넙치 역시 지빌레 미일라우 건과 마리아 쿠츠초라 건에 대한 책임을 떠맡기를 거부하자, 가정주부인 엘리자베트 귈렌과 여성 생화학자 베아테 하게도른은 항의의 표시로 예전에 영화관이었던 건물에서 나가 버렸다. 레나 슈투베 건을 마감하면서 하게도른은 다음과 같이 소리쳤다. "난 과거 같은 것에는 신경 안 써요. 오늘날에도 압제가 횡행하고 있어요. 곳곳에서. 이를테면 폴란드 같은 곳에서도 말이에요. 일종의 공산주의 비슷한 것을 받아들여서 행하고 있지만 말이에요. 폴란드 사람들이 파업을 한 것은 물가 인상 때문만은 아니었어요. 그것은 늘 있는 살림살이 걱정 때문만은 아니었어요. 아니, 그 이상의 것 때문이었어요. 그리고 이런 상황은 계속되고 있어요. 우리에게 필요한 것은 위대한 행동이에요. 우린 거리로 뛰쳐나가 소리쳐야 해요. 우린 남자들의 요구를 거부해야 해요. 잠자리에서만 그러자는 게 아니에요. 모든 일에 비협조적으로 나가는 거예요! 모든 일이 멈추어 버릴 때까지. 남자들이 설설 기며 사정할 때까지. 우리가 남자들을 손아귀에 넣을 때까지!"

곧 판결이 내려질 예정이었다. 5월 내내, 마지막 증거 청취가 이어지고, 아주 좋지 못한 사실들이 다시 한번 기록되는 동안, 넙치의 몸에는 눈에 띄는 변화가 일어나고 있었다. 모랫바닥을 떠나는 순간, 오랜 구금 생활로 인해 신체적으로 현저하게 쇠약해졌을 것을 기대하고 있던 우리들과 신문 기자들에게 넙치는 더욱더 유리처럼 투명한 모습을 드러내 보였다. 등뼈가 환히 들여다보일 정도였다. 내장까지도 훤히 보였다. 수컷임을 증명해 주는 이리도 확인할 수 있었다.

아마도 이러한 이유 때문에 자문위원회는 서둘러 재판을 마무리 지어 판결을 내리고 형을 집행해야 한다고 재촉했던 것 같다. 자문위원들은 (하게도른과 쿨렌이 없는 상태에서) 최종 날짜를 잡았다. 다시 한번 나는 그들 모두를 생각해 본다. 나는 사랑하거나 증오하는 마음으로 또는 무관심한 마음으로 그들을 생각해 본다. (방청석에서) 보이는 모습 그대로. 이를테면 지클린데 훈차를 보자. 그녀는 언제나 청바지와 닳아 해진 가죽 재킷 차림이다. 그녀의 발이 평발이라는 사실을 내가 모른다면 나는 그녀의 모습을 보고 운동선수처럼 단련된 몸매라고 말할지도 모른다. 그 여검사는 평발이라서 이리저리 거닐지 않고 대부분 한곳에 똑바로 서서 (작센 억양이 약간 섞인 어투로) 변론을 펼친다. "다른 건과 마찬가지로 슈투베 건에서도 넙치의 유죄는 이론(異論)의 여지가 없으며……"

그녀와 마찬가지로 몸매는 홀쭉하지만 풍만한 유방을 가진 법정 선임 변호사는 수를 놓은 블라우스 차림으로 앉아 있다. 그녀는 블라우스를 나비 리본 모양으로 질끈 동여매는 것을 좋아한다. 베티나 폰 카르노는 앉아 있을 때면 곱추처럼 등을 구부리고 긴 목을 어찌해야 할지 난감해하지만, 서 있거나 걸을 때면 마네킹 같은 몸매를 뽐낸다.

이와는 전혀 다른 모습으로, 유난히 앉은키가 큰 헬가 파쉬가 배석판사들 중에서 우뚝 솟아 있다. 우리는 여기서 자신의 체격 따위는 아랑곳하지 않고 타고난 네모난 체격을 돋보이게 하는 투피스를 입은 사십 대 중반의 한 여자를 보고 있다. 그녀가 입을 열기만 하면——"남자, 그대들은 성가신 존재들이야!"——책상 위의 눈에 보이지 않는 먼지까지도 몽땅 날아가 버린다.

귀여운 몸매에 소녀처럼 잔잔한 꽃무늬 옷을 입긴 했지만, 마찬가지로 뻣뻣한 자세로, 마치 감탄 부호처럼 그리젤데 두베르틴이 앉아 있다. 그녀는 가끔 치마바지를 입기도 한다. 남의 말에 끼어들면서 질러 대는 그녀의 목소리의 날카로움. 지나가는 투로 던지는 그녀의 논평의 신랄함. 언제나 호시탐탐 공격 기회만 노리고, 언제나 다른 사람과 의견을 달리하고, 언제나 극단적인 표현을 잘 사용하는 그녀는 테레제 오슬리프와 분명한 대조를 이룬다. 몸에서 풍겨 나오는 오슬리프의 냉담함은 말을 하지 않고도 상대방에게 자신의 뜻을 전하고 갑작스러운 소란(자문위원회와의 말다툼)도 잠재워 준다.

오슬리프는 점퍼드레스와 풀치마, 그리고 가장자리에 레이스를 두른, 조상 대대로 물려받은 옷을 입고 다닌다. 그리고 그녀는 그녀의 친구 루트 지모나이트처럼 얼굴 표정이 서글프게 축 처져 있다. 루트 지모나이트는 약간 술에 취해 연단 주변에서 비틀대면서 (자기 자신까지 포함하여) 세상만사가 다 귀찮다고 떠들어 대지 않을 때면, 조각 같은 견고한 아름다움을 자랑한다. 그녀의 몸에는 언제나 호박 구슬뿐만 아니라 아시아, 아프리카, 인도, 또는 그 밖의 외국산 장신구들이 주렁주렁 매달려 있다.

그녀 옆에서는 사회사업가 에리카 뇌트케가 괴로운 표정을 짓고 있다. 늘 과로하고 신경을 많이 써 음식을 많이 먹기 때문에 그녀는 살이 통통하게 찐 모습이며, 비곗살은 그녀에게 어울리지 않는 스웨터 속에서 잿빛으로 물결치면서 스커트의 주름을 팽팽하게 만들어 놓고 있다. 그녀는 배석판사 중에서 나이가 가장 어리지만, 말하는 투는 꼭 근심에 젖은 어머니 같다. 그녀의 날카로운 목소리는 그녀가 사용하는 직업적인 전문용어——'재사회화된 통합'——에 권위를 부여해 주지 못한다. 아무도 그녀의 말을 경청하지 않는다. 에리카 뇌트케는 다른 어떤 배석판사보다 문제의 핵심에서 벗어나지 않으려고 애를 쓰지만, 그녀의 지나친 장광설은 그리젤데 두베르틴의 끼어드는 질문이나 파쉬의 말꼬리 잡기, 또는 방청객들이 자꾸만 질러 대는 외침 때문에 중단되곤 한다.

울라 비츨라프의 경우엔 완전히 다르다. 그녀는 역사적 사건을 설명하면서 언제나 개인적인 실례를 든다. 그렇기 때문에 사람들은 그녀의 말에 언제나 귀를 기울인다. "내 고향의 외혜라고 하는 한 작은 섬엔 한 늙은 여자가 양 떼를 치며 살고 있었습니다……." 울라는 자세히 보면 예쁜 데가 한 군데도 없지만 가장 아름다운 여인이다. 그녀의 머리카락을 보고 반할 수도 있다. 대체로 그녀는 낡은 롱스커트를 입고 다니는데, 때로는 무대에 갑자기 등장하는 요조숙녀처럼 검은 이브닝 드레스를 입고 나오기도 한다. 그러면 안에 들어와 있던 방청객들이 박수갈채를 보낸다. 그때 배심 법정의 재판장은 (눈에 띄지 않게) 자신의 권위를 증명해 보여야 한다.

쉰헤르 박사는 오십 대 중반으로 알려져 있다. 그러나 명망 있는 그 인종학자는 시대를 초월한 듯한 옷차림을 하고 다니기 때문에 (멋진 스포츠 차림이나, 스코틀랜드 복장으로) 나이를 어림잡을 수 없다. 그녀에게서는 평온한 기운이 발산된다. 그녀는 명확하게 한쪽 편을 드는 경우가 결코 없다. 판결을 내릴 때조차도 그녀는 야릇하고 애매한 태도를 취한다. 모든 배석판사들은 —— 넙치당 소속이든, 아니면 그 반대당 소속이든 —— 우르줄라 쉰헤르를 자기 편이라고 생각한다. 그녀가 여성들의 단결을 요구할 때는, 아니 명령할 때는 혁명적인 자문위원단조차도 침묵을 지킨다.

그녀는 아홉 달 동안 온갖 난관을 극복하면서 여성 배심 법정을 이끌어 왔다. 그녀는 온갖 정성을 다 쏟아 헌신적으로 일했다. 그래서 언제 보아도 단정한 우르줄라 쉰헤르의 모습을 볼 때마다 나는 나의 꿈속에 가끔 나타나곤 하는 신석기 시대의 나의 아우아가 떠올랐다.

그러나 아우아는 뚱뚱했다. 아니, 비곗덩어리였다. 너무나 볼품없는 여자였다. 그녀의 엉덩이는 무릎 아래까지 축 처져 있었다. 그러나 그것은 사실 석기 시대의 미의 이상에 정확하게 부합하는 것이었다. 당시엔 미의 이상이 다른 모든 일과 마찬가지로 여자들에 의해 결정되었다. 짧은 다리 숭배가 꽃병의 원형을 결정지었다. 왜냐하면 아우아의 머리는 비교적 작았으며, 목이 들어앉을 자리가 별로 없는 크고 둥근 어깨 위에 덩그마니 올려져 있었기 때문이었다. 제방 위로 흘러넘치는 살덩어리. 푹신한 온몸에 퍼져 있는, 이끼라도 자랄 듯한 둥지와 크고 작은 웅덩이들. 오늘날 여자들의 허벅지가 가혹할 정도의 운동으로 지루하게 탱탱한 것과는 달리, 무릎과 음부 사이에 불쑥불쑥 튀어나온 곳이 많던 아우아의 허벅지는 이에 걸맞게 옴폭한 곳 역시 많았다. 그것은 바로 원시 시대의 미에 대한 품질 보증 표시였다. 온몸에 퍼져 있던 옴폭한 곳. 그리고 등과 엉덩이가 맞닿는 곳에도 옴폭한 곳이 많이 모여 있었다.

아우아의 몸매는 루쉬 수녀에게서 다시 나타났다. 루쉬 수녀는 자신의 비곗살을 잘 가꾸었다. 그것은 어쩌면 그녀가 다른 사람들에게 즐겨 나누어 주던 따스한 체온을 위한 것이었고, 또한 어쩌면 자신의 큰 웃음소리에 걸맞은 공명판을 마련하기 위한 것이었다. 뚱보 그레트에게서 별안간 웃음보가 터지면서 꼴깍대는 소리가 나고 그녀의 엄청난 몸뚱이가 마구 흔들릴 때, 그녀의 몸이 비틀리면서 생기는 모든 주름을 세어 보는 것도 한번 해 볼 만한 일이다. 그녀의 둥근 사중 턱, 그녀의 첫 번째 뺨, 두 번째 뺨, 세 번째 뺨, 요새처럼 우뚝 솟아 등의 비곗살과 연결되어 있는 두 개의 유방, 늘 임신을 한 것처럼 옷마다 솔기가 터지게 만드는 불룩한 배, 그리고 보송보송한 솜털이 나 있고 굵기가 전성기 고딕 시절 몬타우의 도로테아의 허리만 한 그녀의 팔뚝.

그러나 나는 도로테아와 조피를 비교하기에 앞서 — 한 쪽은 입으로 불어 만든 유리 같았고, 다른 한쪽은 뼈만 앙상하고 젖가슴이 납작했으나, 강인하기는 둘 다 마찬가지였다. — 아만다 보이케가 모든 점에서 감자와 흡사했다는 사실을 밝히고 싶다. 즉, 그녀는 감자처럼 둥글게 생겼으며 살이 단단했고 다루기에 편리하게 생겼다. 메스트비나 역시 그녀처럼 몸매가 탄탄했지만 체격은 그녀보다 작았다. 반면에 비가는 이미 어렸을 때부터 뼈대가 튼튼했는데, 살보다 뼈대 쪽에 신경을 썼다. 이에 반해서, 어렸을 때부터 사과처럼 신선한 모습을 보인 레나 슈투베는 자기 자신의 모습을 충실하게 지켜서, 나이가 들어서도 조그만 사과를 연상시켰다. 비록 쭈글쭈글해지긴 했지만.

도로테아는 몸이 가벼웠다. 공기처럼 가벼운 그녀의 모습. 그녀의 모습을 보노라면 슬펐다. 왜냐하면 그녀의 아름다움은 그 누구를 위한 것도 아니었기 때문이다. 그녀는 몸집에 살이 별로 붙어 있지 않았기 때문에, 그 모습이 꼭 사료가 다 떨어지는 3월이면 허깨비처럼 변해 아이들을 놀라게 하는 우리 속의 염소 같았다. 몸에 붙은 살의 정도를 정확하게 묘사하려면, 다시 말해 도로테아의 얼마 되지 않는 살을 되살려 보이려면, 나는 그녀의 살이 차지하고 있는 공간을 재 보아야 한다. 그녀의 모든 몸짓을 크게 보이도록 해 주는 풍성한 옷. 그녀는 자주 성체 병원에서 누더기나 땀에 흠뻑 젖은 침대 시트를 두르고 집으로 돌아왔는데, 그것은 나병 환자에게서 빌린 것이었다. 그녀의 살은 무게가 얼마 되지 않았지만, 머리카락은 무거웠다. 그녀의 머리카락은 옅은 금발이었는데, 무릎까지 치렁치렁하게 드리워져 있었다. 그래서 그녀의 옷 속에는 바람이 깃들었고, 머리카락 속에도 바람이 깃들었다. 그렇게 그녀는 공간을 접수하면서 텅 빈 거리를 배회하고 황홀경에 몸을 떨었다. 움찔대는 작은 삼베 자루 같은 그녀는 머리를 치렁치렁 늘어뜨린 채 성모 마리아 교회의 거지들 틈에 누워 있거나, 땅에 안개가 깔릴 때면 도시의 성문 앞을 유령처럼 서성거렸다. 환영을 갈망하면서.

어느 남자라도 욕정이 사라져 버리는 그런 곳에서조차도 조피는 몸을 도사렸다. 젖가슴이 납작하고, 뼈대가 앙상하고, 소년 같은 매력을 풍기고, 팔딱팔딱 뛰기에 알맞은 두 다리를 가지고 있고, 질기고 잘 휘어져 채찍으로 쓰기에도 적당한 버들가지 같은 조피. 조피의 크기는? 자리를 달라고 하는 그녀의 목소리를 빼고는, 항상 통통 튀듯이 서둘러 걷는 그녀의 탄력 있는 걸음걸이만을 계산에 넣을 수 있다. 노처녀였을 때조차 그녀는 체구가 보잘것없었다. 그러나 한번 제대로 장전하면 부엌을 폭발시켜 공중으로 날려 보내기에 충분한 체구였다. 그리고 오래전에 상실된 여성의 권리를 되찾기 위해 오늘날에 이르기까지 끊임없이 계속되고 있는 요구를 분출하기엔 충분한 체구였다.

그리고 아그네스는 어땠는가. 그녀는 몸무게가 얼마 나가지 않았다. 그녀는 보이지 않았다. 그녀의 모습은 화가 묄러가 그렸다가 찢어 버린 몇 장의 초상화에서나 볼 수 있었다. 그녀는

(오피츠의 암시에 따르면) 곱슬머리였던 것 같다. 나는 그녀의 맨발을 기억해 낸다. 때때로 문이 살며시 열릴 때면 나는 그것이 아그네스가 아닌가 하는 기대를 갖는다. 그러나 그것은 언제나 일제빌이었다. 그녀는 자신을 들고 온다.

이제 그녀는 저지(低地)에 놓여 있는 나의 스케치의 한 자리를 차지한다. 먼저 접시와 하늘이 놓여 있다. 낮게 드리운 비구름과 그 비슷한 모양의 냄비 요리. 벌써 나의 두 눈은 가장자리에서 가장자리로 굴러다닌다. 나는 아그네스의 모습을 포착할 수 없기 때문에 대신에 만삭의 일제빌을 케제마르크와 노이타이히 사이의 저지에다 눕힌다. 그곳의 바이크셀강과 그 위의 하늘은 항공 사진에 자주 등장한다. 아니면 여기, 브로크도르프와 베벨스플레트 사이에 위치한, 둑으로 둘러싸인 빌스터 소택지 위에 눕힌다.

그곳에 나의 일제빌은 언제나 강을 배경으로 하고 누워 있다. 꼭 여자의 몸매를 한 굼뜬 해변의 표류물 같다. 오목한 곳이 곳곳에 퍼져 있는 그녀의 살덩어리는 오른쪽 엉덩이에 의해 받쳐져 있다. 그 바람에 세로로 놓인 그녀의 골반이 하늘을 차단하고 있다. 턱을 괸 그녀의 팔은 전문가의 감정서로 가득 찬 가방들을 들고 온 사람들이 원자력 발전소를 세우기로 한 바로 그곳에 정확하게 위치하고 있다. 그녀는 그들의 모든 계획을 가로막고서 누워 있다. 그녀의 유방 중 하나가 댐 위에 드리워져 있다. 그녀의 오른발은 엘베강의 지류인 슈퇴르강물을 가지고 장난을 치고 있다. 영원히 그럴 것처럼 온 체중을 땅에 신고서. 그녀 밑으로, 그러니까 그녀가 왼쪽 다리를 구부리고 있는 지점 밑으로 고압 전선의 전신주가 뭍을 향해 길게 가로지르고 있다. 속삭이는 전력(電力), 오래된 소문들, 호박 구슬에 얽힌 전설, 아주 먼 옛날에.

　일제빌의 주위로는 무계획적으로 택지를 조성하고 엉터리 계획을 만들어 재개발하고 쓰레기 처리 시설을 건설한 조그만 사람의 형상들이 허둥대고 있다. 그녀의 머리 위에는 실전에 대비하여 나토 비행단의 제트기들이 사각(斜角) 비행을 하고 있다. 그렇게 그녀는 모든 시간에서 벗어난 채 누워 있다. 바이크셀강과 엘베강이 바다로 흘러드는 혹은 흘러 들어가고 싶어 하는 지점에. 그녀의 떠도는 그림자. 그것은 글로 쓰여진 적은 없지만, 그곳에 존재하며 늘 붙어 다니는 역사. 그녀 주위로 나기로 되어 있는 길들. 그녀의 시야를 차단하는 블라인드. 그녀의 존재를 부정하는 경고 표시. 그녀를 보호하기 위한 이중 울타리. 그녀 주변에서 뛰어다니는 남자들. 측량한 직선 거리. 일제빌의 눈길을 끌려는 업적들. 그녀를 깜짝 놀라게 하여 말문이 막히도록 하려는. 그러나 그녀는 기분 내키는 대로 몸뚱이를 반대편으로 돌린다. 그것을 우리는 운동이라고 부른다. 그녀는 광대한 몸으로 남자들에 의해 조종되는 힘을 막아 낸다. 이미 일제빌은 하나의 풍경이 되었으며 일체의 해석을 거부한다. 나 좀 들여보내 줘! 나는 당신 몸속으로 기어 들어가고 싶어. 당신 속으로 완전히 사라져 나의 이성을 회복하고 싶어. 난 이제 도망치는 데 진절머리가 났어. 내가 원하는 건 따뜻한 온기야 ······.

그러나 내가 나의 일제빌의 몸속으로 들어가려고 하자, 그녀는 이렇게 말했다. "멀지 않았어요. 벌써 움직이기 시작했어요. 아들일 거예요. 에마누엘이라고 부르겠어요. 무슨 짓을 하려고 그러세요. 아직도 그 짓거리를 하려고 하는군요. 그런 건 이제 더 이상 필요 없어요. 어서 꺼져요! 꺼져 버리라니까요. 어서 사라져요, 어서. 아니면 넙치가 어떻게 되었는지 얘기해 주든가 ⋯⋯."

여인 법정

넙치는 자신에 대한 최종 심리가 열리는 동안, 여성 재판부를 이렇게 여인 법정이라고 불렀다. 그는 이제 더 이상 "그렇지만, 존경하는 숙녀 여러분!"이라는 말을 하지 않았다. 인류 최초의 아버지는 "너희들 모두는 진정 나의 사랑하는 딸들이다!"라고 말하며 환심을 사기 위해 알랑거리려고 하지도 않았다. "이 자리에 모인 일제빌들"이라는 말을 하거나, 격한 어조로 "고귀한 긴 머리의 법정"이라고 빈정댐으로써 반어를 통해 우월감을 얻으려고 시도하는 일도 다시는 하지 않았다. 그 대신에 그는 자신을 재판하고 있는 그 집회를 '여인 법정'이라는 간략한 개념어로 불렀다. 그는 여인 법정이 판결을 내렸으면 좋겠다고 했다. 어떠한 판결이 내려지든, 오로지 여인 법정만이 판결을 내릴 수 있다고 했다. 그에겐 여인 법정 이외의 어떤 상급 재판소도 없다고 했다.

오랜 구금 기간 동안 완전히 투명해져 머리끝부터 꼬리까지 모든 색깔이 사라져 버린 터라, 넙치는 유리처럼 맑은 말로 자신의 죄를 고백했다. 그러나 그 고백은 이미 또 다른 계획이었으며 새로운 지평을 여는 것이었다. "여인 법정이 내게 내릴 처벌은 영원히 구속력을 가질 것입니다." 자신의 말뜻을 보다 분명하게 하고 방금 전에 만들어 낸 신조어의 개념을 보충하기 위해 그는 "최후의 여인 법정"이라는 말을 했다. 그러나 그는 그 때문에 또다시 반어적 어법을 사용했다는 의심을 받았다. 해방 여성들은 재판에 회부된 넙치에 대해 그렇게 끝까지 불신하는 태도를 보였다.

그러나 이 얼마나 부당한 일인가! 이 여편네들은 나의 넙치에게 무슨 짓을 저지른 것인가! 그는 얼마나 창백했던가. 그것이 진정 그의 목소리였던가? 아들의 귀에 아버지다운 충고는 한마디도 들려오지 않았다. 욕설이나 위협, 명령 같은 것은 찾아볼 수 없었다. 재치 있는 그의 그 해박함은 어디로 사라진 것인가? 그는 이제 더 이상 어느 누구에게도, 어떤 일제빌에 대해서도 냉소에 찬 말참견을 하지 않았다. 그가 누워 있던 모랫바닥뿐만 아니라 영혼의 밑바닥까지 파헤쳐 놓던, 깊은 동굴에서 울려 나오는 것 같던 웃음소리도 영영 사라져 버리고 말았다.

재판 초두에는, 그러니까 아우아, 비가, 메스트비나 건이 의사(議事) 일정에 올랐을 때는 원초의 말을 중얼거리면서 신화적인 요설 속으로 도망쳤는가 하면, 재판부가 기소 사실에 대해 너무 꼬치꼬치 캐물어 오면 다른 여러 신들과 함께 포세이

돈 신을 끌고 들어갔던 그가 이제는 자신의 속을 다 드러내 보이며 이렇게 말했다. "자, 나를 봐요. 나는 투명해요. 내 속을 들여다봐요. 당신들에게 숨기는 것이 있는가 한번 샅샅이 살펴봐요."

그리고 도로테아 스바르체라든가 마르가레테 루쉬, 그리고 아그네스 쿠르비엘라 건에 대한 심리가 진행될 때에는, 모든 역사적인 사실——그것이 콘스탄츠 종교회의든 비트슈토크 전투든——을 끌어다가 도망갈 구멍을 찾았던 그가 이제는 얼렁뚱땅 넘기는 일을 단념하고 죄책감을 느끼며 문제의 핵심만을 이야기했다. (넙치의 형상을 하고) 교회법에 대해 일장 연설을 늘어놓는 도미니코회의 수도원장도 이젠 없었다. 넙치가 콧소리로 중세 길드 협약을 인용하는 소리도 다시는 들을 수가 없었다. 종교재판 때 쓰던 도구들이 제시되는 일도 없었다. 『마녀 잡는 망치』[38]에서 가져온 이야기도 단 한 마디도 없었다. 페스트와 기아, 끝이 보이지 않던 전쟁, 그리고 나의 바로크 시대 체류를 약강격의 운율로 읊던 눈물의 계곡의 음조는 온데간데없고, 넙치는 다만 이렇게 말할 뿐이었다. "내가 한 일은……, 나는 지금……, 나는 두 번 다시는……, 앞으로 나는……, 내가 지금 겪고 있는 일은 당연한 것입니다."

오, 하느님! 그들이 당신을 망가뜨려 놓았군요! 넙치는 역사적 관점에서 신중하게 재거나 비교하는 일조차도 그만두었

---

38) 종교재판관 하인리히 크라머와 야콥 슈프렝거가 1487년에 저술한 마녀 재판과 관련된 책.

다. 아만다 보이케와 조피 로트흘에 대한 (그리고 그들과 관련이 있는 나에 대한) 심리가 진행되는 한은 적절한 비교가 그에게 도움이 될 수 있었는데도 말이다. 넙치는 다시는 "간단히 말해서"라는 말로 장황한 연설을 시작하지 않았다. 자신의 박식함을 자랑하는 일도 다시는 없었다. 그의 입술에서 교부(敎父)나 이단자의 목소리가 흘러나오는 일도 다시는 없었다. 그는 여인 법정이 그를 기소하면서 성 아우구스티누스와 성 토마스까지도 기소했다는 사실을 잘 알고 있었다. 에라스무스로부터 마르크스와 엥겔스에 이르기까지 모든 위대한 인물들뿐만 아니라 ── 레나 슈투베 건의 심리 때에는 ── 심지어 마음씨 착한 베벨 노인까지도 기소되지 않았던가? 넙치와 함께 삼천 년의 역사가 유죄 판결을 받지 않았던가? 넙치는 그의 최후 진술에서 다시 한번 그의 목소리를 울려 퍼지게 할 수는 없었을까, 그의 시대를 마감하는 마지막 노래를 부를 수는 없었을까, 낮게 울리는 목소리로 모든 것을 결산할 수는 없었을까, 남자들의 일과 그들의 문명을 실패로 규정지으면서도 그들의 문명이 지닌 비극적인 위대함을 눈에 보이도록 설명할 수는 없었을까, 문명을 위해 수사학적인 비유들을 동원할 수는 없었을까, 문화적 진보의 위대한 계단을 타고 오르는 문명의 모습을 보여 줄 수는 없었을까, 찬가는 아닐지라도 적어도 다양하게 울리는 음조로 문명의 사망을 기릴 수는 없었을까, 낮은 음으로는 영원한 업적(슈트라스부르크 대사원, 디젤 엔진)을, 높은 음으로는 죄스러운 일에 휘말렸던 일(달나라 로켓, 원자핵 분열)을, 그리고 중간 음으로는 남자들의 고충(한 집안의 가장으로서의 근심 걱정과 납세 부담)을 읊조릴 수는 없었을까?

그러나 그는 어떠한 음조도 내지 않았다. 그의 최후 진술은 흥미를 유발했고 영원히 기억될 만한 인상을 남기긴 했지만, 그것은 내가 그토록 잘 알던 옛날의 넙치가 아니라 낯설기만 한 새로운 넙치였다. 원래 익살스러운 존재였던 그가, 이곳에 모인 여자들의 차갑게 얼어붙은 얼굴에조차 웃음기를 번지게 하는 우스운 일화들을 꾸며 대던 그가, 그리고 모든 것을, 심지어 가엾은 지빌레 미일라우의 죽음조차 웃음으로 받아넘겼던 그가 이제 상당히 진지한 태도를 보이고 있었던 것이다. 그렇지만 나는 그가 물고기로서 그의 몸속 깊숙한 곳 어디쯤엔가 낄낄대며 웃고 있었을 것이라고 확신한다.

어쨌든 넙치는 도덕성만이 수확과 빵을 약속해 주는 언어의 밭을 갈고 있었다. 다변가이자 이야기 도중 옆길로 새는 데 대가였던 그가, 요리조리 빠져나가는 데 귀신이었던 그가 이젠 마치 쉽게 상처를 받는 사람처럼 자신의 속마음을 털어놓은 것이다. 재판부가 마지막으로 그에게 책임을 물었을 때에도, 그는 모랫바닥 속으로 도망치려 하지 않았다. 이미 유리처럼 투명한 상태가 되어 있었는데도 불구하고 그는 자신의 속마음을 마냥 드러내 보여 주었다. 그가 하는 말 한마디 한마디가 가슴을 쳤다. 금방 쓰러질 것 같은 몸으로 그는 물통 안에서 둥둥 떠다녔다. 더 이상 붙잡아 두지 않아도 (사진들이 보여 주듯이) 그는 그곳에 있었다. 오로지 여인 법정, 즉 수많은 일제빌들의 처분에 따를 자세로.

그 여자들은 화려한 옷을 입고 있었다. 이국풍의 은 장신구를 주렁주렁 달고, 머리에는 깃털과 꽃을 꽂고서. 루트 지모나이트는 숄을 두른 채 앉아 있었다. 핀을 꽂아 높이 올린 울라의 머리 밑으로는 금귀고리가 보였다. 에리카 뇌트케까지도 진주 목걸이를 하고 있었다. 검사가 한마디 한마디 논고를 할 때마다 팔찌가 쨍그랑거리며 논고를 더욱 돋보이게 했다. 지클린데 훈차는 넙치를 다음과 같이 불렀다. '폭력의 정신. 전쟁의 아버지. 모든 전쟁의 선동가'라고. 그녀는 이렇게 소리쳤다. "우리는 당신을 잘 알고 있어요. 당신은 파괴적이고 생명을 부정하고 살인을 일삼고 남성적이고 호전적인 원리입니다."

그러자 넙치는 이렇게 대답했다. "네. 그렇습니다. 지금까지는 그래 왔습니다. 나는 전쟁을 만물의 아버지라고 선언했습니다. 내가 내린 명령에 따라 테르모필렌에서부터 스탈린그라드에 이르기까지 최후의 한 사람이 남을 때까지 진지를 지켰습니다. 나는 냉혹하게 이렇게 말했습니다. 끝까지 버티라고. 나는 거듭하여 그 무언가—이를테면 민족의 위대함, 특정한 이념의 순수함, 신의 영광, 불멸의 명성, 우연히 내가 생각해 낸 조국과 같은 추상적인 원리—를 위한 죽음을 찬양하였으며, 죽음이야말로 삶의 정수라고 치켜세웠습니다. 대차대조표는 이미 다 알려졌습니다. 사람을 죽이고 죽은 자의 수를 헤아리는 데 인간들은 철저했습니다. 유럽 어디에서나, 휴가 여행 중인 자가용 운전자들은 도로지도에서 대부분 멋진 곳에 위치한 대규모 군인 묘지들이 풍경의 일부가 되었음을 확인할 수 있을 것입니다. 묘지에 서 있는 똑같은 모양의 십자가들은

1차 세계대전과 2차 세계대전을 증거하고 있습니다. 우리는 마을의 교회에서 두 번의 세계대전 때 전몰한 사람들의 이름이 대리석에 새겨져 있는 것을 볼 수 있습니다. 그들은 도대체 무엇을 위해 싸웠던 것일까요? 그들의 그 같은 행동을 촉발시킨 장본인인 나도 그 이유가 무엇인지 자신있게 말할 수 없습니다. 물론 나는 전쟁이 끝나고 나면 혹시 어떨까 기대했었지요. 그러나 내가 기대했던 것은 무엇이었을까요? 사고방식의 근본적인 전환을 기대했을까요? 사람들이 자신의 의식을 모두 되찾기를 기대했을까요?

1945년부터 시작된 평화는 부분적인 분쟁만을 허용하였습니다. 강대국들은 핵폭탄으로 인한 균형 덕분에 서로에게 평화를 약속할 수 있었습니다. 그러나 이 국지적인 분쟁도 마찬가지로 수백만 명의 사망자를 초래했습니다. 물론 세계 정치가 시작된 이래로 유럽식으로 그렇게 철저하게 사망자 수를 헤아리지는 않았지만 말입니다. 나는 여기서 한국전쟁, 월남전, 이른바 비아프라[39] 분쟁에서 자행된 민족 대학살, 쿠르드족에 대한 섬멸전, 최근의 욤 키프르 전쟁을 포함한 근동에서 벌어진 모든 전쟁들, 인도-파키스탄 분쟁, 그리고 북아일랜드에서 볼 수 있는 것과 같은 준 전시 상태의 끊임없는 소규모 분쟁을 예로 들 수 있습니다. 또한 1970년 12월에는 폴란드의 인민 경찰이 파업 중인 조선소 노동자들에게 총격을 가했습니다. 사망자들! 사망자들! 두 자리, 네 자리, 다섯, 여섯 자리

---

39) 나이지리아의 일부.

숫자.

도대체 누가 그런 짓을 하는 겁니까? 사람들에게 서로를 파멸시키도록 만드는 것은 무엇입니까? 노동자들의 땀의 대가인 임금의 대부분이 보다 완벽한 살상 무기를 만드는 데 사용되고 있는 마당에 무슨 인간의 이성이 존재한다는 말입니까? 도대체 그 어떤 세속화된 악마가 적의 모습을 그토록 반짝반짝 빛이 나도록 닦아 놓았기에 사람들은 평화를 지키자고 선포해 놓고서도 무장을 하느라 헐떡거리면서 서로 대치하고 있는 것일까요? 눈과 눈을 맞대고서, 눈먼 채로, 의심이라고는 조금도 하지 않고서. 그것은 악마의 왕 바알세불일까요? 아니면 이른바 죽음의 충동 때문일까요? 아니면 동화에 나오는 나, 넙치 때문일까요? 그것도 아니면 호전적인 까닭에 남성적이라고 할 수 있는 원리 때문일까요?

여인 법정이 올바르게 인식하고 또 적절하게 말했듯이, 앵무새처럼 평화라는 말을 계속해서 지껄여 대면서도 죽음을 향해 치닫고 있는 이 모든 것은, 즉 이러한 삶은 실용성과 도덕성을 앞세우고서 오로지 남자들에 의해 진지하고도 단호하게 추구되고 있는 것입니다. 이런 종교 또는 저런 종교의 성직자들의 축복을 받아 가면서 이 모든 것은 가끔씩 있어 온 실패에도 불구하고 오로지 남자들에 의해 계획되고 효과적으로 수행되었습니다. 그리고 남자들에 의해 예산이 짜이고 또한 의미가 부여된 것입니다. 나는 내가 무슨 이야기를 하는 건지 분명히 알고 있습니다. 나는 전쟁과 평화를 조장해 왔습니다. 내 계획은 다음과 같은 것이었습니다. 남자들이 역사를 만들고, 남자들이 분쟁을 해결한다. 남자들은 서 있다가 쓰러진다. 최후의 한 사람까지. 남자들은 심판의 날을 두려워하면서도, 그것을 꿈꾼다. 남자들은 이른 죽음에 익숙해지도록 철저한 훈련을 받는다. 남자들은 죽음과 친구가 된다. 그리고 총은——옛 속담을 빌리자면——'병사의 신부'가 될 것이다.

그리고 이 모든 것은 내가 남자들에게 마구 충고를 해 대면서 거기에 집착하는 한 앞으로도 계속될 것입니다. 날짜를 표기하는 역사 기술이 계속되는 한. 겁 없이 의기양양하고 무식해서 용감한 그들은 죽음에 대한 공포를 경멸로 극복하면서 과거에도 돌진하였고 앞으로도 돌진할 것입니다. 무덤을 넘고 넘어서 말입니다. 레나 슈투베의 남편들이 좋은 예입니다. 그들은 마르 라 투르와 탄넬베르크 전투에서 사망했습니다. 그들은 두 명의 보통 볼 수 있는 영웅이었습니다.

그러나 이 모든 것이 전시(戰時)에만 일어나는 것은 아닙니다. 우리가 아는 모든 혁명의 과정은 광란의 죽음의 축제였습니다. 이러한 대학살은 남자들이 내세운 이런저런 순수의 원칙에서 정당성을 찾았습니다. 종교재판소는 신의 영광을 위해 고문 방법을 더욱 세련되게 만들었습니다. 단두대는 인도주의적인 진보로 찬양되었습니다. 스탈린주의자들이 보여 준 공개재판은 식자층이든 아니든 모든 사람들로부터 환영을 받았습니다. 나치의 강제 수용소에서는 죽음에 대한 세뇌 교육이 관료적이고 행정적인 관점에서 이루어졌습니다. 그런데 그때마다 차가운 정열을 지닌 채 믿음으로 불타올라, 늘 정의를 내세우며, 시선은 최종 목표에다 고정시켜 놓고, 마치 천사장처럼 눈곱만큼의 인정도 없이 인간들의 죽음을 본래보다 앞당겨 놓은 것은 언제나 남자들이었습니다. 늘 자기 확신에 차 있고 믿음이 깊은 남자들 말입니다. 그들은 처자식들은 제쳐 두고 마치 살인 행위가 다른 방법으로 하는 성생활의 연속이기라도 한 것처럼 살인 도구들과 사랑에 빠졌습니다. 저격수들의 무도회장에 들러 보거나, 어린 깡패들의 결투를 구경하거나 축구 경기를 관전하거나, 아니면 이곳 베를린에서 그리스도 승천일에 시끌벅적하게 열리는 아버지날의 군중 틈에 끼어 보기만 하면, 금방 알게 될 것입니다. 그들의 마음속에 켜켜이 쌓여 있다가 호시탐탐 터질 기회만 노리는 공격 심리를. 끈질기고 파괴적인 그들의 욕정을.

물론, 전쟁에 반대하는 인용할 만한 가치가 있는 말을 서슴없이 해 댄 남자들과 평화의 사도들은 어느 시대에나 존재해 왔습니다. 여기서 나는 여인 법정의 배석판사 여러분에게 30년 전쟁 중에——물론 헛된 일이긴 했지만——평화를 이룩하려고 노력했던 시인 오피츠를 상기시키고자 합니다. 아니면 베벨 노인의 반전 연설을 상기시키고자 합니다. 그것은 1913년 봄의 일입니다. 그때 사회주의 인터내셔널은 그에게 환호를 보냈습니다. 찬송가나 철학 논문을 통해서 많은 사람들이 평화를 찬양하고 갈구하고 알레고리로 표현하고 싫증이 날 만큼 평화에 대해서 명상을 했음을 우리는 알고 있습니다. 그러나 어느 누구도 남성적인 사고방식에서 벗어나 진지한 마음으로 인간 사회의 갈등을 해결해 보려고 하지 않았기 때문에 평화를 외치거나, 궤변을 동원하여 옳은 전쟁 혹은 그른 전쟁을 구분 짓는 일밖에 성취된 것이라곤 아무것도 없었습니다. 이웃 사랑이라는 이름 아래 사람들은 십자군 원정을 하며 많은 사람들을 학살했습니다. 해방 전쟁이라는 말은 지금도 여전히 사람들의 입에 오르내리고 있습니다. 그리고 자유 시장경제 원리는 수백만의 인간들에게 영양실조를 의미했습니다. 굶주림 역시 전쟁인 것입니다!

그리고 역사는 전쟁에서 평화로, 평화에서 전쟁으로 이어지는 필연적인 과정인 것처럼 나타납니다. 마치 그것이 자연 법칙이라도 되는 것처럼, 그 밖의 다른 방도가 없는 것처럼, 어떤 초지상적인 힘이——나를 그러한 명확한 예로 보아도 좋습니다.——이 모든 것을 숙명처럼 정해 버린 것처럼, 공격 심리를 폭발시킬 다른 방도가 없는 것처럼, 평화란 남자들이 다음 번 전쟁을 준비하는 동안에만 가능한 짤막한 막간인 것처럼 말입니다. 따라서 전쟁과 평화의 악순환은 영원히 지속될 수밖에 없습니다. 이 악순환이 지금까지 어떠한 역사도 만들지 못한 사람들에 의해, 지금까지 그 어떤 악명 높은 역사적 분쟁도 해결할 자격을 갖지 못한 사람들에 의해, 내가 남자들의 역사에 종속시켜 놓은 사람들에 의해, 역사로 인해 늘 고통만 당한 사람들에 의해, 전쟁을 먹여 살리고 전쟁에서 사람의 숫자가 달리면 그것을 보충해 넣어야 했던 사람들에 의해 깨지지 않는 한 말입니다. 내가 여기서 말하는 사람들은 바로 어머니로서의 여자들입니다.

그렇지만 그런 일이 가능할까요? 최근에 여인 법정에서 밝혀졌듯이, 농장 요리사 아만다 보이케는 7년 전쟁 기간 동안 전투와 전투 사이에 아무런 의문이나 불평을 품지 않고 사내들의 아이를 줄줄이 낳아 주지 않았던가요? 그리고 서로 죽고 죽이는 데 여념이 없던 사내들의 아내와 어머니와 누이들은 지금까지 늘 침묵을 지키면서, 고통받는 여인의 기념상이 되거나, 아니면 다른 사람들로부터 영웅의 어머니로 칭송받는 것으로 만족하지 않았던가요?

나에 대한 처분을 떠맡아, 나의 죄상을 조목조목 들추어 냈으며, 속죄하겠다는 나의 뜻을 받아들인 이 여인 법정은 나에 대한 판결을 내려야 할 뿐만 아니라 이제부터는 여자들이 권력을 차지하게 될 것이라는 사실도 알아야 할 것입니다. 여자들은 이제부터 말없이 서서 방관하는 자세를 취해서는 안 될 것입니다. 역사는 이제 여성적인 것을 원합니다. 세상은 지금 전환점에 서 있습니다! 남자는 이미 자신의 역할을 제대로 수행하지 못하고 있습니다. 그는 이미 의욕을 상실했습니다. 이미 그는 죄의식을 즐기고 싶어 합니다. 그는 끝장이 난 겁니다! 다시 한번 미래가 존재하도록 여인 법정은 신호를 보내십시오.

그러나 우리는 스스로 이렇게 묻습니다. 왜 이제 와서야 그렇게 하는가! 왜 수억의 어머니들과 누이들과 딸들은 남자들이 전쟁을 일으키는 것을 말리지 않고 가만히 보고만 있었는가? 오늘날까지 돌이킬 수 없는 상실의 고통을 겪어 온 여인들은, 자신들의 남편과 아들과 형제와 아버지, 즉 그 모든 영웅들이 그 무언가를 위해 볼호프 늪지대나 리비아 사막, 북대서양 혹은 공중전을 하다가 어디인가 알지 못할 곳에서 헛되지 않게 죽어 갔다고 하는 것으로 위안을 삼고 있습니다. 말하자면 그들의 아들이나 형제나 아버지, 혹은 남편의 죽음은 의미가 있다고 하는 것입니다. 남자들은 남성적인 도덕과 권력의 관점에서——양자는 서로가 서로를 조건 지으면서 제3의 것을 허락하고 그것을 필연적인 것으로 만들기 때문에——다음과 같이 언제나 논리적인 증거를 제시할 수 있었습니다. 즉, 자신들의 명분은 정당한 것이었다, 적이 먼저 공격을 해 왔다, 자신들이 상황을 잘못 판단하긴 했지만 최선의 믿음에서 그렇게 행동할 수밖에 없었다, 사실 자신들은 평화를 원한다, 그렇지만 평화주의나 이와 유사한 어린애 같은 눈에 띄는 나약함은 적의 공격 심리만을 자극할 뿐이다, 비록 고통스럽기는 해도 조국이라든가 남자들의 머리에서 생겨난 어떤 이념을 위해 목숨을 버린다는 것은 기쁘고도 고상한 일이다, 그러므로 우리는 어떻게든 죽을 수밖에 없다. 덧붙여 말하자면, 전쟁에서 살아남은 남자들은 기사도 정신이 몸에 배어 있기 때문에 전쟁에서 이겼든 졌든 상관없이 전쟁이 끝난 후에는 어머니들과 전쟁 과부들 앞에 공손하게 머리 숙이는 일을 결코 소홀히 하지 않는다는 것입니다. 승리의 축하 행진 뒤에는 전쟁에서 살아남은 혹은 목숨을 잃은 영웅들을 기리는 행사가 거행됩니다. 범국가적인 추모의 날이 순조롭게 진행됩니다. 전사자들이 항의를 할 위험은 전혀 없습니다. 그리고 어머니들은 무슨 말을 하겠습니까?

소파 위쪽 벽이나 그릇장 위에는 정장 차림을 한 채 천진난만하게 미소 짓거나 진지한 표정을 한 젊은 청년들의 사진이 액자에 끼워져 있습니다. 그들의 진지함이나 미소는 약속의 단계를 넘어설 수 없습니다. 책상 서랍과 서류 가방 속에는 고등학교 졸업장과, "나는 이곳에서 무사히 잘 있습니다……"라는 마지막 글이 적혀 있는 전선에서 날아온 편지, 그리고 스크랩해 놓은 검은 테의 신문 기사들이 보관되어 있습니다. 거기에는 간략한 설명과 함께 모든 훈장들과 기장들이 열거되어 있습니다. 정치적으로 아무런 효과가 없는 백만장자의 유산. 재무장 지시가 내려졌을 때—아직도 폐허가 남아 있는 상태에서—여자들은 아무런 의사 표시도 하지 않았습니다. 여자들은 남자들에 의해 결정된 광기의 영구화를 순종적으로 받아들였습니다. 그리고 정치적 영향력을 손에 쥐었을 때조차도 여자들은—퐁파두르 부인[40]으로부터 골다 메이어와 인디라 간디에 이르기까지—언제나 남자들의 역사의식의 틀 안에서만 정치를 수행했습니다. 따라서 그것은—내가 이미 보여준 대로—곧 전쟁을 의미했습니다. 이 같은 사정이 바뀔 수 있을까요? 언젠가 머지않은 장래에?

여인 법정은 얼마간 효과를 거둘 것입니다. 우리의 이 시대는 여성해방 충동으로 점철되어 있습니다. 여자들은 정치적 색채를 띠게 되었습니다. 여자들은 조직을 결성하였습니다. 여

---

40) 파리 출생. 부유한 집안에서 태어나 어린 시절부터 문학과 미술을 좋아하였고, 미모와 재치를 겸비한 여성이었다. 1741년 사촌 르 노르망 드 티올과 결혼했지만, 루이 15세의 눈에 띄어 총애를 받게 되었다. 1745년에는 후작 부인의 칭호를 받고, 국왕의 정치에도 입김을 넣었다. 그녀는 약 15년 동안 권세를 누리면서 왕정의 인사(人事)마저 결정했다.

자들은 나서서 싸우면서 침묵을 거부하고 있습니다. 그들은 이미 부분적인 성공을 거두었습니다. 그러나 사회적 평등을 이룩하려는 여자들의 노력이 ─ 나는 의구심에서 이렇게 스스로에게 물어봅니다. ─ 남자들의 도덕 규범마저 파괴하는 결과를 초래하지는 않을까요? 아니면, 성(性)의 평등은 남자들의 권력욕을 더욱 부추기는 결과만 초래하는 것은 아닐까요?

내가 염려하는 점은 여자들에게 조언을 해 줄 사람이 없다는 것입니다. 지속적이고도 신뢰할 수 있는, 간단히 말해서 초지상적인 조언을 해 줄 사람이 말입니다. 그러나 수많은 죄를 저지른 남성들의 화신이자 ─ 이미 증명된 대로 ─ 호전적인 원리 그 자체인 내가 어떻게 여자들의 문제에 대해, 그것도 앞으로는 여자들의 문제에 대해서만 조언할 수 있는 적임자라고 할 수 있겠습니까?

나는 그렇게 하고 싶습니다. 그럴 수 있을 겁니다. 이미 방법까지도 강구해 놓았습니다. 여인 법정의 판결에 따르겠습니다."

나의 일제빌은 언제나 두 가지를 동시에 원한다. 그녀는 자유 전문직을 원하면서 또한 일정한 직업을 갖고 싶어 하고, 시골에 살면서 대도시 삶의 화려함을 누리고 싶어 하고, 한편으로는 소박한 삶(직접 빵을 구우면서)을 추구하면서, 다른 한편으로는 편리함(최근에는 전자동 탈수기)을 원한다. 그렇기 때문에 그녀의 소망들은 서로 격렬하게 다투면서도 의지에 의해 어쩔 수 없이 짝을 이루고 있다. 여성 재판부(즉 여인 법정) 역시 넙치의 최후 진술이 끝나고 그에 대한 판결을 내려야 할 시점이 되었을 때 그처럼 양극으로 분열되었다. (속죄하는 의미에서 하는) 넙치의 조언이 필요하지 않았다면, 원래는 사형이 언도되었을지도 모른다.

전체적으로 볼 때, 재판부는 두 가지를 다 원했다. 어느 편은 이쪽을, 다른 편은 저쪽을 원했다. 넙치당은 피고를 제거하는 데 이의를 제기했다. 그들은 원칙적으로 사형에 반대하고, 상징적인 의미의 처벌을 내리는 수준에서 일을 마무리하기로 결정했다. 넙치에게 속죄하는 조언자의 역할을 부여하여 그를 다시 그의 생활 터전인 바다로 되돌려주자는 것이었다. 반면에 과격한 소수파는 넙치의 조언 같은 것은 듣지 않기로 하고 그를 제거하기로 결정했다.

검사인 지클린데 훈차는 넙치를 전기 사형에 처하자고 주장했다. 그리젤데 두베르틴은 넙치가 먹는 물에다 수은을 넣되 날마다 그 양을 늘려 가자고 했다. 루트 지모나이트는 넙치를 산 채로 요리하자고 말했다. 그리고 법정 선임 변호사는 한편으로는 무죄 선고를 요구하면서 다른 한편으로는 인도주의적인 처벌을 옹호했다. 즉, 그녀는 넙치를 격리 시설에 수용하여, 정신병 치료를 받도록 해 주자고 여인 법정에 요청했다.

그들은 명쾌한 판결을 내리지 못했다. 배석판사들과 마찬가지로 혁명 자문위원회 역시 내부 의견이 분열되어 있었다. 그들의 다수 의견은 기껏해야 형 선고를 유예하자는 것이었다. 넙치는 영체가 되기로 마음이라도 먹은 듯 창백한 모습으로 묵묵히 판결을 기다렸다.

그때 여인 법정의 재판장인 쇤헤르 박사가 배석판사 울라 비츨라프의 제안에 따라 타협안을 내놓았다. 나의 일제빌이라도 그 타협안에 아마 동의했을 것이다. 왜냐하면 그것은 엄벌과 지속적인 속죄라는 양측의 의견을 다 충족시켜 줄 것 같았기 때문이다. 그 타협안이란 넙치가 그의 비뚤어진 눈으로 똑똑히 볼 수 있도록 긴 식탁을 하나 차려 놓고——이를 위해 예전에 영화관이었던 건물의 앞쪽 의자 세 줄을 치워야 했다.——거기에 자문위원과 배석판사들, 검사와 변호인, 그리고 방청객 중의 몇몇 대표자가 앉아서 잊히지 않을 화려하고 성대한 넙치 시식회를 보란 듯이 거행하자는 것이었다. 헬가 파쉬 여사는 그녀가 아는 베를린의 도매상을 통해서 필요한 양의 돌넙치를 배석판사 테레제 오슬리프가 운영하는 식당의 주방으로 보내 주겠다고 약속했다. 그 즉시 아홉 마리의, 아니 에리카 뇌트케가 모자랄지도 모른다고 걱정했기 때문에 열한 마리나 되는, 무게가 각각 2킬로그램에서 4킬로그램까지 나가는 큼직한 넙치들이 (도매가로 총 금액은 285마르크였다.) 사철쑥 버터를 발라 살짝 튀겨지고, 백포도주가 뿌려지는가 하면, 국물이 넉넉한 그릇에 담겨 은근한 불로 삶겨서, 서양자초와 풍조목이 곁들여지고, 마지막으로 6월에 돌넙치에게서 많이 나오는 알과 이리와 함께, 미리 데워 놓은 접시에 차곡차곡 담겨 은박지에 싸여, (소금 간을 한 삶은 감자와 오이 샐러드와 함께) 택시로 슈테글리츠까지 운반되었다.

예전에 스텔라 영화관이었던 건물 안에는 이미 음식상이 성대하게 차려져 있었다. 식탁은 물통 속의 넙치를 중심으로 말발굽 모양을 이루고 있었다. 촛불이 켜져 있었다. 레몬 조각들이 양상추 잎 위에 가지런히 놓여 있었다. 차게 한 리슬링 포도주도 준비되어 있었다. 김이 모락모락 나는 접시들이 식탁에 올려졌다. 여인 법정의 구성원들이 식탁에 앉았다. 비록 엄숙한 자리이긴 했지만 쇤헤르 박사는 장난기가 풍기는 짤막한 연설을 끝내고 나서 가장 먼저 법정 선임 변호사에게 음식을 권했고, 이어서 검사에게 음식을 권했다. 이렇게 해서 넙치 시식회가 시작되었다.

나의 일제빌의 해산일이 코앞에 다가왔으므로 마땅히 그녀 곁을 지켜야 했는데도 불구하고, 내가 어떻게 그곳에 초대받는 영광을 누리게 되었는지 그 이유를 설명해야만 될 것 같다. 방청객들 중에서 대표는 제비뽑기로 결정이 되었다. 그런데 내가 행운의 제비를 뽑아, 쉰네 명의 여자들 중에서 유일한 남자로 넙치 시식회에 참가하는 특권을 잡게 되자, 일제빌도 거기에 반대하지 않았다. "나 때문에 기회를 놓치지 마세요. 어서 가세요. 내겐 별일 없을 거예요. 이삼 일은 더 있어야 할 것 같아요. 위급한 경우가 생기면 전보나 전화로 당신을 그 여자들 틈에서 불러낼 테니까요."

나는 직업이 도서관 사서인 노부인과 학교 선생으로 있는 한 젊은 여자 사이에 자리를 잡았다. 그 여교사는 내가 '진미'라고 말해 주었지만 넙치의 정액 덩어리를 먹지 않았다. 그녀는 수컷의 기관은 싫다고 말하면서 차라리 암컷의 알을 먹겠다고 했다. 나는 울라 비슬라프가 머리를 갸웃하게 기울인 채 식탁 맞은편에 앉아 있었기 때문에 기분이 좋았다. (그녀는 넙치의 정액 덩어리를 먹었다.)

멀리 떨어진 곳에, 유죄를 선고받은 넙치의 물통으로 가리기는 했지만 두베르틴과 루트 지모나이트가 앉아 있는 모습이 보였다. 하게도른과 퀼렌도 도전적인 자세로 자리를 잡고 앉아 있었다. 너무나 흥분한 나머지 나는 인상을 찌푸렸다. (그들이 싸움을 시작하지 말았으면 좋겠는데.) 그러니 나는 아주 신사답게 행동해야 한다. 대화상의 거리도 이어 주어야 한다. 넙치를 발라 먹는 일도 도와준다. 등뼈에서 하얀 속살을 발라 내는 일은 너무 쉽다. 나는 능숙한 솜씨로 여자들의 식사를 도와주었다. "그리고 레몬을 짜서 몇 방울 떨어뜨리세요. 아가미지느러미 옆에 달린 볼살이 정말 맛있습니다. 아니면 꼬리 조각을 한번 먹어 보실래요, 뇌트케 부인? 국물도 좀 더 들고 소금에 절인 풍조목 꽃봉오리도 한번 맛보시지요. 서양자초가 맛을 기가 막히게 돋우는군요! 하얗게 익은 눈알도 잊지 마세요. 넙치의 눈알은 행운을 불러오고 우리의 모든 소원을 들어줍니다."

나는 이렇게 여자들을 도와주었다. 나는 그들의 포도주 잔이 비면 얼른 따라 주었고, 능숙하게 생선뼈를 발라 주었으며, "감자 좀 더 드시겠어요?" 하고 권하기도 하였으며, 심지어 자문위원회 소속 여자들의 이름을 부르기도 했다. 나는 일로나와 농담을 주고받았고, 가브리엘레를 쳐다보며 미소를 지었으며, 언제나 침울해 있는 에마를 위해 상냥한 말을 던졌고, 알리체의 말에 거의 동조를 해 주었다. 나는 해부학에 밝은 것처럼 넙치 대가리를 자르면서 농담을 던져 식탁의 대화에 활기를 불어넣다가도, 이야기가 진지한 쪽으로 흐르면 얼른 엄숙하게 태도를 바꾸었다. 나는 그들이 내린 지혜로운 판결을 칭송하였으며, 넙치의 최후진술을 '짐짓 꾸민 솔직함'이라고 규정하였고, 여인 법정을 새 시대를 여는 기구라고 평가했으며, 고대 그리스의 잘 알려진 여성주의 드라마에서 몇 마디를 인용했고, 일제빌의 해산 날짜가 얼마 남지 않았다는 이야기도 해 주었으며——"그녀는 꼭 아들이기를 바라고 있어요!"——곧이어 아버지인 나로서는 딸이라도 마찬가지로 정말 기쁠 거라고 덧붙였고, 그들에게 행운의 상징인 넙치 눈깔들을 나누어 주었으며, 건배를 외치며 잔을 들었고, 끝으로 열한 개의 넙치 머리와 꼬리지느러미와 가슴지느러미, 잔뼈, 껍질, 그리고 하얀 등뼈만이 남게 되자, 그 자리에 참석한 유일한 남자의 자격으로 짧은 연설을 할 기회를 잡았다.

비즐라프가 내게 호의적인 미소를 보냈다. 에리카 뇌트케는 짧게 해 달라고 부탁했다. 내 오른쪽의 노부인은 왼쪽 귀 뒤쪽의 보청기의 단추를 돌렸다. 내가 생선용 나이프로 유리잔을 톡톡 두드리자, 젊은 여선생이 "정말 뻔뻔스럽군!" 하며 빈정댔다. 그렇지만 말굽 모양으로 놓인 식탁 한가운데 앉아 있던 쉰헤르 여사는 허락의 표시로 다정하게 고개를 끄덕였다.

먼저 나는 내가 그 자리에 손님으로 초대받는 영광을 누리게 된 것에 대해 감사의 말을 했다. 그다음엔 식당 주인이자 배석판사인 테레제 오슬리프의 요리 솜씨에 대해 칭찬했다. 그리고 도매 시장을 잘 알아서 비용을 절감한 헬가 파쉬를 향해서도 한마디 농담을 던졌다. 이어서 나는 본격적인 이야기를 시작했다.

나는 넙치가 자신의 잘못을 고백하고 전쟁에 반대하는 연설을 한 데 대해 감동을 받았다는 사실을 밝히면서, 여러 시대에 걸쳐 이 세상에 나와 살아온 나의 모습을 소개할 기회를 처음으로 잡았다. "이미 신석기 시대 때부터……."라는 말로 나는 이야기를 시작했다. "마침내 우리가 기독교로 개종했을 때……."—"프리델이라는 사람이 이미 밝혔듯이 페스트가 좋은 측면을 가지고 있었다는 데에는 의심의 여지가 없습니다……." 나는 내가 오피츠였을 때 쓴 「전쟁의 재난을 겪고 있는 사람들을 위한 위로의 시」에서 한 대목을 인용했다. 나는 콜린 전투와 로이텐 전투, 그리고 호흐키리히 전투에 참전했다. 베벨 동지가 나와 나의 착한 레나를 만나기 위해 브라방크에 있는 나의 집을 방문했을 때, 문을 열어 주었다. 나는 지클린데 훈차의 기분이 상하지 않도록 신경을 쓰면서 불쌍한 빌리가 아버지날에 당한 죽음에 대해서 그저 암시적으로만 이야기했다. 이어서 나는 현재 벌어지고 있는 정치 쪽으로 화제를 돌렸다. "지금도 여전히 그단스크에 있는 레닌 조선소의 구내식당 여자 요리사는 얼굴이 돌처럼 굳어 있습니다. 그들은 얀의 배를 향해 총질을 했습니다. 맞습니다, 경찰이 노동자들을 향해 발포를 한 것입니다. 그것도 공산주의 국가에서 말입니다. 아니, 그것은 세계 곳곳에서 일어나는 일입니다. 남자들은 어디서나 방아쇠에 손가락을 걸고 있으니까요. 지금까지 언제나 그래 왔습니다. 무기로 하는 언어. 대규모 물량전. 방어용 선제 공격. 불에 그을린 땅. 그런 짓을 저지른 것은 넙치 였습니다. 그의 충고는 이것이었습니다. 죽여라! 그의 말은 폭 력을 불러일으켰습니다. 그는 악의 뿌리였습니다. 우리는 그를 처벌하기 위해 이곳에 모인 것입니다. 바로 이곳에, 넙치야! 이 곳에 말야! 네가 무슨 일을 당할지 똑똑히 지켜보아라. 너, 죽 음을 몰고 다니는 자, 생명의 적인 녀석아!"

그러고 나서 나는 으스러진 머리가 달려 있는 허연 등뼈를 집어 들어서는 유리 상자 안의 넙치에게 보여 주었습니다. 그러자 그리젤데 두베르틴과 루트 지모나이트, 훈차와 파쉬뿐만 아니 라 심지어 그때까지 꿀 먹은 벙어리처럼 입을 꾹 다물고 있던 엘리자베트 컬렌과 베아테 하게도른까지도 등뼈를 하나씩 집 어 들었으며, 그 밖의 여자들은 남아 있던 뼈들과 머리, 꼬리 지느러미를 집어 들고서는 그것을 넙치에게 똑똑히 보여 주었 다. 그리고 어떤 여자들은 이렇게 소리쳤다. "너라고 해서 죽 음을 면할 수는 없어!" 또 다른 여자들은 한술 더 떠 이렇게 말했다. "사실 넌 죽은 거나 마찬가지야!"

그때 분노의 감정이 나를 엄습했다. 순간 나는 넙치가 들어 있는 물통 앞의 연단을 향해 등뼈를 던지며 소리쳤다. "이거나 받아라!" 그러자 여자들도 덩달아 "이거나 받아라." 하며 뼈와 머리와 지느러미를 던지기 시작했다. 마침내 열 한 마리의 넙 치의 잔해가 수북이 쌓였다. 넙치는 동족의 잔해를 보지 않을 수 없었다. 그리고 우리는 모두 휴지로 손가락을 닦은 다음 그 휴지 뭉치를 넙치의 잔해 위로 내던졌다. 그리고 우리는 비 딱한 주둥이들이 눈알도 없는 머리로 멍청하게 쳐다보고 있는 가시 더미 위에다 모두들 퉤퉤 침을 뱉었다.

그러나 유리를 불어 만든 것처럼 창백한 모습의 넙치는 그냥 물속에 둥둥 떠 있을 뿐, 모랫바닥 속으로 도망치려 하지 않았다. 아, 그는 얼마나 끔찍한 수모를 당했던가. 아, 그것은 얼마나 당연한 벌이었던가.

그때 쇤헤르 여사가 말했다. "이제 형 집행은 끝났습니다. 넙치는 이틀 후면 풀려나 속죄의 과정을 밟게 될 것입니다. 운송 준비는 철저하게 마련되어 있습니다. 이로써 여인 법정을 폐정합니다. 감사합니다, 자매 여러분!"

그 말과 함께 그녀는 연회를 마감했다.

뫼 섬에서

판결이 내려지자, 배석판사 울라 비츨라프가 형 집행을 담당하게 되었다. 남자들의 호전적인 성격과 여자들의 고통을 견디어 내는 능력에 대한 장황한 연설로 자신의 말을 끝맺기에 앞서 넙치는, 내 생각으로는 그게 루트 지모나이트 같았는데, 누군가가 '세계의 종말'에 대해서 떠들어 대고 있었으므로 지구가 얼마나 파멸되기 쉬운가를 여러 가지 예를 들어 설명하면서 '당장이라도' 빙하기가 닥칠지도 모른다고 말했다. 그러나 우리는 그가 수만 년의 세월을 눈 깜짝할 순간처럼 흘려보내면서 지나가는 말로 다음과 같이 자신의 소원을 밝히는 소리를 들었다. 악당인 그는 자신이 저지른 죄를 잘 알고 있으며 그에 따른 형을 기꺼이 받아들일 각오가 되어 있으므로 그 자신을 그가 좋아하는 바다인 서(西)발트해에 풀어 주었으면 좋겠다고 했다. 그는 그곳에 섬 하나를 알고 있는데, 그 섬의 동쪽 해안은 깎아지른 듯한 백악암 절벽으로 되어 있다고 했다. 날씨가 좋은 날에는 바로 그 절벽 꼭대기에서 육안으로 그 섬과 비슷하게 생긴 섬 하나를 볼 수 있는데, 바로 그 섬으로부터 「어부와 그의 아내」라는 동화가 전해졌다는 것이었다. "그림 같은 그 두 개의 섬은 지질학적으로뿐만 아니라 다른 면에서도 서로 연결되어 있습니다." 하고 넙치는 말했다. 마지막 빙하기가 끝난 직후에──"그것은 사실 그렇게 오래된 일이 아닙니다."──이 두 섬 사이에 발트해의 바다가 형성되었다고 했다. 백악암 절벽의 발치에서는 부싯돌뿐만 아니라 섬게와 오징어의 촉수 같은 관심을 끄는 화석들도 발견된다는 것이었다. "젊은 발트해는 우주가 생성된 뒤로 한참 동안은 지중해처럼 따뜻했습니다." 그는 바로 그곳에다 자기를 풀어 달라고 했다. 그곳을 기점으로 삼아 자신의 새로운 의무를 이행하고 싶다고 했다. 여성들의 위상 향상을 위해.

"그는 뭔 섬을 말하는 거야."라고 울라 비츨라프가 자기 옆에 앉아 있는 동료 배석판사 헬가 파쉬에게 말했다. 울라는 뤼겐 섬에서 어린 시절을 보냈으며, 그라이프스발트에서 교회 음악 학교를 다니다가 베를린에 장벽이 세워지자 서베를린으로 넘어왔다. 그래서 그녀는 여인 법정의 판결을 집행하여 넙치를 넙치 자신이 선택한 곳에 풀어 주는 일을 떠맡게 되었던 것이다. 특히 울라는 그곳이 발트해 중에서도 수은 함유량이 가장 낮다는 것을 잘 알고 있었다.

동독 당국은 넙치를 철도나 폴크스바겐 버스에 실어 자신들의 영토를 통과하여 로슈토크-바르네뮌데까지 가서 그곳에서 다시 선박으로 덴마크의 게드저까지 운송하는 것을 거부했다. 게다가 관료들은 단 한 번도 넙치를 넙치라고 부르지 않고 '파괴 분자'니 '반동 세력'으로 지칭하였으며, 그 노동자와 농민의 국가는 넙치에 대해 공포심을 보였다. 그 때문에 유죄판결을 받은 넙치는 그리젤데 두베르틴이 이끄는 과격파에 의해 일어날지도 모르는 암살 시도에 대비하여 삼엄한 보호를 받으며 함부르크로 공수되었다.

그곳에서 넙치는 자동차로 트라베뮌데로 운송되었다. 그곳에서 일행은 정기 여객선을 타고 게드저로 향했다. 거기서부터는 덴마크의 여성해방운동가들이 운송의 책임을 떠맡았다. 그래서 일행은 포르딩보르크를 거쳐 칼베하베까지 가서 다리를 건너 뮌 섬에 도착했다. 저녁 무렵이 되어서야 목적지에 도착했기 때문에 올라 비츨라프 일행은 가파른 백악암 해안 근처에 있는 후노죄의 한 여관에 투숙했다.

특수하게 제작된 물통 안에서 넙치는 여행을 잘 이겨 냈다. 다가올 기쁨에 들뜨기라도 한 듯 몸에 서려 있던 투명한 기색이 조금은 가셔 보였다. 돌처럼 단단한 살갗도 원래의 빛깔을 조금씩 되찾고 있었다. 그러나 넙치는 활기차게 지느러미를 놀리긴 했지만 여전히 아무 말도 하지 않았다.

나도 동행했다. (물론 일제빌은 해산일이 코앞으로 다가왔는데도 내가 계속해서 집을 비우려 하자 화가 잔뜩 났다. 내가 전화를 걸어 허락을 요구하자, 그녀는 "당신은 아이가 걱정되지도 않죠!" 하고 버럭 소리를 질렀다.)

울라 비츨라프와 테레제 오슬리프뿐만 아니라 헬가 파쉬까지도 나의 동행 요청을 받아들여 주었기 때문에 나는 운송 보조원으로 동행해도 좋다는 허락을 받았다. 앞서 밝힌 여자들 외에도 에리카 뇌트케(잿빛 생쥐)와 넙치의 법정 선임 변호사로서 (온통 하늘색 비단옷으로 차려입은) 폰 카르노 여사가 우리와 동행했다. 지클린데 훈차는 동행할 생각이 없다고 했다. 쇤헤르 박사는 판결이 집행되는 현장에 자신이 꼭 있어야 할 필요가 없다고 생각했다.

우리가 덴마크 대표단에게 야간 안전 조치를 취해 달라고 요청한 데에는 충분한 이유가 있었다. 왜냐하면 원래 루트 지모나이트는 그리젤데 두베르틴이 이끄는 과격 반대파의 일원이었으며, 판결에 앞서 계속해서 그리젤데와 함께 '사형'을 고집했으므로, 넙치를 풀어 주는 과정에서 실제 암살 시도는 아니더라도 모종의 방해 공작이 있을 수 있었기 때문이다. 게다가 여인 법정의 각각 일곱 번째와 여덟 번째 배석판사로서 얼핏 나의 지빌레와 마리아 쿠츠초라를 연상시킨 풍만한 몸매의 가정주부 엘리자베트 귈렌과 생화학자 베아테 하게도른 역시 과격주의자로서 테러를 저지를지도 모른다는 혐의를 받고 있었으며, 특히 그 여자들은 넙치의 마지막 증언이 끝난 뒤에는 법정에서 모습을 보이지 않다가 성대한 넙치 시식회에만 말없이 참석했기 때문이다.

다음 날 아침 우리는 넙치를 너도밤나무 숲을 거쳐 가파른 해안까지 도보로 운반해야 했다. 그 임무는 내게 맡겨졌다. 나는 두 개의 가죽 멜빵으로 특수 물통을 (마치 엿장수의 엿판처럼) 배 앞에다 맸다. 나는 걸어가면서 투명한 유리를 통해 뒤뚱대는 나의 걸음걸이에 맞서 지느러미로 민첩하게 균형을 유지하려 애쓰는 넙치를 보았다. 들길을 지나, 이어서 좁다란 숲길을 걸어 우리는 해안에 점점 다가갔다. 나(그리고 넙치)의 앞에는 덴마크 대표단과 동행을 허가받은 몇 명의 여기자들이 걸어가고 있었다. 우리 뒤에는 비슬라프와 오슬리프, 헬가 파쉬, 에리카 뇌트게 등이 뒤따랐다. 폰 카르노 여사는 자기에게는 그 길이 너무 힘들 것 같다고 말하고는 호텔에 남았다.

내가 넙치와 마지막 대화를 시도했음은 물론이다. 내 앞뒤에 있는 여자들과 얼마간 거리가 떨어지게 되었을 때 나는 넙치에게 이렇게 속삭였다. "제발 말 좀 해 봐요, 넙치 님. 아무 말이라도 좋으니까 한마디만 해 줘요. 우리의 관계는 이걸로 끝인가요? 당신이 정말로 나를 포기한 건가요? 당신은 앞으로 고작 그 멍청한 여자들을 위해 조언을 해 줄 건가요? 넙치 님, 앞으로 나는 어떻게 해야 하나요? 제발 말 좀 해 봐요, 아무 말이라도! 나는 어쩌면 좋을지 정말 모르겠어요."

그러나 넙치는 끝내 입을 열지 않았다. 나는 그냥 그런 상태로 넙치를 운반해 갔다. 마치 묵직한 넙치와 함께 나 자신과 나의 역사적 소명인 남자들의 명분을 무덤으로 나르는 듯한 느낌으로. 내 앞뒤의 여자들은 신나게 떠들어 댔다. 커다란 꽃무늬가 그려진 그들의 옷자락은 불어오는 산들바람에 한들거렸다. 네덜란드의 방송팀이 텔레비전 방영을 위해 우리를 촬영했다. 에리카 뇌트케는 한 움큼의 꽃을 꺾었다. 사방에는 부싯돌이 널려 있었다. 그래서 파쉬는 기념으로 주먹만 한 부싯돌을 몇 개 주워 모았다. 그리고 울라 비츨라프가 낭랑한 목소리로 찬송가를 한 곡 불렀다. "오늘, 오늘은 정말 기쁜 날……." 그러자 오슬리프도 자매가 된 듯한 기분으로 함께 불렀다.

우리는 가드레일 같은 것이 설치되어 있지 않은 가파른 해안 절벽에 이르렀다. (약속이라도 한 듯) 날씨가 화창했기 때문에 육안으로도 뤼겐 섬의 백악암이 보였다. 그때 내 마음속에서는 불쑥 얼른 가죽 멜빵을 풀어 (내 배에 엿장수 엿판처럼 매달려 있는) 특수 유리 물통(내 배 앞에 매달려 늘어져 있는 상자)에서 넙치를 꺼내, (111미터 높이의) 절벽 꼭대기에서 부싯돌 해안으로 내던져 버리고 싶은 유혹이 일었다. 아니, 차라리——만사가 다 끝장이 났으니까!——"남자들, 만세." 하고 큰소리로 외치면서 내 앞에 매단 넙치와 함께 가파른 절벽에서 죽음을 향해 몸을 던지고 싶은 유혹이 솟아났다. 아니면, 넙치와 미래는 그냥 두고서, 나 혼자만이라도 죽음을 향해 몸을 던지고 싶었다. 아니면 오슬리프가 안 된다면 울라라도 끌어안고서. 사랑으로 한 몸이 되어 죽음을 향해.

그러나 어느 사이엔가 에리카 뇌트케가 걱정스러운 얼굴로 내 옆에 와 있었다. "정말 걱정이 되는군요." 그녀가 말했다.

"갑작스러운 환경의 변화를 넙치가 잘 견디어 낼 수 있을까요? 그는 아홉 달이 넘게 충분한 산소를 공급받고 규칙적으로 주는 먹이를 받아먹으며 맑은 물속에서 지냈어요. 그동안 환경 오염을 직접 겪지 않았다는 말이죠. 그렇기 때문에 심하게 오염된 데다가 해초로 뒤덮인 발트해는 넙치에게 위험할 수도 있어요. 물론 우리는 지난 몇 주 동안 화학 약품을 풀어서 발트해와 비슷한 상태를 만들어 보려고 해 보기는 했어요. 그렇지만 충격은 여전히 클 거예요. 어쩌면 심한 충격을 받을지도 몰라요. 감금되어 있는 사이에 그의 모습은 변해 버렸어요. 그의 모습은 창백하고 투명해요. 이젠 거의 유리 같은 모습이에요. 넙치가 우리보다 더 오래 살았으면 좋겠어요."

헬가 파쉬도 걱정스럽다고 말했다. 그러나 오슬리프와 비츨라프는 다음과 같은 말로 에리카 뇌트케를 안심시켰다. 그런 것은 넙치에게는 아무 문제도 되지 않는다. 그 녀석은 끈질긴 놈이다. 앞으로 다가올 빙하기까지도 멀쩡하게 견디어 낼 것이다. 타르 찌꺼기나 수은은 그 녀석한테는 아무것도 아니다. 그는 적응의 명수다. 이것도 저것도 안 되면 그 녀석은 명분만을 위해서라도 살아남을 것이다. "저 녀석 좀 봐!" 하고 울라가 소리쳤다. "벌써 제 피부색을 되찾고 있어. 금방 원기를 되찾겠네!"

우리 모두는 그 멋진 풍경을 잠시 즐긴 다음, 텔레비전 방송팀을 위해 — 막간을 메우는 데 필요한 장면을 찍도록—포즈를 취한 후, 석회암으로 둘러싸인 울창한 골짜기를 따라 내려가기 시작했다. 골짜기에는 관광객의 편의를 위해

1미터가량의 통나무들로 만든 계단이 설치되어 있었다. 나는 엿장수 엿판 같은 상자를 밑에서 두 손으로 받쳐 들고, 넘치가 너무 심하게 흔들리지 않게 하려고 한 발 한 발 계단을 내리 디딜 때마다 무진 애를 썼지만 물통은 심하게 출렁거렸다. 땀에 흠뻑 젖은 내 모습을 보고서는 에리카 뇌트케가 나 대신에 상자를 운반하겠다고 나섰다. 나는 남자답게 그녀의 제안을 정중히 거절했다. (넘치를 그들의 손에 넘겨주어서는 절대 안 되지. 그는 언제나 나의 넘치였어. 나는 끝까지 사수할 거야. 나는 나의 역사를 절대 버리지 않겠어.)

우리는 밑에 도착해서도 숨 돌릴 겨를이 거의 없었다. 석회암 절벽 위를 바라보는 순간 우리가 위험한 상황에 처해 있음을 알아차렸기 때문이다. 절벽 꼭대기에 바로 과격한 반대파 여편네들이 서 있었던 것이다. 그리젤데 두베르틴과 루트 지모나이트를 중심으로 혁명 자문위원단 소속의 여자들이 모여 있었다. 엘리자베트 퀼렌과 베아테 하게도른의 모습이 보였다. "제기랄!" 하고 파쉬가 소리쳤다. "저기 훈차도 끼어 있잖아?"

돌멩이들이 위에서 날아오기 시작했을 때, 그 분개한 여자들 무리 속에서 여인 법정의 법정 선임 변호사의 모습이 얼핏 보인 것 같았다.

"맙소사!" 하고 내가 소리쳤다. "변절 한번 쉽게도 하는군!"

"그 여자가 어디 있는데, 어디?" 오슬리프가 물었다.

"저기!" 하고 내가 소리쳤다. "저기 말야!"

그러나 베티나 폰 카르노의 모습은 더 이상 보이지 않았다. 게다가 돌멩이들이 우박처럼 쏟아지는 바람에 배신자의 얼굴을 똑똑히 목격하거나 사진으로 찍을 수가 없었다. 허가를 받고 동행 중이던 여기자들이 찍은 여러 장의 사진과 네덜란드의 카메라팀이 촬영한 텔레비전 필름 속에서, 나중에 훈차, 하게도른, 가정주부 귈렌, 그리고 그리젤데 두베르틴의 모습은 눈에 띄었지만, 카르노의 얼굴은 찾을 수가 없었다. 그렇지만 분명히 나는, 나는 그녀를 보았다. 그 밥맛없는 계집을.

돌멩이는 대부분 우리를 맞히지 못했다. 불쌍한 에리카 뇌트케만 뒤통수에 돌멩이를 맞아 철철 피를 흘렸다. 그들은 묀 섬의 사방에 널려 있는 부싯돌을 집어 던졌다. 그리고 덴마크 대표단 두 명과 영국 여기자 한 명, 그리고 네덜란드 방송의 여성 카메라맨 한 명이 가벼운 상처를 입었다. 부싯돌 하나가 넙치가 들어 있는 특수 물통을 맞혔지만 아무런 손상도 입히지 못했다. 나는 주먹만 한 돌멩이(그것은 그리젤데 두베르틴이 던진 것 같았다.)를 피하려다가 돌멩이투성이의 해변 바닥에 넘어지는 바람에 바지가 뚫어지면서 왼쪽 무릎을 다쳤다. 다행스럽게도 나는 넘어지는 순간 잽싸게 넙치가 든 물통을 내려놓았다. 아무튼 나는 그 상태로 누워서 아픔을 참고 있다가 그 돌바닥 틈에서 화석이 되어 있는 아주 작은 섬게 하나를 발견했다. 이로써 발트해가 마지막 빙하기가 끝난 뒤 열대에 가까운 바다였다는 넙치의 주장이 증명되었다. (나는 내가 발견한 물건을 주머니에 넣었다. 나는 그것이 내게 행운을 가져다주고 나의 일제빌로부터 나를 보호해 줄 걸로 생각했다. 앞으로 무슨 일이 일어날지 누가 알겠는가.)

위쪽에서 "배반자!" 어쩌고 하며 고함치는 소리가 들려오자, 아래쪽에서는 파쉬와 오슬리프가 마치 시장 아줌마들처럼 욕설을 퍼부으며 응수했다. 그러나 울라 비슬라프는 신발과 양말을 벗고, 몸에 지니고 있던 특수 열쇠로 넙치가 들어 있는 특수 물통을 열었다. 그러고는 두 손으로 넙치의 하얀쪽 배를 잡고 통에서 꺼내 들더니, 우리와 여자 사진사들과 텔레비전 카메라, 그리고 석회암 바위 위에서 욕지거리를 하며 돌멩이를 던지고 있는 여자들에게 넙치를 보여 주었다. 그러고는 넙치를 손에 든 채 해안에 가득 깔린 돌 위를 한 발 한 발 걸어갔다. 마침내 파도가 무릎까지 찰싹이는 곳에 이르자 그녀는 낭랑한 목소리로 힘차게 소리쳤다. "이로써 나는 넙치에게 내린 여인 법정의 판결을 집행하겠다. 이제부터 넙치는 오로지 우리 여성들을 위해서만 일할 것이다. 우리는 그를 부를 것이다. 그래, 우리는 그를 부를 것이다!" 그러고는 넙치를 바닷물 속에 넣어 주었다. 그러자 바다는 잔잔해졌다. 사진사들이 셔터를 누르는 소리와 윙윙대며 돌아가는 카메라 소리만이 들려왔다.

바다로 풀려나자마자 넙치는 곧장 헤엄쳐서 사라졌다고 비슬라프가 말해 주었다. 그런 다음 우리는 다친 에리카 뇌트케를 돌보아야 했다. 그 사이에 과격한 반대파 여자들은 석회암 절벽에서 떠나고 없었다. 절벽 위로 다시 올라가는 것이 무척 힘들긴 했지만, 뇌트케 양은 들것에 실려 가길 원치 않았다. 그녀는 직접 꺾은 꽃묶음을 손에 여전히 들고 있었다. 헬가 파쉬는 주워 모은 부싯돌들을 버렸다. 사실 나는 생각 같아서는 뮌 섬에서 비슬라프와 이삼 일 더 묵고 싶었다. 그러나 호텔에 도착하니 전보 한 통이 나를 기다리고 있었다. "무조건 귀가하기 바람. 해산 임박. 변명하지 말 것. 일제빌." 나는 어쨌든 시간에 늦지 않게 집으로 돌아왔다.

말다툼

첫째 달에 우리는 확실히 알 수 없었다.
다만 나팔관만이 알고 있었다.
둘째 달에 우리는 논쟁을 벌였다.
우리가 원한 것과 원하지 않은 것에 대해,
말한 것과 말하지 않은 것에 대해.
셋째 달에 배의 모양은 눈에 띄게 달라졌으나,
우리는 똑같은 말만 반복하고 있었다.
넷째 달과 함께 새해가 시작되었지만,
해만 새로워졌을 뿐, 우리의 대화는 늘 그대로였다.
너무나 지쳐, 그렇지만 여전히 당당하게
우리는 다섯째, 여섯째 달을 없는 걸로 해 버렸다.
움직인다고, 우리는 무덤덤하게 말했다.
일곱째 달에 헐렁한 드레스를 구입했을 때,
우리는 여전히 마음이 뒤틀린 상태에서
소홀하게 지나친 셋째 달 때문에 말다툼을 했다.
도랑을 뛰어넘다가
나뒹굴었을 때에 비로소——

아홉째 달

뛰어넘지 마! 안 돼! 기다려. 안 돼! 뛰어넘지 마! ──
우리는 걱정하기 시작했다. 더듬거리면서 그리고 속삭이면서.
여덟째 달에 우리는 슬펐다.
둘째 달과 넷째 달에 했던 말들로 인해
여전히 대가를 치르고 있었으므로.
아홉째 달에 우리는 패배하였고
아이는 태연스레 태어났다.
그때 우리에겐 할 말이 더 이상 없었다.
축하 전화가 사방에서 걸려 왔다.

우리가 원하는 것

딸일까, 아들일까. 만약에 딸이라면, 우리는 그 아이에게 내 어머니의 이름을 붙여 줄 것이다. 만약에 사내아이라면 그 아이도 나처럼 쓰레기 더미 속에서 하늘에서 떨어진 깃털들을 주워 모아 살짝살짝 훅훅 입김으로 불어서는 공중으로 가볍게 날아오르게 할 것이다. 그러면 깃털은 불어오는 세찬 바람에 둥실둥실 떠다니다가 떨어졌다가 흔들거리다가 또다시 새로운 상승 기류를 타고 하늘로 올라갈 것이다. 깃털이 날아간다! 깃털이 날아! 하면서 에마누엘이 외쳐 대는 소리를 우리는 듣게 될 것이다……

또 하나의 아이가 오전 10시 15분에 고성을 질러 대며 태어났다. 아이는 탯줄이 끊기자마자 결코 따지고 들 필요가 없는 이름을 얻었다. 성별, 신장, 체중. 아이는 벌써부터 일제빌과 비슷한데, 머지않아 똑같이 될 것이고, 나중에는 일제빌의 딸로서 틀림없이 그녀를 닮을 것이다. 그러나 일제빌과는 걸음걸이가 다를 것이며 일제빌보다 더 멋지고 자의식이 강할 것이고, 앞을 향해 똑바로 걷고, 있는 그대로를 받아들일 것이다. 따라서 장롱 속에 소망들이 남아서 바람을 쐬지 못해 퀴퀴하게 좀먹는 일은 절대 없을 것이다. 우리의 아름다운 전망이 못 박혀 닫혀 있을 때, 늘 열려 있는 틈을 가진 또 하나의 계집아이.

여인 법정에서 요구의 형태로 언급된 소원——"왜 항상 우리만 그래야 하는 거야! 이젠 남자들도 다리를 벌리고 씨를 받아서 애를 배고 있다가 분만하는 일을 해 봐야 해!"——에 대해 넙치는 이미 해답을 알고 있었다. "보세요, 친애하는 숙녀 여러분. 달도 연못에서는 거꾸로 보이는 법입니다. 그걸 우리가 어떻게 바로잡아 놓을 수 있을까요? 여러분에게 묻습니다, 어떻게 그렇게 할 수 있을까요?"

일제빌은 계집아이를 낳자 실망했다. 왜냐하면 계집아이는 조개나 보지로서, 한군데 정착하지 못하고 떠돌아다니면서 언제나 끊임없이 구속에서 벗어나기를 원하는 모든 남자들의 표적에 불과하기 때문이었다. (애엄마는 나를 향해 소리를 꽥 질렀다. "이 돼지저금통밖에 못 만드는 인간아!")

일제빌이 품은 모든 소망이 다 성취되지는 않을 것 같다. 우리의 딸이 태어나는 자리에 함께 있어도 좋다는 허락을 받았기 때문에 나는 (녹색 가운을 걸치고 마스크를 쓰고 소독한 신발을 신은 채) 몇 마디 위로의 말을 해 주었다. "솔직히 말해서, 일제빌. 요새는 딸이 훨씬 좋아. 예전에 멍청하게도 내가 상속권을 믿었을 때는 나는 늘 아들만 바랐었어. 그러나 도로테아나 아그네스나 아만다나 레나나 모두가 한결같이 내게 딸만 낳아 주었지. 심지어 루쉬 수녀조차 자기 같은 딸만 낳았어. 그런데 구내식당 요리사인 마리아 쿠츠초라가 딸 쌍둥이를 낳자──그 아이들의 이름은 담로카와 메스트비나였어.──그단스크의 레닌 조선소 노동자들은 그녀에게 쌍둥이용 유모차와 빨간 요강을 두 개 선물했어. 그건 마리아의 얀이 죽었기 때문에 콤플렉스를 갖지 않게 하기 위해서였지……."

태아의 위치가 거꾸로 되어 있는 상태에서의 분만은 합병증을 유발하기 때문에, 일반적으로 난산의 우려가 있다. 그래서 우리는 배꼽까지 마취가 되어 고통이 전혀 없는 제왕절개 방법을 쓰기로 결정했다. 그 전에 먼저 태아의 크기와 위치를 초음파로 측정했다. 그러나 입자가 굵은 사진으로는 태아의 성별을 구별할 수는 없었다.

의사는 털을 밀어 낸 음부 위로 불룩하게 솟은 일제빌의 복부를 비스듬하게 절개해 나갔다. 그는 피부와 지방층, 근육 조직, 그리고 복막을 거쳐 절개했다. 일제빌은 머리가 커튼으로 가리워진 쪽에 멀리 놓여 있었기 때문에 그 모든 장면을 하나도 보지 못했다.

아기 아빠들은 그 장면을 지켜보도록 되어 있었기 때문에, 나는 열린 배 속에 자궁이 고스란히 들어 있는 모습과 그것이 메스로 절개되어 열리는 모양을 보고 있었다. 의사는 양수가 쏟아져 나오도록 양막을 터뜨렸다. 희멀건 피. 빈 공간에 채워지는, 흡수력이 강한 거즈들. 묶인 정맥. 이어서 의사가 수술 장갑을 낀 손을 안으로 집어넣자, 처음엔 엉덩이가 보이더니 이윽고 우리의 딸이 세상에 모습을 드러내며——할렐루야!——그녀의 조그만 빵 모양의 성기를 보여 주었다. 그동안 시립 병원 분만실에는 숨겨진 스피커에서 부드러운 음악이 흘러나와 모든 수술 과정을 친근하고, 부드럽고, 다정하고, 재미있고, 아주 친숙한 것으로 만들어 주고 있었다. 모든 현대적인 의학 기술의 도입에 적극적인 주임 의사는 제왕절개가 진행되는 동안에 (특별히 할 일이 없기 때문에) 인턴들이 한국에서 온 견습 간호사들과 자동차나 정치 또는 주말의 즐거운 놀이에 관해 사적인 대화를 나누는 것을 바라지 않는다. 이것은 고통을 느끼지 않아 모든 소리를 뚜렷이 들을 수 있는 산모가 소중한 작은 체험의 기회를 빼앗기지 않도록 하기 위한 것이다. 수술 기구 소리와 "클립. 면봉." 하고 나지막하게 지시하는 소리는 어쩔 수 없다 치더라도 어쨌든 산모가 달콤한 음악 소리만 듣도록 배려한 것이다.

"그리고 이것이." 하고 의사가 마스크를 쓴 채 나한테 가르쳐 줄 양으로 말했다. "나팔관인데요……." (나는 또한 일제빌의 배에 낀 지방이 닭의 그것처럼 노란색이라는 것도 알았다. 그때 마침 기름 한 점이 떨어져 나왔는데, 그걸로 계란 프라이 두 개는 해먹을 수 있을 것 같았다.)

탯줄이 제거된 우리의 딸은 일단 엄마에게 보여지고 나서

방 한쪽에서 앵앵 울어 대고 있었다. 그곳에서 사람들은 아기의 체중을 달고 키를 재고, 혹시 다른 아이와 뒤바뀌지 않도록 손목과 발목에 표찰을 달았다. 아, 내 새끼, 울부짖는 응석받이, 귀염둥이, 내 딸…….

일제빌의 자궁이 금방 원상태로 수축되고, 그녀의 배를 다시 봉합한 뒤에, 곧장 옆 테이블에 있던 메스와 클립, 면봉, 가제 같은 것들의 수를 세어 보니, 금속 클립 하나가 모자랐다. 그래서 그들은 봉합한 부위를 다시 열고 복강을 뒤지려고 했다. 그러나 다행스럽게도 클립은 원래 있어야 할 곳이 아닌, 태반을 담아 둔 통 속에서 발견되었다. 그러나 아기 아빠로서 수술 장면을 지켜보던 내가 일제빌의 배 속에 들어가 있기를 바랐던 것은 그대로 봉합되었다. 그것은 바로 큰 돌멩이들이다. 나는 이 사실을 아무에게도 말하지 않았다.

오, 나의 은밀한 비밀이여! 내가 이 세상에서 바라는 것은 오로지 그것밖에 없는 것처럼. 쑥쑥 자라 휘감아 오르는 조롱박 덩굴로 뒤덮인 오두막이나 세상의 고통으로부터 귀를 막아 주는 등받이 안락의자가 모든 것인 양. 나의 동경 ──"그래, 그래, 마리아. 갈게. 금방 갈게……."──은 흔해 빠진 핑계요, 막아 버려야 할 개구멍에 불과한 것처럼. 아, 내게는 안식과 황홀경과 새 벽지(壁紙)와 더 나은 시대로 가는 비행기표 한 장이 얼마나 간절한지 모른다. 아, 머나먼 시절이 정말 그립구나. 아, 죽음과 영원을 맛보고 싶구나.

그러나 지금까지 내 소원이 중요하게 다루어진 적은 한번도 없다. 내가 들어주어야 했던 것은 언제나 그녀의 소원이었다. 제기랄! 그리고 모든 책임을 다 져야 한다, 그래! 그리고 계속해서 돈을 대 주어야 한다! 그리고 하찮은 일이든, 큰일이든, 모든 일에 대해서 죄의식을 느껴야 한다.

이번에도 딸을 낳았다는 사실에 대해 (결국) 내가 져야 할 책임이 도대체 무어란 말인가. 나는 누르는 대로 물건을 뱉어 내는 자동판매기가 아니다. 어쨌든 내 딸이 태어나던 바로 그 날 독일의 양측 대표가 한 문서에 서명을 했다. 그것은 1188 년부터 바르바로사 황제의 칙령에 의해 선포된 뤼벡 시 어부들의 특권을 동독 영해에까지 확대한다는 내용을 담은 것이었다. 그것은 사실 이미 오래전부터 바라던 바였다.

나는 시립 병원 근처에 있는 한 스낵 코너에서 먼저 소주 몇 잔을 마시고, 그다음엔 맥주를 마시고 그러고 나서 염소고기 소시지를 하나 주문했다. 그러고는 겨자 소스와 빵과 함께 염소 고기 소시지를 하나 더 주문했다. 그때 텔레비전에서는 준준결승 경기가 중계되고 있었다. 폴란드가 선두였다. 칠레는 탈락했다. 비는 계속해서 쏟아졌다. 월드컵 축구 경기는 나를 다른 남자 관중들 틈에 끼어 있는 하나의 관중으로 만들어 놓았다. 그들도 나와 마찬가지로 소주를 마시고, 염소 고기 소시지를 겨자에 찍어 몇 입 깨물어 먹고는, 맥주로 입을 헹구었으며, 멍한 눈빛을 지니고 있었으며, 모두 자기 딸을 걱정하는 아버지 같았다.

그 가게의 주인은 단골 손님들에 대해 잘 알고 있었다. 그

길모퉁이 술집은 '행복한 아버지를 위하여'라는 간판을 달고 있었다. 그는 이렇게 말했다. "이번에도 아들이 아닌가요? 낙심할 필요 없어요. 결혼 지참금이 없어진 뒤로는 딸이 돈이 덜 들어요. 요즘엔 여자들이 모두 해방되었어요. 요즘엔 여자들은 예전과는 완전히 다른 것들을 원하고 있어요."

그래, 정말이다! 너는 원하는 걸 다 갖게 될 거야. 네 아버지가 다 구해 줄 테니까. 네 아버지는 그 일에 정성을 다할 거야. 네 아버지가 네게는 좀 낯설 거야. 자궁이 없으니 말야. 너는 네 아버지에게 소주 한두 잔 걸치고 집 근처를 어슬렁거릴 시간은 주어야 해. 네 아버지는 늘 불안해하는데, 그런 불안이 세상을 움직이게 하는 거야. 네 아버지는 늘 뭔가를 좇고 있단다. 네 아버지는 잠시 여행을 갔다 와야 해. 네 아버지가 태어난 곳을 보러 말야. 그곳은 만물이 시작된 곳이야. 그곳에는 네 아버지와 친척인 마리아라는 여자가 살고 있단다. 그 여자는 안에 파리가 갇혀 있는 호박 구슬 하나를 네 아버지에게 주었단다. 걱정할 것 없단다. 네 아버지는 돌아올 테니까. 네 아버지는 언제나 돌아와서 여러 가지 이야기를 해 줄 거야. 그건 입으로 훅훅 불어 깃털을 날리고, 버섯을 따러 간 아이들이 어떻게 하다가 길을 잃고, 파리가 호박 구슬 안에서 겨울을 나는 이야기야. 그리고 내가 다시 돌아오면, 네게 넙치 이야기도 해 줄게……

남자여 오 남자여

이제 좀 그만둬.

끝내 버려.

남자여, 넌 이젠 끝났어, 그저 발정이나 내 볼 뿐이야.

어서 다시 말해 봐, 그래도 할 수 있다고.

어서 다시 단추를 눌러, 꼭두각시들을 춤추게 해 봐.

어서 다시 네 의지와 네 의지의 상처를 보여 줘.

어서 다시 책상을 치며 말해 봐, 그건 내 거야, 라고.

어서 다시 세어 봐, 몇 번이나 누구와 했는지.

어서 다시 딱딱해져 봐, 안으로 들어가도록.

어서 다시 스스로 증명해 봐. 너의 크고도, 입증된,

모든 것을 감싸는 드넓은 사랑을.

남자여 오 남자여.

너는 거기 서 있다. 말쑥하게 차려입고.

남자여, 남자들은 울지 않는다.

남자다운 너의 꿈들은 모두 영화화되었다.

너의 승리는 모두 목록으로 작성되었다.

네가 이룬 진보는 모두 발굴되어 평가되었다.

네 슬픔과 네 슬픔의 연출자는 공연 계획을 지치게 한다.

네 농담은 너무 자주 바뀌고, 에리반 방송은 방송을 중단

한다.

아홉째 달

네 힘은 (여전히) 거대하게 일어선다.

남자여 오 남자여.
어서 다시 말해 봐, 내가라고.
어서 다시 날카롭게 생각해 봐.
어서 다시 훤히 들여다봐.
어서 다시 옳다고 우겨 봐.
어서 다시 침묵에 깊이 빠져 봐.
다시 한번만 서 있든지 넘어져 봐.

남자여, 청소할 필요는 없어, 모두 있는 대로 내버려둬.
너는 네가 만든 법에 의해 제거되고,
네가 만든 역사에서 해고당한다.
그리고 네 안에 있는 응석받이 아이만이
잠시 동안 블록 쌓기를 가지고 놀 수 있을 뿐이다. ──
남자여 오 남자여, 네 아내가 그에 대해 무슨 말을 할까?

세 끼의 돼지고기 양배추 요리

마리아는 숟가락 두 개와 음식이 가득 든 반합을 가져왔다.
그리고 우리는 호이부데행 외곽 전차를 탔다. 모래언덕에 앉
아 바다를 바라볼 생각이었다.
일찍이 아만다 보이케가 우리에게 익숙한 양배추를 잘 알

고 있었음은 사실이다. 그녀는 양배추를 절여서 통에 저장해 두거나 감자와 돼지고기와 함께 걸쭉하게 끓여서 휴일이면 노동자들에게 대접했다. 양배추는 위에 가스가 차게 만들기 때문에, 아그네스 쿠르비엘라는 화가 뮐러나 시인 오피츠에게 양배추 수프나 양배추 찜, 양배추 쌈, 또는 돼지고기 양배추 요리를 내놓지 않았다. 당시엔 소화가 잘 되는 양배추가 아직 없었기 때문이다. 그런 종류는 개량을 거쳐 얼마 뒤에야 비로소 나타났다. 루쉬 수녀가 오늘날 우리가 먹는 것과 같은 양배추 종류를 가지고 요리를 했는지는 잘 기억이 나지 않는다. 그렇지만 그녀가 살던 시대에도 배추(페차이)는 종종 수입되었다. 주방에서 우리가 보통 양배추라고 부르는 오그랑 양배추와 카푸스터 요리 냄새가 풍긴 것은 훨씬 나중의 일이다. 레나 슈투베는 겨울 내내 우리에게 평지와 양배추로 음식을 만들어 주었다. 몬타우의 도로테아는 요즘엔 흔한 푸른 양배추를 알지 못했기 때문에, 성 목요일에도 별다른 첨가물 없이 서양 평지나 약간 쓴맛이 도는 갯배추 같은 야생 채소로 요리를 만들 수밖에 없었다. 도로테아가 나무통 속에다 승아를 절여 두었던 것처럼, 아만다 보이케와 레나 슈투베는 줄기를 제거한 양배추 뿌리를 칼로 잘게 썰어서, 맨 아래쪽에 양배추 잎을 깐 통에 재워 넣은 후, 거기에다 소금을 뿌리고, 이어서 즙이 배어 나올 때까지 나무 방망이로 두드린 뒤, 그 위에 다시 양배추 잎사귀를 깐 다음, 나무 뚜껑을 덮고, 커다란 돌을 눌러 놓았다.

그렇게 두면 그것은 시간이 지나면 발효되었다. 그래서 우리는 마리아가 모래언덕에 올 때 반합에 싸서 가져온 것과 같은 돼지고기 양배추 요리를 신선한 양배추뿐만 아니라 새콤달콤한 맛이 나게 이처럼 소금에 절인 양배추와 회향 열매, 그리고 노간주 열매를 가지고도 요리할 수 있었다. 여기에 돼지 갈비나 훈제한 돼지 목살을 먹으면 어울린다.

언젠가, 마리아가 조선소 식당에서 물품 구매하는 일을 맡은 지 얼마 안 된 어느 날, 나는 레닌 조선소 구내식당에서 그녀의 약혼자인 얀 루트코비스키와 함께 돼지고기 양배추 요리를 먹었다. 그때 나는 허가를 얻어서 작업장 몇 군데와 아직 사용되지 않은 도크와 아직 마무리가 되지 않은 채 진수대에 올려져 있는 여객선을 구경했다. 그들이 내게 보여 준 것들은 홍보 책자에 그림과 함께 여러 나라 말로 설명까지 되어 있는 것이었기 때문에 더 이상의 말이 필요 없을 것 같다. 공산주의 조선소에서 나는 작업 소음이나 자본주의 조선소에서 나는 작업 소음이나 다를 게 없었다. 나는 체면치레로 메모를 하긴 했지만, 그 뒤 그 메모를 아무 데도 써먹지 않은 채 모노폴 호텔에 두고 나왔다. 그러나 전쟁 말미에 파괴되었거나 소련군에 의해 해체된 쉬하우 조선소와 단치히 조선소, 클라비터 조선소를 재건해 놓은 폴란드인들의 솜씨를 보는 것은 흥미로운 일이었다. 얀은 다음과 같이 말했다. "서방 세계에서 주문을 받아서…… 그걸로 외화를 벌어들입니다……. 소련한테는 헐값에 넘길 수밖에 없습니다. 이를테면, 생선을 잡아 바로 그 자리에서 가공하는, 최신식 떠다니는 공장 같은 것도……."

구내식당의 점심 시간이 끝났다. 식당은 이 층짜리 슬라브 건물이었다. 식당의 전면 유리창 너머로 곡예를 부리며 날아다니는 갈매기들의 모습이 보였다. 설계 사무소의 하얀 가운을 입은 직원들 몇 명만이 아직도 한쪽 구석에 두세 개의 테이블을 차지하고서 앉아 있었다. 그들에게나 우리에게나 똑같이 회향을 친 신선한 양배추에다 감자와 돼지갈비를 넣고서 끓여 만든 돼지고기 양배추 요리 남은 것이 나왔다. 마실 거리로는 버터우유가 나왔다. 평소에도 조선소를 방문하는 사람들을 돌보는 일을 하는 얀은 많은 방문객들 앞에서 하는 듯한 어투로 내게 설명했다. 그는 남이 껴들 틈도 주지 않고 생산량을 거침없이 나열했으며, 스웨덴으로부터 많은 물량의 주문을 받았다고 자랑했고, 양배추를 절이듯이, 기술공학적인 공산주의에다 숙명론적인 소금을 가미해서 말했다. "우리 폴란드인들은 이렇습니다. 우리는 진보가 꼭 좋은 것만은 아니라는 사실을 분명하게 알고 있습니다……. 우리가 지금 선두주자라고 할 수는 없어요……. 그렇지만 그럭저럭 잘 꾸려 가고 있어요……. 우리는 우리 역사를 잘 알고 있습니다……."

여전히 돼지갈비를 뜯으면서 얀 루트코비스키는 이야기에 열중하고 있었다. (내가 한번 둘러본) 여객선에 붙일 명칭으로 (잠보르라든가 스반토폴크 같은) 포메라니아의 제후 이름이 아닌, 폴란드의 어느 왕 (바토리라든가 블라디슬라브 같은) 이름이 거론되자, 카슈비아 혈통에 대해 자부심을 갖고 있던 그는 계속해서 탄원서를 제출했다. 그러나 아무런 성과도 얻지 못했다. 누군가 '메스트비나'와 '담로카' 같은 이름이 배 이름으로 손색이 없다는 사실을 알아주었더라면 좋을 뻔했지만 말이다.

얀은 마치 직접 현장을 목격한 것처럼 역사와 관련된 에피소드들을 상세하게 이야기했다. 게다가 나 또한 이 세상에 여러 번 나와 살았고 매 세기마다 한 사람씩 인물을 남겨놓았으므로, 돼지고기 양배추 요리와 덩어리진 버터밀크를 먹으면서 한 가지 결정적인 전투를 되살리는 것은 어려운 일이 아니었다. 그것은 스반토폴크 공(公)이 덴마크 군대를 물리치고 포르틴브라스 장군에 대해 승리를 거둠으로써 셰익스피어의 『햄릿』의 후속 편의 소재를 제공한 전투였다.

얀과 나는 이 전투를 소재로 해서 극을 한 편 만들기로 의견의 일치를 보았다. 카슈비아의 소택지 한중간의 어딘가에 양쪽 군대가 대치하고 있다. 스반토폴크와 포르틴브라스가 서로 상대방을 향해 조롱하는 말을 퍼붓는다. 이 카슈비아 돼지새끼야! 이 덴마크 돼지새끼야! 그때 햄릿의 유령이 양측 군대 사이에 나타나 모호한 시어로 모든 분쟁의 씨앗에 대해서 이야기한다. 물론 셰익스피어와 그의 분신(分身)에 대해서도 이야기한다. 물론 공산주의와 자본주의에 대해서도. 그리고 넙치에 대한 언급이 없을 수 없다. 즉, 넙치가 어떻게 음흉하게 이 영웅 저 영웅에게 조언을 해 주어 그들을 파멸로 몰고 갔는가에 대해.

"맞아요." 얀이 말했다. "전투가 끝난 뒤에 햄릿의 유령은 죽은 사람들 틈에 나타날 수도 있을 것이며……"

"물론이지요." 내가 대답했다. "그렇지만 승리를 거둔 뒤에는 어떤 일이 벌어질까요?"

얀이 말했다. "승리를 거둔 스반토폴크는 자괴지심에 빠질지도 모릅니다. 그는 우물쭈물 망설이며……"

"그러다가 마침내." 내가 말했다. "회의라는 걸 모르는 독일 기사단이 쳐들어와 싹 쓸어버리는 겁니다. 무자비하게 전멸시키는 거죠."

우리는 『햄릿』 속편의 제1막도 다 마무리 짓지 못했다. 그때 마리아가 부엌에서 나오면서 말했다. "또 무슨 음모를 꾸미고 있어요?" 그녀가 곱슬곱슬한 머리를 하고 나타날 때면 그녀는 영락없는 메스트비나의 딸 담로카였다. 그때 나는 얀이 역사상의 그녀뿐만 아니라 현재의 그녀도 사랑하고 있다는 것을 알았다. 땅딸막한 체격에 얼굴이 둥글고 배까지 나왔지만, '마리지아'라고 부를 때면 그는 호리호리해졌다. 하지만 그단스크의 레닌 조선소 구내식당의 여자 요리사는 웃지 않을 때면 (마음속으로부터 별로 그렇게 웃을 일이 없었기 때문에) 주로 물가와 물자 공급상의 문제점에 대해서 이야기했다. "우린 지금 양배추가 정말 부족해요. 돼지고기 양배추 요리 좀 더 드시겠어요? 아직 좀 남은 게 있는데요."

얀과 나는 더 먹겠다고 말했다. 마리아는 음식을 갖다 놓고 갔다. 우리의 유리잔에는 신선한 버터밀크가 담겨 있었다. 우리는 더 이상 스반토폴크와 포르틴브라스에 대해서 생각하지 않았다.

역사란 무엇인가? 메밀이나 기장, 감자, 또는 순무처럼 하나의 혁신으로서 역사적으로 중요했던 우리의 양배추(학명은 브라시카 올레라시아)가 언제부터 대규모로 재배되기 시작했는지 정확히 알고 있는 사람은 없다. 왜냐하면 이미 메스트비나 시대에 포메라니아 사람들이 야생 양배추의 씨를 채취했기 때문이다. 사탕무의 위력은 엠스 전보[41]보다도 훨씬 컸다. 만약에 햄릿 왕자가 (유령으로 나타나) 스반토폴크와 포르틴브라스, 그리고 카슈비아인과 덴마크인들을, 먹고 나면 배에 가스가 많이 차는 이 돼지고기 양배추 요리 만찬에 초대했다면, 역사는 전혀 다른 방향으로 진행됐을지도 모른다. 나는 이 이야기를 얀에게 해 주었다. 그리고 이듬해에 크리스마스 직전에 폴란드에서 생활 필수품 가격에 대한 전격적인 인상 발표로 발트해의 해안 곳곳에서 파업이 일어났을 때, 레닌 조선소 구내 식당에는 돼지고기 양배추 요리가 충분했지만, 역사는 털끝만치도 변하지 않았으며, 언제나 그랬던 것처럼 악화되고만 있었다.

그들은 얀의 배에 총격을 가했다. 1970년 12월 18일, 그들은 돼지고기 양배추 요리가 가득 들어 있는 얀의 배에 총격을 가했다. 폴란드 인민공화국 경찰은 다른 노동자들과 함께, 조선 기술자이며, 홍보 직원이고, 노조원이자 공산주의 동맹 회원인 서른네 살의 얀 루트코비스키의 배에 총격을 가했다.

---

41) 빌헬름 1세가 비스마르크에게 보낸 전보.

그때 그의 배 속에는 그날 점심에 레닌 조선소의 구내식당에서 파업 중인 이천여 노동자들에게 나누어 준 회향 열매로 양념한 돼지고기 양배추 요리가 가득 들어 있었다. 조선소가 경찰에 의해 봉쇄되기 일보 직전에, 조선소 구내식당에 식료품 공급을 책임지고 있던 마리아 쿠츠초라는 군부대에 배급하기로 되어 있던 트럭 한 대분의 양배추를 조선소로 빼돌리는 데 성공했다. 냉동 저장된 돼지갈비는 이미 준비되어 있었다. 그리고 회향 열매는 폴란드 어디에서나 흔하게 구할 수 있었다. 얀은 그 자리에서 즉사했다.

나는 얀과 같이 앉아 이야기를 나누었다. 입으로 불어 만든 유리잔에 대해. 시에 대해. 또한 나무에 대해서도. 우리는 그리피우스와 오피츠에 대해 이야기했으며, 그 두 사람이 나누었을 법한 테마를 놓고서 이야기했다. 힘겨운 시절의 짐에 대해. 얼마나 상황이 나쁜지에 대해, 그러다가 가끔 어떻게 조금 좋아졌는지에 대해. 장시행(長詩行)과 내재운에 대해. 그리고 제반 정치 상황에 대해. 언젠가 우리는 얀의 구형 스코다를 몰고 카슈비아의 구릉으로 달려가 한 작은 연못가에 가서 앉아 있었던 적이 있다. 게들은 돌 틈으로 숨었다. 노랑나비 한 마리. 들판 위에 떠도는 종달새들. 사방이 어찌나 조용했던지 얀은 "난 이제 희망을 버렸어요." 하고 말해 놓고 스스로 소스라치게 놀랐다. 그리고 한번은 우리는 해안까지 내려가 호박을 찾아다녔다. 우리는 고작 부스러기만 한두 개 발견했다. 가끔 마리아도 우리와 함께 갔다. 그녀가 우리 일에 끼어

드는 것이 싫지는 않았다. 물론 우리 두 사람은 마리아를 각각 다르게 보았다. 내가 그녀를 보다 분명하게 보았다. 우리는 셋이서 영화를 보러 갔다. 나는 마리아의 다른 쪽 손을 잡았다. 스크린에서는 폴란드의 기병대가 필사적으로 탱크와 맞서 싸우고 있었다. 그중 한 말의 이름은 로트나였다. 마리아는 울었다. 영화를 보고 나서 우리는 시청 지하 술집으로 갔다. 그곳에서 마리아는 다시 웃었다. 얀이 돼지고기 양배추 요리로 꽉 들어찬 배에 총을 맞았을 때, 그녀는 배 속에 애가 있었다. 그리고 언젠가 내가 얀에게 넙치 이야기를 꺼냈을 때──때는 3월이었고, 바다엔 파도가 쳐 거품이 일고 있었다.──얀은 조용히 이렇게 말했다. "나도 넙치에 대해 알고 있습니다. 아주 잘 알지요……." 그리고 얀은 일제빌에 관한 이야기도 알고 있었다.

아, 넙치님! 당신은 지금 어디에 가 있나요? 사방이 고요하기만 할 뿐, 결정된 것은 아무것도 없습니다. 우리는 이제 어떻게 되는 건가요? 우리는 너무나 지쳐서, 우리의 싸움은 잠들어 버렸고, 잠 속에서만 이야기를 합니다. 사소한 말꼬리만 붙잡고 늘어지고 있습니다. 불화의 여신의 사과들이 식탁 위에 굴러다닙니다. 당신은 행했습니다. 당신은 존재합니다. 나는 할 것입니다. 나는 그럴 겁니다. 우리의 아기는 말입니다. 당신의 딸은 이미 그렇게 했습니다. 내게 주어진 권한. 내가 갖지 못한 것. 내게 필요한 것. 당신의 관심. 별장. 별도의 보험. 여행 안내서. 뭔가 요구해 보세요. 이걸 요구해 보세요. 어서 떠나요, 난 괜찮으니까요. 난 정말 괜찮아요. 다만 그건 대가가 필요해요. 대가가 필요하다는 것뿐이에요. 그러니, 어서, 가 버려요. 완전히 가 버려요.

아, 넙치님! 당신의 동화는 우울하게 끝나는군요.

태어난 지 세 달이 되어 우리 딸이 어느새 방실방실 웃기 시작하고——"저것 좀 봐, 쟤가 생글생글 웃고 있어!"——울타리의 갈퀴가 아직도 꽃을 피워 올리고, 하늘엔 제비들이 날아다니고, 여름이 아직도 아쉬운 듯 남아 있고, 일제빌의 배도 다시 아물어, 모든 것이 정상이 되었을 때(그리고 넙치 이야기도 더 이상 나오지 않았다.), 몸매가 다시 날씬해져 좀이 쑤셔 가만히 있지 못하는 나의 일제빌에게 나는 이렇게 말했다. "돼지고기 양배추 요리 말야! 당신은 그게 뭔지 모를 거야. 그냥 돼지고기 양배추야. 돼지고기 양배추 요리로 꽉 들어찬 배 속. 그리로 나는 돌아가야만 해. 그곳으로 나는 다시 돌아가야 해. 내가 나온 곳은 바로 거기야. 모든 것이 거기서 시작되었어. 내 탯줄이 잘린 곳도 바로 거기야. 그곳에서 우리는 영화를 찍고 있어. 그렇지 않아. 남자 배우도 여자 배우도 없어. 텔레비 전용 다큐멘터리 영화거든. 재건을 다룬 거야. 폴란드인들이 그 일을 어떻게 해냈는가. 그 모든 거리와 교회들을 말야. 그 모든 하찮은 고딕식 물건들을 말야. 원래보다 더 진품처럼 말야. 그리고 거기에 얼마나 많은 비용이 들었을까. 유람 여행이라니! 물론 나는 그녀를 보고 싶어. 당연히. 우리는 친척 간이니까……."

어딘가 아주 낯선 곳(서인도제도)으로 떠나고 싶어 하는 일
제빌에게 이 이야기(와 함께 몇 가지 다른 이야기)를 들려준 뒤
에 나는 동베를린에서 인터플루크 항공사 비행기를 타고 카
슈비아를 거쳐 그단스크로 날아갔다. 그곳에는 이미 제3 텔레
비전 방송의 촬영팀이 촬영 장소를 물색하고 있었으며, 막간
에 삽입할 필름을 찍어서 챙겨 놓고 있었다. 그들은 이미 시
보존위원을 만나 보았으며, (촬영 장비 문제로) 세관과 약간의
마찰을 겪었다. 그런 후 그들은 내가 자유 한자동맹 도시 단
치히의 옛 지도 한 장을 들고 오기만을 기다리고 있었다.

이제 이 황제 직속 도시는 글로브네 미아스토라는 이름으
로 불리고 있으며, 랑게 시장은 들루기 타르크라는 이름으로,
브로트뱅켄 거리는 클레브니카라는 이름으로, 그리고 그 외
곽에 자리 잡은 요펜 거리는 피브나라는 이름으로 불리고 있
다. 우리는 헤커 가(슈트라가니아르스카)와 성 요한 교회의 폐
허 자리에서 촬영했다. 우리는 슈파이허인젤(슈피흘에르체) 쪽
에서 모틀라우(모틀라바) 강변을 따라 쭉 늘어선 성냥갑 같은
집들과 붉은 벽돌로 새로 단장한 대문들을 찍었다. 우리는 태
양의 위치에 따라 랑게 거리(들루가)를 위쪽에서 또는 아래쪽
에서 촬영했다. 황제 직속 도시의 시청에서 우리는 안톤 묄러
가 그린 그림「공납전(貢納錢)」을 찍었다. 문화재 보존위원인
코믹츠 씨는 비용 같은 것은 따지지 않고 여러 가지 설명을
해 주었다. 갑자기 전기가 나갔다. 우리가 전기공을 기다리고
있는 동안, 영국의 필립 왕자가 반공식적으로 시청을 방문했
다. 그리고 그 밖의 우연치 않은 사건들. 그리고 변함없이 화

창한 날씨. 촬영하기에 더없이 완벽한 날씨. 관광객들. 그리고 촬영을 하다가 가끔 휴식을 취할 때면, 나는 지금은 마리아카라는 이름으로 불리는 프라우엔 거리의 박공지붕을 한 고딕식 작가동맹 건물의 테라스에 가서 앉았다. 왜냐하면 그곳은 예전에 얀과 내가 앉아 이런저런 이야기를 나누던 장소였기 때문이다. 잠시 후 마리아 쿠츠초라가 방수포로 만든 장바구니를 들고 지나갔다.

물론 그녀는 예전보다 훨씬 더 예뻤다. 그러나 그녀는 이제 더 이상 웃지 않는다. 그리고 딸을 낳은 직후에 치렁치렁한 고수머리도 잘라 버렸다. 그녀는 여전히 레닌 조선소 구내식당에서 열심히 일하고 있다. 그녀는 자동차를 한 대 마련하려고 저축을 하고 있다. 얀의 낡은 스코다는 팔아 버렸다.

청바지에 스웨터를 입고 곱슬머리를 짧게 자른 마리아가 지나갔다. 그때 나는 프라우엔 가의 테라스에 앉아 세 잔째 커피를 마시면서 (마음속으로는 여러 가지 형상들을 떠올리며) 아그네스 쿠르비엘라를 기다리거나 하루 중 이때쯤 (저녁 예배 시간) 성모 마리아 교회에 유령처럼 나타나곤 하던 도로테아 스바르체와 마주칠까 봐 내심 겁을 먹고 있었다.

나는 그녀를 불렀다. 얀이 그랬던 것처럼 "마리지아!" 하고. 그녀는 나와 커피를 마시려 하지 않았다. 그녀는 가고 싶어 했다. 어디론가 가고 싶어 했다. 나는 커피값을 치르고 나서 나의 서류들을 챙겨 들었다. 오피츠에 관한 기록. 헤게가 비텐베르크에서 올 때 가져온 것. 그리고 클루크 찬송가책에서 빼낸 발췌문들. "오, 하늘에 계신 하느님, 굽어살피옵소서……." 스카니아 상인 길드의 조례에서 가져온 발췌문. 러시아군과 프로이센군에 의해 단치히 공화국이 포위되었을 당시의 나폴레옹 휘하 장군들의 이름 등.

우리는 양쪽의 테라스 사이로 걸어 프라우엔 성문과 모틀라우강을 향해 갔다. 프라우엔 거리는 평생을 걸어가도 끝이 없는 길이다. 나는 건물 테라스에 차려 놓은 상점에서 호박 목걸이를 하나 마리아에게 사 주고 싶었다. 그러자 그녀는 장신구 같은 것은 이젠 하고 다니지 않는다고 말했다. 우리는 랑게교(들루기 포브르체체) 근처에 묶여 있는 한 낡은 나룻배에 차려진 간이 음식점으로 들어갔다. 그곳에서 우리는 폭이 좁은 테이블을 앞에 두고 서서 종이 접시에 담긴 대구구이를 먹었다. 나는 얀의 딸들에 대해 이름뿐만 아니라 그 이상의 것을 알아내고 싶었다. 그러자 그녀는 그 아이들은 얀의 어머니 집에 머물고 있다고 말해 주었다. 마리아는 딸들 사진을 몸에 지니고 있었다. 그녀가 내 딸 이름이 무어냐고 물었을 때, 나는 그냥 거짓말로 아그네스라고 말했다. 나는 사진을 갖고 있지 않았다. 마리아는 종이 냅킨을 가지러 갔다. 대구구이에는 약간의 토마토 케첩이 뿌려져 있었다. 모틀라우강은 간이 생선 식당보다 훨씬 지독한 냄새를 풍겼다. 얀 이야기는 한마디도 하지 않았다. 그러나 식당에서 나와 우리가 다음 날 만나기로 약속을 했을 때, 마리아가 갑자기 이렇게 말했다. "그놈은 바르샤바 출신이었어요. 이름은 코치올레크이고. 그놈이 발포 명령을 내렸어요. 그러자 그들은 총격을 가했어요. 그놈은 지금 이 나라에 없어요. 벨기에에 가 있어요. 그곳에서 대사 노릇을 하고 있대요."

마침내 모든 것은 확인되었다. 동화는 잠시 중단되었다가도 결국엔 다시 시작된다. 진실은 말해지기 마련이다. 매번 다른 방식으로.

이튿날 우리는 성 비르기트 교회와 진흙투성이의 조그만 라다우네강과 그로세 뮐레 물레방아와 나중에 카타리나 교회에 설치하려고 벽돌들 위에 올려져 있는 교회 첨탑을 촬영했다. 나는 사십 초 동안 영화를 마무리 짓는 말을 했다.

늦은 오후에 나는 조선소 정문으로 마리아를 데리러 갔다. 그녀는 방수포 보자기에 싼 반합에다 돼지고기 양배추 요리를 가득 담아 가지고 왔다. 음식이 아직 따뜻하다고 그녀가 말했다. 그녀는 숟가락도 가져왔다. 숟가락들이 달그락거렸다. 조선소 정문 앞의 광장에는 인기척이라고는 없었다. 지나가는 길에 마리아는 특별한 표시도 없는 아스팔트의 한 지점을 가리키며 말했다. "바로 저기에 그가 누워 있었어요. 저기 말이에요."

우리는 어촌 마을인 호이부데로 가는 전차를 탔다. 그곳은 요즈음은 슈토기라는 이름으로 불리고 있는데, 각종 목욕 시설을 갖춘, 여전히 유명한 해수욕장이다. 우리는 시 외곽의 수로를 따라가다가 구(舊) 모틀라우강과 슈파이허인젤 섬과 신(新) 모틀라우강을 지나 저시가지를 관통하고, 베르더 성문을 통과한 뒤 왼쪽으로 방향을 꺾어, 옛 바이크셀강을 건너 호이부데에 이르는 동안 한마디도 하지 않았다.

물론 이 문장은 맞지 않는다. 호이부데가 종점이라고 하는 말은. 우리는 해안의 숲 사이로 나 있는 모랫길을 걸어갔다. 때는 햇살이 힘을 잃기 시작한 9월 초의 어느 날이었다. 우리는 나란히 걸었다. 그러다가 앞뒤로 서서 걸어갔다. 마리아가 앞에 서고 내가 뒤에 섰다. 그때부터 그녀의 둥근 등은 쌀쌀맞아 보였다.

해안의 숲을 벗어나자 마리아는 구두를 벗어 들었다. 나도 구두를 벗었다. 나는 양말까지도 벗었다. 해안의 모래언덕에 자란 잡초를 밟으며 맨발로 걷는 것은 내게 익숙한 일이었다. 가볍게 철썩이는 파도 소리가 들려왔다. 서쪽에는 새로 만든 유조선 전용 항구의 시설물들이 보였다. 바다를 향해 부드럽게 내리막길을 이루고 있는 마지막 모래언덕에 이르자 마리아가 발걸음을 멈췄다. 멀리서 가물거리는 몇몇 형체를 빼고는 바닷가엔 인적이 없었다. 마리아는 움푹 들어간 구덩이 안으로 미끄러져 들어가더니 청바지와 팬티를 벗었다. 나도 바지를 벗어 던졌다. 그녀는 애무를 하여 내 물건을 일으켜 세웠다. 내가 얼마 동안이나 했는지, 그녀가 오르가즘을 느꼈는지는 나는 모른다. 그녀는 키스도 하려고 하지 않았으며, 얼른 그 일이나 하고 싶어 했다. 내가 일을 끝내자, 그녀는 나를 밀쳐 내고 팬티와 청바지를 입었다. 바닷가 저편으로 보이던 희미한 형체는 더욱 멀어져 있었다.

일을 끝낸 후 우리는 숟가락을 들고 반합에서 미지근한 돼지고기 양배추 요리를 떠먹었다. 마리아는 딸들과 할부로 구입한 자동차에 대해 이런저런 이야기를 했다. 돼지고기 양배

486

추 요리는 내게 추억을 상기시켰다. 반합이 동이 나자, 마리아는 벌떡 일어나더니 백사장을 가로질러 바다를 향해 달려갔다. 나는 뒤에 남아 달려가는 그녀의 모습을 지켜보았다. 다시 그녀의 등을.

바다는 잔잔했다. 해안을 찰싹찰싹 때릴 뿐이었다. 마리아는 청바지를 입은 채 바닷물이 무릎까지 찰 때까지 안으로 걸어 들어갔다. 그녀는 잠시 멈추어 서더니, 세 번에 걸쳐 카슈비아 말로 뭔가를 외치며, 양팔을 커다란 그릇처럼 만들어 내밀었다. 그러자 넙치가, 납작하게 생긴, 몇천 살은 먹었음직한, 시커멓고 거죽엔 돌기가 돋은 예의 그 주름투성이 넙치가, 아니, 이제 더 이상 나의 넙치가 아닌 그녀의 넙치가 아주 새로운 넙치인 양 바다로부터 풀쩍 그녀의 품을 향해 뛰어들었다.

나는 그들이 이야기를 나누는 소리를 들었다. 둘이 이야기하는 소리를 들었다. 그들은 오랫동안 이야기했다. 그녀는 목청을 돋우어 가며 질문을 던졌고, 넙치는 아버지처럼 설득하는 투로 대답했다. 마리아가 웃었다. 나는 무슨 소린지 전혀 알아듣지 못했다. 계속해서 넙치가 말했다. 그러나 넙치의 궁극적인 말이 무엇인지는 어림짐작할 수 있었다. 전혀 웃을 줄 모르던 그녀가 웃고 있었다. 무릎까지 차는 바닷물 속에서 웃고 있었다. 해변은 썰렁했다. 나는 아주 멀찍이 떨어져 앉아 있었다. 그녀가 웃음을 되찾았다는 사실은 좋은 일이다. 그녀는 무엇에 대해서, 누구에 대해서 웃고 있는 건가? 나는 다 비운 반합 옆에 앉아 있었다. 역사로부터 굴러떨어진 채. 돼지고기 양배추 요리의 뒷맛을 느끼면서.

아홉째 달

어둑어둑해질 무렵에야 마리아와 넙치의 대화는 끝났다. 그리고 그녀가 넙치를 다시 바다의 품에 넘겨주자, 저녁 바람에 발트해에는 잔물결이 일었다. 그녀는 잠시 그대로 서 있었다. 내게 등을 돌리고서. 이윽고 그녀는 천천히 자신의 발자국을 따라 돌아왔다. 그러나 돌아오고 있는 것은 마리아가 아니었다. 혹시 도로테아가 아닐까, 나는 가슴이 조마조마했다. 한 걸음 한 걸음 발을 떼어 놓을 때마다 모습이 점차 커졌을 때, 나는 그게 아그네스였으면 하고 바랐다. 걸음걸이로 보아 그것은 조피는 아니었다. 빌리가 오고 있는 걸까, 그 불쌍한 지빌레가 돌아오고 있는 걸까?

그것은 일제빌이었다. 그녀는 나를 거들떠보지도 않고 지나쳐 버렸다. 그녀는 벌써 내 곁을 스쳐 지나갔다. 나는 그녀를 뒤쫓아 갔다.

작품 해설

셋째 유방—제3의 길을 찾아서

　『넙치』는 1977년에 발표되어 그 뒤 2년 동안에만 45만 부가 판매된 베스트셀러로, 귄터 그라스로 하여금 1978년 5월에 그 수익금의 일부로 알프레드 되블린 문학상까지 제정하게 해 준 작품이다. 그러나 이 같은 선풍적인 인기에도 불구하고 이 작품의 첫머리를 읽는 독자는 작가가 도대체 무슨 소리를 하려는 것인지 언뜻 알아차리기가 힘들다. 왜냐하면 '첫째 달'이라는 제목이 붙어 있는 첫 번째 장은 다음과 같이 황당한 이야기로 시작되기 때문이다.

　일제빌은 소금을 더 쳤다. 일제빌과 나는 아기 만드는 일을 하기에 앞서, 때가 10월 초순이었으므로 콩과 배를 곁들인 숫양의 어깻죽지 고기를 먹었다. 식사를 하던 중 그녀는 음식을 입안에 가득 물고서 이렇게 말했다. "지금 바로 침대로 갈까요, 아니면 그 전에 먼저 우리의 역사가 언제 어디서 어떻게 시작되었는지 들려줄래요?"

지금까지 나는 언제나 내 모습 그대로였다. 일제빌 역시 처음부터 이 세상에 있어 왔다. 신석기 시대가 끝나 갈 즈음에 있었던 우리의 첫 다툼을 나는 기억한다. 그때는 하느님이 인간의 몸을 하고 이 세상에 태어나기 이천 년 전쯤으로 여러 신화에서 날것과 익힌 것이 구별되기 시작하던 때였다. (……) 그때도 우리는 신석기 시대의 어휘를 써 가면서 바이크셀강 어귀의 늪지대에서 그녀의 아홉 자식들 가운데 적어도 셋은 내 아이라고 주장하면서 싸웠던 것이다.

음식을 먹는 장면으로 시작하는 이 작품의 주인공이 '일제빌'과 '나'임은 첫머리에서 분명하게 드러난다. 두 남녀는 아기를 만들기 위해 본능적으로 열심히 노력하는 듯한 인상을 준다. 콩과 배를 곁들인 숫양의 어깻죽지 고기를 열중하여 먹는 그들의 모습이 그것을 말해 준다. 이때 일제빌은 남편인 '나'에게 아기 만드는 일을 당장 시작할 것인지, 아니면 그들의 역사가 언제 어떻게 시작되었는지 들려줄 것인지 묻는다. 여기까지만 해도 작품 이해에 그렇게 어려움은 없다. 그러나 화자인 '나'가 들려주는 이야기는 첫머리부터 이해가 되지 않는다. 도대체 어떻게 주인공 '나'가 태초부터 이 세상에 존재했다는 말인가? 게다가 아내인 일제빌도 처음부터 이 세상에 존재했다니? 화자는 자신들이 이 세상에 존재해 온 시점을 예수가 이 세상에 나타나기 이천 년 전쯤으로 잡고 있다. 그러므로 작품의 현재 시점인 지금으로부터 치자면 시기가 사천 년 전쯤으로 거슬러 올라간다. 신화에서 "날것과 익힌 것이 구별되기 시작하던 때"이다. 다시 말해 '불'이 등장하는 시점이다. 그러니 '나'와 '일제빌'의 나이는 사천 살이나 된다는 말이다. 이를 통해 우리는 이 작품이 신화적 차원의 이야기를 다루고 있음을 짐작하게 된다. 여기서 처음에 '에데크'라는 이름으로 등장하는 '나'와 '일제빌'이 각각 남성과 여성을 대표함을 알 수 있다. 이들 사이의 섹스와 갈등은 항상 문제의 중심을 차지한다. 또 하나의 주인공으로 이 작품의 제목이기도 한 사천 살 먹은 '말하는 넙치'가 등장한다. 여기서 우리는 그라스가 동화적 서술 방식을 취하고 있음을 알 수 있다. 그는 동화적 서술 방식에 대해 이렇게 말한 바 있다. "나는 『양철북』 때부터 '옛날, 옛날에'라는 동화적 서술 방식을 사용했습니다. 그리고 이렇게 독특한 독일적 서술 형식이 우리 문학의 토대라고 생각합니다. (……) 나는 깊이 파고드는 심리 소설보다 이 동화 형식 속에 더 많은 현실이 들어 있다고 봅니다." 작가가 이와 같은 동화 형식을 작품에 이용하는 까닭은 그것이 현실의 이면에 자리 잡은 또 다른 세계를 보다 정확히 파악할 수 있게 해 주기 때문이다. 그것은 정식 역사에서 다루어지지 않은 측면을 작가가 다룸으로써 겉으로 드러나지 않은 진실을 독자에게 보여 줄 수 있다는 뜻이다.

그래서 작가는 때는 신석기 시대로 잡고, 무대는 바이크셀 강 어귀의 늪지대로 설정한다. 그라스의 출생지이자 『양철북』

(1959)에서 다루어진 단치히가 또다시 작품의 무대로 등장한다. 세계의 한 지방에 불과한 단치히가 신화적 차원의 시간을 얻어 인류의 역사가 전개되는 중요한 고장이 된다. 석기 시대, 철기 시대, 중세, 바로크 시대, 절대 왕정, 혁명의 19세기와 20세기, 그리고 제3 제국을 거쳐, 1970년대 초에 이르기까지의 시기가 이 고장을 중심으로 펼쳐지는 것이다.

여기서 우리는 몇 가지를 유추할 수 있는데, 그 하나는 남녀의 문제요, 또 하나는 음식 또는 식량의 문제요, 또 다른 하나는 신화적 현실의 문제이다. 이러한 테마의 전개를 위해 그라스가 기본틀로 삼은 것은 오토 룽게와 그림 형제에 의해 수집된 「어부와 그의 아내」라는 동화이다. 이 동화에서 어부는 어느 날 바닷가에 나가 낚시를 하던 중 커다란 넙치를 한 마리 잡았는데, 이상하게도 그 넙치는 말을 하는 넙치였다. 넙치는 자기는 원래 한 나라의 왕자인데, 마법에 걸려 넙치로 변한 것이라며 제발 살려 달라고 하소연한다. 이 말을 듣고 마음씨 착한 어부는 넙치를 바다에 다시 풀어 준다. 빈손으로 집에 돌아온 남편을 보자, 아내는 고기를 한 마리도 못 잡았느냐고 바가지를 긁는다. 그러자 남편은 낮에 있었던 이야기를 들려준다. 이 말을 들은 아내는 그런 넙치에게 아무런 소망도 부탁하지 않았느냐고 하면서 당장 가서 넙치를 불러 소망을 빌라고 말한다. '요강' 같은 오막살이에 살던 그녀의 소망은 당연히 아담하고 깨끗한 집을 갖는 것이었다. 이 소망은 넙치에 의해 금방 이루어진다. 그러나 그녀의 소망은 거기서 그치지 않고 계속 커져 마침내 그녀는 황제를 거쳐 교황의 자리에까지 오른다. 욕망에 한계가 없던 그녀는 착한 남편의 만류에도 불구하고 마침내는 하느님의 자리까지 넘보다가 끝내 원래의 초라한 오두막으로 되돌려지게 된다. 이 동화는 여자의 끝없는 욕심은 화를 불러일으킨다는 메시지를 전하고 있다.

그러나 그라스는 이 동화를 다른 각도에서 해석하고 있다. 물론 그의 소설 『넙치』에서도 넙치가 이 동화에서처럼 등장인물들을 위해 커다란 역할을 한다. 신석기 시대부터 이 세상에 여러 번에 걸쳐 나와 살았던 화자는 여러 인물로 등장한다. '나'는 그때그때 등장하는 여자 요리사들의 정부나 남편이다. 따라서 서술되는 시대에 살았던 인물로 나타나 그 시절을 정확하게 기억해 낸다. '내'가 첫 번째로 이 세상에 등장한 신석기 시대에 '나'는 어부로서 동화 속에서처럼 말하는 넙치를 잡는다. '내'가 넙치의 목숨을 살려 준 대가로 이후 넙치는 헤겔의 세계정신처럼 세계사를 훤히 꿰뚫고 있는 주석자로서 '나'를 위해 조언을 해 준다. 넙치는 전지전능한 존재로서 이성과 논리성의 상징이다. 아우아에게는 세 개의 유방이 달려 있어, 남자들은 그녀의 넘치는 젖을 먹으면서, 즉 그녀의 보살핌 속에서 아무 생각 없이 살고 있었다. 남자들은 넙치의 충고에 힘입어 이성을 깨치고 불을 사용하여 무기를 만들고 문명을 일으킨다. 그들의 소망은 끝없이 이어진다. 본격적인 부권 사회가 전개되는 것이다. 그와 같은 부권 사회는 결과적으로 평화롭게 아무런 갈등 없이 살던 모권 사회의 파괴만을 가져왔을 뿐이다. 그것은 끊임없는 전쟁과 기아를 낳았다. 이것이 남자들이 만든 역사라는 것이다. 이것은 불과 관련된다. 하늘 늑대에게서 아우아가 훔쳐 온 불을 여자들은 날고기와 생선을 익히는 등 요리를 하거나 몸을 따스하게 하는 데 사용하지만, 남자들은 그걸로 무기를 만들어 전쟁을 일으킨다. 여성은 불을 평화적으로 사용하지만, 남성은 파괴적으로 이용한다. 이렇게 해서 룽게의 동화에서는 주체할 수 없는 욕심을 부린 것이 여자이던 것이 그라스의 작품에서는 남자가 된다.

그렇다면 여자들은 그 사이에 무엇을 했는가? 화자는 '아홉 또는 열하나의' 여자 요리사를 등장시키고 있다. 이들은 역사상 음식을 통해 커다란 기여를 한 인물들이다. 이들의 운명을 상세하게 되살림으로써 작가는 잘못된 남성 중심의 역사를 바로잡고자 한다. 이를 위해 화자는 머릿속으로부터 과거의 기억을 되살린다. 그의 기억은 아홉 명의 여자 요리사와 관련된 것이다. 이것을 그는 잉태와 출산의 과정으로 파악한다. 그래서 이 소설 초두에서 일제빌이 화자와 맺은 성교로 아이를 잉태하고, 또 아홉 달에 걸쳐 아이를 배 속에 품고 있다가 낳듯이, 화자는 같은 아홉 달의 기간 동안 그의 안에서 '뛰쳐나오려고 야단'인 아홉 명의 요리사에 대한 기억을 낳는 것이다. 여자는 출산을 통한 자연적인 생산 능력을 가지고 있는 반면, 남자는 두뇌로 생산한다는 뜻이다.

『넙치』에 등장하는 여자들은 인류를 먹여 살리기 위해 민족 대이동 시절엔 순무를 재배했고, 7년 전쟁 시기엔 감자를 도입했으며, 공산주의 혁명 시기엔 양배추를 들여왔다. 그라스는 1977년 9월 한 인터뷰에서 식량 문제와 여성 문제에 대한 관심이 이 소설을 집필하게 된 동기라고 밝힌 바 있다. 그리고 앞에서 말한, 여성들의 역사 형성에의 참여에 대해 이렇게 말한다. "그때 나는 우리의 역사 서술에서 빠진 부분들과 마주치게 되었습니다. 그것은 여성들이 역사 속에서 이름 없이 이루어 낸 몫을 말합니다. 요리사로서, 가정주부로서, 식량 구조를 혁명적으로 개선할 때, 즉 기장을 감자로 대체할 때 중요한 역할을 한 인물로서 말입니다." 이들 여자 요리사들의 활약상은 어느 날 다시 아홉 명의 페미니스트들의 손에 잡힌 넙치의 입을 통해 낱낱이 드러난다. 넙치가 그들의 손에 잡히게 된 것은 남자들이 자신의 조언을 받아서 해 온 일에 싫증이 나서 70년대 초에 다시 발트해에 나타났기 때문이다. 여자 요리사들의 활약상을 보여 주는 것은 반대로 남자들이 역사에서 저지른 죄과를 폭로하는 것이기도 하다. 남자들의 죄를 부추긴 혐의로 베를린의 한 영화관에서 넙치가 재판을 받는 과정은 마치 한 편의 영화처럼 상연된다. 이 모든 것을 그라스는 철저하게 상상력에 의지하여 풀어 나간다. 작중 화자의 말을 빌리자면, 원래 「어부와 그의 아내」는 두 가지 판본이 있었는데, 그중 하나가 불타 버리고 한 가지 판본만이 남았다는 것이다. 이것을 그라스는 역사적으로 더욱 상세하게, 그리고 진실되게 재구성하고 있다. 불타 버린 판본은 바로 남성들의 욕구가 파멸을 초래할 만큼 하늘로 치솟는 과정을 그린 것이다. 그 판본에 대한 해석이 바로 『넙치』라고 할 수 있다. 사람들은 남자들의 욕구를 적나라하게 그린 「어부와 그의 아내」의 판본은 파괴하고 여성을 비하하는 판본만을 살려 두었다는 말이다. 이것이 곧 가부장제를 정당화하는 길이 된 것이다. 여성의 끝없는 욕망을 그린 판본에서 보듯 남자가 훨씬 조화와 평화를 추구하는 종족으로 등장하기 때문이다. 넙치는 남자들의 죄과를 다음과 같이 폭로한다.

나는 너희에게 지식과 권력을 주었다. 그러나 너희들이 원한 것은 전쟁과 고작 비참함뿐이었다. 자연을 너희에게 내맡겼으나, 너희들은 기껏 자연을 강탈하고 오염시키고 형체를 알아볼 수 없게 만들고, 파괴해 버렸다. 내가 너희에게 마음껏 누릴 수 있는 풍요로움을 주었음에도 너희는 세계를 풍족하게 먹여 살리지 못하고 있다. 굶주림은 증가하고 있다. 너희의 시대는 단말마를 지르며 끝나 가고 있다. 간단히 말해서, 너희 남자들은 끝장이 난 것이다. 허튼수작만 계속해서 벌이고 있으니 이젠 당해 낼 재간이 없구나. 자본주의 사회이든 아니면 공산주의 사회이든, 도처에서 눈에 보이는 것은 이성의 탈을 쓴 광기뿐이다. 내가 원한 것은 그런 것이 아니었다. 너희에게 아무리 충고를 해 주어 봤자 헛수고다. 남자들의 일은 이걸로 결말이 난 셈이구나. 이제 손을 뗄 시간이 되었다. 내 아들아. 지금이야말로 물러날 때이다. 품위 있게 물러나거라!

넙치는 여성 배심 법정의 판결을 받고 형을 치른 뒤, 즉 벌로써 동료 넙치들의 시식 장면을 뼈저리게 지켜본 뒤, 다시 발트해로 돌려보내지는데, 그 조건은 앞으로는 여성들을 위해서만 조언자 역할을 해 준다는 것이다. 이로써 새로운 시대의 도래가 예고된다. 그러나 이것을 그라스는 긍정적으로 파악하지 않는다. 왜냐하면 남자와 여자, 선과 악 같은 이원론은 역할만 바뀔 뿐 또 다른 악순환을 불러올 수 있기 때문이다. 남자들의 자리에 여자들이 들어선다고 해서 반드시 평화가 오는 것은 아니라는 말이다. 이것은 여덟 번째 장의 '아버지의 날'에서 같은 여성인 극단적인 페미니스트들에게 플라스틱 인공 성기로 강간을 당한 지빌레가 폭주족 청년들에게 윤간을 당한 뒤 오토바이 바퀴에 치여 죽는 장면이 너무나도 분명하게 보여 준다. 여기서 우리는 내적 인식 과정의 변화 없이 단순하게 남자들의 흉내만 낸 여성해방운동이 어떤 결과를 초래하는지 뚜렷이 알 수 있다.

서구에서 양자택일의 정신이 초래한 좋지 않은 결과는 이미 작품 초반부에서 아우아의 세 개의 유방을 말하는 과정에서 분명하게 드러나고 있다.

어쩌면 우리는 더 많은 것이 존재한다는 사실을 망각했는지도 몰라. 세 번째의 어떤 것 말이야. 또한 그 밖에 정치적으로도 가능한 어떤 것 말이야.

하여튼 아우아는 셋을 가지고 있었어. 유방이 셋인 나의 아우아. 그리고 당신 역시 유방을 하나 더 갖고 있었어. 신석기 시대 당시에는 말이야.

셋이라는 숫자는 양자택일을 강요하지 않으며 언제나 조화를 이룬다. 세 개의 유방은 풍요로움과 총체성의 상징이다. 셋째 유방이 사라짐으로써 이와 같은 조화는 깨지고 두 가지

중에 하나를 택해야 하는 상황이 형성된다. 이성과 자연, 남자와 여자 중 어느 하나가 나은 것으로 선택되기 마련이다. 이때 힘없는 쪽이 패배를 맛본다. 그것이 역사상으로는 자연과 여성이다. 화자는 여기서 제3의 것을 강조한다. 이 제3의 것을 통해 대립 구조를 완화시키고 해체시킬 수 있다. 그것을 화자는 정치적인 것에까지 연결시킨다. 진정한 화해는 서로 간의 경계를 허물고 어느 것이 어느 것보다 우위에 있다는 생각을 버리고 제3의 조화를 이루는 데 있다는 것이다. 따라서 이 소설은 어느 것이 좋다는 평가를 내리지 않고 열린 구조를 보여 준다.

아홉 개의 장으로 이루어진 이 소설은 전체의 흐름이 그렇게 긴밀하지 않다. 각 장마다 요리사나 정치적 사건과 관련된 몇 개의 에피소드가 이야기되며, 대체로 시를 통해 요약된다. 『넙치』에 실린 시들은 그라스의 스케치와 하나의 쌍을 이루며, 이것은 그에게 그림과 시가 항상 결부되어 있음을 말해 주는 것이다. 따라서 시와 산문과 그림 그리기가 그라스에게는 하나의 과정으로 응축된다. 아홉 명이 넘는 요리사들의 요리법과 식사 광경을 담고 있는 이 소설은 식량과 음식의 역사를 다룬 책이자 배고픔의 역사를 다룬 책이기도 하다. 그러므로 인류의 삶의 기본 과정을 담은 문화사라고 할 것이다.

우리말로 옮기는 데 사용한 텍스트는 슈타이들(Steidl) 출판사에서 나온 Günter Grass, *Der Butt*(Göttingen, 1997)이다.

2002년 늦은 봄에
김재혁

작가 연보

1927년   10월 16일 자유시 단치히(현재 폴란드의 그단스크) 교
외 랑푸르에서 태어났다. 아버지 빌리 그라스(Willy
Grass, 1899~1954)는 식료품 가게를 운영하는 독
일인이었고, 어머니 헬레네 그라스(Helene Grass,
1898~1954)는 가톨릭계 카슈바이인이었다.

1930년   여동생 발트라우트(Waltraut)가 태어났다.

1933년   단치히에서 초등학교에 입학 후, 1944년까지 김나지움
을 다녔다. 이 기간에 처음으로 글쓰기를 시도했다. 자
신의 의사와 상관없이 1937년에는 나치 소년단 단원,
1941년에는 히틀러 청년단 단원이 됐다.

1944년   2차 대전에 공군 보조요원으로 군 복무를 했다. 그 후
전차병으로 참전해 코트부스에서 부상을 당하여 바이

에른의 미군 포로 수용소에 수용됐다.

1946년   포로 생활에서 석방되어 괴팅겐으로 이주했다. 고등학교 졸업 시험을 포기하고 힐데스하임 근처의 석회 광산에서 광부 생활을 했다. 12월, 단치히에서 탈출한 부모와 상봉했다.

1947년   뒤셀도르프에서 석각 견습공으로 일했다. 1951년까지 뒤셀도르프의 카리타스 합숙소에서 생활했다.

1948년   뒤셀도르프 예술 아카데미에서 1952년까지 그래픽 작가인 젭 마게스(Sepp Mages)와 조각가 오토 판코크(Otto Pankok)에게 가르침을 받았다. 호르스트 겔트마허(Horst Geldmacher)와 재즈 그룹을 만들어 활동했다.

1951년   이탈리아를 여행했다.

1952년   프랑스로 무전 여행을 떠났다.

1953년   베를린 조형 예술대학의 카를 하르퉁(Karl Hartung) 교수 밑에서 조각 수업을 계속하기 위해 베를린으로 이주했다.

1954년   스위스 출신의 무용가 안나 마르가레타 슈바르츠(Anna Margareta Schwarz)와 결혼했다.

1955년   남독일 방송국 주최 서정시 경연 대회에서 「잠의 백합들(Lilien aus Schlaf)」로 3등에 입상했다. 47그룹에서 처음으로 작품을 낭독했다. 문예지 《악첸테(Akzente)》에 첫 산문 작품 「내 푸른 풀밭(Meine grune Wiese)」을 발표했다. 스페인을 여행했다.

1956년   첫 시집 『바람닭의 장점들(Die Vorzüge der

Windhühner)』이 출간됐다. 아내 안나의 발레 공부를 위해 프랑스 파리로 이주했다.

1957년 쌍둥이 아들 프란츠(Franz)와 라울(Raoul)이 태어 났다. 프랑크푸르트의 노이뷔네에서 드라마 「홍수 (Hochwasser)」가 초연됐다. 베를린에서 조각 및 동판화 전시회를 개최했다.

1958년 스위스 알고이에서 열린 47그룹 모임에서 『양철북(Die Blechtrommel)』의 초고 낭독으로 47그룹상을 수상했 다. 쾰른에서 드라마 「숙부님, 숙부님(Onkel, Onkel)」 이 상연됐다. 잡지 《악첸테》에 희곡 「버팔로까지는 아 직 10분 남았다(Noch zehn Minuten bis Buffalo)」와 「말 타고 왕복하다. 극장에서의 서막(Beritten hin und zurück: Ein Vorspiel auf dem Theater)」을 발표했다.

1959년 첫 장편 『양철북』이 출간됐다.

1960년 파리에서 베를린으로 이주했다. 시집 『삼각선(三角線) 철길(Gleisdreieck)』이 출간됐다. 독일 비평가협회 문학 상을 수상했다.

1961년 노벨레 『고양이와 쥐(Katz und Maus)』가 출간됐다. 희 곡 「나쁜 요리사들(Die bösen Köche)」이 베를린에서 초 연됐다. 빌리 브란트(Willy Brandt)와 사민당을 후원, 정치에 참여했다. 딸 라우라(Laura)가 태어났다.

1962년 『양철북』으로 프랑스에서 최우수 외국문학상을 수상 했다. 스칸디나비아 반도와 영국을 여행했다.

1963년 장편 『개들의 시절(Die Hundejahre)』이 출간됐다. 베를린 예술원 회원이 됐다.

1964년 미국을 여행했다.

1965년 미국 캐니언 대학에서 명예박사 학위를 받았다. 연방 하원 선거에서 사민당을 위해 52회에 걸쳐 선거 유세를 했다. 뷔히너(Büchner) 문학상을 수상했다. 아들 브루노(Bruno)가 태어났다.

1966년 희곡「평민들 반란을 시험하다(Die Plebejer proben den Aufstand)」가 베를린에서 초연됐다. 프린스턴에서 개최된 47그룹 모임에 참가하기 위해 미국을 방문했다. 체코와 헝가리를 여행했다.

1967년 시집『질문 공세(Ausgefragt)』가 출간됐다. 연설문「나의 스승 되블린에 대하여(Über meinen Lehrer Doblin)」를 발표했다.

1968년 정치 에세이집『자명한 것에 관하여(Über das Selbstverstandliche)』가 출간됐다. 테오도어 폰타네(Theodor Fontane) 문학상을 수상했다.

1969년 희곡「그 전에(Davor)」가 베를린에서 초연됐다. 장편『국부 마취(Örtlich betaubt)』가 출간됐다. 테오도어 호이스(Theodor Heuss) 상을 수상했다. 연방하원 선거에서 또다시 사민당을 위해 연초부터 가을까지 190회에 걸쳐 선거 유세를 했다. 연설문집『문학과 혁명(Literatur und Revolution)』이 출간됐다.

1970년 독일-폴란드 조약에 서명하기 위해 바르샤바로 떠나는 수상 빌리 브란트를 수행했다.

1971년   이스라엘과 탄자니아를 여행했다.

1972년   장편 『달팽이의 일기(Aus dem Tagebuch einer Schnecke)』가 출간됐다. 사민당을 위해 129회에 걸쳐 연방의회 선거 유세를 했다. 그리스를 방문했다.

1972년   시와 스케치, 짧은 에피소드 등으로 『넙치』 작업을 시작해 1977년까지 이어 갔다.

1973년   시집 『마리아를 기리며(Mariazuehren)』가 출간됐다. 빌리 브란트와 함께 이스라엘을 여행했다.

1974년   정치 연설집 『시민과 그의 목소리(Der Bürger und seine Stimme)』가 출간됐다. 가톨릭교에서 탈퇴했다. 딸 헬레네(Helene)가 태어났다.

1975년   인도를 여행하고 뉴델리에서 연설했다. 덴마크 코펜하겐을 방문했다.

1976년   시집 『조피와 버섯을 따러 가다(Mit Sophie in die Pilze gegangen)』가 출간됐다. 하인리히 뵐(Heinrich Böll)과 함께 문학잡지 《L'76》(나중에 《L'80》으로 지속됨.)의 공동 창간인 겸 편집인으로 활동했다. 미국 하버드 대학에서 명예박사 학위를 받았다.

1977년   장편 『넙치(Der Butt)』가 출간됐다. 미국, 캐나다 등지에서 작품 낭독회가 열렸다.

1978년   에세이집 『메모지(Denkzettel)』가 출간됐다. 알프레트 되블린(Alfred Döblin) 상을 제정했다. 『양철북』의 영화화에 참여했다. 아시아(일본, 인도, 홍콩, 태국)와 아프리카 케냐를 여행했다. 부인 안나와 이혼했다.

1979년 소설 『텔그테에서의 만남(Das Treffen in Telgte)』이 출간됐다. 폴커 슐뢴도르프(Volker Schlöndorff)가 감독한 영화 「양철북」이 칸 영화제에서 황금종려상을 수상했다. 베를린 태생의 오르간 연주자 우테 그루네르트(Ute Grunert)와 재혼했다. 알래스카와 중국, 싱가포르, 자카르타, 마닐라, 카이로를 여행했다.

1980년 영화 「양철북」이 아카데미 최우수 외국영화상을 수상했다. 장편 『두뇌의 산물 혹은 독일인의 멸망(Kopfgeburten oder die Deutschen sterben aus)』이 출간됐다. 글쓰기를 중단하고 그림 그리기와 조각을 다시 시작했다.

1982년 석판화가 가미된 글 모음집 『아버지날(Vatertag)』이 출간됐다.

1983년 베를린 예술원 원장 선거에 출마하여 당선됐다.

1986년 베를린 예술원 원장 임기를 마쳤다. 장편 『암쥐(Die Rättin)』가 출간됐다.

1986년 1986년 9월부터 1987년 1월까지 인도 캘커타(현재의 콜카타 지역)에 체류했다.

1988년 인도 체류 경험을 글과 그림으로 묶은 『혀를 내보이다(Zunge zeigen)』가 출간됐다.

1989년 살만 루슈디(Salman Rushidi)에 대한 무조건적 지지를 유보한 베를린 예술원에서 탈퇴했다.

1992년 장편 『무당개구리 울음(Unkenrufe)』이 출간됐다. 망명자 협정을 거부한 데 대해 실망하여 사민당에서 탈퇴했다.

1995년 독일 통일 문제를 다룬 장편 『아득한 평원(Ein weites Feld)』을 출간하여 큰 논쟁을 불러일으켰다.

1996년 토마스 만(Thomas Mann) 상을 수상했다.

1998년 작가들에 대한 박해에 항의하는 집회를 계기로 다시 베를린 예술원에 재입회했다.

1999년 장편 『나의 세기(Mein Jahrhundert)』가 출간됐다. 『양철북』으로 노벨 문학상을 수상했다.

2002년 『게걸음으로 가다(Im Krebsgang)』가 출간됐다.

2015년 4월 13일, 뤼베크의 요양원에서 향년 87세의 나이로 사망했다.

세계문학전집 **64**

넙치 2

1판 1쇄 펴냄 2002년 5월 24일
1판 37쇄 펴냄 2023년 10월 13일

지은이 귄터 그라스
옮긴이 김재혁
발행인 박근섭, 박상준
펴낸곳 (주)민음사

출판등록 1966. 5. 19. (제 16-490호)
서울특별시 강남구 도산대로1길 62(신사동) 강남출판문화센터 5층 (우편번호 06027)
대표전화 02-515-2000 팩시밀리 02-515-2007
www.minumsa.com

한국어 판 ⓒ (주)민음사, 2002. Printed in Seoul, Korea

ISBN 978-89-374-6064-7 04800
ISBN 978-89-374-6000-5 (세트)

세계문학전집 목록

세계문학전집은 계속 간행됩니다.